suhrkamp taschenbuch 936

Julio Cortázar (geb. 1914) lebt seit 1951 in Paris. Seine Werke im Suhrkamp Verlag: *Album für Manuel.* Roman (1976). *Bestiarium.* Erzählungen (1977). *Das Feuer aller Feuer.* Erzählungen (1976). *Der Verfolger.* Erzählungen (1978). *Die geheimen Waffen.* Erzählungen (1981). *Rayuela. Himmel-und-Hölle.* Roman (1981). *Reise um den Tag in 80 Welten.* Miscellanea (1980).

Junge in Paris lebende lateinamerikanische Linksintellektuelle: in Zusammenarbeit mit den im Lande gebliebenen Revolutionären wollen sie als kleine Stadtguerilla den Pariser Bürger zum Nachdenken ermuntern, sie wollen mit dem Erlös aus einem hohen Betrag gefälschter Dollars revolutionäre Gruppen in Argentinien unterstützen, vor allem aber einen amerikanischen Diplomaten entführen und die Freilassung Inhaftierter erwirken.

Ein Paar der sich *Joda* (Motzer) nennenden Gemeinschaft hat einen kleinen Sohn, Manuel. Und für ihn – und alle künftigen Manuels, die »neuen Menschen«, denen ihre Bemühung gilt – stellen sie aus Berichten der Mitglieder, aus Dialogen, Reflexionen, Zitaten, aber auch aus Zahlenlisten und einschlägigen Ausschnitten aus der Tagespresse eine Art »Patchwork« des Unternehmens und des zeitgeschichtlichen Kontextes her. Ein Lehr- oder Lesebuch für Manuel. Gleichfalls getreulich überliefert werden komische, familiäre, erotische oder gewalttätige Szenen, Gedichte, ein Diskurs über Masturbation als erlesene Kunst. Denn Befreiung kann sich nach Ansicht Cortázars nicht mit politischer Information begnügen, sondern muß Inhibitionen und Tabus brechen und über den Weg der Sprache stattfinden.

Julio Cortázar
Album für Manuel

Roman

Aus dem Spanischen
von Heidrun Adler

Suhrkamp

Titel der Originalausgabe: *Libro de Manuel*
Umschlagfoto: Anne de Burghoff

suhrkamp taschenbuch 936
Erste Auflage 1983

Druck: Nomos Verlagsgesellschaft, Baden-Baden
Printed in Germany
Umschlag nach Entwürfen von
Willy Fleckhaus und Rolf Staudt

1 2 3 4 5 6 – 88 87 86 85 84 83

Album für Manuel

Aus einleuchtenden Gründen habe ich wohl als erster entdeckt, daß dieses Buch nicht nur nicht das zu sein scheint, was es sein möchte, sondern oft das zu sein scheint, was es nicht sein möchte, und deshalb werden es die Vorkämpfer der realistischen Literatur recht phantastisch finden, während die Liebhaber der phantastischen Literatur seine wohlbedachte wilde Ehe mit der Geschichte unserer Tage beklagen werden. Zweifellos können die Dinge, die hier geschehen, nicht auf so unwahrscheinliche Art und Weise geschehen, während zugleich die reinen Elemente der Phantasie sich ständig durch Hinweise auf das Alltägliche und Konkrete außer Kraft gesetzt sehen. Ich persönlich beklage diese Ungleichartigkeit nicht, die mir zum Glück nach einem langen Konvergenzprozeß nicht mehr als solche erscheint; wenn ich jahrelang Texte geschrieben habe, die mit lateinamerikanischen Problemen verknüpft waren und gleichzeitig Romane und Erzählungen, in denen diese Probleme nicht vorhanden waren oder nur am Rande erschienen, so haben sich hier und heute die Ströme vereinigt, aber ihre Vereinigung ist wirklich nicht leicht gewesen, wie der konfuse und quälende Weg einer der Figuren zeigen mag. Jener Mann träumt etwas, das ich in den Tagen träumte, als ich zu schreiben anfing, und, wie so oft in meinem unbegreiflichen Schriftstellerberuf, merkte ich erst viel später, daß der Traum auch ein Teil des Buches war, und daß er den Schlüssel zu jener Konvergenz der bis dahin ungleichen Tätigkeiten enthielt. Deshalb wird das ständige Einfügen von Zeitungsnotizen, die während der Arbeit an diesem Buch gelesen wurden, nicht überraschen: stimulierende Gleichzeitigkeiten und Übereinstimmungen ließen mich von Anfang an eine recht simple Spielregel akzeptieren, nämlich, die Personen an diesem täglichen Lesen lateinamerikanischer und französischer Zeitungen teilnehmen zu lassen. Ich war so naiv zu erwarten, daß die Teilnahme in ihrem Verhalten offener zutage träte; später sah ich, daß die Erzählung diese vom Zufall abhängigen Einbrüche, die eine etwas glücklichere Behandlung als die meine verdient hätten, nicht immer vollkommen aufnahm. Jedenfalls suchte ich das äußere Material nicht aus, sondern die Nachrichten vom Montag oder Donnerstag, die zu den

momentanen Interessen der Personen paßten, wurden in den Ablauf meiner Arbeit am Montag oder Donnerstag eingebaut; einige Nachrichten wurden absichtlich für den Schlußteil aufgehoben, eine Ausnahme, die die Regel erträglicher machte.
Bücher müssen sich selbst verteidigen, und dieses tut es wie die Katze, Bauch nach oben, so oft sie kann; ich muß nur noch hinzufügen, daß sein Grundton, der in Gegensatz steht zu einer gewissen Auffassung darüber, wie diese Themen zu behandeln sind, weit entfernt ist von Frivolität und billigem Humor. Mehr denn je glaube ich, daß der Kampf für den lateinamerikanischen Sozialismus dem tagtäglichen Grauen mit der einzigen Handlungsweise, die ihm eines Tages den Sieg bringen wird, begegnen muß, um die Lebensqualität, wie wir sie für die Zukunft wollen, mit allem, was sie an Liebe, Spiel und Freude voraussetzt, herrlich und wachsam zu hüten. Das bekannte Bild des nordamerikanischen Mädchens, das Soldaten mit aufgepflanztem Bajonett eine Rose reicht, bleibt ein Zeichen dafür, was uns vom Feind trennt; aber niemand soll diese Rose als ein platonisches Zeichen der Gewaltlosigkeit, der naiven Hoffnung verstehen oder zu verstehen vorgeben; es gibt gepanzerte Rosen, wie sie der Dichter sah, es gibt Rosen aus Kupfer wie Roberto Arlt sie erfand. Was zählt und was ich darzustellen versucht habe, ist das Zeichen der Bejahung gegenüber der Eskalation der Verachtung und des Schreckens, und dieses Bejahen muß das Sonnenhafteste, das Vitalste des Menschen sein: sein Durst nach Erotik und Spiel, seine Befreiung von Tabus, sein Verlangen nach allgemeiner Würde in einem Land, das schon befreit ist von der täglichen Sichtgrenze aus Reißzähnen und Dollars.
Eine letzte Bemerkung noch: ich meine, daß die Autorenrechte, die aus einem Buch wie diesem erwachsen, zur Realisierung jener Hoffnungen verhelfen sollten, und ich hätte sie gern Oscar gegeben, um ihm all die Schwierigkeiten zu ersparen, Container mit doppeltem Boden, Pinguine und andere, ähnliche Extravaganzen; leider war das Buch noch nicht geschrieben, aber jetzt, da es bereits zirkuliert, werde ich den besten Gebrauch für die Einnahmen finden, die ich nicht für mich will; wenn der Augenblick gekommen ist, werde ich Einzelheiten darüber mitteilen, wenn auch nicht vor einem öffentlichen Schreiber.

Postscriptum (7. Sept. 1972) Ich füge diese Zeilen an, während ich die Druckfahnen korrigiere und die Berichte über die Ereignisse bei den Olympischen Spielen höre. Die Zeitungen erscheinen mit riesigen Schlagzeilen, ich höre die Reden, in denen die Herren der Erde sich ihre wirksamsten Krokodilstränen erlauben, wenn sie die »Verletzung des olympischen Friedens in diesen Tagen, in denen die Völker ihre Streitigkeiten und Gegensätze vergessen«, beklagen. Vergessen? Wer vergißt? Wieder einmal tritt die Massage der Massenmedien auf weltweiter Ebene in Aktion. Man hört, man liest nichts als München, München. Es gibt in ihren Kanälen, in ihren Spalten, in ihren Nachrichten keinen Platz, um unter so vielen Dingen Trelew zu sagen.

Übrigens schien es, als hätte der Besagte die Absicht gehabt, einiges zu erzählen, denn er hatte eine beträchtliche Anzahl Karteikarten und Zettelchen gesammelt, die anscheinend darauf warteten, endlich ohne zu viel Abfall miteinander zu verschmelzen: Er wartete damit offenbar länger als ratsam, und das mußte Andrés jetzt erfahren und beklagen, aber von jenem Irrtum abgesehen war es die Verschiedenartigkeit der Perspektiven, unter denen diese gewissen Dinge geschehen waren, was den Besagten am meisten zurückgehalten zu haben schien, ganz zu schweigen von einem recht absurden und in jeder Hinsicht unwirksamen Wunsch, sich nicht zu sehr in sie einzumischen. Diese Neutralität hatte ihn von Anfang an geleitet, sich nur von der Seite zu zeigen, das ist bei Erzählstoff, um nicht zu sagen Geschichtsstoff, was dasselbe ist, immer ein gewagtes Unterfangen, ganz besonders, da der Besagte weder dumm noch bescheiden war. Aber etwas kaum Erklärbares schien ihm eine Haltung abzufordern, über die er nie bereit war, Einzelheiten anzugeben. Dagegen hatte er vorgezogen, obwohl das nicht leicht war, schon zu Anfang verschiedene Daten mitzuteilen, die es erlaubten, von verschiedenen Blickwinkeln in die kurze aber turbulente Geschichte der Motzer einzusteigen und bei Leuten wie Marcos, Patricio, Ludmilla und mir (den der Besagte wahrheitsgemäß Andrés nannte), wobei er vielleicht hoffte, diese bruchstückhafte Information würde eines Tages die fensterlose Küche der Motzer beleuchten. All das, natürlich, wenn der ganze Karteikram und das Papierzeug sich am Ende verständlich geordnet hätten, was tatsächlich nicht ganz gelang, aus Gründen, die in gewissem Maße aus dem Dokument selbst herrührten. Einen Beweis für seine Absicht, sofort in die Materie einzusteigen (und vielleicht, die Schwierigkeit zu zeigen), gab *inter alia* die Tatsache, daß der Besagte zuhörte, als Ludmilla, nachdem sie die Hände wie in einer gymnastischen, schon fast esoterischen Übung verschränkt und wieder gelöst hatte, mich langsam mit Hilfe ihrer tiefgrünen Sehvorrichtung ansah und sagte, Andrés, ich habe so ein Gefühl in der Magengegend, als sei alles, was passiert oder was uns passiert, ziemlich konfus.

»Polinchen, Konfusion ist ein relativer Begriff«, erklärte ich ihr, »wir mögen verstehen oder nicht verstehen, aber das, was du Konfusion nennst, ist für keines von beidem verantwortlich. Nur von uns, meine ich, hängt das Verstehen ab, und dafür genügt es nicht, die Realität an Begriffen wie Konfusion und Ordnung zu messen. Dazu sind andere Kräfte nötig, andere Optionen, wie man jetzt so schön sagt, andere Mediationen, wie man jetzt tausendmal sagt. Wenn man von Konfusion spricht, gibt es fast immer Konfuse; manchmal genügt eine Liebe, eine Entscheidung, eine Stunde außerhalb der Uhr, damit auf einen Schlag der Zufall und die Absicht die Kristalle des Kaleidoskops festhalten. Etc.«
»Blub«, sagte Ludmilla, die jene Silbe benutzte, um im Geiste auf die andere Straßenseite zu gehen, und dann ab und lauf hinterher.

Natürlich, bemerkte der Besagte, ist trotz dieses subjektiven Obstruktionismus das zugrundeliegende Thema sehr einfach: 1) Die Realität existiert oder existiert nicht, auf jeden Fall ist sie in ihrem Wesen unbegreiflich, so wie die Wesenheiten in der Realität unbegreiflich sind, und das Verstehen ist ein anderer Spiegel der Lerchen, und die Lerche ist ein Vögelchen, und Vögelchen ist der Diminutiv von Vogel, und Vogel hat zwei Silben, und so sieht man, daß die Realität existiert (siehe Lerchen und Silben). Sie ist aber auch unbegreiflich, denn außerdem, was bedeutet bedeuten, oder mit anderen Worten und unter anderem, was bedeutet *sagen*, daß die Realität existiert; 2) Die Realität mag unbegreiflich sein, aber sie existiert, oder ist wenigstens etwas, was uns geschieht oder was jeder geschehen läßt, so daß eine Freude, eine elementare Notwendigkeit alles unter 1) Gesagte vergessen läßt und zu 3) führt: Wir haben gerade die Realität akzeptiert (unter 2), was und wie auch immer sie sei, und folglich akzeptieren wir, in sie gestellt zu sein, aber auch dann wissen wir, daß die Realität, absurd oder falsch oder verdreht, ein Reinfall ist für den Menschen, jedoch nicht für das Vögelchen, das fliegt, ohne sich Fragen zu stellen und stirbt, ohne es zu wissen. So müssen wir fatalerweise, wenn wir das unter 3) Gesagte akzeptieren, zu 4) kommen. Diese Realität, auf der Ebene von 3), ist ein Betrug und muß geändert werden. Hier Spaltung in 5a) und 5b).

»Uff«, sagt Marcos.

5a) Die Realität für mich allein zu verändern – fuhr der Besagte fort – ist eine alte und durchaus machbare Sache: Meister Eckart, Meister Zen, Meister Vedanta. Zu entdecken, daß das Ich Illusion ist, seinen Garten zu pflegen, ein Heiliger zu sein, Beute zu erreichen etc. Nein.

»Gut so«, sagt Marcos.

5b) Die Realität für alle ändern – fuhr der Besagte fort – heißt akzeptieren, daß alle sind (oder sein sollten), was ich bin, und auf irgendeine Weise das Reale als Humanität entwerfen. Das aber bedeutet, die Geschichte, das heißt den menschlichn Wettlauf auf einer falschen Piste zu erlauben, eine bis heute als real akzeptierte Realität, und das Resultat siehst du ja. Folglich: es gibt nur eine Pflicht, und die heißt, die richtige Piste zu finden. Methode: Revolution. Ja.

»Che«, sagt Marcos, »für Simplifizierungen und Tautologien bist du einsame Klasse.«

»Mein rotes Büchlein für die morgendliche Lesestunde«, sagt der Besagte, »und gib zu, wenn alle Welt an diese Simplifizierungen glaubte, wäre es für die Shell Mex nicht so leicht, dir einen Tiger in den Tank zu stecken.«

»Esso«, sagt Ludmilla, sie hat einen Citroen deux chevaux, die wahrscheinlich aus Angst vor dem Tiger gelähmt sind, denn sie halten an jeder Straßenecke, und der Besagte oder ich oder irgend jemand muß die verdammten Biester dann anschieben.

Der Besagte mag Ludmilla wegen dieser verrückten Art, manche Dinge zu sehen, und wahrscheinlich hat Ludmilla darum von vornherein ein Recht darauf, die gesamte Chronologie zu sprengen; wenn es stimmt, daß sie mit mir hat sprechen können (»Andrés, ich habe so ein Gefühl in der Magengegend . . .«), so vertauscht der Besagte vielleicht absichtlich seine Zettel, wenn er Ludmilla in Gegenwart von Marcos sprechen läßt, obgleich Marcos und Lonstein noch in der Metro sind, die sie, das stimmt, zu meinem Apartment bringt, während Ludmilla ihre Rolle im dritten Akt einer dramatischen Komödie im Theater Vieux Colombier spielt. Den Besagten stört das überhaupt nicht, denn zwei Stunden später müssen die genannten Personen sich in meiner Wohnung treffen; ich glaube sogar, er entscheidet das ex profeso, damit niemand – wir eingeschlossen und besonders alle eventuellen Adressaten seiner lobenswerten Anstrengungen – sich über seine Art mit der Zeit und dem Raum umzugehen Illusionen macht; der Besagte würde gern über die Gleichzeitigkeit verfügen, zeigen, wie Patricio und Susana ihren Sohn im gleichen Augenblick baden, in dem Gómez, der Panamese, mit sichtbarer Befriedigung eine fortlaufende Serie belgischer Briefmarken vervollständigt und ein gewisser Oscar in Buenos Aires mit seiner Freundin Gladis telefoniert, um ihr von einer ernsten Sache zu berichten. Während Marcos und Lonstein gerade im fünfzehnten Bezirk von Paris an die Oberfläche kommen und ihre Zigaretten mit dem gleichen Streichholz anzünden, hat Susana ihren Sohn in ein blaues Handtuch gewickelt, Patricio gießt einen Mate auf, die Leute lesen die Abendzeitung, und so weiter.

Ludmilla	Um das Vorstellen abzukürzen, nimmt der
Gómez	Besagte an, sie säßen alle mehr oder weniger
Monique	in derselben Reihe im Parkett vor etwas, wie
Lucien Verneuil	einer Art Ziegelmauer; daraus ist nicht
Heredia	schwer zu ersehen, daß das Schauspiel weit
Marcos	davon entfernt ist, prächtig zu sein. Jeder,
Andrés	der den Eintritt bezahlt, hat das Recht auf
der Besagte	eine Bühne, auf der etwas geschieht, und
(Francine)	eine Ziegelmauer gibt nicht viel, außer dem
Oscar	mehr oder weniger zufälligen Vorbeikom-
Manuel	men eines Kakerlak oder dem Schatten des-
Gladis	sen, der durch den Mittelgang kommt und
Lonstein	seinen Platz sucht. Nehmen wir also an –
Roland	und zwar auf Rechnung des Besagten, Patri-
Fernando	cio, Ludmilla oder ich selbst, gar nicht zu

sprechen von den anderen, die sich nach und nach in die hinteren Reihen setzen, in der Art der Personen in einem Roman, die sich einer nach dem anderen in den vorderen Seiten einrichten, obwohl, wer weiß, welches die vorderen und welches die hinteren Seiten in einem Roman sind, denn Lesen heißt ja, im Buch fortschreiten, aber das Erscheinen heißt zurückfallen im Hinblick auf die, die später erscheinen werden, unwichtige, formalistische Details – nehmen wir also eine solche Absurdität an

und daß trotzdem diese Leute dort sind, jeder auf seinem Platz vor der Ziegelmauer

aus verschiedenen Gründen, denn es handelt sich um Individuen

denen aber auf irgendeine Art das Absurde gegen den Strich geht, so unlogisch dies auch den Nachbarn des Viertels vorkommen mag, die in diesem Moment fasziniert im Kino einen Block weiter der sensationellen Aufführung made in UdSSR von *Krieg und Frieden* in technicolor, zweiteilig und Breitwand beiwohnen, wenn wir unterstellen, daß diese Zuschauer sich vorstellen können, daß der Besagte, etc. auf ihren Parkettplätzen vor einer Ziegelmauer sitzen,

und wider das Absurde zu löcken, besteht für Susana, Patricio,

Ludmilla, etc. eben gerade darin, dort zu sein, wo sie sind, denn diese Art Metapher, in die sie sich wissentlich und jeder auf seine Art begeben haben, besteht unter anderem darin, daß sie nicht der Aufführung von *Krieg und Frieden* beiwohnen (immer der Metapher folgend, denn wenigstens zwei von ihnen haben ihn gesehen), wohlwissend, wo sie sind,
und noch besser wissend, daß es absurd ist,
und obendrein noch wissend, daß sie nicht von der Absurdität vergewaltigt werden können, in dem Maße nicht nur, in dem sie sich ihm entgegenstellen (indem sie sich vor eine Ziegelmauer setzen, Metapher)
sondern daß überdies jene Absurdität, sich gegen das Absurde zu stellen, genau das ist, was die Mauern von Jericho zum Einsturz bringt,
wer weiß überhaupt, ob die aus Ziegeln waren und nicht aus gebranntem Lehm, zum Beispiel. Mit anderen Worten, sie gehen wider das Absurde an, weil sie es verletzbar, besiegbar wissen und weil es im Grunde genügt, ihm ins Gesicht zu schreien (aus Ziegeln, um der Metapher zu folgen) daß es nichts weiter ist, als die Vorgeschichte des Menschen, sein amorpher Entwurf (hier unzählige Möglichkeiten theologischer, phänomenologischer, ontologischer, soziologischer, dialektologisch-materialistischer, pop, hippie Beschreibungen)
und daß es jetzt aus ist, dieses Mal ist es aus, man weiß nicht genau wie, aber auf dieser Höhe des Jahrhunderts ist etwas aus, Bruder, und darum laßt sehen, was los ist, und genau deshalb heute nacht,
in dem, was man tut oder sagt,
in dem, was die vielen, die hereinkommen und sich vor die Ziegelmauer setzen, sagen oder tun werden, während sie darauf warten, als wäre die Ziegelmauer ein bemalter Vorhang, der sich heben wird, sobald die Lichter ausgehen,
und die Lichter gehen aus, klar
und der Vorhang hebt sich nicht, doppeltklar,
denn-die-Ziegelmauern-heben-sich-nicht.
Absurd,
aber nicht für sie, denn sie wissen, daß dies die Vorgeschichte der Menschheit ist, sie sehen die Wand an, weil sie erahnen, was es auf der anderen Seite geben mag; die Dichter, wie Lonstein,

werden vom tausendjährigen Reich sprechen, Patricio wird ihn auslachen, Susana wird vage an eine Glückseligkeit denken, die man nicht mit Ungerechtigkeit und Tränen erkaufen muß, Ludmilla wird, sie weiß nicht warum, an ein weißes Hündchen denken, das sie als Zehnjährige gern gehabt hätte, und das man ihr nie geschenkt hat.
Was Marcos betrifft, so wird er eine Zigarette herausholen (es ist verboten) und sie langsam rauchen, und ich werde nicht wenige Dinge zusammentragen, um einen möglichen Ausgang des Menschen durch die Ziegel zu erfinden, und natürlich wird es mir nicht gelingen, ihn zu erfinden, denn die Extrapolationen der Science-Fiction langweilen mich minutiös. Schließlich werden wir alle zu Patricio und Susana gehen, um Bier oder Mate zu trinken, endlich wird wirklich etwas geschehen, etwas Gelbes Frisches Grünes Flüssiges Warmes in halbliter Kalabassen, Trinkschalen, im Kreis aufgestellt wie um den stattlichen Sandwichberg zu überblicken, den Susana und Ludmilla und Monique zubereitet haben werden, diese verrückten Mänaden, die immer vor Hunger sterben, wenn sie aus dem Kino kommen.

A Clermont-Ferrand

LE CONSEIL TRANSITOIRE DE LA FACULTÉ FAIT ÉTAT DE BRUTALITÉS POLICIÈRES COMMISES CONTRE UN MAITRE ASSISTANT

(De notre corresp. particulier.)

Clermont-Ferrand. — Le conseil transitoire de gestion de la faculté des lettres et sciences humaines de Clermont-Ferrand vient de publier un communiqué, dans lequel il déclare « *avoir pris connaissance, avec indignation, des brutalités policières dont M. Pierre Péchoux, maitre assistant d'histoire à la faculté, a été récemment victime à Paris* ».

Le communiqué précise : « *Surpris par une charge de police, le 28 mai, vers 22 heures, alors qu'il passait boulevard Saint-Michel, après une journée de travail en bibliothèque, M. Péchoux, qui est âgé de cinquante-cinq ans, a été soudainement matraqué, jeté à terre et amené d'abord dans un commissariat puis au centre de tri de Beaujon. Transporté, à l'aube, à l'hôpital Beaujon, après qu'on eut reconnu qu'il ne pouvait marcher, et huit jours plus tard, à son domicile clermontois, M. Péchoux souffre d'une triple fracture de la rotule et de plaies qui le condamnent à plusieurs semaines d'immobilité.* »

Le conseil transitoire de gestion a désigné une délégation qui demandera audience au recteur de l'académie de Clermont-Ferrand pour lui exprimer l'émotion de la faculté tout entière.

»Übersetz«, befahl Patricio, »du weißt doch, Fernando ist gerade erst angekommen, und die Chilenen beherrschen das Gallische meistens nicht besonders gut, du.«

»Ihr haltet mich wohl für St. Jerónimo«, sagte Susana. »Also, in Clermont-Ferrand zeigt der provisorische Rat der Fakultät die Brutalitäten der Polizei gegen einen Assistenzprofessor an. Von unserem Sonderkorrespondenten.«

»Von mir aus kann es auch eine Zusammenfassung sein«, sagte Fernando.

»Scht. Clermont-Ferrand. Der provisorische Rat der Philosophischen Fakultät von Clermont-Ferrand hat ein Kommuniqué herausgegeben, in dem er erklärt, Anführungsstriche, er habe mit Befremden von den Brutalitäten der Polizei erfahren, deren Opfer Herr Pierre Péchoux, Assistenzprofesor für Geschichte an der Fakultät in Paris, geworden war. Schlußzeichen. Das Kommuniqué präzisiert, Anführungsstriche, überrascht von einem Trupp Polizei, als er am 28. Mai gegen 22 Uhr, nach einem Arbeitstag in der Bibliothek, über den Boulevard Saint-Michel ging, wurde Herr Péchoux, 55 Jahre alt, plötzlich mit Stockschlägen traktiert, niedergeschlagen und zunächst zu einer Wache, von dort aus ins Untersuchungsgefängnis von Beaujon gebracht. Im Morgengrauen wurde er ins Hospital von Beaujon gebracht, nachdem sich herausstellte, daß er nicht in der Lage war zu laufen, und acht Tage später kam er erst zurück in seine Wohnung in dieser Stadt, Herr Péchoux erlitt einen dreifachen Kniescheibenbruch und Verletzungen, die ihn für mehrere Wochen unbeweglich machen. Schlußzeichen. Der provisorische Rat hat eine Delegation ernannt, die um Audienz beim Rektor der Universität von Clermont-Ferrand bitten wird, um ihm die Entrüstung der Fakultät auszudrücken.«

»Die haben also das Hospital kleich neben dem Untersuchungskefängnis«, sagte Fernando. »Diese Franzosen sind ja bestens orkanisiert, in Santiako liekt alles immer zwanzig Blocks auseinander.«

»Du siehst, wie nützlich es war, ihm die Meldung zu übersetzen«, sagte Patricio.

»Es springt einem direkt ins Auge«, gab Susana zu. »Nun ja, jetzt siehst du, was dich im Land der Marseillaise erwartet, vor allem um den Boulevard Saint-Michel herum.«

»Und mein Hotel liegt kenau dort«, sagte Fernando. »Na ja, ich bin nicht Assistenzprofessor. Also, hier verprügelt man Perfesser? Immerhin ein Trost, sieht man von der Roheit mal ab, armer Peschu.«

Das Telefon klingelte. Das war ich, der Patricio sagte, daß Marcos und Lonstein gerade gekommen seien, und ob wir nicht mit Ludmilla rüberkommen könnten, um zu schwatzen, man muß hin und wieder fraternisieren, meinst du nicht?

»Es ist nicht gerade die passende Zeit, um anzurufen, hör mal«, sagte Patricio. »Ich bin in einer sehr wichtigen Besprechung. Nein, du Blödmann, das würde man an meiner Stimme merken, man keucht in solchen Fällen immer ein bißchen.«

»Ich wette, der sagt dir gerade was Schweinisches«, sagte Susana.

»Da kannst du Gift drauf nehmen, Mädchen. Was? Ich habe mit Susana gesprochen und mit einem Chilenen, der seit einer Woche hier ist, wir klären ihn gerade über das *environment* auf, wenn du mir folgen kannst, der Junge ist noch ziemlich urig.«

»Halt die Schnauze und der andere auch«, befahl Fernando.

»Gut so«, sagte Susana. »Während die Graham Bell ausnutzen, gießen wir uns einen Mate auf, mit dem Tee, den Monique im Fauchon geklaut hat.«

»Na klar, kommt schon«, lenkte Patricio ein, »meine Einwände waren rein disziplinarischer Natur, vergiß nicht, daß ich seit fünfzehn Jahren in diesem Land lebe, das hinterläßt seine Spuren, Gevatter. Das sind Argentinier«, erklärte er Fernando, der das schon selbst gemerkt hatte. »Es ist ganz gut, daß sie heranziehen, wie wir in Frankreich sagen, denn Marcos hat bestimmt frische Nachrichten aus Grenoble und Marseille, wo es gestern eine Schlägerei zwischen Gauchisten und der Polente gab.«

»Kauchisten?« fragte Fernando, der Schwierigkeiten mit dem Gaumen hatte, »kibt es in Marseille Kauchos?«

»Weißt du, Gauchisten mit Linke zu übersetzen, gäbe dir keine genaue Vorstellung, denn in deinem Land und in meinem versteht man darunter ganz was anderes.«

»Du bringst ihn noch völlig durcheinander«, sagte Susana. »Ich finde da keinen so großen Unterschied, bloß für dich klingt Linke wie abgestandener Mate, wegen deiner Jugend in der Casa del Pueblo und so, und da wir schon mal dabei sind, nimm dir, der hier ist frisch aufgegossen.«

»Du hast recht«, sagte Patricio während er meditierte, die Schale am Mund, wie Martin Fierro unter ähnlichen Umständen. »Linke oder Peronisten oder was auch immer, sagt seit ein paar Jahren nichts Genaues mehr aus, aber da wir schon dabei sind, übersetze dem Jungen die andere Meldung hier auf derselben Seite.«

»Noch eine Übersetzung? Du hörst doch, Manuel ist aufgewacht und fordert meine hygienischen Dienstleistungen. Warte, bis Andrés und Ludmilla da sind, während sie übersetzen, lernen sie gleich ein bißchen Zeitgeschichte.«

»In Ordnung, kümmere dich um deinen Sohn; das Kind hat Hunger, bring es her und auf dem Wege gleich die Flasche Grappa, der paßt gut zum Mate.«

Fernando tat, was er konnte, um die Schlagzeilen der Zeitung zu entziffern, und Patricio sah ihm mit gelangweilter Sympathie zu und fragte sich, ob er nicht einen Vorwand suchen sollte, um fortzugehen, bevor Marcos und die anderen kamen, zur Zeit wurde die Schraube der Motzer* immer fester zugedreht, und er hatte keine genaueren Informationen über den Chilenen. ›Aber es kommen auch Andrés und bestimmt Ludmilla‹, dachte er, ›man wird über alles mögliche reden, außer über die Motzer.‹ Er reichte ihm noch einen Mate ohne ideologischen Inhalt und wartete darauf, daß es klingelte.

*politische Vereinigung, spanisch = la Joda

Ja, natürlich gibt es einen Mechanismus, aber wie soll man ihn erklären, und schließlich, warum soll man ihn erklären, wer fordert eine Erklärung? Fragen, die sich der Besagte jedes Mal stellt, wenn Leute wie Gómez oder Lucien Verneuil ihn mit hochgezogenen Augenbrauen ansehen, und in manchen Nächten habe ich selbst ihm sagen können, daß die Ungeduld die Mutter all derer ist, die aufstehen und an die Tür oder auf eine Seite schlagen, dann trinkt der Besagte schön langsam seinen Wein, sieht uns eine Weile an und läßt sich herab zu sagen oder nur zu denken, daß der Mechanismus auf irgendeine Weise jene Lampe ist, die im Garten angezündet wird, bevor die Leute zum Abendessen kommen und die Frische genießen und den Duft des Jasmin, diesen feinen Duft, den der Besagte in einem Dorf bei Buenos Aires vor langer Zeit kennengelernt hat, als Großmutter das weiße Tischtuch hervorholte und den Tisch in der Laube in der Nähe der Jasminbüsche deckte und jemand die Lampe anzündete, und da war das Geklapper der Bestecke und Teller und Platten, das Schwatzen in der Küche, die Tante, die bis an den Zaun mit der weißen Tür ging, um die Jungen zu rufen, die mit Freunden im Vorgarten spielten oder auf dem Gehsteig, und da war die Wärme der Januarnächte, Großmutter hatte den Garten und die Gemüsebeete gegossen, bevor es dunkel wurde, und es roch nach feuchter Erde, nach üppigem Liguster, nach Geißblatt voller durchsichtiger Tropfen, die die Lampe widerspiegelten für einen Jungen mit Augen, die dazu geboren waren, so etwas zu sehen. Das alles hat heute, nach so vielen Jahren guten oder schlechten Lebens, wenig zu bedeuten, aber es ist gut, sich von einer Assoziation forttragen zu lassen, die die Beschreibung des Mechanismus mit der Lampe der Sommer im Garten der Kindheit verband, denn so hat der Besagte ein besonderes Vergnügen daran, von der Lampe und von dem Mechanismus zu sprechen, ohne sich allzu theoretisch zu fühlen, indem er ganz einfach an eine Vergangenheit erinnert, die täglich gegenwärtiger wird, aus sklerotischen Gründen, reversibler Zeit, und gleichzeitig wird er zeigen können, wie das, was gerade zu geschehen beginnt, für jemanden, der möglicherweise ungeduldig wird, eine Lampe in einem sommerlichen Garten ist, die zwischen den Pflanzen, auf einem Tisch angeht. Es werden zwanzig Sekunden vergehen, vierzig, vielleicht eine Minute, der Besagte erinnert sich an die Mücken, die Insekten, die Nachtfalter, die Käfer; der Vergleich läßt sich leicht anstellen, zuerst die Lampe, nacktes, einsames Licht, und dann kommen die verschiedenen Elemente, die losen Teile, die Volants, die grünen Schuhe von Ludmilla, ein türkisfarbener Pinguin, die Käfer, die Falter, das krause Haar von Marcos, der schneeweiße Slip von Francine, ein gewisser Oscar, der, abgesehen von dem Pinguin, zwei Gürteltiere mitbrachte, Patricio und Susana, die Ameisen, das Zusammenkleben, der Tanz, Ellipsen und Kreuzungen und Stöße und brüske Stiche über dem Teller mit dem Schmalz oder der Mehlschüssel, mit dem Ruf der Mutter, die fragt, warum man nicht beide mit einer Serviette zugedeckt hat, es ist kaum zu glauben, sie wissen wohl nicht, daß diese Nächte voller kleiner Biester sind, und Andrés hat manchmal zu Francine Biest gesagt, aber vielleicht versteht man schon langsam den Mechanismus, und es besteht kein Grund, sich vor der Zeit vom entomologischen Strudel fortziehen zu lassen; es ist nur so reizvoll, so reizvoll traurig, von dort fortzugehen, und einen Augenblick zurückzusehen, auf den Tisch und die Lampe, das graue Haar von Großmutter, die das Abendbrot aufträgt, im Hof bellt die Hündin, denn der Mond ist aufgegangen, und alles zittert zwischen dem Jasmin und dem Liguster, während der Besagte sich umdreht, und der Zeigefinger der rechten Hand auf die Taste drückt, um einen zögernden, beinahe schüchternen Punkt an den Schluß des Anfangs dessen zu setzen, was er zu sagen hat.

Seinerseits und auf seine Weise suchte auch Andrés Erklärungen für etwas, das ihm beim Hören von *Prozession* entging; allmählich amüsierte den Besagten diese dunkle Ehrfurcht vor der Wissenschaft, vor dem hellenischen Erbgut, vor dem vermessenen Warum aller Dinge, eine Art Rückkehr zur Sokratik, Abscheu vor dem Mysterium, Weigerung, die Dinge einfach geschehen zu lassen und hinzunehmen, ohne soviel Warum; er vermutete den Einfluß einer präpotenten Technologie, die sich zu einer legitimeren Version der Welt versteigt, unterstützt von den Philosophien der Linken und der Rechten, und darauf verteidigte er sich schlagend mit Nachtfaltern und frischbegossenem Jasmin, und gab einerseits der Notwendigkeit nach, das Uhrwerk der Dinge aufzuzeigen, gab dafür aber eine Erklärung, die nur wenige plausibel finden würden. In meinem Fall war die Frage weniger rigoros, mein Problem in jener Nacht, bevor Marcos und Lonstein kamen, um micht fertigzumachen, verfluchte Cordobeser, war es zu verstehen, warum ich die Aufnahme von *Prozession* nicht anhören konnte, ohne abwechselnd zerstreut und aufmerksam zu sein, und es verging geraume Zeit, bis ich merkte, daß es am Klavier lag. Das war es also, es genügte, eine Passage der Platte zu wiederholen, um es zu bekräftigen; zwischen den elektronischen oder traditionellen Klängen, die aber verändert sind durch die Art, wie Stockhausen die Filter und Mikrofone benutzt, hört man manchmal ganz klar, mit seinem ihm eigenen Klang, das Klavier. So einfach im Grunde: der alte Mensch und der neue Mensch in diesem selben Menschen, der strategisch hingesetzt ist, um das Dreieck der Stereophonie zu schließen, der Bruch einer angenommenen Einheit, den ein deutscher Musiker um Mitternacht in meinem Apartment in Paris aufdeckt. So ist es, trotz so vieler Jahre elektronischer oder aleatorischer Musik, *free jazz* (lebwohl, lebwohl Melodie und lebtwohl auch ihr alten, festgelegten Rhythmen, ihr geschlossenen Formen, lebtwohl Sonaten, lebwohl konzertante Musik, lebtwohl Perücken, Atmosphären der *tone poems*, lebwohl Vorhersehbares, lebwohl du Allerliebstes der Gewohnheit) bleibt der alte Mensch lebendig und erinnert sich, im schwindelerregendsten der innerlichen Abenteuer steht immer der gleiche Sessel und das Erzherzogtrio, und plötzlich ist es so einfach zu verstehen: der Klang des Klaviers koaguliert dieses niemals überwundene Fortbestehen inmitten eines klanglichen Komplexes, wo alles Entdeckung ist, seine Farbe, sein Timbre erscheinen wie alte Fotos, aus dem Klavier können dem Klavier vollkommen unähnliche Tonreihen oder Akkorde geboren werden, aber das Instrument bleibt erkennbar, das Klavier der anderen Musik, eine alte Menschheit, ein Atlantis des Klangs mitten in neuer, junger Welt. Und es ist jetzt noch leichter zu verstehen, wie die Geschichte, die zeitliche und kulturelle Konditionierung, sich unvermeidlich erfüllt, weil jede Passage, in der das Klavier vorherrscht, mir wie ein Erkennen klingt, das die Aufmerksamkeit auf sich konzentriert, mich schärfer zu etwas lockt, das durch dieses Instrument, das als Brücke zwischen Vergangenheit und Zukunft dient, noch an mich gefesselt ist. Eine durchaus nicht liebenswürdige Konfrontation des alten mit dem neuen Menschen: Musik, Literatur, Politik, sie einbeziehende Kosmovision. Für die Zeitgenossen des Klavichords mußte die erste Erscheinung des Klavierklanges nach und nach den Mutanten wecken, der heute traditionell geworden ist den Filtern gegenüber, die dieser Deutsche benutzt, um mir einige bis heute nicht auf der Erde vernommene Pfiffe und Blöcke klanglicher Materie in die Ohren zu legen. Folgesatz und Moral der Geschichte: es bestünde also alles darin, die Aufmerksamkeit zu nivellieren, die Erpressung jener Einbrüche der Vergangenheit in die neue menschliche Art, Musik zu genießen, zu neutralisieren. Ja, in einer neuen Art zu sein, die versucht, alles zu umfassen, die Zuckerrohrernte in Cuba, die körperliche Liebe, die Malerei und die Familie und die Entkolonialisierung und die Bekleidung. Es ist ganz natürlich, daß ich mich noch einmal frage, wie die Brücken zu schlagen, die neuen Kontakte herzustellen sind, die legitimen, über das liebenswürdige Verständnis zwischen verschiedenen Generationen und Kosmovisionen, zwischen Klavier und elektronischer Amplifikation, über Kolloquien zwischen Katholiken, Buddhisten und Protestanten, Tauwetter zwischen den politischen Blöcken, friedliche Koexistenz, über all das hinaus, denn es handelt sich nicht um Koexistenz, der alte Mensch kann nicht einfach unverändert in dem neuen überleben, obgleich der Mensch weiterhin seine eigene Spirale bleibt, die neue Umdrehung in dem unendlichen Ballett; man kann nicht mehr von Toleranz sprechen, alles beschleunigt sich bis zur Übelkeit, die Distanz zwischen den Generationen nimmt in geometrischer Progression zu, nicht zu reden von den zwanziger, den vierziger, sehr bald achtziger Jahren. Das erste Mal, als ein Pianist seine Vorführung unterbrach, um mit den Fingern über die Saiten zu streichen, als wäre das Klavier eine Harfe, oder auf den Kasten schlug, um den Rhythmus oder die Zäsur zu akzentuieren, flogen Schuhe auf die Bühne; heute würden die jungen Leute sich wundern, wenn die klangliche Benutzung eines Klaviers sich auf seine Tastatur beschränkte. Und die Bücher, diese von einer unerbittlichen Gerontologie benötigten Fossile und jene linken Ideologen, die hartnäckig an einem fast mönchischen Ideal des privaten und öffentlichen Lebens festhalten, und die Rechten, unerschütterlich in ihrer Verachtung der Millionen Besitzloser und geistig Armer? Der neue Mensch, ja: wie fern bist du, Karl Stockhausen, höchlich moderner Musiker, der ein nostalgisches Klavier mitten ins elektronische Farbenspiel setzt; das ist kein Vorwurf, ich sage dir das, von mir aus gesehen, vom Sessel eines Weggenossen aus. Auch für dich ist die Brücke das Problem, auch du mußt die Art und Weise finden, verständlich zu sprechen, während deine Technik und deine fest installierte Realität vielleicht von dir fordern, das Klavier zu verbrennen und an seiner Stelle noch einen elektronischen Filter einzusetzen (Arbeitshypothese, denn es geht nicht darum, um der Zerstörung willen zu zerstören, vielleicht dient Stockhausen das Klavier so gut, oder besser als die elektronischen Medien, aber ich glaube wir verstehen uns). Also, die Brücke, natürlich. Wie soll man die Brücke schlagen, und in welchem Maße wird es zu etwas nützen? Die intellektuelle Praxis (sic) der stagnierenden Sozialismen fordert die totale Brücke; ich schreibe und der Leser liest, das heißt, es gilt als ausgemacht, daß ich schreibend die Brücke schlage zu einem lesbaren Niveau. Und wenn ich unlesbar bin, mein Alter, wenn es keinen Leser gibt und ergo keine Brücke? Eine Brücke ist nämlich, auch wenn man den Wunsch hat, sie zu schlagen und jedes Werk eine Brücke von etwas her und zu etwas hin ist, doch keine wirkliche Brücke,

solange die Menschen nicht darübergehen. Eine Brücke ist ein Mensch, der über eine Brücke geht, du.
Eine Lösung wäre: ein Klavier auf diese Brücke zu stellen, dann gäbe es eine Begegnung. Eine andere: auf jeden Fall die Brücke schlagen und sie dann lassen; aus jenem Mädchen, das an der Brust seiner Mutter trinkt, wird eines Tages eine Frau, die allein über die Brücke geht, und vielleicht hat sie ein anderes kleines Mädchen an ihrer Brust. Und dann ist kein Klavier mehr nötig, es wird ja eine Brücke geben, und auch Leute, die darüber gehen. Aber erzähle das mal den selbstzufriedenen Konstrukteuren von Brücken und Straßen und Fünfjahresplänen.

»Wer war da am Telefon«? – sagte Fernando.

»Ach, der, je weniger man von dem spricht, desto besser«, meinte Patricio mit deutlicher Zuneigung. »Du wirst ihn in zehn Minuten sehen, es ist Andrés, ein Argentinier, einer von den vielen, die nicht wissen, warum sie in Paris leben, obwohl er seine Theorie über die Wahlheimat hat, auf jeden Fall hat er sich freien Zugang zu unserer Wohnung verdient. Susana hat ihn schon vor mir gekannt und kann dir erzählen, vielleicht vertraut sie dir sogar an, daß sie mit ihm geschlafen hat.«

»In unserer Wohnung, du sagst ja, daß er sich das Recht erworben hat«, sagte Susana. »Achte nicht auf ihn, Fernando, er ist der geborene Türke, jeden Lateinamerikaner, der mir vor diesem Ungeheuer begegnet ist, setzt er mir automatisch auf die Liste retrospektiver Eifersucht. Zum Glück ist er überzeugt davon, daß Manuel sein Sohn ist, wenn nicht, wäre dieses arme Kerlchen voller proustischer Blutergüsse.«

»Und was macht Andrés?« wollte Fernando wissen, der an den persönlichen Geschichten ziemlich uninteressiert war.

»Er hört unheimlich viel aleatorische Musik und liest noch mehr, hat ständig Frauengeschichten, und wahrscheinlich wartet er auf die Stunde.«

»Welche Stunde?«

»Ach, das . . .«

»Du hast recht«, sagte Susana, »Andrés benimmt sich, als wartete er auf wer weiß welche Stunde, auf jeden Fall ist es nicht unsere.«

»Und welches ist eure, die Revolution und so weiter?«

»Eine Art zu fragen ist das, der muß vom SIDE sein – meinte Patricio und reichte ihm einen Mate. »Mädchen, gib mir mal deinen Sohn herüber, du hast doch gerade gesagt, er sei nicht retrospektiv, und übersetz diesem Jungen hier die Meldung über Nadine, dieser Chilene braucht lokalpolitische Bildung, dann kann er sich eine Vorstellung davon machen, was ihn erwartet, sobald er anfängt, sich was geschieht, und das ist eine ganze Menge, aus der Nähe anzusehen.«

»Und wer gommt mit Andrés?«

»Wenn du ein bißchen wartest, armer Schlucker, kannst du dir selbst ein Bild machen, denn wenn die hereinschneien, dauert das eine Weile. Nun ja, es kommen Marcos und Lonstein, auch Argentinier, aber von der gelehrten Seite, wenn du mich verstehst, und vielleicht erscheint auch Ludmilla, wenn sie die russischen Stürme überlebt, die im Vieux Colombier herrschen, drei Akte Samovar und Knut, gar nicht davon zu reden, daß es plötzlich zum fünften Mal klingelt und uns der Besagte hereinschneit, wenigstens pflegt der sich mit einer Flasche Cognac oder mit Schokolade für Manuel zu nähern, sieh mal, wie dem Schuft die Augen blitzen, komm zu Papi, du wirst mich vor der Geschichte rechtfertigen, mein Söhnchen.«
»Noch etwas, was ich nicht verstanden habe, du sagtest etwas von Tee, den irgendwer irgendwo geklaut hat.«
»Geliebte Mutter«, sagte Patricio entsetzt.
»Man sieht, du hast nie die Abenteuer des Robin Hood gelesen«, sagte Susana. »Weißt du, Monique macht eine Doktorarbeit über den Inka Garcilaso und hat furchtbar viele Sommersprossen. Also, sie ging mit einer Gruppe Maoisten, um die Vorratskammern von Fauchon zu überfallen, der so etwas wie der Christian Dior der Fresser geworden ist, ein symbolischer Akt gegen die Bürger, die zehn Franc für einen per Luftpost importierten, schäbigen Avocado bezahlen. Die Idee ist nicht neu, denn es gibt keine neuen Ideen, wahrscheinlich hat man in deinem Land schon mal so etwas Ähnliches gemacht, es ging darum, die Lebensmittel auf zwei oder drei Lastwagen zu verladen und sie an die Leute in den Armenvierteln im Norden von Paris zu verteilen. Monique sah ein Päckchen Tee und steckte es sich wer weiß wohin, um es mir zu bringen, eine bei der Operation nicht vorgesehene und wohl auch unkorrekte Sache, aber wenn man das, was in jener Nacht passierte, in Rechnung setzt, muß man sagen, es war sublim.«
»Das ist eine gute Einleitung für die Meldung, die wir dir zur Erbauung übersetzen wollen«, sagte Patricio. »Du mußt wissen, da ist was schiefgegangen, und die Passanten haben die Jungs beinahe gelyncht, stell dir das vor, das waren Leute, die da ganz einfach vorbeikamen, und die bestimmt nie zu Fauchon rein gehen, denn es genügt ein Blick ins Schaufenster und du begreifst, daß du drei Monatslöhne brauchst, um dir ein Dutzend

Aprikosen und eine Scheibe Braten kaufen zu können, aber so ist es, lieber Chilene, die Vorstellungen von Ordnung und privatem Eigentum gelten sogar für die, die gar nichts davon haben. Monique kam rechtzeitig in einem Auto davon, aber die Polizei schnappte ein anderes Mädchen, und obwohl man sie natürlich nicht wegen Diebstahls verklagen konnte, da die Gruppe Flugblätter verteilt hatte, die ihre Absichten erklärten, verurteilte man sie zu dreizehn Monaten Knast, verstehst du, und ohne . . . ohne was?«

»Ohne Bewährung oder so«, sagte Susana. »Verstehst du, ein Jahr und einen Monat bleiben Sie im Gefängnis, mein Fräulein, zur Abschreckung aller derjenigen, die neue Überfälle auf fremdes Eigentum planen, welche Gründe auch immer dafür angeführt werden mögen. Und hier nun die Meldung aus der Zeitung, denn die handelt von einem anderen Mädchen, das Monique auch kennt.«

»Wieviele Frauen«, sagte Fernando beglückt.

»Hör zu: Überfall auf die Gemeindeverwaltung von Meulan. Fräulein Nadine Ringart einstweilig freigelassen. Das sind die Überschriften. Fräulein Nadine Ringart, am 17. März festgenommen, da sie an dem Überfall auf das Büro für Arbeitsvermittlung der Gemeindeverwaltung von Meulan (Yvelines) teilgenommen hat, wurde von Herrn Angevin, dem zuständigen Untersuchungsrichter, einstweilig in Freiheit gesetzt. Das junge Mädchen, Studentin der Soziologie an der Sorbonne, bleibt der Gewalt gegen die Polizei, mutwilliger und vorsätzlicher Gewaltanwendung, des Hausfriedensbruchs und der Mißachtung eines öffentlichen Gebäudes beschuldigt, Punkt.«

L'attaque de la mairie de Meulan

MLLE NADINE RINGART EST MISE EN LIBERTÉ PROVISOIRE

Mlle Nadine Ringart, detenue depuis le 17 mars dernier pour avoir participé à l'attaque du bureau de main-d'œuvre de la mairie de Meulan (Yvelines), vient d'être mise en liberté provisoire par M. Angevin, juge d'instruction à la Cour de sûreté de l'Etat.

La jeune fille, étudiante en sociologie à la Sorbonne, reste inculpée de violences à agent, violences volontaires avec préméditation, violation de domicile et dégradation de monument public.

»Herrlich«, sagte Fernando

zufrieden. »Wenn du dieser Meldung glaubst, hat dieses Mädchen Calamity Jane, der Akatha Christie, nein, Akata Kaliffi, die ihr da in Argentinien habt, den Rang abgelaufen. Als du vorkelesen hast, dachte ich, die Meldung wäre ein Witz; stell sie dir in einer Zeitung von vor fünf Jahren vor. Und die sagen das kanz einfach so, mutwillige Kewaltanwendung, Hausfriedenspruch, von einer Soziolokiestudentin an der Sorbonne. Das hört sich wirklich an wie ein Witz.«

»Nobelpreisträger für Theologie zersägt seine Frau«, sagte Patricio. »Wir würden dabei ganz ruhig bleiben, so wie jetzt, da sie wöchentlich zweimal auf dem Mond landen, was geht mich das an.«

»Fangt nicht an wie meine Tante zu reden«, sagte Susana, die Manuel, der immer wacher und munterer wurde, tüchtig schaukelte. »Es gibt Sachen, an die ich mich nie gewöhnen werde und darum mache ich mir die Arbeit, dir diese Meldungen zu übersetzen, um zu spüren, bis zu welchem Grad sie bezeichnend sind, und was alles uns noch zu tun bleibt.«

»Gut, genau darüber wollen wir mit unserem transandinen Freund hier sprechen, aber man muß ihn nicht gleich damit überfüttern, du.«

»Wie keheimnisvoll«, sagte Fernando.

»Und wieviel Feuer unterm Arsch«, sagte Patricio.

Wahrscheinlich will er sich schützen, dachte Andrés, darum spricht Lonstein so, in einer Sprache, die schließlich alle verstehen gelernt haben, was ihm manchmal nicht zu behagen scheint. Es gab eine Zeit (wir teilten ein billiges Zimmer in der Rue de la Tombe-Issoire, im Winter 60 oder 61) in der er deutlicher war, manchmal ließ er sich dazu herab zu sagen, sieh mal, alle Realität, die sich lohnt, kommt durch Worte zu dir, den Rest überlaß den Affen und den Geranien. Er wurde zynisch und reaktionär, er sagte, wenn das da nicht geschrieben wäre, existierte es nicht, diese Zeitung ist die Welt und es gibt keine andere, du, dieser Krieg existiert, weil hier die Telegramme ankommen, schreib deiner Alten, dann gibst du ihr ein bißchen Leben. Später sahen wir uns wenig, ich lernte Ludmilla kennen, man kam und ging, es kam Francine, einmal bekam ich in Genf eine Postkarte von Lonstein, und ich erfuhr von seiner Arbeit im Gerichtsmedizinischen Institut, das Wort war unterstrichen und mit mehreren !!!!!!!! und ???????? versehen, und am Schluß stand einer seiner Sätze: Arbeite nicht so viel, spiel; finde 'ne Entgegnung, Segnung. Ich schickte ihm meinerseits eine Postkarte mit der Ansicht des Springbrunnens am Ufer des Genfersees und erfand eine Botschaft mit Hilfe aller Zeichen einer elektronischen IBM; sie hat ihm bestimmt nicht gefallen, denn es vergingen vier Jahre, aber das macht nichts, ich muß zugeben, das mit den Wörtern *made in Lonstein* war niemals ein Spiel, obwohl niemand wissen konnte, was sie bezweckten, Verteidigung oder Angriff, für mich enthielten sie auf irgendeine Art die Wahrheit von Lonstein, das, was Lonstein ausmachte, klein und ziemlich schmutzig, ein streunender Cordobese und nach eigenem Geständnis ein großer Wichser und Freund parawissenschaftlicher Experimente, mit Ungestüm Jude und Criollo, schrecklich kurzsichtig, als ob man Lonstein sein könnte, ohne klein zu sein und kurzsichtig, jetzt ist er wieder hier, geistert wie alle Südamerikaner ohne Vorwarnung in mein Apartment, natürlich kommt er mit Marcos, der auch groß darin ist, nicht zu sagen, daß er kommt, Hurensöhne verdammte.

Diese Typen kommen mir ziemlich ungelegen, sie erwischen mich völlig verstört, denn seit zehn Uhr, und es ist jetzt zwölf (eine ganz natürliche Zeit für Lonstein und Marcos, klar) schlage ich mich mit meinen Problemen herum, also damit, endlich zu entscheiden, ob ich jetzt die Platte *Prozession* noch einmal auflegen, oder lieber dem venezolanischen Dichter ein paar Zeilen schreiben soll, der mir ein Buch geschickt hat, in dem alles wie unterstrichen oder schon gelesen ist, die Worte wie die Türklopfer in den Büros poliert, patentierte Metaphern und Metonymien, so gute Absichten, so sichtbare Resultate, schlechte, angeblich revolutionäre Dichtung, aber wenn es nur das wäre, Stockhausen oder der Venezolaner, das Schlimme ist die Sache mit den Brücken, die mir die Zeit stielt, dieser Ärger mit Francine und Ludmilla, aber vor allem diese Verwirrung wegen der Brücken, die mich inzwischen so sehr stören, daß jeder andere sie zum Teufel schicken würde, dieser Wunsch, nicht einen Zoll breit zurückzuweichen (wozu der Gemeinplatz mit dem Zoll, wo wir doch das Dezimalsystem haben? Tricks, Tricks in jeder Zeile, der kleine Rabbi hat recht, die Realität entsteht dir durch die Worte, also ist meine Realität falscher als die eines asturischen Priesters; finde 'ne Entgegnung, Segnung), nicht einen Zentimeter breit nachlassen, was nicht viel ausmacht, auch wenn wir dem metrischen treu bleiben, und gleichzeitig zu wissen, daß ich mitbringe, mithelfe, mitdenke, mittrage aber auf gar keinen Fall mitfühle, und hier beginnt die Verwirrung, warum sage ich nicht die Furcht, so etwas ist mir noch nie passiert, die Dinge kamen auf mich zu, ich manipulierte sie, gab sie zurück, bumerangte sie, ohne aus meiner Schale herauszukommen, bis plötzlich, gerade als ich mich besonders eingekapselt fühlen konnte; es ist nicht nur die Verwirrung, die dir den Aschenbecher mit bitteren Kippen füllt, sondern alles, die Amouren, die Träume, der Kaffeegeschmack, die Metro, die Bilder und Meetings fangen an sich zu verdrehen, zu vermischen, sich miteinander zu verschlingen, der kleine Popo von Ludmilla ist der Vortrag von Pierre Gonard in der Mutualité, wenn wenigstens der Vortrag jenes Popöchen wäre, an das ich mich im Augenblick nicht erinnern möchte, und nun obendrein noch Lonstein und Marcos um diese Zeit, es ist zum Katzenficken.

Es ist ein bißchen so, das Tierchen kommt in die Arena heraus, bleibt ganz still sitzen, atmet. Es versteht nichts, es war im Dunkeln, man hat ihm sein Futter gegeben, alles ging gut, nach Lastwagen, Schütteln und Gewohnheiten, alles begann ein Geruch zu werden, ein entfernter Ton, totale Abwesenheit der Vergangenheit, und plötzlich eine Gasse aus Schreien und Stangen, ein riesiger Ring voller Farben und Pasodobles, eine sinkende Sonne in den Augen, und dann, buff, schreibt die Klaue die Chiffre der Verwirrung in den Sand. Verflucht, denkt das Tierchen, es ist natürlich spanisch, denn die Japaner haben noch keine Stierkampfindustrie aufgebaut, wie sie es schon mit den französischen Austern gemacht haben, was zum Teufel ist das. Ich würde das zum Beispiel gern Lonstein oder Marcos fragen, jetzt, da sie sich bei mir breitgemacht haben (ohne von Ludmilla zu sprechen, die gleich kommen muß, sobald ihre Rolle im Vieux Colombier zuende ist) aber was soll ich sie fragen und wozu, wenn die Verwirrung größer ist als das, was sich in einer Frage festhalten läßt, denn man sieht ja bereits, daß das mit Stockhausen und Ludmillas Popo und dem venezolanischen Seher nichts als Stückchen sind, kaum ein paar Würfel des Mosaiks, und genau das ist es, mit welchem Recht benutze ich das Wort Würfel, das vielen Leuten überhaupt nichts sagt, und verdammt nochmal, warum soll ich es nicht benutzen, wenn es mir das Notwendige sagt und außerdem, dem Kontext hilft, und sowieso jeder weiß, was ein Würfel ist. Aber da liegt nicht das Problem, sondern im Bewußtsein, daß es ein Problem sein könnte, ein Bewußtsein, das ich niemals vorher gehabt habe, und das nach und nach in mein Leben eingedrungen ist und in die Sprache, so wie Lonstein und Marcos in meine Wohnung, spät und ohne Vorwarnung, wie im Vorübergehen, ganz offensichtlich arbeite ich zu viel, spiel. Denn obendrein haben Lonstein und Marcos jetzt angefangen zu reden, und das ist genau das andere Ende des Problems, eine Art Wette gegen das Unmögliche, aber sie reden einfach weiter und los, unterbrich sie doch. Im Zweifelsfall werde ich Patricio anrufen, und wenn sie lästig werden, lenke ich sie behutsam dahin ab, und ich höre wieder *Prozession*, es scheint, die Wahl ist getroffen, und der venezolanische Dichter hat verloren, armer Knabe.

Die Gesprächsgegenstände sind das Leichenschauhaus, gemein-

hin Gerichtsmedizinisches Institut genannt, die Ertrunkenen, Lonstein ist heute Nacht gelöst, er, der nie von seiner Arbeit spricht, aber Marcos hinter seiner Zigarette wiegt sich langsam in Ludmillas Schaukelstuhl, hin und wider fährt er mit der Hand durch sein krauses Haar und stößt langsam den Rauch durch die Nase aus. Andrés hat Marcos keine Fragen gestellt, so als wäre es das Natürlichste von der Welt, um Mitternacht mit Lonstein in seiner Wohnung aufzutauchen, und Marcos scheint diese leicht distanzierte Attitüde von Andrés zu gefallen, er wartet noch ein Weilchen, und Lonstein hat es mit Selbstmorden und Arbeitsstunden, er ist völlig ungehemmt trotz der Instruktionen, acht Metrostationen lang und zwei Grappas in einem Café. Selbst Andrés schien zu merken, daß irgend etwas nicht ganz klappt, er hört Lonstein zu, sieht dabei aber Marcos an, als wollte er ihn fragen, was zum Teufel, und bis wann, du.
»Stopp deinen Wasserfall, Rabbi junior«, befiehlt Marcos, der sich im Grunde ziemlich amüsiert, »dein Edgar Allan Poe für das Volk, spar ihn dir, bis wir bei Patricio sind, die Frauen werden an deinen Lippen hängen, du weißt doch, wie nekrophil die sind. Die Idee, mein Alter, war, diesen Besuch dazu zu benutzen, über ein bißchen lebendigere Sachen zu reden, nämlich dich und deine Polin in einen Schnellkurs für Information über Lateinamerika einzuführen, von dem du dich offenbar etwas entfernt hast. Diese talmudische Bestie hatte den Auftrag, das Eis zu brechen, aber das war überflüssig, du hast uns sofort durchschaut, und mir liegen solche Präliminarien ohnehin nicht.«
»Na, mach schon«, sage ich resigniert.
»Gut, also es handelt sich etwa um folgendes.«

Schließlich begriff ich, daß einer der wichtigsten Gründe für Marcos Besuch mein Telefon war, denn in diesen Tagen traute er seinem nicht. Ich hätte ihn nach dem Grund fragen sollen, aber wenn ich ihn nicht fragte, sparte sich Marcos die Lügen, und außerdem hatte ich keine große Lust, in das Thema Marcos einzusteigen, wenigstens nicht, bevor wir bei Patricio waren, wo Politik und direkte und indirekte Aktion praktisch der einzige Grund waren, den Mund zu öffnen. Marcos kannte mich, meine Enthaltsamkeit störte ihn nicht; er hatte zu Lonstein und zu mir ein Verhältnis wie zu alten Schulfreunden (wir waren es nicht), und ein anderer Kontakt war nicht nötig. Bei Ludmilla ließ er sich gehen, erzählte Dinge aus dem Stegreif, die erzählbaren Schwierigkeiten, in denen Patricio und er sich ständig befanden; manchmal sah er mich hinter dem Rauch seiner Zigarette an, als wollte er wissen, wo ich stand, warum ich das Schrittchen nach vorn nicht tat oder etwas zur Seite rückte, um in die rechte Bahn zu gelangen. Und während er so mit einer unendlichen Reihe von Typen auf Französisch und Spanisch und manchmal in einem unverständlichen Kauderwelsch telefonierte (der andere hieß Pascale und antwortete aus Genua, dieses Trimester wird die Telefonrechnung gesalzen werden, ich darf ihn nicht gehen lassen, bevor er nicht abgerechnet hat), schwatzten Lonstein und ich, tranken Weißwein und dachten an den Mutterwein unten in den Kellern. Dem armen Lonstein hatte man diese Woche den Lohn erhöht, und er war deprimiert, weil er daran dachte, daß alles auch seine Kehrseite hat und die Arbeit ihn fertigmachen würde; sein Pech machte ihn seltsam geschwätzig, Marcos mußte ihm immer wieder zuzischen, damit er jemanden verstehen konnte, der in einer Telefonzelle in Budapest oder Uganda sein mußte, dann senkte der kleine Rabbi die Stimme ein bißchen und wieder die Ertrunkenen, der Nachtdienst im Leichenschauhaus, die Erstickten, die aus dem Fenster Gestürzten, die Verbrannten, die vor (oder während) der Vergewaltigung erwürgten Mädchen, ebensolche Knaben, Selbstmorde durch Gift, Kopfschüsse, Leuchtgas, Barbitursäure, Rasiermesser, die Unfalltoten (Autos, Züge, mi-

litärische Übungen, Feuerwerk, Baugerüste) und last but yes least die durch Erfrieren oder Alkoholvergiftung gestorbenen Bettler, die sich mit Hilfe des letzteren gegen das erstere wehren wollten, auf irgendeinem Metroschacht, der immer noch etwas wärmer war als der Bürgersteig, auf dem die geschäftige und ehrenhafte Kleinbürger- oder Arbeiterbevölkerung der Stadt ohne stehenzubleiben vorbeiging. Es ist nicht etwa so, daß Lonstein mir diese Daten mit solcher enumerativen Genauigkeit gäbe, denn bei allem, was sich auf seine Arbeit bezieht, sind seine Versionen vor allem sprachliche Übungen, es ist schwer zu unterscheiden, was Cäsars ist und was des Leichenschauhauses. Heute Nacht übertrifft sich Lonstein an Geschwätzigkeit und zeichnet mit cordobeser Akzent Dinge wie Gespießte und Gebeutelte, die, so schließe ich aus dem Kontext, die Tische der Gerichtsmedizin belegen, und daher, so klagt er, hat er iersienig zu tun, wenn er zwieschen acht und neuin an den Frigider kommt, warten schon ein halbes Dutzend Leichen darauf, von ihm entdiort, entchanelt zu werden, daß er ihnen die Gedärme herausholt, sie Stück für Stück an den Marmor gewöhnt, an die Horizontale, wo Knöchel, Hinterbacken, Schulterblätter und Nacken zu mehr oder weniger gleichen Teilen dem Einfluß des Gravitationsgesetzes unterliegen, in Ermangelung von Besserem, was soll man da machen.
»Pascala, puoi dire a cuelolà que è un fesa«, sagt Marcos. »Er soll mir die Melonen direkt an die Adresse von Rotkäppchen schicken.«
Die Schlüssel, die diese Kerle haben, denkt Andrés, die Melonen müssen Flugblätter oder Maschinengewehre sein, Rotkäppchen ist bestimmt Gómez, der sich alle zwei Stunden rasiert.
»Dann ehrgert mich das Waschen«, erklärt Lonstein, »wenn du Glück hast, mußt du zuerst eine Mietze von vierzehn, fünfzehn untersuchen, alles Puder und eine Maske wie aus einem japanischen Garten am Samstagabend, nur daß sie am Luftschacht einen blauen und schwarzen Ring hat und auf dem Rock eine Landkarte wie von doppeltkonzentriertem Ketchup, dann muß ich ihr den Traumkasten aufdeckeln, Gummibänder zerschneiden, verklebtes Tergal runterziehen, bis ich jede Schiecht von ihr sehen kann, die Narben, die Abnutzun-

gen des Lebens. Der lahme Tergov hielft mier machmal, aber wenn es eine Hübsche ist, schiecke ich ihn zum Arbeiten an einen anderen Diesch, ich wasche sie lieber allein, ganz allein, nackt wie aus dem Mutterleib, verstehst du, Schwämmchen hier, Schwämmchen da, ich mache sie schöner als am Tag ihrer ersten Kommunion, Tergov gießt nur gerade eben einen Kübel drüber, und setzt ihnen den Kram zusammen, rückt ihnen die vier Gräten gerade, als gings ihn nichts an, ich dagegen dreh sie um, wenn es sich lohnt, glaube nur nicht, um sie zu begaffen, aber auch darum, klar, was, glaubst du, hat Leonardo getan, und wie wird der heute verehrt, manchmal kannst du dir nicht vorstellen, daß sie nicht mal mehr Lust zum Bumsen haben, so einfach abzuhauen, das ganze Leben im Arsch, es ist als hülfest du ihnen ein bißchen, obgleich es natürlich immer traurig ausgeht, du, sie machen nicht mit. Die von gestern Nacht um elf, zum Beispiel, man brachte sie, als ich gerade bei Marthe war, einen Rum trinken, ich komm zurück, und was sag ich dir, neue Arbeit auf Tisch sechs, ich weiß nicht, warum man auf Tisch sechs immer die ganz jungen Dinger packt, ich zieh den Rosanen herunter und zerschneide den Schwarzen, heb ihr den Rayon, sogar mir fiel es schwer, das einfach hinzunehmen, Tergov hatte die Angaben der Bullen, Leuchtgas, das konnte man schon an ihrem Näschen feststellen und an den Nägeln, aber ich sage dir, ich schwöre dir, noch warm, vielleicht vom Leichenwagen, man hat jetzt welche gekauft, die sehen aus wie Schweizer Chalets, ich war mal drin; kaum achtzehn, zweifarbige Mähne, und so glatte Knie habe ich in meinem Leben nicht gesehen; ich hatte ganz schön mit ihr zu tun, weil das Gas, ich weiß nicht, ob du das weißt, aber nachher erzähle ich es dir; also, eine halbe Stunde gründliche Reinigung, Großabwasch, die Phase des umgedrehten Handschuhs, du glaubst doch nicht, ich würde noch nekrophil, hoffe ich.«

»Soweit gehen wir nicht, aber was du magst, magst du«, sagt Marcos, der ihm wie von weitem zuhört, während er eine neue Nummer wählt, es sind schon sieben.

»Wenn sie schmuckgummig und floppig sind, wenn sie noch ganz ringelpietzig aussehen, dann ja, dann wecken sie in mir die Florence Nightingale, schließlich ist das eine feine Art, dem Tod an den Arsch zu fassen, nicht zuzulassen, daß er sie in die

Seile drängt, darum strengt man sich an, Alter, schrubbt und schäumt, und wenn du sie gut abgetrocknet hast, sehen sie ganz genauso aus wie die, die in ihrem home oder in der Mayo Klinik mit dem Beistand der Allerheiligsten Mutter Kirche und der Galenen krepiert sind, denn schließlich wäre es ungerecht, wenn meine Gespießten, so jung wie sie manchmal sind, gehandicapt durch die Brandung des Todes laufen, verstehst du, was ich sagen will, das Unglück diszipulös terminologisierend?«
»Verdammt«, sagt Marcos wütend, man weiß nicht ob wegen Lonstein oder weil die Leitung besetzt ist.
»Laß ihn«, sage ich, »seit Jahren war er nicht so gelöst, wenn ein Monstrum durchgeht, muß man neben ihm her galoppieren, seien wir doch Christen.«
»Ihr seid wie eine Mutter«, sagt Lonstein sichtlich zufrieden, »man ist wie diese klassischen Henker, die ganz neurotisch endeten, weil sie nur eine nicht weniger klassische Tochter hatten, der sie die Einzelheiten über Tortukomien und Bleigekreisch erzählen konnten; du begreifst doch, daß ich im Bistro von Marthe nicht meine Platte auflegen kann, wie meine Kumpel sagen, das verdammt mich zum Schweigen, außerdem bin ich ledig und Keuschonanierer, da bleibt mir keine andere Fontanelle als das Selbstgespräch, außer den Klosettheften, wo ich hin und wieder ein oder zwei Geschreibsel verkackstücke. Das Schlimme ist, wie ich dir schon erklärt habe, daß man mir jetzt die doppelte Arbeit aufgedrückt hat, unter dem Vorwand, mir viermal mehr zu bezahlen; ich unheilbarer Dussel habe das angenommen und neben dem Insti habe ich nun noch das Hospi. Alles Inder, es gab mal einen Schub Tschechen, aber jetzt alles Inder made in Madras, Ehrenwort.«
»Und was für Inder«, sagt Marcos.
»Vom Scheiterhaufen gekidnapped«, beharrt Lonstein, »und hermeneutisch in Containern eingemacht, numeriert und mit Indeskription über Alter und Geschlecht versehen, wer weiß, wie sie diese Schiebung fertigbringen, aber eines schönen Tages werden die Händler, die das Holz für die Verbrennungen in Benares verkaufen, ein Ding starten, das den Aufstand von Kalkutta, den wir im National Bolivar, Provinz Buenos Aires, gelernt haben, in den Schatten stellt, denk doch bloß an die Sachen, die uns dieser dämliche Cancio beigebracht hat, einen

tollen Pauker haben wir da gehabt, o Nostalmia, O Exuborium!«

»Du willst doch nicht behaupten, man importierte indische Leichen zur Mortisektion«, sagt Marcos, der langsam angesteckt wird. »Erzähl das deiner Großmutter, du Quatschkopf.«

»Ich heilige es dir, bei allem, was mir schwörig ist«, sagt Lonstein. »Wir, der lahme Tergov und ich, wir müssen die Container öffnen und die Ware für die Nacht der langen Messer zubereiten, das ist donnerstags und montags. Hier, da hast du ein negawissenschaftliches Exemplar von vielen, die der Lahme und ich ausschlachten, weil die Perfesser nur Rohmaterial im Zustand integraler Splitternacktheit wollen.«

Er zieht eine Papierblume aus der Tasche, die mit einem Draht umwickelt ist und wirft sie Marcos zu, der aus seinem Sessel aufspringt und sie mit einem Fluch aufreißt. Ich fange an, daran zu denken, sie langsam zur Tür zu treiben, denn wir können Patricio und Susana doch nicht bis ein Uhr morgens warten lassen, und es ist bereits fünf nach eins.

Wegen alldem, daß nämlich das Absurde nur die Prähistorie der Menschheit ist, wie es der Besagte und auch einige andere verstehen und auch wegen der Tierchen, die um die Lampe schwirren, was eine von vielen Möglichkeiten ist, auf das Absurde zu reagieren (im Grunde heißt homo faber gar nichts anderes, aber es gibt so viele faber, Nr. 1, 2 und 3, spitz oder stumpf, ganze oder Stummel) wegen alldem und aus ähnlichen Gründen wird der Augenblick kommen, in dem der Besagte meinen wird, es tanzten genügend Käfer, Mücken und Nachtfalter einen unvernünftigen, wenn auch höchst wunderbaren jerk um die Lampe und dann, immer innerhalb der Metapher, wird er sie plötzlich ausmachen, wird augenblicklich eine bestimmte Stellung aller Tierchen oder ihrer Ansätze herumzufliegen einfrieren, sobald ihnen das Licht entzogen ist, werden sie abrupt in dem letzten Blick des Besagten, gerade als er die Lampe löscht, festgehalten, so daß der größte Falter, der weit und hoch die Lampe umflog, symmetrisch zur roten Motte stehen bleibt, die ihre Ellipse unterhalb der Lampe zog, und so einanderfolgend erhalten die verschiedenen lästigen, sommerlichen Viecher eine Konstellation von festen und endgültigen Punkten, die ein Augenblick mehr oder weniger Licht unendlich verändert hätte. Manche werden das Auswahl nennen, unter anderen auch der Besagte, und manche nennen es Zufall, unter anderen auch der Besagte, denn der Besagte weiß sehr gut, daß er in einem bestimmten Augenblick die Lampe gelöscht hat, und daß er das tat, weil er es in diesem Augenblick beschlossen hatte, nicht früher und nicht später. Aber er weiß auch, daß der Grund für seinen Entschluß den Schalter zu drücken, weder ein mathematisches Kalkül noch ein funktionaler Grund war, sondern daß er innen geboren wurde, wobei innen ein ganz besonders unbestimmter Begriff ist, wie jeder weiß, der sich verliebt oder am Samstagabend Poker spielt.

»Machen wir doch noch etwas weiter mit dem, was unseren transandinen Freund erwartet, wenn er nicht ständig in seinem Hotel bleibt.«

»Kut, ich verstehe schon«, sagte Fernando. »Ich weiß nicht,

Les « jeux du cirque »

Nous avons reçu de M. Etienne Metreau, jeune Grenoblois de vingt ans, la lettre suivante :

Me promenant au campus de Saint-Martin-d'Hères, samedi 6 dans l'après-midi, pour voir des étudiants et pour comprendre la raison de leur violence, j'ai été invité à venir à la « boum-barricade ».

Dans le courant de la soirée, je me suis approché de l'avenue qui longe le campus. C'est alors qu'une voiture s'est arrêtée à ma hauteur. Un commando de sept personnes en descend. L'un d'eux m'assomme de sa matraque, tandis que les autres passent à tabac deux autres jeunes qui étaient à côté. Ils m'enferment dans leur voiture et démarrent en abandonnant les deux autres sur le carreau.

Au cours du trajet, ils me frappent d'une série de coups de cravache, tout en me menaçant de mort (par injection de cyanure ou par noyade...). Après une halte dans une cour d'immeuble où ils se livrent à divers matraquages, ils m'amènent en face d'un magasin Record, où ils renoncent à continuer leurs tortures à cause de la présence de témoins. C'est alors qu'ils me remirent aux C.R.S. qui, un par un, me frappèrent. Puis ils firent un cercle autour de moi et commencèrent « divers jeux de cirque » : me faisant courir pour échapper à leurs coups, me forçant à crier : « *Vive Mao ! Vive Mao !* »

Puis ils m'enfermèrent dans un car : coups de poing, coups de pied, coups de matraque, coups de casque ininterrompus pendant une demi-heure, se disputant entre eux pour avoir le privilège de participer aux réjouissances (parmi eux se trouvaient deux gradés). Ils me ramenèrent alors dans la voiture « banalisée » qui m'avait kidnappé au départ.

Ce n'est qu'alors (plus d'une heure après m'avoir enlevé) qu'ils m'interrogèrent et que je pus dire que je n'étais pas étudiant et que je n'avais participé à aucun affrontement. Ils me déposèrent alors sur un trottoir à 150 mètres de la préfecture.

Je me trouve maintenant à l'hôpital, avec un traumatisme crânien (j'ai perdu trois fois connaissance au cours de cette aventure).

man sieht in deinen Augen noch, was eines unserer besten Gedichte sagt: du hast den Mate voller unglückseliger Illusionen. Therefore, Susana, übersetze ihm den Zweispalter, den dir Monique mit dem Tee gebracht hat.«

»Wenn ihr mich weiter anödet, kassiere ich Unescotarif für Heimübersetzungen«, moserte Susana. »Seit Tagen habe ich ein Auge auf ein kleines Modell von Dorotea Bis geworfen, und wenn du nicht aufpaßt, kaufe ich mir zwei, wie subliminalerweise der Name der Besitzerin suggeriert, die muß ein ausgekochtes Aas sein. Die »Zirkusspiele«, Titel. Wir haben folgenden Brief erhalten von Herrn Etienne Metreau, einem zwanzigjährigen jungen Mann aus Grenoble, Doppelunkt! Am Nachmittag des 6., Samstag, während ich über den Campus von Saint-Martin-d'Hères ging, um die Studenten zu sehen und den Grund für ihre Gewalttätigkeit besser zu verstehen,

> Erlaube mir hier ein Lächeln, denn das mit den Grund für ihre Gewalttätigkeit nicht verstehen, rechtfertigt beinahe, was dem armen Etienne nachher passierte,

wurde ich zum »Barrikaden-boom« eingeladen. Abends ging ich über die Allee am Rande des Campus. Ein Auto hielt vor mir. Ein Kommando von sieben Personen steigt aus,

> Dieser Zeitenwechsel ist immer etwas hart.«

»Laß die Kommentare, Mädchen«, sagte Patricio.

»Einer von ihnen

Hier wieder, da seht ihr es, von Personen, femininum, geht er über zu einer von ihnen, masculinum und mit Knüppeln. Eine Sprache ist das, ihr zahlt mir das doppelte oder der Ofen ist aus,

Einer der Schläger verprügelt mich, während die anderen auf zwei Jungen losgehen, die in der Nähe waren. Sie lassen mich ins Auto steigen und fahren los, die beiden anderen lassen sie auf der Erde liegen. Während der Fahrt verprügeln sie mich und drohen, mich umzubringen (mit einer Zyanidinjektion, oder mich zu ertränken). Nach einem Halt im Hof eines Hauses, wo sie mich weiter mit Knüppeln bearbeiten,

hier versteht man nicht ganz, ob sie nur Etienne verprügelt haben, oder ob auf dem Hof noch andere waren, die ihr Soll abkriegten

bringen sie mich vor einen der Record-Läden, wo sie davon absehen, mich noch weiter zu foltern, da Zeugen zugegen waren. Daraufhin übergaben sie mich den C.R.S.

schon wieder Zeitenwechsel, diese Knaben müssen Michel Butor gelesen haben, allerdings ohne moralische Aufrüstung, versteht sich,

die wieder anfingen, mich regelrecht zu verdreschen. Dann stellten sie sich im Kreis auf und begannen mit einigen »Zirkusspielen«, sie ließen mich rennen, um ihren Schlägen auszuweichen und zwangen mich zu schreien: *Viva Mao! Viva Mao!* Dann sperrten sie mich in einen Zellenwagen: Faustschläge, Fußtritte, Schläge mit den Helmen, ohne Unterbrechung eine halbe Stunde lang, wobei sie sich um den Vorzug stritten, an dem Spaß teilnehmen zu können, Offiziere waren auch dabei. Danach brachten sie mich in dem »getarnten« Wagen zurück, mit dem sie mich zu Anfang entführt hatten. Erst dann (über eine Stunde später, nachdem sie mich entführt hatten) verhörten sie mich, und ich konnte ihnen endlich sagen, daß ich weder Student sei, noch an irgendeinem Kampf mit der Polizei teilgenommen habe. Daraufhin warfen sie mich auf den Bürgersteig, 150 Meter von der Polizeipräfektur entfernt. Jetzt liege ich mit Schädelverletzungen im Krankenhaus (ich verlor im Verlauf dieses Abenteuers dreimal das Bewußtsein). Punkt.«

»Da hast du es, Chilene«, sagte Patricio. »Und der Typ ist französischer Bürger, stell dir vor, was passiert, wenn sie zum Beispiel einen Dahergelaufenen aus Osorno oder aus Temuco greifen, Aiaiaiai sagte Pérez Freire.«

»Schön, jedenfalls haben sie ihn nicht umgebracht wie in Kuatemala oder in Mexico.«

»Oder in Córdoba und Buenos Aires, Liebesengel, nimm meinem Land nicht seine unveräußerlichen Rechte. Natürlich bringen sie sie im Augenblick nicht um, aber nicht, weil sie keine Lust dazu hätten, es gibt ganz einfach so etwas, was sie Wertskala nennen, und diese Skala reicht nicht ganz bis zum Finger am Abzug, denn es gibt da noch die Schwerindustrie, die internationalen Beziehungen, Fassaden, die gewahrt bleiben müssen. Mädchen, es zerreißt mir das Herz, wie dein Sohn schreit, wo ist der ach so gepriesene Mutterinstinkt, diese Märchen, die ihr euch ausgedacht habt, damit wir uns nicht in dem kritischen Bereich der Wiege einmischen.«

»Und mit Recht, mein Lieber, denn du wirfst sie fast jedesmal um, wenn dich ein Anfall von Zärtlichkeit überkommt. *Dein Sohn*«, fügte Susana hinzu und streckte ihm die Zunge heraus, »er sagt das so, als wäre er in der Nacht im Kino gewesen und nicht im Bett.« »Du bist sicher, daß es im Bett war und nicht auf der Matte im Badezimmer?« sagte Patricio, packte sie bei den Schultern und wirbelte sie in der Luft herum, bis sie mit dem Kopf die Decke berührte, ein liebevolles Herumtollen, dem Fernando bestürzt zusah. Für einen Augenblick schienen sie ihn zu vergessen, küßten und kitzelten sich und schienen auch nicht zu bemerken, daß Manuel sein rauhes Geschrei um einige Phon verstärkte. Natürlich mußte es ausgerechnet in diesem Augenblick klingeln, da hier reichliche Verwirrung herrschte. Fernando wartete einen Augenblick, aber da Patricio mit Susana verschwunden war und man hörte wie sie Manuel mit Gelächter und Demonstrationen, die den auditiven Entladungen des Sohnes in nichts nachstanden, besänftigten, beschloß er, selbst die Tür zu öffnen, ein stets unangenehmes Unternehmen, wenn die Ankommenden Freunde des Hauses sind und auf jemanden stoßen, den sie gar nicht kennen. Da ist dieser Moment des Zögerns, in dem alle sich wohlerzogen betragen, aber jeder denkt, verflixt, was ist hier los, habe ich mich in der Tür geirrt, um zwei Uhr morgens ist das ziemlich haarig, und wenn die Dinge sich aufklären und man von der Phase des auf die Uhr Sehens und der verbalen Erklärungen zum Händedrükken und sich Vorstellen übergeht, bleibt immer ein Nachgeschmack allgemeiner Unstimmigkeit, eines schlechten Beginns der Zeremonie, der sie liturgisch unwirksam macht, die Hostie, die auf einen Hustenanfall stößt und sich in einem Regen aus Maismehl auflöst, diese Dinge außer der Reihe, wie einige Karrosserien, und alles war noch um so schlimmer, da Lonstein sich vorstellt: »Ich bin äußerst bezückt«, ein Satz, den Fernando natürlich für Französisch hielt, aber bleiben Sie doch nicht in der Tür stehen, bitte, so daß wir eintraten und da bestand kein Zweifel mehr, wir waren bei Susana und Patricio, denn schon in der Tür, Manuel, und wie.

Wahrscheinlich ging ihm das unendliche Gerede über den Kampf, den sie Herausforderung nannten, etwas auf die Nerven; vielleicht tauchten die Briefe von Sara einfach aus verbaler Assoziation auf, nur so, aus Spaß am Auftauchen (hatte denn nicht auch das Gedächtnis seine Launen, seine Gezeiten, den Übermut, zu geben oder zu verweigern, je nach Lust und Laune?); jedenfalls dachte der Besagte schon eine ganze Weile an die Briefe, während Marcos die neuesten Formen der letzten Herausforderungen innerhalb Paris kommentierte oder kritisierte. Die Briefe waren gekommen, als ein Freund von Sara einen Monat bei dem Besagten wohnte, ehe er nach Argentinien zurückkehrt; er überließ sie ihm, als er fort ging, denn sie galten auch ein bißchen ihm, obwohl der Besagte Sara, die noch nie in Europa gewesen war, seit zehn Jahren nicht mehr gesehen hatte; das letzte Bild, das er von ihr hatte, war ein Teelöffel, Saras Hand, die behutsam den Löffel führte, als hätte sie Angst, den Zucker oder den Kaffee zu verletzen, drei Uhr nachmittags in einer Kneipe in der Maipú-Straße.
In diesen Tagen, in denen Marcos und Patricio und der Rest der Bande die Motzer organisierten, glaubte der Besagte, wenigstens Marcos verdiente es, von Saras Briefen zu erfahren, und er ließ sie ihn eines Nachts, während er auf wichtige telefonische Nachrichten wartete, lesen (Marcos wartete und Lonstein und der Besagte waren da, wie immer, der kleine Rabbi unzertrennlich und doch distanziert und der Besagte mehr oder weniger; auch sie rührten den Zucker in ihren Bechern, aber ohne die geringste Vorsicht). Ich kam gerade, als Marcos die Briefe las und bemerkte, daß der Besagte sie wieder an sich nahm, sobald Marcos zuende gelesen hatte, ohne sich zu entschuldigen, daß er Lonstein und mich überging, obwohl uns das verdammt egal war (es war uns nicht egal, aber, verdammt, wir sagten es nicht). Ja, das ist nicht neu, hatte Marcos gesagt, aber es ist wie bei den Unfällen, sie berühren dich, wenn es sich um deine Tante handelt. Zeig den Brief doch mal, sagte Lonstein, der Inhalt mißbricht mir völlig. Der Besagte hatte sie schon in der Tasche und beschränkte sich darauf, zu Marcos Kommentar zu nicken.

Nicht aus Mißtrauen gegenüber Lonstein, eher weil sie nicht dazu bestimmt waren, den kleinen Rabbi seiner graphologischen Neigung nachgehen zu lassen, das radiesthetische Pendel und eine Art ziemlich beunruhigender Psychospeläologie, die er, ausgehend vom Gebrauch von Papier und Tinte, den schwarzen und weißen Stellen und sogar der Art, wie die Briefmarke geklebt war, praktizierte; was Andrés angeht, wer weiß, warum er ihm die Briefe unterschlug, eine Art proustisches, dunkles Prickeln, da er vermutete, daß Andrés sich aus anderen Gründen als Marcos und Lonstein für sie interessierte und sicher mehr hätte wissen wollen, seine Art Bild von Sara und ihrer Geschichte in dem Café in der Rue de Buci, die nichts mit der Kneipe in der Maipú-Straße zu tun hat. Der Besagte war so, er verteilte das Spiel so, wie es in seiner Macht stand und wie es ihm gefiel, und die Vorstellung machte ihm sogar Spaß, da es sich um Briefe handelte, die in jener Nacht nur für Marcos sein sollten, auch wenn sie in keiner direkten Verbindung zu den Motzern standen. Was ihn betraf, der soviele Briefe wegwarf, so hatte er die Briefe von Sara nicht nur aufgehoben, sondern las ab und zu darin, und das, obwohl er niemals auf die Idee kam, sie zu beantworten. Erstens waren es keine Briefe, die eine Antwort verlangten, eher verlangten sie ein Verhalten; außerdem hätte er lieber Sara wiedergesehen, das Oval ihres Gesichts, an das er sich am deutlichsten erinnerte, zusammen mit ihrer Stimme und dem Kaffeelöffel und auch ihre Art, einen intensiv und klar anzusehen. Am 2. Oktober 1969 schrieb Sara aus Managua, Ihr Lieben, ich habe eine lange Geschichte für Euch[1]. Lang, konfus (vielleicht ist sie sogar amüsant, obgleich sie mir im Augenblick nicht so vorkommt) und die heißen könnte »Sara, oder das Mißgeschick der Tugend in Mittel-Amerika«. Natürlich müßte ich zuerst den ersten Teil der Geschichte schreiben: »Wie Sara nach Mittel-Amerika kam through the Canal Zone, Panamá.« Allein schon der Gedanke, das alles aufzuschreiben, ermüdet mich, so daß ich mich für einen Tatsachenbericht entschieden habe.

1 Saras Briefe sind authentisch; die Beweise stehen jedem Heiligen Thomas zur Verfügung, der sie lesen will, wenn er sie schriftlich (und dämlich) anfordert. Es sind lediglich einige Namen verändert und persönliche Passagen und Anspielungen, die politisch für dritte kompromittierend sein könnten, weggelassen.

Den ersten Schock bekam ich in (. .). Pepe, Deine Freunde, die X, sind sehr »formelle« Leute. Du weißt nicht, was das ist? Das ist, wir haben kein Bett für Sie, meine Liebe, und nicht, weil sie keines haben, oder weil sie böse sind. Sie sind großartig, aber aus einer anderen Welt, einer anderen Generation, von einer anderen Einstellung, einer anderen Art zu sein, einem *anderen Alles*. Pepe, Lucio, ich weiß nicht, ob es stimmt, aber *ich* bin sicher, und nach allem, was passiert ist (möglicherweise stecken sie mich in Costa Rica ins Gefängnis) bin ich mir immer sicherer, daß – Entschuldigung, diese Zusammenhanglosigkeit kommt daher, daß wir hier in Managua zu dritt in einem Zimmer sind. Es lohnt sich, das zu beschreiben. Angeles ist eine schwarze Panamesin, ich bin ich, und John ist Amerikaner. Wir haben gesagt, wir seien Cousins, und da wir einen infamen Salat aus Englisch, Argot der verschiedensten Länder und Spanisch sprechen (ich jetzt mit peruanischem Akzent), und da wir außerdem jenes ungreifbare Air unserer Kreise haben, das alle anderen sofort spüren, und das wie eine Art Familienair ist, haben sie uns geglaubt. Die anderen haben uns zusammengebracht. Ob ihr es glaubt oder nicht, meine Herren, jeder von uns beschloß heute Nachmittag, er hätte nun *alles* satt.
Was ist *alles*? *Alles* ist: daß die Leute auf der Straße über uns lachen, daß sie mit dem Finger auf uns zeigen, uns beleidigen, und es stimmt, John haben sie mit Steinen beworfen, und ich habe gelernt, Ohrfeigen auszuteilen, Angeles reagiert mit Schreien, wir helfen uns, so gut wir können. Das ist nicht pathetisch, aber manchmal weinen wir, nur weil wir glaubten, hier sei es anders, oder daß wir nicht so anders seien, oder weil wir nicht verstehen, warum sie uns hassen.
So kommt es, daß heute jeder für sich beschloß, der See von Managua, *nein*, zu gehen, *nein*, und nichts. Wir sind in dem Zimmer und leiden unter der Hitze, manchmal regnet es, und morgen gehen wir nach El Salvador, wo es genauso sein wird wie hier, ich versuche ein Kleid zu bekommen, John geht mit einem riesigen Verband, den wir ihm morgens früh um den Hals legen, um die Haare zu verstecken und Angeles (die nirgendwohin geht) will zurück nach Panamá, um Geld zusammenzubekommen, um in irgendeinem anderen Land zu leben. Ich habe noch die Illusion, daß es in Mexico anders sein wird,

aber die Nachrichten von Leuten, die von dort kommen, sind schrecklich. Ach, ich habe vergessen zu sagen, daß man in den Ländern, in denen Elend, Prostituion, Krankheit und Dreck dir am Leben nagen, mit einer Großreinigung im Namen der Moral, der Religion und des Gesetzes angefangen hat. Tod den Hippies! Dreckfinken, Süchtige, Verbrecher. Das sagen die Grenzpolizei, die Politischen und die Leute, ich weiß nicht. Ich verstehe nicht. Aber sie hassen mich, sie hassen uns, ich mußte meinen ganzen Schmuck verstecken und muß mein Haar aufgesteckt tragen, ich habe versucht, den Rucksack zu tauschen, auch etwas, was sie ganz krank macht; sie sehen einen Rucksack, und sofort öffnen sie ihn mit Faustschlägen und holen alles heraus, Schuhe, schmutzige Wäsche, Ketten, Mate und Trinkschale, alles durcheinander, und sie durchsuchen einen bis auf die Haut, denn außer Hippie könnte man auch Guerrillero sein. Und zum Schluß, nachdem man so viele Schläge im Namen der *Vernunft* und der *Moral* und was sie sich sonst noch so vorstellen, bekommen hat, haben sie vielleicht sogar noch recht. Niemals in meinem Leben habe ich gefühlt, was ich jetzt empfinde; es ist nicht Haß, nicht allein Schmerz, es ist eine Mischung und gleichzeitig (glaubt mir) Mitleid und Trauer, und ich verstehe überhaupt *nichts* mehr, schlimmer als das, ich verstehe ganz einfach nicht.

3.10.69

Jetzt fahre ich allein mit dem Bus weiter. Gestern abend hat uns ein Argentinier in der Herberge »Costa Rica«, wo wir waren, aufgesucht, und obwohl er recht dumm ist, hat er mir einen großen Gefallen getan. Er kam, um Sachen zu kaufen (wir verkaufen, aber niemand hat Geld), und er nahm mich mit zu seiner Gruppe, zwei Schweizer, ein Chilene und ein Paar aus Canada. Zuerst Mißtrauen, wir prüften uns zuerst, testeten uns, um zu sehen, ob man einander trauen konnte. Einer, der Schweizer, erzählte mir, wie es an der Grenze nach Mexico und an der nach Guatemala ist. Da ich ihm nicht glaubte, zeigte er mir seinen Paß. Er hatte ein Visum, einen Brief des schweizer Konsuls und 80 Dollar. In Guatemala behielten sie drei Tage lang das Geld, aber er durfte durch (er will auch in die Vereinigten Staaten), aber an der mexikanischen Grenze meinten sie, er hätte zu lange Haare (er trägt sie viel kürzer als Du) und müßte 100 Dollar vorweisen. Kannst du dir vorstellen, wie man sich fühlt, wenn man nach monatelanger Reise in Mexico ankommt, und es fehlt nur noch Mexico, und man ist fast in USA, *und man läßt einen nicht durch?* So fühle ich mich. Man hat ihm das Visum anulliert, ihn geschlagen und nach Guatemala zurückgeschickt. Und seit zwanzig Tagen reist er nun in Mittelamerika herum und versucht, jemanden zu finden, der ihm das Geld leiht, nur damit er über die Grenze kommt. Und alles nur, weil er ein Hippie sein *könnte.* Aber wie man weiß, fließt das Geld unter Hippies nicht gerade reichlich, sie haben also zu allem nun noch den Trick mit dem Geld erfunden. Du mußt *das Geld vorzeigen,* und wenn sie es dir stehlen, während du dich umdrehst, ist das dein Problem. Und dann die vielen Fragen, warum müssen wir reisen, warum in die Staaten (mehr oder weniger wollen wir alle nach Californien). Warum sie uns hassen, ich weiß es nicht, ich nehme an, weil wir anders sind und glücklich sein können. Und auf diese Weise erreichen sie, daß wir unglücklich sind! Ich habe versucht, an die ärmsten Menschen in jedem Land heranzukommen, und von Kolumbien bis hierher habe ich nur Spott, Verachtung und Haß gefunden. Und die anderen, die Intellektuellen und die »Künstler«, manchmal helfen sie, aber sie haben Angst, hüten ihren eigenen Eisschrank, und sofort fragen sie dich: du bist doch nicht wie diese unmoralischen und schmutzigen Gringos? Du bringst mich doch nicht in Schwierigkeiten? Sie stecken bis zu den Ohren im Establishment und haben das einzig Wichtige vergessen: das Leben, den Geist und alles, worüber wir so oft gesprochen haben, Pepe, und wovon ich weiß, Du wirst es nie vergessen, Lucio. Also ich gehe doch nach San Franzisco und besuche meine Familie, höre meine Musik, male, und *vor allem* will ich wie ein Lebewesen leben und nicht wie eine Schraube, unter meinen Leuten, ich möchte zum Frühstück ein mit Liebe gegebens Brot und will mich der Öffnung meines Geistes, meines Körpers, meines Lebens auf das Leben hin widmen. Punktum.

Also gestern Abend beschlossen wir, uns wieder zu trennen, schon in Costa Rica haben wir gemerkt, daß es dann leichter

ist, über die Grenze zu kommen, und heute fahre ich allein nach Salvador und werde versuchen (unleserlich) zu bekommen. Ich muß euch etwas erzählen. John hat mir geholfen, die Säcke zu tragen. Ich mußte den Bus um fünf Uhr morgens nehmen, und wir schliefen bei Licht, denn niemand in der Herberge wollte uns wecken oder uns eine Uhr leihen, denn sie sahen die Rucksäcke, und »Gringos« (nach und nach nennen sie sogar uns Argentinier schon Gringos) sind gefährlich. Wir verbanden ihn, Angeles und ich, bevor wir raus gingen, aber wir waren alle ziemlich verschlafen. Wir verteilten das Geld von Angeles, weder John noch ich hatten jeder mehr als 5 oder 6 Dollar, und gingen, ich zu meinem Bus um fünf, Angeles zu ihrem um sechs, der nach Costa Rica fährt, und John blieb noch einen Tag, um Arbeit auf einem Schiff zu suchen, um auf diese Weise in die USA zu kommen. Im Büro verwechselte eine Frau Angeles mit einer Nicaraguerin und sagte zu ihr: Meinen Sie nicht, daß der Junge da ein Hippie ist? Mir scheint, ihm rutscht langes Haar auf der Seite heraus!
Angeles warnte uns auf Englisch, und wir gingen hinaus. Sie hatten schon angefangen, John zu beleidigen. Ein Typ fing an, Sauereien zu Angeles zu sagen, und mich sehen alle in diesem Bus von weitem an, und jedesmal, wenn einer nahe an mir vorbeikommt, höre ich ihn murmeln: Schweinerei, (unleserlich), Abschaum, darling, und solche Sachen ... In Costa Rica, bei der Einfahrt, reisten wir, weil wir es nicht besser wußten, zusammen, es bringt jetzt nichts; ich erzähle euch ein anderes Mal das Elend. Außerdem habe ich gerade bemerkt, daß ein Argentinier in diesem Bus reist. Es ist komisch, den Akzent von La Paternal zwischen Managua und Honduras zu hören. Der Typ hat was an sich, er spricht von Jan Kiepura und Palito Ortega. Der Weg ist ein einziger Sumpf, und der Schlamm fliegt nach allen Seiten, aber die Landschaft ist wunderschön, die Wolken schleppen sich über die Berge und die Sonne geht auf, nun ja, ich habe mein letztes Geld für ein (unleserlich) mit Sahne ausgegeben. Das Leben ist ein Mischmasch und goes on, sometimes too much for me to take. I love you both, wirklich, viel Liebe, Ihr fehlt mir

Sarita

3.10.69

San Salvador.

Und jetzt sitze ich heute Nacht in einem Bett (ein Feldbett), das mir der Direktor der Telegraphenstation von San Salvador aufgestellt hat. Ich habe gegessen. Ich werde schlafen und habe ein Bad. Und außerdem hat mir Herr (unleserlich) erzählt, er habe die Hippies in einer Auseinandersetzung verteidigt, daß er nichts dagegen hat, daß ich Hosen trage, und daß er die Menschen liebt. Goes on, no? Küsse, Küsse, Sarita.

6. Oktober 1969

San Salvador – Salvador

....

... was nicht einfach ist bei den emotional-physisch-psychischen Komplikationen, in die ich mich gebracht habe. Es gelingt mir nicht, es ist unmöglich, ich kann es nicht, ich kann die Welt nicht verstehen. Ich will sagen, es ist keine Angelegenheit metaphysischer Realitäten. Es ist ein Problem von zuviel Elend und Verfall. Ich werde Lucio ein anderes Mal schreiben, um ihm zu erzählen, wie die Flüchtlingslager der Salvadorenser, die aus Honduras vertrieben wurden, aussehen, wie ihr Heimatland sie empfängt, und von den vielfältigen Seuchen, die man hier entdecken kann. Ich arbeite als Freiwillige beim Internationalen Roten Kreuz, nicht weil ich an individuelle Hilfe glaube, nur wenn niemand etwas tut, muß irgendeiner helfen, den Zensus zu verdoppeln, oder? Nebenher mache ich mich überall Liebkind, und das Mitleid, der Schmerz, die Liebe und die Verworrenheit, die ich empfinde, sind ein »Gipfel«, wie man hier sagt. Die Sache geht über meinen Horizont. Ich verstehe nicht, aber das habe ich schon in anderen Briefen gesagt. Ich bin dabei, eine Verkleidung fertig zu stellen, die mir helfen soll weiterzukommen, und einen Teil dieser Dollars werde ich dafür verwenden. Ich habe die Liste der Anschuldigungen, für die ich in Costa Rica fast ins Gefängnis gekommen wäre, vollständig, und lasse mich von ihr leiten, um künftig die Verirrungen zu vermeiden: zuerst den Rucksack abschaffen, die Bücher vernichten, vor allem die englischen. Ich weiß nicht ob ich euch erzählt habe, daß ich das ganze Wörterbuch Appelton Cuyá, das ich bei mir habe, durchgehen mußte, um einen ziemlich betrunkenen und sehr männlichen Hauptmann, du, davon zu überzeugen, daß Alice in Wonderland keine kommunistische Propaganda ist, aber niemand, nicht einmal Appleton englisch/spanisch, konnte ihn davon überzeugen, daß es kein Teil des liederlichen Hippielebens ist. Nun ja, die Hosen abschaffen, einen Rock bis über die Knie, die Haare hochgesteckt, kein Schmuck, und trotz allem werde ich immer verdächtig sein, ich weiß nicht, ob wegen des Gringo-Airs oder weil ich die Gewohnheit habe anzuklopfen, bevor ich irgendwo eintrete. Aber so muß ich mich wenigstens nicht auf der Straße beleidigen oder mit Steinen und anderen Sachen bewerfen lassen. Ich kann nach keiner Seite ausweichen. Es gibt Leute, die glauben, ich sei von der United Fruit Company geschickt, andere denken von Castro (entsetzlich) und andere, ich reise mit einer Ladung Marijuana. Sei es wie es sei, Dein Telegramm rettet mir das Leben, denn ich habe fast nichts mehr zu verkaufen, kein Geld mehr, und warten bis der Scheck kommt ist ein süßes Warten und hat nichts gemein mit der Bitterkeit, mit der man das Geld zusammenkratzen muß, um über die Grenze zu kommen, und man weiß schon vorher, es wird nichts, nichts zu machen (. . .). Mein Gott, ich denke an euch alle, ich fühle mich, als wäre ich über den schlammigen Boden einer Abfalltonne geschlürft, und jetzt bin ich zum Glück bald draußen, draußen . . .

Bei solchen Sachen, konnte es den Besagten nicht überraschen, daß gerade an diesen Tagen, als er Marcos Saras Briefe zu lesen gab, die hochzivilisierte *Monde* zwei Meldungen brachte, die er ohne Kommentar jenem allgemeinen Protokoll beifügte, das er zusammenstellte und das Susana (aber wir wollen nicht vorgreifen, wie Dumas, der Vater, in kritischen Momenten zu sagen pflegte).

● ***Trente-cinq évêques d'Amérique centrale dénoncent la « constante violation des droits de l'homme en Amérique centrale »*** **dans un document diffusé à Mexico par le Centre national de communication sociale (CENCOS). Ce document, résultat des travaux de l'assemblée de l'épiscopat d'Amérique centrale, est signé notamment par les archevêques du Guatemala, du Salvador, du Nicaragua et du Panama.**

Fünfunddreißig Bischöfe aus Mittelamerika brandmarken »die ständige Vergewaltigung der Menschenrechte in Mittelamerika« in einem vom Centro Nacional de Comunicación Social (CENCOS) in Mexico verbreiteten Dokument. Dieses Dokument, Ergebnis von Arbeiten der Bischöflichen Versammlung Mittelamerikas, war unter anderem von den Erzbischöfen von Guatemala, El Salvador, Nicaragua und Panama unterschrieben.

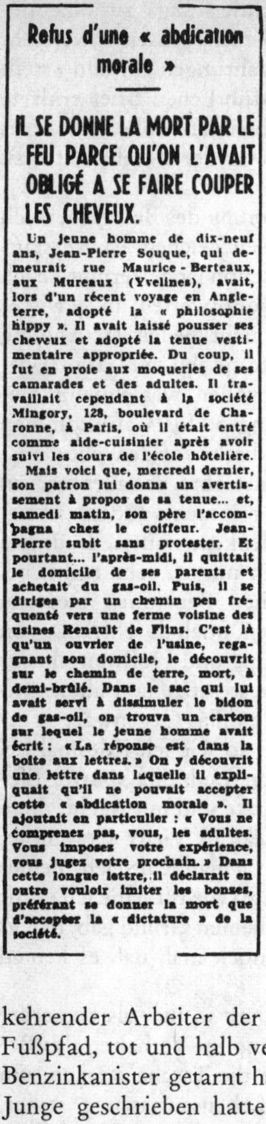
Refus d'une « abdication morale »

IL SE DONNE LA MORT PAR LE FEU PARCE QU'ON L'AVAIT OBLIGÉ A SE FAIRE COUPER LES CHEVEUX.

Un jeune homme de dix-neuf ans, Jean-Pierre Souque, qui demeurait rue Maurice-Berteaux, aux Mureaux (Yvelines), avait, lors d'un récent voyage en Angleterre, adopté la « philosophie hippy ». Il avait laissé pousser ses cheveux et adopté la tenue vestimentaire appropriée. Du coup, il fut en proie aux moqueries de ses camarades et des adultes. Il travaillait cependant à la société Mingory, 128, boulevard de Charonne, à Paris, où il était entré comme aide-cuisinier après avoir suivi les cours de l'école hôtelière.

Mais voici que, mercredi dernier, son patron lui donna un avertissement à propos de sa tenue... et, samedi matin, son père l'accompagna chez le coiffeur. Jean-Pierre subit sans protester. Et pourtant... l'après-midi, il quittait le domicile de ses parents et achetait du gas-oil. Puis, il se dirigea par un chemin peu fréquenté vers une ferme voisine des usines Renault de Flins. C'est là qu'un ouvrier de l'usine, regagnant son domicile, le découvrit sur le chemin de terre, mort, à demi-brûlé. Dans le sac qui lui avait servi à dissimuler le bidon de gas-oil, on trouva un carton sur lequel le jeune homme avait écrit : « La réponse est dans la boite aux lettres. » On y découvrit une lettre dans laquelle il expliquait qu'il ne pouvait accepter cette « abdication morale ». Il ajoutait en particulier : « Vous ne comprenez pas, vous, les adultes. Vous imposez votre expérience, vous jugez votre prochain. » Dans cette longue lettre, il déclarait en outre vouloir imiter les bonzes, préférant se donner la mort que d'accepter la « dictature » de la société.

ABLEHNUNG EINER »MORALISCHEN VERZICHTLEISTUNG« SELBSTVERBRENNUNG, WEIL MAN IHN ZWANG, SEINE HAARE ZU SCHNEIDEN

Der neunzehnjährige Jean-Pierre Souque, wohnhaft in der Straße Maurice-Berteaux, in Mureaux (Yvelines) hatte kürzlich während einer Reise nach England die »Hippiephilosophie« angenommen. Er ließ sich die Haare wachsen und kleidete sich in der in diesem Fall üblichen Weise. Es dauerte nicht lange, und er wurde zum Gespött seiner Kameraden und der Erwachsenen. Trotzdem arbeitete er (sic) weiter in der Gesellschaft Mingory, am Boulevard de Charonne Nr. 128, Paris, in die er als Hilfskoch eingetreten war, nachdem er die Hotelfachschule absolviert hatte.

Am vorigen Mittwoch verwarnte ihn sein Chef wegen seiner Kleidung ... und am Samstag begleitete ihn sein Vater zum Friseur. Jean-Pierre fügte sich ohne Widerrede. Und dennoch ... am Nachmittag verließ er die väterliche Wohnung und kaufte sich Benzin. Dann nahm er einen wenig begangenen Weg zu einer Scheune in der Nähe der Fabrik Renault de Flins. Ein heimkehrender Arbeiter der Fabrik entdeckte ihn dort auf dem Fußpfad, tot und halb verkohlt. In der Tasche, mit der er den Benzinkanister getarnt hatte, fand man eine Karte, auf die der Junge geschrieben hatte: »Die Antwort ist im Briefkasten.« Man fand fort einen Brief, in dem er erklärte, daß es ihm unmöglich sei, diese »moralische Verzichtleistung« zu akzeptieren. Er fügte noch extra hinzu: »Ihr, die Erwachsenen, versteht das nicht. Ihr zwingt anderen Eure Erfahrungen auf und urteilt über Euren Nächsten.« In seinem ausführlichen Brief erklärte er außerdem, daß er die Bonzen nachahmen wolle, daß er es vorzöge sich zu töten, statt die »Diktatur der Gesellschaft« zu akzeptieren.

Ja, wahrscheinlich entsprach die Weigerung des Besagten, mich die Briefe lesen zu lassen, einem dunklen Zeichen, das verstanden oder nicht verstanden wird, denn schon lange vermutete ich bei ihm die Neigung, mir Francine vorzuwerfen, in gewisser Weise Ludmillas Allierter zu sein (die nicht die leiseste Ahnung von der Allianz hatte, denn sonst hätte sie ihn zum Teufel gejagt, die Ärmste). Nicht verstehen zu wollen, was ohnehin niemand verstand, bei mir selbst angefangen. Ins Café kommen und sehen, wie der Besagte die Briefe direkt vor der schon ausgestreckten Hand des kleinen Rabbi einsteckte, das alles war ein Teil des Zeichens; wieder einmal blieb mir nichts anderes übrig, als die Achseln zu zucken, und zu denken, nun ja, Ludmilla oder Francine oder der Besagte haben nur zu sehr recht, bei einem solchen Zustand, einem solchen Benehmen etcétera. Denn nachher würde Ludmilla kommen, noch durchtränkt von russischer Seele (drei Akte voller Steppe und Hoffnungslosigkeit beeinflussen schließlich selbst eine so vitale und übermütige Polin wie sie), und ich würde in Ludmillas Gegenwart so etwas wie Francines Gegenwart spüren, so wie ich jedesmal bei Francine die unverzichtbare Nähe von Ludmilla spürte, Elemente, die der Besagte nicht sehr schätzte und mit Recht, denn sie schienen aus dem russischen Stück im Vieux Colombier extrapoliert zu sein, obgleich ich, von jemandem nach meiner Meinung gefragt, wiederum gesagt hätte (wie oft habe ich es dir schon gesagt, Ludmilla?) daß es dafür keinen Grund gab, daß es dafür keinen Grund gab, verdammt noch mal, daß es keinen Grund dafür gab.

Schön, aber warum sollte ich inzwischen so tun, als bemerkte ich die verachtungsvolle Unterscheidung im Verhalten des Besagten nicht, dieses ein paar Briefe in die Tasche stecken, um mich fühlen zu lassen, daß meine Lebensauffassung reiner, kleinbürgerlicher Anachronismus ist, so wie die verletzte Güte von Francine ihre Art war, für sich zu behalten, was ich wirklich gern von ihr bekommen hätte, und die bruchlose Kameradschaft von Ludmilla erhöhte die graue Betonmauer zwischen ihr und mir immer noch mehr. Was blieb mir außer der Musik und den Büchern, als die Dinge ihrem vorhersehbaren, bitteren Ende entgegen zu bringen. Wenn es wenigstens etwas anderes gäbe, eine Abkürzung, einen Seitenweg, eine Abzweigung irgendwo anders hin, einen letzten Ausweg, der mir das Meine gäbe, ohne das der anderen kaputt zu machen. Manchmal schien es mir, als reichte mir Marcos einen Finger, damit der Papagei draufhüpfte, kooom, Hansi, koom, aber Marcos war nicht für private Wohltätigkeit, er steckte bis über beide Ohren in den Angelegenheiten der Motzer, in der Welt, die von Telegrammen, Bombardierungen, Exekutionen und Hauptmann Calleys oder General Kys widerhallte aber dennoch, Marcos, oh ja, manchmal Marcos, der ausgestreckte Finger, die Motzer für den Hansi, na? Wie jetzt bei mir, mit Lonstein hingelümmelt, zu einer unanständigen Tageszeit, nach Jujuy oder Reggio Calabria telefonierend, und der kleine Rabbi mit seinen nackten Leichen und den blutbefleckten Papierblumen, und schon Ludmillas Schritte auf der Treppe. Was bedeutete da meine private Maschinerie, mein Eigensinn, Francine zu leben, Ludmilla zu leben und *Prozession*, das Klavier zwischen den elektronischen Pfiffen zu retten? Die Briefe Saras bedeuteten mehr und die blutige Aureole um Hauptmann Calley, und dieser Regen von Nachrichten, die Patricio (der Besagte versuchte stets die Situation zu umgrenzen, ein etwas dummes Unterfangen) dem gerade aus seinem Heimatort Talca gekommenen Fernando verabreichte, zur gleichen Zeit, da Oscar und Gladis in eine Maschine der Aerolineas stiegen, um den Motzern im Senat junges Blut zuzuführen, gar nicht zu sprechen von einem gewissen Heredia, der in eine BEA in London stieg und von Gómez, der, oder von Monique. Aber Marcos war keiner von denen, die insistieren, der Finger, kaum eine Sekunde lang ausgestreckt, und schon etwas anderes; wie der Besagte, als er die Briefe einsteckte, kaum ein Zeichen. Und der kleine Rabbi, der plötzlich seufzt und an seine Gehaltserhöhung denkt, schließlich sind es doch nicht Ludmillas Schritte auf der Treppe, man kann weiter von anderen Dingen sprechen.

»Soll ich dir den Aufschrei vorführen?« schlägt Marcos vor.
»Hurensohn, verdammter«, sage ich ruhig, aber leicht alarmiert, »um ein Uhr morgens, sag gefälligst vorher Bescheid, wenn du willst, daß ich aus meiner funktionalen und ganz blanken Wohnung fliege, dieser Frucht unzähliger Jahre des Werbezeichnens, verdammter Cordobese.«
»Nach so vielen Telefonaten ist er zum extranszendenten Phonorama geworden«, sagt Lonstein, »es besteht kein Zweifel daran, daß das, was er dir vorführen will, das Polygejaule der von Miasmen der Massmedia eingekerkerten Seele ist, du.«
»Schon gut«, stimmte Marcos zu, »dann erkläre ich dir den Aufschrei theoretisch und auch die anderen Formen der Herausforderung, die die Jungens hier ausprobieren, zum Beispiel im Autobus.«
»Das Wort Herausforderung ist eine Art falsch angewandtes Epiphonem«, sagt der kleine Rabbi, »in Wirklichkeit ist es eine widerliche Kreuzung von Antwort und Gestrampel.«
»Hör zu«, sagt Marcos, den sprachliche Problematik nicht kümmert. »Stell dir einfach vor wir sind
in einem Vorstadtkino um zehn Uhr abends, die Familie will sich Brigitte Bardot ansehen, für Jugendliche unter achtzehn verboten, ESQUIMAUX GERVAIS DEMANDEZ LES ESQUIMAUX GERVAIS DEMANDEZ LES ESQUIMAUX die Familie und noch eine Familie und alle Familien, nach einem lieben langen Tag edler Arbeit, edel und heilig, ja, mein Herr, Arbeit adelt, dein Papa hat mit fünfzehn Jahren angefangen, lernt gefälligst was, ihr Faulpelze, deine Mutter

deine Mutter ist 'ne hur	tige Frau	*singit* Lonstein in getragenem G-Dur
sie hat 'nen großen Pen	delkasten	
in ihrer alten Mö	belkammer	

und Tante Hilaria hat sich aufgeopfert, und dein Großvater Victor mit seinen Beinen, der die ganze Familie ernährt hat mit Kohlenaustragen, von sieben Uhr morgens bis sieben Uhr abends, das Viertel, dieses ekelhafte Magma von Paris, diese Mischung aus Kraft und moralischem Abfall, das, was nicht das Volk ist, obgleich, wer weiß schon, was das Volk ist, aber jetzt das Viertel, die Familien im Kino, die, die Pompidou wählten, weil sie De Gaulle nicht weiterwählen konnten«

»Augenblick«, sagt Andrés, »was soll das mit dem Volk und der Familie, oder der Familie, die nicht das Volk ist, oder dem Viertel, das, weil es die Familien ist, nicht das Volk ist, verarsch mich nicht, du.«
»Du verstehst das nicht«, sagt Marcos, »ich versuche, dir einen Stegreif-Tachismus, einen Fleckismus oder Dreckismus herzustellen von der Atmosphäre des Cambronne-Kinos, zum Beispiel, oder vom Saint-Lambert, diesen von einem halben Jahrhundert von Lauchgeruch und verschwitzter Kleidung infizierten Räumen, diesen Heiligenschreinen, wo Brigitte Bardot sich den Slip runterzieht, damit der Saal genau das, was Artikel 465 erlaubt, für einen Bruchteil der im Artikel 467 festgelegten Zeit zu sehen bekommt, und jede Herausforderung muß an der Basis beginnen, wenn sie zu irgend etwas führen soll, im Mai war es die Straße oder die Sorbonne oder Renault. Aber jetzt haben die Genossen gemerkt, daß man herausfordern muß wie einer, der die Deckung wechselt, zwischen der vierten und der fünften Runde, dann zeigt sich der Gegner verwirrt, sagt der Reporter. Angenommen, daß du die Erklärung, die du eigentlich gar nicht nötig hattest, verstanden hast, sie war nur so eine Art Einführung für dich über die Schwelle des Satori, du kannst dem Vokabular gut folgen, kleiner Rabbi, und gerade wenn Brigitte anfängt, die Leinwand in einen der Sternmomente der Menschheit zu verwandeln, oder besser in zwei, und was für zwei, du, das bekämpft man nicht, noch fordert man es in irgendeiner Weise heraus, aber leider muß man das Verzückungsmoment, das Hingerissensein, wenn du mir folgen kannst, ausnutzen, damit die Antiklimax so positiv wie möglich ausfällt, genau in dem Augenblick steht Patricio auf und veranstaltet ein fürchterliches Geschrei, das dauert und dauert und dauert, und was ist passiert, Licht, ein Irrer, ein Epileptiker, holt die Polizei, in der zwölften Reihe, ein Ausländer, bestimmt ein Neger, wo ist er, ich glaub, der war es, er hat sich wieder hingesetzt, ja, sehen Sie doch sein krauses Haar, ein Algerier, und Sie, warum haben Sie geschrien

»Ich?« sagte Patricio.
»Ja, Sie«, sagte die Platzanweiserin und senkte die Taschenlampe, da das weiterentfernte Publikum sich bereits wieder in

den interkostalen Gebieten der nackten und durch den Vorfall unveränderten Bardot verlor, und die in der Nähe sitzenden Zuschauer und der Verursacher der Unterbrechung kämpften mit einer verständlichen Unentschlossenheit, dem Wunsch den Protest wegen des skandalösen Benehmens des Ausländers fortzusetzen und dem Wunsch, nicht einen Zentimeter jener seidigen Schenkel zu versäumen, die halbgeöffnet im Bett eines Luxushotels im Wald von Rambouillet lagen, wohin ein gewisser Thomas sie gebracht hatte, in der Absicht, sie noch vor dem gastronomischen Menu, das immer bei dieser Art Abenteuer der Reichen vorgesehen ist, zur Seinen zu machen, weswegen die Taschenlampe der Platzanweiserin alle, mit Ausnahme Patricios abzuhäuten begann. Die Platzanweiserin senkte sie so weit wie möglich, und der Lichtstrahl knallte direkt auf den Hosenschlitz von Patricio, der die Sache recht natürlich zu finden schien

»Das passiert mir manchmal«, sagte Patricio.
»Wieso passiert Ihnen das?«

SCHT
SCHSCHT!!!

»Ich will sagen, ich kann nicht an mich halten, es überkommt mich und dann«

(ah, ma chérie ma chérie)

»Dann machen Sie gefälligst, daß Sie rauskommen.«

SCHSCHT!!!!!

»Ach, Scheiße«, sagte die Platzanweiserin, »erst rufen Sie mich und dann lassen Sie mich nicht machen, aber das lasse ich mir nicht bieten, oh nein, was glauben Sie, das fehlte gerade noch

(J'ai faim, Thomas)

»Warum soll ich das Kino verlassen?« sagte Patricio sehr leise und ohne jemanden außer der Platzanweiserin zu stören, aber letztere in geometrisch konvulsiver Proportion. »Das ist wie ein Schluckauf, nur viel stärker.«

– RUHE!

»Ein Schluckauf?« schnaubte die Platzanweiserin und machte die Taschenlampe aus. »Warten Sie, ich rufe die Polizei, wir werden ja sehen, was das für ein Schluckauf ist, ça alors.«

SCHT!!!!

»Tun Sie, was Sie wollen«, sagte Patricio iimmeerrfflüssteernnd – »aber ich kann nichts dafür, ich habe ein ärztliches Attest.«

Das mit dem Attest tat, wie immer in Frankreich, seine Wirkung, und der Lichtstrahl glitt über den Gang, gerade als man zu der Szene kam, die alle so gern gesehen hätten, aber wie ein Angeklagter zu seinem Freund sagte, kaum setzt du an zum Bocken, und schon schneiden sie dir den Bolzen ab, die Hurensöhne, hast du gesehen, er hatte seine Ge

danken von Lonstein, der sich nicht sehr dafür interessiert, aber Marcos lächelt in einer Art Erleuchtung und sagt aspetta ragazzo, das ist noch nicht alles, denn in der dritten Reihe im Rang, hier nennen sie das Balkon, hält Susana Umschau, die war bei dem Krawall an der Sorbonne dabei, und hat noch andere Gedenkmedaillen, wenn man sie nicht aus Paris gejagt hat, dann nur, weil sie eine fo

rzügliches Führungszeugnis in der Bullenkartei hat, unnötige Erklärungen, gerade als Thomas, der kein so lockerer Vogel ist, wie er zu sein schien, beschließt, Brigitte zu heiraten, die gerade über Acapulco fliegt, in einem dieser Jets, die jetzt schon mit blauem Himmel rundherum geliefert werden, und drinnen fließt der Whisky, das kann ich dir sagen, und in der ersten Klasse wird gerade das Mittagessen serviert, von Maxim's, ich weiß nicht, ob du das kennst, und Susana also, gerade als Thomas mitten in der Nacht ins Hotel kommt und man schon beinahe die kleinen Blitze, die das Wort Ende ankündigen, in der rechten oberen Ecke des Zelluloids sehen kann, es sei denn, es ist die letzte Spule, aber nein, denn der Filmvorführer hat sich schon die Jacke angezogen und sich eine Gauloise angesteckt und hat die Hand schon am Schalter, und gerade da«
»Ich weiß«, sagt Andrés, »ein neuer Aufschrei.«

»Er ist ein Intelligenzbolzen«, vertraut Marcos Lonstein an. »Dieser Porteño merkt aber auch alles.«

»Aber wozu soll das gut sein, das sag mir mal, ein Durcheinander unter so, sagen wir, engen Umständen anzustellen? Ein Durchschnittskino hat etwa vierhundert Plätze, die, verglichen mit der Bevölkerung Frankreichs, eine Proportion von eins zu neunundfünfzig Millionen darstellt, mehr oder weniger.«

»Dich scheint Susanas Schicksal nicht besonders zu interessieren«, sagt Marcos.

»Es ist mir scheißegal. Ich gebe zu, dieses Mädchen hat es dikker hinter den Ohren als ihr Freund Patricio, denn das zweite Mal ist sehr viel haariger.«

»So viel dicker hinter den Ohren, daß sie dann zwei Stunden auf der Wache war«, sagt Marcos. »Natürlich konnten sie ihr nichts anhaben, denn die Leute zerstreuten sich sofort, als Brigitte sich davongemacht hatte, und was soll ich dir von Thomas erzählen, alle verduftet, so daß nur noch die Platzanweiserin wie eingepflanzt dastand, obgleich sie, glaube ich, nachher die Bullen auf der Wache als Hornochsen bezeichnet hat, weil sie nicht sofort die Anzeige aufnahmen, und ihr Fernand müßte um halb sieben Uhr früh auf, und in die Fabrik, und wer sollte ihm den Milchkaffee machen, das erzählen Sie mir mal.«

»Sie war aus dem Volk«, sagt Andrés. »Den Bullen geschieht das ganz recht, und wohl auch Susana, wenn wir es mal so sehen. Jetzt möchte ich aber wissen, wozu dieser Aufschrei eigentlich gut sein soll. Nach dem, was ihr erzählt

nichts, wirklich überhaupt nichts, aber es ist so, daß nichts plus nichts nicht unbedingt nichts ist, sondern manchmal ein bißchen von etwas, denn was man so ein Nichts nennt, bedeutet, wie alle wissen, nicht unbedingt wirklich nichts, sondern ein kleines bißchen von irgend etwas, und stell dir vor, wenn die Sache gut gemacht ist, gibt es keinen Bullen und keinen Richter, der dir daraus einen Strick drehen kann. Der zweite Versuch fand im Kino Celtic statt und war viel perfektionierter. Also, Marcos selbst und ein gewisser Gómez aus Panama und Briefmarkensammler, stießen den Aufschrei aus, ohne von den Sitzen aufzustehen. Marcos während der Werbung, genau zwischen NUTS und KUNTZ, und Gómez bei der Szene, in der

Bibi Anderson auf dem Bauch auf einem Bett mit schwarzem Laken liegt, und ein gewisses Stöhnen zu hören ist, aus verschiedenen Ecken des Kinos, das hauptsächlich von Jungs mit Stipendium besucht wird; ohne aufzustehen stießen sie den Aufschrei aus, und es war nichts zu machen, ein Typ wollte Gómez verprügeln, aber nachher entschuldigte er sich und sagte, er wollte ihm den Anfall mit einer dieser Ruck-Zuck-Ohrfeigen behandeln, die in psychiatrischen Büchern empfohlen werden, wenn die Kartoffeln anbrennen und der Geisteskranke sich Glassplitter in den Mund gesteckt hat, um sich selbst zu bestrafen und dabei auch gleich den Ruf des Doc zu beschmutzen. Es war unmöglich, ihnen im Ernst etwas nachzuweisen, du, vor allem nicht Marcos, der die ganze Zeit ganz ruhig sitzen geblieben war, und mehr als vier Damen, die zuerst rot angelaufen waren und dann augenblicklich in der Komplementärfarbe, was schwerste Gewitterstürme voraussagt, kamen schließlich in interfamiliärem Geflüster darin überein, daß der arme Junge wohl an«

obwohl bei dem von Gómez keiner mehr darauf hereinfiel, es gab Bemühungen, ihn aus der Reihe zu ziehen und auf die Straße zu jagen, aber die Dunkelheit schützt und auch Bibi Anderson, zum Schluß ganz nackt, wenn man acht Francs hat springen lassen, um das zu sehen, will man das auch nicht wegen eines Bekloppten mehr verpassen, außer daß«

»Das in der Oper war superklasse«, sagte Marcos.
»Ah, in der Oper«, sagte ich, der ich beschlossen hatte, mich über nichts mehr zu wundern.
»Gerade in dem Augenblick, in dem der Schwan kommt, ich weiß nicht, ob du die gesehen hast«, erklärte Marcos. »Eine von Wagner.«
»Das geht zu weit«, sagte Lonstein. »Dem Schwan den Hals umzudrehen, während wir noch für eine Weile Donald Duck haben werden, ihr verwechselt die Vögel, du.«
So ging es weiter mit sehr viel Gin und Aufschreien, bis zu der Nachricht, daß sie in den nächsten vierzehn Tagen die Nummer aus taktischen Gründen nicht wiederholen könnten, das heißt, man sprach bereits auf der Straße davon, und die Leute gingen

ins Kino, bereit, dem ersten, der auch nur gähnte, die Schnauze einzuschlagen, man zahlte schließlich seine Steuern, kein Grund, uns das bieten zu lassen.

»Ein Erfolg, du«, sagte Marcos. »Warum in den Tempeln der siebten Muse bleiben, wenn es Busse und Cafés gibt. In den Cafés bringt es nicht viel, denn erstens schreien dort alle und es herrschen dort hohe Phonstärken, und zweitens, wer weiß warum, macht es den Leuten weniger, wenn man sie beim Bier oder Cinzano stört als bei einem Film, man müßte das mal untersuchen. Dagegen in«

> »Ich habe gerade noch drei Totenblumen«, drohte Lonstein, »eine aus gelbem Papier und eine weiße, aber ich versichere dir, sie haben Flecken, von denen man sagen würde«

»jeder Linie, sagen wir der 94, die sich mit einer recht kleinbürgerlichen Kundschaft brüstet, ist Lucien Verneuil Spezialist, und er hat schon Patricio, Susana und den anderen, die mehr oder weniger überall herausfordern, die Technik beigebracht. Zuerst die Glocke vor der Haltestelle, korrekt (ich brauche nicht zu sagen, daß man gut angezogen ist und mit einem Buch oder einer Mappe unter dem Arm, um den intellektuellen Eindruck zu unterstreichen), und wenn, buff, der Mastodont am Kantstein hält, geht Lucien Verneuil auf den Fahrer zu und reicht ihm die Hand. Eisiger Blick des Fahrers oder (Variante) Geste, die man übersetzen könnte als

> Vollidiot
> Eh?
> Ist der verrückt oder nur zurückgeblieben
> Warum steckt der sich die Hand nicht lieber in

aber Lucien Verneuil setzt ein beinahe pastorales Lächeln auf, so etwas wie eine Suppe mit Buchstabennudeln für ein braves Kind, man kann einem so unschuldigen Lächeln nicht widerstehen, und die Hand, immer noch ausgestreckt, wartet auf die des ehrbaren Fahrers, der anfängt (wahlweise) rot/grün/schwarz/glasig/ und dann

»Ich möchte mich für diese angenehme Fahrt bedanken«, sagt Lucien Verneuil. Es lohnt sich nicht, die Antworten wiederzugeben, jedenfalls bemüht Marcos sich nicht, sie aufzuzählen.

Lucien Verneuil: »Sie steuern das Fahrzeug mit dem Verantwortungsbewußtsein, das heutzutage durchaus nicht alle Fahrer zeigen.« Oder: »Ich kann den Bus nicht verlassen, ohne Ihnen vorher meine Anerkennung auszusprechen.« Oder: »Ich würde mir nie erlauben, diese Fahrt zu beenden, ohne vorher öffentlich das Vergnügen zu bekunden, das ich daran gehabt habe, und ich bitte Sie, der Leitung der R.A.T.P. davon Kenntnis zu geben.« Die Varianten zu diesem Zeitpunkt: 1) Abbruch des Kontakts, Aufstehen, katapultartiges Auf-den-Gehsteig-Schnellen; 2) Schaum vor dem Mund; 3) Tödliche Blässe und tetanisches Zittern des Körpers und der Extremitäten. Subvariante des *environment* (besonders alte Damen und Herren mit der Rosette der Ehrenlegion): Rufen Sie die Polizei/es gibt keinen Respekt mehr (Sub-sub-Variante: ... Religion)/das ist die Jugend von heute/wohin soll das noch führen/Der macht noch, daß wir zu spät ins Büro kommen (zahlreiche Infravarianten)/Beschimpfungen und Drohungen. Unterdessen ist der Schaffner hinten aus seinem Glaskasten herausgekommen und nähert sich durch den Gang, gerade als Lucien Verneuil, der ein Chronometer im Auge hat, sehr aufmerksam grüßt, ihr ergebener Diener, und die Stufen zu dem Territorium hinuntersteigt, das kein Schaffner mit der Absicht Fußtritte auszuteilen betreten wird, denn seine Vorrechte, etc.«

»Sehr gut«, sage ich zu Marcos, »aber vorgestern hat sich in Lille ein Junge lebendig verbrannt, um gegen die Zustände in Frankreich zu protestieren, und das ist der zweite in diesem Land, ganz zu schweigen von dem, was du aus dem Ausland hörst. Meinst du nicht, daß daneben«

»Sicher«, sagt Marcos, »nur, wie heißt es in der japanischen Hymne, aus Tropfen und Tropfen entstehen Meere und die Sandkörner werden zu moosbedeckten Felsen, oder so ähnlich. Jan Palach war einer, aber da sind alle die tschechischen Studenten, und sie schlafen nicht, ganz zu schweigen von mehr als vier Bonzen! Du machst es dir leicht, dir eine gute Verzichtserklärung zu finden, du. Nun ja, ich erzähle dir von einer anderen Form der Herausforderung, die erst gestern einen ziemlichen Wirbel im Restaurant Vagenande gemacht hat, und die heute in einer Woche in vielen anderen wiederholt werden soll, vorausgesetzt, die Moneten reichen; du solltest mal sehen, was das Futter an solchen Plätzen kostet. Gómez ging mit mir, um ein Uhr mittags, die Stunde der Pfeffersäcke mit Scheckheft und der Dicken, du hast bestimmt dieses Ambiente *art nouveau*, das dort herrscht, schon mal gesehen, und die vermottete Atmosphäre, die ihm ein spezielles Prestige gibt. Wir bestellten Poireaux à la vinaigrette und Pfeffersteak, Rotwein und Mineralwasser, ein verantwortungsbewußtes und würdiges Menu, wie du bemerkt haben wirst. Kaum brachten sie die Poireaux, stand Gómez auf und begann im Stehen zu essen, einen Lauchstengel nach dem anderen, dabei sprach er mit mir, als wäre nichts. Statistik der Blicke: 80% wütend, 10% unangenehm berührt, 3% belustigt, weitere 3% unbeirrt, 4% interessiert (ein hartnäckiger Fall von Hämorrhoiden, dorsale Paralyse, bloße Marotte?). Der Kellner mit einem anderen Stuhl, Gómez sagt, nein, danke, ich esse immer so. Aber, mein Herr, das wird unbequem sein. Im Gegenteil, es ist äußerst funktional, die Wirkung der Schwerkraft zeigt sich viel besser, und der Lauch rutscht so in den Magen, als stürzte er in einen Brunnen, das erleichtert die Arbeit des Zwölffingerdarms. Sie wollen mich auf den Arm nehmen. Auf gar keinen Fall, Sie waren es, der mich gestört hat, ich zweifle nicht daran, daß es in lobenswerter Absicht geschah, aber immerhin. Dann der Oberkellner, ein Alter mit dem Air eines Schellfisches, ein bißchen ölig. Mein Herr, Sie müssen entschuldigen, aber hier. Hier was? Hier sind wir gewöhnt. Sicher, aber ich nicht. Der Herr stört doch niemanden, interveniere ich und wische meinen Teller leer mit einem Stück Brot, denn der Lauch war einmalig. Er stört nicht nur niemanden, denn er ißt mit außerordentlicher Eleganz und Diskretion, sondern Sie sind es, der ihn belästigt, ganz zu schweigen von dem Kellner, so daß. Zu alledem zeigt sich die ortegianische Umgebung plenty, Damen, in die Ohren anderer Damen tuschelnd, Augenverdrehen, ein Skandal, hier kommt man her, um zu sitzen und zu plaudern, essen Sie doch in einem Stehrestaurant. Darauf Gómez, der sich die Lippen mit brummellianischer Delikatesse abwischt, ich schwör es dir: wenn ich im Stehen esse, dann darum, weil ich seit Mai im Stehen lebe. Das Ding kannst du dir nicht vorstellen, Alter, Brot auf der Erde, die Kassiererin ruft die Polizei, die Pfeffersteaks werden trocken auf dem Grill, die Weinflasche ist entkorkt, und alles ohne zu bezahlen, stell dir das vor, denn vorausgesetzt, daß wir gingen, hätten die Hurensöhne sich für bezahlt erklärt. Aber genau da setzte Gómez sich wieder wie ein Graf und sagte ziemlich laut, die gefaltete Serviette in der Hand: ich tue dies für meinen Nächsten, und ich hoffe mein Nächster lernt im Stehen zu leben. Großes Schweigen, außer zwei oder drei kleinen Lachern, aus schlechtem Gewissen. Glaub mir, wenigen wird dieses Mittagessen gut bekommen sein. Morgen wiederholen wir das in einem Bistro an der Bastille, wahrscheinlich werden sie uns zusammenschlagen, da herrscht ein anderes Klima, aber vielleicht, wer weiß

Enter Ludmilla
mit ihrem Air des dritten Aktes und noch geschminkt, sie hatte sich in die Ente geworfen, fast schon bevor der Vorhang gefallen war und hat großen Hunger, sie trinkt Wein, während ich ihr ein Omelett mache und Lonstein, zur Freude Ludmillas ein hartnäckiger Ritualist, beginnt zum tausendsten Male das andere Theater. Also, Sie sind Russin? Nein, Tochter polnischer Eltern. Aber es stimmt doch, daß Sie im Vieux Colombier arbeiten? Ja, das stimmt. Ah, ich habe Sie nur gefragt, weil der hier ein solcher Angeber ist, und Ludmilla ist entzückt, denn der kleine Rabbi erfindet immer neue Variationen, was im Vieux Colombier ungewöhnlich ist, und die kleine Polin ist für das freie Theater und solche Sachen. Willst du es mit drei Eiern und mit Zwiebeln? fragt Andrés, um zu sehen, ob er sie ein bißchen auf diese Seite ziehen kann. O ja, o ja, von allem viel, sagt Ludmilla und wirft sich in einen Sessel und läßt sich eine Gitane vom kleinen Rabbi anzünden, der ihr auch das Weinglas wieder füllt und eine neue Version seiner Reise nach Polen vor zwei Jahren gibt. Wahrscheinlich ist sie falsch, denkt Marcos, der auf das letzte Ferngespräch wartet und wie von weitem der Programmierung des Omeletts und des Marktplatzes von Krakau beiwohnt. Dieses Violett des Platzes in der Abenddämmehrung/Es ist eher orange, sagt Ludmilla, allerdings war ich noch recht klein/Die Blumenstände und das Café im Keller des Turms, wo man so eine Art Hypokras oder Hydromet trinkt oder etwas Warmes, mit Nelken und Zimt und Myrrhe und Aloe und das einem zu Kopf steigt/das letzte Mal hast du mir

gesagt, es sei eine Art altes Bier gewesen, sagt Ludmilla, die die Variationen lediglich innerhalb eines recht geheimnisvollen Systems gelten läßt/Wir siezten uns, entgegnet der kleine Rabbi beleidigt, aber Ludmilla fühlt sich so wohl, und der Wein nach dem unendlich langen dritten Akt, der Duft des Omeletts, der aus dem anderen Raum einzieht wie die Abenddämmerung in Krakau, man muß Lonstein den Gefallen tun, die Rituale müssen erfüllt werden, also, woher sind Sie, mein Herr, ich, seit einiger Zeit von hier, mein Fräulein, und was tun Sie in Paris, ich, nun, das vor dem Essen zu erklärzählen, wäre etwas haarig, aber wenn Sie wollen, nachher

»C'est toi, Laurent?« fragt Marcos beinah noch ehe man das Telefon läuten hört

»Weder vorher noch nachher«, bitte ich, der telepathisch die rötliche Schwellung des Omeletts überwacht, während ich gleichzeitig mit verdienstvoller Geschwindigkeit den Tisch decke, darunter verstehe ich eine Papierserviette mit violettem Muster, eine halbe Flasche Rotwein, ein noch kaum angeschnittenes Brot, zärtliche und schlichte Dinge für dich, Ludlud, für dich, hier in deinem Sessel, müde und klein, obgleich von klein, nicht die Bohne, einsneunundsechzig und was soll ich zum Auftreten sagen, aber klein, weil ich es mir wünsche, wenn ich an dich denke, und sogar, wenn ich dich sehe und dich küsse und dich, aber das nicht jetzt, und das Flachshaar, die sehr grünen Augen, diese Stupsnase, die sich manchmal an meinem Gesicht reibt und mich mit Sternen übersät, und Salz und Pfeffer, zwei Salatblätter, die noch vom Mittagessen übrig sind, ein bißchen trist, denn die Sauce macht das Gemüse welk, komm zum Essen, Lud, komm schnell, du Komödiantin des alten Taubenschlags, du Stück des östlichen Himmels, Schönärschige, hier auf deinen Stuhl, und jetzt mache ich Kaffee für eweriboddi, ristretto, du, ristrettissimo wie ein Bildchen von Chardin, ganz Substanz und Licht und Duft, einen Kaffee, der die Magie der Nacht kondensiert, wie diese Lieder von Leonard Cohen, die mir Francine geschenkt hat, und die ich so gern mag.

Wenn der in Fahrt ist, denkt der Besagte.

»Und warum willst du nicht, daß er mir erklärt, was er in Paris macht?«

»Nach dem Omelett, ekelerregende Nekrophilin«, sage ich zu ihr. »Das ist der einzige Teil des Psychodramas, den ihr zwei nie verändert. Merkst du nicht, daß Marcos mir unbedingt bis ins Letzte die Herausforderung new style erklären muß?«
»Ich will, daß er mir erklärt, was er in Paris tut«, sagt Ludmilla.
»Hör mal, du, du schuldest mir schon eine ganze Stange mit deinen Gesprächen.«
»Au revoir, Laurent«, sagt Marcos, »n'oublie pas de prévenir ton frère. Schon erledigt, mein Alter, und dir, Mädchen, guten Appetit.«
»Ich will, daß er erzählt«, sagt Ludmilla, aber Marcos interessiert selbstverständlich der Tod viel weniger als das Leben, weshalb er sofort anfängt von Roland zu erzählen, der in den kleinen Laden geht und sich langsam eine Aubergine aussucht, eine von natürlicher Größe (mm, mm, hier riecht's nach Zwiebeln, mm, mm«)

und von Madame Lépicière, die ihn scharf ansieht und darauf wartet, daß er sich entscheidet, sie sieht, wie er eine hinlegt und sofort eine andere anfaßt, sie *betastet*, Madame Lépicière, die röchelnd schimpft, daß die Stadtverwaltung, Roland, der die Aubergine in den Korb plumpsen läßt und Madame Lépicière betrachtet wie einen behaarten, noch nicht klassifizierten Käfer, die Kunden schimpfen über die Bummelei, die Neugierigen sammeln sich, und Roland sieht immer noch Madame Lépicière an, bis die Lage sich gefährlich zuspitzt, da faßt Roland langsam in seine Hosentasche und holt nach und nach eine Schnur heraus. Er zieht sie ohne Eile aus einem Knäuel und läßt die Schnur zur Erde fallen, zieht und zieht, während Patricio, bis dahin auf dem Gehsteig wartend, mit großer Sicherheit und Bestimmtheit und viel Rhetorik hinzutritt und deutlich artikuliert: PO-LIZEI, wobei er Madame Lépicière einen grünen Ausweis zeigt, den er sofort wieder einsteckt, bevor sie erkennen kann, daß er von der Jeunesses Musicales de France ist. Er faßt das Ende der Schnur und sieht es aufmerksam an. Er zieht an dem Ende, während Roland immer mehr Schnur aus der Tasche holt und eine große Menschenmasse sich versammelt.
»Kein Wort. Sie kommen mit.«

»Aber ich wollte doch nur Aubergines kaufen«, sagt Roland. Ein großer Zug an der Schnur, die bereits vier Meter heraushängt. Was bilden Sie sich ein, Sie stören das Funktionieren des Einzelhandels. Aber ich will doch nur. Kein Wort mehr, das ist ja sonnenklar (er inspiziert ein Stück Schnur aus der Nähe). Und was ist das. Eine Schnur, mein Herr! Ah. Also, folgen Sie mir, sofort oder ich lasse Sie in einen Gefängniswagen stecken. Aber ich will doch nur.
»Zwei Kilo Kartoffeln«, sagt eine Frau, die es vorzieht, den normalen Ablauf der Dinge wieder in Gang zu bringen because, kleines Mädchen allein im fünften Stock.
»Da sehen Sie«, sagt Patricio und zieht an der Schnur. »Unnötige Störung des Einzelhandels, Sie scheinen nicht zu bemerken, daß die Konsumgesellschaft einen gewissen *Rhythmus* hat, mein Herr, eine *Kadenz*, mein Herr. Diese Damen dürfen keine Zeit verlieren, denn wenn sie sie verlieren und beginnen, Einzelheiten zu betrachten, was werden sie dann feststellen?«
»Ich weiß nicht«, sagt Roland und zieht weiter Schnur hervor.
»Sie werden feststellen, daß das Kilo Kartoffeln um zehn Centimes teurer geworden ist, und daß die Tomaten doppelt so viel wie im vorigen Jahr kosten.«
»Die gehören zusammen«, bemerkt ein Alter mit lauter leeren Flaschen und Narben aus dem Krieg.« Ils se foutent de nos gueules ces deux-là.«
»Und daß man sie den Preis der Plastikverpackung bezahlen läßt, die sie nicht zurückbringen können, und die Werbung für das neue Waschpulver, das jedesmal genauso wäscht wie früher, so daß man den Verkaufsrhythmus nicht stören darf, man muß sie kaufen lassen, kaufen, ohne daß sie zu sehr auf Preise und Verpackung achten, auf diese Weise entfaltet sich die Gesellschaft, daß es eine Pracht ist, glauben Sie mir.«
»Spielen Sie diese Komödie hier, damit wir merken, daß alles unverschämt teuer ist?« sagt die Frau mit dem alleingelassenen kleinen Mädchen. »Das hätten Sie sich sparen können, wir haben schon Sorgen genug, als daß man uns auch noch die Zeit stehlen müßte, geben Sie mir zwei Kilo Kartoffeln, mittlere, s'il vous plaît.«
»Verschwinden Sie, oder ich rufe die Polizei«, sagt Madame Lépicière, die jetzt nicht mehr an den grünen Ausweis glaubt.

»Einverstanden,«, sagt Patricio und hilft Roland die Schnur aufzurollen und wieder in die Tasche zu stecken, »aber Sie haben selbst gehört, daß diese Dame auf unserer Seite ist.«
»Das bin ich keineswegs«, sagt die Frau erschrocken, »aber die Preise steigen und steigen.«
»Sie tun gut daran zu protestieren«, sagt Patricio.
»Ich protestiere nicht«, protestiert die Frau, »ich stelle nur fest, was soll man machen.«
So geht es etwa zehn Minuten lang, und am Nachmittag sind Gómez und Susana in den GALERIES RÉUNIES in der Avenue des Ternes, wenn alle Dicken des Viertels Weißwein und Schminke und Schlabberlätzchen, Strumpfhosen und hygienische Binden kaufen, und am Fuß der Rolltreppe und über jedem Stand ist ein riesiges Schild mit dem Ausverkaufsslogan angebracht, der von einem der Gehirne des establishments (zweihunderttausend Francs im Monat) so sorgfältig ausgeklügelt worden ist.

JAHRESAUSKEHR

und Gómez wartet, bis sich so viele Leute wie möglich im Untergeschoß aufhalten und auch dieser Aufseher in Blau, der die Dicken in alle Richtungen dirigiert, Schuhe im dritten Stock, Reiben im Untergeschoß, und erst dann fragt er liebenswürdig, ob man in den Galeries Réunies nur einmal im Jahr auskehrt, liebenswürdig, aber doch so, daß einige Dicke und ihre Gatten oder Kinder die Frage hören. Und mehrere Köpfe drehen sich zu dem Aufseher hin, der Gómez mit dem Blick eines von einem Hustenanfall erschütterten Kamels anstarrt und sagt, aber selbstverständlich nicht, mein Herr, was wollen Sie damit sagen.
»Gar nichts«, sagt Gómez. »Aber wenn Sie jeden Tag fegen, wie es die Hygiene erfordert, verstehe ich nicht, wie Sie ein Schild aufstellen können, auf dem Sie zynisch ankündigen, Sie hätten *die* Auskehr des Jahres gemacht.«
»Das ist unglaublich!« unterbricht Susana und läßt ein Paar Strümpfe in den Korb mit den Hausschuhen, Große Gelegenheit, zwanzig Francs, fallen. »So bekämpft dieses Haus also die Gefahr, die Poliomyelitis zu verbreiten, die armen Kinder! Sehen Sie sich das kleine Mädchen an, es spielt mit den Nylonslips, es wird sich noch anstecken!«

»Ich bitte Sie, mein Fräulein«, sagt der Aufseher, der durchaus kein Idiot ist. »Wenn Sie hier einen Skandal machen wollen, muß ich Sie

»Der Skandal ist bereits da«, sagt Gómez und wendet sich demagogisch an die Mutter des kleinen Mädchens und an andere verblüffte Kundinnen. »Sie selbst geben zu, daß Sie nur einmal im Jahr auskehren. Haben Sie schon einmal die Anzahl der Bakterien überschlagen, die sich hier ablagern? Auf jedem Büstenhalter, auf jedem Lippenstift! Und wir kommen hier herein und KAUFEN! KAUFEN! AH!«

»Machen Sie, daß Sie wegkommen, oder ich lasse Sie mit Fußtritten hinausjagen«, schnaubt der Aufseher.

»Unterstehen Sie sich«, sagt Susana und greift einen der Pantoffeln zu zwanzig Francs. »Nicht nur, daß Sie uns mit Grippe infizieren, sehen Sie sich das arme Kind dort an, es ist schon ganz blaß, bestimmt hat es morgen die Symptome, ach, und Sie alle stehen hier und sagen nichts!«

Auch der Besagte, Lonstein und ich saßen da und sagten nichts, da diese Mikroagitationen bei uns nicht den Eindruck erweckten, viel zu bewirken. Und man muß zugeben, daß selbst Marcos mehr zum Spaß zwischen dem einen und dem anderen Anruf von ihnen erzählte, denn nach jenem Laurent war Lucien Verneuil an der Reihe, dann Gómez, alles Leute, für die zwölf Uhr nachts eine durchaus telefonische Uhrzeit zu sein schien, vor allem, wenn es sich um mein Telefon handelte. Schließlich blieb als große Verteidigerin des Aufschreis und anderer Störungen nur noch Ludmilla übrig, die ihr Omelett mit großer Befriedigung mampfte und Marcos mit größter Freude erfüllen mußte, als sie sagte, daß die Aktivitäten der Gruppe vox populi seien und vor allem, daß in jedem Filmvorführungssaal zwei Wächter zur Verstärkung aufgestellt worden seien.
Wir sprachen noch darüber, als ein Typ, den niemand kannte, und der, wie sich herausstellte, aus Talca war, uns die Tür von Patricios Apartment öffnete, und schließlich machten Mate und Grappa die Runde, zusammen mit Manuel, der von Hand zu Hand ging, denn der kleine Dickschädel hatte beschlossen, eine Herausforderung und Geschrei auf eigene Rechnung zu veranstalten, als wäre zwei Uhr morgens, etcetera, so daß er mit hoppe, hoppe Reiter die Runde machte, während Susana sich einen Augenblick ausruhte, denn fällt er in den Graben, fressen ihn die Raben. Mager und mürrisch schien Patricio es durchaus nicht ungewöhnlich zu finden, daß sich so viele Menschen um diese Zeit in seiner Wohnung breit machten, ohne augenfälliges Motiv außer dem des Südamerikanismus und seiner Anhängsel, ich meine damit Ludmilla, die für Manuel ein vollständiges Theaterprogramm erfand, für Manuel und vielleicht auch für mich, denn heute nacht hatte ich keine andere Brücke zu ihr gehabt als das Omelett, die Tischdeck-Brücke zu Ludmilla und die Eierschlag-Brücke, mm, mm, viele Zwiebeln, mm, obwohl wir, auch wenn wir allein gewesen wären, nicht sehr viel gesprochen hätten, die graue Betonwand hätte sich genauso aufgerichtet und vielleicht noch höher als jetzt bei dem Gelächter von Susana und dem Dialog über giftige Pilze zwischen

Lonstein und Fernando, bei der distanzierten Ruhe von Marcos, der uns so betrachtete, wie er das, was er gut erkennen wollte, immer betrachtete, das heißt, hinter dem Rauch der Zigarette, die Augen halb geschlossen und das Haar im Gesicht. Warum also kam es mir so vor, als wären Ludmillas Spiele mit Manuel (sie schien ihm die mechanische Nachtigall des Kaisers von China oder so etwas vorzuspielen) auch für mich gedacht, chiffrierte Sprache, letzter Ruf, so wie auf gewisse Weise, mein langes Schlagen des Omeletts für Ludmilla auch ein Ruf gewesen war, eine hoffnungsvolle Brücke, diese armseligen Dinge, die uns noch bleiben konnten, wenn wir mit anderen zusammen waren, die die Einsamkeit zu zweit neutralisierten, den direkten Blick, das erste Wort des ersten Satzes, des ersten, nie endenden Abschieds. Da sprangen die Rädchen der mechanischen Nachtigall in alle Richtungen, Ludmilla, der geborene Clown, sagte alles mit Fingern und Ellenbogen und Fratzen, die bei Manuel eine immer traumähnlichere Glückseligkeit hervorriefen, eine Gelegenheit, die Susana nicht versäumen durfte. Sie nahm ihn vorsichtig vom Teppich hoch und, gefolgt von dem Mimen Ludmilla (Prozession mit chinesischen Laternen, Triumph der echten Nachtigall), trug sie ihn ins Schlafzimmer. Andrés sah sie hinausgehen, suchte langsam eine Zigarette; Patricio und Marcos sprachen leise miteinander, über die Motzer natürlich, es würden keine zwei Minuten vergehen und einer von ihnen griffe zum Telefon, diese Leute wollten die Revolution auf der Basis von Telefonnummern machen, und vergiß die Ameisen nicht (sie bestanden sehr darauf) sag deinem Bruder, er soll das Obst schicken, romantische, kybernetische, kryptische Telefonate. Der Besagte, der auch auf dieser, recht ironischen Wellenlänge sendete, dachte, daß Andrés wie immer ein bißchen zurück blieb, zu sehr verloren in dem, was Ludmilla gerade tat, auf jeden Fall sich an eine Version der Welt haltend, die die anderen, die cordobeser und porteñer kybernetischen Telefonisten (»sag ihm, er soll Monique um acht Uhr anrufen«) ganz anders verstanden, so wie viele Lateinamerikaner endlich begannen, die Dinge der Welt anders zu verstehen. Der arme Andrés gehörte eben noch zur vorherigen Generation und schien nicht besonders in den jerk und den twist der Dinge einzusteigen, der Junge war sozusagen noch beim Tango der Weltgeschichte, dem Tango der großen Mehrheit, obwohl es paradoxerweise gerade die große Mehrheit war, die anfing zu sagen, genug jetzt, und vorwärts marschierte. Oh, oh, der Besagte verscheißerte sich selbst, die große Mehrheit hat dieses schöne Bild noch nicht verstanden, oder hat es verstanden und kann es nicht in die Praxis umsetzen, auf einen Patricio oder Marcos kommen tonnenweise solche wie Andrés, in dem Paris oder im Tango ihrer Zeit verankert, in ihren Liebesgeschichten, ihrer Ästhetik und ihrem privaten kleinen Scheißdreck. Sie kultivieren noch immer eine Literatur voller Dekorum, mit nationalen oder städtischen Preisen und Guggenheimstipendien, eine Musik, die die Bestimmung der Instrumente und die Grenzen ihrer Benutzbarkeit respektiert, ganz zu schweigen von den Strukturen und geschlossenen Ordnungen. Das ist es, alles muß geschlossen sein für sie, obwohl sie nachher Umberto Eco heftig applaudieren, denn das macht man eben. »Du wartest besser in der Spielhalle von Madame Bonnier auf mich«, sagte Marcos zu einem Typ, der schlecht zu verstehen schien, denn er sagte es schon das dritte Mal, aber Marcos' Geduld am Telefon war die eines Heiligen-Lebens mit vergoldeten Ecken, dachte Andrés, der müde war und die giftigen Pilze, die Lonstein und Fernando bei Talca, Chillán und Temuko katalogisierten, bis obenhin hatte. Ich wußte gar nicht, daß dein Land so pilzig ist, sagte der kleine Rabbi verwundert. Aber ja, ich gann dir einen Gatalok besorgen, schlug Fernando vor. Du mußt kommen und dir meinen ansehen. Du hast einen Pilz? Natürlich, in meiner Wohnung. In deiner Wohnung? Na klar, ich lade euch alle ein, es ist Zeit, daß ihr euch mal um ernstere Dinge kümmert. Da Susana und Ludmilla mit der sehr ernsten Aufgabe beschäftigt waren, Manuel, der eine neue Vorführung des Mimen Ludlud zu erwarten schien und sich nicht so leicht ausziehen ließ, zum Schlafen zu bringen, laß mir dieses Beinchen, nimm das aus dem Mund, endlich nackt, aber immer noch ein rasanter Wurm, auf dem Rücken, auf dem Bauch, gaben sie ihm die Ketten und Uhren und ließen ihn einen Löffel Beruhigungsmittel schlucken, und Manuel schlief ein, und sie blieben noch an der Wiege stehen, rauchten und warteten, weil sie seine Tricks kannten, sie tauschten ihre Eindrücke über Fernando aus, der ein guter Typ zu sein schien, ein bißchen naiv, meinte Susana, warte, bis dein Mann und Lonstein und Marcos ihn in die Hand nehmen, dann wirst du schon sehen, wo seine Naivität bleibt. Selbstverständlich, sagte Susana. Deswegen ist er ja gekommen, irgendwer hat ihn bestimmt geschickt, der Junge sieht ziemlich verweichlicht aus, aber hier hält das nicht lange. Sieh dir meinen Sohn an, du, das darf doch nicht wahr sein, Manuel seufzte im Schlaf, seine Hand war herumgewandert, bis sie sein Pimmelchen fand; sie hielt es vorsichtig mit den Fingern, er öffnete ein bißchen die Beine. Vielversprechend, sagte Susana, und bog sich vor Lachen, aber Ludmilla besah ihn ohne zu lachen, Manuel träumt bestimmt, wer weiß, was man in diesem Alter träumt, wahrscheinlich sind es Träume, die der Zeit vorausgreifen, und Manuel schläft gerade mit einer Mulattin aus Honduras. Mag sein, sagte Susana, aber du hast eine ziemlich morbide Phantasie, man merkt, daß du eine Landsmännin von Chopin bist, diese Nocturnes, die dir das Gesicht wie mit den Spinnweben der Gräber bedecken, eine Mulattin aus Honduras, armer Manuelito. Leise zu lachen war der Tod, vor allem für Ludmilla, der je mehr sie sich den Mund zuhielt desto mehr die Nase zur Tute eines Maiskolbenverkäufers wurde, Patricio mußte kommen, um wieder Ordnung in die Reihen zu bringen. Was zum Teufel bedeutet dieser separatistische und diskriminierende Frauenverein, die Männer verlangen nach Weibern, aber worüber lacht ihr denn so? Ach, genau wie ich, stell dir vor, als ich neun Jahre alt war, redete mir meine Tante die Ohren voll mit »die Hände schön unter das Kissen«, und wer weiß, was sie mit ihren machte unter dem Vorwand großjährig und ledig zu sein. Kommt Mädchen, hier haben sie es mit den vergifteten Pilzen, was mir langsam zum Halse heraus hängt, Andrés ist traurig, oder er schläft, kommt, laßt uns noch einen kleinen Mate aufgießen, bevor wir denen eins hinten aufbrennen.«

»Das ist ein Mann«, sagte Ludmilla zu Susana.

»Du«, sagte Patricio, »du solltest dich mit der hier verabreden und Sonnabend oder Sonntag kommen und uns ein bißchen helfen, Stummel und Stumpen vorzubereiten.«

»Die weiß doch von nichts, du Spinner«, sagte Susana, die das verblüffte Gesicht von Ludmilla sah. Aber das dauerte nicht lange, denn im Wohnzimmer sprach man von einer Mikroerfahrung von Gómez und Lucien Verneuil aus dem Restaurant in der Rue du Bac, wo Gómez als Tellerwäscher schwitzte.

»Wir Südamerikaner waschen alle irgend etwas in dieser psycho-hurigen Stadt« protestgrunzte Lonstein. »Darin liegt ein Zeichen, eine Bedeutung, die ich nicht erfasse, etwas Hermetisches in den Waschmitteln. Du wirst schon sehen, du wirst auch noch irgend etwas waschen, sobald du die Kohlen brauchst«, sagte er zu Fernando. »Vorzugsscheise Autos, man sieht sofort, daß dir jeder blaue Kittel paßt, ich dagegen habe eine schwierige Größe.«

»Manchmal ist es schwer zu verstehen, was du sakst, aber gommen wir auf die Pilze zurück . . .«

»Augenblick«, sagte Patricio. »Ihr zwei habt mich schon im neunten Monat mit euren Pilzen, und Ludmilla soll die Kunst des benutzten Streichholzes beigebracht werden, mal sehen, ob du dich mit diesem Mate etwas beeilst, und wir zu Ernsterem übergehen können, du, Marcos, du kennst die Einzelheiten.«

»Ich habe denen hier gerade erklärt«, sagte Marcos geduldig, »daß man in dem Bistrot Gómez immer vertraut hat, und daß die Küche direkt neben der Ecke ist, wo sie die Zigaretten verkaufen, es war also nicht schwierig für ihn, zwanzig Päckchen Gauloises und zwanzig Schachteln Streichhölzer mit denen zu vertauschen, die diese Räuchertanten präpariert haben. Monique hat Schmiere gestanden, sie trank einen Tomatensaft an der Theke, während Lucien Verneuil von einem anderen Bistrot aus den Wirt anrief, um ihn abzulenken, das war gar nicht so einfach. Dann löste Roland Monique ab, denn einmal erwies sich der Wirt als recht deduktiv und brachte Telefon und Tomatensaft und panamesischen Tellerwäscher in Verbindung miteinander, drei auf gleiche Weise unangenehme Dinge, wenn du ein bißchen nachdenkst.«

> »Es schmerzt, das zu verkünden, aber welche Platitüde«, sagte Lonstein und suchte ein Buch unter denen, die nach den letzten bibliothekophagen Hekatomben Manuels übrig waren. »Du hast recht, das ist die Miniagitation, die Infrabatrachomyomachie.«

»Laß ihn ausreden«, sagte Andrés, »wir sagen ihm nacher, was wir davon halten, du.«

»Die Sache fing sofort an, ein Kunde aus dem Viertel bestellte an der Theke Zigaretten und einen Vermouth, ich glaube, er aß manchmal im Bistrot zu Mittag, er war ein Freund des Wirtes. Stellt euch den Augenblick vor, wie er das Päckchen öffnet und sieht, daß alle verschieden sind, er zieht eine raus, denn diese Typen sind noch nicht so leicht davon zu überzeugen, daß die statuierte Ordnung auf den Hund gekommen ist, und heraus kommt ein stinkender Stummel. Der Wirt rennt herbei, Roland interessiert sich sehr für den seltsamen Fall des Kunden, sie holen eine andere raus und dann noch eine, alles sind Stummel, mehr oder weniger angeraucht. Ich sagte ja, zu Anfang war es gar nicht das, was sie so sehr verblüffte, sondern, daß das Päckchen so unberührt und frisch wie aus der Fabrik aussah, Monique und Susana haben da eine Technik, wozu erzähle ich dir das, und nebenbei gesagt, laß die Stummel bitte in dem Aschenbecher, denn demnächst werden die Mädchen eine neue Ladung machen.«

»Sie haben mich eingewickelt«, gestand Ludmilla Andrés.

> »Grotesk«, sagte Lonstein, »aber von einer gewissen indefimultiblen Schönheit. Ich ziehe das mit der Plattheit zurück, wenn auch nicht das Gefühl einer gewissen Unwirkfruchtsamkeit.«

»Und sie sind gerade dabei, als sie eine Art Schnaufen an der Theke hören, das ist eine Alte, die gerade Streichhölzer gekauft hat und ihre Zigarette anzünden will, um sich den Geschmack der Schweinerei, die man hier trinkt, eine Mischung aus Bier und Limonade, zu verschönen. Monotone Wiederholung, würde der hier sagen, aber sehr wirksam, denn beim fünften verbrannten Streichholz stößt die Alte ein Gebrüll aus und leert die Schachtel auf die Theke, und von den fünfzig sind nur drei zu gebrauchen, so daß die arme Greisin die gesamte Schöpfung als Zeugen beruft und Rabatz macht und, na ja, der Wirt, der nicht weiß, mit welcher Hand er sich an den Kopf fassen soll, Gómez, der rausguckt, um zu sehen, was los ist, mit einem einstudierten, idiotischen Gesichtsausdruck, Roland, der noch Öl ins Feuer gießt und davon spricht, daß in diesem Land alles in den Arsch geht, schließlich holen sie noch den Krieg von 14/18, die Kolonien, die Juden, die Poliomyelitis und die Hippies hervor. Lange Telefongespräche mit dem Glimmstengel-

und Streichholzvertreter, zweite Etappe des Skandals: aus der Kabine hört man die Stimme des Wirtes, Schaljapin eine Null dagegen. Also, der Erfolg der ganzen Sache lag darin, daß mindestens drei gleiche Fälle zusammenkamen, so daß sie bis auf die Zeitungsebene gelangte, ohne die sie, wie schon MacLuhan erklärt, keinerlei Realität erhalten würde

> »Nicht MacLuhan, ich habe dies erklärt«, sagte Lonstein beleidigt.

und zum Glück konnten wir auch noch mit anderen Infiltrationen zählen, in den Kneipen von Belleville und vom Parc Monceau, Moral von der Geschichte: eine Meldung im *France Soir,* so daß alle Welt sich fragen muß, was kann noch alles passieren, wenn jetzt schon die Zigaretten, eine so perfekte Sache, die einem doch versichert, daß man wach ist, normal ist und eine Regierung hat, die die Zügel der Staatskarosse fest in der Hand hält, und plötzlich heißt es, daß da irgend etwas nicht mehr richtig läuft, und schon ist es nicht mehr eine Frage von einem Franc fünfzig und du steckst vertrauensvoll dein Paket Glimmstengel in die Tasche, und wenn du in dein bescheidenes Heim kommst, findest du es voller sabbriger Stummel oder Nudeln mit Sauce.«

> »Da wir gerade von Nudeln sprechen, und vor allem von angesabberten«, sagte Lonstein, »ihr seid alle zu mir einhospitiert, damit ihr den Pilz wachsen seht.«

»Immer noch besser als diese Infantilismen«, sagte ich, den der Schlaf übermannte. »Wißt ihr, eines Tages hat einer bei der Polizei von euch die Schnauze voll, und ihr sollt mal sehen, Großreinemachen bis an die Grenzen, ich denke schon an die Postkarten, die ich dann bekomme, aus Belgien und aus Andorra.«

»Man könnte meinen, du strengtest dich ganz furchtbar an, um nicht zu verstehen«, sagte Susana und reichte mir einen recht dünnen Mate.

»Er strengt sich überhaupt nicht an«, sagte Ludmilla, »das kommt ihm immer so raus.«

Marcos betrachtete uns wie von weitem, aber Susana und Patricio suchten Streit mit mir, und es ging so, wozu lebst du eigentlich, wenn du nichts als Gleichgültigkeit bist/hört sich an wie eine Zeile aus einem Bolero/jedenfalls wird Ludmilla uns helfen, Streichholzschachteln zu machen/o ja, o ja/und da hast du Fernando, der ist gerade erst angekommen und versteht schon besser als du, was hier in Frankreich vorgeht, nun ja, es fällt mir noch ein bißchen schwer/ich glaubte, euch einhospitiert zu haben, aber ihr logospaltet euch woanders hin/erkläre das mit dem Pilz/unmöglich, der Pilz sprößt jenseits der Exegese/gib ihm neuen Tee/es gibt keinen mehr/und so begriff man endlich, daß es zwanzig nach drei war, und daß einige morgen arbeiten mußten, aber vorher zog Patricio noch einen Zeitungsausschnitt heraus und reichte ihn Marcos, der ihn Lonstein reichte, der ihn Susana reichte. Übersetze ihn für Fernando, befahl Patricio und

in Uruguay bemächtigte sich ein Kommando der extremen Linken der Dokumente der schweizerischen Botschaft. Die Botschaft der Schweiz in Montevideo wurde am Freitag von vier Guerrilleros angegriffen, die der Frente Armado Revolucionario Oriental (FARO), dem extremen Flügel der Organisation der extremen Linken der Tupamaros angehört. Der Reporter hat da so viele Extreme hineingesteckt, daß man die Mitte nicht mehr sieht.

Die vier Männer kamen in einem gestohlenen Lastwagen zur Botschaft. Nachdem sie dem Botschafter und den anwesenden Beamten befohlen hatten, die Hände hochzuhalten, denn das »in Respekt halten« soll wohl heißen: Hände hoch, gingen sie und nahmen die Dokumente, zwei Schreibmaschinen und eine Fotokopiermaschine mit. Es handelt sich um den ersten Angriff dieser Art

Uruguay

UN COMMANDO D'EXTRÊME GAUCHE DÉROBE DES DOCUMENTS A L'AMBASSADE DE SUISSE

L'ambassade de Suisse à Montevideo a été attaquée vendredi par quatre gérilleros appartenant au Front armé révolutionnaire oriental (FARO), aile extrémiste de l'organisation d'extrême gauche des Tupamaros.

Les quatre assaillants sont arrivés à l'ambassade à bord d'un camion volé. Après avoir tenu en respect l'ambassadeur et les fonctionnaires présents, ils sont repartis en emportant des documents, deux machines à écrire et une machine à photocopier. C'est la première attaque de ce genre commise contre une ambassade étrangère à Montevideo, où de nombreuses attaques de banques et de casernes ont eu lieu au cours des derniers mois. — *(A.F.P., A.P., Reuter.)*

gegen eine ausländische Botschaft in Montevideo, wo in den letzten Monaten zahlreiche Überfälle auf Banken und Kasernen verübt worden sind. AFP, AP und Reuter. Ihr müßt euch selbst neuen Tee aufgießen, ich kann nicht alles machen.«
»Alte und haarige Tupamaros«, sagte Patricio. Währenddessen zeigte Lonstein Fernando, der diese Nacht nach allen Seiten hin flirtete, eine Art Gedichtprojekt, während ich mich damit vergnügte, einmal mehr Marcos, aber vor allen Dingen Patrisusana zu fragen, was denn nun eigentlich der Sinn dieses mehr oder weniger riskanten Unfugs sei, dem sie mit einer Bande Franzosen und Lateinamerikaner frönten, besonders nach der Lektüre der Notiz aus Uruguay, die ihn noch unscheinbarer aussehen ließ, ohne auch nur von all den anderen Meldungen zu reden, die ich an diesem Nachmittag gelesen hatte, und in denen es wie gewöhnlich eine hohe Quote Gefolterter, Toter und Gefangener in mehreren unserer Länder gab, und Marcos sah mich an, ohne etwas zu sagen, so als genösse er meinen Anblick, der Scheißkerl, während Susana sich mir mit einer Gabel in jeder Hand näherte, denn ihrer Ansicht nach war der Aufschrei im Kino genauso riskant wie das Klauen von zwei Schreibmaschinen aus der Schweizer Botschaft, und Patricio schien mit dem Blick eine Erlaubnis oder so etwas von Marcos zu erbitten, (die Jungs schienen hierarchisch gut organisiert zu sein, obwohl man es in der äußeren Form zum Glück nicht merkte) um mir ein Ding zu verpassen, das Lonstein Arguinjurie genannt hätte, und schließlich, als Ludmilla auf dem Teppich eingeschlafen war und ich begriff, daß man nun wirklich gehen sollte, hatte das Gedicht, oder was immer es war, angefangen die Runde zu machen, und man ging wieder nicht, außerdem reichte Patricio es, etwas verwundert über den unerwarteten Inhalt, Susana und bat sie, es laut vorzulesen. Weswegen wir, bevor wir gingen, das Privileg hatten, die lonsteinschen

FRAGMENTE EINER ODE AN DIE GÖTTER DES JAHRHUNDERTS
als erste zu genießen

Karten um eine IBM zu füttern.

Am Straßenrand
Bleiben Sie stehen
Grüßen Sie sie
Bieten Sie Trankopfer dar
(traveller's cheques are welcome)
AZUR
SHELL MEX
TOTAL
ESSO BP YPF
ROYAL DUTCH SUPERCORTEMAGGIORE*

* Ihre Macht ist der Lärm, der Flug, der Blitzkrieg. Es werden ihnen dargebracht: Blut, nackte Frauen, Kugelschreiber, Diners Club Karten, Wochenendvergnügen, großäugige Jugendliche, Dichter mit Stipendium (›creative writing‹) Vortragsreihen, Camelot-Pläne; jeder gekaufte Senator gilt für ein Jahr Ablaß, etc.

Die Bezirke am Straßenrand
Heiligenschreine
Snack-Bars und Pissoirs
ihre schlaffen Lingams, die der Priester in blauer Uniform und Schirmmütze hebt und in das Loch IHRES AUTOS schiebt, und Sie, ein Voyeur, der obendrein noch zahlt
ZWANZIG LITER REIFEN WASSER SCHEIBENWISCHER
venite adoremos
in hoc signo vinces
SUPER: das Sicherste.
STECK DEN TIGER IN DEN TANK
STECK DAS LINGAM GOTTES HINEIN
Sein Tempel riecht nach Feuer
TOTAL AZUR BP SHELL MEX

SeinTempel riecht nach Blut

ELF ESSO ROYAL DUTCH*

* Obergötter (es werden ausgelassen: die Unbenennbaren, die Unteren, die Begleitenden, die Doppel, die Ersatzdienste); der Kult der Obergötter ist öffentlich, stinkend und laut, er stellt sich als *positiv*, Fest, Freiheit dar. Ein Tag ohne Obergötter ist die Paralyse einer Menschennation; eine Woche ohne Götter ist der Tod einer Menschennation. Die Obergötter sind das Neueste, man weiß noch nicht, ob sie bleiben, oder ob sie ihre Anbeter verlassen werden. Im Unterschied zum Buddha oder zu Christus sind sie ein Problem, eine Unsicherheit; es ist gut, sie fieberhaft anzubeten, einen Tiger in den Tank zu stecken, die größte Menge zu fordern, die Tanks mit ihrer Kälte zu füllen, verachtenswerter Orgasmus; zuschauen bleibt bis auf weiteres noch gratis, aber auch das ist nicht sicher: Die Theologen konsultieren sich gegenseitig: Wo steckt der verborgene Sinn dieser heiligen Texte? *Steck den Tiger in den Tank:* Drohende Apokalypse? Werden die Obergötter uns eines Tages verlassen?
(Cf. Kavafis).

FÜR DIESEN FALL SIND DA NOCH DIE ANDEREN
Ja, wir haben Ersatz, sie schützen uns
der technologische Tempel, die Ersatzteile.
GOTT IST TOT ES LEBE GOTT
Das hat es schon einmal gegeben
und die Welt ist nicht untergegangen*

* Es scheint offensichtlich zu sein, sagen die Theologen, daß die Obergötter hinsichtlich der Hierarchie nicht empfindlich sind, wenn die Frivolität der Gläubigen die Zuwendungen und Altäre auswechseln, wenn ein kleiner Gott vierter Ordnung (cf. *infra*) plötzlich ohne Auseinandersetzungen unter Rauchern und Sportlern regiert, scheinen die großen Gottheiten das nicht übelzunehmen; besser so, sagen die Theologen, die um 1950 zitterten, als der Obergott *Parker* und ihm zur Seite *Waterman* von den Kleinstgöttern *Birome, Bic* und *Fieltro* abgelöst wurden.

An der Bettkante
Bleiben Sie stehen
Grüßen Sie sie
Bieten Sie Trankopfer dar
EQUANIL
BELLERGAL
OPTALIDON
ihre schnurrenden Namen
Friede Friede Friede Friede
von 10.30 Uhr nachts bis 6 Uhr früh, amen
UND DIE FÜRCHTERLICHEN
die Heroischen
die in Zeiten der Angst angerufen werden
rätselhafte Fürsprecher
bei den verborgenen Müttern, die mit den dunklen Namen,
ANDROTARDYL TESTOVIRON PROGESTEROL
ERGOTAMIN
und das dreischneidige CORTISON
Am Straßenrand
bleiben Sie stehen
grüßen Sie sie
bieten Sie Trankopfer dar

DIE ZEITWEILIGEN GÖTTER
fleischgeworden
Söhne und Töchter Gottes
am Kreuz gestorben (ein abgestürztes Flugzeug)
oder unter einem Bodibaum (Schweizer Klinik mit Garten)
HELENA RUBINSTEIN
bitte für uns Sünder

JACQUES FATH
CARDIN CHANEL
DOROTHY GRAY

Erbarme dich unserer Sommersprossen, Pickel, Brüste und Hüften, liebe Frau

IVES SAINT-LAURENT
MAX FACTOR BALENCIAGA

laudate adoremos

Am Lebensrand
bleiben Sie stehen
grüßen Sie sie
bieten Sie Trankopfer dar

(die Diener der Maschine werden die Informationen vervollständigen.)

Oder ist es, dachte der Besagte, als er die Treppe hinunterging, nach einer seiner gewohnten Verabschiedungen, die darin bestehen, sich eigentlich von niemandem zu verabschieden, oder ist es so, daß der kleine Rabbi, wenn er einen Text von ideologischer oder sogar politischer Bedeutung schreibt, die ihm eigene Sprechweise fallen läßt und dir das allerfeinste Spanisch hervorholt. Seltsam, seltsam. Was würde Marcos tun, wenn die Zufälle der Motzer ihn eines Tages zu dem machten, was die Assyrischen Tafeln einen Menschenführer nannten? Seine gewöhnliche Sprache ist wie sein Leben, eine Verbindung aus Bilderstürmerei und Schöpfung, Abglanz des Revolutionären, das noch vor jedem System verstanden wird; aber schon Wladimir Iljitsch, ganz zu schweigen von Leon Davidowitsch und, uns näher, Fidel, wer weiß, wenn sie sähen, was vom Sagen zum Handeln, von der Straße zum Ruder führt. Und trotzdem fragt man sich, nach dem Warum dieser Passage einer vom Leben bestimmten Sprache, wie die Sprache von Marcos, zu einem von der Sprache bestimmten Leben, wie die Regierungsprogramme und der unleugbare Puritanismus, der sich in den Revolutionen verbirgt. Frage doch Marcos einmal, ob er verdammte Scheiße und Hurensau vergessen wird, sollte für ihn einmal die Stunde der Führung schlagen; reine Analogie natürlich, es geht nicht um Flüche, sondern um das, was dahinter schlägt, der Gott der Körper, der große, warme Fluß der Liebe, die Erotik einer Revolution (schon nicht mehr diese, sondern die nächste, die noch ausstehenden und das sind fast alle), die sich für eine andere Definition des Menschen entscheiden muß; denn bisher zeigt der neue Mensch das Gesicht des alten, sobald er einen Minirock oder einen Film von Andy Warhol sieht. Gehen wir schlafen, dachte der Besagte, die von den Motzern theoretisieren zu viel, als daß ich noch diese allzu offensichtlichen Albernheiten beitragen sollte. Aber ich wüßte gern, wie Marcos darüber denkt, wie er leben würde, wenn ihm die Stunde schlüge.

Es war noch dunkle Nacht, aber ein Wind wie im Morgengrauen erwartete uns auf dem kleinen Platz Falguière. Ludmilla hatte auf der Straße kaum gesprochen, sie schlief schon fast im Gehen und ließ sich von meinem Arm führen; ich zog mir die Jacke aus und legte sie ihr um die Schultern. Wenn wir ein Taxi fänden, sagte ich unnützerweise. Für zehn Blocks, du Dussel, es ist so schön, um diese Zeit durch dieses Viertel zu gehen. Aber du bist müde, dir ist kalt. Das macht nichts, sagte Ludmilla. Denn das war es jedenfalls nicht. Wer weiß, was es war, sie war nach einer solchen Nacht nicht mehr in der Lage noch viel zu denken. Morgen werde ich mitten auf der Bühne einschlafen, ich werde die Stelle im Stück ausnutzen, wo der Alte versucht, mich auf dem Sofa zu verführen, wie schlecht dieses Stück ist, fünf Monate täglich Scheiße, bei riesigem Beifall, es stinkt sogar schon faul in diesem Theater. Dahin sollte man gehen, Andrés, und die Zigarettenstummel verkaufen, wir sollten ihnen ein bißchen helfen.

»Ich weiß nicht«, sagte ich und ließ sie etwas schneller gehen, denn die Kälte griff mir an den Magen, wenn es die Kälte war. »Ich habe bereits darauf verzichtet, sie zu verstehen, aber du hast sie gesehen mit ihren Auberginen und ihren Schnüren und ihren abgebrannten Streichhölzern, sie verbringen Monate mit dieser Art Sachen, und was soll das.«

»Marcos hatte bis jetzt nicht viel davon gesprochen.«

»Nein. Ich frage mich, wieso.«

»Der hat Lonstein mitgebracht wie einen Vorwand, um auf das Thema zu kommen, ohne daß es zu absichtlich, zu deutlich an uns beide gerichtet aussieht. Bei Patricio war es wie immer, ich hatte die ganze Zeit den Eindruck, daß Marcos uns suchte und wartete, irgend so etwas. Diese Katzenaugen, mit denen er beobachtete.«

»Dir ist kalt, Ludlud. Ich weiß nicht, warum wir bis jetzt dageblieben sind, das ist absurd bei deiner Arbeit, du wirst noch krank werden.«

»Ach was, es war ja nur einmal. Es hat mir gefallen, ich beklage mich nicht, und Lonstein ist ein unglaublicher Typ mit seinen

blutbefleckten Blumen und seinem Gedicht. Jedesmal kommt er mir gleichzeitig noch komplizierter und einfacher vor, wie Marcos, aber auf einer anderen Ebene, doch wer weiß, ob sie tatsächlich so verschieden sind, wer weiß, ob zwischen Lenin und Rimbaud ein so großer Unterschied bestand. Eine Frage der Spezialisierung, hauptsächlich des Vokabulars und der Ziele, aber im Grunde, im Grunde . . .«
Sie unterstrich den Grund mit einer Hand und zeigte auf die Pflastersteine. Ich drückte sie an mich, streichelte ihre kleinen Brüste, fühlte sie wie zurückgezogen, fern, ich fror noch mehr und mußte lachen, also, Marcos mit Lenin zu vergleichen, ganz zu schweigen von dem anderen Vergleich. Aber Ludmilla zeigte weiter auf den Boden, sie hatte den Kopf gesenkt, als wollte sie ihr Gesicht vor dem kalten Wind verbergen und schwieg, plötzlich fing sie an zu lachen und erzählte von Manuel, vom Pimmelchen des schlafenden Manuel, von diesem Wunder der beiden winzigen Fingerchen von Manuel, die das rosige Pimmelchen hielten, ohne es zu drücken, aber mit unendlicher Zartheit hielten, während er sich in den Schlaf gehen ließ. Etwas, was man niemals im Theater sehen würde, diese Besuche des Engels, der Schlag ins Gesicht (es war aber auch ein Streicheln) etwas, was die verlorene Unschuld denen zurückgab, die als Erwachsene die Realität von der anderen Seite her sahen, mit der idiotischen Schuld, ihren gelben und blutbefleckten Blumen hinduistischer Kadaver.
Nackt, zerschlagen, nach einem letzten, fast kalten Mateschluck legten Patricio und Susana sich neben Manuel, der die Laken auf die Erde geworfen hatte und leise schnarchend auf dem Bauch schlief. Er kriegt ein Löckchen im Nacken, sagte bewundernd Patricio. Er hat es seit zwei Wochen, sagte Susana beleidigt, es ist so ein Löckchen wie du sie hattest auf dem Foto, das mir deine Mutter gegeben hat, als sie nach Paris kam. Die Alte hat mich ständig fotografiert. Dir das zu geben! Gib es mir mal rüber, mal sehen, ob es stimmt. Mach keinen Quatsch, sagte Susana, ich weiß schon, du willst es verbrennen, der Herr möchte die Spuren seiner Vergangenheit auslöschen, du Spinner, das Foto habe ich gut verwahrt, mit allen meinen Liebesbriefen, du wirst sie niemals finden, mach das Licht aus, ich kann nicht mehr. Ein Tag war das, eine Nacht, ein Leben ist

das, ach! Komödiantin. Affe. Liebesbriefe, äh? Natürlich, die von dem balkanischen Grafen, dem, der mir einen grünen Diamanten schenken wollte, den einzigen in der Welt, ich habe ihn nicht angenommen, sicher war er falsch, oder er war ihm in den Mate gefallen. Lach nicht so, du machst ihn noch wach, wir mußten ihm einen Löffel Baldrian geben, er war viel zu überdreht. Wenigstens habt ihr ihn nicht vor den Gashahn gehalten. Ungeheuer. Schlaf gut, mein Äffchen. Du auch, du Ekel. Fernando ist sympatisch, nicht wahr? Ja aber er keht noch nicht nicht kanz logger. Lach nicht, verdammt, du machst ihn noch wach. Nimm mir deine Hand vom Mund icherstickckck. Schlaf gut, mein Blümchen. Du auch, neues Streichholz. Morgen um elf bei Gómez, den Ärmsten haben sie aus dem Restaurant rausgeschmissen, das war vorauszusehen. Ich glaube nicht, daß ihm das was ausmacht, solche Arbeiten findet man leicht, denn den Fremden zahlt man fast nichts. Wie fandest du Andrés heute nacht? Hm. Ich weiß nicht, warum Marcos ihn so nachdrücklich abtastet. Schlaf endlich, du Kröte, aber über das Foto reden wir noch, wenn du glaubst, ich duldete eine solche Ikonographie. Vielleicht später, aber im Augenblick bewahre ich es auf. Haariges Faultier. Nacktes Bübchen auf Pumafell, ach du Schande. Du hast es dir ausgesucht. Ist ja gut, du Kröte. Warum der Chilene wohl keine Gs aussprechen kann? Frag den Balkangrafen, Mädchen. Unmöglich, den haben sie nach einer Pokerpartie umgebracht, im fünfzehnten Kapitel, Autor Erik Ambler. Du und deine blutigen bibliographischen Amouren. Laß die retrospektive Eifersucht, mein einziger Bräutigam war ein Friseur aus Almagro, und dann kamst du an einem unglückseligen Tag. Alle Friseure sind schwul. Nicht in Almagro. Ich bin aus La Paternal, du, ich brauche nicht zu wissen, was draußen passiert. Wem sagst du das. Schlaf gut, mein Liebes. Ja, du auch, und schon war da eine Art grauer Korridor, ein Wartesaal, Susana träumte fulltime in dieser Zeit, die Hand von Patricio verloren zwischen ihren Schenkeln war dieses rosa Kleid, das sie ein bißchen drückte, und Manuel, der allein in diesem Haus voller Hunde und Zwerge war, wie konnte sie ihn nur so zurücklassen, sie mußte sich beeilen, der monotone Alptraum, und wie man sich beeilen mußte. Ich drückte Ludmillas Taille und zog sie fast laufend über die letzten hundert Meter, wir

starben fast vor Kälte und Müdigkeit, durch die Rue de la Procession kamen wir in die Rue de l'Ouest, home sweet home, nur noch fünf Stockwerke ohne Fahrstuhl, und im dritten noch immer Manuel, Manuel war so hübsch, das Pimmelchen zwischen den Fingern. Während ich ihr schnell einen heißen Tee mit Rum und Zitrone machte (die Aphonie, dieses theatralische Schreckgespenst, alles, außer die Stimme verlieren), dachte ich zum tausendsten Mal, daß es nun wirklich Zeit war, daß ich zu egoistisch gewesen war, ich brachte ihr den Tee ans Bett, und während ich mich auszog, sagte ich es ihr:
»Nein, besser nicht«, sagte Ludmilla, »ich kann von Manuel sprechen, ohne daß mir deswegen die Mutter ins Auge springt. Theater und Mutterschaft passen nicht zusammen, und außerdem ist es zu spät.«
»Es ist nicht zu spät, Lud. Bis jetzt wollten wir es nicht, einverstanden, aber ich weiß nicht, du hast eine Art, von Manuel zu sprechen, und dann, zum Teufel, man findet immer eine Lösung, ich werde kein idealer Vater sein, das ist sicher.«
»Es ist schon zu spät«, wiederholte Ludmilla und trank ihren Tee, ohne mich anzusehen. »Jetzt nicht mehr, Andrés.«
Ich nahm ihr die Tasse ab, legte mich hin, suchte ihre Wärme, die Füße von Ludmilla spazierten über die meinen hin, warme Hündchen. Francine, natürlich. Fatal. Aber nicht nur das, Ludmilla hatte die Augen geschlossen und ließ zu, daß Andrés Hände sie langsam streichelten und in die Dunkelheit zeichneten, irgendwann machte Andrés noch einmal die Lampe an, sie hatten sich noch nie im Dunkeln geliebt, man mußte sehen, man mußte da sein, irgendeinen der Sinne zu negieren hieße soviel wie dem Leben ins Gesicht spucken, und es ging nicht nur um Francine, obwohl auch, denn wenn sie sich gehen ließen und ein Kind machten, wäre es dasselbe, ob Andrés der Vater wäre oder irgendein anderer, obwohl es keinen anderen gab, das spielte keine Rolle, da Andrés ginge und wiederkäme, Francine oder wer auch immer, es war dasselbe, im Grunde wäre er nicht der Vater dieses Kindes, er hatte zwar gesagt, daß er kein idealer Vater wäre, auf diesem Gebiet war er unfähig zu lügen, er bot ihr an, was er niemals ganz und gar auf sich nehmen würde. Was hatte das jetzt noch zu bedeuten, besser, man schlief jetzt, aber ich wollte nicht, daß sie einschlief, so müde und traurig,

drei Akte jede Nacht und sonntags Matinée, trotzdem konnte ich sie nicht so ins Vergessen fortgehen lassen, selbstverständlich war es wegen Francine, dem rothaarigen Incubus mitten in der Nacht.

»Ja, auch deswegen, wegen deiner Art zu sein und mich leben zu wollen«, sagte Ludmilla. »Auch Francine würde keinen Sohn von dir wollen, sollte es mal soweit kommen, sie ist zu intelligent, beinahe so wie ich. Wir wollen schlafen, Andrés, ich bin vollständig kaputt. Nein, bitte, ich fühle mich wie diese Päckchen Zigaretten von Gómez. Ich habe Susana versprochen, daß ich ihnen bei der nächsten Ladung helfe.«

»Gut, wir werden die Stummel aufbewahren müssen«, sagte ich. »Es sieht so aus, als werde das nun demnächst unsere leidenschaftlichste Betätigung.«

»Sei nicht blöd, nimm es nicht so.«

»Das ist der unvermeidliche Schluß, soviel vom Leben erwartet zu haben, so sehr nach seinem Sinn gesucht zu haben, und entdecken zu müssen, daß wir direkt auf einen Haufen abgebrannter Streichhölzer zugehen, ungefähr so. Phrasen, ich weiß, aber auch die Wahrheit, Ludlud, denn es wäre so einfach und so viel klüger gewesen, dir nichts zu sagen, dir niemals etwas von Francine oder irgendeiner anderen Frau zu erzählen.«

»Aber ja, du Dummkopf, warum schon wieder damit anfangen. Ich falte nicht die Hände vor Bewunderung vor deinem Wunsch nach Ehrlichkeit, die im Grunde ein schlechtes Gewissen ist, das ein Waschmittel sucht, koste es was es wolle, aber dieses Problem haben wir schon bis zum Erbrechen hin und her gewälzt, Andrés, es ist so, ich hätte schon vorher ein Kind von dir haben sollen, als wir nur zwei waren, aber gerade deswegen wollten wir nicht drei werden, wir wollten kein Geschrei und keine schmutzigen Windeln im Haus, du brauchtest Ordnung, Ruhe und Baudelaire, und ich übte vor dem Spiegel alle Düfte Arabiens könnten diese kleine Hand nicht, etc. Verbindung der Narzisse, perfekte Egoisten, die einen Pakt schlossen, um sich durch die Addition weniger egoistisch zu fühlen. Und statt des gefürchteten Dritten, des Pissers und Nucklers, voilà kam Francine, frisch von der Universität und der haute couture mit ihrem kleinen roten Auto, ihren Büchern und ihrer Freiheit. Ich kann das verstehen, obwohl weder sie noch ich jemals deine Szylla und Charybdis akzeptieren werden, aber ich möchte kein Kind, jetzt nicht mehr. An dem Tag, an dem der Metabolismus es zu stark von mir fordert, wie es offenbar heute nacht der Fall war, werde ich mich mit dem ersten besten ins Bett begeben oder ich gehe zu Xavier, damit er mich wie eine Kuh besamt. Good night, sweet prince.«

»Und ich, Lud? Warum duldest du mich noch, wenn du meine Art zu leben nicht akzeptierst? Meine Art leben zu wollen, besser gesagt, die in jeder Kurve zerschellt.«

»Weil ich dich sehr liebe«, sagte Ludmilla, und wegen eines dieser Tricks der Sprache nahm das sehr dem ich liebe beinahe alle Kraft, und es stimmte, sie liebte ihn sehr, denn er war gut und fröhlich wie ein Kater und erfüllt von unrealisierbaren Projekten und Platten mit aleatorischer Musik und metaphysischer Begeisterung und kleinen Aufmerksamkeiten, er schmückte ihr die Arbeitstage, hängte ihr bunte Gardinen an die Fenster der Zeit, spielte mit ihr und ließ mit sich spielen, er ging mit Francine fort und kam mit der Gesamtausgabe von Roberto Arlt zurück, und außerdem tat die Zeit das Ihre, die Gewohnheit stellte sich ein, das hübsche Apartment, es gab nichts mehr zu lernen noch zu zeigen, da es genügte, daß man gesund war und viel lachte, durch Paris ging, Arm in Arm, sich mit Freunden traf, Marcos, dem distanzierten und lakonischen Cordobesen, der jetzt anfing, öfter zu kommen, um zu sprechen, um Lonstein herzubringen und ihnen von Agit-prop zu erzählen, von dem Aufschrei, den Streichholzschachteln, fast als wäre es nur für sie, obgleich Andrés sich direkt betroffen fühlte, und warum fast, kleine heuchlerische Polin, sie hatte es gespürt, sie fühlte es noch auf der Haut, die gleichgültige cordobesische Stimme von Marcos, wie sie, besonders für sie, über alles sprach, damit sie endlich beginne zu begreifen, was los war, was zwar nicht viel war, aber immerhin, die Motzer, Polinchen.

Ich fühlte, wie sie sich entzog, mir den Rücken zudrehte, good night, sweet prince, good night, little thing, ich streichelte ihr leicht den Rücken, den Po, entließ sie in den Traum oder in die Schlaflosigkeit, wie immer nach so vielen Worten, wollte ich sie, aber ich wußte, daß ich in dieser Nacht nur einen resignierten Mechanismus finden würde, alles, nur das nicht, go to sleep, sweet prince, die sind wirklich beknackt mit ihren Streichhölzern, wenn man bedenkt, daß in Biafra, aber nein, du wirst nicht mehr schlafen können, und Lonstein mit seinen Göttern am Wege, irgend etwas läuft da nicht, Bruder, ich hätte zu Hause bleiben und *Prozession* hören können, warum höre ich auf Marcos, die sind doch verrückt, tu mir dein Haar nicht in die Augen, Ludlud, oh pardon, ich habe schon geschlafen und geträumt, sei nicht dumm, ich mag dein Haar, schlaf gut, vergiß, ja, Andrés, ja.

Jetzt zum Beispiel das Café der Porte Champerret, Manuel wütet zwischen Zuckerstücken und Teelöffeln, hoppe, hoppe Reiter, gib dir keine Mühe, dieses Kind schläft nicht einmal bei Pasolini ein, am Abend in den Platanen des Platzes, eine sanfte Luft nimmt den Besagten bei der Hand der Erinnerung, zu Pampadämmerungen far away and long ago, aber gleichzeitig achtet er aufmerksam auf das, was am Tisch geschieht, was fast nichts ist, außer Manuel, obwohl auf irgendeine Weise, denkt der Besagte, muß da etwas gesprochen werden, denn nicht von ungefähr haben Roland und Marcos die geheiligte Versammlung einberufen, ohne Lonstein einzuladen (und mich auch nicht, nebenbei bemerkt, und auch nicht Ludmilla, aber Ludmilla kann nicht, because Vorhang hoch und melancholische Sklavin ab halb neun), also man ist in einem nicht geringeren Café als dem der Porte Champerret, was nicht gerade nebenan ist, anscheinend, um freundschaftlich darüber zu schwatzen, wie die Welt so ist, mein Herr, stellen Sie sich vor, meine Dame, denn bis jetzt war das Außergewöhnlichste, was der Besagte hat feststellen können, die Kinderklapper, die Susana aufgeregt schüttelt, um Manuel von allen den gutgebügelten Hosen rund um denTisch abzulenken. Und so vergeht eine halbe Stunde, bis Gómez aus einem 92er aussteigt und Marcos praktisch ohne zu grüßen zwei Telegramme reicht, die der liest und ohne Kommentar zurückgibt, damit Susana (dieses Mädchen nehmen sie hin und wieder auf den Arm) sie Lucien Verneuil, Monique und Roland übersetzt, den eisernen Franzosen, die nicht die geringste Anstrengung machen, Sprachen zu erlernen, obgleich das doch so einfach zu verstehen ist: VÄTERCHEN BESSER STOP KÜSSCHEN COCA (aus Buenos Aires) und A BANANA DO BRASIL NÃO TEM CAROÇO (die Banane aus Brasilien hat keinen Kern), aufgegeben in London, Texte von ganz besonders idiotischer Bedeutung für Uneingeweihte, die jedoch nur anzeigen sollen, daß ein gewisser Oscar Lemos mit dem Flugzeug in Orly ankommt und einige Elemente mitbringt, die nicht gerade als argentinische Süßigkeiten zu bezeichnen sind, was nebenbei erklärt, warum Lonstein (und ich) nicht eingeladen worden waren, uns im Café der Porte Champerret einzufinden, denn man weiß noch nicht genau, ob Lonstein, obwohl Marcos, ja, aber er hat keine Eile und bis zum Schluß wird er zulassen, daß Lonstein um Briefe bittet oder sich als bedient erklärt, in solchen Fällen ist es immer noch Zeit, und der Augenblick wird noch kommen, in dem Lonstein sich entscheidet, was auch bei Ludmilla eintreffen kann (und bei mir, aber ich warte auf dich), alles Gründe, aus denen der Besagte den Eindruck gewinnt, daß das Café de la Porte Champerret so etwas wie ein Dach gegen zwei Wasser ist, eine scharfe Kante, und jetzt wird tatsächlich etwas passieren, obgleich augenfällig alles beim alten bleibt und Manuel sich von Stuhl zu Stuhl verschwendet zum Schrecken von Roland und Lucien Verneuil, die seit einiger Zeit Speichel auf unbeflecktem Rockaufschlag, um nicht zu sagen unangekündigtes Einnässen trotz der Garantie einer rosa Gummihose voraussehen. Was das Londoner Telegramm betrifft, ist es natürlich Heredia, der wegen etwas aus einer Stadt zurückkommt, in der es ihm, seinen Briefen und Postkarten nach zu urteilen, hervorragend ergangen ist, und so folgert der Besagte auf eigene Rechnung, daß

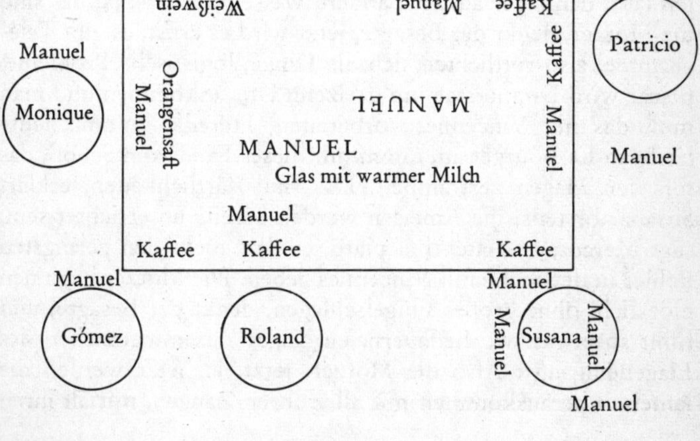

die verpuppten Motzer allem Anschein nach kurz davor sind, zum Schmetterling zu werden, obwohl von diesen Schuppenflüglern auf dem Gebiet der Kohärenz wenig zu erwarten ist, es genügt zu sehen, was um den Tisch herum geschieht (geistige Zeichnung des Besagten) nämlich
Aber man bringt nur sehr wenig ins reine außer vielleicht das, was die Experten der Unesco Gruppenspannungen nennen, Tatsache ist, daß Lucien Verneuil sichtbar ungeduldig wird, denn an diesem Tisch vergeht die Zeit sehr viel greifbarer für die Franzosen als für die Lateinamerikaner, zum Glück für wen, fragt sich der Besagte, und Tatsache ist, daß sie bis jetzt noch nicht aus dem Vergnügen herausgekommen sind, das ihnen KÜSSCHEN COCA bereitet hat, Lucien Verneuil sieht also Roland an, der Monique ansieht, kurze Beweise nationaler Solidarität, obwohl der Besagte sich noch mehr amüsiert, als er merkt, daß Monique, die seit sechs Monaten mit Gómez zusammen lebte und ihm sogar hilft, die Briefmarken ins Album zu kleben, bereits in eine gemächliche panamesische Zeit, vergeblich von Ferdinand de Lesseps, der nicht umsonst Franzose war, in zwei geteilt, eingetreten ist und keinerlei Eile hat, ganz zu schweigen davon, daß es niemanden gibt, der es wie Patricio versteht, zu einem neuen Kaffee einzuladen, was immer so ist, als stellte man die Uhr zurück. Selbst daran sieht man ihre Unterentwicklung, wütet Lucien Verneuil gerade in dem Augenblick, in dem Marcos den ersten Satz beinahe weich fallen läßt, den jeder auf eine andere Weise hört, das, ja, das sind die Motzer, denkt der Besagte, jetzt wird es ernst, es gibt Telegramme, also verdichten sich die Dinge, logistische Probleme, Oscar wird Donnerstag um dreizehn Uhr ankommen und man muß das mit Vincennes vorbereiten, Heredia kommt heute nacht in Le Bourget an, nimm mir dieses Kind vom Schoß, das mir den Magen zertrampelt. Das sind Zärtlichkeiten, erklärt Susana. Erstens, die Ameisen werden bereits unterrichtet sein, sagt Marcos, also atenti al piato, es darf nicht den geringsten Fehler in der Sache mit Vincennes geben. Die Motzer beginnen plötzlich, ohne großes Flügelschlagen, denkt der Besagte, und fühlt so etwas wie Bedauern, ein vages Zusammenziehen des Mageneingangs: Also die Motzer, jetzt, ja, jetzt werden die Ameisen herauskommen mit allen ihren Zangen, mit all ihren

Dollars; vielleicht ist es das letzte Mal, daß ich sie zusammen an einem Tisch in einem Café sehe, Manuel hin und her gehend, über Tassen und Gläser. Die Welt ist ein kleines Tuch, sagt Roland zu Patricio, während er ein Stück des *Herold Tribune* herausreißt und es ihm reicht, auch da werden die Ameisen Arbeit bekommen. Niemand bittet Susana zu übersetzen, die Nachricht ist auf englisch, und die Franzosen sind offenbar gebildete Typen, und die Lateinamerikaner, man weiß schon, Englisch ist die Sprache der Zukunft, und die Familie läßt es dich lernen, auch wenn du nicht willst, denn man muß ans Weiterkommen denken, an Stipendien und solche Sachen, mein Söhnchen.

Hin und wieder begeht der Besagte einen Irrtum: Statt zu registrieren, eine Mission, die er sich auferlegt hat, und die er, seiner Meinung nach, ziemlich gut erfüllt, setzt er sich an irgendeinen Tisch eines Cafés oder eines Wohnzimmers, mit Mate und Grappa, und von dort aus registriert er nicht nur, sondern analysiert, der Unglückswurm, beurteilt und wertet, der Verabscheuungswürdige, gefährdet das durchaus nicht leicht zu haltende Gleichgewicht, das er bis zu diesem Augenblick halten konnte in Form von Kompilationen und Aufzeichnungen, dem Kaiser was des Kaisers ist, und anderer Tabulationen und Register, wie jetzt, daß Gómez seit zehn Minuten gegen die bürgerliche Musik protestiert, die aleatorische, die elektronische und die stochastische eingeschlossen, und auf panamesische Art eine Kunst der Massenbeteiligung verteidigt, Choralgesang und andere Arten, den Kanarienvogel in die Aorta des Volkes zu verpflanzen. Gómez ist nicht etwa dämlich und lechzt nach Schostakowitsch oder Kurt Weill, aber die Schwierigkeiten der Musik, die Andrés zum Beispiel versucht, ihm nahezubringen, scheinen ihm ein Beweis dafür, daß der Kapitalismus lato sensu wieder einmal die automatische Formation von Eliten auf allen Gebieten, auch dem der Ästhetik versucht, und bis zum letzten Schwanzschlag versuchen wird. Und gerade in diesem Augenblick fällt dem Besagten ein, zu meinen (statt einfach niederzuschreiben, was Gómez oder die anderen in einem Bistro von Madame Séverine gesagt haben), daß ein gewisser Terry Riley, ein Yankee, perfekter, sichtbarer Ausdruck all dessen, was Gómez mit heftigen, schraubenförmigen Gesten verabscheut, der Autor eines Werkes ist (und vieler anderer), dessen Kontakt mit dem Publikum (das »Volk« von Gómez) außerordentlich unmittelbar, einfach und wirksam ist, was seit Perotin oder Gilles Binchois niemandem mehr eingefallen ist. Grosso modo (denn der Besagte will von Andrés, der sofort enzyklopädisch wird, keine technischen Einzelheiten erfragen), ist die Idee von Riley, daß jemand einen einzigen Ton unendlich auf dem Klavier wiederholt und nach und nach einer nach dem anderen, fallen alle ein, die in der Lage sind, ein Instrument zu zupfen und zwar nach den Regeln einer Partitur, die ein Murmeltier

verstehen würde. Wenn der Spieler keine Lust mehr hat, seine zwei, drei Töne zu spielen, geht er dazu über, die nächsten zwei oder drei ebenso leichten zu spielen, und dann gibt es schon die einen oder anderen, die ihrerseits in die erste Serie einfallen; so durchläuft jeder Spieler, je nach Wissen und Verstehen, eine Sequenz von dreißig oder vierzig kleinen Kernmelodien, aber da jeder anfängt, wann es ihm gefällt und das Thema nur ändert, wenn er dazu Lust hat, ist das Ergebnis, daß es nach zehn Minuten Musik schon sehr viele Spieler gibt, die auf eigene Gefahr und Risiko fortschreiten, und nach vierzig Minuten oder ungefähr so, ist niemand mehr übrig, denn alle sind bei der letzten Tonserie angekommen und hören auf; das Ende ist immer das Hübscheste, denn es ist ganz und gar unmöglich vorauszusehen, wie die Ausführung zu Ende kommt, ob es eine Geige, eine Pauke oder Gitarre ist, die die letzten Töne spielen wird, zusammengehalten immer von dem Klavier, das hartnäckig aufs Pedal tritt, in der Art eines Koagulants.
Gut, sagt Gómez, aber das muß ein einziger Scheißkram sein, Junge, was für einen Mischmasch braust du mir da zusammen. Wer weiß, gibt der Besagte zu, aber auf jeden Fall könntet ihr euch mit dreißig Bürschchen zusammentun, ihnen den Mechanismus erklären und in einer Stunde macht ihr eine Musik zum Kotzen; wenn du extrapolierst, könntet ihr alle vom Boca oder vom River einladen, um an einem Sonntagnachmittag einen Terry Riley zu bringen, indem ihr ein paar Quenas oder andere leichte und billige Blasgeräte verteilt; fast alle können Noten lesen, ganz zu schweigen davon, daß es ein Chiffrensystem, ein Buchstabensystem und andere Vereinfachungen gibt.
Das ist vollständig bekloppt, sagt Gómez. Es mag bekloppt sein, sagt der Besagte, aber von deinem revolutionären Gesichtspunkt aus ist es die Musik, die dem Volk so nah wie keine andere kommt, denn das Volk selbst kann sie ausüben, es gibt Gemeinsamkeit und Freude und allgemeines Charivari, mit Orchester und Publikum ist es aus, jetzt sind sie ein und dieselbe Sache, und es scheint, daß sich die Mädchen in den Konzerten von Riley wie verrückt amüsieren. Aber das ist doch keine Kunst, sagt Gómez. Ich weiß nicht, gibt der Besagte zu, aber auf jeden Fall ist es Volk, und wie Mao so schön sagte, nun ja, man wird schon sehen.

Wir wachten nach elf Uhr auf, der Briefträger hatte zweimal geklingelt und zeigte wieder einmal, daß die Natur die Kunst imitiert, aber welche Kunst, eine miserable Postkarte, mit der ich ins Bett zurückging, denn mein Verlangen nach Schlaf war noch nicht ganz gestillt, Andrés hatte die Gelegenheit genutzt, mir das Kissen wegzunehmen und saß rauchend da, die Haare im Gesicht. *London suinguin beri biutiful plenti ricuchas, pripéar matecito, quises, Charles.* Das ist dieser unglückselige Heredia, sagte Andrés, kaum hat er die Koffer gepackt, schon will er Mate und da wir gerade davon sprechen, es wäre Zeit, uns einen guten, bitteren zu brauen. Deinen Gebrauch des Plurals kennen wir schon, sagte ich, und hockte mich ohne Kissen hin, suchte aber die Wärme. Ist ja gut, ich werde ihn machen, aber jetzt muß ich dir erzählen, was ich geträumt habe, bevor es sich völlig zerfasert, Lud, es ist so seltsam. Jung hört dir zu und interpretiert, sagte ich, bestimmt hast du von Zügen geträumt.
Das waren keine Züge, sondern ein Kino, und was da passiert ist, schnell erzählen, eine fast schmerzhafte Notwendigkeit, es mit Worten festzuhalten, obgleich, wie gewöhnlich, schon nichts mehr geblieben war, als eine Gipsmaske über etwas so Lebendigem, die Antimaterie dessen, was sich schwindelerregend rasch entfernte, um nichts weiter als Fetzen und vielleicht Lügen zurückzulassen, ich träumte, ich ging mit einem Freund ins Kino, Lud, ich weiß nicht mit wem, ich habe sein Gesicht nie gesehen, um einen mysteriösen Film von Fritz Lang zu sehen, das Kino war ein riesiger Saal, vollkommen sinnwidrig, von dem ich schon manchmal geträumt habe, ich glaube, ich habe dir davon erzählt, es gibt zwei Leinwände, im rechten Winkel zueinander, so daß du dich in verschiedene Teile des Parketts setzen und eine der Leinwände wählen kannst, denn die Sektoren sind durchkreuzt, wer weiß wie und warum, die Stühle stehen auch im rechten Winkel zueinander. Alvar Aalto ist nichts dagegen, und ich suche unendlich lange einen Platz, von dem aus ich den Thriller gut sehen kann, aber ich bin zu weit weg oder etwas schiebt sich zwischen die Leinwand und

meine Augen; also stehe ich wieder auf und verliere meinen Freund aus den Augen, wer zum Teufel mag das gewesen sein, ich kann mich unmöglich erinnern.
Jetzt fängt der Film an, es ist die Szene eines Gerichtshofes, da ist eine Frau mit dämlichem Gesicht in der Art wie Elsa Lanchester, du erinnerst dich, die etwas von der Anklagebank oder der Zeugenbank herüberschreit, ich bin zu sehr an der Seite und versuche, einen anderen Platz zu finden, in dem Moment kommt ein Kellner auf mich zu, ein junger Typ mit konventionellem Schnurrbart im Stil der Hiltonbar, mit weißer Jacke, und bedeutet mir, ihm zu folgen. Ich sage ihm, daß ich den Film sehen will (ich weiß, daß ich den Titel genannt habe, etwas in dem vielleicht das Wort Mitternacht vorkommt), darauf macht der Kellner eine ärgerliche oder ungeduldige Bewegung, er zeigt befehlend auf einen Ausgang; ich begreife, daß ich ihm folgen muß. Während wir durch eine Reihe von Sälen gehen, die ich auch schon hundertmal geträumt habe, eine Art privaten Club, entschuldigt sich der Kellner wegen seiner Grobheit. »Ich mußte es tun, mein Herr, ein Kubaner möchte Sie sehen«, und er führt mich bis zur Tür eines fast dunklen Salons.
»Halt«, befahl Dr. Jung, »das mit dem Kubaner ist elementar: der Aufschrei, die Herausforderungen, alles das von gestern nacht, das schlechte Gewissen, das wir in diesem Hause haben, bah.« »Laß mich weiterreden, Lud, das rutscht mir sonst alles weg, jetzt kommt das, was am schwierigsten zu erklären ist, am schwierigsten in die Zellen des verdammten verbalen Bienenkorbs hineinzupassen ist. Es ist etwa so, wissen, daß ich den geheimnisvollen Film, den ich so gerne sehen wollte, verpasse, und gleichzeitig und aus demselben Grund trete ich selber in dieses (oder in ein) Geheimnis ein. Der Kellner bleibt stehen und zeigt mir, es ist unglaublich, wie ich es noch sehe, Lud, er zeigt mir in der Dunkelheit des Salons einen Körper auf einem Sofa; man kann kaum die ausgestreckten Beine des Mannes erkennen, der mich sprechen möchte. Ich gehe alleine in den Salon und auf den Kubaner zu. Und jetzt, warte, warte, das ist das Unglaubliche, denn ich weiß ganz genau, daß ich keine Szene aus diesem Teil vergessen habe, sondern daß die Szene abbricht, als ich mich dem Mann, der auf mich wartet, nähere, und was jetzt folgt, ist der Augenblick, in dem ich aus dem Salon hin-

ausgehe, *nachdem ich mit dem Kubaner gesprochen habe.* Eine perfekte Kinomontage, verstehst du. Absolut sicher ist, daß ich mit ihm gesprochen habe, aber die Szene gab es nicht, ich hab sie nicht vergessen, Liebes, da war ein Schnitt, und in diesem Schnitt passierte etwas, und als ich hinausgehe, bin ich ein Mann, der eine Mission zu erfüllen hat, aber während ich dies noch weiß und vor allem fühle, weiß ich auch, daß ich nicht die geringste Vorstellung davon habe, was diese Mission ist, verzeih mir, ich sag es so, wie ich es kann, du verstehst, daß ich kein Bewußtsein von dieser Unterredung habe, die Szene wurde genau in dem Augenblick geschnitten, in dem ich mich dem Sessel näherte, aber gleichzeitig weiß ich, daß ich irgend etwas tun muß, ohne Zeit zu verlieren, oder daß ich, während ich ins Kino zurückgehe, gleichzeitig innerhalb wie außerhalb des Films von Fritz Lang oder irgendeines anderen mysteriösen Films agiere, ich bin simultan der Film und der Zuschauer des Films. Stell dir vor, Lud, das ist das Schönste (bitter für mich, aber schön, wenn du es als ein Beispiel eines Traums nimmst), es gibt keinen Zweifel, daß ich *weiß*, was der Kubaner mir gesagt hat, denn ich habe eine Aufgabe zu erfüllen, und gleichzeitig sehe ich mich selbst mit der Neugier und dem Interesse dessen, der voll Spannung an dem Thriller hängt, denn ich weiß nicht mehr, was der Kubaner mir gesagt hat. Ich bin doppelt, jemand, der ins Kino ging, und jemand, der mitten in einer typisch cineastischen Intrige drinsteckt. Aber das mit dem doppelt sage ich wach, es gab keine Doppelheit im Schlaf, ich war ich und der wie immer, ich nehme deutlich wahr, daß ich, während ich in den Saal zurückging, den totalen Block dessen fühlte, was ich jetzt segmentiere, um es erklären zu können, wenn auch nur teilweise. Ein bißchen so, als ob ich die mir aufgetragenen Aktionen erfüllen mußte, um erfahren zu können, was der Kubaner mir gesagt hat, eine Inversion der Kausalität, vollständig absurd, wie du siehst. Da ist der Mechanismus des Thriller, aber ich will ihn befolgen und gleichzeitig genießen, der Kriminalroman, den ich schreibe und zur gleichen Zeit lebe. Und gerade in diesem Augenblick weckt mich die verdammte Postkarte von Heredia, verdammter Brasilianer.
»Dich hat auch Kublai Khan ruiniert«, sagte Ludmilla und küßte mir den Nacken. »Das mit dem Schicksal, das an der Tür klopft,

verdient eine lange Meditation, gib's zu. Aber was für ein Traum, er ist tatsächlich schauerlich.«

»Ich weiß nicht, wenn ich jetzt dran denke, kommt es mir vor, als hätte das Klingeln des Briefträgers die Sache gar nicht so sehr kaputtgemacht; vielleicht war ich schon in die sabberige Phase fast aller Träume eingegangen, wenn sie ihre göttlichen Proportionen überziehen; denn ich fühle es nicht wie einen fatalen Bruch, der Höhepunkt war jener Augenblick, in dem ich akzeptierte, jemand zu sein, der eine Schlüsselverabredung gehabt hat und in der Folge handeln wird, und gleichzeitig bleibe ich ein Typ, der vor der Leinwand von sich selbst, um es einmal so zu sagen, der mysteriösen Handlung folgt, die erst das Ende erklären wird. Also, Heredia kommt zurück, du, der hat in London bestimmt auch Streichholzschachteln verfälscht oder irgend so etwas, auch wenn er auf der Postkarte nur von Frauen redet. Und das Teechen, Ludlud? Bist du immer noch böse mit mir, Polinchen?«

»Nein, Unglücksrabe, aber sprechen wir nicht mehr davon, ich muß meine Rolle noch einmal durchgehen, und es ist schon fast Mittag, ich weiß nicht, ob ich dir sagte, daß ich eine Lungenkranke bin, die einige Werst von Moskau entfernt lebt und hustend auf einen gewissen Koroschenko wartet, der niemals ankommt, ich kriege immer solche Rollen, aber jetzt kann ich mich wenigstens in Ruhe erkälten, und wenn ich ein wenig insistiere, kann ich sogar Zuschlag für die Heftigkeit meiner Hustenkrämpfe bekommen. Sieh mich nicht so an, ich möchte wirklich nicht darüber reden, es ist schön so, du hast warme Beine, dieses Bett ist wie ein parfümierter Iglu.«

»Ich liebe dich so sehr, Polinchen, das ist das einzige, was du nicht verstehen willst, daß ich dich so sehr liebe und trotzdem. Nun ja, ein ander Mal. Wenn es ein anderes Mal gibt, Polinchen.«

Sie antwortete mir nicht, ihre Augen hefteten sich auf einen kleinen rosa Fleck auf dem Laken, aber natürlich antwortete sie mir, hier gab es keine Szenenschnitte, es war nicht nötig Francine zu erwähnen, wozu, das Schweigen war eine Explosion an Klarheit, es würde kein anderes Mal geben, auf irgendeine Weise waren dieser und viele andere der letzte Tag, obwohl wir weiterhin zusammen aufwachen würden, zusammen spielen und uns küssen würden, zeremonielle Wiederholung, die die Zeit unbeweglich macht, der erste Kuß aufs Haar, die Finger auf dem Rücken, die unnütze, prekäre Waffenruhe, der erste Mate.

KÜSSCHEN COCA, obwohl selbstverständlich die Unterzeichnerin nicht Coca hieß, genauso wie Oscar sich kaum Oscar nannte, da es sein dritter Taufname war, aber abgesehen von diesen Einzelheiten, war das Telegramm höchst konkret für die Eingeweihten, wie der Besagte ironisch feststellen konnte, und plötzlich, zwischen zwei Strampeldarbietungen von Manuel, wurden die Motzer im Café des Platzes beinahe faßbar, Küßchen Coca und Banane aus Brasilien, Leute, die in alle Himmelsrichtungen auseinandergingen, um dekorative Empfänge vorzubereiten. Davon sprachen in einer anderen Kneipe der Besagte und Lonstein, denn Lonstein war über die Motzer besser unterrichtet, als man sich wegen seiner ikonoklastischen und manchmal wirklich reaktionären Neigungen vorstellen konnte. So konnte der Besagte, indem er das, was der kleine Rabbi als Kryptotransfusion und kosmoärschiges Peribundieren bezeichnete, ins Argentinische übersetzte, die Parameter des KÜSSCHEN COCA, des so langen Zopfes, endlich erkennen, begonnen schon in der Pension von Doña Raquela in Santos Pérez, in der Provinz Entre Ríos, mit der Hilfe von Coca (die Gladis hieß) und der Vormotzer mit den echten Gürteltieren und dem türkisfarbenen Pinguin.
»Das Exotische öffnet alle Türen«, hatte der kleine Rabbi erklärt. »Du bietest zum Beispiel dem Präsidenten von Tansania ein Edelweiß an, und er empfängt dich in vierundzwanzig Stunden, du, die Idee mit dem türkisblauen Pinguin erscheint mir superoberintelligent. Füge die anderen Kräfte hinzu, die diese Burschen nicht einmal riechen, außer Marcos, und der nur schwach, denn selbst Oscar macht sich keinen Begriff von dem, was er tut, und trotzdem, du siehst ja, eines Tages schickt er Marcos einen Zeitungsausschnitt aus reinem Pintoreskismus, und dann muß schon ich da sein, um die Verborgenheiten, die interargentinischen Transfusionen zu bemerken. Du merkst schon, ich spreche von der Besserungsanstalt, vom Instituto de Menores in der völlig absurden Stadt La Plata.«
Der Besagte hatte überhaupt nichts bemerkt, aber er war es gewohnt zu nicken, damit der kleine Rabbi, ohne sofort das Visier herunterzuklappen, weiter kabbalisierte.

»So klar wie der Vollmond«, erklärte Lonstein, »mein Pilz, der wächst und die Kleinen, die aus einer Besserungsanstalt türmen, aber erkläre einmal Typen wie Gómez oder Roland, daß das auch das Motzen sein kann, sie spucken dir ins Ohr; darum habe ich Angst vor morgen, du, wenn wir nicht mehr dabei sind, wenn sie allein sind. Noch gibt es Kontakte, man kann mit ihnen sprechen, aber das Schlimme ist, daß es dieselben sein werden, die dich eines Tages ausmerzen. Marcos auch, du wirst es sehen. Nun ja.«
»Erkläre mir wenigstens das mit dem Pinguin.«
»Es mußte so sein«, sagte der kleine Rabbi rachsüchtig, »nach meinem Pilz, der hier nur zehn Blocks weiter steht, fragt mich niemand, statt dessen flippen sie aus und feizlechzen sich nach irgendwelchen vulgären Exemplaren. Ich verabscheue Pinguine, frage lieber Patricio, er wird dir erklären, was Oscar während des Streiks von Rosario gemacht hat und bei dem Ding in Córdoba.«
Das war eine gute Idee, denn Patricio liebte es, die Dinge in Einzelheiten zu erzählen, und obwohl die Rolle von Oscar bei den genannten Aktivitäten ziemlich dunkel gewesen war, galt das vor allem für die Polizei und den SIDE, aber nicht für Marcos und Heredia. Das Problem bestand darin, weiterzumachen, ohne sich zu verbrennen, aber als man sah, daß jede Aktivität von Oscar in Buenos Aires einen Haufen Drucktöpfe zu entdeckeln drohte, tat irgendein Verantwortlicher das Notwendige, so daß er sich unerhört schnell in einen Stipendiaten der berühmten Sociedad Argentina de Zoofilia verwandelte und unter dem Vorwand, die Harnwege der Schleiereule zu untersuchen oder anderer ähnlich respektabler Themen nach Entre Ríos ging. Da war er mit seinen Büchern und seinen Pinzetten in der Pension von Doña Raquela abgestiegen und erschreckte die zahlreichen Töchter der Wirtin mit Gläsern, die vor Viechern in Formol überschwappten, mit Geschichten von Vampiren und Wolfsmenschen, die er für die Patio- und Vollmondnächte aufbewahrte. Währenddessen arbeitete Gladis als Stewardess bei Aerolíneas und konnte nicht einfach nach Santos Pérez gehen, um Oscar ein bißchen zu umgirren, der ziemlich traurig war und keine anderen Ablenkungen hatte, als die Mona, die dritte von Doña Raquela, eine Kleine, die zu Anfang

nicht in Oscars Zimmer kommen wollte, because of die Schleiereulen in Formol, die ihm jetzt aber schon half, sie umzufüllen und den Pankreas oder die Chromosomen zu besehen, arme Tierchen. Die Nächte in den Patios der Wolfsmenschen waren warm und voller Jasmin, die Mädchen hörten früh mit der Küche und dem Nähzeug auf, das TV funktionierte nur noch für die Großeltern und den Kater Poroto, die Pensionärinnen entdeckten auf geheimnisvolle Weise die Vorzüglichkeit gewisser zwischen den Blumentöpfen und Säulen vergessener Sessel, plötzlich waren keine Mädchen mehr zu sehen, und so um halb elf kam Doña Raquela, nachdem sie einer Pfanne mit dem Scheuertuch den letzten Schlag versetzt hatte, und ging zur auf die Straße führenden Tür, über Gänge und Höfe ohne Ende, das provinzielle Schachbrett aus Feldern voller Mond und Schatten, unbestimmtes Murmeln drang zu ihr aus dem Liguster und den Geranien, und schließlich ging sie zu Bett, von den Ereignissen überrumpelt, doch nicht ohne vorher zu sagen, was Oscar und die Mona, die hinter dem Jasmin versteckt waren, deutlich gehört hatten: »Diese Hurentöchter, in jeder Ecke ein Pärchen.« Aber Doña Raquela konnte nichts gegen die Wassersucht und den Mänadismus des Vollmonds machen und schließlich wozu auch, wenn sie zum Schluß doch alle die Reisenden oder Bankangestelten, die den Sonntagsbraten und die frischen und billigen Zimmer der Pension schätzen, heirateten.
Aber der Vollmond erhellte nicht nur die Patios von Santos Pérez: In diesen Tagen schickte Oscar Marcos einen Zeitungsausschnitt im Austausch gegen einen mehr astrologischen Inhalts, den jener ihm hatte zukommen lassen mit einer Reihe von Fragen über die eventuelle Benutzung der Talente des alten Collins, und hier begann Lonstein, die Daten in ein und denselben metamotzenden Salat zu mischen, so daß der Besagte sie reklassifizieren mußte, indem er auf die eine Seite die astrologischen Ausschnitte aus *Horoskop* und den von Oscar geschickten Ausschnitt legte und auf die andere das Problem des alten Collins und der falschen Dollars. Im ersten Teil waren die bereits genannten Nachrichten über die Pension von Doña Raquela und der Ausschnitt von Oscar an Marcos, der zusammen mit den Nachrichten über den alten Collins ankam und eine erste Arbeitshypothese auf Grund der Gürteltiere und

des türkisfarbenen Pinguins, von alledem war das Interessanteste für den Besagten und für den kleinen Rabbi der Ausschnitt über den Vollmond in La Plata.

Aufstand in einer Anstalt für Jugendliche. Intensive Suche nach sechzehn Flüchtigen
La Plata,
4. (AP) Sechzehn Jugendliche, die letzte Nacht, während eines Aufstands im Institut Ricardo Gutiérrez, geflohen sind, wurden von Polizeikräften intenisv gesucht. An dem Aufstand beteiligten sich ungefähr zweihundert junge Mädchen, die in dem zwischen 39. und 40. gelegenen Etablissement der Straße 120 interniert sind.

»Ein überraschender Stromausfall«, las Susana auf französisch Monique und Roland vor, »war der Anlaß zu einer infernali-

La Plata: Motín en un Instituto de Menores

Intensa búsqueda de 16 jóvenes prófugas

LA PLATA, 4. (AP). — Dieciséis menores de edad, fugados anoche durante el motín registrado en el Instituto Ricardo Gutiérrez, son buscados intensamente por efectivos policiales. En el motín intervinieron alrededor de doscientas jovencitas internadas en el establecimiento situado en la calle 120 entre 39 y 40.

schen Schlacht zwischen dem Personal und den Jugendlichen, die sich während der letzten Tage äußerst nervös gezeigt hatten.« Oscar sprach vom Vollmond, aber lies die offizielle Erklärung und bewundere nebenbei den Stil des Chronisten. »Das Fehlen des Stroms provozierte ein chaotisches Spektakel, als zuerst eine Gruppe von Mädchen in überstürzter Flucht in Richtung auf die Küche auseinanderstob, um dann eine Tür aufzubrechen und auf die Straße zu gelangen. Zur gleichen Zeit öffneten andere Internierte ein Loch in dem Draht vor den Fenstern der Küche und ließen sich von hier aus auf ein ödes Grundstück, das an der Straße 41 liegt, hinunter. Die schnelle polizeiliche Intervention« (ich kann mir die Schnelligkeit dieser Hunde vorstellen, wenn sie gewisse Möglichkeiten voraussehen) »verhinderte eine massive Flucht, und unter großen Anstrengungen konnte die Ordnung wieder hergestellt werden.« (Hm!) »Sobald der Vorfall bekannt wurde, begab sich der Chef der regionalen Einheit von La Plata, Inspektor Jorge Schoo, mit dem ihm unterstehenden Personal an den Ort, hinzu kamen die Kräfte der Feuerwehr und der zweiten Polizeitruppe.« Die Jungs stellten sich auf wie Eisen, sagte Patricio; jetzt kommt der beste Teil, kündigte Susana an. »Es entstand eine wahrhaftige *Feldschlacht*« (aber was ist eine Feldschlacht, wißt ihr das? , »bei der die Polizei kühne Anstrengungen machen mußte, um die Ordnung wiederherzustellen, denn die Mädchen befanden sich im Zustand hochgradiger Nervosität.« Mein lieber Mann, sagte Patricio, die Arbeit, die die Nonnen im Hospital in neun Monaten haben werden. Das sagt er wegen der kühnen Anstrengungen der Polizei und Feuerwehr, informierte Susana Monique und Roland. »Schließlich, als die Ruhe offensichtlich wieder eingekehrt war, wurden 24 Jugendliche zum Sitz der weiblichen Brigade überführt, von Ärzten behandelt und blieben dort, bis die Behörden sachgemäße Maßnahmen anordneten.« Niemand hat jemals erfahren, warum der Reporter das Adverb *offensichtlich* benutzt hat, aber hört den Schluß, der ist das Beste. »Der technische Sekretär der Jugendbehörde legte den Ereignissen keine große Bedeutung bei« (Blödsinn, natürlich) »indem er angab, daß diese Art Reaktion bei den internierten Jugendlichen kurz vor dem Karneval durchaus verständlich ist. Ihrerseits informierte uns die Direktorin des Etablissements, daß die Kapazität des Hauses 80 Jugendliche beträgt, und trotzdem beherbergt sie zur Zeit 196, und in den folgenden Tagen werden noch 56 Mädchen dazukommen.« Und die Unglückliche, das sage ich, »fügte hinzu«, das sagt der Chronist, »der Grund für das ganze Übel war die Propaganda für die Karnevalsbälle in den benachbarten Clubs, sie hatte die Internierten ganz verrückt gemacht.« »Versteht ihr nun, was die Dritte Welt ist, ihr zwei, ihr Kinder Corneilles und Racines?« »Bah«, sagte Monique, »wenn du glaubst, in den ›Heimen‹ in den Vororten von Paris ginge es besser zu, ich weiß ein Lied davon zu singen, mit vierzehn Jahren haben meine sensiblen Eltern mich zu den Nonnen in ein kleines Paradies, in der Nähe von Straßburg, geschickt, denn sie waren es müde, mich bei der Lektüre von Sartre und Camus zu überraschen, versteht ihr, die Unmoral der modernen Zeit, die Nonnen waren arme Blöde, voller guten Willens und schlechter Gerüche, nun ja, immer dasselbe, sich im Hemd waschen, Ave Maria, stelle keine unpassenden Fragen, das nennt man die Regel, aber man spricht nicht darüber, Sœur Honorine wird dir Binden geben und dir sagen, wie du sie anlegen mußt, wahrscheinlich war es der Vollmond, wie Oscar sagt, ich erinnere mich, es war heiß, sie hatten mich überrascht mit einem Roman von Céline als Botanikbuch von Héviller und Monthéry getarnt, ich wurde bestraft, und noch fünf andere Mädchen wegen ähnlicher Sachen, das Schlimme für die Nonnen war, daß wir ziemlich populär bei den Kleinen waren, aber vor allem der Vollmond, bestimmt, denn als sie es merkten, war es wie in deinem Zeitungsausschnitt, obwohl ohne Polizei und Feuerwehr, Maïté und Gertrude zerschlugen das Schloß des Klassenzimmers, wo wir eingeschlossen waren, und wir kamen schreiend und singend in den Orangenhof, die Kleinen, die schon ins Bett gehen mußten, überrannten Sœur Marie-Jeanne, und plötzlich waren wir alle singend und tanzend und schreiend zwischen den Orangenbäumen, genau wie in diesem polnischen Film, die Nonnen kamen wie Sturzkampfbomber und packten uns bei den Haaren oder den Kleidern, sie ohrfeigten uns, waren so hysterisch wie wir, die Kleinen fingen an zu schreien und zu heulen, aber sie wollten uns nicht allein lassen, plötzlich ließen sich alle Großen von dem Baum herunter, der vor dem Fenster des Schlafsaals im ersten Stock stand, ich werde niemals diesen Baum vergessen, voller Mädchen, weiße Früchte, die eine nach der anderen herunterfielen und in den Hof rannten, die erste, die mit einer Peitsche kam, war Sœur Claudine, das war vorauszusehen, die anderen holten Seile und Stöcke, ich weiß nicht woher, sie fingen an, uns zu schlagen und uns gegen die Wand des Refektoriums zu treiben, damit wir durch die Tür fliehen sollten, die in das große Klassenzimmer führte, wo sie uns einschließen konnten, die Kleinen waren heulend und schreiend davongerannt, und es waren nur noch zwanzig Große da, gegen die Wand gestellt, sieben Nonnen peitschten uns wie verrückt, wir hatten nichts, womit wir uns wehren konnten, bis ich plötzlich Maïté ganz nackt sah, sie hatte sich das Hemd ausgezogen und um den Kopf von Sœur Honorine geschlagen, Gertrude machte dasselbe, und die Nonnen wurden immer rasender, sie schlugen uns Wunden, ich hörte so etwas wie ein Klatschen, es war ein roter Lappen, der Sœur Félicie mitten ins Gesicht flog, das nennt man Regel, vier, fünf Mädchen schleuderten den Nonnen die Binden an den Kopf, ich hatte mich ausgezogen und alle Großen auch, mit den aufgerollten Hemden schlugen wir zurück, wir nahmen die ekelhaften und zerstrampelten Binden vom Boden auf und warfen sie ihnen wieder an den Kopf und versuchten, ihnen mitten aufs Maul zu treffen, der Gärtner war mit einem Stock in den Hof gekommen, aber Sœur Marie-Jeanne schrie ihm zu, er solle daraußen bleiben, welches Dilemma für den Schwachkopf, es war, um vor Lachen zu heulen, ein Mann durfte uns doch nicht nackt sehen, und Maïté rannte zu dem Gärtner hin und stellte sich vor ihn, um ihn nicht hinauszulassen, sie war die Älteste von allen und hatte hohe und dicke Brüste, sie hielt sie dem Gärtner direkt vors Gesicht und sang schreiend, die Nonnen rannten, um die Moral und den verblüfften Gärtner zu schützen, jetzt begann das Ende der Hysterie, das Weinen, plötzlich waren wir müde, fluchtartig kehrten wir in die Schlafsäle zurück, schleiften die Hemden über den Boden, traurige Siegerinnen unter dem Vollmond zwischen den Orangenbäumen, in der darauf folgenden Woche war ich wieder zu Hause, und wenn ihr es wissen wollt, Maïté ist heute eine der besten Tänzerinnen im Lido, dieses Mädchen hat besser Karriere gemacht als ich.«

»Wenn du endlich mit deiner Biographie zu Ende bist«, sagte Roland, »können wir vielleicht von etwas Vernünftigerem sprechen, denn ich verstehe immer noch nicht, warum Oscar diese Ausschnitte schickt und diese Vollmondgeschichten, die euch so aufregen.«

Weil er ein Dichter ist, dachte der Besagte, aber er irrte sich, denn Oscar war mitten in der Prosa mit dem alten Collins und der Sociedad de Zoofilia, die aus strategischen Gründen erfunden worden war, das Problem war nun, den alten Collins mit den Gürteltieren und dem türkisfarbenen Pinguin wirksam zu verbinden (und mit Oscar of course, denn es ging darum, daß Oscar die exotischen Tiere hierher bringen sollte, und der Rest lag bei Marcos): Zusammengefaßt:

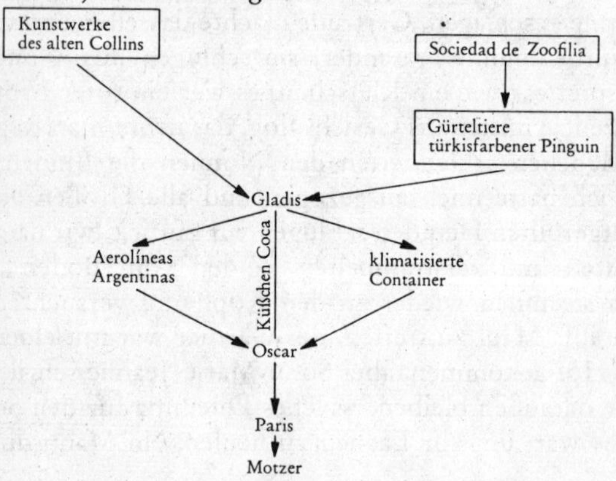

Das war nicht allzu schwer; Gladis kümmerte sich darum, den Kontakt zu dem alten Collins nach dem heimlichen Besuch, den Oscar ihm gemacht hatte, aufrechtzuerhalten, denn Oscars wiederholte Anwesenheit in Bernal hätte zu bösen polizeilichen Fühlungnahmen führen können, und der Alte willigte ein, die falschen Dollars Gladis auszuhändigen gegen eine Summe, die die Sociedad de Zoofilia unter einigen Anstrengungen zusammenbrachte, denn sie waren nicht mehr als vier, Oscar und Gladis eingeschlossen; die Dollars des alten Collins waren am Ort schwer abzusetzen, nachdem ein Wechsler im Zentrum einen leicht weniger grünen als die made in Washington erwischt hatte, aber die Künste des Alten stießen in jungfräulicheren Zonen auf keine zu starke Kritik und zwanzigtausend Dollars, die den doppelten Boden der Thermoscontainer fütterten, die eigens von Mitgliedern der Sociedad de Zoofilia hergestellt worden waren, konnten ohne Risiko in den Bugraum eines Flugzeuges von Aerolíneas gelangen, die immer bereit sind, die besten Vertreter der Kultur und Verschiedenartigkeit des eigenen Landes bekannt zu machen, in diesem Fall ein paar Gürteltiere und einen türkisblauen Pinguin, der wegen seiner empfindlichen Konstitution in diesen Thermoscontainern unter der Aufsicht und der konstanten Pflege des Veterinärs José Carlos Oscar Lemos reisen mußte, der sich außerdem auch um die schwierigen Auslademanöver, die Gewöhnung an das andere Habitat und die feierliche Übergabe an die Leitung des Zoos von Vincennes kümmern würde, die auf zwei Papieren mit vom alten Collins gefälschtem Briefkopf, diese großzügige Gabe der Sociedad bewegt entgegennahm, weswegen ein überraschter Angestellter von Aerolíneas sich besonders bereit erklärte, die Verladung der obengenannten Tiere und ihres Begleiters, diesen allerdings nach vorheriger Zahlung, das Geld in der Hand und Arsch auf der Erde, zu genehmigen.

»So war es, sonst nichts«, sagte Patricio zufrieden über die Klarheit seiner Darstellung. Der Besagte bedankte sich, was sollte er auch sonst tun.

Zwischen zehn Uhr und Mittag gab es etwas tote Zeit, und vielleicht deswegen, weil sie tot war, konnte Marcos nichts Glänzenderes einfallen, als die fünf Stockwerke zu meinem Appartement hinaufzusteigen, gerade als ich mich ins neunte Kapitel eines dieser französischen Romane vertiefte (sic), in denen alle Welt hochintelligent ist, vor allem der Leser, ein Grund, weswegen es mir nicht besonders gefiel, daß man mich mit Geklingel herausholte und, hallo Andrés, ich komme, damit du mir das Auto leihst, aber es eilt nicht, wenn du willst, schwatzen wir ein bißchen. Ein Gespräch, das mit dem gleichen Tiefgang begann wie der Roman, denn zwischen Grappa und Kaffee diskutierte man darüber, wie es möglich war, wenn es tote Zeiten gab, daß dieser Cordobese erschien und sagte, er käme, um die Zeit totzuschlagen, solche Sachen oder, die letzte Rede von Onganía, die von *Le Monde* zusammengefaßt und übersetzt, absolut nichts mehr aussagte. Ich war immer schon egoistisch, es verdrießt mich, wenn man kommt und mich aus einer Musik oder einer Lektüre herausholt, und heute morgen war es besonders schlimm, denn der französische Roman war nichts weiter als eine Art schmerzstillendes Zäpfchen um das Bis-bald von Ludmilla zu mildern, als sie zu Patricio und Susana gegangen war, um Streichhölzer oder so etwas herzustellen, ihr fernes Lächeln zwischen Mate und Mate und vor allem das unnötige Branden des noch unnötigeren Gesprächs von letzter Nacht vor dem Einschlafen. Wer weiß, ob Marcos so etwas merkte, ein oder zweimal hatte ich Lust, mit ihm über den Traum von Fritz Lang zu sprechen, dann zerfledderte jedoch alles in einem Dialog, der auf irgendeine Weise die Abwesenheit Ludmillas enthielt, ihr Bis-nachher in der Tür, ihre roten Schuhe, vielleicht war es nicht ganz und gar zufällig, daß Marcos von Frauen sprach, daß er mich durch den Tabakrauch hindurch ansah und über Frauen sprach, die Art wie wir die Zeit totschlugen, war wirklich bewundernswert.

So ungefähr verlief das Gespräch:

»Ich habe allen das Leben unmöglich gemacht«, sagte Marcos zum Beispiel. »Man verlangt wahrscheinlich immer zu viel von ihnen, oder man hat kein Glück, man wählt schlecht. Trotzdem

ist es kein Problem der Wahl, denn auf anderen Gebieten kann ich mich eigentlich nicht beklagen, im Gegenteil. Aber der Enthusiasmus, Bruder, das nicht, das nie.«
»Deine Vorstellung von Enthusiasmus ähnelt zu sehr dem einer Tarantel«, sagte ich zu ihm. »Etwas sehen, was deine Aufmerksamkeit auf sich zieht und anfangen zu springen und herumzuschlagen ist eins. Die berühmte Mikroagitation beginnst du bei dir zu Hause, du. Aber ich, zum Beispiel, ich erwarte nicht, daß eine Frau sich sofort die Haare zerwühlt wegen eines Gemäldes von Max Ernst oder einer Musik von Xenakis; sie haben ihren Metabolismus, Bruder, und außerdem, wer weiß, ob sie nicht im Grunde enthusiastischer sind als wir, nur darf man Gymnastik nicht mit Emotionen verwechseln.«
»Es kommt mir vor, als hörte ich Sonia, Magdalena, Lucia persönlich«, sagte Marcos, »und ich will dir nicht noch weitere Namen aufzählen, du glaubst sonst noch, ich machte einen auf Frank Harris, oder so. Sieh mal, bei mir ist der Enthusiasmus eine Manie, eine Krise, ein Außersichsein, um das, was einen aus dem Häuschen gebracht hat, besser aufzunehmen, und die ataraxischen Enthusiasmen verstehe ich nicht, sie sind auf jeden Fall was anderes, Konzentration oder geistige Bereicherung, was du willst, aber kein Enthusiasmus; und ich kann niemanden wirklich lieben, der nicht irgendwann am Tag oder in der Nacht vor Freude verrückt wird, weil es im Kino an der Ecke Buster Keaton oder so was gibt.«
»Jetzt verstehe ich, warum du sie immer nur so kurze Zeit hast, mein Alter.«
»Gestern abend zum Beispiel, als du sagtest, du wolltest zum Boulevard Sébastopol gehen, um Pommes frites zu essen und einen Gang durch das Börsenviertel zu machen, fing Ludmilla an zu springen, erinnerst du dich, die Augen wurden ihr groß bis an die Ohren, und sie war wie eine Gitarre, ich weiß nicht, etwas, das zitterte und vibrierte, und nicht wegen deines Max Ernst oder deines Xenakis, sondern nur wegen ein paar Pommes frites und einem Herumstreunen bis zum Morgengrauen, ganz unbedeutenden Dingen.«
Ich sehe ihn unverwandt an und lasse ihn bis zu Ende sprechen, aber Marcos senkt den Kopf und trinkt seinen Grappa, all sein Haar, und das ist viel, zwischen ihm und mir.

»Ja, Ludmilla reagiert fast immer so«, gebe ich zu. »Ich liebe sie nicht gerade deswegen, aber das zählt auch, und wie das zählt. Obgleich sie ebenso in der Lage ist, in den Brunnen zu fallen wie jede andere. Ich habe sie hinaussteigen sehen, naß wie eine Katze, sich in einen Winkel der Dinge verstecken und sich das Fell lecken sehen Tag für Tag, bis sie wieder entdeckte, daß die Sonne so um halb sieben Uhr aufgeht.«

»Niemand verlangt, daß eine Frau sich in permanentem Paroxysmus befindet; und wenn du etwa denkst, daß ich nicht in den Brunnen falle . . . Das ist es nicht, aber es gibt konstante latente Zustände, nenne sie wie du willst. Für mich muß die Begeisterung eine Konstante sein, niemals die Ausnahme oder eine Art Feiertag der Gefühle. Bei Lucia und Magdalena war das so, und es war nicht ihre Schuld, die Ärmsten, sie waren einfach an eine Art Indifferenz gefesselt, aber das Schlimmste ist nicht das, mein Alter«, sagte Marcos und reichte mir sein leeres Glas, »das Schlimmste ist, daß ihnen die Fähigkeit zur Übertreibung gar nicht abgeht, ganz und gar nicht, aber sie neigen dazu, sie auf das Negative anzuwenden, das heißt, wenn etwas ihnen nicht gefällt, oder wenn alles schiefgeht, in der Politik oder in der Küche, dann sind sie solcher Aufregung, Entrüstung und Beredsamkeit fähig, daß Stokely Carmichael nichts dagegen ist. Bei ihnen ist der Motor umgekehrt beschleunigt, ich will sagen, sie sind Weltmeister im Bremsen, ich weiß nicht, ob du mir folgen kannst. Weißt du, wenn ich morgen oder übermorgen hier bin und Ludmilla fluchen höre, weil ihr Reißverschluß kaputtgegangen ist, werde ich das ganz in Ordnung finden, weil ich an die Pommes frites denken muß, sie hat vollkommen recht, sich aufzuregen, denn sie ist vorher die Wände hochgegangen vor Seligkeit beim Gedanken daran, Pommes frites zu essen und mit dir durch die Straßen zu streunen.«

»Du wirst dich wohl noch in Ludmilla verlieben«, sagte ich ziemlich direkt, und weil Marcos vollkommen recht hatte, und wer mag das schon.

»Genauso ist es«, sagte Marcos. »Und nicht nur wegen der Begeisterung, wie du ja wohl wissen mußt.«

»Im Grunde erwartest du, daß eine Frau in ihren gefühlsmäßigen Äußerungen dem Manne gleicht, daß sie genau wie du auf alles reagiert. Gestern abend warst du genauso begeistert wie

Ludmilla wegen der Pommes frites, und natürlich hat es dich auf höchste bewegt, daß sie genau dasselbe tat und sagte wie du.«

»Nicht ganz«, sagte Marcos. »Es geht nicht darum, daß ich die gleichen Reaktionen erwarte, das wäre langweilig; ich glaube, ich sprach von Veranlagung, von latentem Vorhandensein, das muß im gegebenen Augenblick hervorspringen und die Gründe müssen nicht unbedingt die gleichen sein, den Frauen gefallen andere Dinge, etc., du wirst verstehen, daß ich vor einem Schaufenster mit Sommermodellen nicht gleich überschnappe.«

»Hm«, sagte ich.

»Hm, was«, sagte Marcos.

»Ich nehme dir ab, daß eine Schnepfe eine Schnepfe ist, auch wenn sie auf jedem anderen Gebiet eine wunderbare Frau sein mag.«

»Ist sie nicht mehr, wenn sie eine Schnepfe ist.«

»Laß mich ausreden, du. Ich möchte sagen, daß das, was du als Manie oder Enthusiasmus definierst, etwas typisch Männliches ist, vor allem im erwachsenen Alter, denn es ist mehr als bekannt, daß das Kind sich im Manne länger erhält als in der Frau.«

»Wie du willst, auf jeden Fall werde ich immer jene Frauen suchen, die alle fünf Minuten ein Flugzeug oder ein Unterseeboot erfinden, bildlich gesprochen, die keine Schere und ein Blatt Papier liegen sehen können, ohne ein Kaninchen ausschneiden zu müssen, die beim Kochen Honig statt Öl in die Pfanne tun, nur um zu sehen, was mit den Schweinerippchen passiert, und die irgendwann Wimperntusche auf die Lippen schmieren und Rouge auf die Wimpern.«

»Mutatis mutandis, du willst, daß sie wie du sind, Wimperntusche ausgenommen.«

»Nicht, daß sie wie ich sind, sondern daß sie mich mich selbst fühlen lassen, jede Minute.«

»In einem Wort, die Musen.«

»Es ist nicht aus Egoismus, und nicht, weil ich Stangen brauchte, um die Welt zu bewegen. Nur, das Zusammenleben mit einer passiven Frau erdrückt mich nach und nach, es nimmt mir die Lust, den Tee für den Mate zu wechseln, lauthals zu singen, wenn ich bade; das ist wie eine Art dumpfer Ruf zur Ordnung, jede Sache hat ihren Platz, der Kanarienvogel ist traurig, die Milch kocht nicht über, es ist unheimlich.«

»Ich weiß, ich weiß, ich hab das auch mal gekannt, aber das ist wohl der Preis für andere Sachen, mein Alter. Vielleicht können nur die unregelmäßigsten Abenteuer, die Interregnen der Liebe, die großen Flügelschläge à la Nadja oder à la Aurelia dieses tausendjährige Reich bringen, das du dir wünschst. Das andere sind zwei Zimmer, Bad und Küche, das, was man Leben nennt, was dauert; das hat mir mal eine Frau gesagt, und sie hatte recht, und wie sie recht hatte. Nun ja, wenn Ludmilla und ich so gelebt haben, wie wir gelebt haben, war es wahrscheinlich, weil es nicht dauern sollte, also erlaubt man sich den Enthusiasmus, um mit deinem so erlesenen Vokabular zu sprechen.«

»Du mußt es ja wissen«, sagte Marcos und goß mit einer Wut, die einen Deziliter auf die Tischdecke schickte, zum Glück waschbar, den Grappa in die Gläser.

»Und was dich betrifft, da dir die Frauen so wenig stimulierend vorkommen, ich frage mich, ob es dir nicht gut täte, das zu versuchen, was man eine homosexuelle Erfahrung nennt, wer weiß, vielleicht. Denk an Orest und an Pylades, an Armodius und Aristogiton, an Theseus und Peiritoon, es ist unmöglich, noch mehr Enthusiasmus zu verlangen, wenn man an den Wirrwarr denkt, den diese Jungs in der Mythologie und in der Geschichte angerichtet haben.«

»Du sagst das so, als wäre es nichts weiter, als sich eine andere Pille für die Leber zu kaufen oder etwas Ähnliches.«

»Hast du nie diese Erfahrung gemacht? Wenn man deine charakterologischen Ansprüche beurteilt, fragt man sich, ob das nicht die Antwort wäre.«

»Nein, das hab ich nie gemacht, es sagt mir nichts. Das ist keine Frage von Vorurteilen, sondern ganz einfach von Libido. Und du?«

»Ich ja, als Junge, und es war wunderbar und traurig, und es hat mir sehr geholfen, als ich eines Tages die Frauen entdeckte, denn die Fangleinen wurden sehr kurz geschnitten und es ist mir dann nicht mehr eingefallen, Birnen von der Ulme zu fordern wie du. Seltsamerweise hat Ludmilla auch ein homosexuelles Noviziat durchgemacht, und sich beinahe die Pulsadern aufgeschnitten an einem verschneiten Tag in Krakau, wie sie mir erzählte. Aber erlaub mir ein da capo al fine, das mit dem Enthusiasmus und der Manie ist sehr schön, wenn es auf das Höchste zielt, denn der Enthusiasmus des Grolls von San Lorenzo oder Nicolino Locche, um nicht von den Pommes frites zu sprechen, läßt mich ziemlich kalt, und wenn ich ehrlich sein darf, habt ihr mich neulich nacht, zum Beispiel, unheimlich angeödet mit eurer berühmten Herausforderung im Taschenformat. Wenn du erfährst, daß es nach Mitteilung einer verantwortlichen Vereinigung zweihundertfünfzigtausend politische Gefangene auf dieser beschissenen Erde gibt, kommen dir deine abgebrannten Streichhölzer nicht gerade enthusiastisch vor.«

Marcos steckte sich mit einem der guten eine Zigarette an und sah Andrés langsam an.

»Leih mir das Auto, damit ich Oscar abholen kann, der um ein Uhr kommt.«

»Einverstanden, es steht links an der Ecke. Warum antwortest du mir nicht auf das, was ich soeben gesagt hab?«

»Wenn du es dir nicht selbst beantwortest, lohnt es sich nicht.«

»Gut, glaub nicht, ich hätte nicht über eure Geschichten nachgedacht, aber das einzige, was mir dazu einfiel ist, daß es möglicherweise eine Art Training ist, sagen wir eine Art kleiner, initiatorischer Proben für Leute, die man nicht bis ins letzte kennt, oder die sich nicht selber kennen. Die zweite Möglichkeit ist traurig, und ich ziehe vor, das Radio auszumachen.«

»Du tust gut daran, bewahre dir die Batterien für deine aleatorische Musik . . .«, sagte Marcos. »Gib mir die Autoschlüssel. Hallo.«

Selon Amnesty International

IL Y A 250 000 PRISONNIERS POLITIQUES DANS LE MONDE

Londres *(A.F.P., U.P.I.)*. — Il y a quelque 250 000 prisonniers politique de par le monde, estime un rapport de la section britannique d'Amnesty International, intitulé « *le visage de la persécution en 1970* » et publié dimanche.

L'Indonésie, indique le rapport, détiendrait le record avec quelque cent seize mille prisonniers politiques dont la plupart, arrêtés pour leurs sympathies communistes, n'ont pas été jugés.

L'U.R.S.S. compterait « *quelques milliers* » de prisonniers, et en Afrique du Sud, où la situation « *ne cesse de s'aggraver* », une quinzaine d'entre eux seraient morts, estime encore le rapport.

Le rapport fait valoir que grâce aux efforts d'Amnesty International plus de deux mille détenus politiques ont pu être libérés depuis 1961.

»Hallo«, sagte Ludmilla, die mit Artischocken und Lauch und Waschmitteln hereinkam.

»Ich bin eine traurige Schildkröte, in der Zeit, in der ich zwei Päckchen ziemlich schlecht fertiggemacht habe, hatte Susana fünf und reden wir gar nicht erst von den Streichholzschachteln. By the way, Manuel hat eine der besten aufgefressen, wir mußten ihn mit dem Kopf nach unten aufstellen, und hinterher haben wir ihm Rizinusöl gegeben, die arme Susana wird heute nachmittag Arbeit haben. Bleibst du zum Essen, argentinischer Eintopf mit Mais und so weiter? Andrés hat es mir beigebracht, frag ihn, ob ich es gut kann.«

»Ich muß den türkisblauen Pinguin abholen«, sagte Marcos.

»Oh, Andrés, laß uns mit ihm gehen, den Pinguin holen.«

»Geh du«, sagte ich, »ich möchte eine Lektüre zu Ende führen, die dieser Mensch unterbrochen hat, und nebenher achte ich auf den Eintopf.«

»Was ist das mit dem Pinguin?«

»Das erklär ich dir im Auto«, sagte Marcos, »während du fährst, was in dieser verflixten Stadt von unschätzbarem Wert ist. Du kommst also nicht mit?«

»Nein.«

»Warte, ich wasch noch den Lauch und tue alles in den Topf«, sagte Ludmilla und stürzte in die Küche.

»Sie ist begeistert«, sagte Andrés, »und das sind keine Pommes frites.«

»Hast du mal gesehen, wie sie die Gänse nudeln, damit sie Zirrhose bekommen und die Pastete noch feiner wird? Einen solchen Trichter brauchten wir, um diesem Knaben die Suppe einzuflößen.«
Manuel überhörte wohlweislich die geflügelten Pläne seines Vaters, aber Susana sagte vier dieser Worte, die ein aufgewecktes und mutiges argentinisches Kind in seiner frühen Kindheit nicht hören sollte. Der Mimeograph surrte hinten im Zimmer soweit wie möglich klanglos gemacht durch einen mit Bettzeug verstärkten Wandschirm und eine Platte von Aníal Troilo, Pichuco. Er arbeitete zehnmal besser in den Händen von Gómez und Monique, und das Material auf französisch und spanisch war fast fertig; der Besagte warf einen Blick darauf und war erstaunt über den Lakonismus und die Objektivität der Dokumente, die doch dazu bestimmt sein sollten, aufwühlende Reaktionen zu provozieren; auf jeden Fall waren die Forderungen der Motzer in aller Klarheit spezifiziert, und die von Reuter und den anderen Washingtoner Agenturen würden ihre ganze rhetorische Pomade benutzen müssen, um sie zu deformieren. Am anderen Ende des Tisches, wo Patricio und die Suppe es ausnutzten, daß sie zwei gegen einen waren – obwohl Manuel nicht zu denen gehörte, die schweigend sterben –, werkelte Susana, die Vorausschauende, weiter am Buch, das einer noch fernliegenden Alphabetisierung dienen sollte, die darin bestand, Nachrichten in verschiedenen Sprachen einzukleben, was nebenher noch zur Zweisprachigkeit des Ärmsten führen würde. Dem Besagten, aufmerksamen Beobachter der Fortschritte dieses Lesebuches und gelegentlichen Mitarbeiter, gefiel vor allem, daß Susana die zukünftigen intuitiven und erfinderischen Kräfte Manuels unterstützte, und er war unter anderen Dingen auch Spender eines Epigraphs, das Edgar Varèse *Arcana* vorangesetzt hatte, und das, laut Andrés, von niemand geringerem als Paracelsus stammte, aber wer weiß wieviele Mutationen es erfahren hatte, denn der Besagte hatte es ins Spanische übersetzt aus einem französischen Text, der von einem lateinischen oder deutschen Original ausgehen mußte

und auf jeden Fall lautete: *der erste Stern ist der der Apokalypse. Der zweite der des Aszendenten. Der dritte der der Elemente, das sind vier. So gibt es sechs Sterne. Und es gibt noch einen siebenten, der ist der Stern der Phantasie.*
»Dummes Gerede«, sagte Gómez und tauchte voll Gestetner Tintenflecken hinter dem Wandschirm auf, »immer dasselbe illuministische oder alchimistische, auf jeden Fall spiritualistische Vokabular. Mir verkauft ihr solchen Salat nicht mehr.«
»Was du sagst, ist haarsträubend«, sagte Patricio höflich. »Der Irrtum eines Systems, gemessen an den späteren Verifikationen der Wissenschaft, ist eins, das andere seine innere Wahrheit, etwas, das bleibt, obwohl der Untergrund ein Haufen Unfug ist. Wer weiß, wieviel Unhaltbares im Platonismus oder Aristotelismus steckt, und trotzdem kann niemand diese beiden Ziegenbärte lesen, ohne reicher daraus hervorzugehen als jener andere, der Ehemann der Maria Callas, die nebenbei gesagt, keinen widersprüchlicheren Nachnamen haben könnte.«*
»Blup«, sagten die Suppe und Manuel in enger Verbindung, die augenblicklich von einem Hustenanfall, der sie in entgegengesetzte Richtungen warf, zerbrochen wurde. Während er Patricio sich unter gemeinen Flüchen das Gesicht abtrocknen sah, dachte der Besagte, daß Gott sei Dank der kleine Rabbi nicht da war, denn der hätte sich mit Gómez in die Wolle bekommen; im Begriff, die Partei von Paracelsus und Susana zu ergreifen, zog er es doch vor zu schweigen, und das Album für Manuel weiter zu inspizieren, wobei er sich vage eines Satzes von Burne-Jones erinnerte, in dem der Künstler behauptet, je materialistischer die Wissenschaft würde, desto mehr Engel würde er malen. Die Anregungen für Manuels Phantasie hatten natürlich nichts Engelhaftes, da Susana voraussah, daß er mit neun Jahren schon in der Lage sein sollte, über folgende Dinge in die Zeitgeschichte einzusteigen:

* callar = schweigen; callas = du schweigst

Córdoba: vier Extremisten gefoltert

Bestätigung des Gerichtsarztes

CÓRDOBA, 9 (AP). — Der Polizeiarzt bestätigte, daß vier Extremisten Folterungen unterzogen worden waren, und die Staatsanwaltschaft hat gerichtliche Untersuchung gegen die verantwortliche Polizei beantragt. Die Kläger sind: Carlos Heriberto Astudillo, Alberto Camps, Marcos Osatinsky und Alfredo Kohn, angeklagt, an dem Überfall vom 29. Dezember auf die Bank von Córdoba teilgenommen zu haben, bei dem, nach Aussagen des Beamten José Namba Carmona, zwei Polizisten ums Leben kamen. In seiner Meldung teilte der Beamte mit, daß der Gerichtsarzt, Dr. Raúl Zunino, „bei seiner Untersuchung äußerst unmenschliche Behandlung und brutalste Bestrafungen festgestellt hat. Alle Festgenommenen zeigen, so bestätigt er, nach acht Tagen der Folter Spuren innerer Prellungen und äußerer Schläge von unfaßbarem Ausmaß. Astudillo hat den ganzen Rücken blau geschlagen und zahlreiche Blasen von elektrischen Schlägen. Osatinsky hat innere Verletzungen, und es scheint das Herz angegriffen zu sein, er kann nur mit großen Anstrengungen sprechen und nur langsam und unter Schmerzen gehen. Alle brauchen dringend ärztliche Hilfe."

»Ruf Marcos an«, sagte Gómez zu Patricio, »die Windbeutel sind fertig und schön heiß. Gib mir einen Schluck Wein, Monique, die Tinte dringt mir in die Seele.«

Bilder, Bilder; der Besagte dachte, daß Minuten vorher Gómez sich gegen Paracelsus erhoben hatte, und jetzt drang ihm die Tinte in die Seele. Die gleiche Phantasie, die er gerade verachtet hatte, gab ihm die Fähigkeit, seine Müdigkeit auszudrücken. Guck dir das an, meinte Susana weinend vor Lachen, während sie einen anderen Ausschnitt für die Zukunft des zu Erziehenden einklebte, wie gut, daß man in dieser beschissenen Welt noch einen Ausgleich finden kann, ohne weiter zu gehen als bis zu dem Kino von Suipacha, wo ich die Filme mit Gregory Peck gesehen habe, sieh mal wie mein Mann die Stirn kraust, er ist sogar eifersüchtig aufs Zelluloid. Das lese ich euch am besten vor, das gehört zu den Dingen, die bis auf den Grund gehen:

Wegen Mißachtung der Nationalhymne verurteilt

Die Strafkammer des Bundesgerichts verurteilte Alberto Dionisio López, Argentinier, 22 Jahre, ledig, Angestellter und Student, zu zwei Monaten Gefängnis mit Bewährung, wegen des Delikts der Mißachtung der Nationalhymne, laut Artikel 230, 2, des Strafgesetzbuches, der seit kurzem in unsere repressive Gesetzgebung eingeführt worden ist und die öffentliche Mißachtung der Fahne, des Staatswappens, der Nationalhymne oder der Embleme einer der argentinischen Provinzen betrifft, und die Tat mit zwei Monaten bis zwei Jahren Gefängnis bestraft.

»Am neunten Juli, als die Nationalhymne nach der zweiten Nachtvorstellung im Kino von Suipacha 378 gespielt wurde, blieb López auf seinem Platz sitzen, und, von einem Platzanweiser aufgerufen, sagte er, er stünde nicht auf, da er englischer Staatsangehörigkeit sei, und wenn er gewußt hätte, daß dieses ein Vergehen sei, wäre er auf die Toilette gegangen.« Danach kommen einige langweilige Absätze über den ersten Freispruch und ein widerrufenes Urteil, und ein Staatsanwalt erscheint, der inter alia sagt: »Es besteht kein Zweifel daran, daß er (López) die Akkorde der Nationalhymne hörte und indem er sitzenblieb, absichtlich und bewußt gegen eine Tradition und tief verwurzelte Sitte, entstanden aus einer spontanen und patriotischen Verehrung der nationalen Symbole, verstieß. Aus dem Folgenden geht hervor, daß er sich über die Aufforderung, sich anzupassen, wodurch er seinen Prozeß hätte vermeiden können, hinwegsetzte und es vorzog, sich aus dem Saal zurückzuziehen, wobei er erstaunlicherweise erklärte, er hätte es vorgezogen, auf die Toilette zu gehen.«

»Wahrscheinlich wollte er das Geräusch zerbrochener Ketten hören«, sagte Patricio, »das ist ein Witz, den wir in der vierten Klasse machten, es ist daher nur angebracht, daß du diese Chronik dem Lesestoff für Manuel beifügst und nebenbei vermeide ich die korrosiven Vorwürfe des Besagten.« (Welcher, verloren in Paracelsus, sich nicht daran störte.)

Was macht man nicht alles aus Spaß, oder was man für Spaß hält, und das andere beginnt später und von untenher, es gibt so etwas wie eine heimtückische Rückläufigkeit des Spaßes oder des Wortspiels oder des Mutwillens, die sich über das legt, was kein Spaß ist, über die Grundsäule des Lebens, um von dort aus arglistige Anordnungen zu diktieren, Bewegungen zu modifizieren, Sitten zu untergraben, auf jeden Fall hatte Oscar aus Spaß Marcos einen Ausschnitt über den Aufstand der Mädchen in La Plata geschickt und hatte ihn zwischendurch vergessen, denn das Fertigstellen der Container war eine langsame und schwierige Operation in der Wohnung von Gladis, mit Gladis, die dort das Tapezieren der Container unterbrach, um Oscar zu umgirren, was er ihr stürmisch zurückgab, danach duschten sie, tranken, hörten die Nachrichten und gingen runter zum Essen, aber die Erinnerung an den Aufstand kam wieder hervor, die Bilder, entstanden aus der einfachen Lektüre des Berichtes, setzten sich fest wie die jener Träume, die sich jedem Verscheuchen widersetzen, obgleich die Vernunft protestiert. Gladis, die den Ausschnitt auch gelesen hatte, hatte eine logischere Vorstellung von den Dingen und Oscars Anspielungen kamen ihr wie
diese beiden Freundinnen
Müdigkeit oder Nervosität vor, sie riß ihn mit einem leichten geistigen Schubs aus dem Thema, Oscar lachte und versteckte ein neues Dollarbündel, made by Old Collins in den Doppelwänden des Containers, er machte das Schloß fertig, ging und streichelte den türkisblauen Pinguin, der seit letzter Nacht in der Badewanne proliferierte und dem Duschen mit enthusiastischem Flügelschlag beiwohnte und im Handumdrehen einen Hecht auffraß. Die echtenGürteltiere kamen heute nacht aus dem Chaco an, und man mußte um elf Uhr morgens in Ezeiza sein, Panik im letzten Augenblick, denn funktionale Neuordnungen änderten die Einsatzzeiten der Stewardessen und ein Riesengespräch mit dem stellvertretenden Flugleiter, um Gladis zu benachrichtigen, daß sie den Nachtflug nach New York hatte, Gladis, unübertrefflich in einer dramatisch-astrologischen Nummer, jeder hat so seinen Aberglauben, Oteiza, ich ändere meinen Flug nicht, denken Sie an die Geschichte mit

Marialín, ich weiß, ich weiß, das ist alles Unfug, wenn Sie wollen, aber tun Sie mir den Gefallen, ich habs Ihnen schon oft gesagt, wenn man mich nicht mindestens fünf Tage vorher benachrichtigt, bleibe ich zu Hause, gut, um so besser, sicher wird Lola annehmen, ihr macht das nichts aus, das hat sie mir gesagt, und Oscar, in der Badewanne, streichelte den Pinguin, damit ihm nicht etwa einfiele, einen telefonisch beunruhigenden

Wieso der Vollmond?

Schrei auszustoßen, für den aufgewühlten Oteiza, der, um Gladis nicht zu betrüben, die Angelegenheit in fünf Minuten erledigte. Sie atmeten auf, um neun Uhr kam Feliciano mit den echten Gürteltieren und mit weniger schlechten Nachrichten aus dem Norden als gewöhnlich; jetzt auf dem Sitz 234 B irgendwo in zehntausend Meter Höhe über dem Atlantik schwebend und an den Schwanz der Boeing geklebt, in jener immer etwas konfusen Zone zwischen Körben, Orangensaft, WC, Papierbechern, Scotch-Fläschchen, Stewardessen, die den Parfüm- und Zigarettenhandel regeln, ein mehr oder weniger leerer Raum zwischen den Tabletts und der letzten Sitzreihe, da standen die Container also zwischen Oscars Sitz und den Fächern auf der Backbordseite, und Gladis kam jeden Moment, um einen Blick in Oscars wissenschaftlichen Herrschaftsbereich zu werfen, der durch die autoritäre Art, in der er die Aufstellung der Container und die erste Inspektion der Gürteltiere und des türkisblauen Pinguins vorgenommen hatte, geschützt wurde. Verschiedene Damen hatten schon Gelegenheit gehabt, ihre Begeisterung beim Anblick des Pinguins auszudrücken, den Oscar alle halbe Stunde aus dem Container herausholte, um ihm seine Ration Hecht zu geben, und ihn in dem so kritischen Augenblick seines Lebens aufzumuntern, so daß Oscar sich den Spaß erlaubte, den Pinguin in der Kabine freizu-

die Mauer mit Flaschenscherben

lassen, damit er nach Belieben herumwatschelte und sowohl der Steward Téllez wie Pepita, das andere Aeromädchen, unterstützten den hygienischen Spaziergang des Pinguins, den die Gemeinschaft der Passagiere bereits zum Maskottchen des von Kapitän Pedernera geführten Flugschiffes proklamiert hatten, und das alles zwischen Tabletts, Decken und Trankopfern, die aus der Reise ein unvergeßliches Erlebnis machten, das schwöre ich Ihnen, für die, welche klugerweise die nationale Fluggesellschaft für ihre Reise ausgesucht hatten. Auf jeden Fall war es Zeit, ein bißchen an das zu denken, was sie am anderen Ende erwartete, schon jetzt das Gesicht eines seiner wichtigsten

Warum der Vollmond?

Mission bewußten Veterinärs aufzusetzen, das Problem war, Marcos nicht ins Gesicht zu lachen, wenn er ihm die Beamten des Zoos von Vincennes vorstellte (wobei einer von ihnen sicher Patricio sein würde, aber wie sollte man da nicht loslachen, und zahlreiche Zuschauer würden der Übergabe der Gürteltiere und des Pinguins beiwohnen. Würde es einen Umtrunk geben, Reden? Mein Gott, dachte Oscar, was soll ich nur tun, damit ich mich nicht auf die Erde schmeiße, wenn ich Marcos und Patricio sehe, womöglich ist der unglückselige Heredia schon in Paris und erscheint ex profeso, nur um sich auf meine Kosten lustig zu machen, alter Affe. Auf ganz bestimmte Weise begriff er, daß er sich dem Denken an später widersetzte, das alles war Vorwort, Vorläufer, Vormotzen, danach kämen das erste Gespräch mit Marcos, die Ameisen, die echten Motzer, die die Übergabe der Gürteltiere aus der Nähe verfolgen würden, denn die Ameisen mußten natürlich schon unterrichtet sein, das waren keine Idioten, die Ameisen, möglich, daß schon einer in der Maschine war und ihn beschattete wie einen Pelé auf dem Feld, welche Ehre, mein Alter, Marcos hatte sicher alles synchronisiert, und niemand schliefe viel in Paris, am besten jetzt ein bißchen schlafen, zwischen dem einen und dem anderen Spaziergang des Pinguins, es war unmöglich, sich eine genaue Vorstellung von dem zu machen, was ihn dort erwartete, und außerdem hatte er wenig Lust, daran zu denken, das Surren des Jets und die doppelten Whiskies, der Sitz in die dritte Position zurückgelegt, warum der Vollmond, wahrscheinlich war kein Vollmond in dieser Nacht, der Ausschnitt sprach von Karneval, von Musik, von Tanz in den benachbarten

zartfühlender Chronist

Clubs, was die Frauchen erregt hatte. Aber das alles kam mit einem Vollmond zurück, der die Flaschenscherben oben auf der

er sollte besser ein paar Worte vorbereiten

Mauer blitzen ließ, der Feldweg, der sich zur Stadt hin verlor, die weißen Nachthemden, das war wieder Flucht, ein Stoß gegen die Tür, die Schreie und das hysterische Lachen, wie in

bestimmt mußte man etwas bei der Übergabe der Viecher sagen

dem Hof von Doña Raquela war der Vollmond ein gebieterischer Ruf, ein Schlag, der den Atem beschleunigt, die Haut,

der Plüsch in den Stimmen, alles wurde zum Sich-Niederduk-
ken, wurde Schlag, eine unabweisbare Besessenheit umfing die
warum schon wieder diese Sache aus La Plata
Taillen und Leiber, und das Glänzen der Augen in den Jasmin-
ecken an der Mauer, über die die von der Reklame der benach-
barten Clubs verrücktgewordenen Mädchen gesprungen waren,
die Verliebten in einer einzigen Umarmung, die eine über die
andere wachend, einander im Schatten küssend, fast nackt schon
vor den Sirenen der näherkommenden Polizeiwagen, zitternd,
die einzelnen stehend, die Fäuste geballt, den ersten Anprall
erwartend, um bis zur Bewußtlosigkeit zu kämpfen oder in den
Schatten einer Straße voller Nadeln und Bedrohung laufend,
hysterisch jaulend, ohne zu wissen warum, wegen Voll-
wahrscheinlich war gar kein Vollmond, er sollte lieber an den
mond und Karneval, wegen Wünschen ohne Antwort, bis sie an
Vortrag denken
den Armen eifriger Bürger oder jovialer Feuerwehrleute zer-
schellten, die sie wie Federn aufhoben, bis zum ersten Kratzer,
der ihnen das Gesicht aufriß, und dann die harten Ohrfeigen
des Mannes, das Begütigen, Schweinerei, was du brauchst, ist
ein richtig heißes Eisen, hier bring ich sie Ihnen, Leutnant, ver-
dammte kleine Stuten, gottverfluchte. Die Augen öffnen und
bis nach hinten die Kabine des Flugzeugs sich ausbreiten sehen,
sag Sosa, er soll sich nicht zu sehr an den Gören aufmandeln
die kleinen Fenster und die Nacken der Reisenden, etwas ohne
realen Hintergrund wühlte Oscar auf, Gladis' perfekte Sil-
houette, miniberockt und desodoriert, auf dem Gang mit einem
Plastiktablettchen und zwei Whiskygläsern, das Lächeln der
Stewardess, das endlich ihr eigenes Lächeln war, jetzt sind sie
schon ganz schön betrunken, jetzt kann ich einen Augenblick
bei dir bleiben. Er hätte gern mit ihr darüber gesprochen über
den Vollmond und das Rennen auf die Mauer zu, über das Ge-
schrei, aber das war absurd, er mußte an die Ankunft denken,
an Marcos, der ihn den Repräsentanten des Zoos von Vincennes
vorstellen würde, bestimmt war Heredia da, dann übersetzt
Gladis und hilft, die verschiedenen Verteidigungsbarrieren
das ist die Müdigkeit, reine Nervensache, was geht mich
einer zivilisierten Nation die die Ansteckung durch exotische
die Sache von La Plata eigentlich an.
Tiere fürchtet, zu beseitigen und später im Auto biegen sich die
illustren Repräsentanten des Zoos vor Lachen, das ging ja fabel-
haft, wie geht es dir, Alter, alles das, was ihn am anderen Ende
des Fluges erwartete, war vollkommen blank, der Eintritt in die

Materie der Motzer, Marcos und Heredia, die die Freude
Idiotie, Marcos den Ausschnitt zu schicken
darüber, daß er da war verhehlen würden, das noch ungewisse Geschick des türkisblauen Pinguins, sobald die Mission ausgeführt war, ganz zu schweigen von den echten Gürteltieren, obgleich Marcos es wahrscheinlich so geregelt hatte, daß sie später tatsächlich jemand dem Zoo stiftete, arme Viecher, unbekannt verlassen sie Körbe in einer Oberaufseherstür, das Heft mit den maschinegeschriebenen Anweisungen um den Hals des Pinguins, denn dieses Tier ist sehr empfindlich, und ist nicht einfach mit Stockfisch aus dem Kühlschrank oder welkem Gemüse abzuspeisen, die Antarktis ist argentinisch, ah verdammt.
Laß mich, bitte, laß mich
Nein, nein er konnte mit Gladis nicht darüber sprechen, am besten trank man einen Whisky zusammen, nächste Zwischenlandung Dakar, Gladis an seiner Schulter und Guerlain-parfü-
schon als ich es ihr in Buenos Aires sagte
miert, reiner Scotch Whisky, zwölf Jahre in Eichenfässern ge-
beeindruckte es sie nicht sehr. reine Polizeinotiz
reift, die Lust, Gladis' Haut unter dem Helm des safranroten Haares zu suchen, sie langsam kitzeln, fühlen, wie sie gegen ihn erzittert, ihr zuflüstern du bist ein wunderbares Mädchen, wenn du doch aus dem Heim weglaufen könntest, wenn auch du weglaufen könntest, aber das letzte, wie sollte er es ihr sagen, Gladis hätte ihn verblüfft angesehen, (welches Heim?) und außerdem wäre es ungerecht gewesen, denn auf irgendeine Weise war Gladis auf halbem Wege zur Flucht, auf die Höhe der Mauer gestiegen, unter dem Vollmond, großartige Göre, die ihren Posten riskierte mit der Überführung der Tiere und des
wieviele mögen sich die Hände zerschnitten haben an den Flaschenscherben,
Veterinärs, wenn eines Tages die Ameisen davon erführen,
oben auf der Mauer
wären sie zu allem fähig, sie zu foltern oder sie zu töten, wie Rosa in Tucumán oder die kleine Italienerin aus Avellaneda. Darüber mußte er unbedingt sofort mit Marcos und Heredia sprechen, die Ameisen konnten schon im Flugzeug sein, es war unwahrscheinlich, aber es würde nicht lange dauern, bis sie es erführen, und dann, adieu. Du bist ein wunderbares Mädchen, sagte Oscar, und verbarg sein ganzes Gesicht in Gladis Haar, du selbst weißt nicht, wie wunderbar du bist. Ich habe keine Ahnung, sagte Gladis, wirklich überrascht, aber bitte zerzause mich nicht, es gibt in den Dienstvorschriften einen schrecklichen Paragraphen. Ich liebe dich sehr, und du bist großartig,

beharrte Oscar, und wie gern hätte er sie auf die Seite des Vollmonds genommen, ihr gesagt, was er nicht wußte, wie er es ihr sagen sollte, denn Gladis hätte ihn nur angesehen, etwas wie: sei vorsichtig, wenn du springst, oder: oben sind lauter Glassplitter, siehst du sie nicht blitzen? Er war wohl wirklich etwas neurotisch, denn die Sache wurde langsam zur Besessenheit, es war idiotisch und sogar gefährlich, vor allem die Idee zu springen, auf die Mauer mit den Glassplittern zu steigen, und den Pfad zu erreichen, das Heim hinter sich zu lassen, Gladis zwischen den verrücktgewordenen Mädchen zu sehen, die zu zweit oder zu dritt fliehen, die schreien und sich anfeuern, sich stützen, um auf die Mauer zu gelangen, die kleine Schwarze hatte sich das Nachthemd ausgezogen, um es über die Glassplit-
wenn ich das als Vortrag halte, mein Gott
ter zu werfen, kommt hierüber, ich spring zuerst, gib Martha die Hand, sie kann nicht so hoch langen, warte, ich steige zuerst rauf, wer weiß ob in jener Nacht wirklich Vollmond war, tat-
ein plötzlicher Stromausfall war der Anlaß für eine infernalische Schlacht
sächlich war es die Dunkelheit, die ihnen die Chance zu fliehen gab, vielleicht, ich erinnere mich nicht mehr gut, aber warum also soll ich auf mich aufpassen, Bruder.

»Heute nacht will ich bei dir sein – sagte Oscar – ich nehme an, sie lassen mich nach der bewegenden Zeremonie bis morgen in Ruhe. Was gibt es in Paris, hast du schon ein Hotel oder so etwas?«

»Wir Stewardessen führen ein äußerst sittsames Leben«, erklärte Gladis halbtot vor Lachen, »so daß der Herr sich ein Hotel auf eigene Rechnung suchen muß.«

Sie ließ sich schnurrend aufs Ohr küssen, das Streicheln das unter die Bluse glitt, sie fühlte, wie sich auf dem Hügel, über den Oscars Hand langsam kreisend glitt, ein rosiges Fingerchen erhob. »Nun ja«, sagte Gladis, »obwohl uns solche Vertraulichkeiten mit den Herren Passagieren im Prinzip nicht erlaubt sind, teile ich dir mit, daß du ein Zimmer mit Bad neben dem meinen hast, du großer Kindskopf, ich habe das Telegramm kurz vor dem Abflug abgeschickt, hier sitzt etwas graue Gehirnsubstanz, verstehst du. Und nicht nur das Telegramm, denn das andere, KÜSSCHEN COCA, ließ bereits zwei Wagen über die Südautobahn rasen, wodurch drei Linien, eine Luft- und zwei Landlinien, synchronisiert auf den Augenblick und

den Ort zusammenliefen, in dem wenig geläufige Spezimina der argentinischen Fauna ebensowenig geläufigen französischen Vertretern übergeben werden sollten.« Oscar schloß die Augen und sah, wie Gladis sich entfernte, sie ging, um wieder einmal ein Durcheinander von Tabletts zu ordnen, wer weiß, was schließlich absurder war, die Zeremonie im Flughafen oder diese rückläufige Gegenwart von etwas, das er weder kannte noch erlebt hatte, das ihn nichts angehen sollte, zwei Spalten in einer Zeitung, ein verrücktes Rennen wegen eines Stromausfalls (wegen eines Stromausfalls?) die vom Mond besessenen Mädchen und der Karneval, halbnackt in einem Lichtstrom, der sie
und die Motzer, zum Beispiel, wenn wir zu-
auf das andere zuwarf, auf die Gegenseite, der Anfang eines
viel daran dächten
Lebens, das wer weiß wie sein würde, denn daran dachte man nicht, die Vergewaltigungen oder die zerschlagenen Nasen oder die Peitschenschläge auf das Hinterteil, auf jeden Fall nicht mehr hundertsechsundneunzig Mädchen auf einem Raum für
erklärte die Direktorin
achtzig gepfercht, und der auf noch sechsundfünfzig Frauchen wartete, zwischen Mond und Mond.

Manchmal war es so, aber nicht immer war der Besagte über die Unternehmungen der anderen informiert; zum Beispiel hatte er nicht die geringste Ahnung davon, daß die düsteren zoologischen Vertreter aus Vincennes Lonstein dazu ausersehen würden, den amerikanischen Wagen zu fahren, den sie bei Hertz gemietet hatten, nachdem Farbe und Charakteristika der Bedeutung der Zeremonie entsprechend ausgesucht worden waren. Etwas in der Version des kleinen Rabbi zu erfahren, erforderte stets einen Dechiffrierungsprozeß, aber dieses Mal machte das Ausmaß des Lonsteinschen symphonischen Werkes ihn für mehrere Tage schlaflos, obgleich er es nie bedauerte, der Verladung der echten Gürteltiere und des türkisblauen Pinguins beizuwohnen mittels der Vision, die Lonstein bescheiden plurispektromotandisch nannte, also, während die Gürteltiere merklich entwurzelt schienen, als sie französische Erde betraten, zeigte der Pinguin sofort eine beinahe beunruhigende Lebhaftigkeit, er stürzte sich gegen die Wände des Containers und trotz Oscars bezähmender Pfiffe und trotz des mit Baldrian versetzten Wassers, das Gladis ihm gegeben hatte, als die Phase der Vorbereitung zur Landung der Boeing begann und Kapitän Pedernera den verehrten Fluggästen durch die Stimme von Pepita einen glücklichen Aufenthalt in Paris wünschte.
»Die drei zusammen waren der Megakord«, hatte Lonstein resümiert, »stell dir die Zeremonie im Empfangssaal vor, Junge, es fehlte nur noch Haile Selassie mit schwarzem Umhang, der abessinische Orden verteilt.«
Auch ich fehlte, aber Ludmilla erzählte mir am Nachmittag, daß Roland und Lucien Verneuil mit einer Würde aus dem Auto gestiegen waren, als hätten sie einen Besenstiel verschluckt, und daß die Begrüßung zwischen dem argentinischen Veterinär, dem Begleiter der Tiere, und den Repräsentanten des Zoos, Empfänger besagter Bestien, den Zöllnern, Inspektoren und Flughafenpolypen ganz normal erschienen sei, ganz zu schweigen von dem Ortsveterinär, der beauftragt worden war, die fremdländischen Produkte aus der Nähe zu besehen und sich ihrer klinischen Atteste zu vergewissern, alles elegant von Gladis

übersetzt, die mit sichtbarem Vergnügen die linguistischen Probleme der anwesenden Wissenschaftler löste. Auf dem Hinweg hatte Marcos zu Ludmilla gesagt, es gäbe im Grunde keine Schwierigkeiten, das Unternehmen sei zu absurd, um nicht gut auszugehen; der einzige schwache Punkt bestand darin, daß es einem pfiffigen Zöllner auffallen könnte, daß die Container eher dazu geeignet schienen, Leoparden zu transportieren als Pinguine, ein Argument, das Lucien Verneuil und Roland durch wissenschaftliche Begründungen, die sich auf Buffon und Julian Huxley stützten, in der Lage waren zu zerstören, ganz zu schweigen von dem Einfluß des imponierenden Mietwagens, der vollkommenen *Gestalt.* Nicht nur die Zöllner waren begeistert über die Tiere, sondern es erschien auch die Chefin, eine dunkle, runde Dame, die sich in den türkisfarbenen Pinguin verliebte und versprach, ihn regelmäßig in Vincennes zu besuchen, was die Repräsentanten des Zoos mit großem Ernst und der überreichende Veterinär mit besonderer patriotischer Rührung entgegennahmen. Du hast etwas ganz Geniales versäumt, sagte Ludmilla, Oscar, so argentinisch mit seinem graukarierten Jackett und seiner im letzten Augenblick wohlgeordneten Frisur, mit Bordparfüm, das ich schon von weitem kenne, es ist mehr für Damen, und Lonstein mit Ledertasche und Baskenmütze, um den Eindruck eines Durchschnittsfranzosen zu machen, wie du ihn nicht einmal mehr mit der Lupe finden kannst, aber, na ja.«
»Und was machtest du da?« fragte Andrés.
»Pipi in die Hose, ich werde niemals erfahren, ob aus Angst oder vor Lachen, ich glaube eher aus Angst. Warte, da fällt mir ein, ich muß sie wechseln, wenn ich eine andere finde.«

Alles riecht ein bißchen nach Lauch, aber ich habe keinen Hunger, da ist das letzte Quartett von Bartók, der Wein und der Tabak, ich sehe immer wieder nach dem Eintopf und frage mich, ob ich auf Ludmilla warten oder ein bißchen herumstreunen soll. Diese Geschichte mit dem Pinguin, von dem Marcos sprach, bevor er mich um mein Auto bat, wahrscheinlich wieder eine von seinen ziemlich idiotischen Mikroagitationen; umschwebt vom letzten Satz des Quartetts, noch an einer Ordnung teilhabend, die mir vorher und nachher fehlen wird (die Zukunft in der Vergangenheit, aber ja, aber natürlich), verlängere ich, soweit wie möglich, dieses prekäre Zwischenstadium von Versöhnlichkeit, ein reiner Kunstgriff des Mißtrauens, ich überlasse mich ihm, bis ich irgendwann Francine anrufe und mich die Treppe hinunter davonmachen werde. Durch Paris wandern, das ist meine andere Musik, die Nacht hat keinen Rat gebracht, da ist so etwas wie die Notwendigkeit eines zusätzlichen Satzes zu dem Quartett, niemals von Bartók geschrieben, aber latent in einer Zone dieses Weiterdauerns, das keine Uhr regieren kann, ein Verlangen nach Ordnung, das mich unruhig macht, ein Wissen ohne zu wissen, das mir wieder die Aura, die Unruhe des Traums von dem Kino, die Nacht von Fritz Lang bringt; gleichsam tastend durch die Straßen zu gehen, ohne festes Ziel, damit an irgendeiner Ecke, zu irgendeiner Stunde die ersten Töne jener Musik entstehen, die mich mit so viel flüchtigen und unsicheren Dingen aussöhnen würde, Ludmilla, mein und doch so fern, Ludmilla, immer mehr zwischen Pinguinen und Agitatoren, die dumpfe Übelkeit, sie zu verlieren, weil ich miteinander unvereinbare Haltungen anhäufe, die gleichzeitig dieses Gefühl der Ohnmacht, das Gefühl, an die Grenze gelangt zu sein, und daß etwas leise zerbrechen wird, um jeden auf der anderen Seite der Zäsur, dieses riesigen Risses der Gegenwart, stehenzulassen, mit unnötigen Freundschaftsbezeugungen, Tränen und Taschentüchern, nackt unter dem schwarzen Wind. Und so wird mich wieder irgendein Metroschacht in meine bevorzugten Viertel tragen oder mir, durch phonetische Assoziation leicht magisch, eine noch unbekannte Station vorschlagen, wo ein anderer Faden des unendlichen

Teppichs Paris entstehen wird, ein anderes Feld der Geheimnisse, andere Zufälle. Und so wird sich diese ziemlich düstere Neigung, mich seit einiger Zeit in einer Stadt wie in der Musik zu verlieren, im Kommen und Gehen von Francine zu Ludmilla (warum Kommen und Gehen, warum diese Dissoziation, die ich ablehne, die ich so gerne annullieren wollte, die ausschließlich zu ihrer beider Auffassung gehört?) in seltsame Entdeckungen umwandeln, dem Gemütszustand, der mir als Kompaß dient, heimlich angepaßt. Gestern, nachdem ich über den traurigen Platz von Clichy mit seiner verfremdeten und bitteren Menge gegangen war und mich in der Rue Coulaincourt verlief, sah ich zum ersten Mal unter einem schiefergrauen Himmel die Vorderseite des Hotels Terrass, seine sechs oder sieben Stockwerke mit Fenstern und Balkons, die sich über dem Friedhof von Montmartre öffnen. Mitten auf der Brücke, über den Kuppeln und Gräbern hängend wie das jämmerliche Schwert eines Talmi-Jüngsten Gerichts, lehnte ich mich an das Geländer und fragte mich, ob es stimmte, ob es stimmen konnte, daß jeden Morgen die Touristen und Provinzler, die im Hotel Terrass wohnten, ohne weiteres ihre Jalousien über einem starren Meer aus Grabsteinen hochzogen und dann ihr Frühstück mit Hörnchen bestellten, auf die Straße gingen und einen neuen Tag begannen.
Ich werde eine Nacht in dem Hotel verbringen müssen, in der Dunkelheit den Geräuschen von Montmartre lauschen, die langsam dem Schweigen weichen, den letzten Autobus über die hallende Brücke fahren hören, das Hängewerk über dem Tod, den Balkon, der von jenem anderen, unbeweglichen und geheimen Gepolter ersehnt wird, welches das Leben mit Worten, mit Liebe, mit hartnäckigem Vergessen erstickt. Ich werde dich mitnehmen, Francine, damit du, freigeistige und kartesianische (wie ich) Französin, die erste authentische Lektion in Pataphysik erhältst und nicht jene leichte literarische Auffassung, die du sooft durcheinanderbringst, die wir durcheinanderbringen mit dem, was unter die Haut des Tages geht. Und eines Abends werde ich dich auch zu der Galerie in der Nähe des Palais Royal mitnehmen, in der der Staub sich angesammelt hat, als ob die Zeit ihre zu Asche gewordene Materie auf Vitrinen und Landschaften absetzte, ein Staub, der nach Handschuhen und

Federn und trockenen Veilchen riecht, ich werde dir diskret, beinahe flüchtig, so wie man das mit *bewohnten* Zonen machen muß, die Vitrinen der antiken Puppen zeigen. Da sind sie, wer weiß, seit wann, staubig, mit ihren Hütchen, mit ihren Haarknoten, den traditionellen Perücken, den schwarzen oder weißen Schühchen, die dumme Traurigkeit ihrer lächelnden Gesichter, über die winzige Finger gingen, die heute auch schon Staub sind, und vielleicht Liebessonette in irgendeinem Album eines bürgerlichen Salons. Der Laden ist sehr klein, und die beiden Male, die ich ins Schaufenster gesehen habe, konnte ich niemanden drinnen erkennen; man kann ganz hinten eine Treppe erahnen, dunkle Gardinen und noch mehr Staub. Zu anderen Stunden des Tages muß sich ein beschämender Handel dort abspielen, es kommen wohl Leute, um die Puppen der Familie, die besten, aus Glas oder Porzellan, zu verkaufen, und andere kommen wohl, um etwas für ihre Sammlungen zu suchen, um durch dieses winzige, starre Bordell nach Art holländischer Vitrinen zu wandern, sie besehen Schenkel, berühren Kehlen, lassen die blauen Augen in den Höhlen kreisen, notwendige Riten, begleitet von Ausrufen und langem Schweigen, Kommentaren der Verkäuferin, die ich mir alt und vertrocknet vorstelle, und vielleicht Besuche in einer Kammer, wo sich einzelne Köpfe und Beine angesammelt haben, Kleidung zum Wechseln, Spitzen und Schuhe, Blaubarts Grabgewölbe für eine zweifelhafte Unschuld von Tee und Gebäck, von Geschenk für die Tante, die zum Zeitvertreib Puppen sammelt. Und vielleicht

»So kann es sein oder auch ganz anders«, sagte Francine, strich mit dem Finger über die Scheibe und entfernte sich, als hätte ihr etwas mißfallen. »Warum willst du nicht aus den Zweifeln heraus? Wir können hineingehen und es uns ansehen. Du ziehst das Geheimnis vor, natürlich, jede Definition entzaubert dich.«
»So wie dich jeder Zweifel stört«, sage ich zu ihr, »wie für dich jedes Ding ein demonstrierbares Theorem ist. Ich will nicht hineingehen, ich habe da nichts zu suchen, ich brauche das Wissen nicht, das dich gut schlafen läßt, die Händchen unter dem Kopfkissen und ohne Träume, in denen Verrückte in weißen Spitzen sich von den Balkonen eines über einem Friedhof gelegenen Hotels stürzen.«

»Du wirst nie aufhören, dumm zu reden, weil du mich nicht verstehen willst.«

»Da siehst du es: dich verstehen. Was haben wir getan, als uns zu verstehen auf die einzig mögliche Weise, durch die Haut, die Augen, die Worte, die nicht nur Bedeutungen waren? IBM-Maschinchen, photoorientierte Biene, niemand versteht dich besser als ich, du Superrothaarige. Ich brauche deine Argumente nicht, um dich zu verstehen, noch muß ich in diesen Laden hineingehen, um zu wissen, daß er eine Falle mit Zerrspiegeln ist.«

»Ja, die Illusionen«, sagte Francine und drückte sich gegen mich, »die Wonne, die Imagination der Wahrheit vorzuziehen. Du tust gut daran, verzeih mir. Du tust wirklich gut daran, Andrés.«

Ihre feuchten Lippen, immer ein bißchen sehnsuchtsvoll und so ganz anders als das, was sie sagten. Wir begannen zu lachen und streiften durch das Viertel, bis die Müdigkeit und das Verlangen uns zu Francines Wohnung im Marais, über ihrer Buch- und Papierhandlung, zurückbrachten; ich liebte es, das Geschäft zu betreten, das um diese Zeit von Madame Franck gehütet wurde, mit dem Air der perfekten, verantwortungsbewußten älteren Teilhaberin, die die jüngere Teilhaberin mit ihrem Freund eintreten sieht, beinahe als wären sie Kunden. Ich liebe es, die Neuerscheinungen durchzublättern, einen Block oder ein Buch von Madame Franck zu kaufen, sie vor Francine, die sie mir so gern geschenkt hätte, zu bezahlen. Über eine Treppe innerhalb des Ladens gelangt man in die Wohnung hinauf, die ordentlich und adrett wie Francine ist, mit Lavendel parfümiert, indirekt beleuchtet, eine schnurrende Katze, zwei Zimmer und Salon, Katze blauer Teppichboden, Katze Bibliothek mit der Sammlung von La Pléiade und dem Littré, natürlich, Francine und der Eisschrank, Francine und die Kristallgläser, Francine und der Scotch, Francine rührend in ihrer Treue zur geistigen Ehrenhaftigkeit, die sie mit mir konfrontierte, mit mir, dem Gewundenen, dem Unehrenhaften der Schaufenster und Hotels mit Balkons über Friedhöfen, Francine in ihrem genau umrissenen Käfig, die andere Seite meines Lebens, Ludmilla, die Konkretisierung einer alten Nostalgie, des Verlangens nach einem bestimmten Plan in den Tagen und den Dingen des Lebens und zugleich meine beinahe unmittelbare Ablehnung von soviel intelligenter und vernünftiger Konvention, symmetrisch zu jener anderen Ablehnung, Ludmilla, Ablehnung der Unordnung einer Küche, wo überall Lauchstücke herumliegen, der Transistor Radio Monte Carlo ausstößt, ein ekelhaftes Handtuch, wie eine schändliche Hand die einzige heile Tasse des Teeservices umfaßt, die sie stehenließ, bevor sie fortlief, um einen Pinguin abzuholen.

»Aber du liebst sie, Andrés. Ich bin nur dein Gegenschlag, das was dich nach einer Weile ihr wiedergibt. Das ist kein Vorwurf, ich liebe dich, du weißt es, ich lasse dich wie du bist, in deiner Welt von der anderen Seite, von der ich nichts und niemanden kenne, keinen deiner Freunde, das Leben, das du mit ihnen führst, den Südamerikanern, denen ich nur in Romanen und im Kino begegne.«

»Das ist nicht nur meine Schuld«, sage ich aufgebracht, »die ganze Sippe liebt Ludmilla, und ihr zwei habt beschlossen, daß ihr euch niemals treffen könnt und nicht treffen sollt.«

»Ich frage mich, wie wir uns treffen könnten, worauf könnte eine Verbindung mit dem, was uns umgibt, basieren, jene Welt. Du kommst und gehst, so wie ich kommen und gehen könnte, wenn ich einen anderen Freund hätte; einmal, vor langer Zeit, habe ich fast geglaubt, es sei möglich, aber es blieb dabei, bei der unbestimmten Vorstellung. Du liebst uns nicht wirklich, Andrés, das ist die einzig mögliche Erklärung, verzeih, ich weiß, daß dich die Liebespsychologie und alles das anekelt, doch dich ekelt im Grunde alles an, was dir nicht paßt, nochmals, verzeih mir.«

»Das ist es nicht, was mich anekelt, sondern das, was dahinter steckt, der absurde Widerstand einer rissigen Welt, die wütend ihre längst hinfälligen Formen verteidigt. Lieben, nicht lieben, Formeln. Ich bin so glücklich gewesen mit Ludmilla, ich war absolut glücklich mit ihr, als ich dich traf, und ich fand, du warst eine andere Falte der Glückseligkeit, eine andere Art glücklich zu sein, ohne auf das, was mein Leben war, verzichten zu müssen; ich habe es dir sofort gesagt, und du ließest mich hierher kommen, bedingungslos, du nahmst an.«

»Man nimmt immer an«, sagte Francine, »die Zeit ist lang und man sagt sich, daß. Vielleicht. Vielleicht eines Tages. Denn die Liebe.«

»Die Schlußfolgerung ist die gleiche, natürlich: Ihr zwei liebt wirklich, während ich etc. Sieh mal, alles ist mir kaputtgegangen mit Ludmilla, du weißt es, denn sie hat es auch nicht hingenommen, es hat zu nichts geführt, ehrlich zu sein, ja, ich weiß schon, auf meine Weise ehrlich zu sein, aber das heißt für mich, daß ihr wißt, daß es dich und sie gibt, das ist alles, aber das ging nicht, es wird nie gehen, wir leben in einer Zeit, in der alles in die Luft springt und trotzdem, du siehst ja, diese Schemata bleiben fest selbst in Leuten bestehen, du weißt schon, wovon ich spreche, von den Kleinbürgern oder den Arbeitern und den Verkernten und Versippten, den Verheirateten und den Verhäuslichten und Verkinderten und, ach Scheiße, Scheiße.«
»Und du«, sagte Francine, die sich beinahe amüsierte, »spielst U Thant zwischen Ludmilla und mir, der Vermittler, die Biene zwischen zwei Blumen; ich würde dich gerne sehen, wenn du mit uns beiden zur gleichen Zeit Kaffee trinkst oder an jedem Arm eine mit uns ins Kino gehst. Ach, du bringst mich aus dem Häuschen.«
»Hoffentlich, meine Liebste, hoffentlich.«
»Nein, U Thant, ich liebe dich so, an meiner Seite, und eines Tages wirst du mich oder werde ich dich verlassen, von Ludmilla gar nicht zu reden, nach dem, was du mir erzählt hast, rennt sie den Pinguinen nach, aber das hast du mir noch nicht erklärt.«
»Du magst es nicht, wenn ich von ihr spreche, das weiß ich nur zu genau.«
»Und Ludmilla muß es ziemlich aufbringen, wenn du mich erwähnst, das ist klar. Aber da ist die Geschichte mit dem Pinguin, gib zu, daß sie ungewöhnlich ist, wir könnten ihretwegen ruhig mal eine Ausnahme machen.«
»Du bist gut«, sagte Andrés, »viel zu gut, Kleines.«
»Jetzt regst du mich aber wirklich auf. Es genügt doch wohl, daß die Dinge durcheinander und unsinnig sind, du weißt, daß ich mich zusammenreiße, daß ich es mir so ausgesucht habe, ich habe dir den Hausschlüssel gegeben, nun schön, gut so, ich akzeptiere uns, so wie wir sind, ich akzeptiere mich am anderen Ende des Knäuels, und Ludmilla wird das gleiche tun, kann ich mir denken, meine Schwester auf der anderen Seite, die das andere Ende des Strangs hält.«

»Und sie sprach den Satz mit einem ironischen, fast grausamen Lächeln aus«, sagte ich und küßte sie auf die Schulter, drückte sie, bis es ihr weh tat. »Ja, natürlich ist es so, deine Schwester auf der anderen Seite denkt das gleiche, obgleich sie dazu neigt, es in einer etwas schlüpfrigeren Sprache als du zu sagen. Und so gehen wir drei, bis das Knäuel in die Klauen der kosmischen Katze fällt oder in die des Pinguins von Marcos, es ist Zeit, daß ich dir seinen Auftritt erkläre, heute pünktlich um dreizehn Uhr in Orly. Es ist wahrscheinlich ein politisches Geheimnis, erzähle es also nicht Madame Franck, denn wie wir wissen, ist sie die Reaktion der Hydra.«

»U Thant geht ab«, sagte Francine, »und es tritt auf der lächelnde Henker.«

Seit langem hatten wir die Rituale des Dialogs festgelegt, die perfekten Ableitungen, die mit Ludmilla eine Art verbales Delirium waren, das in Attacken auf dem Teppich und wildem Gelächter endete und mit Francine ein Hin und Her von sehr sanften Pfeilen, die jedesmal näher auf die Lebensader zielten, auf die Begegnung der Schenkel.

»Der Henker«, sagte ich, »er schenkt dir diese kleine Vollkommenheit: *y para más despacio atormentarme/ llevóme alguna vez por entre flores*, ins Deutsche übersetzt heißt das etwa, um mich langsamer zu quälen, nahm sie mich einmal in die Blumen mit.«

»Jener Dichter kannte uns schon aus grauer Vorzeit her«, sagte Francine im rituellen Ton.

»Oh ja: Francine Sacher-Masoch, Andrés de Sade.«

Wir konnten so weitermachen, das Ritual verlängern, die Traurigkeit und die Sehnsucht tauschten nach und nach ihre Handschuhe und ihren Nebel, Francine zu lieben war mehr als die Unterschiede niederzureißen, ein flüchtiges Gebiet des Kontakts herzustellen, denn dann ließ Francine nicht nur alles, was sie gegen mich erhob, fallen, sondern betrat selbst, von einem Kupferstrom getrieben, eine Zone unglaublicher Stürme, und wie soll ich es anders sagen, sie rief mich mit einer gebrochenen Stimme, sie gab sich wie eine Flut aus Zimbeln und Nägeln.

Sie war immer die erste, die die Hand zu diesem Komutator ausstreckte, der für einige Zeit die sich entgegenstehenden Figuren, die feindlichen Worte auslöschte, um uns für ein anderes Licht zu öffnen, wo ein Vokabular aus wenigen, sehr intensiven Dingen seine Lakensprache, sein Kissengeflüster entwikkelte, dort, wo eine Crèmetube oder eine Haarsträhne Schlüssel oder Zeichen waren, Francine, die sich am Bettrand ausziehen ließ, die Augen geschlossen, das Haar rot und beinahe kraus an meinem Gesicht, die bei jeder Bewegung meiner Finger an den Knöpfen und Verschlüssen erzitterte, die niederglitt, sich setzte, damit ich ihr die Strümpfe auszog und den Schlüpfer, ohne mich anzusehen, selbst wenn ich sie einen Augenblick verließ, um mich auszuziehen in diesem gespannten Schweigen zwischen den Liebenden, die sich erwarten, die vorhergehenden Bewegungen ausführen, Francine, die niedergleitet, bis sie auf dem Rücken liegt, die Füße auf den Teppich gestemmt, schon bedrängt, murmelnd, stöhnend, Musik der Haut, die mit ihrem Seufzen dem Mund antwortete, der ihre Schenkel hinaufglitt, den Händen, die sie zu jenem ersten tiefen Kuß teilten, der erstickte Schrei, als meine Zunge die Klitoris erreichte und das Saugen und jener winzige und begrenzte Koitus begann, ich fühlte, wie ihre Hand mir ins Haar griff, sie mich mitleidlos zerrte, laut nach mir schrie und mich gleichzeitig zwang, mich bis an die Grenze des Möglichen zurückzuhalten, ihr eine Lust zu geben, die noch nicht meine war, den Sklaven, auf dem Teppich kniend, am Haar gepackt, gezwungen, das salzige und laue Schlürfen zu verlängern, meine Finger suchten weiter die doppelten Blütenblätter innerhalb des scheuen Geschlechts, der Zeigefinger glitt nach hinten, suchte den anderen harten und festen Eingang, wohl wissend, daß Francine murmeln würde: »Nein, nein« sich der gleichzeitigen doppelten Zärtlichkeit widersetzend, beinahe wild auf ihre frontale Lust konzentriert, sie rief mich jetzt, beide Hände in mein Haar gekrallt und wenn ich sie mit mir nach oben zöge, um sie mitten aufs Bett auf den Rücken zu legen, würde sie sich aufrichten, auf mich stürzen, mein Glied mit einer Hand umfassen und es mit dem trockenen und rauhen Mund, der sich nach und nach mit Schaum und Spucke füllte, besitzen, es mit den Lippen pressen, bis es mich schmerzte, sich aufspießen in einem unendlichen Keuchen, aus dem ich sie herausreißen mußte, weil ich nicht wollte, daß sie mich trank, ich wollte sie, tiefer, in dem Wiegen ihres Leibes, der mich verschlang und mich wiedergab, während die befleck-

ten Münder sich fanden und ich ihr die Schultern umkrallte, ihr die Brüste mit einem Druck versengte, den sie suchte und verstärkte und jetzt, verloren in einem erstickten und anhaltenden Schrei, einem Ruf, in dem beinah Weigerung war und gleichzeitig der Wunsch vergewaltigt zu werden, besessen von jedem Muskel, jeder Geste, der halbgeöffnete Mund, die Augen verdreht, das Kinn in meiner Kehle vergraben, die Hände über meinen Rücken laufend, sich in meine Hinterbacken pressend, mich noch stärker gegen sich stoßend, bis ein Krampf sie sich aufbäumen läßt, oder war ich der erste, der sich bis an die Grenze hineinstürzte, als das flüssige Feuer meine Schenkel gewann, wir vereinten uns in dem gleichen Stöhnen, in der Befreiung dieser unzerstörbaren Kraft, die einmal mehr Erguß war, Träne, Seufzer, unendlich langsamer Peitschenschlag eines Augenblicks, der die Welt schwanken und auf das Kissen rollen ließ, der Schlaf, das Murmeln der Dankbarkeit zwischen unsicheren Zärtlichkeiten und fiebrigem Schweiß.
Seidige, durstige, unauslöschliche Musik von Francines Körper, wie sollte ich ihr einmal sagen, daß sie nur in der Liebe Freiheit fand, die schwindelerregendsten Wünsche des Verlangens entfachte oder bejahte, ohne jene Schere der Vorsicht, mit der sie vorher oder nachher die Formen der Gegenwart zerschnitt, um sie den Ideen anzupassen und ihnen jene Schärfe zu geben, die ihre wachsame Intelligenz von ihnen forderte. Wie sollte ich ihr sagen, daß dieses Bett, diese weiße Haut der Rothaarigen, dieser blonde Haarbüschel die Tore waren, durch die man wirklich in den Laden der Puppen eintreten konnte, ohne die Forderungen der Vernunft, die nach und nach schon wieder ihr Recht behauptete und zu Zigarette und Profil auf dem Kissen wurde, befriedigtes und beinahe bitteres Lächeln, der erste forschende Blick durch das Schlafzimmer, die hereinfallende Nacht mit irgendeinem Anruf, den man machen mußte, die Dusche, der Achselspray, das Kino, pünktlich um neun Uhr, die Tagesbilanz mit Madame Franck, auf dem tadellosen Schreibtisch in der Buchhandlung, wo niemals jemand Lauch auf der Erde finden würde noch Tassen in einem schmutzigen Handtuch. Wie sollte ich ihr auf andere Weise sagen, daß ich sie liebte, wenn alles schon wieder auf dieser Seite war, wenn U Thant natürlich, wenn Ludmilla. Aufwachen, sie noch schlafen sehen,

das ungewisse Licht des Nachttischs über ihrem roten, fast krausen Haar, eine so weiße Hand auf ihrer Brust; sie mit Zärtlichkeiten wecken, die sie zusammenzucken und einen leichten, lächelnd noch mit Fasern des Traums vermischten Protest gurren lassen und wissen, daß am Ende der Augenblick kommen würde, in dem ihre Augen mich wie von weitem ansehen, um sich dann intensiv und traurig in meinen festzuhalten, über mein Gesicht zu gleiten, über meinen Kopf, als zweifelten sie daran, daß ich es sei. Und einander küssen und wissen, daß Durst haben, daß Whisky mit Eis, daß irgendwo zu Abend essen, zurückgeholt wieder in die Abwesenheit, nach einem langen Rückweg mit Stehenbleiben vor den Restaurants, vor den Schaufenstern mit staubigen Puppen, von dem Pinguin sprechend.

Jedenfalls hatte Oscar eine ziemlich schwere halbe Stunde hinter sich, obgleich er, zum Glück, nur ein paar Worte hatte sprechen müssen, um zu versichern, daß die Sociedad Argentina de Zoofilia und so weiter, der Augenblick, in dem er ins Auto stieg und die Zollpolizei hinter sich ließ, war eine solche Erleichterung, daß er ihr nur dadurch Ausdruck verleihen konnte, daß er die Aktentasche öffnete und die Schachtel mit den cordobeser Honigkuchen für Marcos herausholte, was jedoch von Ludmilla und Gladis ignoriert wurde, die sofort die Hälfte aufaßen, während das Opfer und Oscar die ersten Eindrücke über die Wirren in Aramburu und die Machtübernahme durch General Levingston austauschten. Und der unglückselige Heredia? fragte Oscar, der die Luft der Autobahn schnupperte, als wäre sie rein, und sich unglaublich glücklich fühlte. Er kommt heute nacht aus London, sagte Marcos. In Polen gibt es ähnliche Süßigkeiten, bemerkte Ludmilla, aber Milchkaramel, ach nein, das gibt es nicht. Ich kann dir zeigen, wie es gemacht wird, schlug Gladis vor, die ebenfalls nach dieser protokollarischen halben Stunde wieder zu sich kam, wir brauchen nur Rohrzukker, denn der Rübenzucker ist scheußlich, du bist also Polin? Auf dem Rücksitz zogen Namen und rasche Hinweise vorüber, Oscar schüttelte die Nachrichten wie Fliegen ab, das Wichtigste schnell erledigen, bevor man in Paris einfuhr. Nein, ich glaube eigentlich nicht, daß Ameisen an Bord waren, aber man weiß ja nie. Hier untersuchen sie ziemlich genau, sagte Marcos, die letzte Nachricht von Heredia war ziemlich beschissen. Zweihundert Meter weiter überholte der Wagen der Vertreter des Zoos von Vincennes vorschriftsmäßig einen Polizeiwagen, Lonstein fuhr, nach Straßenverkehrsordnung, gehorsam wieder auf die rechte Seite, während die beiden Repräsentanten sich gegenseitig festhielten, um nicht vor Lachen über das breite Polster des Rücksitzes zu rollen, sie erinnerten sich gegenseitig an die außerordentlichen Momente der Übergabe- und Empfangszeremonie, der Erregung der Gürteltiere bei der Ankunft des Gepäcks und der schläfrigen Verachtung des Pinguins, bei dem der Baldrian jetzt verteufelt wirkte. Laß uns an der Porte

d'Orléans raus, schlug Roland vor, ich nehme an, du wirst allein mit den Viechern fertig. O.K., Herr Direktor, Marcos hat mir schon gesagt, daß es besser ist, wenn man euch sowenig wie möglich in meiner Wohnung sieht, vom ameisenkundlichen Standpunkt aus gesehen. Das Problem ist nur, ob du allein die Container hinaufschleppen kannst, sagte Lucien Verneuil. Meine Portiersfrau wiegt hundertundacht Kilo, meinte Lonstein, und das wirkt somatisch auf die Treppen, obgleich es das Gravitationsgesetz zu vergewaltigen scheint, wenn die Dicke Anlauf nimmt, um mir ein Telegramm hinaufzubringen, lachst du über die Apollorakete. In diesem Fall, sagte Roland. Ich nehme an, Marcos hat dich gewarnt, die Viecher aus den Containern zu nehmen, fühlte sich Lucien Verneuil verpflichtet hinzuzufügen. Damit willst du mir wohl suggerieren, die Container nicht auf den Müll zu werfen, Liebesengel, sagte Lonstein, gehe beruhigt schlafen, so wie Marcos mir etwas erklärt, verstehen sogar die Kaffern die Heilige Dreifaltigkeit. Auf Wiedersehen, die Herren Direktoren, empfehlen Sie mich den Dromedaren und Hypozentauren. Ach du, das hatte ich vergessen, der Pilz ist anderthalb Zentimeter gewachsen, du mußt mich unbedingt besuchen und ihn dir ansehen, sobald wir die Containeretappe und andere Motzereien, keine Anspielung das, überwunden haben. Warum bemühst du dich, mir diesen idiotischen Dialog zu wiederholen? beschwert sich der Besagte. Weil er nicht idiotisch ist, sagt Lonstein, es war gut, daß diese Jungens, ich meine, die Herren Vertreter des Zoos erfuhren, daß ich genau wie sie über die Sache informiert war, was ihnen überhaupt nicht in den Kram paßte, denn sie sind Technokraten der Revolution und glauben, daß Heiterkeit, Pilze und meine Portiersfrau nicht in die Dialektik der Geschichte gehören. Also, sagte der Besagte, der kein Technokrat ist, es aber eilig hat, du hast die Viecher in deine Bude gebracht und das Auto zurückgefahren. Ja, sagte der kleine Rabbi, und der Pilz war weitere drei Milimeter gewachsen.
Auf dem Boulevard Raspail sah man, daß Oscar nicht mehr konnte vor Müdigkeit. Geh und penne ein bißchen, sagte Marcos, wir sprechen heute nacht weiter, wenn Heredia ankommt, und paß auf mit dem Telefon. Ich hab dir haufenweise zu erzählen, sagte Oscar, nach dem zehnten Gähnen. Aber Marcos

dankte ihm für die Honigkuchen unter dem schadenfrohen Gelächter von Gladis und Ludmilla, die die Schachtel soeben leergegessen hatten, er überließ Gladis die logistischen Angaben für die nächtliche Zusammenkunft. Auf dem Gehsteig, vor dem Hotel Lutetia, blieb Oscar einen Augenblick stehen und beobachtete den Verkehr von Sèvres-Babylone, den Koffer in der einen Hand, Gladis an der anderen.
»Warum sind sie so schnell weg? Wir hätten zusammen essen können oder sonst was. Ich habe Marcos soviel zu erzählen.«
»Der Junge weiß, was er tut«, sagte Gladis, »wenn du dich im Spiegel besiehst, wirst du es verstehen, komm, ich habe dir ein Elitezimmer reserviert; was mich betrifft, ich brauch eine Dusche, mein Liebster, obwohl wir diesmal keinen Pinguin in der Badewanne haben.«
Die Mädchen haben ein Loch in den Zaun gemacht
»Das ist also Paris«, sagte Oscar. »Sind wir im Zentrum?«
»Hier gibt es nicht so etwas wie ein Zentrum, oder das Zentrum ist ein bißchen überall wie in der Definition, ich weiß nicht mehr von was«, erklärte Gladis. »Ich kann nicht mehr, hör auf mit Paris-by-day und komm rauf, wir baden und schlafen, man sieht, daß du keine dreihundert Tabletts servieren und dich nicht um vierzehn auf verschiedene Art von oben bis unten verschmierte Kinder kümmern mußtest.«
»Entschuldige, ich bin ein bißchen bedeppert, wahrscheinlich vermisse ich die feuchte Meeresluft. Sag mal, du und diese
Faßt sie von dieser Seite, sie hauen über das Feld ab.
Polin, ihr habt alle Honigkuchen aufgegessen, Unverschämtheit.«
»Sie sind sehr gut, aber etwas zu süß«, meinte Ludmilla und bog vom Boulevard Raspail in die Rue Delambre ab. »Warum bist du nicht bei Oscar geblieben? Er schien mir etwas verwirrt.«
»Er war hauptsächlich müde«, sagte Marcos, »und dann kann man über nichts sprechen. Aber wenn du die Wahrheit wissen willst, ich muß versuchen, ein oder zwei Dinge besser zu verstehen und jetzt, da die Sache in Orly gutgegangen ist, kann ich in Ruhe ein bißchen nachdenken. Halt hier, ich lade dich ein zu einem Schluck.«
Bereits vorher, am Mittag, als sie nach Orly hinausfuhren, hatte Marcos sich gefragt, wieso eigentlich Ludmilla. Es gefiel ihm,

daß sie sich anbot, ihn zu fahren, daß sie Andrés nicht zu beeinflussen versuchte, der absichtlich mit dem Plattenspieler beschäftigt war und ihnen den Rücken zukehrte. Es erforderte nicht viel Zeit, ihr die Sache mit dem türkisblauen Pinguin zu erklären, und Ludmilla mußte so lachen, daß sie beinahe in einen Omnibus der Linie 94 hineingefahren wäre, als sie hörte, daß Roland und Lucien Verneuil und vor allem daß Lonstein. Aber nachher, auf der Autobahn, fühlte er, wie sie sich zurückzog, daß sie an etwas dachte, was ihre Fahrweise veränderte, die ruckartig und gleichsam gequält wurde. Er sah sie von der Seite an, zündete ihr eine Zigarette an und reichte sie ihr.

»Genau wie das Leben«, sagte Ludmilla, »eine Art Spaß oder Farce, dahinter wartet das andere. Es gibt da zwei Dinge, glaube nur nicht, ich merkte es nicht, zwei sehr klare Dinge. Das erste ist, daß das mit dem Pinguin kein Witz ist und das zweite, daß du mich eingeweiht hast. Du hast mich eingeweiht. Jetzt verbinde ich die beiden miteinander, verstehst du. Und es ist wohl logisch, wenn ich dich frage, warum du mit mir darüber gesprochen hast, warum mit mir.«

»Nur so«, sagte Marcos. »Bei diesen Sachen hat man nicht immer sehr klare Gründe.«

»Hast du es Andrés erzählt?«

»Nein, wir haben hauptsächlich über Frauen gesprochen. Ich habe den Pinguin nur erwähnt, und es schien ihn nicht besonders zu interessieren, wie du bemerkt hast.«

»Aber, du dagegen, jetzt . . . Warum? Weil ich dir vorgeschlagen habe, dich nach Orly zu begleiten? Du warst doch nicht verpflichtet. Stell dir vor, ich . . . *carajo*, Scheiße, ich finde keine Worte, Fotze.«

»Du vermischst das Argentinische mit dem Gallischen auf glückliche Weise, Polinchen.«

»Nun, ich genieße den Vorteil, nicht genau zu verstehen, was es bedeutet«, sagte Ludmilla. »Früher hat Andrés mich solche Sachen wiederholen lassen, um Patricio und Susana zum Lachen zu bringen, *concha peluda y pija colorada* und ähnliches, für mich klingen sie eigentlich ganz hübsch.«

»Sie sind hübsch«, sagte Marcos, »nur benutzen die Leute sie manchmal falsch, das verdirbt sie. Natürlich habe ich Vertrauen zu dir, das ist so ein Gefühl. Du hast keinen Grund, an irgend etwas Außergewöhnliches zu glauben.«

»Ja, aber . . . also, es stimmt, daß ich ein bißchen geholfen habe, die Zigaretten mit Susana und diese Sachen, aber daß du mir plötzlich mit dem Pinguin und den zwanzigtausend falschen Dollars kommst, das ist etwas ganz anderes.«

»Wenn es dich stört, daß ich dir davon erzählt habe, können wir es vergessen, weißt du, ohne daß irgend etwas sich zwischen uns ändert.«

»Nein, im Gegenteil. Im Gegenteil, Marcos . . . es ist . . . Scheiße, du verstehst schon.«

Marcos legte ihr die Hand auf die Schulter, er zog sie wieder zurück.

»Also, Polinchen, reden wir ganz klar darüber. Du sollst dich nicht direkt in die Sache hineingezogen fühlen. Stelle dir vor, ich habe dir davon erzählt, weil du vielleicht irgendwann mitmachen willst, aber das muß so sein, wie wenn man miteinander schlafen möchte oder spielen oder ins Kino gehen, es muß aus dir selbst kommen wie ein Hustenanfall oder wie ein Schimpfwort. Und du brauchst dich nicht zu beeilen, das vor allem. Wenn es dich nicht interessiert, reden wir nicht mehr davon. Glaube nicht, daß ich Andrés vergesse.«

»Er hat nichts zu tun mit meinen Entscheidungen«, sagte Ludmilla. »Ich habe mit Susana gearbeitet, ohne daß es ihn interessiert hätte, nicht, daß er dagegen ist, aber was ihr tut, kommt ihm kindisch vor und irritiert ihn. Ich habe mich zuerst auch nur amüsiert, aber ich fange jetzt an, die Dinge anders zu sehen. Ja, ich muß darüber nachdenken«, sagte Ludmilla und überholte geschickt einen belgischen Wagen, der zur Entrüstung mehrerer einheimischer Fahrer hartnäckig versuchte, über die drei Fahrbahnen zu wechseln.

»Du bist nicht von dort«, sagte Marcos. »Niemand verlangt von dir, daß du aus Verantwortungsgefühl und Patriotismus, zum Beispiel, mitmachst.«

»Die Direktoren des Zoos von Vincennes auch nicht«, sagte Ludmilla.

»Natürlich nicht, aber es ist nicht einfach, und man kann nicht verlangen, daß alle so denken.«

»Die internationalen Brigaden, oder?«

»Genau, sie waren nicht schlechter als die anderen, denke ich.«
»Fünf vor eins«, sagte Ludmilla, »der Pinguin wird gerade landen.«
Zum Teil deswegen und auch ganz einfach wegen Ludmilla, weil das Café in der Rue d'Odessa ruhige Ecken hatte, grüne Sitze und eine Stille, die Weißwein forderte, Zigaretten und Erinnerungen. Jetzt war es Cordoba, die Freundschaft mit Oscar in einer kleinen Hafenpension, der alte Collins, das ganze konfuse und verwirrte Knäuel, das Marcos für Ludmilla zu entwirren versuchte, Fragen oder Schweigen beantwortend, ohne sich zu wundern, daß Ludmilla wissen wollte, ob es noch andere Sorten Honigkuchen gab, ob Lonstein mit ihnen auf der Universität gewesen sei und daß in dem Augenblick, als er ihr einige Gründe nannte, die zu den Motzern geführt hatten, Ludmilla ihr Kinn auf die Faust stützte, und ihn ansah wie eine Zigeunerin über die Glaskugel hinweg, vor der schicksalhaften Weissagung.
»Ich verstehe nicht viel davon«, sagte Ludmilla, »und im Augenblick ist das auch nicht wichtig. Ich möchte nur, daß du mir eines sagst.«
»Ich weiß«, sagte Marcos. »In einer Stunde bist du wieder zu Hause und dann . . .«
»Ja. Denn ich mag nicht lügen, wenn ich es vermeiden kann und jetzt weniger denn je. Andrés hat mich nie belogen, obgleich die Vorteile dieses Systems noch unbewiesen sind. Also, da ist der Pinguin, der alte Collins und so weiter. Aber da ist auch der Eintopf, den wir heute abend zusammen essen wollen, und zwischen Happen und Happen muß man ja über etwas reden.«
»Meinetwegen kannst du ihm alles erzählen, Polinchen. Andrés gehört nicht zu uns, ich habe immer gehofft, er werde den ersten Schritt tun, aber du siehst ja. Vielleicht hätte ich ihn direkt ansprechen sollen, wie dich, vielleicht hätte er positiv reagiert, man weiß nie. In seinem Fall war es bei mir auch eine Sache der Intuition, wenn ich es nicht tat, dann eben nicht, basta. Aber du kannst selbstverständlich mit ihm reden. Er wird den Mund nicht aufmachen, ob er nun zustimmt oder nicht.«
»Sehr gut«, sagte Ludmilla. »Was mich angeht, ich weiß nicht warum, aber ich bin sehr glücklich. Sieh mich nicht so an. Ich sage immer solche Dummheiten.«

»Ich seh dich nicht darum an«, sagte Marcos, »sondern nur so, Polinchen.«

Ja, aber wer bist du, wen halte ich in den Armen, wer gibt nach und verweigert sich, klagt und fordert, wer reißt diese Stunde an sich? Und so kommt es, daß sie mit allem einverstanden ist (aber wer bist du, wen halte ich in den Armen?) Erst als ich ihr vorsichtig den Slip ausziehen will, weigert sie sich, preßt die Beine zusammen und weigert sich, sie will es selbst tun, ihre Hände müssen das Gummiband fassen und den schwach rosafarbenen Slip langsam bis zur Hüfte, zu den Schenkeln hinunterstreifen, die Beine leicht anhebend, zieht sie ihn über die Knie, dann beginnt die weiche Fahrradmaschinerie, die sanfte Tretbewegung, die den Slip zurückstößt, während die Hände wie verloren an den Seiten liegen, der Slip rollt sich auf, das mußte so kommen, unnütz, daß ich helfen will, sie besteht darauf, daß ich es lasse, sie nimmt wieder die Hände, und die Schenkel heben sich ein bißchen, bis endlich Knöchel, Füße, die letzte Bewegung, und der Slip, wie ein rosa Hündchen aufgerollt und winzig, zu ihren Füßen, die ihn wegstoßen, als sie sich ausstrecken und genau dann der Seufzer, immer genau dann der Seufzer, die Annahme der Nacktheit, mich aus den Augenwinkeln ansehend, kaum lächelnd.

Ich verstehe diese rituelle Wiederholung nicht, aber ich liebe sie, wer weiß, warum du mich dir nicht den Slip ausziehen läßt, während du dich wie ein Delphin im Bett aufbäumst, bis meine Finger mit einem einzigen Schwung das rosa Chihuahua-Hündchen wegziehen von diesen kalten und zusammengepreßten Füßen, die ich Zehe für Zehe küsse, sorgfältig lecke, dich dabei kitzele, damit du nein sagst und dich lachend aufbäumst, mich Fetischist nennst und mich wegstößt, bevor du dich an den Körper preßt, der deinen sucht, von unten nach oben, der Mund, der über deine Haut gleitet, ein unbeholfenes Glied, das an deine Knie und deinen Leib stößt und sie näßt, die Vorspiele, die bei jeder Wiederholung neu erfunden werden, auf jedem Abschnitt der Reise, dein Geruch unter den Nägeln, doppelt verlängerte Suche nach dem Gefundenen, unverständliches

Entdecken des längst Gewußten, deine Finger verlieren sich in meinen Leisten, umringen mein Glied, wir gleiten einer über den anderen, stillen diesen Durst der Haut voller Münder, vervielfältigt durch Hände und Zähne, älteste Hydra, süßer androgyner Kopffüßler, Vertauschung von Zweck und Ziel, der Mund Geschlechtsteil, der Anus Mund, deine Zunge Phallus, der mich sucht, meine Lippen Vagina, in die du ihn versenkst, Musik des Schweigens in Rotglut, Sonate, die ihre beiden Stimmen verwebt, die Schlangen des Merkurstabes, die bis zur endgültigen Auflösung steigen, der letzte Akkord, den ich nicht hören werde, denn dieses Mal wirst du ihn mir verweigern, dieses Mal und so viele andere Male wird es wie dieser Slip sein, den nur du dir ausziehst, ich werde dich zur Seite drehen, auf den Hals küssen, über deinen Rücken hinunterfahren, du wirst unbeweglich liegenbleiben, erschöpft, und unvermittelt, brauche ich mir nur vorzustellen, was ich wünsche, und ich fühle meine Kräfte sich wieder sammeln und wieder fordern, du wirst alles mit dir geschehen lassen, schwach und verloren, das Gesicht im Kissen vergraben, du läßt dich küssen, du wirst murmeln, dein Kätzchen ausgestreckt und schlaff, ich werde deine geschlossenen Augen erraten und deine Hände, vom Körper entfernt über ihm, ganz du, das Profil der Schwimmerin, die am Rand des Sprungbrettes den perfekten Sprung wippt. Ich werde über deinen Rücken hinunterstreichen, du wirst dich öffnen und streicheln lassen, du wirst die unendliche Inventur der Zunge fühlen, die bis ins Tiefste gleitet, das Saugen der Lippen, die sich an den Ring aus Feuer und Moos pressen, den sie sich zusammenziehen fühlen und nachgeben, ihn seiner täglichen geheimen Dienstbarkeit entreißen, ihn zu einer Zeremonie rufen, die mit der Routine jener zerstreuten Hand bricht, die hin und wieder hinunterreicht, um zu säubern und zu waschen, dieser beinahe Nichtexistenz entreißen, aus der nur die Krankheit ihn manchmal für aufmerksamere Finger hervorholt, Mund für spindelförmige Medikamente, für Messungen der Temperatur, und du läßt dich lecken, streicheln, befingern bis zu dem Augenblick, in dem du dich schließen, dich verweigern mußt, dich aufbäumen wirst, das nicht, du weißt genau, das nicht, du wirst dich von mir wegdrehen und aufbegehren, denn ich habe dir die Hände in die Hüften gesenkt, um dich zurückzuhalten und dich zu öffnen, du wirst mich wegstoßen, und ich werde deine zusammengepreßten Lippen sehen, den Willen, nicht nachzugeben. Ich werde diese metallharte Stimme hören, durch die die jahrhundertealten Verbote tönen und wieder werden es das Tor des Horns und das Tor aus Elfenbein sein, die Engel von Sodom, Haare im Wind, durch schützende Laken gleitend, wieder ganz du, auf dem Rücken den kanonischen Leib darbietend, dich mit ja und nein definierend, Ormuzd und Ahriman, der absurde Kirchenbann, die Grimassen des Neins, Mama, der Katechismus, die Heilige Kirche, das alles zu einem einzigen Nein angehäuft, Gazellchen nach Maß, Ebenbild deines Gottes, deines Vaterlands und deiner Familie, lächerlicher Schlüssel so vieler Dinge, Mädchen komilfo, unberührbares kleines Vorbild, amen, amen, es sei denn, daß eines Tages, es sei denn.

»Wir vertreiben uns damit die Zeit, diese Unglücksbraten aus Übersee abzuholen«, schimpfte Patricio mitten im Stau vom Boulevard Sébastopol, um sieben Uhr abends, »und Heredia mußte natürlich in Le Bourget ankommen, das ist der Tod in drei Bänden.«

»Reg dich nicht auf, Genosse«, sagte Gómez, »wem erzählst du das, ich habe gerade meine Markensammlung von Gabun in Ordnung gebracht, da rief Marcos an. Wenn du mir das Licht anmachst, lese ich dir die Nachrichten vor, dann vergeht dir die Spannung, die dir so ein Air von *piuttosto cadavérico* gibt.«

»Ich mag nicht bei Licht fahren, du, das sieht aus, wie eine Schwulenhochzeit, vor allem du mit deiner blauen Jacke, man muß wirklich Panamese sein, das schwör ich dir. Ist ja schon gut, hier hast du dein Licht.«

Argentine

DES GUÉRILLEROS INVESTISSENT UNE LOCALITÉ DE DIX MILLE HABITANTS PRÈS DE CORDOBA

Buenos-Aires. — Une quinzaine de guérilleros circulant à bord de cinq véhicules ont investi mardi La Calera, une localité de dix mille habitants, située à 25 kilomètres de Cordoba. Divisés en plusieurs groupes, communiquant entre eux au moyen de walkie-talkies et agissant, selon les témoins, avec beaucoup de sang-froid, les assaillants ont occupé le central téléphonique, le bureau des postes et télégraphes, la mairie et, après avoir soumis la garde, le commissariat de police.

»Ihr Jungen«, sagte Gómez, der dreiundzwanzig war, »denkt, wenn ihr in Hemdsärmeln geht oder im Pullover, hilft euch das, die Gesellschaft zu zerstören. Also, was sagst du zu diesen Neuigkeiten?«

»Erzähle, ich biege hier ab, diese Straße scheint etwas weniger verstopft zu sein. Also was gibt's in La Calera?«

Mit vollem Tempo legte Gómez los: »ARGENTINIEN: GUERILLAS BESETZEN EINEN ORT VON ZEHNTAUSEND EINWOHNERN IN DER NÄHE VON CÓRDOBA. Buenos Aires. – Etwa fünfzehn Guerillas in fünf Fahrzeugen besetzten am Dienstag La Calera, einen Ort von zehntausend Einwohnern, fünfundzwanzig Kilometer von Córdoba entfernt. In verschiedenen Gruppen, die sich über Walkie-Talkie verständigten, und, nach Zeugenaussagen, ganz kaltblütig vorgingen, besetzten sie die Telefonzentrale, die Post, das Telegraphenbüro, die Stadtverwaltung und, nachdem sie die Polizisten überwältigt hatten, auch die Polizeiwache.«

»Donnerwetter«, sagte Patricio, »da haben wir aber schöne Neuigkeiten für Heredia, der bestimmt wortwörtlich in den Wolken schwebt. Bei einem Einbruch in eine Bankfiliale erbeuteten sie zehn Millionen Pesos (fünfundzwanzigtausend Dollars, großer Gott, den alten Collins trifft der Schlag, wenn er bedenkt, daß die echt sind, und denke du nebenbei daran, wie das mit dem Pinguin und den Gürteltieren zusammentrifft, wenn wir so weitermachen, werden wir noch Millionäre) laß mich weiterlesen, verdammt nochmal, zu dem Zweck, die Kosten der Revolution zu decken und den Hunger der Arbeiter in den Automobilfabriken von Córdoba zu lindern. Die letzteren streiken seit Anfang Juni. Die kühne Operation erinnert an die vom achten Oktober des vergangenen Jahres, als Tupamaros Pando, eine uruguaische Ortschaft, besetzten.«

Zweifellos waren das Supernachrichten für Heredia, schade, daß sie sie ihm nicht sofort mitteilen konnten, denn sie sahen ihn schon in der Reihe der Paßkontrolle mit einem langen, mageren Typ sprechen, wahrscheinlich einem anderen Brasilianer. Heredia grüßte von weitem, schwenkte die Arme mit Aktentasche und Whiskyflasche, ein gutes Manöver, um nebenher schnell ein Augenzwinkern anzubringen, das von Patricio und Gómez entsprechend registriert wurde, die den Reisenden natürlich mit Umarmungen und Ausrufen begrüßten, die überhaupt nichts zu bedeuten hatten, während Heredia ihnen Herrn Fortunato vorstellte, der vorübergehend sein Platznachbar gewesen war und der sich äußerst beglückt erklärte. Ein Grund, weswegen Gómez sich neben Fortunato hielt, während sie das Gepäck holten, und Heredia nahm die Gelegenheit wahr, halblaut zu Patricio, der ganz Ohr war, zu sagen *attenti al piato*, das ist eine Ameise, ich erkläre dir das später. Fortunato hatte nichts dagegen, daß sie die Koffer in der Ausgangshalle ließen und sich mit einem Schluck verabschieden wollten, Heredia würde nur ein paar Stunden in Paris bleiben, und der geschätzte Landsmann hatte ihm von seiner alten Freundschaft mit Gómez und Patricio erzählt, von dem Unfug in Montmartre, das

Bohemeleben, ach, diese Jahre ohne Geld waren doch die besten, und Patricio berichtete der kleinen Reiseameise, daß Heredia die Rue Blanche entlang Unzucht und Liederlichkeit gesät habe, während Gómez, gesetzter und arbeitsamer, seine Briefmarkensammlung zusammenstellte, die die Bewunderung und der Neid der kleinen panamesischen Kolonie in Paris sei. Das von La Calera wurde auf später verschoben, obwohl die kleine Reiseameise sich plötzlich für die Nachrichten zu interessieren schien und die Abendzeitungen kaufte, während der zweite Whisky kam, aber ihre Kommentare über die Tatsache, daß in Heidelberg eine Million Studenten gegen den Besuch von McNamara demonstrierten, fanden nur ein höfliches Echo bei Gómez und Patricio und rein alkoholischen Überschwang bei Heredia, der bei seinem siebten Whisky angelangt war, schon drei Londoner Scotch geschluckt hatte und zwei über dem Ärmelkanal, und dem es ergötzlich vorkam, sich vorzustellen, daß die Studenten Scheiben und Spiegel wegen eines Herrn zerschmissen hatten, der ausgerechnet einer Bank für Wiederaufbau vorstand. Als Fortunato auf La Calera kam, auf Seite drei in *Le Monde*, war es logisch, daß er Patricio fragte, ob er das schon wüßte und Patricio antwortete, ja, alles liefe so schlecht in Argentinien, armes Land, mein Alter. Fortunato hatten die argentinischen Probleme immer stark interessiert, weil es an Brasilien grenzt, und er habe in Resistencia und Buenos Aires gelebt, und

Allemagne fédérale

A Heidelberg

UN MILLIER D'ÉTUDIANTS MANIFESTENT CONTRE LA PRÉSENCE DE M. McNAMARA

Heidelberg *(A.F.P.)*. — De violentes bagarres ont éclaté vendredi à Heidelberg à l'occasion de la conférence internationale sur l'aide au développement. Les manifestations étaient dirigées notamment contre la présence de M. Robert McNamara, président de la Banque pour la reconstruction et le développement (BIRD) et ancien secrétaire américain à la défense.

Un millier d'étudiants et de lycéens d'extrême gauche ont encerclé le grand hôtel où se tenait la conférence. Ils se sont heurtés à d'importantes forces de police, qui ont fait usage de canons à eau et de grenades lacrymogènes. De nombreuses personnes ont été arrêtées. Plusieurs blessés, manifestants et policiers, ont été hospitalisés.

sie sahen ja, er sprach recht gut spanisch, natürlich nicht so gut wie der Freund Heredia, der bescheiden abwehrte, denn er hätte nie den Akzent voller Ausrutscher und Zeitenfehler und eine Art afrikanischen Rhythmus mitten in spanischer Prosodie ablegen können, und wenn Patricio in Paris lebte, fände er es großartig, wenn man sich mal treffen und er ihm andere Argentinier vorstellen könnte, um über alles zu sprechen, aber natürlich, geben Sie mir Ihre Adresse, und ich rufe Sie an, sagte Patricio. Beim dritten Whisky, die topographischen und onomastischen Informationen des Falles waren mit großem Entfalten von Ausweisen und Notizbüchern ausgetauscht, sprach man vom Worldcup und von Pelé, was soll ich dir sagen, vom Erdbeben in Peru, der Zuckerernte in Cuba, über die Fortunato direkte Informationen besaß, während die anderen nicht besonders unterrichtet schienen und über das neue Ambiente in London, wo Heredia einen absolut orgiastischen Monat verbracht hatte, wenn man ihm glauben wollte, und man glaubte ihm. Fortunato schien das nicht sehr zu interessieren, obwohl die Sympathie seines neuen Freundes ihn verpflichtete zuzuhören und sich zu amüsieren, *Le Monde* lag bereits wie ein Lappen zusammengefaltet auf den Knien der kleinen Reiseameise, die sich nach ein oder zwei Versuchen, ihr aktuelle Themen zu entnehmen, dreingeschickt hatte, der Nachrichtenübermittlung von Heredia an seine geliebten Freunde der alten Boheme zuzuhören. Es gab keine Möglichkeit mehr, auch nur eine winzige Anspielung auf den sozioökonomischen Kontext einzuflechten, und Fortunato begriff, daß es das beste war zu gehen, aber da war nichts zu machen, Heredia hatte sich auf Erinnerungen an die Gegend Earl's Court S. W. 5 geworfen, wenn du da mal hingehst, gebe ich dir eine Liste von guten Hotels, Bürschchen, überhaupt kein Vergleich mit dieser puritanischen Stadt hier, London for ever, verdammt, Sie müssen auch ganz schön einen losgemacht haben, was, und Fortunato verneinte mit einem verständnisinnigen Lächeln, und Gómez stieß ihm den Ellenbogen in die Seite, ach, diese scharfen Cariocas, alles große Beschäler, na ja, ich bin kein Carioca, das macht aber nichts, sie waren alle so, mehr oder weniger, das ist das Klima, und Heredia in technische Details ausschweifend, wie man sie auszieht, wenn sie nicht wollen oder so tun, als wollten sie nicht, was noch schlimmer ist, weil sie einen klaren Kopf behalten und das heißt immer Nägel, Ohrfeigen und uppercuts mit dem Knie, die ganz besonders unangenehm sind, auf jeden Fall ist das, was sich am besten auszahlt, immer eine Liebenswürdigkeit, die sotto voce von der Gravitationskraft unterstützt wird, denn man würde nicht weit kommen, wenn das Mädchen nicht schon sitzt und wenn möglich auf einem Bett liegt, dann drückt Heredia sanft, während er sie zerzaust und küßt und den Büstenhalter aufmacht, denn das erlauben sie in London und überall meistens ohne allzu große Aufregung, und wenn man die Tittchen unter der Bluse frei hat, braucht man nur noch auf den Augenblick zu warten, um diese hochzuschieben und sie zu picken, zu rühmen, mit den Fingern zu umkreisen und dann mit der ganzen Hand, mit dieser unvergleichlichen und bewegenden Geste dessen, der eine Schale hält, wobei es nichts ausmacht, daß sie in diesem Fall auf dem Kopf steht, denn auch die Lippen kommen dann und trinken an dem rosigen Zipfel, der es liebt, wenn man an ihm trinkt, der sich aufrichtet und zu einem kleinen tätigen Vulkan wird, auch wenn Diana oder Jennifer nein sagt, nein, nein, nein und das Gesicht im Kissen vergräbt und ein Sturm von kupfrigem Haar Heredias Gesicht peitscht, der zärtlich mit dem Reißverschluß des Rocks angefangen hat, das ist der kritische Moment, jawohl, denn Diana preßt die Beine zusammen oder wirft sich auf die Seite oder ganz auf den Bauch, und man muß sich auf den Nacken konzentrieren, auf die Schultern und über den Rücken einen Weg kleinster Zärtlichkeiten bauen, der sie akupunktiert und sie kartographiert, mit dem Munde besänftigen, der das Ohr besucht und ganz langsam befeuchtet, am Ohrläppchen knabbert und die Dummchen flüstert, die Warum, die dreh dich um, laß mich, die Sei-doch-nicht-so, und Diana oder Jennifer seufzt und sagt nein, aber sie läßt sich umdrehen, nach und nach, und der Reißverschluß geht runter, das muß man machen wie sein Name schon sagt, zip und fertig, aber in dieser Bewegung liegt das strategische Genie, das die Austerlitz und die Chacabuco macht, denn bei einem Heredia ist alles nur ein Konglomerat aus Aktionen, der Zip saust soweit wie möglich hinunter, gleichzeitig der Rock, bis an die Schenkel, und hier weist Heredia auf eine wichtige Einzelheit hin, von der der ganze Rest abhängt, der Slip muß mit dem Rock runter, und das ist manchmal schwierig, denn Diana preßt die Beine zusammen oder es kommt vor, daß die Finger nur den Rock hinunterziehen, ohne gleichzeitig das Gummiband des Slip zu fassen zu kriegen, aber wenn man Heredia ist, fügt sich alles in eine einzige Abstiegsstruktur, wie man in *Tel Quel* sagen würde, wenn man sich dort mit diesen Fragen beschäftigte, und dann geschieht dies Wunderbare, diese von den am Kopfende des Bettes wachenden unsterblichen und neugierigen Göttern geschaffene Metamorphose, ein mit einer einzigen, geschickten Bewegung bis zur Hälfte des Schenkels heruntergezogener Slip, aber nur bis zur Hälfte und nicht nur heruntergezogen, sondern mit der gleichen Bewegung aufgerollt und das geschieht nicht etwa automatisch, nein, man muß mit der Handfläche nachhelfen, so wie man den Teig für Empanadas breitknetet, dieser Slip verwandelt sich dann in etwas, das mutatis mutandis ein paar Handschellen gleicht, denn ein aufgerollter Slip wird zu einem doppelten, elastischen Ring aus Nylon, der das Spiel der Schenkelstöße bindet, das Zerren, das Wegrollen und Kniestoßen, er neutralisiert sie wie die von den Dienern der Ordnung arrestierten Fäuste des gefährlichen Übeltäters, er macht sie zu zwei Knochen, Spindeln von lauem, rosigen unnützen Widerstand, der weiter oben zu Klagen wird, Diana oder Jennifer weiß, sie kann ihre großen seidigen abälardisierenden Scheren nicht mehr gebrauchen, und Heredia, der sich jetzt halb gegen halb darauf legt und in einem langen Kuß hinuntergleitet, der am Mund beginnt und sich auf dem Bauch verliert, den Nabel erforscht, der leicht nach Weizen und Puder riecht, zu den Brüsten zurückkehrt, die immer auf ihn warten im Verlauf dieser Vorstöße und Rückzüge, Züge und Gegenzüge, und mit einer freien Hand macht er Fortschritte bei der eigenen Entkleidung, ohne bereits den Adamszustand anzustreben, keineswegs, denn eine solche Absicht hat die Perfektionisten viele schon fast gewonnene Schlachten verlieren lassen, nur die Hose halb runter, die Unterhose, wenn es geht und wenn nicht, macht das auch nichts im Augenblick, ein heikler Augenblick, denn man muß das Gesicht und die Aufmerksamkeit Dianas mit Küssen und Händen und dem eigenen Haar, das immer hilft, zudecken, während dieses Zittern der Hüften sich einstellt, das ein letztes Nein, schon ein Ja ist, ein verzweifelter Versuch, die Schenkel von den Fesseln zu befreien, während Heredias Finger bereits über einen elektrischen Haarbüschel streichen, um in das verborgene und schwarze Territorium einzudringen, dort, wo Diana fühlt, daß es zu spät ist und sie die Beine nicht öffnen kann, und sie stöhnt, Heredia soll sie befreien, sie sagt immer noch, nein, denn sie kann nichts andres sagen, aber sie wartet darauf, daß er mit einer neuen Adlerbewegung, mit einem neuen kräftigen Rutschen des Slip die Skylla und Karybdis der Knie, wo er sich immer leicht verfängt, freigibt, bis nach unten zu den Knöcheln und dann, stop, als letzte, meistens unnötige Vorsichtsmaßnahme, denn da ist dieses tiefe Atmen, die Temperatur, die bereits alles sagen, dieses sich Aufbäumen, das langsam in die Horizontale Zurückfallen, dieses Gesicht, das sich im Profil ins Kissen drückt mit einem Schluchzer, der das ganze Einverständnis des Commenwealth resümiert, und dann schiebt man ihn am besten ganz runter, hilft sich am besten mit dem Fuß, befreit die gefangene Albertine, und wenn die Beine sich frei fühlen, bedeckt bereits das ganze Gewicht von Heredia das Territorium, das murmelt und sich regt, nein, ich will nicht, du bist gemein, du zerdrückst mich, aber schon die darwinsche Rückentwicklung, weiche, samtige Regression zum Frosch, das kadenzartige Öffnen der Schenkel, die Knie, die sich anheben, ohne daß jemand darum gebeten hätte, das unüberwindliche Feld bietet den bemoosten Schlüssel, Heredia weiß archimedisch, daß er nur einen Stützpunkt braucht und drückt die Knie in den geeigneten Zwischenraum, seine Finger gleiten hoch bis zu dem Mund, um den Speichel zu fühlen, der heute nacht das Losungswort am Ausfalltor sein wird, die Chiffre der geheimen Kombination, Diana stöhnt, die feuchte schluchzende Fröschin, und wieder einmal weiß der Syrakuser, daß er so die Welt bewegen kann, daß alles anfängt, sich zu drehen, aufzusteigen, zu schweben und sich mit allen Mitteln der Physik und der Chemie zu versenken, in einem Strom der Farben hinter den geschlossenen Lidern, unter Murmeln und Haaren. An diesem Punkt angelangt, schätzt Fortunato, es sei nun der Augenblick gekommen, sich zu verabschieden, und er erhebt sich nach ausschweifigen Welcomes und viel Glück bei den Französinnen, nicht ohne Patricio zu bedeuten, daß ihm nichts lieber wäre, als ein Wiedersehen, um mit ihm über

südamerikanische Probleme zu sprechen, ein Wunsch, den Patricio gebührend zur Kenntnis nimmt, das fehlte gerade noch.
»Was sagst du«, bemerkte Gómez. »Diese Reiseameise hat sich dir also im Aerostat in den Pelz gesetzt.«
»Laß mich ein bißchen von der Show ausruhen«, sagte Heredia, der seine Nummer nicht ohne sichtbares Vergnügen abgezogen hatte, es bietet sich schließlich nicht oft Gelegenheit, sie bis zu dem Punkt auszubreiten. »Also ihr seid dämlicher als ihr ausseht, es war doch klar, daß ich nicht am Daumen lutsche und auch meine kleinen Informationen habe. Erinnerst du dich noch an Ruy Moraes, der einmal in Buenos Aires mit einem Koffer voller Pistolen ankam? Er ist in London, arbeitet für Lamarca, nebenbei hat er mir ein paar sichere Tips gegeben, die Marcos gefallen werden, die Ameise versuchte sich auf einem Fest bei Freunden einzuführen, du weiß ja, wie die Leute das anstellen, und Ruy zeigte ihn mir hinter einem Glas Gin und dem Hintern einer hübschen Negerin. Es waren so viele Leute auf der Party, daß die Sicht nicht sehr gut war, aber ich sah immerhin seine ägyptische Hakennase. Aus Gründen der Sicherheit ging ich schon, bevor er mir vorgestellt werden konnte, und da siehst du es, heute treffe ich ihn im Flugzeug. Er setzte sich neben mich und fing an mit, Entschuldigen Sie, ich könnte glauben, Sie sind auch Brasilianer und so weiter. Ich machte mir einige Sorgen, Marcos könnte mich abholen und du kannst dir vorstellen, daß ich nicht besonders beglückt war, als ich euch sah, aber, Gott sei Dank, seid ihr doch nicht so dämlich wie ihr ausseht.«
»Gehn wir gleich zu Marcos«, sagte Patricio.« Du hast von La Calera ja nun schon gehört, wir hatten es für dich aufgehoben, aber die Reiseameise, immer liebenswürdig und hilfsbereit, kam uns zuvor, der Hurensohn, und selbst auch ein Schwein.«
»Ihr müßt vorsichtig sein, du«, sagte Heredia. »Aber auf jeden Fall weiß der Typ nicht mehr, was er von uns denken soll, jeden Fortunato erreicht einmal sein Montresor.«
Das sagte er mehr für sich selbst, denn weder Gómez noch Patricio waren sehr belesen, als Beweis dafür sahen sie ihn an, als sei er ein Glyptodont, darauf die Koffer und hopp, kurzes Absuchen des Horizonts, selbstverständlich völlig frei von Ameisen bei soviel technologischem Fortschritt und Türen, die sich öffnen und schließen, wenn man sie nur von weitem ansieht.

»Du willst also deine Beitrittserklärung ausfüllen«, sagte ich.
»Ja. Das Theater läßt mir genügend Zeit für andere Dinge, und in den letzten Monaten habe ich mich nicht besonders amüsiert.«
»Ich weiß, Polinchen, ich weiß. Ich vernachlässige dich, ich streune so herum und gehe nicht mit dir die Bären ansehen.«
»Nimm dich nicht so wichtig«, sagte Ludmilla und bedrohte meine Wade mit dem recht spitzen Absatz ihres Schuhs. »Ich kann allein spielen, aber das ist jetzt etwas anderes, kein Spiel, das vielleicht zu irgend etwas gut ist, man kann nie wissen.«
»Stimmt, Ludmilla, und außerdem hast du Pinguine schon immer gern gehabt.«
Ludmilla fuhr mir mit der Hand über das Gesicht, küßte mich in den Nacken und nahm mir die Zigarette fort. Ihre Seepferdchengewohnheiten, ihr Geruch nach frischem Haar, die fröhliche Unordnung all ihrer Bewegungen; wir rauchten gemeinsam, tranken aus einem Glas Wein; ich dachte, wie gern würde ich *Prozession* hören, hier in Reichweite meiner Hand, aber zugleich wollte ich lieber Ludmilla zuhören, die mir die Expedition nach Orly erklärte, unter zwei Lachanfällen und unglaublichen Bifurkationen und Abschweifungen, zum ersten Mal der Eindruck, daß irgend etwas sich in der Perspektive veränderte, plötzlich bestimmte Züge, Richtungen, Fluchtlinien (wahrscheinlich war das letzte wörtlich zu nehmen), ein bestimmtes Gefühl, daß Marcos und Patricio und die anderen sich greifbaren Dingen entgegenstellten, daß Marcos nicht mehr der phlegmatische oder abwesende Besucher von heute morgen war. Natürlich hatten weder Ludmilla noch ich eine klare Vorstellung von diesen Motzern, wir ahnten kaum, was Lonstein die Epipheloge und die Prologomaden genannt hätte, aber es hatte genügt, daß etwas in mir Ludmillas Annäherung an die Motzer spürte, damit die ganze abstrakte Absurdität sich konkretisierte, ein brüskes »der Spaß ist zu Ende«, das mich rückwirkend veränderte, es setzte mich in eine andere Position gegenüber Marcos und den anderen, vor allem gegenüber Ludmilla, die bald das zerbrochene Geschirr würde bezahlen müs-

sen, sich mit ihrer polnischen Unschuld in namenlose Schwierigkeiten bringen würde, die kleinen Pfötchen mitten in der kochenden Suppe, verdammte Hurensöhne. Er dachte das übrigens voller Sympathie, beinahe zärtlich, denn er liebte Patricio und Marcos und Gómez, jetzt geschah wirklich etwas, der große Schlag begann (Gürteltiere und türkisblaue Pinguine, ich bitte dich, Polinchen); jetzt machten die Motzer ernst, und was auch immer dabei herauskam, dies war etwas ganz anderes als der Aufschrei im Kino und die angebrannten Streichhölzer. Wer weiß, was für ein Gesicht Andrés bei diesen seinen Gedankengängen gemacht hat, denn Ludmilla sah ihn an und streichelte ihm wieder die Wange, eine Geste, die unvermittelt abbrach, weil sie plötzlich beide Hände brauchte, um sich an den Kopf zu fassen:

»Die Probe um halb acht! Mein Gott, das habe ich völlig vergessen!«

»Weine nicht, mein Kätzchen, nimm noch ein Schlückchen mit deinem Sünder Andrés, der die Qualen der Zeitgeschichte nicht begreift, und erzähl mir noch etwas von den Ameisen.«

»*Choncha peluda y pija colorada!*« sagte Ludmilla, »dieses Mal bringen sie mich bestimmt um!«

»Bah, es lohnt sich nicht, die Hände zu ringen, Kleines, du kommst doch erst an, wenn alle tot sind oder verheiratet, am besten essen wir den Eintopf, er ist gut geworden, ich schwöre es dir, ich habe alle deine Anweisungen befolgt, Kraut für Kraut.«

»Du hast recht, sollen sie doch zum Teufel gehen«, sagte Ludmilla, »sie hätten mich ja ruhig anrufen können, oder.«

»Sie haben dich angerufen, um sechs Uhr, Liebste, das war das erste, was ich dir sagte, als du vom Empfang des Pinguins zurückkamst.«

»Dann bin ich geliefert, aber die Emotion ist schuld, die Dollars . . . ach, diese Ameisen, natürlich erzähle ich dir davon, aber vorher muß ich mich beruhigen, gib mir einen Schluck, irgendeinen, wie geht es Francine?«

»Gut«, sagte ich mit dem gleichen unvermeidlichen Tonwechsel, der in ihrer Stimme war, diese diagonale Art, Frage und Antwort loszulassen, zurück in den Sumpf, das unnütze Pingpong.

»Ich dachte, du wolltest zu ihr gehen«, sagte Ludmilla, »das dachte ich, als du zu Marcos sagtest, du würdest nicht mitkommen nach Orly.«
»Erzähle mir von der Ankunft des Pinguins.«
»Seit wann interessieren dich Pinguine.«
»Gut, sprechen wir also von Michelangelo. Ach, Ludmilla, warum nur

Unterbrechung durch höhere Gewalt

Der Besagte wird ungeduldig, weil wir kein Ende finden mit Francine und dem Eintopf und der traurigen Ludmilla und anderen Filigranen liberaler Mentalität, die abtriftet und für nichts und wider nichts (ja, ja, denke ich, du hast es nötig, mit fortschrittlichen Ideen aufzuwarten, du, der du noch viel schlimmer bist) und obendrein keinerlei zusammenhängende Erklärungen über den VIP, die Ameisen und die Motzer, weswegen zunächst der Besagte folgendes maginiert (mehr von imaginieren als von Magie)

VIPISCH-AMEISISCHES ORGANIGRAMM

N.B.: wie alle Organigramme ist dieses nicht besonders verständlich.

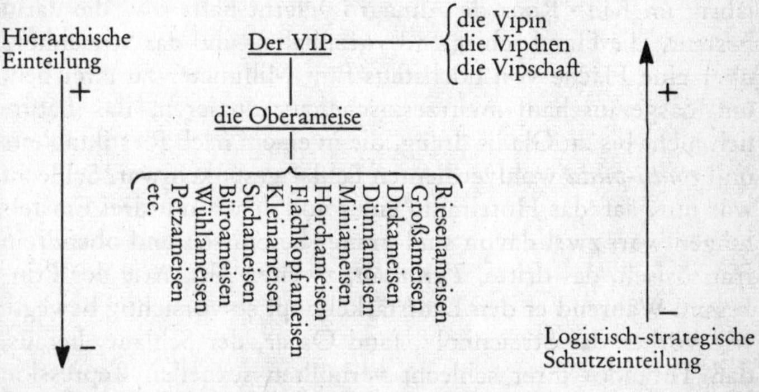

Der Besagte hatte eine Art Roboterporträt des VIP benutzt, das von Gómez und Lucien Verneuil hergestellt worden war und aus diesen Zeilen bestand:

1. Der VIP ist Südamerikaner (Argentinier? Bolivianer? Verschiedene Optionen in alphabetischer Reihenfolge).
2. Der VIP ist omni:
   – potentiell
   – lunar (astrales Detail, das Lonstein für so wichtig wie unheilvoll hält)
   – potent (Geld, das aus der *supra* angenommenen alphabetischen Reihenfolge stammt via [Arbeitshypothese] OAS, CIA, BIRD, Nelson Rockefeller, Stiftungen usw.)
3. Der VIP operiert in Europa
4. Eine paramilitärische Gruppe schützt den VIP: die Ameisen, von der Oberameise befehligt. Im Fall der Ameisen gilt fast die Totalität der ökologischen Ordnung (Fortunato zum Beispiel ist Brasilianer, und von der Oberameise wird angenommen, sie sei Salvadorenser, obwohl ihre Identität ungewißt bleibt).

Puccinisches Intermezzo

Das Zimmer 498 hatte ein Radio auf dem Nachttisch, und Oscar machte es an, mit aller Vorsicht, um Gladis nicht zu wekken, die à la Baby Doll einen Finger im Mund hatte und auch wie Baby Doll den Popo herausstreckte, nur völlig nackt war. Er setzte sich im Bett auf, zündete sich mit der Schützengrabentechnik aus dem Krieg 14/18 eine Zigarette an, die er dreizehnjährig im Kino Roca de Almagro gelernt hatte und die darin bestand, die Hand schirmend vorzuhalten und das Streichholz über eine Fläche von höchstens fünf Millimeter zu streichen, um dasgeräuschaufeinkurzeszischenzureduzieren, das natürlich nicht bis zu Gladis drang, die in einem nach Plastiktabletts und *pudú-pudú* wohlverdienten Schlaf gesunken war. Schlecht war nur, daß das Hotelradio eines von denen mit drei Einstellungen war, zwei davon sind immer beschissen und obendrein französisch, das dritte, *Turandot*, zweiter Akt, Arie der Prinzessin. Während er den Lautstärkeknopf so vorsichtig bewegte wie vorher das Streichholz, fand Oscar, der Schlaue, heraus, daß Turandot ihrer schlecht verhüllten sexuellen Repression Luft machen konnte, ohne daß Gladis geweckt würde, und sich auf ein wunderbar weiches Kissen zurücklehnend, ließ er sich vom Tabak und von der Musik tragen, die Unwirklichkeit dieser Stunde, in der nur Gladis ihn noch mit der anderen Seite der Welt verbinden konnte, dieses Argentinien war plötzlich unglaublich weit fort und verloren, die Pension von Doña Raquela, die wer weiß was hier zu suchen hatte und ganz plötzlich die kleinen Brüste der Moña, zwischen Jasmin und Vollmond. Er war nicht ganz wach, die Puccinische Melodie, die er kannte, seit seiner Kindheit liebte, war ein bißchen der Duft des Jasmins von Santos Pérez, und ein bißchen der Geruch der schlafenden und zufriedenen Gladis, ein Geruch vor der Dusche und der Verkündung der drei Rätsel, die Erinnerung an etwas wer weiß wo Gelesenes, Toscanini, der in Mailand die Generalprobe von *Turandot* dirigierte und das Orchester nach der Selbstmordszene von Liù anhält, um mit tränenüberströmtem Gesicht zu sagen: »Hier hat der Meister aufgehört zu schreiben, als er hier angelangt war, starb Puccini«, und die Musiker erhoben sich zu einer Schweigeminute, alles, damit Oscar nebenher erfuhr, daß Franco Alfano die von Puccini hinterlassenen Aufzeichnungen benutzt hatte, um *Turandot* zu beenden, unmöglich sich nicht zu fragen, bei wie vielen Dingen das so gewesen war, den Statuen in Museen, die man bewundert, ohne zu ahnen, daß ein Drittel rekonstruiert ist, den Skeletten des Diplodocos, aufgrund eines winzigen Zehenknöchelchens rekonstruiert, Ameghino, so etwas und auch die Nachrichten in den Zeitungen, aus reinen Pappkameraden gezimmert, Heiminsassinnen rissen eine Öffnung in das Gitter vor dem Küchenfenster und ließen sich von hier aus auf ein ödes Grundstück hinunter, was auf die Straße 41 führte, wer weiß, ob die Öffnung nicht schon da war, ob die Mädchen wirklich über ein ödes vom Vollmond beschienenes Grundstück geflohen sind, wild auf die Mauer zurennend, zum Karneval auf der anderen Seite, verzweifelt vor Entfremdung und Anhäufung von fettigen Suppen und Ohrfeigen oder anderen subtileren pädagogischen Beleidigungen. Warum, zum Teufel, komme ich immer wieder darauf zurück wie eine Fliege aufs Fleisch, sagte sich Oscar, der keine Vorurteile hatte Metaphern betreffend, aber das war keine Metapher, das kam auf andere Weise zurück, als gehorche es einer dunklen Ähnlichkeit, und Turandot versprach in der letzten Wiederholung der Arie Liebe oder Tod, dieser wunderbar schlichte Satz, den Andrés unerträglich und platt gefunden hätte nach *Prozession*, welches Werk er schließlich doch ruhig hatte anhören können, während Ludmilla auf dem Sofa zusammengerollt der Musik auf ihre Weise folgte, das heißt, Gedichte von Lobicz-Milosz lesend, für den sie eine rückläufige Neigung zeigte.

Hin und wieder interessierte es den Besagten, Andrés gleichsam auf einem Dach gegen zwei Wasser hocken zu sehen; zu anderer Zeit wäre er in der Lage gewesen, eine Karteikarte auszufüllen über die Annäherung zwischen Leuten wie Andrés und zum Beispiel Henry James, gleichermaßen auf der Kippe zwischen der Welt seiner Generation, und den ersten Erschütterungen durch Telefon, Automobil und Guglielmo Marconi. Aber jetzt interessierte ihn bei jemandem wie Andrés mehr eine andere Art Grenzsituation; auf der Ebene des Bewußtseins rief diese Gleichgewichtssituation im eigenen Leben selbstzerstörerisches Verhalten, wahrhafte Zerfleischung von Catoblepen hervor, fast immer lächerliche Versuche des Bruchs auf sprachlicher Ebene, im privaten Leben mit ideologischen Strömungen, was alles dazu neigte, ziemlich diffus zu werden, ein Augenblick, den der Besagte dann dazu benutzte, die Lupe zu heben und etwas zu murmeln wie, warte bis Mao dich packt, und du wirst schon sehen, ob Francine oder ob die gefühlsmäßige Befreiung, oder ob dein Sessel mit Stereokopfhörern.
Mir erschien das alles so offensichtlich wie dem Besagten, vor allem nach dem Traum von Fritz Lang, der, wenngleich absolut unverständlich, zugleich eine andere dunkle Form dieser Sackgasse mit dem Doppelnamen Ludmilla und Francine war. In dieser totalen Finsternis war alles sonnenklar, denn damals zerschellte ich täglich an der starrsinnigen Notwendigkeit, die Gerade als kürzeste Verbindung zwischen zwei Punkten zu liquidieren, jede nicht-euklidische Geometrie erschien mir anwendbarer auf mein Lebens- und Weltgefühl, aber wie sollte ich das Ludmilla oder Francine verständlich machen, von all dem Herumstreifen und all den Worten blieb nichts als Übelkeit und Frustration, die Vorwürfe immer innerhalb orthodoxer Linien, die Reue und der schlechte Geschmack im Mund, Sklave meiner westlichen und kleinbürgerlichen Taufe, das Gefühl, daß irgend etwas zu tun sei und nicht getan worden war, eine aufgeschobene Aufgabe, der schwarze Fleck zwischen dem Augenblick, in dem der Kellner mich in den Saal führte, wo man auf mich wartete, und dem Augenblick, in dem ich wieder

herauskam, etwas wissend, das ich vergessen hatte, etwas tun müssend, das ich nicht tun konnte, da ich mich nicht daran erinnerte. So jeden Tag und natürlich das wachsame Über-Ich, die Suprastruktur des Täglichen, das sich mit Ellenbogengewalt festsetzte, der Mann zu Pferde auf dem Dach, im Versuch, die Welt von Ludmilla und die Welt von Francine (und mehr, viel mehr noch als das, eine totale Windrose, die jede lokalisierbare Neigung des Horizonts aufzeichnen möge) zu vereinbaren, bis er irgendwann mit der Hand des äußersten Wunsches eine Welt Ludmilla Francine berührte, und natürlich bei jedem Schritt der Prellbock der Zweiheit, der unvereinbare doppelte Blick von der Höhe dieses Daches gegen zwei Wasser.
»Weißt du«, sagte Andrés und goß Ludmilla neuen Wein ein, träumte die Platte *Prozession* fort und suchte die Pfeife, »weißt du, Polinchen, als Junge faszinierte mich diese alberne Angelegenheit, das Reiten, die Fortbewegung, bei der man beinahe gleichzeitig den Verschiebungen der doppelten seitlichen Landschaft beiwohnt, Rancho zur Linken, Pappelallee zur Rechten, zerfallenes Haus links, ein hübscher Bach rechts und vor einem fast nichts, die beiden Pferdeohren, der Horizont, der sich schon von weitem in links und rechts einteilt, man weiß, daß irgendwann dieser in der Mitte stehende Ombubaum zur Linken bleibt, während die kleine Schleiereule auf dem trocknen Stamm eine rechte kleine Schleiereule sein wird, auf der Glückseite, und ihren unverdienten Ruf Lügen strafen wird.«
Ludmilla hatte ihr Buch mit den litauischen Gedichten geschlossen und sah mich mit Augen an, die noch etwas in einer Welt der Bilder verloren waren, die wenig mit dem zu tun hatten, was sie sah, mit diesem aus einer Musik von Stockhausen zurückgekehrten und lustlos wiederkäuenden Mann, denn, siehst du, Ludmilla, das Schlimme ist nicht die Wahl, jeden Tag wählen die Menschen mehr, es ist unvermeidlich, du wirst dich auf die Motzer werfen, und ich habe für die arabischen Länder Partei ergriffen, cum grano sablis, das stimmt, und nur geistig, das stimmt noch mehr, das Schwierige oder Gefährliche ist nicht das, obwohl es alle möglichen Probleme mit einbezieht, und meins mit den arabischen Ländern ganz besonders auf Sand geraten ist, das Unangenehme bei jeder Scheidung der Wasser, geliebtes Kind, ist, daß nur die Naiven glauben, man

teile sie mit dem Messer, so daß dieses hierhin gehört und das dorthin. Natürlich verstehst du kein Wort von dem, was ich sage, Polinchen.«

»Wie soll ich dich verstehen«, flüsterte Ludmilla, kam näher und griff mir ins Haar, bis ihre Nägel mir wie einem Kater den Kopf kratzten, etwas, was mir schon immer eine ganz besondere Lust bereitet hat, »wenn du am Ausgang des Tunnels zu sprechen anfängst, du gräßlicher Vogel. Und trotzdem, bewundere meinen Scharfsinn, denn ich glaube, ich kann dir folgen, und du brauchst den Michelin nicht erst hervorzuholen.«

»An sich ist es nicht schwierig, Ludlud, ich dachte, das Problem der Wahl, das immer mehr zum Problem dieses verrotteten und wunderbaren Jahrhunderts wird, mit oder ohne Dirigenten Sartre, um es in geistige Musik zu setzen, besteht darin, daß wir nicht wissen, ob unsere Wahl mit sauberen Händen vollzogen wird. Ich weiß, wählen ist bereits viel, selbst wenn man sich irrt, es gibt ein Risiko dabei, einen zufälligen oder genetischen Faktor, aber letzten Endes ist die Wahl ein Wert an sich, sie bestimmt und bestätigt. Das Problem ist nur, und ich denke dabei an mich, daß ich, wenn ich wähle, was ich für eine befreiende Haltung, eine Erweiterung meines Horizonts halte, vielleicht Regungen gehorche, Zwängen, Tabus oder Vorurteilen, die gerade von der Seite ausgehen, die ich verlassen will.«

»Blup«, sagte Ludmilla, die das immer sagte, um mich zu ermuntern.

»Wollen nicht viele von uns die bürgerlichen Formen zerbrechen aufgrund von ebenso bürgerlichen Sehnsüchten? Wenn du siehst, daß eine Revolution nicht lange braucht, um eine Maschinerie psychologischer oder erotischer oder ästhetischer Unterdrückung in Gang zu setzen, die beinahe symmetrisch mit der angenommenermaßen zerstörten Maschinerie auf politischer und praktischer Ebene übereinstimmt, dann fragtst du dich, ob man nicht die Mehrzahl unserer Wahlen etwas genauer betrachten sollte.«

»Nun, das wäre besser als die eigene Nabelschau, die du betreibst; versuchen sollte man eine Art Superrevolution, jedes Mal, wenn sich die Gelegenheit bietet und, zugegeben, das ist jeden Tag.«

»Natürlich, Ludmilla, aber man müßte diese Infiltration des

Abgeschafften in dem Neuen deutlicher aufzeigen, denn die Kraft der übernommenen Ideen ist erschreckend. Lonstein, der, wie du weißt, aus der Masturbation eine Kunst entwickelt hat, obgleich ich nicht glaube, daß er mit dir je darüber gesprochen hat, zeigte mir einmal einen wissenschaftlichen Text aus der viktorianischen Zeit mit der Beschreibung der Symptome eines wichsenden Jungen, die ganz genau mit der übereinstimmt, die unsere Eltern und Lehrer im Argentinien der dreißiger Jahre uns gaben. Ränder um die Augen, gelbliche Haut, stotternd, feuchte Hände, scheuer und ausweichender Blick, etc.; das Bild überlebt bestimmt noch heute in der Vorstellung vieler Leute, obgleich die Mutation der Generationen es bald ausrotten wird. Lonstein lachte, denn er entsprach zwischen elf und fünfzehn nicht nur niemals diesem Bild, sondern er erinnert sich sehr gut, daß er sich damals für eine wunderbare Ausnahme hielt und äußerst zufrieden war darüber, daß sein Alter ihn nicht von dieser Seite schnappen konnte; das heißt, wenn du genauer hinsiehst, daß in ihm doch eine Annahme des traditionellen klinischen Bildes stattgefunden hatte, die ihn dazu führte, seinen eigenen Fall als eine privilegierte Ausnahme zu betrachten.«

»Ich habe mich mit elf Jahren einmal mit einem Kamm masturbiert«, sagte Ludmilla, »verdammt, das wäre beinahe schlecht ausgegangen, ich muß verrückt gewesen sein.«

»Die Kämme sind dazu da, daß brave Kinder Seidenpapier darum legen und dann fröhliche Melodien darauf spielen, vergiß das nicht. Und da wir schon bei der Sexologie sind, das besagte Buch spielt auch auf eine andere Sache an, die mich in den freizügigen Romanen von Sade abwärts immer besonders interessierten, und das ist die Geschichte von der Ejakulation der Frauen/Ejakulation der Frauen?/Genau, meine Liebe, du hast wohl nie *Juliette* gelesen oder ihre zahlreichen Nachkommen./Ja, also nein, *Juliette* nicht, ich konnte sie nie bekommen, aber *Justine.*/Das ist dasselbe, nur schlechter, aber auch da ejakulieren die Frauen, und die tieferen Gründe dieser von allen medizinischen Größen der Zeit geteilten Überzeugung sind ein anderes Problem, das zur sexuellen Diskriminierung gehört und zur Vorherrschaft einer maskulinen Welt, die zum nachzuahmenden Vorbild wird, und so akzeptiert oder erfindet sogar die Frau eine eigene Ejakulation, die der Mann seinerseits als gegeben hinnimmt, zumal er es ist, der das Vorbild aufzwang./Was du nicht alles weißt./Nicht ich, ein gewisser Steven Markus, ein Kenner der Materie, aber darum geht es nicht, sondern darum, daß ich einmal mit einem französischen Geiger sprach, einem Freund libidinöser Vertraulichkeiten, und er mir von einer seiner Geliebten erzählte, einer geheimnisvollen Kaukasierin namens Basilique, und er sagte, sie liebte mit einer solchen Heftigkeit, daß sie am Ende so stark ejakulierte, daß seine Schenkel ganz eingeschmiert waren./Blub./Stell dir das vor, dieser Bursche wußte viel mehr von Frauen als ich, und trotzdem schien er zu glauben, Basilique sei ganz einfach die höchste Manifestation einer Erscheinung, die er bei allen für natürlich hielt. Ich hatte keine Lust, ihm das Problem darzulegen, aber du siehst, wie manche Vorstellungen die Barriere überspringen und auf der anderen Seite weiterwirken können, selbst in einem Typ, der erfahren ist. Ich frage mich, ob ich die Dinge, die ich in mir verändern möchte, nicht ändern will, ohne im Grunde viel zu ändern, ob, wenn ich glaube, etwas Neues zu wählen, meine Wahl nicht auf geheimnisvolle Weise von all dem gesteuert wird, was ich zurücklassen möchte.«

»Auf jeden Fall wählst du und wie«, sagte Ludmilla, und ich fühlte, wie sie sich wie ein Lappen zusammenfaltete, in zwei, vier, acht. Ich küßte und kitzelte sie, ich drückte sie bis sie protestierte, immer denkend, immer redend, immer Andrés verdoppelt, aus sich selbst herausgestiegen, mich küssend, mich kitzelnd, mich drückend, bis ich protestiere, immer denkend, immer redend, hör zu, Ludlud, ich weiß, das ist alles Francine, hör zu, Ludlud, ich gehe und suche, ich muß raus und suchen, dann Francine oder jene Reise nach London, als ich dich versetzte, weil ich allein sein mußte, aber entscheidend wäre zu wissen, ob ich wirklich etwas suche, ob ich wirklich etwas suchen gehe, oder ob ich nichts weiter tue, als mein kulturelles Erbe, meinen bürgerlichen Okzident, mein kleines verachtenswertes und wunderbares Individuum vorzuziehen.«

»Ah«, sagte Ludmilla, »da du selbst darauf zu sprechen kommst, ich glaube nicht, daß du dich viel verändert hast, seit du angefangen hast, auf die Suche zu gehen, wie du sagst. Eher umgekehrt, quod erat demonstrandum, schluck das.«

»Hm«, sagte Andrés und suchte die Pfeife, was bei ihm immer ein Aufschubmanöver war. »Warum hast du dich dann verändert?«
»Weil du mich enttäuschst, weil du unglaubwürdig bist, weil du im Grunde sehr gut weißt, daß du nichts verändern willst, daß diese Pfeife immer deine Pfeife sein wird und wehe dem, der was gegen sie vorbringt, und gleichzeitig bist du bereit, dieses Haus kaputtzumachen auf die gleiche Weise, wie du das von Francine kaputtmachst, denn jeder Schlag hier oder dort wirkt zurück auf die andere Seite, ohne daß wir miteinander telefonieren müßten, um die Neuigkeiten zu erfahren.«
»Ja«, sagte Andrés, »ja, Ludlud, aber das sind zwei Häuser, und bei deiner Metapher bleibend, versuch mich zu verstehen, zwei Häuser sind sechzehn Fenster und nicht acht, sind ein anderer Geschmack in den Soßen, ein Fenster, das nach Norden geht und eins nach Osten, und dergleichen.«
»Dir nützen jedenfalls deine Allgegenwärtigkeit und deine sechzehn Fenster recht wenig, du selber ahnst das bereits, aber unterdessen gibt es Dinge, die nie mehr so sein werden wie vorher.«
»Ich wollte, daß du verstehst, ich erwartete eine Art Mutation in der Form sich zu lieben und sich zu verstehen, ich dachte, wir könnten das Paar aufbrechen und es gleichzeitig bereichern, und daß sich nichts in den Gefühlen ändern würde.«
»Nichts sollte sich ändern«, wiederholte Ludmilla, »da siehst du, daß deine Wahl nichts Grundlegendes ändern sollte, es war und ist ein luxuriöses Spiel, eine Forschungsreise rund um ein Wasserglas, eine Tanzfigur, und man steht wieder auf demselben Platz. Aber bei jedem Sprung hast du etwas zerbrochen, und jetzt kommst du damit, daß du nicht einmal mehr sicher bist, ob du sie zerschlägst, um etwas zu verändern. Es besteht kein großer Unterschied zwischen dir und Manuel.«
»Eine Sache ist nützlich an diesem Gespräch, Polinchen, nämlich, daß du es sehr schnell entheiligst, du siehst es von Manuel her, zum Beispiel. Du hast vollkommen recht, ich problematisiere überflüssigerweise und schlimmer noch, ich bezweifle das Problem selbst. Hab kein Mitleid mit mir, weißt du.«
Ludmilla sagte nichts, aber sie fuhr mir wieder mit der Hand übers Gesicht, beinahe ohne meine Haut zu berühren, und das

war etwas, das allergrößte Ähnlichkeit mit dem Mitleid hatte. Nun ja, wer weiß, welche von beiden mehr Mitleid hatte, denn auch Francine sah mich manchmal an wie jemand, der trösten möchte und sich dann sagt, es ist unnütz, denn er leidet ja nicht einmal, da ist jene andere Sache ohne Namen, die ich nicht aufhören kann zu suchen oder zu sein, also, da capo al fine. Nichts nahm je ein Ende, denn wir hatten alle recht, unser Recht. Nichts hörte auf, aber auch nichts schien neu zu beginnen; am Ende jedes Dialogs mit Francine, mit Ludmilla öffnete sich eine neue ungewisse Frist, in der Zärtlichkeiten und Lächeln wie flüchtige und höfliche Besucher auf Zehenspitzen kamen; sich überzeugen also, sich überzeugen (und nein unmöglich, das zu akzeptieren: über das Dach bis ans Ende weitergehen, sich das Genick brechen aber weiterreiten, auf dem Dachfirst, zwischen zwei Welten, sie zu einer einzigen machen wollen oder zu zehntausend) sich also überzeugen, daß das Dreieck: Figur aus drei Linien, die sich gegenseitig schneiden. Nein. Auch wenn sie sich schneiden, und wie sie sich schneiden, vor und nach den Zärtlichkeiten. Nein, Euklid, nein, verdammt nochmal.

Es ist beinahe unglaublich, daß so viele Ausländer in einem Appartement in Paris zusammenkommen können, ohne daß die Portiersfrau etwas dagegen unternimmt, daß verschiedene Subjekte sich einfinden und in der überwiegenden Mehrzahl nach Mossjö Lonstein fragen, als ob sein Name nicht unten an der Haustür stünde, ganz davon zu schweigen, daß ihre Fragen meist in einer Sprache gestellt werden, die nur sehr wenige französische Portiersfrauen sich herablassen zu verstehen, aber in diesem Fall macht die Dicke nicht nur keinerlei Ärger, sondern ist sogar noch glücklich und zufrieden; Oscar und Gladis zum Beispiel, die zum ersten Mal hierher kommen, zeigt sie die Treppe hinten im Hof und begleitet sie bis zum ersten Absatz, Herr Lonstein hat bestimmt heute Geburtstag, und es ist gut so, daß die Menschen hin und wieder Geburtstage feiern, denn es bleibt uns nicht mehr viel, worüber wir uns freuen können bei all den Kriegen und den Überschwemmungen, am Samstag im Loiretal, wo ihre Mutter lebt, zwischen lauter Obstbäumen, stellen Sie sich vor, so ein Unglück. Oscar ist natürlich bei diesem oratorischen Überschwang sprachlos, und es ist an Gladis, die oh oui, bien sûr, mais certainement einzulegen, gefolgt von vielen merci beaucoup, vous êtes trop aimable und anderen Schmiermitteln einer Gesellschaft, in der niemand einem anderen auf der Treppe begegnet, ohne um Verzeihung zu bitten, ich schwöre dir, es stimmt, sagte Gladis, als sie klingelte, du nimmst mich auf den Arm, Mädchen, obgleich ich sagen muß, daß mich das viele Händeschütteln, an einem einzigen Tag, aus allen möglichen Gründen, verblüfft.
Die arme Dicke irrt sich mit dem Geburtstag des kleinen Rabbi aber auch wieder nicht so sehr, denn schließlich entwickelt sich eine Art Fest, auch wenn man die Gründe dafür nicht kennt (da kommen Gómez und Monique und lassen die Treppe von Getrampel, Ausrufen und völlig sinnlosem Gelächter erzittern); jedenfalls waren im Laufe des Nachmittags Marcos und Heredia bei dem kleinen Rabbi vorbeigekommen, die Container waren gebührend enthüllt worden, und die Dollars warteten an irgendeiner anderen Stelle in Paris auf ihre Stunde. Wenn die

Ameisen also eine Untersuchung vornehmen sollten, sind in allen Ecken und Winkeln nichts als Weinflaschen und Lateinamerikaner zu finden; der Besagte, der als einer der ersten kam, hat den Eindruck, die Dicke habe es ganz richtig getroffen und hier sei eine Art Geburtstagsfeier, vielleicht des Pilzes, der immer noch das Hauptgesprächsthema des kleinen Rabbi ist, aber nach kurzer Zeit wird die Sache für den Besagten kompliziert, denn die Gleichzeitigkeit ist nicht seine Stärke. Und man weiß sehr wohl, daß es bei spanischsprachigen Zusammenkünften absolut nicht darum geht. zuzuhören, sondern darum, sich hören zu lassen, unumgängliches spanisches Erbe, wodurch die einzig mögliche Methodologie, wie immer, die Verfälschung der Realität ist, das Gleichzeitige im Nacheinander aufzunehmen, mit allen dazugehörigen parallaktischen Verlusten und Irrtümern.

ACCORD ENTRE BUENOS-AIRES ET LONDRES SUR LES ILES FALKLAND

Londres (*A.F.P.*). — A l'issue de négociations laborieuses, les gouvernements britannique et argentin se sont mis d'accord le 1er juillet pour « geler » la question de la souveraineté sur les îles Falkland (Malouines). Situé au nord-ouest de la Terre-de-Feu, et colonie britannique depuis 1834, l'archipel est revendiqué par l'Argentine.

Aux termes de l'accord, le gouvernement de Buenos-Aires permettra aux deux mille habitants des îles — isolés jusqu'à présent du continent sud-américain — de se rendre librement en Argentine. Ils y seront exempts du service militaire et jouiront de certains avantages fiscaux et douaniers.

D'autre part, le gouvernement argentin s'engage à établir des services aériens réguliers, ainsi que des communications postales, téléphoniques et télégraphiques, entre l'Argentine et l'archipel. La Grande-Bretagne se charge, de son côté, de créer un service de navigation entre Port-Stanley, capitale de l'archipel, et le continent.

Aber sieh dir die dort an, sagte Lonstein düster, man lädt sie zu etwas Wichtigem ein und das einzige, was ihnen einfällt, ist, über die Motzer zu reden, seit eineinhalb Stunden dispuschieren sie über das VIP-Kidnapping. Aber hattest du denn noch nichts davon gehört? wundert sich der Besagte. Aber doch, lieber Himmel, aber die sollen die Sache während der Bürostunden erledigen. Na, ja, da ich mich schon bereit erklärt habe, den Pinguin zu beherbergen, kann ich sie auch noch ein bißchen länger ertragen, was meinst du. Da wir gerade von Pinguinen reden, sagt Gladis nach großem Küßchenverteilen, ich weiß nicht, ob ihr die Meldung gelesen habt. Die Natur imitiert die Kunst, oscarwildet Patricio, der bereits unterrichtet ist, Gómez und Monique jedoch nicht, die sich den fest eingeführten Sitten entsprechend auf den Boden fallen lassen, um nach Herzenslust zu lachen, und Ludmilla, die ihrerseits die Meldung liest, erinnert sich, daß Andrés vielleicht der Erfinder einer Definition der Malvinas ist, die sie seinerzeit ziemlich zum Lachen gebracht hatte: Scheißinseln, voller Pinguine. Die Meldung müßte dem Hauptinteressenten zur Kenntnis gegeben werden, sagt Susana, obwohl im Augenblick mit Manuel in der Badewanne zu spielen das einzige ist, was ihn begeistert. In *meiner* Badewanne, sagt der kleine Rabbi, *meine* Handtücher naßmachend und *meine* Fliesen bespritzend. Merkst du das, fügte er böse, den Besagten ansehend, hinzu, man lädt sie ein, sich den Pilz anzusehen, und alles endet in widerlichen Scheingefechten. Ich weiß nicht, ob sie gemerkt haben, daß der Pinguin durch den Vertrag vom Militärdienst befreit wird, sagte Patricio, und steuerliche und Zollvorteile genießen wird. Hätten wir das gewußt, so hätten wir uns eine Menge Formalitäten in Orly ersparen können, sagte Oscar. Und wenn jemand, zum Beispiel Lonstein vielleicht, mal einen Schluck ausgäbe, sagte Gómez. Da ist Wein und Soda, sagte Lonstein mürrisch. Darauf ging der Besagte in seine neutrale Ecke, das ist überall, auch wenn es nicht einmal eine Ecke ist, und von dort aus betrachtete er sie und hörte ihnen zu, diesen Menschen, die er kennt und liebt, seine Landsleute, die schwatzten und lachten, immer stärker in etwas verwickelt waren, das aufbrechen würde und das nichts Spaßhaftes mehr an sich, das nichts mehr mit Pinguinen, mit telegraphischen Koinzidenzen und Wein und Soda zu tun hat. Wie immer lag die Schwierigkeit darin, begreifen zu können, ohne zu deformierenden Vereinfachungen Zuflucht zu nehmen und vielleicht auch darin, verständlich zu machen, aber darauf kommt es dem Besagten nicht so sehr an, der sich darauf beschränkt, das aufzuzeigen, was er für richtig und real und sogar notwendig hält, ohne die in solchen Fällen üblichen Inszenierungen. Wie hätte ein Typ wie Grosso, der Historiker, so etwas erzählt? Grossonisch gesprochen, hatte die Versammlung schon vorher begonnen, zuerst in der Minderheit von Marcos und Heredia, die damit beschäftigt war, die Container auseinanderzunehmen und Lucien Verneuil mit den Dollars zu befrachten; dann stießen Patricio und Gómez dazu, und als Oscar ankam, ohne Honigkuchen, aber ausgeruht, konnte man im einzelnen über das sprechen, was diese Phase der Unternehmung am Freitagabend abschließen sollte. Es war Montag, Nacht des Pilzes und ziemlich verwässerten Weines; Dienstag heirate nicht und geh nicht auf Reisen, ist dagegen ein guter Tag, um die Dollars gleichzeitig in etwa zwanzig Banken und Wechselstuben zu tauschen, Aufgabe der einheimischen Gruppe, die von Lucien Verneuil und Roland kommandiert wurde, je weniger Südamerikaner sich den Schaltern näherten, um so besser, die Ameisen waren nicht dämlich und hatten ihre Pappenheimer notiert, außerdem arbeiteten sie mit Einverständnis der französischen Polizei, die mehr oder weniger die Augen schloß, was die Sache mit den Banken komplizierte. Patricio hatte die Reihe vorbereitender Aktionen zu erklären, die am Mittwoch und am Donnerstag ablaufen sollten, sie waren bereits bei Freitagmorgen angekommen, als die Türen in der Behausung des kleinen Rabbi dröhnten, der sie erschrocken öffnete und gleichzeitig Ludmilla und Susana hereinließ, die letztere ließ Manuel praktisch fallen, um sich Heredia an den Hals zu werfen, während Heredia zu Marcos hinübersah mit einem Blick, der unzweifelhaft auf Ludmilla Bezug nahm, die zehn Minuten zuvor den jungen Studenten in der zweiten Szene des letzten Akts verführt hatte, Vorhang, Taxi ohne sich abzuschminken, so daß sie seltsam und wunderschön aussah und Marcos sie ansah und dann Heredia zuzwinkerte, damit er fortführe, das mit dem VIP ohne Umschweife zu erklären, was Patricio und Gómez ungern akzeptierten, weil es Marcos war und vielleicht auch, weil es Ludmilla war. Danach brauchte es seine fünf Minuten, Manuel zu beruhigen, dieses Kind regte sich schrecklich auf, sobald es sich als Mittelpunkt des Universums fühlte, wie übrigens mehr oder weniger alle Leute, aber noch in größerer Unschuld, und die geschlossene Gesellschaft öffnete sich wie durch ein Wunder nach dem vierten Intermezzo, in dem die Badewanne gefüllt wurde, um Manuel und den türkisfarbenen Pinguin einander vorzustellen, die augenblicklich nichts mehr mit den Motzern zu tun haben wollten und ein Bad nahmen, zum besonderen Vergnügen der vier Frauen, während die Versammlung die Sitzung wieder aufnahm

und Gómez daran ging, einige Details des großen Motzens zu präzisieren: 1. VIP und Vipin, seine Angetraute, kamen vor Mitternacht von einem halboffiziellen Abendessen; 2. die Bewachung des VIP unter der Leitung der Oberameise (elementary, my dear Watson) bestand fast sicher aus zwei Großameisen, einer im Wagen als Chauffeur, der andere für alle Fälle, und gleichfalls bewaffnet; 3. die Gegend war günstig, Nähe Parc Monceau; 4. auch die Stunde war leidlich günstig; 5. die für die Entführung und die Ausfahrt aus Paris vorgesehene Strecke bot keine verkehrstechnischen Schwierigkeiten zu dieser Stunde; 6. die distinguierten Exrepräsentanten des Zoos von Vincennes, zu Aktivitäten zurückgekehrt, die ihrer Natur mehr entsprachen, hatten alles vorbereitet, um den VIP in einem Vorort, der auf den scheußlichen Namen Verrières hörte, zu empfangen.
»Kommt und seht euch den Pilz an«, schlug Lonstein vor, der sich furchtbar langweilte.
»Und die Vipin?« sagte Oscar.
»Die bringen wir nach Paris zurück, sobald sie sich dessen vergewissert hat, daß der Gast würdig untergebracht ist und niemand ihm tun wird, was er uns gern antäte«, sagte Marcos. »Ganz nebenbei bemerkt wird sie es sein, die die Nachricht an die Zeitungen gibt, auf daß das große Motzen losgehe. Mit dir und dir muß ich noch etwas anderes erledigen, aber für jetzt ist das die Hauptsache.«
»Was meinst du, soll ich sie ins Zimmer führen?« sagte Lonstein zu dem Besagten. Viertes Intermezzo of course. Mögt ihr ein Weinchen, ihr von der Ehrenloge?«
»Jawohl, mein Herr«, faßte Gómez zusammen, »gehen wir zum kalten Büfett, meine Herren.«
»Ich mußte ihn aus der Badewanne nehmen«, verkündete Susana, die von Seifenschaum triefte, »der Pinguin regt sich zu sehr auf, weil Manuel ihm den Bauch waschen will.«
»Komm zum Onkel«, sagte Marcos und packte im Flug den nackten und blanken Manuel, der mehr darauf aus war, auf die Knie des um seine panamesische Bügelfalte äußerst besorgten Gómez zu steigen. »Du, dieser Bursche wird jedenTag dickköpfiger.«
»Deine Großmutter«, sagte Susana, und die erzürnten Gevatte-

rinnen und Anhängerinnen Manuels, *viz*, Monique, Ludmilla und last but not least Gladis: Neidhammel, du hättest gern solche Löckchen / solche Guckchen / und ein solches Näschen / sieh dir diese Füßchen an / und Manuel selig beim hoppe, hoppe Reiter, von Marcos gehalten, wie ein Dompteur in einem Raubtierkäfig, wenn er fällt dann schreit er, und vor allem Freitag, dachte Marcos und ließ sich von dem Pampadompteur peitschen, warf Ludmilla einen Blick zu, die sich, nachdem sie bei den Gevatterinnen geholfen hatte, im Lieblingssessel des kleinen Rabbi zusammengerollt hatte, der sie mißvergnügt ansah, ihr aber doch selbst ein Glas Wein brachte und etwas, das ein Käsebrot sein sollte, aber eher einem Löschblatt glich. Aus dem Bad kam ein schreckliches Kreischen, und Gladis beeilte sich, das Fischpaket zu öffnen, das sie als Kennerin mitgebracht hatte, die Versammlung begann einen lockeren Rhythmus zu bekommen.
Der Sessel hätte eine Kuh aufnehmen können, verloren im Plüsch und Rotwein hörte Ludmilla die letzten Ausführungen der Motzer, aber selbst nachher, als man über Pinguinisches und performances von Carlos Manzon sprach, fragte sie sich noch, wie Marcos und die anderen ihr in so hohem Maß vertrauen konnten: Freitag, Parc Monceau, Kleinameisen, Verrières, alle Einzelheiten. Alles was sie in Spionageromanen gelesen hatte, kam ihr in Erinnerung, um sie davon zu überzeugen, daß es gar nicht sein konnte, daß Marcos sich mit Patricio und Gómez amüsiert hatte; später vielleicht, allein würden sie ernsthaft darüber reden. Einmal kam Marcos zu ihr, hockte sich mit zwei Gläsern und der Zigarette im Mund neben sie.
»Warum ist Andrés nicht mitgekommen?«
Das sagte er wirklich leise, nur zu ihr, abseits der Motzer; noch absurder, dachte Ludmilla.
»Er wollte nicht. Wir haben über alles mögliche gesprochen, und er ist gegangen.«
»Aber du hast ihm das von heute Nachmittag gesagt? Ah, dann ist es gut; wenn er nicht wollte, ist das seine Sache.«
»Ich verstehe das nicht«, sagte Ludmilla sehr leise, obwohl das Tamtam der Gevatterinnen um Manuel (und den bereits einbezogenen Heredia, der glücklich war, sich verausgaben zu können) sie völlig absonderte und schützte, »ich verstehe über-

haupt nichts, Marcos. Das, was Patricio und die anderen gerade gesagt haben, das mit Freitag.«
»Ja, Polinchen.«
»Aber ich, Marcos, wie ist es möglich, daß du . . .«
»Macht nichts, Polinchen, du gehörst nicht zu den Motzern, aber siehst du, es gibt Sachen, die jeder auf seine Art weiß, und dieses Mal weiß ich, was ich tue. Du mußt dich zu nichts verpflichtet fühlen, wenn du nur den Mund hältst. Denn das allerdings, das hier kannst du Andrés nicht mehr erzählen.«
»Natürlich.«
»Schade«, sagte Marcos brüsk. »Ich dachte, er würde kommen, in dem Falle hätte ich mich seiner so sicher gefühlt wie mit dir.«
»Es mußte so kommen«, sagte Ludmilla. »Irgendwann mußte es passieren, jetzt ist er auf der einen Seite und ich auf der anderen. Es hört sich an wie ein Witz, aber heute haben wir den ganzen Nachmittag davon gesprochen. Ich meine von Trennungen, von Entfremdungen. Und jetzt bin ich es, die sich auf eine andere Seite schlägt.«
»Schade«, wiederholte Marcos. »Aber ich weiß auch etwas davon, meine Frau ist Sekretärin eines Ministers in Buenos Aires.«
»Ah!«
»Sei nicht traurig, Polinchen. Wenn du vergißt, was du gehört hast und nach Hause gehst, als wäre nichts geschehen, finde ich das ganz in Ordnung. Und wenn das, was ich dir heute Nachmittag erklärt habe und das, was du hörst, für dich zählt, ist es noch besser. Du siehst, ich mache mir die Mühe, die beiden Möglichkeiten zu detaillieren.«
»Ich bleibe bei euch, Marcos.«
»Gut, Polinchen. Ja doch, ja, du Nervenschinder, der Pilz wird doch wegen einer halben Stunde mehr oder weniger nicht gleich eingehen.«
»Der Augenblick ist günstig«, sagte Lonstein, »denn nach Mitternacht nimmt die Pilzphosphoreszenz ab. Da wir mit der Logistik fertig sind, gehen wir nach drüben.«
Drüben war das Zimmer nebenan, so karg wie das erste. Als Ludmilla sich aus dem Stuhl autoextrahiert hatte, blieb Marcos an ihrer Seite, als wollte er ihr noch etwas sagen, bis die Gevatterinnen sie mit Manuel überrollten, der halb verschlafen aber immer noch in der Lage war, Gläser umzuwerfen und sich Zi-

garettenstummel in die Ohren zu stecken. Heredia war der erste, der verstummte, als sie drüben eintraten, ironischerweise gewann ihn die Vorstellung vom Pilz wie eine Wendung nach einer anderen Seite, von dem einen Zimmer ins andere zu treten, war etwas mehr als eine physische Ortsveränderung unter Lachen und Witzen, die Gevatterinnen und Manuel hatten die Stimmen gesenkt, Oscar sah Gladis mit den Augen des Neuankömmlings an und suchte eine Erklärung, die Gladis nicht geben konnte; Patricio und Gómez, etwas gewitzter, beschränkten sich darauf, die Hände in die Taschen zu stecken und ernst zu tun. Und der Besagte war wie nie damit beschäftigt, das alles zu ordnen, was durchaus nicht leicht war.
Sagen wir immerhin

Lonstein an einem Tisch
der Tisch hinten im anderenRaum
der Raum im Halbdunkel
keine Stühle keine Möbel

ein grünliches Lichtbündel fällt
von der Decke und beleuchtet
den Inhalt eines Blumentopfes
auf einem Teetablett

Der Pilz mitten im Blumentopf

vertikal zylindrisch violett
dickköpfig aber nicht übertrieben
unvermeidlich phallisch Gemeinplatz
schwach phosphoreszierend unter
dem grünlichen Stimulus fotogen

Geht nicht so dicht heran, befahl Lonstein, Stickstoff und Zigarettenrauch schaden ihm. Ein Pilz, sagte Heredia, hier fehlten nur noch die Halluzinogene. Der Pilz hat nichts Halluzinogenes, sagte Lonstein indigniert, es ist ein *lapsus prolapsus igneus*, wie jeder weiß, und ziemlich giftig. Aber was ist das hier, eine Art Zeremonie? Oscargemurmel. Nicht einmal das, sagte Gómez, lediglich ein Zeitverlust. Sei nicht dämlich, sagte Monique, wir können uns ruhig einen Augenblick amüsieren. Wenn es uns darum geht, uns zu amüsieren, könnte ich genausogut die aus Marokko einkleben oder die neue Serie aus Finnland, sagte Gómez. Oscar verstand immer noch nichts, all dieses Neue fiel ihm in so kurzer Zeit auf den Kopf, und jetzt dieser Pilz, natürlich war Lonstein vertrauenswürdig, und jeder kann verrückt sein zu seiner Zeit, und etwas Ähnliches mußte Marcos gedacht haben, denn er sah Lonstein an mit einem Gesicht, in dem so etwas wie Ruhe lag, ein Erschlaffen nach all dem anderen, obwohl der Besagte die Gesichtsausdrücke im Halbdunkel nicht genau ausmachen konnte, und vielleicht befand er sich mitten in subjektivistischer Projektion. Das ist eine gute Nacht, sagt Lonstein, es bedarf des Zusammentreffens mehrerer günstiger Umstände, damit der *lapsus* besser wächst denn je. Ich sehe ihn nicht wachsen, sagte Susana, und die Gevatterinnen auch nicht, das ist unmöglich, die Pflanzen wachsen unmerklich usw. Dieser Pilz ist keine Pflanze, sagte Lonstein, Pflanzen sind grün und vulgär, der Pöbel der Botanik. Wenn ihr die Glimmstengel ausmacht, könnt ihr näher herangehen und es sehen. Aber das ist höchst wissenschaftlich, sagte Heredia, als er das Zentimetermaß bemerkte, das Lonstein in kurzen Rucken aus dem Futteral zog und parallel zu dem *lapsus* aufstellte, worauf er Monique rief, die wie auf den Varietébühnen prüfen sollte, daß nichts in dieser und nichts in der anderen Hand. Genau achtzehn Zentimeter und zwei Millimeter, sagte Monique von ihrer Bedeutung durchströmt. Du, nun die genaue Uhrzeit, sagte Lonstein zu Marcos. Zwölf Uhr vierundfünfzig und zwanzig Sekunden ungefähr, informierte Marcos. Sag uns in genau fünf Minuten Bescheid, die Sekunden kannst du dir schenken. Es war tatsächlich wie eine Zeremonie, Oscar drückte sich gegen Gladis, die im Stehen einschlummerte wie ein kleines Pferd, zündete sich in respektvoller Entfernung des Pilzes eine Zigarette an und sagte sich, von diesem Augenblick an bis Freitag, und vor allem ab Freitag, würden die Dinge rasch und heiß ablaufen, jedenfalls störten ihn der Pilz und Lonstein, die recht seltsame Nachgiebigkeit von Marcos nicht, im Gegenteil, da war eine unerklärliche, dennoch spürbare Allianz, ein momentanes und vielleicht darum wundervolles Zusammentreffen so vieler divergierender Dinge oder solcher, die viele für divergierend hielten, Gómez zum Beispiel, der Mann der Tat, der das Gefühl hatte, seine Zeit zu verschwenden, oder

Heredia, der sich bog vor Lachen, aber Oscar tat dieses Absurde mit dem grünen Licht und millimeterweisen Messen eher wohl und Lonstein, der den Pilz betrachtete und erklärte, er sei ein extremer Fall beschleunigter Zellvervielfältigung, ich habe seiner Geburt in einem Sandhaufen in der Nähe des Flusses beigewohnt, da wo ich den Abgang für meine Gespießten in Ordnung bringe. Meine was? fragte Heredia. Meine Toten, sagte Lonstein, schon gut, ich werde alles für die anwesenden Fremden vereinfachen, ich saß auf einer Bank und schaute zerstreut zu Boden, im Morgengrauen fängt die Arbeit an, mich zu ermüden, und ich gehe hinaus ein bißchen Luft schnappen, also plötzlich sehe ich ein Steinchen, das sich in einem Haufen bewegt, ich sage mir, ein Maulwurf! Ein Maulwurf! Aber es gibt keine Maulwürfe in Paris, also sage ich, ein riesiger, haariger Wurm, eine astrale Levitation, das Steinchen dreht sich, und ich sehe den Lapsus hervorkommen wie einen Finger, der etwas herausstößt, nichts von unwahrnehmbarem Wachstum wie diese da sagen, ein Stoß und draußen, das konnte kein Spargel sein, neben dem Leichenschauhaus, stell dir das vor, also ging ich eine alte Dose suchen und ein Messer, und als ich ihn sehr vorsichtig rausholte, war er schon an die zwei Zentimeter hoch. Fünf Minuten, sagte Marcos, miß, befahl Lonstein, und Monique hielt sorgfältig das Maßband daran, achtete aber darauf, den *lapsus* nicht zu berühren, unglaublich, sagte Monique, neunzehn Zentimeter, genau. Was hab ich dir gesagt, rechne dir die interne Arbeit des Pilzes aus, sagte Lonstein. Es hätte genügt, uns das mitzuteilen, sagte Patricio, der im Stehen einschlief, die okulare Betrachtung ist nicht gerade umwerfend. Ihr seid doch alle gleich, protestierten die Gevatterinnen, es hat sich gelohnt, ihn zu sehen, das ist ein außerordentlicher Pilz, ein wissenschaftliches Phänomen, aber keine sagte, er sei schön, daß er wüchse wie woran alle dachten, und natürlich war es Heredia, der es übernahm, die Analogie herzustellen, genauso geht es mir, wenn ich einen hübschen Minirock sehe, der *lapsus* wächst sofort, großes Gekreisch bei den Gevatterinnen. Du sprichst vom Pinsel und schon geraten sie völlig außer sich, sagte Lonstein erbittert. *Pija colorada y concha peluda*, sagte Ludmilla und gewann sich gleichzeitig den Respekt von Heredia und die Überraschung von Oscar, der aus seinem Halbschlaf, an die völlig im Schlaf versunkene Gladis gelehnt, auftauchte, lautes Gelächter, Rückzugsbewegungen, denn das Drüben war etwas depressiv in seinem Dunkel und dem grünen Licht, vielleicht produzierte der Pilz einschläfernde Ausdünstungen, es war besser, in dem anderen Zimmer Wein zu trinken, wo Manuel auf einem Läufer, drei Finger im Munde, schlief.

»Man darf den Pilz nicht aus den Augen verlieren«, sagte Lonstein zu dem Besagten, »du verstehst doch.«

Tatsächlich verstand der Besagte nicht sehr viel, aber Lonstein sah ihn mit ironischer Eindringlichkeit an, und schließlich war es, als ob der Besagte und Oscar, jeder für sich, besser verstünden, was da passierte (und auch Marcos, aber Marcos hatte es schon von Anfang an verstanden, als Lonstein zu den Motzern stieß, sonst hätte der kleine Rabbi keinerlei Zugang zu dem gehabt, was in der Praxis zu groß für ihn war), und darum war ich, als der Besagte mir später den Besuch bei dem Pilz erzählte, gleicher Meinung mit ihm und dachte, Marcos weiß die Dinge von mehr als einer Seite zu sehen, was bei den anderen, ganz auf das Motzen Orientierten nicht der Fall war. In dieser idiotischen Komödie lag vielleicht eine Hoffnung für Marcos, nämlich die, nicht in die totale Spezialisierung zu verfallen, ein bißchen Spiel zu bewahren, ein bißchen von Manuel in seinem Verhalten. Wer weiß, möglich, daß Typen wie Marcos und Oscar (über den ich einiges von dem Besagten erfuhr) wegen Manuel bei den Motzern waren, ich meine, daß sie es seinetwegen taten, für alle Manuels in allen Winkeln der Welt, um ihm zu helfen, eines Tages in einen anderen Zyklus einzutreten, und ihm gleichzeitig einiges aus dem totalen Untergang zu retten, das Spiel, das Gómez ungeduldig machte, das Überflüssige gewisser Schönheiten, gewisser in der Nacht schimmernder Pilze, dessen, was jedem zukünftigen Projekt seinen Sinn geben könnte. Selbstverständlich, dachte der Besagte, der sich verpflichtet fühlte bei der endgültigen Zusammenfassung einzugreifen, wenige von den Motzern, aller großen oder kleinen Motzer auf der Welt, sind in der Lage, Typen wie Marcos und Oscar zu verstehen, aber immer wird es einen Oscar für einen Marcos geben und umgekehrt, fähig zu spüren, warum man bei dem kleinen Rabbi sein mußte in der Stunde, in der er nach drüben ging, um den Pilz zu sehen.

Unterdessen sah es aus, als würden sie gehen, natürlich blieben sie dann noch eine gute Stunde, einige Gevatterinnen schliefen, wo sie konnten, die anderen hingen am Wein und an Heredias Berichten, um diese Zeit löschte Lonstein beinahe alle Lichter, aus Gründen, die die anderen für talmudisch hielten, sie übersahen das Gähnen des kleinen Rabbi oder machten es ihm einfach nach, während Rosario, das Treffen zwischen dem plattnasigen Pérez und dem PROM in Honduras, die Neuigkeiten aus London oder Uruguay und die beste von allen

Nichts Neues über die aus einem Gefängnis in Córdoba entflohenen Guerrillas

Der »ERP« nimmt den Handstreich für sich in Anspruch, der eine starke Organisation und ein strenges Training voraussetzte.

CORDOBA 12 (AP) — Die Untersuchungen der Polizei zu dem gestrigen kühnen Überfall eines Kommandos von Extremisten auf das Frauengefängnis, aus dem fünf Stadtguerrillas befreit wurden, hatten bis heute keine positiven Ergebnisse.

Eine Angestellte der Anstalt, die die Tür geöffnet hatte, um einen Kübel für Abfälle hinauszuschaffcn, wurde festgenommen und wird so lange in Einzelhaft gehalten, bis festgestellt ist, ob sie irgendwie in den Handstreich verwickelt ist. An jenem Tag hatte sie versäumt, dem Wachtposten mitzuteilen, daß sie die Tür öffnen würde, welche Mitteilung sie sonst an keinem Tag unterließ.

Während Oscar und Marcos eifrig ihr Glas Wein gegen das Soda verteidigten, mit dem Lonstein ihn nach einem blödsinnigen Rezept seiner Mutter veredeln wollte, erklärte Marcos Heredia und Oscar einige der Dinge, die in den nächsten achtundfünfzig Stunden geschehen sollten, Oscar halb auf Gladis, die ein kleines bißchen schnarchte, und auf zwei Kissen ruhend, den Ellenbogen à la Trimalción auf einen Stapel alter *Gacetas* (aus Tucumán), die Kommentare über die Arbeit des ERP kamen von immer weiter her, drehten sich langsam anders herum, Spiele des Traums, des Halbdunkels, des Weins, verwandelten sich in eine andere Sache in dieser Schläfrigkeit, ein hoch am Himmel stehender Mond und Pferdegalopp auf dem Landweg, dieses ewige Geräusch der Hufe, die mit gedämpftem Knallen Erdklumpen aufreißen, wieder diese Vision der Mauer,

Heute nachmittag wurden neue Einzelheiten bekannt über den Fall des „Ejercito Revolucionario del Pueblo“ (ERP), der den hohen Stand der Organisation und Einsatzkraft dieser terroristischen Zellen demonstriert.
Die Angehörigen des Kommandos, das den Handstreich verübte, bewiesen einzigartige Kühnheit, denn das Frauengefängnis befindet sich mitten im Zentrum der Stadt, drei Blocks von der Bundespolizei und vier von der Polizeizentrale entfernt.

auf der die Glasscherben blitzten, der Mädchen, die ihre Nachthemden auf die Mauer werfen, um ihre Hände zu schützen, das Zusammenrotten, das Geschrei, der erste Peitschenhieb, die Flucht über die Felder, nichts hatte mit diesem Zimmer am anderen Ende der Welt zu tun, mit dem Pilz und dennoch, dennoch eine Anstrengung, um zu einer Meldung überzuspringen, die Patricio Heredia vorlas, und Heredia, der brüsk aufschreckte,

Taktiken
Die gesammelten Indizien erlauben es, festzustellen, daß die Terroristen über ausgezeichnete Kenntnisse des Terrains verfügten, und daß sie von den ersten Abendstunden an Aktionen veranstalteten, um die Aufmerksamkeit der Polizei abzulenken, damit sie ungestört vorgehen konnten.
Gestern in den ersten Abendstunden überfielen die Extremisten das Haus des Commodore (RE) Patricio Ferrero, bevollmächtigter Finanzbeamter der Stadtverwaltung und früherer Wirtschafts- und Finanzminister.
Einige Stunden später ließen einige Subjekte Knallkörper auf der Kreuzung Avenida General Paz und Boulevard 9. Juli explodieren, warfen Steine und Molotow-Cocktails gegen das Lokal der Argencor S. A., der Lizenzfirma von FIAT.
Die Bomben entfachten einen Brand, und die Steine zerschlugen Fensterscheiben und die Windschutzscheibe eines Autos.
Zahlreiche Polizeitrupps wurden zur Klärung dieser Vorfälle eingesetzt, während die hohen Offiziere sich in der Zentrale versammelt hatten, um die Presse über die Verhaftung von vier Extremisten zu unterrichten, die einen Beamten überfallen und an Überfällen auf Versorgungslager teilgenommen hatten, um später Kleidung und Lebensmittel in Armenvierteln zu verteilen.
Während die Offiziere den Journalisten das Material und die sequestrierten Waffen der vier Subjekte zeigten, kam die Nachricht von dem Überfall auf die Anstalt Buen Pastor (der gute Hirte).

Die Befreiten
Susana Liprandi Sosa de Vélez, Silvia Urdampilleta, Diana Triay de Johnson, Alicia Quinteros y Ana Maria Villarreal de Santucho, sind von einem Extremistenkommando befreit worden. Alle fünf waren beschuldigt, Guerrillaaktionen verübt zu haben.

Menschenskind, sagte Heredia auffahrend, die Alicia Quinteros kenne ich sehr gut, und Gómez trocken aus einem Winkel, jetzt kommt der mit seinem mondänen Adreßbuch und kennt jeden. Geh zum Teufel (Heredia) und Patricio zeigt Marcos vergnügt, daß in der Journalistensprache aus einer Mülltonne ein Kübel, der Abfälle enthält, wird, wieviele umgeworfene Mülltonnen liegen in den Gassen, durch die die Mädchen geflohen waren, ohne daß jemand sie in einem Auto erwartete (»sie zeigten Organisation und Training«), durch deren Pfützen sie plantschten und in deren Gräben sie sich versteckten, wo man sie wahrscheinlich mit Schüssen herausgeholt hat, sie an den Haaren oder Armen bis zu den Pferden zerrte, sie unter Gelächter und Ohrfeigen beleidigte, aber es war dasselbe, von seinem Weinausguck fühlte Oscar, es war dasselbe, eine Befreiung, eine notwendige Flucht, kleine Mädchen aus einer Anstalt oder Alicia Quinteros, Pöbel oder Anwältinnen, die aus dem Muff des Systems fliehen, nackt wegrennen oder ohne Eile in ein chronometrisch wartendes Auto einsteigen, durchgedreht von Vollmond und Karnevalsmusik, oder an einem Handstreich teilnehmend, der, wie Patricio vorlas, den hohen Grad der Organisation und des Trainings dieser terroristischen Zelle deutlich machte. Terroristische Zelle, brummte der kleine Rabbi, sieh dir diese verdammte Scheiße an. Ich bin ganz sicher, daß ich sie kenne, sagte Heredia, sie hat grüne Augen, das vergißt man nicht so einfach, mein Alter.

y se la m

ta la man

ras cómo llo

orcía y me sup

--Hicistes b

al cabo. --Así

derán esas p

»Ich gehe runter und sehe mich erst einmal um«, sagte Patricio, »damit es keine Überraschungen gibt.«

»Sei vorsichtig«, wollte Susana zu ihm sagen, aber sie verschluckte es, unglaubliche Gemeinplätze des Gefühls, sie kommen wie die Fliegen immer wieder, lächerlich zu glauben, Patricio ginge auf die Straße, als wäre nichts, wenn es sich gerade darum handelte, nicht aufzufallen zu einer Uhrzeit, zu der, wie es im Tango heißt, alles still ist, alles schläft und sie dich auf der Straße fertigmachen können, ohne daß jemand auch nur die Rolläden öffnet, es sei denn, um herauszuschreien, man solle gefälligst anständige Leute schlafen lassen, sacré nom de Dieu.

Manuel, von den einmütigen Gevatterinnen vom Teppich aufgenommen und in einen Schal gewickelt, den Lonstein unter der Bedingung, ihn ja zurückzugeben, ausgeliehen hatte, sah ziemlich wach um sich, als Patricio zurückkam, um zu sagen, alles sei ruhig. Heredia ging als erster mit Monique und Gómez, die ihn im Hotel absetzen sollten, acht Stufen danach folgten Marcos und Oscar mit den beiden Körben, von denen Lonstein sich mit sichtbarer Erleichterung verabschiedet hatte bei dem Gedanken, daß sie die Gürteltiere und den türkisblauen Pinguin fortbrachten. Die übrigen Gevatterinnen und Patricio standen dicht an der Tür, Manuel auf dem Arm seines Vaters, leise weinend; die Rue Savoie war leer, sie sahen Gómez, der die Tür des Deux Chevaux öffnete und sich plötzlich ihnen zuwandte und zur Ecke Rue Séguier deutete. Er stieg ins Auto, ließ den Motor an, fuhr aber nicht ab. Marcos blieb in der Haustür stehen und ließ die Frauen und Manuel im Dunkel des Flurs, der Korb mit dem Pinguin stand an der Tür. Atenti, sagte Marcos, es gibt Schwierigkeiten bei Gómez und Heredia, bleibt ganz still. Oscar und Patricio waren dicht an ihn herangetreten, und Marcos zog den Knüppel, zwei Silhouetten kamen von der Rue Séguier her quer über die Straße, und zwei andere schienen kaum sichtbar in einem Hauseingang zu warten. Fortunato, sagte Marcos, bestimmt hat er Heredia beschatten lassen, so dämlich sind sie also nicht. Wenn sie ans Auto kommen, feste drauf und verduften. Patricio hatte einen anderen Knüppel, er sah nach hinten zu Susana und Manuel, sie bildeten mit Gladis und Ludmilla einen einzigen Schatten. Los, sagte Marcos und rannte zur Straßenbiegung, Oscar folgte ihm und stellte den Kragen seines Jacketts hoch, eine instinktive Bewegung, die ihn schon oft rückblickend amüsiert hatte, Mist war nur, daß er nicht einmal ein Federmesser bei sich hatte, er hörte Patricio hinter sich rennen, schon riß die erste der Großameisen an der Autotür, und der andere hob etwas, als wollte er die Scheibe einschlagen, aber das hätte er wohl doch nicht gewagt, das alles mußte um diese Zeit und in diesem Viertel so leise wie möglich vor sich gehen, denn im Handumdrehen konnte die Polizei erscheinen, und die erkannten erst hinterher Tyrrhener und Trojaner, alle erst einmal auf die Wache, Marcos fiel dem an der Autotür in den Nacken, gerade als Gómez sie von innen öffnete, um wieder auf die Straße zu kommen. Oscar fand sich unmittelbar vor einem von denen, die aus dem Hauseingang gerannt waren, von wo aus sie die anderen gedeckt hatten, was, zum Teufel, wollt ihr, sagte Oscar, haut ab, ich scheiß auf eure Hurenmütter, beschissene Großameisen, er fühlte den Schlag auf dem Ellenbogen, den er gerade noch rechtzeitig gehoben hatte und trat mit voller Kraft und guter Fußballerfahrung zu. Patricio hatte sich mit einem in weißem Trenchcoat verkrallt, sie rollten im selben Augenblick auf der Erde, als Marcos sich von den beiden, die dem Auto am nächsten waren, befreite und sie mit dem Knüppel bearbeitete, Moniques Gesicht am Hinterfenster, Heredia, der nach Gómez aus dem Wagen gesprungen war, schnappte sich einen und ging gleichfalls zu Boden, irgend etwas traf Oscar an der Schulter und ließ ihn sich um sich selbst drehen, zwei der Großameisen rannten über die Rue Séguier davon, Gómez und der erste Angreifer auf der Erde, dicht bei Patricio und dem anderen Typ, vom Hauseingang her konnten Ludmilla und Gladis die Silhouetten nicht unterscheiden, Susana preßte Manuel an sich und murmelte etwas, Ludmilla stellte sich vor sie, um zu verhindern, daß sie womöglich hinausrannte, sie sahen zwei an der Haustür vorbeikeuchen, Richtung Rue des Grands-Augustins, Oscar, an der Ecke, hielt sich die Schulter, und Gómez und Patricio hinter den Typen her, alles leise, ein oder zwei Ausrufe, ein Fußtritt gegen eine Mülltonne im Vorbeirennen, ein rasender Stummfilm, Patricio riß Manuel an sich, los, schnell ins Auto, sie können mit anderen zurückkommen, lauf, Ludmilla und Gladis zögerten, bis sie Gómez und Heredia an der Ecke stehen sahen, und Marcos an eine Wand gelehnt, unbeweglich und wie ausgeflippt; sie rannten an die Ecke, und Marcos sagte mit großer Anstrengung, bloß fort, nicht hier stehenbleiben, Heredia und Gómez sprangen ins Auto, Monique beugte sich zur Wagentür hinaus, was ist los, Marcos, was hast du, und Gladis umarmte Oscar, der sich den Ellenbogen mit der Hand des gesunden Arms und die Schulter mit der Hand des verletzten Armes rieb und, verdammte Hurensöhne, wenn das hier die Ville Lumière ist, scheiß ich auf Lamartine, Gómez fuhr in verbotener Richtung durch die Rue Séguier bis zur Seine, schnell zu deinem Auto, sagte Marcos zu Ludmilla, es steht in der Grands-Augustins, o.k., los, schnell, aber kaum hatte er sich von der Wand gelöst, taumelte er, und Oscar und Ludmilla hielten ihn gerade noch, Oscar fluchte wieder, weil ihm der Ellenbogen bis in die Ohren hinauf schmerzte, er war ganz und gar Ellenbogen, eine Art Splitterhaufen und, die oberverfluchten Hurensöhne, eine arschverfluchte Hurensau, sagte Oscar, der den therapeutischen Wert der Flüche kannte, da richtete Marcos sich auf, atmete langsam und ging als erster los, von Ludmilla gehalten, die nicht sprach, es hatte keinen Sinn, in diesem Augenblick zu sprechen, sie hielt Marcos um die Taille, bis Marcos sich sanft losmachte, ist schon gut, kommt schnell, und zu Ludmilla, lauf vor und fahre schnell an, die kommen bestimmt zurück, ich kenne sie. Es war jedoch niemand in der Rue des Grands-Augustins außer einer schwarzen Katze, die sie geflissentlich übersah, Oscar fühlte sich schon besser, bist du sicher, daß der Arm nicht gebrochen ist, Achtung, Stewardeß, sie haben mir auf den Musikknochen geschlagen, aber es geht schon wieder, Marcos immer noch leicht gebeugt, sie stiegen zu Ludmilla ins Auto, die anfuhr, vor ihnen war die Lücke, in der Patricios Wagen gestanden hatte, Gott sei Dank, sagte Marcos, es wäre beschissen gewesen, wenn wir sie ein zweites Mal gehabt hätten. Aber was wollten die nur? sagte Oscar. Laß ihn in Ruhe, sagte Ludmilla und fuhr besser an als Fangio, du siehst doch, er kriegt kaum Luft. Was für eine Nacht, wie ein Tango von Bardi, murmelte

Oscar und rieb sich den Ellenbogen wie ein Krake mit Nesselfieber, und mit diesem betörenden Mond, ist das etwa keine Kulisse? Du, diese Großameisen waren Argentinier, darauf kannst du Gift nehmen. Ein Brasilianer war jedenfalls dabei, sagte Marcos, Heredia hat es gemerkt und ihm einen speziellen Fußtritt verpaßt, aber der andere muß ihm das Gesicht zu Brei geschlagen haben, denn Heredia konnte seinen Platz nicht finden, als er ins Auto zurück wollte. Und du, murmelte Ludmilla und bog schnell in die Rue du Bac. Ich, nichts, Polinchen, ein Tritt in den Magen, einer von denen, die dich die erste Kommunion auskotzen lassen, die Folge ist Atemnot und auch was anderes. Du willst wissen, was sie wollten, ich auch, Bruder. Sie dachten, Heredia und Gómez wären allein mit Monique, zu viert wäre es eine leichte Sache gewesen, das, was sie einen Denkzettel nennen, denen wollen wir es zeigen, aus London zu kommen und Stunk zu machen, beschissener Affe, so in dem Stil. Aber ganz sicher war es nicht nur das, auch Fortunato kam aus London, und wahrscheinlich hatte er Angaben über Heredia, solche, die zu großen Maßnahmen zwingen, verstehst du, fünf gebrochene Rippen oder ein Bein, ein längerer Krankenhausaufenthalt. Nun ja, geht schlafen, ihr habt es verdient. Warte, ich halte direkt vor dem Lutetia, sagte Ludmilla, ich glaube, Oscar braucht einen doppelten Whisky und reichlich Leukoplast. Ich kümmere mich darum, sagte Gladis, vor allem um den Whisky. Und der Pinguin, sagte Ludmilla. Großer Gott, sagte Gladis. Sollen sie sich den doch in den Arsch stecken, sagte Oscar. Das schmerzt, sagte Gladis.

Die schwarze Katze aus der Rue des Grands-Augustins bog in die Rue de Savoie, ging an dem Laden an der Ecke vorbei, und als sie an der Haustür vorbeikam, machte sie einen Buckel und war sofort leise fauchend auf einem Gerüst auf der gegenüberliegenden Straßenseite. Aus dem umgestürzten Korb kletterte der Pinguin, leicht verwirrt, aber bei klarem Bewußtsein, daß es hier recht kühl war und der Mond dort oben derselbe war, wie der seiner antarktischen Nächte, was ihn dazu anregte, die Rue de Savoie entlangzulaufen bis zur Rue Séguier, wo ein paar Blutflecke den Rhesusfaktor von Heredia und Patricio enthielten, und von seinem hydrischem Atavismus geleitet, lief er zur Seine, am Ufer entlang, über die Ecke der Rue Git-le-Cœur und an die Ecke des Place Saint-Michel, wo ein Betrunkener und ein Liebespaar ihn sahen und entsprechend reagierten, und was soll ich dir von einem Arzt erzählen, der in seinem Wagen von einem kranken alten Frauchen kam und der vor dem Pinguin bremste, so daß der Lieferwagen hinter ihm seine Stoßstange einfuhr, ein Unfall, der unter anderen Umständen die fünf Minuten Beschimpfungsreglement provoziert hätte, bevor man die Versicherungskarten zog, den aber natürlich niemand wahrnahm, denn um den Pinguin hatte sich eine Gruppe vollkommen verdutzter Nachtschwärmer zusammengefunden, und man hörte die Pfiffe des Wachtmanns, der angelaufen kam, teils wegen des Unfalls, teils weil man in diesen Zeiten mit den Maoisten und den Entgegnungen nicht aufmerksam genug sein konnte. Im Mittelpunkt der Runde genoß der Pinguin seine Stunde der Unsterblichkeit, er schlug mit den Flügeln und ließ eine Art Beschwerderede los, die selbst Gladis dem über das völlige Fehlen eines Vorschriftenkatalogs in Sachen exotischer Vögel und solcher Art Ordnungswidrigkeiten versteinerten Wachtmann nicht hätte übersetzen können.

»Laß mich an einem Taxistand raus und fahre nach Hause und ruhe dich aus«, sagte Marcos. »Du siehst aus wie ein Gespenst, Polinchen.«

»Ich bring dich nach Hause«, sagte Ludmilla. »In der Gegend vom Panthéon, glaube ich.«

»Fahr Vaugirard und dann zeig ich es dir, aber du kommst dann erst übermorgen wieder zu Hause an.«

»Fühlst du dich wirklich besser? Wir könnten etwas in einer Apotheke kaufen, wenn du meinst.«

»Schön«, sagte Marcos, »wir kaufen Leinsamen, und du machst mir einen Umschlag auf den Magen und fühlst mir den Puls.«

»Affe.«

Einen Teil dieser Dinge erzählte mir später Ludmilla und vor allem der Besagte, von dem Moment an, als er seinen Weg am Seineufer abbrach und in die Rue de Savoie zurückkehrte, ohne eigentlich zu wissen warum, hatte er den unbestimmten Wunsch, mit Lonstein allein zu schwatzen, eine Verwirrung der Perspektiven, die ihn auf dieser Höhe nostalgisch an niemand Geringeren als Capablanca erinnerte. Stimmte es, daß Capablanca eines Abends alle Möglichkeiten einer Partie vorhergesehen hatte, und daß er seinem Gegner beim vierten Zug sagen konnte, daß er ihn beim dreiundzwanzigsten schachmatt setzen würde und es auch tat, und es nicht nur tat, sondern nachher analytisch demonstrierte, daß es gar keine andere Möglichkeit gab? Südamerikanische Legenden, dachte der Besagte, der außerdem kaum die Figuren auf dem Brett zu bewegen verstand und immer dreiundzwanzig Züge zurück war, aber wie nützlich wäre es, einige Voraussagen machen zu können in Sachen der Motzer, denn das wurde immer verzwickter. Daher einige Darstellungen der Zeichnungen oder Kritzeleien, mit denen der Besagte alle diese geistigen Fliegen einzufangen versuchte, Küßchen Coca und andere Variationen an verschiedenen Café-Tischen:

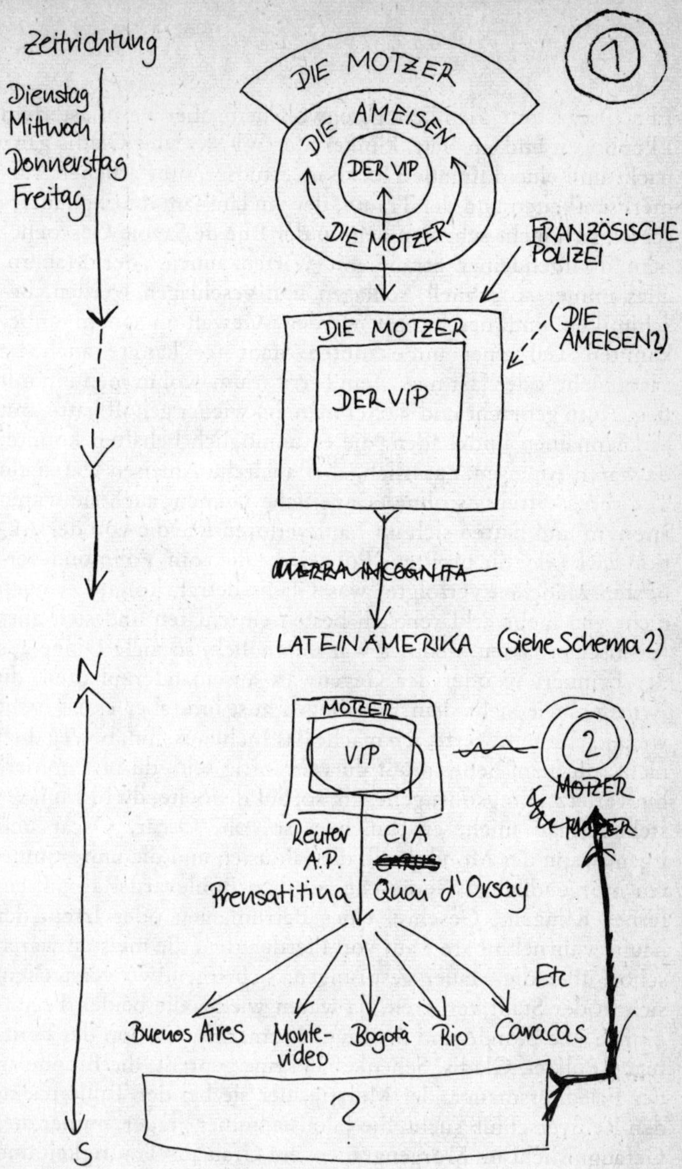

Zeitrichtung
Dienstag
Mittwoch
Donnerstag
Freitag
N
S
1
DIE MOTZER
DIE AMEISEN
DER VIP
DIE MOTZER
FRANZÖSISCHE POLIZEI
DIE MOTZER
DER VIP
(DIE AMEISEN?)
TERRA INCOGNITA
LATEINAMERIKA (Siehe Schema 2)
MOTZER
VIP
2
MOTZER
Reuter
A.P.
Prensatitina
CIA
Quai d'Orsay
Etc
Buenos Aires
Monte-video
Bogotà
Rio
Caracas
?

Für Oscar, mit ziemlich geschwollenem aber verpflastertem Ellenbogen und im Bett, klinkernder Whisky und Gladis ganz nackt und eine duftende Flocke inzestuöser, mütterlicher Aufmerksamkeiten und der Traum, der ihn langsam umfing, unterschied sich nicht sehr von dem in der Rue de Savoie Geschehenen, in irgendeiner Straße mit Gartenzäunen oder Mauern, alles immer so schnell, schlagen und geschlagen werden, beschimpfen und beschimpft werden, Gewalt in einem unbekannten Teil einer unbekannten Stadt (er kannte auch La Plata nicht, oder fast nicht), ein Territorium, wohin man ihn mit dem Auto gebracht und woher man ihn wieder geholt hatte, mit Straßennamen und Läden, die er unmöglich behalten konnte; da waren Ameisen, natürlich, aber auch die Ameisen waren ein Teil dieses Streifens ohne erinnerliche Namen, auch sie waren anonym und hatten sich im Lauf verloren wie die von der Aktion ERP oder die berittene Polizei, die die vom-Vollmond-verhexten-Mädchen verfolgte; was Gladis betraf, konnte er auch nicht viel mehr erklären, am besten einschlafen und sich alles vermischen lassen, denn es war unmöglich, so viele Dinge aus der Erinnerung oder der Gegenwart auseinanderzuhalten, du Ärmster, wie sieht dein Ellenbogen aus, hm, aber es ist nicht weiter schlimm, warte, ich mache das Licht aus, hm, beweg dich nicht, oh nein, heute mußt du vernünftig sein, du bist immerhin verletzt, hm, sonst gehe ich, so, auf der Seite, du bist unausstehlich, laß mich, ein bißchen, so, oh, Oscar, Oscar und irgendwann der Mond durch die Jalousien und die unbestimmten morgendlichen Geräusche auf dem Boulevard Raspail, ein fernes Klingeln, Geschrei eines Betrunkenen oder Irren, der kaum wahrnehmbare Laut von Pferdehufen, die meisten waren schon über die Mauer gesprungen, sich irgendwo verstecken, sich in der Stadt verlieren, da waren wieder die beiden Freundinnen, die blonde und die braune, umarmt, Galopp der berittenen Polizei, Gladis' Schenkel an seine gepreßt, die Blonde an der Friedhofsmauer, der Mulatte, der sie bei der Taille packt, den Reißverschluß sucht, die Jalousie immer grauer, immer dies Gefängnislicht im Morgengrauen, ein Grau aus Traurigkeit und

Niederlage, eine Angestellte der Anstalt, die die Tür geöffnet hatte, um eine Tonne mit Abfällen hinauszustellen, war festgenommen und in Einzelhaft gesetzt worden, denn man untersuchte, ob, und Alicia Quinteros, grünäugig laut Heredia, immer die Flucht, immer über Mauern springen, über Glasscherben, immer Flucht wie

montonadas en

orio con las cam

solo baño para

y las celador

preferidas, claro,

nían llorando y

visitas, pero nadie

jetzt der Traum in der Morgendämmerung, in dem alles sich vermischte, La Plata und Paris, die Telegramme und das, was für Marcos und Patricio schon genaue Namen hatte, nicht aber für ihn, für ihn lediglich Worte, Parc Monceau, ein Haus in Verrières, Hotel Lutétia, Ecke Rue de Savoie. Der Besagte hin-

gegen war nicht müde und kannte Paris genau, so daß er den Korb mit den Gürteltieren aufnahm, die, anders als der Pinguin, den Ereignissen mit entschiedener Gleichgültigkeit gefolgt waren, und sie wieder hinauf in die Wohnung von Lonstein brachte, denn die Dicke, seine Concierge, wäre nicht für solche Geschichten zu haben, wenn sie um sieben Uhr morgens aufstand. Natürlich war Lonstein sauer, als er den Besagten sah und speziell die Gürteltiere, die in dem Korb grunzten, während man die Vorfälle auf der Straße besprach.
»Vorausscheißbar«, schnaubte Lonstein. »Patricio hat sich als boy-scout nicht besonders hervorgetan, und ich soll wieder für diese stinkenden Biester Babysitter spielen, wenigstens hat der Pinguin sich davongemacht. Ich teile dir mit, daß der Pilz einundzwanzig Zentimeter erreicht hat, absolutes Standardmaß und auch für die besten Kreise annehmbar. Komm rein, es gibt heißen Kaffee

»Danke, Polinchen«, sagte Marcos. Er öffnete die Wagentür mit einer Abschiedsgeste.
»Ich würde dir gern einen Tee machen«, sagte Ludmilla.
Marcos sagte nichts, wartete aber neben dem Wagen auf sie und half ihr, ihn abzuschließen, er sah ein- oder zweimal die Rue Clovis entlang, sie war weiß vom Mond und frei von Ameisen. Du hast einen Fahrstuhl, unglaublich, sagte Ludmilla. Ich bin recht verwöhnt, du, sagte Marcos, aber das Apartment neigte eher dazu, das zu widerlegen, eine Mischung aus Mönchszelle und Kramladen, schmutzige Tassen und Gläser überall, Bücher auf der Erde, Ponchos an den Wänden, um die Risse zu verdecken. Aber ein Telefon, das Marcos sofort und auf französisch benutzte, um Nachrichten und Instruktionen an Lucien Verneuil zu geben und Einzelheiten über den Tausch der Dollars festzustellen, die in dem Gespräch Melonen hießen, obgleich es um diese Zeit unwahrscheinlich war, daß eine Ameise zuhörte, von der Küche her erwischte Ludmilla Satzfetzen und suchte eine Teedose, als müßte Tee immer in einer Dose sein, um seine funktionale Definition zu befriedigen und als müßte jedes Telefongespräch verständlich sein und alles in dieser Nacht Geschehene Erklärungen und Schlüssel haben. Idiotin, Idiotin, dreifache Idiotin, sagte sich Ludmilla, den Kopf in einem

Schrank, als wäre es nicht genug, seine Stimme zu hören, zu wissen, daß er Vertrauen zu mir hat, daß alle in meiner Gegenwart redeten (Gómez ein bißchen weniger, das ja) und mich dabeisein ließen, während sie über Freitag nacht diskutierten. Scheiße, es gibt hier nur Sago und Käsestücke, bestimmt ist der Tee im Schuhschrank. Aber sie fand ihn in einem Glas, in dem einmal Fleischextrakt gewesen war, und sie dachte, daß sie es verdiente, weil sie so systematisch war, Tee in der Teedose, die Motzer gemäß den Formen aristotelischer Logik, jedes Ding an seinem Platz, wie Andrés, der jetzt wohl mit Francine schlief oder Schallplatten hörte, mit Stereokopfhörern, die er sich für schlaflose Nächte gekauft hatte. Der Ärmste, dachte Ludmilla flüchtig, Andrés entfernte sich plötzlich, wurde ärmer, er gehörte nicht zur Freitagnacht, er hatte sich nicht in der Rue de Savoie geprügelt. Vier Jahre wurden schwindelerregend dünn, mit ihren Tagen und ihren Nächten, ihren Reisen und ihren Spielen und ihren Geschenken und ihren Szenen und ihrem Weinen und ihren Kaleidoskopen, das war nicht möglich, das war nicht möglich. Es ist nicht möglich, sagte Ludmilla laut und suchte die Teekanne, ein Baum verliert nicht all seine Blätter auf einmal, Zerbrechlichkeit, dein Name ist Weib. Zerbrechlichkeit oder Schwachheit? Diskussion für Übersetzer, jedenfalls ist dein Name Weib, dieser Tee ist angefressen, und die Zeit ist auch angefressen, wenn sie eine solche Aufhebung erlaubt, ich werde erwachen, bestimmt werde ich erwachen, ich lasse mich vom Augenblick wegtragen, von der Freude, vor allem von der Freude, denn das Motzen ist fröhlich und absurd, und ich verstehe nichts, und genau darum will ich dabeisein, natürlich, in diesem Haus gibt es fünf Pfeffergläser, aber nicht ein Stück Zucker, oh, diese Männer, diese Männer, ich werde noch ein Präservativ in der Spaghettidose finden.

Marcos hatte sich das Jackett ausgezogen und rieb sich im offenen Hemd den Magen, Ludmilla sah den riesigen Bluterguß grün, rot am Rand und mit gelben und blauen Stellen. Jetzt erst sah sie, daß er aus dem Mund geblutet hatte, ein schon trockener Faden lief ihm bis zum Hals; sie stellte die Teekanne auf den Boden und suchte ein Handtuch im Bad, feuchtete es an und wischte Marcos, der sich in einen Sessel geworfen hatte und langsam, als schmerzte es ihn, atmete, den Mund und das

Kinn ab. Ludmilla sah den Fleck, der sich in der Hose verlor. Ohne etwas zu sagen, löste sie sehr vorsichtig den Gürtel, der ein bißchen ins Fleisch schnitt; eine Hand von Marcos hob sich zu ihrem Haar, streichelte es kaum, fiel wieder auf die Armlehne des Sessels zurück.

»Ich arbeite am Hüaus«, informierte Lonstein nach vorherigem Austeilen von Grappa in normal große Gläser. »Das Gute an dir ist, daß du von der ganzen Bande der einzige bist, der sich über meine Neophoneme nicht aufregt, darum werde ich dir den Hüaus erklären, vielleicht vergesse ich dadurch diese ekelerregenden Gürteltiere, hör doch nur, wie sie grunzen. Ausgangspunkt für diese Sache ist die Transfo.«
»Ah«, sagte der Besagte, bereit, sich die gute Meinung, die man ihm gerade stimmhändigte, zu verdienen.
»Also, niemand verlangt, daß du das kennst, du. Transfo ist ein bezeichnender Terminus in der Symbolsprache der wissenschaftlichen Kalkulation. Mit anderen Worten, *Trans*ponierte *Fo*rmulierung ergibt Transfo, und das habe nicht ich erfunden, aber ich finde, das ist ein hübscher Ausdruck und warum dann nicht Hüaus sagen für hübscher Ausdruck, das spart Phoneme, das heißt Spapho, ich weiß nicht, ob du mir folgen kannst, jedenfalls müßte Spapho eine der Grundlagen der Transfo sein. Mit dieser synthetisierenden Methode, das heißt Synmet schreitet man schnell und ökonomisch auf die logische Organisation jedes Programms zu, das heißt Logorpro. Auf diesem Zettel siehst du das umfassende und mnemonische Gedicht, das ich gemacht habe, um die Neophoneme festzuhalten:

Suche Spapho mit Synmet
doch nie darf fehlen die Transfo
willst du ein Logorpro adrett
Hüaus!«

»Hört sich an wie eine dieser kauderwelschen Sprachfiguren, von denen Don Alfonso Reyes sprach«, versuchte sich der Besagte, zum sichtbaren Ärger von Lonstein.
»Also, auch du weigerst dich, meinen Weg zu einer Symbol-

sprache zu begreifen, die man dies- oder jenseits der Wissenschaft anwenden kann, ich meine eine Transfo der Poesie oder der Erotik, all dessen, was bei den verfaulten Worten des planetarischen Supermarktes bereits ein einziger Grießbrei geworden ist. Diese Dinge werden nicht systematisch erfunden, aber wenn wir uns bemühten, wenn jeder hin und wieder einen Hüaus fände, bestimmt würde es Spapho und Alogorpro geben.«

»Logorpro, glaube ich«, korrigierte der Besagte.

»Nein, mein Alter, außerhalb der Wissenschaft würde es Alogorpro heißen, das heißt alogische Organisation jedes Programms, kapierst du den Unterschied; also, ich habe dich nun genug geschlaucht, wenn du den Pilz nochmal sehen willst, brauchst du nur nach drüben zu gehen. Die haben sich also auf der Straße mit den Kleinameisen und den Büroameisen geprügelt, jedenfalls waren es nur Miniameisen. Du wirst schon sehen, das Ganze geht schief, aber was tut es, Junge, Marcos ist einer von denen die suchen, er da, wo etwas auf der Straße geschieht, und ich eher bei den Wandkritzeleien, aber nur die Idioten merken nicht, daß alles die Straße ist. Marcos begreift es, ja, und darum hat er Vertrauen zu mir, etwas das mich selbst mehr als einmal überrascht, denn schließlich, was bin ich schon, ein Fischer von poetischen Schwämmen oder so etwas wie ein Programmierer von Alogorpro.«

»Nun ja«, sagte der Besagte, »mir fehlen unglücklicherweise ein Haufen Synmets und Transfos und Hüaus, um einige Sachen zu verstehen, aber jedenfalls freue ich mich, daß du in Marcos etwas mehr siehst, als einen Programmierer ohne Phantasie, hoffentlich entspricht alles, was irgendwann einmal geschehen muß, deinen Neophonemen oder der Ankunft des türkisblauen Pinguins, obwohl die Kameraden Roland oder Gómez mich wie immer für frivol halten, jedenfalls wenn einer gegen diesen Vorwurf immun ist, bin ich es.«

»Die werden uns fertigmachen, das ist sicher«, sagte Lonstein, »die Ameisen sind dazu da und werden nicht versagen, und dennoch hast du recht, man muß die Transfo weiterzeigen, ein unveröffentlichtes Bild des menschlichen Wunsches und der Hoffnung; da, wie ich glaube, Bujarin gesagt hat, die binären (ich will sagen, manichäischen, aber das Wort reibt mir die

Zunge wund, seit *La Nacion* es vor zwanzig Jahren in Mode gebracht hat) Revolutionen verurteilen sich schon, bevor sie triumphieren, denn sie akzeptieren das Gesetz des Spiels, und während sie glauben, alles zu zerbrechen, deformieren sie sich te la voglio dire. Wieviel Wahnsinn ist nötig, Bruderherz, intelligenter und tollkühner Wahnsinn, um mit den Ameisen Schluß zu machen. Die Idee von der Leistungsfähigkeit des Gegners auszulöschen, wie Gene Tunney sagt, denn während er es ist, der sie aufzwingt, verurteilt er uns dazu, seine semantischen und strategischen Bilder anzunehmen. Man muß es machen wie auf der Zeichnung von Chaval, auf der man eine Arena in dem Augenblick sieht, in dem der Stier herauskommen soll, aber statt des Stiers kommt ein riesiger Gorilla, und was soll ich dir sagen, der mutige Torero und seine Quadrilla beginnen das große Arschaufreißen. Das ist es, ein Problem bedingter Reflexe, sich weigern, die erwarteten und logischen Strukturen zu akzeptieren. Die Ameisen erwarten einen Stier, und Marcos schickt ihnen sozusagen einen Pinguin. Aber komm und sieh dir den Pilz an und reden wir von etwas anderem.«

Von etwas anderem reden, zum Beispiel dem Ausschnitt, den Heredia herumgehen ließ und den Monique in extremis vor Manuel rettete, der entschlossen war, ihn sich mit deutlicher Kauabsicht in den Mund zu stecken.

J'ai dirigé l'opération contre le député millionnaire de la majorité Edgar Almeida. Cette affaire nous a rapporté 70 000 dollars plus des bijoux évalués par une banque suisse à 30 000 dollars.

● Une opération considérable !

● **Oui. C'est un de nos sympathisants qui nous avait informés que le député cachait dans un coffre de sa demeure des bijoux et des dollars.**

Ce fameux député collectionnait également des toiles de maîtres et ne répugnait pas à une certaine publicité.

Nous lui avons envoyé une de nos séduisantes camarades qui s'est présentée comme reporter de « Realidad », hebdomadaire brésilien de grande diffusion.

Tout heureux de faire connaître au monde ses trésors, Almeida accepta avec plaisir de recevoir une « équipe technique » pour la photographie. Et tandis qu'il répondait aux questions, tout en servant des flots de whisky, les techniciens photographiaient les tableaux... et je pouvais repérer le coffre.

C'est alors que nous avons sorti nos armes. Almeida en eut une crise cardiaque. Mais nous étions accompagnés par un camarade médecin qui le remit sur pied rapidement.

Une voiture nous attendait dehors. Les précieux dollars nous ont été d'une grande utilité pour nous équiper ultérieurement. Et notre « victime » n'avait même pas osé nous dénoncer.

Heredia kannte »Cid« gut, der Queiros Benjamín hieß, und von Algier aus erklärte er einem Journalisten von *Africasia* eine Operation, die er in Rio geleitet hatte. In diesem Augenblick hatte der Besagte nicht genau verstanden, weshalb der Bericht über »Cid« so eine Art Beispiel war. Beispiel für was, außer seiner wesentlichen Bedeutung? Später, als er im Morgengrauen mit Lonstein sprach, sah er klarer, was für andere wie einer dieser Guerrillaakte aussah. »Cid« erzählte von einer Operation gegen einen gewissen Almeida, Abgeordneter der Mehrheit und obendrein Millionär, die eine Beute von siebzigtausend Dollars plus dreißigtausend in Schmuck eingebracht hatte, ein feiner Abgeordneter. Einer unserer Sympathisanten (in der Übersetzung der armen Susana, in solchen Fällen immer sauer) ließ uns wissen, daß der Abgeordnete die Dollars und den Schmuck in einem Safe aufbewahrte und daß er außerdem große Maler sammelte und für Publicity empfänglich war. Deshalb sandten wir ihm eine unserer außerordentlich verführerischen Genossinnen (a traduçao e um mal necessario, hatte Heredia gegrunzt, was heißt das, verführerisch, ich weiß genau, wer das Mädchen ist, verführerisch ist eine Beleidigung für sie und ihre Mutter und ganz Brasilien, denn sie ist das unvergleichlichste Monument, das man sich überhaupt vorstellen kann, und braucht niemanden zu verführen, denn es genügt, sie zu sehen, um flach auf die Erde zu fallen, dieser Journalist versteht nur die Hälfte, na, ja, lies weiter), die sich als Reporterin von *Realidad* vorstellte, einer brasilianischen Wochenzeitung mit großer Auflage. Hocherfreut, der Welt seinen Schatz zeigen zu können, willigte Almeida ein, ein »Techniker-Team« zu empfangen, das die Kunstwerke fotografieren sollte. Und während er die Fragen beantwortete, wobei er Ströme von Whisky ausschenkte, fotografierten die Techniker die Bilder, und ich machte den Safe aus. In dem Augenblick zogen wir unsere Waffen. Almeida erlitt einen Herzanfall. Aber einer unserer Kameraden war Arzt, und er brachte ihn schnell wieder auf die Beine. Draußen wartete ein Wagen auf uns. Die herrlichen Dollars waren uns sehr nützlich für unsere Ausrüstung, und unser »Opfer« wagte nicht einmal, uns anzuzeigen. Gute Arbeit, sagte Lucien Verneuil, Arbeit, dachte der Besagte, er sieht nichts als Arbeit.

»Es ist so einfach, eine Ordnung oder eine Logik zu negieren«, hatte Francine resümiert und mich angesehen wie aus der Tiefe ihrer Kätzigkeit oder der Akkumulation galloromanischer Weisheit + Descartes + Pascal + Enzyklopädie + Positivismus + Bergson + Philosophieexamen. »Das Schlimme, Andrés, ist nur, daß du heute nicht hier bist, um diese Ordnung zu negieren, sondern ganz im Gegenteil, irgend etwas bricht in deiner Ordnung, irgend etwas stimmt nicht in deiner Logik, und der arme Verletzte kommt und weint sich an der Schulter seiner Freundin Nummer zwei aus. Jetzt sagst du, nein, das stimme nicht, nachher werden wir Kaffee und Cognac trinken, Madame Franck geht fort, wir gehen hinunter, damit du die Neuerscheinungen unter den Büchern durchsiehst, wir gehen wieder hinauf und trinken noch etwas Cognac und dann fühlst du dich besser, du bist wieder der Mann am Rande, der Befreite, du küßt mich, ich küsse dich, wir ziehen uns aus, du stellst die Lampe auf den Boden, weil du dieses violette Halbdunkel um das Bett herum, meine Haut helldunkel gezeichnet liebst (du hast mir das beim ersten Mal gesagt, so etwas behält man), du umarmst mich, ich küsse dich, wir negieren die Zeit durch die Wiederholung, das alte System. Und das ist gut, Andrés, aber ich mußte es dir auf jeden Fall sagen, ich will nicht, daß du hierher kommst, als verstünde ich nicht, was dich bedrückt und dich zum Dementi zwingt.«
»Tennis«, sagte ich zu ihr. »Singles.«
Sie sah mich an, etwas verloren hinter dem Rauch ihrer Zigarette und wartete. Ja, Liebste, Tennis, Singles, zuerst Ludmilla und jetzt du, der Ball kommt und geht zwischen zwei samtenen Schlägen, einmal, zweimal, er streift das Netz, schlägt an den schwierigsten Stellen auf, wird aber immer bewundernswert aufgenommen und zurückgeschlagen, subtiler und zugleich harter Rhythmus, zwei Spielerinnen ohne Mitleid erörtern die Frage.
»Es ist gut, Francine, ich bin nicht hergekommen, um mich an deiner Schulter auszuweinen, wie du sagst, ich habe dir nur erzählt, was los ist, ich verstehe wieder einmal, daß es ein Irrtum

ist, man muß sich parzellieren, und nichts ist auf diesem Gebiet gemeinsam.«
»Nichts«, sagte Francine. »Wenn es gemeinsam wäre, gingen Ludmilla und ich gemeinsam ins Kino oder einkaufen, würden dich pflegen, wenn du eine Grippe hast, jeder auf einer Seite des Bettes, und wir würden lieben wie in den guten freizügigen Romanen, zu dritt, fünft oder zu siebt. Ich weiß, du suchst nicht diese Art Gemeinsamkeit, derjenige, der parzelliert, bist nämlich du, wer entscheidet und bestimmt, das bist du; sprich also nicht von Irrtum, denn es ist die Basis deines Systems.«
»Das heißt, ich soll schweigen, hier wie dort, herkommen zu dir, als erhielte sich alles unveränderlich, und wenn ich nach Hause zurückgehe, das gleiche, nichts zu Ludmilla sagen, ohne jede Konzession mich verdoppeln, die eine in der anderen töten, jeden Tag, jede Nacht.«
»Es ist nicht unsere Schuld, ich meine, Ludmillas oder meine. Ich wiederhole, das ist eine Frage des Systems, weder du noch wir können es brechen, es datiert von weit zurück und umfaßt zu viele Dinge; deine Freiheit hat keine Kraft, sie ist nur eine winzige Variation des gleichen Tanzes.«
»Dann also Cognac«, sagte ich, der Worte müde. »Sagen wir, ich bin gerade hereingekommen und habe dir nichts von alledem erzählt. Wie geht es dir, Liebste? Hast du viel gearbeitet?«
»Komödiant«, sagte Francine und streichelte mir über das Haar. »Ja, es gab sehr viel zu tun.«

»Du wirst mir auch vorwerfen, ich sähe alles vom Grund des Trichters aus«, sagte Lonstein. »Selbst Marcos, der mich besser als alle kennt, ärgert mich manchmal damit, er findet, ich sei zu radikal. Was willst du, was mir immer an dem kleinen Juden gefallen hat, ist, daß er wirklich dazwischengehauen hat, er hat Galiläa gepackt und es wie einen Pfannkuchen umgedreht, es war nicht seine Schuld, daß man nachher eine Kirche darauf gebaut hat, genausowenig kannst du Lenin den sowjetischen Schriftstellerverband vorwerfen, nicht wahr. Der Ärger kommt immer mit den Epigonen, den Diadochen oder wie du sie nennen willst. Sieh mal, sag selbst, ist das nicht wunderschön?«
Der Pilz hatte einundzwanzig Zentimeter erreicht, genau um fünf Uhr früh und schien bereit, bis auf weiteres dabei zu bleiben, Lonstein steckte das Maßband ein und begoß die Basis des Pilzes mit einer Flüssigkeit, die für den Besagten wie Wasser aussah, aber bei Lonstein wußte man das nie genau. Also, wenn ich richtig verstanden habe, wollte Lonstein sagen/sieh dieses phosphoreszierende Blau an/du sagtest daß/das ist nicht die Lampe, wenn ich sie ausmache, phosphoresziert er weiter, siehst du/ist gut, wenn du nicht reden willst, mir ist es gleich/das Wichsen zum Beispiel, ich weiß, alle haut das um, daß ich mich als Wichser bezeichne, sie hätten gern etwas mehr Haltung, Diskretion und du, du bist sicher genau wie alle/nun ja, ich meine, das ist kein faszinierendes Thema, wenn man nicht mehr dreizehn ist/Riesenirrtum, wie der linke Stürmer von Benedetti sagte, aber lassen wir den Pilz schlafen, er hat sich diese Nacht genug geschunden und braucht Dunkelheit, wir gießen uns einen Mate auf, wenn du magst, ich glaube, da ist noch Grappa.
Der Besagte wußte genau, er hatte von diesem Augenblick an Anspruch auf

LONSTEIN ON MASTURBATION

Und so war es, und für den Besagten bestand das Problem darin, für sich zu behalten, was Lonstein sagte, oder es gegebenenfalls zu wiederholen. Ziemlich überrascht über sich selbst bemerkte er, daß er es gegebenenfalls wiederholen würde, daß es zu wiederholen in gewisser Hinsicht notwendig sein könnte, auch dann, wenn manche sich bekreuzigten. Es handelt sich nicht darum, die Gründe zu suchen, es gibt sehr viele, sagte Lonstein, dazu sind die Siegmundssöhne da, die durchaus nicht immer Söhne von Sieglinde sind, weswegen sie nicht wenig hinter Siegfried zurückbleiben, entschuldige diese wagnerialytischen Evokationen/Wenn du willst, daß ich dich noch verstehe, sagte der Besagte energisch, höre auf, mich mit den Hüaus zu verarschen, die Neophoneme und andere Zusammenziehungen deiner semantischen Schließmuskel/Schade, sagte Lonstein, aber nun ja. Wir waren uns einig, daß es nicht darum geht zu erfahren, warum ich masturbiere statt zu bumsen, sondern darum, die Sache ohne schlüpfrige Anspielungen beim Schopf zu packen. Das Paar, zum Beispiel, dieser universelle Signifikant der Erotik, habe ich, als ich jung war, selbstverständlich wie alle gesucht, in der Florida und in der Corrientes, aber es ging mir genau wie mit Titina. Ich bin ein Extremfall, obwohl keineswegs ungewöhnlich, das heißt, ich konnte das Paar nicht eingehen, auch nicht nach fünf- oder sechsmaligem Wechsel der Partner in ebensovielen Jahren. Ich habe es sogar mit dem Briefträger versucht, der *Sur* brachte, eine Zeitschrift, die ich damals abonniert hatte, er war achtzehn, der Briefträger natürlich. Beachte meine wissenschaftliche Ernsthaftigkeit, meine Entschlossenheit, das Problem von allen Seiten anzugehen. Ergebnis: die Gewißheit, daß ich niemals mit einer Frau oder einem Mann ein Paar bilden könnte, und gleichzeitig, daß mir die Frauen in der Freundschaft und im Bett fehlen. Der Briefträger verließ paradigmatisch mein Leben, denn die Erfahrung am lebenden Objekt zeigte, daß ich an homosexuellen Beziehungen uninteressiert bin, und ich sage dir, ich habe sogar *Sur* abbestellt, nur damit er nicht wiederkam. Aber die Frau, unmöglich, auf sie zu verzichten und dann, wie ich dir schon sagte, fünf oder sechs Jugendversuche, alles zu Anfang sehr gut, denn von beiden Seiten Vogel-Strauß-Politik und eitel Sonnenschein, es gibt keinen Defekt, der zu Anfang nicht ein interessanter und charakteristischer Zug ist, der der Person ihre Besonderheit gibt, keine Diskrepanz, die nicht dialektischer Anreiz zur gegenseitigen geistigen Bereicherung, siehe Julian Marías, ist. Ich rede im Ernst, es ist allgemein bekannt und wird immer wieder mit genau den gleichen Worten gesagt, aber es ist auch bekannt, daß der Tag kommt, an dem ein Defekt ein Defekt ist, Punkt fertig. In diesem Fall ist das laut Statistik Übliche, sich zu bescheiden, zu heiraten und das Gute zu nutzen, das manchmal das Böse überwiegt. Bei mir klappte dieses System nicht. Ich habe es dreimal versucht mit dem Paar, und das dritte Mal hatten wir sogar ein Kind, er studiert jetzt, damit die Mutter der Familie einen Zahnarzt zugute kommen lassen kann, du weißt, daß in Villa Elisa das Wasser die eitrigen Entzündungen fördert. Um dir nur von einem Fall zu erzählen, das zweite Mal, mit Yolanda, war nach sechs Monaten das Mißlingen so offenkundig, daß wir beschlossen, jeder solle sein eigenes Leben leben, wir würden uns aber nicht trennen; das war in den Zeiten, als man nicht so leicht eine Wohnung fand. Was soll ich dir sagen, mein Alter, es war eine Satellitenübertragung wert, wir kamen und gingen im Haus, als gäbe es den anderen nicht, versteh das wörtlich, und nicht, wie wenn ein Paar sich zankt, und diese ungemütlichen Stunden folgen, bis bei beiden der Zorn verraucht ist, sie bedauern fast, was sie gesagt haben, nicht weil sie es für falsch halten, aber da ist das Vokabular und da sind die Hintergedanken und die alte Geschichte, und von da bis zur Androhung von Ohrfeigen, so daß sie sich umkreisen wie die Hunde, die man mit Krätzepuder eingestäubt hat, aber natürlich, das ja, mit Höflichkeit und Liebenswürdigkeit wie in Seidenpapier verpackt, willst du eine Tasse Tee, gern, aber ich kann sie selbst machen, nein, laß mich, schön, danke, wir trinken ihn im Wohnzimmer, hier ist es zu heiß, das stimmt, um diese Zeit wird dieser Raum stickig, findest du nicht, man sollte eine Art Isolation anbringen, in *Claudia* habe ich eine Reklame gesehen, ah ja? zeig doch mal her, vielleicht ist das die Lösung. Aber zuerst mache ich den Tee, einverstanden, ich begieße inzwischen die Pflanzen auf dem Balkon und so, bis nach dem Tee das kleine Lächeln kommt, Doofer, du bist noch doofer, du hast angefangen, ich habe nur angefangen, weil du mich mit dem Urlaubsthema so aufgeregt hast, das stimmt nicht, ich habe es erwähnt aber nicht mit dieser Absicht, ah, schön, ich dachte, siehst du wie bösartig du bist, und du bist eine Streithenne, sag das deiner Tante, meine Tante, die ist eine Schleiereule und dann zuerst Gelächter und dann Geschmuse und dann das Bett, selbstverständlich, und das ist gut so, denn jeder gut beendete Streit ist ein präerotischer Akt, ich spreche aus Erfahrung. Mache mir einen Mate, ich ersticke.«

»Also, mit der Yolanda war das anders«, suggerierte der Besagte, ein Feind aller Abschweifungen und dessen, was aus dem Augenblick entstand.

»Warum sagst du die Yolanda?« beschwerte sich Lonstein. »Ihr Porteños habt selbst das Gehör verloren, verfluchtes Kauderwelsch. Sie hieß Yolanda und hat noch einen kleinen Laden in der Colegialesstraße, die Sache war, daß wir sehen wollten, ob wir das Paar aufrechterhalten konnten, ohne uns auch nur guten Tag zu sagen, gib zu, daß in der Idee ein Keim anthropologischer Mutation steckt. Möglicherweise konnte alles spontan wiedererstehen, und, da wir uns kaum sahen, würden wir uns schließlich vielleicht so sehen, wie wir wirklich waren, aber unterdessen glich die Wohnung einem Kaspertheater, einer kam, der andere ging, einer aß um zwölf, der andere um eins, außer, wenn wir beide um Viertel nach eins essen wollten, dann deckten wir den Tisch und kochten *gleichzeitig*, es gab fürchterliche Zusammenstöße, denn mitunter griffen wir gemeinsam zum Salzfaß oder zur Pfanne, der Bruchteil einer Sekunde entschied, wer gewann, und der andere blieb mit der Hand in der Luft, oder einmal, als ich kackte, kam Yolanda herein; als sie mich sah, meinte sie nach wochenlangem Schweigen: »Entweder du verschwindest oder ich mach dir obendrauf«, weswegen ich natürlich erst halbfertig hochging. Stell dir vor, das Sexuelle haben wir auf die zu der Zeit einzig mögliche Weise ausgeführt; denn für die Liebe waren beide notwendig, und das war ein Problem, trotzdem ließ es sich eine Zeitlang lösen, nämlich wenn der große, blinde, schwarze Gott den Speer warf, ging der eine zu dem anderen und legte ihm die Hand auf die Schulter, und der gehorchte sofort. Die Varianten, die Wiederholungen, die Launen, drückten sich in einer ersten Bewegung aus, die der andere verstand und respektierte, es war wirklich gräßlich.«

»Ah, na schön«, sagte der Besagte erleichtert, der bisher den

Eindruck gehabt hatte, den Geständnissen einer Spinne oder eines Kaninchens zu lauschen.

»Damals, als es mit Yolanda schiefging und sie es mit den Alten trieb, habe ich angefangen, regelrecht zu masturbieren, nicht mehr so wie damals, als ich klein war. Jetzt hatte ich andere, selbsterlebte Erfahrungen, eine vollkommene Kenntnis der Grenzen der Lust, ihrer Varianten und ihrer Abweichungen. Was viele für einen »Ersatz« für die Erotik zu zweit halten oder zu halten vorgeben, fing an, sich mehr und mehr zum Kunstwerk zu entfalten. Ich lernte zu wichsen, wie jemand ein Flugzeug zu führen oder gut zu kochen lernt, ich entdeckte, daß es eine gültige Erotik war, wenn man nicht wie zu einem Ersatz dazu griff.«

»Sag mal, ist es dir nicht peinlich, davon zu sprechen?«

»Ja«, sagte Lonstein, »und gerade darum glaube ich, muß ich davon sprechen.«

Der Besagte prüfte ihn von der Seite, Dreiviertelprofil, Lonstein war etwas blaß, wich seinem Blick aber nicht aus, seine Hände beschäftigten sich damit, eine Zigarette zu nehmen und anzuzünden. Der Besagte begriff, daß er nicht aus Exhibitionismus oder Perversion zu ihm sprach. »Gerade darum glaube ich, muß ich davon sprechen.« Wieso darum? Weil es schmerzlich war und den etikettierten Gepflogenheiten gegen den Strich ging? Mann, sagte der Besagte, für mich ist das nicht gerade eine Nacht mit Cleopatra, fünfmal verfluchter Cordobese, aber leg schon los, bis Phöbus heraufzieht.

In jenen Stunden oder jenen Tagen – Mittwoch oder Donnerstag, ich bin nicht mehr ganz sicher – waren die Dialoge, in die ich hineinplatzte, wie Weichensteller; Hände von Worten oder Gesten bewegten langsam die Stangen, Züge, die vorher von Ost nach West fuhren, bogen ab nach Norden (einer fuhr sogar aus Paris, um in Verrieres anzukommen, eine Reise, die unter normalen Umständen zwanzig Minuten gedauert hätte und die dieses Mal Tage dauerte, aber versuchen wir nicht, die außer Gebrauch gekommenen Sphinxen nachzuahmen, oder – aber das dachte der Besagte – puccinische Prinzessinen, die sich über Hotellautsprecher beugen), Tatsache ist, daß man in ein Gespräch hineintritt wie in ein Café oder in eine Zeitung, man öffnet den Mund, die Tür oder die Seite, ohne sich Gedanken darüber zu machen, was kommen wird und dann, päng. Mit Ludmilla wußte ich es schon, aber die Weichenstellung war zu brutal, der Zug nahm die neue Richtung mit einem Quietschen wie dem einer Titelseitenkatastrophe, ich weiß nicht, welche Bremsmanöver der Maschinist machte, um ein Entgleisen zu verhindern, wenn er es tatsächlich verhinderte, solche geistigen Züge können zu Bruch gehen, ohne daß es überhaupt jemand merkt. Sonderbarerweise (immer kommt ein Adverb, um etwas zu maskieren, das ist sicher) hatte ich am Abend zuvor Texte von René Char über die Zeit des Widerstandes gegen die Nazis in Südfrankreich nachgelesen, und von Tagebuchseiten und Gedichten war mir ein einfacher Satz im Gedächtnis geblieben: *Certains jours il ne faut pas craindre de nommer les choses impossibles à décrire*, und plötzlich erzählte mir der Besagte von seiner Nacht mit Lonstein, und uns beiden kam es so vor, als spräche Lonstein von etwas ganz Konkretem, das er sagen mußte, auch wenn es ihm sehr schwer fiel, bliebe aber gleichzeitig nicht auf der Ebene eines Geständnisses, da es aufgrund der persönlichen Eigenart des kleinen Rabbi nicht als solches beabsichtigt gewesen sei und eher was zu tun hatte mit scheinbar weit entfernt liegenden Dingen, die mir heterogen und sogar inkohärent vorgekommen wären, wenn der Besagte, der mehr davon wußte, nicht darauf bestanden hätte, sie zu verbinden und zu verketten, zum Beispiel Oscar, die Tatsache, daß auch Oscar bei den Motzern mitmachte mit einer Art, im Licht vernünftiger Grundsätze oder Direktiven des P. C. gesehen, vollkommen unverbundener Interferenz. Darum begann der Besagte leider, alles durcheinanderzubringen und das, obwohl er einmal die Gescheckten auf die eine und die Gestreiften auf die andere Seite hatte tun wollen, jetzt merkte er, daß die Dinge nicht voneinander zu trennen waren, jedenfalls weder für Lonstein noch für Oscar (auch nicht für Marcos, aber Marcos sprach nicht viel außer, wenn er zuviel Gin intus hatte, wie bei seinem Lob auf die Begeisterung, ein Thema, das hauptsächlich Ludmilla gewesen war, so geht es im Leben) und an den Tagen, an denen er sich mit Andrés aussprach, kamen ihm die Karten vermischt auf den Tisch und Andrés dachte, daß zwischen dem Besagten und Ludmilla kein einziger Zugfahrplan mehr bestand, den man wie früher befragen konnte, denn überall hatten die Weichen die Reiserouten verschoben, von Dienstag bis Freitag gab es so etwas wie eine allgemeine Verkehrsstörung. Für mich war das eine persönliche Angelegenheit, und ich hatte keinen Grund, sie Drittpersonen verständlicher zu machen, aber der Besagte ging andere Wege, und die Motzer, die ihm zu Anfang ziemlich verrückt vorgekommen, dann amüsant, aber immer etwas schlicht sogar kindisch erschienen waren, fingen an, ihm wie Sago aus den Fingern zu gleiten, und darum sah er Lonstein eher unangenehm berührt an.

**COMMENT
FUT ENLEVÉ
L'AMBASSADEUR
AMÉRICAIN
ELBRICK**

Und tatsächlich, als der Besagte mir die Lonsteinsche Dissertation wiederholte, verstand ich beinahe, was Ludmilla bereits verstanden hatte, was Marcos von Anfang an begriffen hatte, was Oscar von einem anderen Blickwinkel aus zu verstehen versuchte, was viele andere irgendwann einmal verstehen würden, aber es war noch zu früh und außerdem war da der Traum von dem Film, der immer wieder kam wie eine Viehbremse mit seiner bedrückenden Lücke vor der Tür des Salons, wo jemand (»ein Kubaner, mein Herr«) mich erwartet hatte, um mir etwas zu sagen, wahrscheinlich war es auch für den Traum noch zu früh, aber unterdessen hatte Char recht, und man brauchte sich nicht davor zu fürchten, die Dinge beim Namen zu nennen, die unmöglich zu beschreiben waren, so wie Lonstein recht hatte, als er dem Besagten soviel beschrieb, was unmöglich beim Namen zu nennen war. Ganz zu schweigen davon, daß die Geschichte ihren Fortlauf nahm, wie für wenige Centimes an einem Kiosk leicht festzustellen war.

AMÉRIQUE LATINE

ARGENTINE : QUERELLES DE GÉNÉRAUX ET LUTTES POPULAIRES

PAR ISABEL ALVAREZ

Andrés wußte es schon und Ludmilla hätte zurückkommen und schweigen oder nicht zurückkommen und ihn von Marcos aus anrufen können (postalische, telegrafische Varianten, verschiedene freundschaftliche Interventionen); als sie in die Wohnung in der Rue de l'Ouest kam, aber dieses Mal ohne Lauch, war es beinahe Mittag, Andrés schlief, nackt, eine Hand zwischen dem Wecker und anderen Dingen auf dem Nachttisch verloren; vielleicht hatte ein Alptraum ihn die Decke und das Laken wegstrampeln lassen, die theatralisch am Fußende und neben dem Bett lagen, und Ludmilla stellte sich ein historisches Bild vor, Géricault oder David, Chatterton vergiftet, Titel wie »Zu spät!« Sie sah diesen schamlos und wie sich selbst fremd auf dem Rücken liegenden Körper an, sie lächelte ihm ein leises guten Tag zu und schloß die Tür, sie würde sich auch hinlegen, aber auf die Couch im Wohnzimmer, nachdem sie ein halbes Dutzend Platten weggeräumt hatte, die Andrés überall liegen ließ. Mit einem Glas Milch, in Andrés' Bademantel gehüllt, dachte sie, sie müßte ein bißchen schlafen, da sie um drei Uhr zu Patricio gehen sollte, um sich Anweisungen zu holen.

Der Gürtel war leicht zu lösen gewesen, da Marcos die Sache dadurch erleichterte, daß er mit einer Schmerzensgrimasse den Bauch einzog; Ludmilla hatte ihm die ersten drei Knöpfe bis zum Gummiband der Unterhose geöffnet. Hoffentlich hast du keine inneren Blutungen, hatte sie gesagt, als sie die blaugrüne Landkarte Australiens sah, die sich bis nach unten zog. Beruhige dich, Polinchen, du siehst doch, ich atme ohne Mühe, das ist nur eine Prellung. Ich weiß, sagte Ludmilla, ein Alkoholumschlag wird dir gut tun. Es muß schon Grappa sein, sagte Marcos, denn in diesem Haus zeigt sich Alkohol immer nur in dieser Form. Als er sie langsam auf das Ohr küßte, unterbrach Ludmilla die wissenschaftliche Untersuchung der verletzten Zone, lehnte einen Augenblick den Kopf an seine Brust und hielt ganz still. Sie sprachen nicht, der Tee wurde in Übereinstimmung mit einem Gesetz der Wärmelehre kalt.
»Nicht aus Routine, Marcos«, sagte Ludmilla.
»Das habe ich auch gerade gedacht, Polinchen.«
Er hielt den Atem an und richtete sich langsam auf, um sich die Schuhe auszuziehen. Ludmilla half ihm, sie ließ ihn einen Schluck Tee trinken und ging, um den Grappa zu holen, aber sie verzichtete auf ihr Vorhaben mit dem Umschlag, weil dieser Grappa wirklich zu stark roch und weil Marcos langsam ins Schlafzimmer ging und sich die Hosen und das Hemd auszog; im Slip legte er sich langsam aufs Bett und winkte Ludmilla, die das Licht in der Küche und im Wohnzimmer ausmachte und mit Gläsern und Grappa zurückkam, der auf jeden Fall auf innerem Wege nützlich angewandt werden konnte. Mit einer Zigarette im Mund begann Marcos, ihr vom Vip zu erzählen, Ludmilla hatte sich neben dem Bett auf den Boden gesetzt und sah das lockige Haar von Marcos im Licht der Nachttischlampe glänzen. Es würde bald hell werden, aber keiner von beiden war schläfrig. Es sollte nicht aus Routine sein, die Bluse, die Ludmilla sich auszog, während Marcos ihr erklärte, was Freitag nacht geschehen sollte, nicht eine simple Geste der üblichen Zeremonie sein, das Lösen der Sandalen und das Abstreifen der Strümpfe sollte einen anderen Sinn haben oder keinen außer

sich der Ruhe und dem Schlaf näher zu fühlen. Im Mundwinkel von Marcos war noch ein Rest trockenes Blut. Im Bad war ein echter Schwamm, seltsamer Luxus, durch den Tabakrauch sah Marcos die nackte Silhouette von Ludmilla sich erheben, ihren Rücken, ihre Schenkel, ihren braunen und festen Körper, der auf die Tür zuging, um den Schwamm zu holen.

»Einen Ausweis bitte«, sagte der Kassierer. Mit leichten Variationen reproduzierte sich die Bitte gleichzeitig in dreiundzwanzig Bankzweigstellen und Wechselstuben im Pariser Bezirk, die Gruppe von Lucien Verneuil und Roland hatte gute Arbeit geleistet, zwischen vierzehn Uhr dreißig, Öffnungszeit der Banken, und vierzehn Uhr fünfundvierzig wechselte das Meisterwerk des alten Collins den Besitzer und verwandelte sich in französische Francs. Es gab nur eine einzige Gefahrenminute in der Agentur *Cosmique* auf der Place d'Italie, wo eine Angestellte mit blauem Kleid und Kurzsichtigenbrille die Scheine mit einer Sorgfalt untersuchte, die dem Kunden übertrieben vorkam, eine Bemerkung, welche die Angestellte ihm mit dem Hinweis quittierte, daß dies ihre Pflicht sei, worauf der Kunde seinerseits meinte, daß er bloß ein Angestellter eines Reisebüros sei, und wenn irgendwelche Zweifel bestünden, wäre es besser, gleich Herrn Macropoulos, GO Belins 4544, anzurufen. Zur Überraschung des Kunden, der Macropoulos einfach erfunden hatte, um Zeit zu gewinnen, für den Fall daß er abrükken mußte, wechselte ihm die Dame das Geld völlig ungerührt, nicht ohne neuerliche Bemerkung über die Berufspflicht. Die erste Anzeige erhielt die Polizei um fünf Uhr fünfzehn von einer Zweigstelle des Crédit Lyonnais; in der Nacht hatte die Präfektur beinahe alle falschen Scheine und ebenfalls eine Menge Hinweise, in dem Maße, in dem das Kommando Lucien Verneuil aus Leuten bestand, die in ihrem Hundeleben nie in eine Bank gegangen waren, um Geld abzuheben und noch weniger, um welches einzuzahlen. Lucien und Roland rechneten mit einem Zeitraum von vier oder fünf Tagen bis zur ersten Unvorsichtigkeit und der immer möglichen Denunzierung, Gómez und Monique einerseits und Patricio und Heredia waren bereits mit den notwendigen Käufen beschäftigt.

[...]erto M. Levings[...]
[...]idente de la Rep[...]

[...]ilitar. Asumirá el Jueves 18 [...]

Podría Armarse en pie de Guerra a 150 Hombres con las Armas Robadas en Uruguay. Preocupación

MONTEVIDEO, 20. (AP). — La policía detuvo en las [illegible] últimas horas a una treintena de personas en relación con el espectacular robo de ayer a un arsenal de la Ma-[...]ina, cumplido por [illegible] Tupamaros. [illegible] oficial, ha sido imposible obten[...] [illegible]

[illegible] en el alejamiento de algunas importantes figur[...] del gobierno como la del comandante en jefe de la Ma[...] [illegible] Guillermo Fernández y hasta de al-[...]gunos ministros claves del aparato de seguridad.

Entretanto, una fuente militar responsable admitía que

Mit Onan Schluß zu machen schien paradoxerweise einer der Gründe zu sein, weshalb Lonstein weitersprach, Onan als einer der geistigen Unholde, die niemand beseitigen konnte, die Anhäufung der tiefen Unholde, der wahren Herren der Alltagsharmonie, die viele Leute Moralität nannten und die darum eines Tages individuell zur Neurasthenie und zur Couch des Analytikers wurden und kollektiv zum Faschismus oder/und zum Rassismus. Du alter Junge, murmelte der Besagte, von den Sublatenzen und Subtendenzen des Vortrags des kleinen Rabbis erdrückt, aber es war unnütz mehrere genug jetzt oder hör auf einzuschalten, in dem Willen Lonsteins weiterzusprechen, seinem Raskolnikow-Hang für die einsamen Zeremonien zeichnete sich der Entwurf einer grotesken Saga ab, ein Abstieg von Gilgamesch oder von Orpheus in die Unterwelt der Libido, und es war unnütz, daß der Besagte ihm manchmal ins Gesicht lachte oder sich in beinahe beleidigtes Schweigen zurückzog vor diesem Exhibitionismus der vierten Morgenstunde und des fünften Grappa, und nach und nach begann er zu sehen, daß Lonstein Onan nicht wegen der Lust, ihm ein legales Statut zu geben, an die Oberfläche holen wollte, wenn man Onan aus der inneren Verdrängung hervorholte, hieß das wenigstens, einen der Unholde zu töten und sogar mehr, ihn im Kontakt mit dem Tageslicht und der Offenheit zu metamorphosieren, ihn zu entunholden, seine traurige Haut der Heimlichkeit gegen Federn und Glocken zu vertauschen, der kleine Rabbi wurde plötzlich lyrisch, insistierte und detaillierte und wurde zu einer Art Public-relations-Chef und Vollstrecker des Unholds, der schließlich ein Fürst war wie viele Unholde, nur daß er ihm helfen mußte bei seiner Transformation. Der Besagte begann zu begreifen, daß Lonstein rabbinisch durch Darlegung von Beispielen vorging, er wählte einen Unhold unter den vielen, schlug neue Abstiege zum unteren Haufen vor, um nach und nach die anderen Unholde zu liquidieren, eine Art unterirdisches Untermotzen, und verstand schließlich, daß seine Rolle in dieser Nacht, wenn er sie ehrenhaft erfüllte, lediglich darin bestand, den kleinen Rabbi zu aktivieren, zu reizen, in Rage zu bringen, damit die Jagd und die Metamorphose von Onan vielleicht zu etwas nützte, wenn er sich zu ihrem Chronisten machte, was Lonstein zweifellos von vornherein erhofft hatte und ohne sich zu irren, denn der Besagte zögerte nicht, mit mir über die Sache zu sprechen (ich war nach einem schlechten Morgenschlaf aufgestanden, Ludmilla schlief auf der Couch und niemand hatte zu Mittag gegessen noch schien man daran zu denken), und obwohl ich zuerst überhaupt nichts verstand und sogar das gleiche tat wie der Besagte, nämlich schlecht von Lonstein dachte, begriff ich doch schließlich diesen ungeheuren Exorzismus, da auch ich, auf meine gemeine Art und Weise versucht hatte, von einem Balkon aus zu sprechen und mit einigen Unholden Schluß zu machen, nur daß meiner ein kleiner Hinterhofbalkon war mit Blumentöpfen, der nur zu den Fenstern von Ludmilla und Francine ging, ein individueller und egoistischer Exorzismus, eine Lappalie, ein toter Vogel, Beweis dafür sind seine Ergebnisse. Aber vielleicht hatte Lonstein recht und es war nötig, sich auf ganz unterschiedliche Art und Weise bei den Motzern zu beteiligen (vorausgesetzt, er oder ich wußten genau, worum es eigentlich dabei ging), jedenfalls hatte Lonstein mit dem Besagten nicht aus reinem Vergnügen von Onan gesprochen, sondern auf der Suche nach der bestmöglichen Art, diesen schwindelnden Grad der Nacktheit des Wortes parabolisch auf die Motzer zu projizieren (selbstverständlich eine Transfo!), der den striptease, dem er sich vor dem Besagten unterzogen hatte, in anderem Licht zeigte, als eine unerläßliche Vorbedingung für Verrières, Freitag nacht, für die andere Unholdjagd, und obwohl es wie eine Sache von Irren aussah, begannen der Besagte und ich zu spüren, daß in der beinah undenkbaren, in der beinah unzüchtigen Aufführung Lonsteins so etwas war wie in einer Waffenwache vor der Nacht von Verrières. Und was im Augenblick lediglich wie eine wahnwitzige Ideenverbindung aussah, könnte sich vielleicht einmal für andere Menschen und für neue Motzer aufklären, weshalb der Besagte und ich uns wie Talmi-Sibyllen und Talmi-Propheten vorkamen, wie solche, die wissen und nicht wissen und jeder den anderen ansah, als habe er einen Wind gelassen, eine immer tadelnswerte Erleichterung.

Leben Sie glücklicher in einem Renault 5 30 Monatsraten plus Anzahlung

Susana spielt mit Manuel, während sie ihn wäscht und anzieht, wobei sie Patricio von der Seite ansieht, der ein ziemlich geschwollenes Auge hat und ein schmerzendes Handgelenk. Zum Glück ist einer seiner meistgeliebten Schätze aus Buenos Aires eine Ledermanschette aus der Zeit, als er Schlagball im Laurak Bat spielte, und die Sonnenbrille deckt vollkommen seinen anderen Fehler ab. Es ist drei Uhr nachmittags, aber nach der unruhigen Nacht ist die Familie im Bett geblieben, selbst Manuel, der sich seltsam brav zeigt und nicht versucht, sich mit dem Puder oder der Watte zu ersticken. Das Mittagessen ist ein Hin und Her zwischen Küche und Bett mit Salami, Gläsern mit Milch und Wein, Stückchen kalter Tortilla und einem halben Dutzend Bananen gewesen, Vater, Mutter und Kind fühlen sich beim vollkommenen Bruch mit den guten Sitten außerordentlich wohl, und als Ludmilla kommt, empfangen sie sie unangezogen, mit Kaffee-Cognac, laden sie ein zu

Heredia und Gómez biegen sich vor Lachen beim Lesen der Zeitung und besehen sich ihre geschwollenen Nasen, die Monique ihnen mit Rotkreuz-Manier und reichlich Jod verarztet. Die verwirrende Anwesenheit des türkisblauen Pinguins am Seine-Ufer im Morgengrauen hat zu zwei Theorien Anlaß gegeben, zumal die Polizei nicht gezögert hatte, zwischen diesem Vorfall und den Vorgängen in Orly eine Kausalkette herzustellen. Die Spuren verlieren sich dann allerdings, während man am Quai des Orfèvres beginnt, über die wirkliche Natur der Container Vermutungen anzustellen, und das führt sie zu

Eine Zeitung spricht von Waffenschmuggel, eine andere von Rauschgifthandel. Marcos hat bereits Oscar angerufen, damit sie das Hotel Lutétia verlassen, falls die Ameisen, und Oscar, der sein letztes Luxusfrühstück im Bett verschlingt, während Gladis darauf wartet, daß die Kellnerin endlich geht, damit sie mit ihrem eigenen Tablett hereinkommen und sich an ihn schmiegen kann, um das eigene zu verspeisen, informiert Oscar sie, daß Marcos sie um zehn Uhr fünfzehn bei Patricio erwartet und daß alle Hoffnungen, die Gladis noch blieben, ihre Tätigkeit als Stewardeß wieder aufnehmen zu können, sich beträchtlich verringert zu haben scheinen, angesichts der Kausalkette, von der man in

»Armer Pedernera«, sagt Gladis, »wer wird ihm jetzt den Grapefruitsaft in die Kabine bringen. Pepita wird verdammt viel Arbeit haben.«

»Dieser Pedernera hat ein ganz schönes Auge auf dich geworfen, was?« sagt Oscar.

»Weil niemand ihm den Saft so vorzüglich reicht, daß er nicht einmal von den Schalttafeln aufzublicken braucht.«

»Nun ja, es sieht aus, als wärest du endlich über die Mauer gesprungen, meine Kleine«, sagte Oscar im Bett hinunter rutschend, während das letzte Hörnchen parallel dazu in seine Kehle gleitet. Gladis sieht ihn an, ohne das mit der Mauer zu verstehen, aber Oscar küßt ihr das Haar und hat so etwas wie ein leichtes Glücksgefühl, wahrscheinlich ist es bloß der Halbmond, das halbmondförmige Hörnchen, aber auch der Vollmond, die unerbittliche Maschinerie der Assoziationen und Wortspiele, die Türen öffnet und Gänge im Schatten zeigt, Gladis hat nicht die geringste negative Reaktion gezeigt, als sie die Nachrichten hörte, dann ist es so, dann ist sie über die Mauer gesprungen wie die Mädchen im Vollmond, sie ist tatsächlich bei den Motzern und das heißt, denkt Oscar, die Mauer ist überwunden und die Straße offen, auch wenn die gesamte Polizei von Paris und die Feuerwehr von La Plata hinter den vom Karneval verrückt gewordenen Mädchen her sind, hinter Alicia Quinteros, hinter Gladis her, die einen gutbezahlten und pensionsberechtigten Job Kapitän Pedernera an den Kopf wirft.

Verstehe, aber warum hast du so schnell aufgegeben nach der Yolanda/Nach Yolanda, du/Nach Yolanda und bist mit Haut und Haaren zum Onanieren übergegangen, wenn ich so sagen kann/Ich verstehe, du wärest voller Hoffnung rückfällig geworden/Aber natürlich, was ist die Liebe anderes als ein Rückfall/Das Problem liegt nicht da, Junge, etwa fünfzig Gelehrte haben ihr Leben damit zugebracht, den Schatten von Gogol zu befragen, warum er das Wichsen der Ehe vorgezogen hat, ganz zu schweigen von Kant, einmal im Monat unter einem Baum, und selbstverständlich gibt es in jedem Fall eine Ödipus- oder chromosomatische Erklärung, und zweifellos habe ich zu wenige oder zu viele Betamoleküle, aber es ist nicht das, was mich interessiert, obgleich du dich natürlich an einen Begriff der Normalität festkrallst, als wäre das noch eine Schwimmweste/Sieh mal, auch wenn wir sie nur auf die Statistik reduzieren, braucht man einen gewissen Normalitätsbegriff, um zu manövrieren/Wie du willst, nehmen wir an, ich bin anormal und Schwamm drüber, weder dein Urteil noch die Vorstellung, die du dir davon machst, berühren mich im geringsten, wenn ich mit dir darüber spreche, dann weil ihr, du und die übrigen Normalen perfekte Heuchler seid, und jemand muß ab und zu die Aufgabe des Clowns übernehmen und zwar nicht aus Opfersinn, denn ich opfere mich nicht deinetwegen, normaler Mann, sondern für etwas, das ich nicht benennen kann, sagen wir eine neue Gründung/Werde jetzt nur nicht metaphysisch/Oh nein, ich spreche nicht von ontologischer Gründung, obgleich auch da ein paar Clowns nötig wären, die mehr als vier von Madame l'Histoire gebackene Tortillas umdrehen, ich spreche von einer anderen Art Gründung, wenn du willst, ein bißchen so etwas wie Sade sich vorgestellt haben muß, diese Gründung, die sich hauptsächlich als eine Zerstörung darstellt, eine Kehrtwendung der Hampelmänner, damit nachher eines Tages die schrecklichen Arbeiter kommen, wie der von Harrar sagte, oder jener neue Mensch, der Marcos und die ganze Bande der Motzer so sehr beschäftigt, und dann öffne ich die Tür und sage, daß wir alle Onan sind, zuerst aus offensichtlichen Gründen der Kindheit und später, weil die einsame Lust, so unvollkommen, einseitig, egoistisch und schäbig und was du willst sie auch sein mag, doch keine Verfehlung und vor allem keine Negation der Virilität oder der Weiblichkeit ist, ganz im Gegenteil, aber da hebst du schon den Kamm und siehst mich an, als hättest du noch nie gewichst, seit du vierzehn Jahre alt warst, jämmerlicher Vogel Strauß/Na hör mal, du, ich habe nicht einmal den Mund aufgemacht, Junge/Ist ja gut, niemand verlangt, daß du deine sexuellen Aktivitäten jedweder Art der Öffentlichkeit oder dem Klerus bekanntgibst, besser tun als erzählen, aber die Motzer, um dir ein uns naheliegendes Beispiel zu geben, stellen sich wie eine Vernichtungsfabrik für Phantasmata, für falsche Schranken dar, mit all dem marxistischen Vokabular, das mir fehlt, das du jetzt aber im Geiste der Aufzählung der sozialen und persönlichen Irrtümer und Fehler hinzufügen magst, die man vernichten muß, und wenn das so ist, denke ich, daß ich einen parallelen Beitrag leisten muß, denn die Legitimität des Onanierens zu verteidigen, ist an sich zwar nichts Großartiges, aber weil es zu vielen anderen Durchbrüchen führen hilft, die im Schema des Anthropos durchgeführt werden müssen/Schön, einverstanden, aber dasselbe kann über das Lesbiertum gesagt werden und alle diese Sachen, das Postsparbuch, die Lotterie, was weiß ich/Natürlich, aber gib zu, daß das Tabu für die Homosexualität nicht mehr gilt und daß nicht nur ihre Praxis täglich offenkundiger wird, sondern daß die Existenz oder die verbale Gültigkeit der Tatsache selbst, einen fließenden und sichtbaren Teil des Vokabulars der Nachtischgespräche bildet, was von der Masturbation nicht gesagt werden kann, zu der alle Welt greift, die aber als Thema nur gegen Ende der Kindheit im Sprachgebrauch ist/Aber glaubst du tatsächlich daran, daß alle Welt?/Bestimmt glaube ich das, alle, ganz gleich ob verheiratet oder ledig. Kaum entfernt sich das Paar ein bißchen voneinander, wegen einer Reise oder einer hartnäckigen Grippe, und schon wichsen die meisten, und was die Junggesellen betrifft, brauchst du nicht erst auf die Geschichten aus Kasernen, Gefängniszellen oder Schlafsälen von Matrosen zurückzugreifen, du kannst dir deinen eigenen Taschen-Kinsey machen, frage doch deine weiblichen Freundinnen, ob sie, wenn sie allein sind, vor dem Einschlafen nicht ein bißchen den Finger benutzen, sie werden dir sagen, ja, denn es ist weniger auffällig als bei uns, und wenn sie es sagen, schadet es ihrem guten Namen und ihrer Ehre nicht, während bei uns Männern das Eingeständnis, daß wir wenigstens hin und wieder masturbieren, denjenigen, der es sagt oder dabei überrascht wird, sofort persönlich und moralisch entmannt, und eben gerade darin liegt die Idiotie, es weiter unter dem Tabu zu tun, denn so geschieht es, daß jeder wieder Onan ist, wenn Juda ihm sagt, er solle mit der Frau seines verstorbenen Bruders schlafen, um ihm eine »falsche« Nachkommenschaft zu geben, und Onan weigert sich, denn er weiß, daß seine Söhne nicht als die seinen anerkannt werden. Er masturbiert, bevor er mit seiner Schwägerin schläft, etwas, was technisch wahrscheinlich ein simpler coitus interruptus gewesen ist, darauf wird Jehova furchtbar wütend und vernichtet ihn; genau das ist es, Jehova ist empört und verdammt ihn, seitdem tragen wir das in uns, der coitus interruptus erscheint uns ganz in Ordnung, aber die Masturbation ist das Tabu Onan und daher die Vorstellung, sie sei schlecht, beschämend, ein schreckliches Geheimnis. Aus alledem, sagte Lonstein schwer atmend, als tauche er vom Grunde des Malstroms auf, habe ich ein beachtliches Kunstwerk gemacht, einen Hüaus und eine Technik, von der ich nicht glaube, daß viele sie beherrschen, denn da sie mit Schuldgefühlen masturbieren, tun sie es stümperhaft und nur aus momentaner Not, so wie andere mit Dirnen schlafen ohne das Raffinement einer autonomen und befriedigenden sexuellen Handlung. Die Erotik des Paares hat diese Literatur geschaffen, die die Realität, auf die sie anspielt, verdoppelt, reflektiert und bereichert, die faszinierende Dialektik zwischen Lieben und Lesen, wie man es macht, aber da bei mir das Paar nicht funktioniert und die Frauen mich in jeder Hinsicht langweilen, mußte ich mir meine eigene Onanierdialektik schaffen, meine noch nicht niedergeschriebenen Phantasien, die aber ebenso reich und vielleicht noch reicher sind als die erotische Literatur/ Weiter nichts?/Weiter nichts/Nun ja, wenn ich mit fünfzehn oder sechzehn masturbierte, stellte ich mir vor, ich hielte die Greta Garbo oder Marlene Dietrich im Arm, was, wie du zugeben wirst, keine Kleinigkeit war, so daß mir der besondere Wert deiner Phantasien entgeht/Sie gehen nicht so sehr in die

Richtung, obwohl sie auch noch schwindelerregendere Entwicklungen erlauben als die, die du dir mit deinen Gretas oder Marlenes vorstellst, aber die Ausführung ist es, die zählt, in ihr besteht die Kunst. Für dich ist es eine gut angesetzte Hand, und du weißt nicht, daß die erste Stufe zum Höhepunkt der Transfo gerade in der Eliminierung jeder manuellen Hilfe liegt / Ich weiß die Accessoires, die Gummipuppen, gut bearbeitete Schwämme, die fünfzehn Anwendungsmöglichkeiten des Kopfkissens nach Herrn Dr. Behrens / Warum bist du so anmaßend? Auch phantasievolle Paare benutzen Accessoires, Kissen und Salben. Heredia hat so ein Handbuch der Stellungen herumgezeigt, das er aus London mitgebracht hat, und es ist wirklich sehr gut, wenn ich die Geldmittel und vor allem die Lust hätte, würde ich ein Handbuch über die Technik der Masturbation herausgeben und du würdest die Möglichkeiten sehen, ganz zu schweigen davon, daß es ein Bestseller würde, aber auf jeden Fall kann ich sie dir auch so beschreiben / Ich gehe, mein Alter, es ist spät / Mit anderen Worten, du willst mich nicht anhören / Du langweilst mich, Junge / Scheißkerl, sagte Lonstein, ich dachte, ich hätte dir zu verstehen gegeben, weshalb ich dir davon erzähle / Ich verstehe, mein Alter, ich verstehe, aber ich gehe trotzdem / Scheißkerl, Feigling, du, und alle die andern, und ihr wollt Revolution machen und die Idole des Imperialismus oder, wie zum Teufel, ihr sie nennt, stürzen und seid unfähig, euch wirklich im Spiegel anzusehen, schnell am Abzug aber beschissen wie ein Himbeereis (das kann ich nicht ausstehen) wenn es um den echten Kampf geht, die Höhlenforschung, die jeder sich leisten kann / Du, ich kannte an dir gar nicht diese Neigungen zu einer besseren Zukunft / Du kennst von mir nicht einmal die Farbe des Hemdes, das ich anhabe, falscher Zeuge ebenfalls falscher Motzer* / Du glaubst also, das Motzen sei falsch? / Nicht das, sagte Lonstein ein wenig besänftigt, es ist halbfalsch, weil es auch nur ein unvollkommenes Glied einer unvollkommenen Kette sein wird, und das Traurige daran ist, daß ungewöhnliche Burschen wie du schon weißt, sich töten lassen werden oder andere töten, ohne vorher wirklich das Gesicht angesehen zu haben, das ihnen jeden Morgen der Spiegel vorhält. Ich weiß,

* Orig. Wortspiel aus Joda/Jehova
Joda = Motzer, daher nicht nachvollziehbar

ich weiß schon, was du sagen willst, man kann nicht verlangen, daß jeder anfängt sich à la Sokrates kennenzulernen, bevor er auf die Straße geht und die verfaulte Gesellschaft mit Fußtritten traktiert und so weiter. Aber du, der Zeuge der Motzer sein will, du selbst weichst zurück in der Stunde der Wahrheit, ich meine, des Wichsens, ich spreche vom wahren Menschen, was er ist und nicht, was die anderen, vom *Kapital* bis zum heutigen Tag in ihm sehen/Lonstein, sagte ernst der Besagte, und es mußte ziemlich ernst sein, wenn er ihn bei seinem Namen nannte, ich mag so dämlich sein, wie du willst, aber seit über einer halben Stunde habe ich sehr wohl deinen Hüaus, deine Transfo begriffen, mit anderen Worten, die Allegorie, die du mir in Form der Onanie unter die Nase hältst/Ah, gut, sagte der kleine Rabbi, wie einer, der verwirrt das Visier herunterläßt/Und wenn ich sage, ich will gehen, dann erstens, weil ich umfalle vor Müdigkeit und zweitens, weil ich, nachdem ich deine mäeutische Absicht erkannt habe, nicht einsehe, warum ich mich weiter für masturbatorische Techniken interessieren soll/Ah, gut, wiederholte der kleine Rabbi, aber da ist eins, was ich gerne wüßte und das ist, ob deine Gleichgültigkeit diesen Techniken gegenüber wieder der Vogel Strauß ist oder ob du einfach mehr im Paar findest/Die zweite Hypothese ist richtig, aber da wir nun schon einmal soweit sind und damit du deinerseits mich ein bißchen besser kennenlernst und aufhörst, mich als Schweinehund und Feigling zu bezeichnen, sage ich dir, ich habe keine antionanistischen Vorurteile und mehr als einmal hat sich die Abwesenheit einer Person, die bei mir hätte sein sollen und nicht konnte oder nicht wollte, auf einsame Weise getröstet, selbstverständlich ohne die Perfektion, die deine Ausführungen mich ahnen ließen/Ah, gut, sagte zum dritten Mal der kleine Rabbi, der zum ersten Mal lächelte und sich entkrampfte, dann wirst du offensichtlich die antitransfonischen und kontrahüausischen Bezeichnungen verzeihen/Ich muß dir sagen, ich fing langsam an, mich zu ärgern, daß du mich alle zwei Minuten als Schweinehund bezeichnest/Komm, wir gießen uns noch einen Mate auf, sagte Lonstein, es wäre ziemlich beschissen gewesen, wenn du nach all dem Gequassel beleidigt wärest, überzeugt davon, das Thema wäre nur um des Themas willen behandelt worden, oder so/Die Sonne geht schon auf, sagte der Besagte mit einem Gähnen, das eher einer Finsternis des genannten Gestirns glich, aber schön, gib mir einen Mate und plenty Schnaps und dann haue ich ab/Und außerdem können wir von was anderem reden, sagte Lonstein glücklich mit einem ganz neuen und wachen Gesicht, wie gewaschen von dem eher schmutzigen und aschefarbenen Rosa, das durch die Jalousie drang. Verstehst du, wir können über etwas anderes sprechen, Junge, Junge.«

Auch in der Rue Clovis wurde es Morgen und Ludmilla, die mit dem feuchten Schwamm hereinkam, sah das erste Grau das Licht der Nachttischlampe verdunkeln und Marcos Gesicht verwischen, der die Augen geschlossen hatte und sich auf dem Rücken liegend dem Schlaf überließ. Ganz leise setzte Ludmilla sich auf den Boden, den Schwamm wie eine Katakombenlampe in der Hand, beinahe ohne sich zu bewegen gelang es ihr, den Stecker der Nachttischlampe herauszuziehen, sie sah, wie das Fenster sich in der Dunkelheit abzeichnete, die unbestimmten Geräusche des Morgengrauen drangen deutlich in das warme dichte Schweigen des Schlafzimmers.

»Ich schlafe nicht, Polinchen«, sagte Marcos, ohne die Augen zu öffnen, »ich dachte gerade, daß wir ab Freitag Niemandsland betreten und du noch gar nicht weißt, warum.«

»Der Vip«, sagte Ludmilla, »aber es stimmt, sonst verstehe ich nicht besonders viel.«

»Es ist nichts Originelles an dem, was wir tun wollen, außer die recht ungewöhnliche geographische Situation und eine Art multipler Effekt. Im Austausch gegen den Vip werden fünf oder sechs Länder einige Genossen freilassen müssen. Das ist schon beinahe nichts Neues mehr, wie du siehst, außer für uns, denn hier wird aus Gründen des nationalen Prestiges die Hölle losgehen, und zwar demnächst, und ich sage mir, daß du hier lebst und arbeitest, denke mal darüber nach.«

»Ich bin hier, gewiß, aber es ist dasgleiche wie meine Arbeit, ich meine, ich verbringe mein Leben damit, die Komödie zu wechseln, jetzt spiele ich eine leicht slawische, morgen ist es ein Drama von Pirandello oder ein Vaudeville mit Tanz und Musik. Ja, Paris; Paris, sicher. Es wird nicht leicht sein, sich an etwas anderes zu gewöhnen, aber du siehst ja, im Grunde habe ich Übung darin, es ist gar nicht so schwer, die Rolle zu wechseln, weißt du.«

»Das glaube ich auch, aber ich mußte es dir dennoch sagen. Die anderen haben verschiedene Möglichkeiten vorausgesehen, Patricio und Susana haben Freunde in Löwen, und Gómez kann bei den Eltern von Monique wohnen, in Luxemburg, Heredia hat überall Kumpel, Roland und die Franzosen sind Veteranen und spielen auf eigenem Feld.«

»Und du?«

»Nun ja, das ist kein Problem und für Lonstein auch nicht. Der Ärmste, auf den kommt das Ding von der Seite zu, denn er hat überhaupt nichts damit zu tun, es sei denn auf eine Weise, die niemand recht versteht, nicht einmal er selbst. So, nun weißt du Bescheid, Polinchen.«

»Du hast noch Blut am Mund«, sagte Ludmilla, kniete sich neben das Bett und wischte mit dem feuchten Schwamm über Marcos Lippen. Als er sie schließlich in dem schwachen Licht der Laken ansah, lächelte Ludmilla über etwas, was alles Mögliche sein konnte, weit entfernt und nahe der Geste, ihm den Mund zu waschen, sich an ihn zu schmiegen, als er sie in die Arme nahm und zwischen die Brüste küßte, ihr das Gesicht in einem Meer von lockigem Haar begrub, in das Ludmilla zärtlich biß, verloren in einem leichten Geruch nach Badeseife und Müdigkeit.

Bei einem gewissen Grad von Unordnung beginnt der Besagte zu merken, daß er die Spontaneität etwas forciert hat, und wenn er die Dokumente ordnet (unmöglich diese Art Koffer oder gigantische Suppenschüssel zu beschreiben, in die er das wirft, was er Karteikarten nennt und was in Wirklichkeit jedes Stück Papier ist, was ihm in die Hände kommt), geschieht es, daß irgend etwas, das ihm bedeutsam erschienen war, infam und klein wird, während irgendwo ein paar Dummheiten über Manuels Art zu essen oder etwas, was Gladis über Frisuren sagt, ihm die Schüssel und das Gedächtnis füllen, als wären sie aere perennius. Der Besagte schließt die Augen halb und läßt es zu, weil man ihn in der Hinsicht nicht als Schweinehund beschimpfen kann, denn das Vergessen und das Gedächtnis sind so endokrine Drüsen, wie die Hypophyse und die Schilddrüse libidinöse Regulative sind, die weite, schummrige Zonen und leuchtende Grate erlassen, damit das tägliche Leben sich nicht ständig das Genick bricht. Soweit es möglich ist, spießt er seine Viecher der Reihe nach auf, und Lonstein, der einzig Privilegierte mit relativem Zugang zu der Schüssel oder dem Koffer mit Ausschnitten, wird zugeben müssen, daß es im Zusammenhang ein kohärentes Motzen gibt, ein motzendes Vorspiel, Spiel und Nachspiel, eine befriedigende Kausalität, zum Beispiel, der Pinguin, der an seinem Ort und zu seiner Zeit auftritt, ein wichtiges Detail. Das Schlimmste ist, nicht identifizierbare Karteikarten zu finden, zu sehen, wie der Besagte sich die Schläfen mit konvergierenden Zeigefingern preßt und sagt, ich weiß nicht, du, das passierte Heredia, glaube ich oder war es Gómez mit Monique, warte mal, er dreht den Zettel nach allen Seiten um, verflucht die Eigenzensur, die südamerikanische Scham, denn immer oder fast immer handelte es sich um schlüpfriges Terrain, und der Besagte möchte dem kleinen Rabbi folgen und nichts verschweigen, der Beweis dafür ist, daß er es geschrieben hat, daß es da ist, und gerade dann scheiden die Drüsen Vergessen aus und so als ob das nicht genügte, ist da noch etwas anderes, was Lonstein als erster bemerkt hat, schon als er den Zettel schrieb, schummelte der Besagte, die Tatsachen neigen dazu, in Worte gekleidet zu geschehen, manchmal weiß man nicht, wer wem was tut, später wird der Besagte dann anführen können, er wäre in Eile gewesen oder er hätte die Information erst vervollständigen wollen, aber Lonstein wird ihn voll Erbarmen ansehen und wird wissen wollen, warum an einem bestimmten Punkt, auf einem ganz bestimmten Zettel alles so glanzlos wie ein grauer Uhu oder im Gegenteil zu einem großen Ikebana wird, je nachdem, wie es paßt. Aber begreife doch, daß die Dinge nicht so einfach sind, schnaubt der Besagte verzweifelt, begreife doch, verflucht noch mal, eine Sache ist es, ästhetisch zu schildern, obwohl man genau bei der Wahrheit bleibt, und eine andere ist *das hier*, ich meine, die Erotik und andere Begleiterscheinungen aus der Ästhetik herauszuziehen, denn wenn du sie drinläßt, bleibst du in der Literatur, du erleichterst dir das Spiel, du kannst die unglaublichsten Dinge sagen oder erzählen, denn da ist etwas, das als Vorhang oder Alibi dient, du erzählst es gut oder schön, du bist wieder einmal der freizügige Gebildete oder Lobredner der Linken oder der Rechten, obgleich du dich kaputtlachst über diese Sprache. Easy, easy, rät der kleine Rabbi, easy does, baby. Dann denk mal ein bißchen nach, murrt der Besagte ehrlich betrübt, weshalb, verdammt, soll ich nicht die Namen verschweigen oder vergessen, wer was gemacht hat, wenn das, was ich bewahren will, das Ding an sich ist, die Nicht-Distanzierung oder Mediation, wie man jetzt sagt, die Motzer bringen, wie die Kubisten das Thema des Bildes brachten, glatt in einer Ebene, ohne Volumen oder Schatten, ohne moralische Präferenzen oder Werturteile, ohne jegliche bewußte oder unbewußte Zensur, versteh doch, daß das beinahe unmöglich ist auf spanisch, versteh doch, daß mir der Federhalter aus der Hand fällt, weil ich weder gewagt schreibe noch befreit, noch irgendwelchen anderen Unsinn in dem Stil, ich will nur den Menschen, ich suche die Einfachheit des Brotes, Bruder, ich stecke einen Finger in den Arsch und es muß, es muß absolut dasselbe sein wie um ein Metroticket zu bitten oder sich an der Straßenecke zu schneuzen. Und dann, natürlich, vergißt du die Namen, sagt der kleine Rabbi, das verstehe sogar ich. Verliere ich die Zeit, fragt sich der Besagte heftig, irre ich mich von Anfang an, und es taugt überhaupt nichts, gibt es vielleicht Schongebiete, weil dies und nicht, nackt auf den Balkon gehen, Menschsein bedeutet? Aber dann bin ich krank, denn irgend etwas hier drinnen sagt mir, daß ich weitermachen soll, daß ich, sei es auch ohne Namen oder mit weißen Flecken weitermachen muß, daß weder Furcht noch Scham und vor allem die Niederlage nicht wichtig sind, es klopft an der Tür, mein Alter, sieh dir diese Zettel an, wenn du Lust hast und sage mir, ob ich das schreiben soll oder nicht, ob man über diese Augenblicke der Motzer elegant schweigen könnte oder sie beschreiben, wie mehr als vier befreite Argentinier sie beschrieben hätten, nämlich indem sie sie mit den gleichen Worten zudecken, mit denen ich sie aufdecken wollte. Bah, sagte Lonstein, du hast den Finger auf die Wunde gelegt, immer ist es im Grunde eine Frage der Worte, was du zu tun vorgibst, ist in Wirklichkeit ein rein formaler Wechsel. Nein, Alter, das könnte ich machen, ohne mir Probleme zu schaffen, das weißt du ganz genau. Es geht viel weiter, nämlich zu versuchen, von dem einen Gebiet in das andere überzugehen, ohne es zu bemerken, dazu sind wir noch nicht in der Lage; das Verbotene gibt sich uns paradoxerweise als etwas Privilegiertes, bedarf einer Sonderbehandlung, hier-muß-man-vorsichtig-sein, und dann schneiden dir die Worte wie immer den Weg ab und organisieren die große Gaukelei. Wenn ich es fertigbrächte, mich nicht zu verändern, wenn ich von der Straße ins Bett gehe, wenn ich selbst mich nicht veränderte, verstehst du, dann würde ich anfangen zu spüren, daß alles Motzen ist, und daß es zwischen Augenblick und Augenblick der Motzer keine persönlichen Episoden gibt. Ah, sagte aufleuchtend der kleine Rabbi, du steigst schon wieder aus dem Zusammenhang und projizierst die Albernheiten der Motzer zumindest auf ganz Argentinien. Viel mehr als das, gab der Besagte bescheiden zu, ich projiziere sie auf die Idee der Revolution selbst, denn Motzen ist eines ihrer vielen Felder, und dieses Schachspiel wird man niemals gewinnen, wenn ich nicht in der Lage bin, der gleiche zu sein auf der Straße wie im Bett, und ich bin in diesem Augenblick fünfzig oder achtzig Millionen Typen. Zugegeben, sagte der kleine Rabbi, aber das Schlimme an dir ist, daß du diese Sachen in der Niederschrift suchst und fühlst, die, wie Mao sagt, zu nichts taugt, außer. Außer, was. Ah, das frage ihn selbst. Du irrst dich, sagte der Besagte kleinmütig, mir ist die Niederschrift nicht wichtig, es sei denn, als Spiegel einer anderen Sache, einer Ebene, von der aus die wirkliche Revolution machbar wäre. Da hast du alle unsere Jungs, du siehst, wie sie ihr Leben verspielen und dann? Wenn sie mit ihrer Sache durchkommen, und hier extrapoliere ich wieder und stelle mir das Große Definitive Motzen vor, wird wieder einmal das passieren, was immer passiert, ideologische Verhärtung, rigor mortis des täglichen Lebens, Prüderie, keine unanständigen Wörter, Genosse, Bürokratie des Geschlechts und Sexualität nach bürokratischem Stundenplan, alles schon bekannt, Alter, und alles unvermeidlich, trotz Marcos und Roland und Susana, trotz dieser wunderbaren Menschen, die sich auf gleiche Art lieben und sich ausziehen und sich streiten, verzeih, wenn ich den Satz nicht beende, denn genau das ist der springende Punkt, der zukünftige Marcos wird nicht mehr der von heute sein, warum Alter, warum? Warum? fragte Lonstein. Weil er auch jetzt nicht für die Folgeerscheinungen des Motzens ausgerüstet ist, er und viele andere mehr wollen eine Revolution, um etwas zu erreichen, was sie nachher nicht konsolidieren können, nicht einmal definieren. Ideologisch ist alles perfekt, natürlich, Theorie und Praxis, es wird ein Motzen geben, koste es was es wolle, denn die Menschheit hat gesagt, jetzt ist es genug und ist losmarschiert, das ist mit Blut gefordert, geschrieben und gelebt worden, das Schlimme ist nur, daß wir während wir marschieren, schon den Toten auf dem Rücken tragen, mein Alter, den uralten von Zeit und Tabus und unvollständigen Selbstdefinitionen verwesten Toten. Ach, ach, ach, sagte Lonstein, du rennst offene Türen ein. Einverstanden, gab der Besagte zu, darum halte ich meist den Mund, außerdem bin ich nicht qualifiziert, wissenschaftlich über unsere Karenzen, Insolvenzen und Erzselbstgefälligkeiten zu sprechen, ich bin weder ein orakelnder Irrer wie Wilhelm Reich oder ein toller Vorläufer wie Sade oder José Martí, du entschuldigst die Zusammenstellung, die respektlos klingen muß, ich bin nichts dergleichen und schweige darum, aber ich fülle weiter meine Zettelchen aus, der Federhalter fällt mir aus der Hand, aber ich hebe ihn wieder auf, diese behaarten Wangen röten sich, weil es mir schwerfällt von dem Finger im Arsch zu sprechen, jedesmal habe ich den Eindruck, ich benehme mich vorbei und nicht der Finger, wenn du mir den Unsinn verzeihst, und daß im Grunde schlecht ist, was ich tue und daß die Libido zum Beispiel nicht so wichtig für unser Schicksal ist und so weiter, aber ich nehme die Feder wieder auf, ziehe die Fusseln raus und schreibe wieder, und ich ekele mich, ich muß mich duschen gehen, ich fühle mich wie eine Rotznase, oder wie wenn man auf einem Scheißhaufen ausrutscht und sie dir am Mantel kleben bleibt, ich möchte etwas anderes sein, Steuereinzieher oder Eisenwarenhändler, ich beneide wahnsinnig die reinen Romanciers oder die marxistischen Theoretiker oder die Dichter mit kleinem aber feinem Themenkreis, selbst die vom Establishment approbierten Erotologen, die einen Freibrief haben, wie der alte Miller oder der alte Genet, die, die eine Tür aufgestoßen und die Straße erobert haben, und denen niemand mehr den Weg versperren kann, wenn sie auch in vielen Ländern verboten sind, ich fühle mich daneben so pampaartig, so haarig kreolisch mit meinem Mate um vier und meiner Literatur voller Schimpfworte und in Klammern eingebetteten Paaren, immer oberhalb oder unterhalb der endgültigen Himmelfahrt einer anderen Vision des Menschen, ganz zu schweigen von dem, was ich vorher sagte, der Furcht, mich zu irren, daß in Wirklichkeit die Revolution ohne diese Idee, die ich von dem Menschen habe, vor sich gehen könnte. Bah, sagte der kleine Rabbi, du enttäuschst mich, du, ich fange an zu begreifen, daß du deinen berühmten Zettelkasten ein Auge auf den Zetteln und das andere auf den zukünftigen Lesern schreibst, und das ist es, die gegenwärtigen oder zukünftigen Zeugen, die Richter von heute oder die von morgen machen dir Angst, sag' dem Onkel die Wahrheit. Wer weiß, du hast vielleicht sogar recht, sagte der Besagte, ich habe bisher gelebt, ohne mich weiter um jemand oder etwas zu kümmern, ich habe immer getan, was mir Spaß machte und tat das nicht nur für mich, sondern für einen undefinierbaren »anderen«, ohne Gesicht, ohne Namen noch Meinung, aber wer weiß, ob ich nicht mit den Jahren plötzlich weich werde und vor dem, was man sagen wird, Angst bekomme. Dagegen kann ich nichts machen, außer den Zettelkasten aus dem Fenster werfen und mich selbst hinterher, allenfalls ins Kino könnte ich gehen oder in eine Gemäldeausstellung, aber du siehst ja, bis jetzt mache ich weiter mit den Zetteln, sie gelingen mir schlecht und sind voller Feigheit und Scham und schlechten Gewissens, aber sie sind da, und du liest sie, und schon entstehen neue, und noch habe ich Geduld, auch wenn es mir schlecht bekommt und mir alle fünf Minuten die Feder versagt und ich Magenkrämpfe bekomme. Das ist gut so, sagte Lonstein und reichte ihm einen Mate, der wie eine kleine grüne Hoffnung war, schließlich und endlich, obwohl du die Namen »vergißt« und dich mehr schämst als eine Novizin beim Gynäkologen, glaube ich, du hast Grund genug weiterzumachen, gleichgültig, ob du dich irrst oder nicht, ob du recht hast oder nicht, wer weiß, was Marx durch den Kopf ging, während er schrieb, es ist eine Frage der Verantwortung, und ich verstehe sie, das ist ein großes Spiel, und ich glaube, es lohnt sich, gewinnen oder verlieren spielt dabei keine Rolle, Geschichte ist: eine unglaubliche Menge Gestikulationen nach allen Seiten, die einen packen den Griff und die anderen greifen in die Luft, aber wenn du alles zusammenrechnest, ergibt es manchmal die französische Revolution oder Moncada.

Nach diesem Dialog waren beide außerordentlich befriedigt wie jeder verstehen wird, ganz zu schweigen davon, daß der Besagte die ganze nächste Nacht hindurch Namen dort einsetzte, wo vorher freie Stellen waren und entdeckte, daß es ihm gar nicht so sehr schwerfiel.

Die Art, die Dinge wahrzunehmen, imitiert immer mehr die Montage des guten Films; ich glaube, Ludmilla sprach noch mit mir, als ich an das Hotel Terrass dachte, an die Balkone über den Gräbern, oder vielleicht hatte ich kurz von dem Hotel geträumt und Ludmilla, die mich mit einem Glas Obstsaft weckte, ging in die letzten Bilder ein und begann zu sprechen, während etwas von dem Hotel und den Balkonen über dem Friedhof noch gegenwärtig war. Dann brachte mich die Metro zur Place Clichy, so als ob sie allein die Entscheidung getroffen und die notwendigen Wechsel der Stationen vorgenommen hätte. Mit Ludmilla hatte ich nicht viel gesprochen, es war schon Nachmittag und wir dachten nicht einmal ans Essen, es war heiß, und ich lag nackt im Bett, Ludmilla ihrer schlechten Angewohnheit gemäß in meinen Bademantel gewickelt, beide rauchten wir und tranken Obstsaft und sahen uns an und Marcos, natürlich, und die Motzer und alles das. So ist das also. In Ordnung. Ja, Andrés, sagte ich, aber ich will nicht, daß alles wie in einem abgestellten Eisschrank liegt und langsam verfault. Er sah mich zärtlich an, nackt, halb verschlafen und von so weit her. Du machst Fortschritte, Ludlud, das ist genau meine Methode, dabei warst du zu dem Schluß gekommen, sie würde nur alles noch mehr kaputtmachen. Es ist nicht die Methode, sondern die Dinge selber sind es, sagte ich ihm, ich war dir immer dankbar für die Wahrheit, aber es wäre besser gewesen, du hättest mir das mit Francine nicht zu erzählen gehabt. Dasselbe kann ich dir sagen, Ludmilla, hättest du mir doch diese mit Motzern und Grapefruitsaft parfümierten Neuigkeiten nie überbracht, aber du siehst es ja, nun siehst du es ja. Auch ich bin dir selbstverständlich dankbar. Wir sind bewunderswert wohlerzogen, das springt einem direkt ins Auge.

Nachher kam ich nicht einmal bis zum Hotel Terrass, es war ein mechanischer Impuls gewesen, der sich erfüllte, wie um mir Zeit zu geben, in diese neue Zeit einzutreten, Ratifizierung von etwas Vorhersehbarem, aber noch nicht Aufgenommenem, ich weiß, daß ich an der Place Clichy ausstieg und durch die Straßen wanderte, in einem oder zwei Cafés Cognac trank, an

Ludmilla und Marcos dachte, es war gut und richtig, was sie getan hatten, es hatte keinen Sinn, sich mit Problemen der Zukunft zu beschäftigen, da andere diese wahrscheinlich für uns entscheiden würden, wie fast immer. Aber der Weichensteller hatte die Weichen tiefgreifend verstellt, und alles änderte rasend schnell die Richtung, es war unmöglich, so plötzlich die neuen Landschaften hinter den Fenstern zu bejahen, sie einfach zu assimilieren. Nichts wäre mir scheußlicher vorgekommen als die Introspektion auf einer Caféterrasse, leichter, ekelhafter innerer Monolog, Wiederkäuen von Erbrochenem: die Dinge gaben sich ganz einfach wie eine Runde Poker, man mußte sie vielleicht ordnen, die beiden Asse zusammentun, die Folge von acht bis zehn, sich fragen, wieviel Karten man kaufen sollte, ob es angezeigt war zu bluffen oder ob mir eine Chance für ein full blieb. Auf jeden Fall Cognac, das ja, und mit allen meinen Rädern in den neuen Weg hineinbeißen, bis zur nächsten Weichenstellung.

Ludmilla ging unter die Dusche wie auf die Bühne, das Publikum des Vieux Colombier war gar nicht nötig, damit der Bademantel mit der Bewegung eines großen weißen Flügels auf den Boden fiel. Die gekachelte Wand war von perfekter Transparenz, obwohl das der den Kacheln eigenen Natur widersprach, und aus ihrer Art, sie zu betrachten, jenseits aller Schwere, erwuchs so etwas wie Kristalle vor einem leuchtenden und wilden Strandhimmel, eine wiedergeborene Zeit, der neue Phönix der Motzer. Unmöglich, nicht über diese Exaltiertheit zu lächeln, in der so viel Kindlichkeit wie amouröse Erschöpfung lag, das Unangenehme war nur, daß der Seifenschaum ihr zwischen die Lippen kam, sobald sie aufhörte, sie sorgfältig zusammenzupressen, während der Schwamm hin und her ging, über die Schenkel und über die Taille und die noch vorhandenen intimen Zeichen der Nacht fortnahm. Genauso war auch Andrés gegangen, wie eine Staubflocke, die die Dusche in den Abfluß mit fortriß, ohne etwas zu sagen, nachdem alles gesagt war, was seine klare Einsicht in die Dinge bewies; die Stille des Appartements ohne Xenakis, ohne Joni Mitchell, ohne Juan Carlos Paz, der Triumph der Dusche, der durch alle offenen Türen widerhallte, trübte nach und nach die Vision von Ludmilla, die sich lustlos fertig einseifte, sich wieder Andrés' Bademantel anzog und rauchend durchs Zimmer ging, eine Tasse schon kalt gewordenen Kaffee in der Hand; der Transistor im Wohnzimmer, den sie im Vorübergehen mechanisch anmachte, deklinierte die Börsenkurse. Das war die Grenzlinie, dachte sie und verweilte bei dem Wort, drehte es wie eine geistige Frucht um und um, Grenzlinie, Niegrenzli, Ligrenznie, Grenznieli, Linie der Grenze, Grenze der Linie. Sie machte das Radio aus, ging zum Bett und zog das Laken glatt, das Andrés zerwühlt zurückgelassen hatte; auch in der Rue Clovis hatte sie, bevor sie fortging, das Bett gemacht, während Marcos Kaffee kochte und mit Gómez und Lucien Verneuil telefonierte. Grenzlinie, ein Bett in der Rue Clovis und eines in der Rue de l'Ouest; kleine Betttuchgeschichte, neue und schwindelerregende Zeit, die zwischen dem einen und dem anderen Bett ersteht, das einzig mögliche Wort weigert sich, ausgesprochen zu werden, jeden Augenblick gedacht, aber hinter der Schwelle der Worte, gedacht wie eine Wärme, ein Wind, der ihren Körper einhüllte, und warum nicht, warum nicht, wenn es doch so ist, ich liebe dich, ich weiß jetzt, warum und wie sehr ich dich liebe, ich sage es und werde es immer wieder sagen, das ist die Grenzlinie, weil du es bist und das Motzen es ist, und weil alles sich füllt mit Sprüngen und Schreien und Freude und Aussichten und abgebrannten Streichhölzern, Kindskopf, unverbesserliche Göre, ich liebe dich, Marcos, und auch dich, dich werde ich immer lieben aber bereits von soweit her, du, von jetzt ab der Beobachter, der mich von einem Parkettsitz aus betrachtet, mir vielleicht applaudiert, wenn ich eine gute Rolle habe. Grenzlinie, das große Spiel hat begonnen, und es ist zwei Uhr nachmittags, etwas essen, zu Patricio gehen, Vorstellung um sieben Uhr dreißig. Alles war scheinbar das gleiche, Patricio oder die Vorstellung, Essen oder Rauchen, doch jetzt auf der anderen Seite der Grenze, durchsichtig und rauschend wie das Meer, das gegen den Himmel der Duschenkachel brandet. Auf dem Sofa lag eine verlassene Schallplatte, irgend etwas von Luciano Berio; Ludmilla legte sie auf den Teller, streckte die Hand aus, um den Verstärker einzuschalten, führte die Bewegung jedoch nicht zu Ende, sie sah Marcos' Augen im Halbdunkel, seine Stimme drang mit den Nachrichten der Zeit des Phönix zu

ihr, alles, was sie in diesen Tagen erwartete, an allen Tagen, die sie zusammen leben würden.
»Wir zählen wenig«, hatte Marcos gesagt und ihr das Gesicht gestreichelt, das Ludmilla an seiner Schulter verbarg, »alle persönlichen Daten scheinen mir überflüssig, bis wir da heraus sind, wenn wir überhaupt herauskommen.«
»Wenn wir herauskommen? – Nun ja, ich weiß, es ist gewagt und schwierig, aber ich denke, daß du, daß ihr . . . Ist schon gut, was zählt, ist das Motzen, du hast recht, wir können warten.«
»Nein, Polinchen«, sagte Marcos, und Ludmilla spürte ihn leise im Schatten lachen, ein Erzittern seiner Haut, das wie ein Lächeln des ganzen Körpers war und in sie eindrang und sie ihm noch näher brachte, »wir können nicht warten, wie du wohl gesehen hast, und es ist gut, daß wir nicht gewartet haben. Wozu diese Manie, die Dinge einzuteilen als wären es Salamischeiben? Eine Scheibe Motzen, eine Scheibe persönliche Angelegenheit, du erinnerst mich an den Besagten mit seinen Organisationsproblemen, der Ärmste versteht nicht und möchte so gerne verstehen, er ist so eine Art Linné oder Ameghino der Motzer. Und so ist es nicht, von einer Salami kann man auch abbeißen, ohne sie in Scheiben zu schneiden, und ich sage dir, das schmeckt sogar viel besser, denn der Stahlgeschmack verdirbt den des Esels.«
»Salami ist aus Eselsfleisch?« fragte Ludmilla verwundert.
»Manchmal, glaube ich, das hängt von der Jahreszeit ab. Sieh mal, Polinchen, diese Nacht, wir beide, das alles ist auch das Motzen, und hoffentlich glaubst du es, so stark wie ich, auch wenn der Besagte mit dem Kopf gegen die Wand rennt. Das Wichtigste ist, die Dinge nicht zu emphatisieren, man muß unsere Geschichte ganz einfach in das große Motzen einbeziehen, ohne das übrige aus dem Auge zu verlieren, man muß sich auf den Zielpunkt konzentrieren, bis die Sache losgeht und wahrscheinlich noch lange danach.«
»Das ist leicht«, sagte Ludmilla und ließ ihre Hand langsam über Marcos' Brust gleiten, über die immer grüner und gelber werdende Landkarte von Australien, sie streichelte sein Glied das auf der Seite schlief, fühlte, wie die Haare auf dem Schenkel sich elektrisierten und hielt auf der harten Terrasse eines Knies –, »es ist leicht, Marcos, und für mich im Grunde nicht

neu, ich glaube es ist so, seit du zum ersten Male zu mir kamst, mir die Hand gabst und sie mir, nebenbei bemerkt, fast zerquetscht hast. Du hast recht, reden wir nicht von Andrés, tun wir nichts, was man gewöhnlich tut, was ich zweifellos heute morgen mit Andrés tun muß, das Haus in Ordnung bringen, um es mal so zu sagen. Erzähle mir von den Ameisen, Marcos, das ist das Thema, was mich wirklich interessiert. Und du, Marcos, und du, aber ich glaube, dafür werde ich noch sehr viel Zeit haben, nicht?«

»Polinchen«, murmelte Marcos, »du plapperst wie ein Vogel.«

»Veräppel mich nicht, du Scheusal.«

»Wie eine Lerche über einem Weizenfeld, vielleicht zeige ich dir eines Tages unsere Weizenfelder, dann wirst du nur so schauen.«

»Bah«, sagte Ludmilla, »wenn du glaubst, wir hätten in Polen nicht auch welche.«

La Commission internationale de juristes publie son rapport sur les tortures

Genève. — La Commission internationale de juristes (C.I.J.) a publié mercredi un rapport d'une rare violence sur les tortures infligées aux opposants et aux quelque douze mille prisonniers politiques qui, selon elle, existent au Brésil.

Le rapport, qui se fonde principalement sur des documents et des témoignages sortis clandestinement des prisons ou remis aux rapporteurs de la Commission par d'anciens détenus évadés, affirme que la torture, devenue une « arme politique », est appliquée systématiquement pour faire parler les prisonniers, mais aussi comme « moyen de dissuasion ». La mère d'un leader étudiant rapporte que les responsables du camp d'internement de l'« île des fleurs » ont l'habitude de placer dans le parloir un garçon mutilé, « dont les mouvements disjoints et la marque des supplices endurés doivent inciter les parents en visite à conseiller à leurs fils ou filles une collaboration empressée avec les enquêteurs ».

Le rapport relève que la torture est généralement appliquée de manière scientifique, et fait état des méthodes les plus couramment employées : supplice de l'eau (la tête du prisonnier est plongée de façon répétée dans un seau d'eau sale ou rempli d'excréments ou d'urine), supplice de l'électricité (application d'électrodes aux organes génitaux, aux oreilles, aux narines, aux seins ou aux revers des paupières, tortures d'ordre moral (un enfant étant supplicié devant sa mère ou des conjoints torturés dans une même pièce).

La Commission signale, d'autre part, que la prison militaire de Belo-Horizonte possède des chiens policiers spécialement dressés pour s'attaquer aux parties sensibles du corps humain. Dans les locaux de la DOPS (police fédérale civile) de Salo-Paulo, on compte parmi les méthodes « courantes », l'arrachage des ongles ou l'écrasement des organes génitaux. A Sao-Paulo, Curitiba et Juiz-de-Fora, des prisonniers ont été brûlés au chalumeau.

Le rapport, qui énumère dans le détail les services du gouvernement chargés de la répression, conclut : « Une libéralisation de l'appareil de répression ne peut être espérée du fait du nombre toujours croissant des agents, fonctionnaires et officiers se rendant coupables de supplices sur leurs concitoyens. La seule façon pour eux d'échapper à la punition, pour ne pas dire la vengeance de leurs concitoyens, est de poursuivre, voire d'intensifier encore la répression. Mais la torture a besoin du silence complice, de la pudeur des témoins, du masque de la normalité. L'opinion publique des pays civilisés possède aujourd'hui une chance réelle de faire cesser par des dénonciations répétées et précises les pratiques inhumaines dont sont l'objet tant d'hommes et de femmes au Brésil. »

»Übersetze das dem Jungen hier, der das Gallische nicht beherrscht«, sagte Patricio, »ich gebe inzwischen Manuel das Süppchen. Du, dieser Bengel hat sich in Ludmilla und Gladis gleichzeitig verliebt, er schlägt ganz nach seinem Vater, welches Schicksal erwartet uns da, mein Schatz.«

Manuel demonstrierte seine sogenannte Liebe, indem er den Löffel voll Tapioca in die genannten Richtungen schickte. Als Stewardeß, wenn auch vermutlich entlassene, nahm Gladis Patricio den Suppenteller ab und auch Manuel und den Löffel, alles in einer synchronisierten Bewegung, die Ludmilla vor einem Wurf mitten ins Gesicht bewahrte. Vom besten Sessel des Zimmers aus konnte Oscar dem hohmswiethohm beiwohnen, ohne aus dieser Art Verwirrung zu finden, die mit dem Ausladen des Pinguins und der Gürteltiere in Orly begonnen hatte und die auch die Ereignisse der Nacht und des Morgens nicht zerstreuen konnten, sie war ihm nicht unangenehm, er fühlte in sich die Seele eines Tangosängers, eines Dichters, wie seine Kollegen der wahrscheinlich bereits mit Fußtritten aufgelösten Sociedad de Zoologia sich vor Lachen einpinkelnd sagten.

»Die Internationale Juristen-Kommission veröffentlicht ihren Bericht über Folterungen«, übersetzte Susana. »Genf, Punkt, Gedankenstrich. Dieselbe (C.I.J.) veröffentlichte am Mittwoch einen Bericht über ungewöhnliche Gewalttätigkeiten (und wieso ungewöhnlich, sage mir mal?). Übersetze gefälligst ohne Kommentare, zum Teufel, befahl Patricio/Puteka Parioka, sagte Susana, die das Volapük beherrschte und noch fünf andere Sprachen, einer ungewöhnlichen Gewalttätigkeit, über die Folterungen, begangen an Regierungsgegnern und etwa zwölftausend politischen Gefangenen, die ihren Informationen nach in Brasilien existieren.«

»Zwölftausend?« sagte Heredia, der hereinkam mit einem riesigen Bonbonpaket für den von Gladis' aeronautischer Technik zur Ruhe gebrachten Manuel, der eine beachtliche Portion Tapioca aufstieß, als er begriff, daß es überhaupt nicht mit dem, was ihn hinter dem rosa Papier und dem grünen Band erwartete, zu vergleichen war.

»Ich würde sagen, zwanzigtausend, aber für eine internationale Kommission ist auch das nicht schlecht. Mach weiter, Mädchen.«

»Der Bericht, der sich vorwiegend auf Dokumente und heimlich aus den Gefängnissen geschmuggelte Zeugnisse oder auf Mitteilungen an die Kommission durch Exgefangene, die entkommen konnten, stützt, bestätigt, daß die Folter als ›politische Waffe‹ systematisch angewandt wird, um die Gefangenen zum Sprechen zu bringen, aber auch als ›Überredungsmittel‹. Die Mutter eines Studentenführers berichtet, daß die Verantwortlichen des Internierungslagers der ›Isla de las Flores‹ (Blumeninsel) gewöhnlich einen verstümmelten Jungen ins Sprechzimmer schicken, »dessen inkohärente Bewegungen und Spuren der erlittenen Tortur die Eltern, die ihre Söhne oder Töchter besuchen, dazu bringen sollen, ihnen zu raten, aktiv mit den Verhörern zu kollaborieren.«

»Ein schönes Land muß das sein / Amerika, Papa«, rezitierte Heredia. *»Du möchtest dorthin gehen? / Gern würde ich es sehen. / Du gehst zum Teufel da / drum frag nicht den Papa.*

Diese Schlußparodie zeigt hellseherische Fähigkeiten, verdammter Hundsfott, Campodrón möge dir verzeihen. Weiter, Schwesterlein.«

Oscar hörte Susanas Stimme, sah Gladis' Hand mit Manuels Haar spielen und ihm den Rest Tapioca mit unwiderstehlicher Geschicklichkeit einfüttern, er spürte, wie verkrampft Patricio war, Gómez und Monique waren gerade eingetreten, alles ging über zu raschen Fragen, Blicken auf ihn und Gladis, den großen Opfern des Pinguins, den Kindern des Vollmonds, denn von diesem Tag an würde für sie alles Mauer und Glasscherben sein, Hand in Hand würden sie rennen müssen, Gitter aufbrechen, auf Pump leben, beschissener Pinguin, dachte Oscar deprimiert und sah Gladis mit etwas wie Stolz an, wie die Bestätigung einer Hoffnung. Der Bericht weist darauf hin, daß die Folterungen im allgemeinen auf wissenschaftliche Art angewandt werden (welche Prostitution, diese Zeitungssprache, dachte der Besagte anmaßend, die verwechseln Handwerk oder Technik mit Wissenschaft, dieses arme Wort kriegt die ganze Scheiße ab, die sie im Grunde verdient, wenn sie vergißt, daß sie nur dazu da ist, etwas unserer Würdiges zu schaffen und nicht, um uns zu

Robotern zu machen und so weiter, oh wie gut du die Worte setzt) – und gibt die, übersetzte Susana, die Stimme in einer klaren Warnung hebend, sie sollten gefälligst still sein oder sie würde ihnen die Farbsendung abstellen –, und gibt die geläufigsten Methoden bekannt: Wasserfolter (man steckt den Kopf des Gefangenen wiederholt in einen Eimer mit schmutzigem Wasser oder mit Exkrementen oder Urin), elektrische Folter (Anbringen von Elektroden an den Geschlechtsorganen, den Ohren, Nasenhöhlen, Brüsten oder der Innenseite der Augenlider), moralische Folter (wie, ein Kind vor den Augen der Mutter quälen oder Mann und Frau in dem gleichen Raum): Und wenn man bedenkt, wenn das als eine simple Meldung aus dem Büro des Korrespondenten von *Le Monde* käme, würden die aus meiner hübschen Botschaft bestimmt Verleumdung schreien, sagte Heredia. Das haben sie schon getan, verbesserte Marcos, der wie eine Katze hereingekommen war und in der Nähe des Fensters auf dem Boden saß, die heutige Ausgabe von *Le Monde* meldet, daß die internationale Kommission deine Botschaft in Genf gebeten hat, ihr die Note zu übersenden, in der der *Justiz*minister von Brasilien, eine Bezeichnung, über die man nach allem nur mehr lachen kann, in tugendhafter Entrüstung gegen den Bericht protestiert und sagt, es gäbe keine politischen Häftlinge in Brasilien. Da nimm und informiere dich selbst.
»Wäret ihr wohl so freundlich, mich fertig lesen zu lassen?« sagte Susana. »Die Kommission weist andererseits darauf hin, daß es im Militärgefängnis von Belo-Horizonte Polizeihunde gibt, der Name paßt gut, die speziell darauf abgerichtet sind, die empfindlichen Teile des menschlichen Körpers anzugreifen. In den Räumen der DOPS (zivile Bundespolizei) von São Paulo zählt das Ausreißen von Nägeln oder das Zerquetschen von Geschlechtsorganen zu den ›geläufigen Foltermethoden‹. In São Paulo, in Curitiba und in Juis-de-Fora gab es Gefangene, die mit Lötkolben gebrannt wurden.«
Sich von dem Lärm lösend, dem Gekreisch von Manuel nach Bonbons, der instinktiven Geste Heredias, der sich vorsichtig mit der Hand über den linken Unterarm strich, den man ihm vor einem Jahr in São Paulo of all places langsam in drei Teile gebrochen hatte, konnte der Besagte ein Plätzchen finden, um

den Schluß des Berichts selbst zu lesen, den einfachen Schlußsatz, der Tag und Nacht über alle Wellen, in allen Rotationsmaschinen, von allen Federn wiederholt werden sollte.

> DIE ÖFFENTLICHE MEINUNG DER ZIVILISIERTEN LÄNDER HAT HEUTE EINE AUTHENTISCHE MÖGLICHKEIT, DURCH WIEDERHOLTE UND PRÄZISE ANKLAGE DIE UNMENSCHLICHEN PRAKTIKEN ZU STOPPEN, DENEN SO VIELE MÄNNER UND FRAUEN IN BRASILIEN AUSGESETZT SIND.

Madame Franck ging hinauf, um sie zu holen, Francines Stimme kam in die schäbige Kabine eines Cafés in der Rue Lecluse, ihre vorsichtige und gleichsam frisch desodorierte Stimme drang zu mir in den Raum, der nach der Latrine nebenan roch, selbstverständlich käme sie, aber warum Montmartre, gut, ja, sie würde ein Taxi nehmen, Unverbesserlicher, aber ja, in einer halben Stunde. Und ich wußte, wie diese halbe Stunde verlief: Noch eine Inspektion ihrer Person, das Haar, die Strümpfe, der Büstenhalter, die Zähne, vielleicht die Unterwäsche wechseln oder vor einem Rock und einer Bluse zögern, einige Angelegenheiten mit Madame Franck erledigen. Ich erwartete sie bei dem vierten schon halbgeleerten Cognac, es wurde dunkel und war lau und Leute, Gruppen von Algeriern, die zur Pigalle oder zur Place Blanche wanderten, die Nacht in ihrer Neonroutine, Pommes frites, Dirnen in jedem Hauseingang und jedem Café, Zeit der Entfremdeten in der persönlichsten und am stärksten in sich selbst verankerten Stadt der Welt.

»Ich singe dir einen Tango«, verkündete ich, als wir uns für eines der schlechten Restaurants des Boulevard de Clichy entschlossen hatten. »Im Augenblick weiß ich nur den Text, aber du wirst sehen, die Melodie kommt mit dem Abendessen, das ist nur eine Frage der Zeit. Den Anfang habe ich von etwas, das Rivero sang, geklaut, du kennst den natürlich nicht, ein Typ aus Buenos Aires. Das geht so: »La encontró en el bulín y en otros brazos«, warte, ich übersetze es dir. »Ich fand sie im Bordell und in fremden Armen«, es ist schlicht und deutlich, aber da fängt dann die Plurifundie an, wie Lonstein sagen würde, den du auch nicht kennst.«

»Das mag ein Grund dafür sein, daß du betrunken bist«, sagte Francine, »aber es war nicht gut, mich anzurufen, ich tauge nicht zu Rettungsmissionen, ich bestelle mir schließlich selbst einen Bénédictine nach dem anderen, und ich sage dir, am nächsten Tag ist das nicht sehr angenehm.«

»Danke«, sagte Andrés und küßte ihr die Hand, die leicht nach blauem oder grünem Spray roch. »Du bist lieb, meine alte Ge-

nossin, du bist hier an der Seite des Schwerverletzten, bereit für die Transfusion und die lange Nachtwache. Habe keine Angst, ich werde dich nicht zu sehr langweilen, ich rief dich an, damit du wenigstens erfährst, daß ihr recht hattet, wie immer. Oh, ah, mach kein fragendes Näschen, ihr, das heißt Ludmilla und du, ihr, das ist der gesunde Menschenverstand, die hilfreiche Hand, die den Regenschirm aufhebt, die Nähmaschine fortschiebt und langsam mit dem Flederwisch über den Seziertisch fährt.«
»Ich gehe, wenn du willst.«
»Aber, nein, mein Liebstes, im Gegenteil, ich habe dir schon den wichtigsten Teil des Tangos vorgesungen, und jetzt wollen wir zwei Dutzend Austern an den Kragen gehen, die sind die Geduld in Person, wie Lewis Carroll lehrt, und sie werden uns von angenehmeren Dingen reden hören, hoffe ich.«
»Mir ist es egal, wenn du nicht sprechen willst. Ich werde auch trinken, das ist offenbar das wenigste, was ich für dich tun kann.«
Francine ist immer so gewesen, wenn ich sie alte Genossin nenne, verwirre ich sie, dabei ist es der zärtlichste Name, den ich ihr geben kann, denn wenn man auch Worte wie Geliebte oder Liebste auf französisch nicht mehr benutzt, sind es im Grunde genau sie, die sie zwischen den Zeilen verstehen will, wenn ich mit ihr spreche oder sie benenne, und selbstverständlich sind wir Geliebte, aber ich glaube, in ihrem Besten erreiche ich sie nur (oder meinem? Achtung auf vermummten Egoismus), wenn Dinge wie in dieser Nacht geschehen, wenn ich bis auf die Knochen von Zeit durchdrungen bin, leer von jedem Ziel, es sei denn, meiner kleinen Vollkommenheit Pierre Boulez oder Lutoslavski oder japanisches Kino, und ich brauche Francine wie einen Aufschub der Realität, das subtile Marihuana, das mich ein paar Stunden auf dem Rücken schweben läßt, fern von mir selbst aber diesem Himmel gegenüber, auf den ich nicht verzichten kann, meine schöne Welt neunzehnhundertsiebzig, schrecklich für Millionen Menschen, wie mich die Nachrichten in der Zeitung lehren. Die alte Genossin legt ihr Gesicht an meines, sie weiß, ich bin krank davon, gesund zu sein in einer Welt von Kranken, sie denkt, daß der junge Werther von dem weniger jungen Andrés Fava weniger entfernt ist als es scheint, die Mythen wechseln und die Tabus

und die Gründe, sich mit den Nägeln die Brust zu zerkratzen, gestern das Individuum in seinem gewalttätigen gipfelstürmenden Wollen gehindert, heute der Grenzgänger zwischen zwei Welten (zwischen drei, würde Patricio sagen und seit heute morgen auch Ludmilla), und Francine widmet mir ein höfliches und melancholisches Mitleid, denn das schlechte Gewissen von Leuten wie sie wird von einer vernünftigen Dialektik kontrolliert, die ihr hilft zu leben, mich ohne Illusionen zu lieben, so wie jetzt *au jour le jour.*

Geduldig zieht eine Auster nach der anderen vorüber, der liebenswürdige Bericht über die Motzer, Marcos, diese unsichere Operation, die, wie ich jetzt weiß, in einem Haus in Verrières in sehr wenigen Stunden enden wird, und an der ich natürlich nicht teilnehmen werde, wohl aber Ludmilla von nah oder fern, und Francine hört zu und holt vorsichtig jede Auster aus ihrer letzten absurden Verteidigungslinie, sie trinkt eiskalten Weißwein, zwei Gläser, drei Gläser, die alte Genossin hält Wort, wir betrinken uns. Aber ich nehme an, daß Ludmilla weiß, was sie tut, sagt Francine. Zugegeben, Kleine, aber laß mich hinzufügen, daß ich die ganze Zeit den Eindruck hatte, daß es irgendwie ein Trost ist, daß Ludmilla mir das Motzen erklärt hat, mehr meinetwegen als ihretwegen, beinahe, als wäre es eine Botschaft von Marcos, nur war ich, wie du dir denken kannst, bei solchen Neuigkeiten nicht in der Lage, Botschaften zu empfangen. Sie warten immer noch auf dich, sagte Francine. Da können sie lange warten. Wer weiß, sagte Francine und strich mir mit einer Hand über das Gesicht, auf jeden Fall bleibt dir noch Zeit, ich bin hier, um diese Zeit mit Worten zu füllen, während du dich weiter nach Ludmilla sehnst. Ich gehe, sagte ich, ich will nicht, daß du dir wie die Heilsarmee in einem schlechten Viertel vorkommst. Ich gehe mit dir, sagte Francine, und werde dir an jeder Ecke eine lange Rede halten, schade, daß die Musik nicht mitgekommen ist und ich meine Flugblätter und die Haube mit Bändern vergessen habe. Alte Genossin, Riesendummkopf. So ist es besser, die letzte Auster ist für dich, tu keine Zitrone drauf, sie hat schon eine Träne.

Auf seine mäandrische Art hätte der Besagte Marcos helfen können, Ludmilla, der sehr aufmerksamen, nackten, auf dem Bauch liegenden, leicht schläfrigen aber luziden Schülerin die Ameisen zu erklären, blubb, natürlich kein Wort von Marcos verlierend, dessen Zigarette ihm Streifen ins Gesicht und ins Haar malte, langsames Streichen der Hand über Ludmillas Popo, die Taille, den Hals, blubb, und eben auch der Besagte hätte an das Treffen des Vip und der Oberameise gedacht, um zwölf Uhr dreißig, in einem Restaurant in den Champs-Elysées (Bericht von Lucien Verneuil, der den Vip beschattete, und das kostete ihn in dem Etablissement eine Stange Geld) aus alledem würde eine multilentikulare Version, und im Vierfarbendruck der Ameisen und des Vips selbst entstehen, ganz zu schweigen von der Vipin und der Oberameise, die in Panama von den Yankees ausgebildet worden ist, bereits fünf Tote für sich verzeichnen kann, aktive Teilnahme an der Unterdrückung aufgrund von Schulungstechnik und ein geheimes Hauptquartier (mit viel Augenzwinkern seitens der Präfektur der französischen Polizei, die bereits mit nicht weniger beredtem Augenzwinkern seitens des Quai d'Orsay unterrichtet war) in irgendeinem Teil des siebten Distrikts von Paris, der Hauptstadt Frankreichs und Wiege der Revolution, die, das war notwendig hinzuzufügen, von den Vereinigten Staaten inspiriert war, die die Oberameise so erfolgreich ausgebildet hatten, damit sie gegen die lateinamerikanischen Revolutionäre kämpfte, und da spricht man von der Logik der Geschichte, murmelte Marcos, aber treiben wir keine Philosophie, Polinchen, dafür sind Toynbee und noch vier andere da. Natürlich, dachte der Besagte, während er die Ereignisse beim Mittagessen ordnete, der Vip war der oberste und übernationale Befehlshaber, während die Oberameise es nur für die Ameisen der verschiedenen Kategorien war, die schon in dem formikovipischen Organigramm aufgezählt worden waren (wo er sich möglicherweise schlimme terminologische Freiheiten erlaubt hatte, wie zum Beispiel von Kleinameisen und Büroameisen zu sprechen, die keine reale Existenz zu haben schienen, während die spezifischen Funktionen anderer Ameisen erlaubten, sie als Großameisen, Miniameisen, Lauschameisen zu qualifizieren). Aber woher kommen sie, wie leben sie? fragte Ludmilla. Sie kommen aus so vielen Ameisenhaufen, sagte Marcos, daß du alle Flaggen des Kontinents von Cristófero Quilombo* brauchst, um sie zu bezeichnen, man nimmt an, sie seien als eine Art internationale Brigade entstanden, die echte möge mir verzeihen, auf jener Versammlung von Barquisimeto, auf der alle obersten Militärs Lateinamerikas waren und ein gewisser Pilkington W. Burlington, letzterer von Lyndon Johnson geschickt, mit einer Mappe voller Kohlen. Die Idee war, einen Mechanismus aufzubauen zur Kontrolle und eventuellen Eliminierung von Agitpropzellen und allen revolutionären Brückenköpfen in Westeuropa, wo, wie du gesehen hast, viele von uns sind, mit Stipendien, mit Papas Geld oder Tote waschend wie Lonstein. Der erste Vip war ein gewisser Somoza, der trotz des Namens nichts mit dem anderen zu tun hatte, aber auch ein Hurensohn war, und die Ameisen hüteten ihn wie eine Königin drei Jahre lang. Jetzt haben wir einen anderen, der schon zwei Jahre in Paris (Frankreich) lebt, natürlich

»Ach, was für eine schwierige Stadt, Beto«, beklagte sich die Vipin, »ich verstehe diese Speisekarten nicht, alles auf französisch, suche du mir etwas aus, ohne Cholesterin, sonst gehe ich wieder so auf wie damals mit dem Minister.«
»Ich würde Ihnen Rippchen de anjo empfehlen, gnädige Frau«, sagte die Oberameise.
»Rippchen was?«
»Vom Schwein, Mädchen«, übersetzte ihr der Vip, »folge Higinios Rat, ich nehme ein Kasulé tulusén, es soll ziemlich schwer sein, aber so seine Wirkungen haben, Sie verstehen, Higinio, sehen Sie, wie die Chefin rot wird, na, na, vor Higinio gibt es doch keine Geheimnisse.«
»Ach, Beto, du bist so unverschämt«, sagte die Vipin.
»Don Gualberto weiß zu leben«, sagte die Oberameise, »und was die Rippchen betrifft, sie sind vom Lamm, zum alle zehn

* Wortspiel = Colombo (Columbus) / Quilombo
Quilombo = Bordell

Finger lecken, glauben Sie mir. Und als Nachtisch würde ich empfehlen

Das ist ein Problem, aber der Besagte nimmt es nicht so ernst und amüsiert sich auf seine Art, denn zu der Zeit, zu der sich der Dialog im Restaurant abspielt (Fouquet's natürlich, was sonst), welche Sprache sprechen da die Oberameise und der Vip, in welche kulturelle Kategorie (und akulturelle vor allem) in welchen linguistischen Stand oder Bereich

<table>
<tr><td>ibero-
lusitano-
itálico
maya-quiché-
yoruba-
uralo-altaico-
incásico-</td><td>etc.</td><td>}</td><td>americano 1970</td></tr>
</table>

wird der Besagte sie einordnen, der schließlich ein Porteño ist und was den Stoff im oralen Stadium angeht, die gordischen Knoten durch eine einzige Umdrehung seines Gauchomessers durchschneidet, so kommt es, daß auf diesem Gebiet seine Freunde, sowohl Heredia wie Gómez oder Marcos (und manchmal sogar Roland oder Monique) auf seinen Zettelchen die gleiche Sprache sprechen, was den Vip oder die Oberameise betrifft, so sind sie nicht seine Freunde, und er wird doch nicht hingehen und ein Vermögen im Fouquet's vergeuden, um zu erfahren, wie sie sprechen, von der Gefahr, daß eine Großameise ihn mit einem Schlag aufs Kinn im Waschraum dieses erlesenen Etablissements hinlegt, gar nicht zu reden, darum amüsiert sich der Besagte damit, auf diesem Gebiet zu tun, wozu er Lust hat. Und außerdem ist da noch ein Problem und das ist schwerwiegend und lästig

»Sie wissen ganz genau, daß wir das Motzen planen«, sagte Marcos, »einer von Lucien Verneuils Männern ist vor fünf Monaten nach Marokko abgehauen, Lucien warnte mich, aber es war schon zu spät, um einige Spuren zu verwischen, der Typ hat sich an die Oberameise verkauft, so scheint es, obwohl er ihr damals nicht allzuviele Namen angeben konnte.«
»Sie sind also so stark?« fragte Ludmilla. »In einem europäi-

schen Land erscheint ein Kommando ausländischer Totschläger, das scheint unglaublich.«

»Bah, denke an die Affäre Ben Barka oder an die Korsen, die auf ihre Art auch Ausländer sind und sich wie die Adler organisieren, um die Dirnen und Ausgeflippten von Paris auszubeuten. Denke an die Exkolonisten aus Algerien, Enklave in der Enklave, die Alten hatten recht, Ptolemäus sah es ganz richtig, alles ist konzentrisch, Polinchen, Kopernikus trat ins Fettnäpfchen, wenn du es dir genau überlegst. Und was uns angeht, so ist es dasselbe, bis jetzt konnten wir

schwerwiegend und lästig, ja, und zwar ist es das der politischen Themen, die der Vip und die Oberameise fast ständig erörtern, ganz zu schweigen von Gómez und Patricio, die von nichts anderem mehr sprechen, der Besagte weigert sich entschieden, aus ziemlich berechtigten, wenn auch recht frivolen Gründen, das festzuhalten, er gehorcht nämlich einer vitalen und gleichzeitig ästhetischen Notwendigkeit, da die Dinge, über die Gómez oder Marcos sprechen (und was gerade ihre Gegenpartei, der Vip und die Oberameise sprechen), öffentliche und häufige Themen sind, Pressemeldungen, Nachrichten, Kabel soziokultureller Materie, jedem zugänglich, kein Grund also für den Besagten, sich damit zu belasten, zumal wenn er an die vielen Romane denkt, in denen man, im Austausch für eine mehr oder minder platte Erzählung, Gespräche und Argumente und Gegenargumente über die Verfremdung, die dritte Welt, den bewaffneten oder unbewaffneten Kampf, die Rolle des Intellektuellen, den Imperialismus und Kolonialismus lesen muß

»Wenig Butter bitte«, sagte die Vipin.

wenn all das 1. dem Leser unbekannt ist, dann ist der Leser ein Trottel und verdient diese Art Roman, damit er etwas lernt oder 2. es ist ihm vollkommen bekannt und vor allem in eine tägliche geschichtliche Vision eingebaut, weswegen die Romane es als erledigt annehmen und zu ihren eigentlichen, das heißt, zu weniger didaktischen Regionen fortschreiten können. Und da der Besagte in Büchern und Romanen nur die rein metaphorische Grundlage sieht für seine Ansichten auf dem Gebiet mnemonischer Registrierung, läßt er rasch dieses in Lateinsamerika mehr als abgenutzte Tuch liegen, nachdem er zu dem Schluß gekommen ist, daß alles Bekannte langweilt, daß man dagegen auf der Ebene der aktuellen Fakten aufmerksam sein muß, denn es werden Dinge geschehen, und ich weiß nicht, ob Sie schon die Meldung gesehen haben, Don Gualberto, sagte die Oberameise und reichte ihm die Zeitung direkt nach der Käseplatte, die phantastisch war, sagte die Vipin

»Am besten lesen Sie sie auf spanisch vor, denn Madalena kapiert das Ausländische nicht so gut«, sagte der Vip.

»Gut, der *Osservatore Romano* verurteilt strengstens die Entführung von Diplomaten.«

»Wie wunderschön!« sagte die Vipin und schlug die Hände zusammen.

»Ja, gnädige Frau, der Vatikan hat reagiert, etwas spät, aber immerhin. Hier ist, was Pater Messione sagt, ich weiß nicht, wer das ist, *über die Gewalttaten in Lateinamerika gegen Vertreter der Bundesrepublik Deutschland und anderer Länder. Man mißachtet die Grundrechte der Menschen, schreibt der Geistliche.*«

»Genau«, sagte die Vipin.

»*Und das stellt einen Angriff auf die Souveränität des Staates dar, den der Diplomat vertritt.*«

»Es war aber auch Zeit«, sagte der Vips.

»*Was bereits die griechische Zivilisation in einer weit zurückliegenden Zeit verstanden hatte.*«

« L'OSSERVATORE ROMANO »
CONDAMNE SÉVÈREMENT
les enlèvements de diplomates

Cité du Vatican *(A.F.P.)*. — *L'Osservatore romano* a publié lundi soir un éditorial sévère consacré aux enlèvements et aux meurtres de diplomates étrangers.

Le commentaire, signé du R.P. Antonio Messinone, vise, semble-t-il, les actes de violence commis, en Amérique latine, contre des représentants de l'Allemagne fédérale ou d'autres pays. « *Ils violent*, écrit le religieux *les droits fondamentaux de l'homme* », et constituent une « *agression contre la souveraineté de l'Etat que représente l'agent diplomatique, comme l'avait déjà compris la civilisation grecque, à une époque reculée* ».

« *Aucune raison, aucune volonté de protester ou de contester des structures politiques et sociales, même considérées comme oppressives et injustes, ne peuvent justifier moralement et juridiquement, par exemple, la séquestration d'ambassadeurs et de diplomates*, estime l'éditorialiste. *L'agent diplomatique qui se maintient dans les limites du droit international ne contracte aucune responsabilité à l'égard de la population de l'Etat qui l'accueille. Ce n'est pas son rôle de corriger les défauts d'un système (...). Son meurtre ou sa séquestration à des fins politiques est un crime particulièrement grave par ses incidences sur les relations internationales.* »

»Die Obersten wissen, was sie zu tun haben«, sagte die Vipin.

»Das ist typisch, du«, stellte Patricio fest, »übersetze dem Jungen hier weiter, und du, Manuel, wenn du mir noch einmal die Zeitung zerreißt, laß ich sie dich aufessen, angefangen bei der Spalte der Rezensionen, die ist am unverdaulichsten.«

»Laß meinen Sohn in Ruhe«, sagte Susana.

Sie verletzen die Grundrechte der Menschen und stellen einen Angriff auf die Souveränität des Staates dar, den der Diplomat vertritt, was bereits die griechische Zivilisation in alten Zeiten erkannt hat.

»Weiß der Teufel«, sagte Oscar, »das steht fest, kaum werden sakrosankte Ordnungen berührt, da halten sie einem das unsterbliche Griechenland, das tausendjährige Indien und das kaiserliche Rom unter die Nase. Ist gut, Mädchen, richte nicht den Laser deiner großen, schwarzen Augen auf mich, mach weiter, wir lauschen dir wie in der Kirche, wie man in diesem Fall zu Recht sagen kann.«

»Ach geht doch alle zum Teufel«, riet Susana – »jedenfalls als Übersetzerin bin ich eine Heilige, um beim Bilde zu bleiben. Also, hört zu: Kein Grund, keine Absicht, zu protestieren oder gegen politische und soziale Strukturen zu opponieren, entschuldigt die Konkordanzfehler, aber die Worte verweht der Wind, *selbst, wenn diese (die Strukturen) als unterdrückend und ungerecht empfunden werden, können die Entführung von Botschaftern und Diplomaten weder moralisch noch juristisch rechtfertigen. Der . . .«*

»Das ist so klar wie dicke Tinte«, sagte Marcos. »Moralisch und juristisch natürlich. Die statuierten Ordnungen, eine elegante Art, die Angst vor dem großen Flügelschlag, dem Großreinemachen zu verbergen. Wenn dahinter tatsächlich der Wille stünde, das Recht als Garantie für ein gutes Funktionieren der Gesellschaft zu verteidigen, möchte das ja noch hingehen, ich kenne einen Anwalt aus Santa Fé, der sich wahnsinnig über die Hinrichtung von Eichmann freute, aber gleichzeitig grün vor Zorn war, weil die Verhaftung des Typs ihm als eine juristische Ungeheuerlichkeit erschien. Ich will nicht sagen, daß sein Standpunkt mich begeistert, aber er ist logisch und kohärent. Das Ekelhafte im Falle der Raben ist, daß sie im Grunde

nicht das Recht verteidigen, sondern sich vor Angst vor den Tupamaros und den anderen Guerillas die Soutane vollscheißen, und was die Moral betrifft, auf die der Oberrabe da anspielt, wissen wir genau, welche Art Moral sie verteidigen. Lies weiter, Susana, was jetzt kommt, ist am besten.
»Der diplomatische Vertreter

». . . der sich im Rahmen des internationalen Rechts befindet«, las die Oberameise, *»trägt keinerlei Verantwortung in bezug auf die Bevölkerung des Staates, der ihn aufnimmt.«*
»Das fehlte gerade noch«, sagte der Vip.
»Seine Aufgabe ist es nicht, die Fehler eines Systems zu korrigieren . . .«

»Das ist großartig«, sagte Heredia. Niemand erwartet von ihnen, daß sie irgend etwas korrigieren, vielleicht wollen sie sie noch zu Aposteln machen.«
»Letzter Satz«, schnaubte Susana. *»Seine Ermordung oder Entführung zu politischen Zwecken ist ein besonders schweres Verbrechen wegen seiner Wirkungen auf die internationalen Beziehungen.«*
»Das soll heißen, die internationalen Beziehungen zwischen dem Pentagon, Siemens, dem Militär und dem Kies in der Schweiz.«
»Natürlich«, sagte die Vipin. »Wo kommen wir denn hin, wenn sie jetzt wieder anfangen, wie mit dem Lindberghbaby, weißt du noch, Beto, wir waren damals noch jung, aber wie aufregend, heilige Jungfrau, gib mir Wasser, mir wird ganz anders.«

»Schlaf, Polinchen, hör doch, die Glocke läutet zur Pause, du hast dem Herrn Lehrer genug Fragen gestellt.«
»Blubb«, sagte Ludmilla und schmiegte sich enger an ihn, »aber vorher erklär mir noch das mit dem Lösegeld, ich meine, für wen wollt ihr Freilassung fordern und was passiert, wenn die andere Seite es verweigert?«
»Morgen zeig ich dir die Liste, Oscar und Heredia haben die Namen, die uns fehlten, gebracht, du weißt, wie schnell das geht. Monique bereitet die Dokumentation für die Zeitungen vor.«
»Ja, gesetzt den Fall daß . . . «
»Der Fall ist noch in weiter Ferne, Polinchen, schlaf jetzt.«

»Ich will keinen Ärger mit dem Hauptquartier«, sagte der Vip. Und die Oberameise verstand sofort, daß alles Folgende ein Befehl war, auch wenn es in *glace au parfums des îles* und Kaffee und Markencognac gehüllt kam. »Alle diese Entführungen machen ihnen zu schaffen und sie wissen, daß hier eine harte Gruppe am Werk ist.«

»Ruchlose Kerle«, sagte die Vipin und besah den Dessertwagen, aber ohne sich eigentlich auf ihn zu beziehen.

»Du sei still. Zu Anfang wurden sie nicht sehr ernst genommen, man dachte, es wäre eine Frage der Kontakte, der Geldbeschaffung, der Verbindungen zu anderen Bolschewiken, um nach und nach ein günstiges Klima in der europäischen Presse zu schaffen, die von den Russen und Chinesen gekauft ist, aber jetzt teilt man mir mit, daß es viel schlimmer ist. Verflucht noch eins, wenn es nicht zum Lachen wäre, könnte man glauben, die im Hauptquartier fürchten eine Landung wie in Cuba, was soll man da sagen.«

»Man muß immerhin anerkennen, Don Gualberto, daß es viele Arten der Landung gibt«, sagte die Oberameise. »Ich denke, das Hauptquartier hat recht, wenn es beunruhigt ist, und glauben Sie mir, wir werden alles nur Mögliche tun, um diesen Schweinen, verzeihen Sie, gnädige Frau, das Handwerk zu legen.«

»In der Abteilung Süd ist man am meisten beunruhigt, Higinio, vor allem wegen der Sache von Montevideo und jetzt diese Bande brasilianischer Krimineller in Algerien, Sie können sich vorstellen, man glaubt, daß sich jetzt irgendwann eine Koalition der gesamten Masse der dortigen Linken bilden wird, und das wird die bei uns, die sich immer ein bißchen einsam gefühlt haben, unerhört stärken.«

»Verdammt, es macht denen nichts aus, allein zu sein«, sagte die Oberameise. »Sie haben doch die Meldungen von den letzten Unruhen in Uruguay gelesen. Aber ich verstehe das genauso, Don Gualberto, hier muß man ohne Rücksicht zuschlagen, um die Führer zu liquidieren, überlassen Sie das mir.«

»Ach, Higinio, vergessen Sie nicht, daß Beto hier derjenige ist,

der am meisten Gefahr läuft, vernachlässigen Sie die Leibwache nicht«, sagte die Vipin hinter ihrem Stachelbeereis mit Schlagsahne.
»Laß uns in Ruhe reden, Mädchen, Higinio weiß was er tut. Ich werde morgen das Bankett dazu benutzen, unsere Position zu stärken, so haben Sie keine Schwierigkeiten, wenn Ihren Jungs hier mal die Hand ein bißchen ausrutscht.«
»Das wäre sehr gut, Don Gualberto.«
»Und wir trinken jetzt noch einen Cognac, wozu sind wir sonst in Frankreich.«
»Trink nicht so viel, Beto, nachher hast du wieder überall diesen Ausschlag.«
»Und du kratzt ihn mir so gern«, sagte der Vip, stieß die Oberameise mit dem Ellenbogen an und zwinkerte der Vipin zu, die verschämt auf den Boden des leeren Eisbechers sah, diese schäbigen Franzosen servieren immer Eis wie für Zwerge.

Diese Dinge kommen im richtigen Augenblick zusammen, die Stimme von Maurice Fanon von einer Platte, Ebbe im Dialog, der zerfleddert, der neuen Wein braucht, Zigaretten um durchzuhalten, die Stimme von Fanon wie eine bittere Zusammenfassung: *me souvenir de toi/ de ta loi sur mon corps*, er singt gut, sagte Francine, so etwas hört man nicht oft in einem Restaurant.
»*Me souvenir de toi/ de ta loi sur mon corps.* Ja, meine Kleine.«
»Sei nicht traurig, Andrés, du wirst sie vergessen, du wirst uns vergessen, du wirst zu deiner Musik zurückgehen, im Grunde hast du die Frauen nie geliebt, für dich existiert nichts außer diesem Inneren, ich weiß nicht, wie ich es anders nennen soll, wo du wie ein langsamer Tiger umherstreifst.«
Aber sagte sie das wirklich zu mir oder sprach man weiter durch dieses Lied zu mir? Mich ablenken, gehen, Francine gegenüber, die meinetwegen gekommen war und mir in meiner traurigen Nacht Gesellschaft leistete (was ich ihr niemals erzählt habe und was sie auf keinen Fall verstehen würde), gehen und sie mit einem glatten und sogar aufmerksamen Gesicht zurücklassen, ihr das Glas füllen, bevor ich weit fortging, um die Blocks Rue Colvis, Rue Descartes, Rue Thouin, Rue de l'Estrapade, Rue Clotilde und wieder die Rue Clovis, wozu jetzt, warum, wenn ich selbst es doch gewollt hatte. Arme Francine, noch verlassener als Ludmilla in dieser Stunde, in der ich ihr ein neues Glas Wein eingoß, ihr die Hand streichelte und wir Fanon zuhörten, *me souvenir de toi/ de ta loi sur mon corps* und alles war Flucht und Ferne, höfliches System aus Lücken und Abwesenheiten, Francine im Restaurant, die Stimme von Fanon, und ich ging um die Ecke Rue Thouin, ich schenkte ihr wieder ein und streichelte die Hand, ein ungenaues System von Zügen auf Routen, die sich kreuzen und wieder trennen, unnütze Taschentücher in den Fenstern, unnütze Nähe, zu zerstreut und betrunken, gleichzeitig der Zug und jemand in ihm, verirrt, und auf der Suche nach jemand anderem, die Worte, die sich wieder einmal ordnen, um die Unordnung zu benennen, hör zu, Kleine, hör mal zu, diese

Arten zu Reisen

Der staubige Schlafwagen in der Nacht
der uns abtreibt zu dieser Station ohne Namen
wo einer von uns aussteigt
mit seinem Koffer, schmutzig von Vergangenheit,
und der andere
(war es Nr. 14 oder 8, das obere Bett?
der Schaffner schläft, alle schlafen)
wandert durch den Gang, wo
jede Tür Ablehnung ist und jener Geruch
Schweiß der Zeiten,
schmutzige Strümpfe
wiederum suchend
die, fern bereits,
auf einen mondbeschienenen Platz tritt,
wiederum suchend,
ein Taxi und ein Hotel,
bis zur Abfahrt des Zuges, der Schlafwagen
(9, 34 oder 5?)
wo sie sich vielleicht wiederfinden
für die letzte Etappe,
wiederum suchend
durch die Gänge
wo jede Tür,
Taxi und Hotel,
wiederum
mit dem schmutzigen Koffer
durch die Gänge, wo
Taxi und Hotel
durch die Gänge, wo
wiederum suchend.

»Man muß alles neu erfinden, Polinchen«, sagte Marcos, »es gibt keinen Grund, weshalb die Liebe dabei eine Ausnahme machen sollte, die Leute glauben, es gäbe nichts Neues unter dem Neon, wir tragen Routinekleider, die Kinder schreien nach Schuhen Marke Kickers, du trägst Schuhgröße achtunddreißig ich dreiundvierzig, es ist zum Lachen. Sieh mal, immer wenn ich mir ein Hemd im Monoprix kaufe, ist das erste, wonach mich die diensttuende Alte fragt, meine Kragenweite, das ist egal, sag ich ihr, ich möchte ein großes, weites Hemd. Schweigen, Kuhaugen, verkniffener Mund, das darf nicht sein, man sieht, wie sie nachdenkt und wütend wird, deutlicher als wenn sie ein TV unter der Tolle trüge. Aber, mein Herr, Ihre Kragenweite gibt Ihre Hemdgröße an / Nein, meine Dame, ich mag lange und weite Hemden, und trotz meiner Kragenweite geben Sie mir eins von diesen taillierten und knappen, die Alain Delon gut stehen aber für mich wie ein Nadelöhr sind / Wie komisch, das ist das erste Mal / Regen Sie sich nicht auf, Madame, geben Sie mir das größte, was Sie haben / Es wird Ihnen nicht passen, mein Herr / bitte, ich bin mit dem Hemd so froh wie ein satter Puma / Und so geht das fünf Minuten, aber man darf nicht schwach werden, alles muß neu erfunden werden, sage ich dir, ich werde es leider nicht erleben, aber solange es geht, erfinde ich auf eigene Faust, ich werde dich erfinden, Polinchen, und möchte, daß du mich erfindest, in jedem Augenblick, denn wenn mir etwas an dir gefällt, außer diesem feuchten kleinen Bauch, dann, daß du immer auf irgendeinem Baum sitzt und Drachen dich mehr aufregen als das Wohltemperierte Klavier.«

»Blubb«, sagte Ludmilla, »falsch, ich mag das Klavier viel lieber.«

»Weil du es hörst, als wäre es ein Drachen, Wind und lange Schwänze und Drachenschleifen, du gehörst nicht zu denen, die sich in Gala stürzen für die Musik, sich in Gala stürzen fürs Theater, sich in Gala stürzen zum Ficken, sich in Gala stürzen zum Tomatensalat. Wenn ich daran denke, daß du mir vor noch nicht ganz zwei Stunden die Hosen ausgezogen hast, als wäre ich Manuel und müßte gewaschen werden, und daß du mich nachher mit Alkohol abrubbeln wolltest, nebenbei fürchte ich du hast meinen besten Grappa aufgebraucht, Polinchen, das wirst du mir büßen.«

»Und du hast mir an den Busen gefaßt«, sagte Ludmilla.

»Ich bin eben weniger originell als du, da siehst du es, aber ich bemühe mich«, sagte Marcos und drückte sie, bis sie klagend miaute, »und nicht nur an den Busen, sondern auch hier hin und hier hin und da hin und dann zwischen dies und das.«

»Au«, sagte Ludmilla, »erfinde mich nicht zu sehr, blubb, aber es stimmt schon, ich möchte auch, daß alles neu ist und anders und Drachen, wie du sagst, deine Provinz dort drüben muß voller Drachen sein und voller kleiner Ziegen, ich weiß das von den Honigkuchen, die nicht täuschen, und von deinen Händen, au, Kacke!«

»Polinchen, meine Provinz liegt in einem alten und müden Land, es muß alles neu gemacht werden, glaube mir, es kommt dir vor wie ein Witz, aber es ist so alt und müde durch falsche Hoffnungen und noch falschere Versprechungen, an die zudem niemals jemand glaubte, außer den Peronisten der alten Garde und die aus ziemlich verschiedenen und recht legitimen Gründen, obwohl am Ende alles auf dasselbe herauskam, das heißt, Generäle und Fußtritte, angefangen bei dem namengebenden Helden.«

»Und warum sprechen viele deiner Freunde und diese Zeitungsausschnitte und Patricio vom Peronismus wie von einer Kraft oder wenigstens einer interessanten Sache?«

»Weil es stimmt, Polinchen, denn die Worte haben eine schreckliche Kraft, denn die Realpolitik ist das einzige, was uns noch bleibt gegen den pentagonischen Gorilla und die Vip, heute wirst du das nicht verstehen können, aber du wirst es sehen, denke an den Saft, den man aus dem Worte Jesu gezogen hat und aus dem Bild Jesu, du mußt verstehen, wir brauchen heute ein wundertätiges Wort, und das Bild, dem dieses Wort entspricht, besitzt Eigenschaften, die stärker sind als Cortison.«

»Aber du glaubst doch nicht an dieses Bild, Marcos.«

»Das spielt keine Rolle, wenn es uns dazu dient, etwas viel Schlimmeres niederzureißen, die Ethik der Großväter hat keine Gültigkeit mehr, Polinchen, ganz zu schweigen davon, daß die Großväter zwei Ethiken hatten, wenn sie sich zu wer weiß

was verstiegen, da kannst du ganz sicher sein. Du hast recht, dieser Alte ist mir scheißegal, der versucht etwas fernzusteuern, was er seinerzeit, als er die Möglichkeit hatte, nicht fähig war, wirklich zu tun, und das, obgleich er die besten Karten in der Hand hatte, aber praktisch ist er bereits raus aus dem Spiel, die Namen und die Bilder halten nur etwas länger als der Benannte und das Dargestellte, doch in besseren Händen können die Karten bringen, was sie zu ihrer Zeit nicht brachten, merkst du, was für einen Vortrag ich dir halte.«
»Ich möchte besser verstehen«, sagte Ludmilla, »ich möchte so viele Dinge verstehen, aber dein Land ist fern, man sieht nicht so klar, es liegt zu viel Wasser dazwischen.«
»Auch drüben sieht man nicht besonders klar, ich will dich nicht mit etwas quälen, was noch verworrener ist als das Mietrecht, du mußt nur verstehen, daß uns, sagen wir den Motzern, alle wirksamen Waffen recht sind, weil wir wissen, daß wir recht haben, und daß wir von innen wie von außen gehetzt werden, von den Gorillas und den Yankees und sogar von der Passivität der Millionen, die immer hoffen, daß andere für sie die Kastanien aus dem Feuer holen, und außerdem, weil die Feinde des Peronismus für uns Grund genug sind, ihn zu verteidigen und uns seiner zu bedienen und eines Tages weißt du, eines Tages, von ihm und all dem anderen zu befreien, auf dem einzig möglichen Weg, du kannst dir denken auf welchem.«
»Und dann gehen du und ich nach Córdoba«, sagte Ludmilla, die ihre festen Vorstellungen hatte, »und ich will, daß es voller Luftballons und Vögel und Drachen und Honigkuchen ist.«
Marcos begriff, daß Ermüdung hinter diesen Worten stand, armes Polinchen, so viele Neuigkeiten im Kopf angehäuft. Er bat sie um etwas zu trinken, sah wie sie kam und ging, nackt, mit dem Gang der Schauspielerin, die ihren Körper beherrscht, jede Bewegung, die sie in die Dunkelheit zeichnete. Alles wird einmal sein wie du, dachte Marcos und rief sie, alles wird nackter sein und schöner, wir werden viele dreckige Overalls vernichten und so viel schmutzige Unterhosen, daß irgend etwas dabei herauskommen muß, Polinchen, aber man muß dieses Wunschbild lieben bis zum Schwindeligwerden, trotz der Realpolitik und der notwendigen Waffen, die nicht immer sauber und schön sind, trotz schlimmster und unvermeidlicher Ent-

scheidungen, wie die Hände des Chirurgen, die sich mit Scheiße und Galle besudeln, um den Tumor zu entfernen und einen jungen Menschen dem Leben zurückzugeben, bei alledem und schließlich auch gegen all das, wenn die Stunde schlägt, nur so werden wir aus der Nacht hinausfinden.«
»Nein, da nicht, du tust mir weh.«
»Ich tu dir weh? Entschuldige, ich habe es nicht gemerkt, das kann passieren, wenn man über Politik spricht.«
»Das ist sehr empfindlich, und wer ist wohl Schuld daran, na?«
Marcos legte sich über sie und fühlte ihren Körper seinem entgegenbrennen, er glitt hinunter bis sein Mund zwischen ihre Schenkel fand und küßte sie sanft, ließ die Zunge über die weiche, salzige Öffnung gleiten; Ludmilla richtete sich murmelnd auf, stöhnte, Marcos hörte ihren Ruf, suchte aber weiter bis in die Tiefe, die Hände preßten ihre Hüften mit der Geste dessen, der einen langen Durst stillt. Verloren in der Lust, die ihr auch andere hatten verschaffen können, fühlte Ludmilla, es war nicht dasselbe, ihr Geschlecht, Marcos' Mund, ihre Hüften, Marcos' Hände, im Innern erhob sich das andere, das was er ihr hatte sagen wollen, etwas wie die Hoffnung eines Unterschieds in der Gleichheit. Sie vergrub die Hände in Marcos' Haar und rief ihn nach oben, sie öffnete sich wie ein Bogen und murmelte seinen Namen, wo alle Dinge von anderen Grenzen aus begannen, von der anderen Seite der Begrenzung her, wo alles Almanach und Drachen und Zicklein und Theater sein konnte, wo einmal die Motzer alle diese Namen tragen könnten, alle diese Sterne.

Die erste Etage über einem von Menschen schmutzigen Boulevard, provinzielle fliegenfangende Neonröhren, die enge, rot und gold gestrichene Treppe, Geruch nach tariflicher kollektiver Einschließung, Garderobe mit zahnloser Alten und fettigen, abgegriffenen Nummern, man muß entsetzlich traurig sein, dachte Francine, die voranging, wenn man einen Ort wie diesen betritt. Nahe daran sich zu weigern, Andrés zu bitten, er möchte sie zu einem Taxi bringen und seine billige Nacht allein verbringen, ging sie weiter, der Weißwein umfing sie mit einer so trübsinnigen und düsteren Müdigkeit wie der Saal voller Rauch in der ersten Etage, unbestimmte, männliche Figuren auf wenigen Stuhlreihen, die Bühne, wo ein grüner und ein blauer Scheinwerfer eine warme Aquariumsluft bewegten, ein großer vergoldeter Fisch, der für niemanden lächelte, der sich gerade den paillettenbesetzten BH abgenommen hatte und wieder, zum fünften Mal heute nacht, auf den Rand eines Stuhls legte, wo schon die Bluse und der Rock lagen, wohin jetzt der rote Slip fallen wird, um Mademoiselle Antinéa nackt dastehen zu lassen, drei Meter von Andrés und Francine entfernt, die allmählich Formen und Farben in den schillernden Nebeln des Aquariums unterschieden.
»Also«, sagt Francine, »wenn du schon diesen Spleen hast, hätten wir wenigstens in ein gutes gehen können.«
Ich sah sie mitleidig an, zu angezogen und anders für diesen Ort, die einzige Frau im Parkett. Wie sollte ich ihr erklären, daß ich nicht wegen des Striptease kam, wieder einmal ihr pathetisches, unmittelbares, halsstarriges Sich-Definieren in jeder ungewöhnlichen Situation, ihre Moral, ebenso automatisch wie das Achselspray und die Perfektion der Frisur. Wie zum Teufel konnte man sie und mich aus dem Häuschen bringen, aus den kastrierenden Rhythmen unseres täglichen Brotes, jetzt, da alles Ludmilla war und Brunnen, Reise in dem schäbigen Zug der Eifersucht und etwas wie ein Trommler, entfernte Zimbeln, wahrscheinlich ein Herzrasen durch den Weißwein, Tam-tam hinter den Augenlidern, Fritz Lang, die Art wie der servile und gleichzeitig autoritäre Kellner herangekommen war, vielleicht eine Pistole in der schneeweißen Jackettasche auf mich rich-

tend und dieses totale Ausblenden, in dem doch alles Erwartung war, da etwas in mir es kannte und geträumt hatte, das heißt, gelebt hatte, und jetzt sollte ich Francine erklären, warum, verflucht, ich sie in diesen traurigen Saustall schleppte, wo jedenfalls Mademoiselle Antinéa das einzige war (Francine am anderen Pol, in der anderen, ebenfalls unwirklichen Wirklichkeit), was es verdiente, schön genannt zu werden, zu überdauern, das, was Ludmilla für mich gewesen war, die genauen Zeichen, die Erfüllung der Dinge im Laufe einer Nacht, alles so klar am Rande des Tam-tam das weiter seine Antwort skandierte und dann zu Francine sagen, aber, mein geliebter Schatz, kleines Dummchen, merkst du nicht, daß wir nicht wegen des Striptease hierher gekommen sind, sieh dir den dicken Algerier an, der verknallt bestimmt seinen ganzen Wochenlohn, sieh dir das Opachen mit dem gebügelten Hemd an, der sich in die erste Reihe gesetzt hat, um nicht ein einziges Stückchen zu verpassen, ich halte das für einen schweren Irrtum, denn man weiß doch, daß jede Lupe selbst Cleopatra kaputtmacht, beachte die verschlafen aussehenden Jungs da, ihre Vorstellung von Männlichkeit besteht darin, gleichgültig zu tun, sie schließen halbwegs die Augen und taxieren Mademoiselle Antinéa durch die Wimpern hindurch, sie ist eigentlich besser, als man bei dem Tarif erwarten kann, findest du nicht?«

»Sie ekelt mich an, sie und alle die anderen und vor allem wir beide.«

»Oh.«

»Eine Farce für Heuchler, für Impotente und Frustrierte.«

»Ah.«

»Warum, Andrés, warum. Ich begreife, daß du heute, nun ja, aber warum das hier.«

»Umschiffung im Taschenformat, Kleine, sagen wir eine Bilanz vor dem totalen Schluß der Aktivitäten, lange Nacht von Nerval, unter einer Laterne. Sieh mich nicht so an, ich habe nichts Selbstmörderisches an mir, das ist alles Metapher. Hör dir die Musik an, die sie für die arme Antinéa aufgelegt haben, das spielte man genau vor zwanzig Jahren in Acapulco, ich hatte früher die Platte. Nein, von hinten ist sie gar nicht schlecht mit diesem self-contained-Hinterteil. Ah, nun lächelst du, und dieses Lächeln jetzt ist sanft und gut, wie du, meine Kleine.«

»Verdorbener Kerl, du und alle deine self-contained-Hinterteile und deine Lüstlingsroman-Erotik.«
Aber ihre Hand auf meinem Schenkel, warm und fest, auch für sie begann wie sooft die Umschiffung, Vorwurf, der zur Zärtlichkeit führt, Zärtlichkeit zum Kuß, Kuß zur Liebe, Liebe zum Erwachen, Erwachen zum Vorwurf, brüske und traurige Trennung der Kapseln, bis die Nasa der Körper den Befehl gibt, sich wieder anzunähern und die Koppelung durchzuführen (Reuter). Ernst, geheimnisvoll, müde schloß Mademoiselle Antinéa ihre Nummer mit einem seitlichen Schritt, der ihre Brüste zur Geltung brachte, der blaue Vorhang mit Sternen fiel über die Momentaufnahme des sorgfältig enthaarten Geschlechtsteils, von dem die von der städtischen Moral im Artikel A-2345 vorgeschriebene Minimalbedeckung zu schwinden schien, damit ein rosa Schimmern zu sehen war und die glänzend grünen Projektoren mit einer kollektiven Bewegung auf den Stühlen übereinstimmten, etwas unlustiger Beifall und das jaulende Hula-hula, das nichts Gutes versprach, du wirst sehen, gleich kommt eine fünfundvierzigjährige Fregatte, wenn sie exotisch sind, verzeiht man ihnen das Alter und den Bauch, warum, weiß keiner.«
»Ein Spezialist, wie man sieht.«
»Nein, Mädchen, reine Vermutung, aber sieh mal, wenn du dich trotz allem, was wir getrunken haben, nicht an die Umstände gewöhnen kannst, müssen wir eben gehen, und ich suche dir das Taxi, von dem du vorhin sprachst, zumal es geschrieben steht, daß ich diese Nacht allein verbringen werde.«
Fast nichts, etwas, das seine Stimme heiser machte oder diese Art, die Zigarette anzusehen in Ermangelung von etwas Besserem, lieber sagte ich zu ihm sch, sch, lenke Mademoiselle Doudou nicht ab, die übrigens nichts von einer Fregatte hat. Die Finger von Andrés schlossen sich um ihren Ellenbogen, bis sie ihr weh taten, die Grimasse im Rauch und dann das langsame Lächeln, wie lieb du bist, meine Kleine. Aber Mademoiselle Doudou konnte das alles nicht ablenken, da sie jetzt mit der Entkleidungsoperation begann in offener Polarisierung mit der Musik, als wäre sie entschlossen, jede ihrer Bewegungen der Melodiezeichnung entgegenzusetzen, wenn im Lied die Töne anstiegen, beugte Madame Doudou ihren pechschwarzen,

blanken Körper, um mit den Fingern ihre kleinen Dompteusenstiefel zu berühren, und sie reckte sich jedesmal, wenn der Kontrabaß seine tiefsten Spinnweben spann. Sie ist hübsch, sagte Francine, mit der Stimme der gebildeten Buchhändlerin, sie hat schlanke Schenkel. Ja, aber das Problem ist der Mund, sagte Andrés, du wirst es sehen. Dann kennst du sie. Nein, ich bin hier zum ersten Mal, ich war in anderen, natürlich, es gibt viele in dieser Gegend, wie du aus den Reiseführern wissen wirst, die du an die Amerikaner verkaufst. Was ist also mit dem Mund? Warte, du wirst es gleich sehen, dabei bleibt es nicht. Und es blieb nicht dabei, denn das Opachen aus der ersten Reihe wiegte den Kopf und zischelte einen langen, unverständlichen Kommentar, der die Burschen in der Reihe hinter ihm außerordentlich ergötzte, und Mademoiselle Doudou sah den Alten an und zwinkerte ihm zu, ihr Lächeln erfüllte ihr Gesicht, etwas Namenloses, eine Eruption, ein Erguß, der Tarif des Lokals und die Kleidung der Kunden und die Gardinen an der Treppe und die Zivilisation, die das alles machte, waren in ihrem Lächeln, jetzt erhob sich das Opachen begeistert halb von seinem Stuhl, denn Doudou hatte gerade den Slip heruntergezogen und bot eine schwarze, rote und tabakfarbene Totalität, immer dem Alten zulächelnd, ihn mit wiegenden Hüften erregend und sich plötzlich umdrehend und mit dem Hintern in Richtung auf die Hände des Alten wackelnd, Doudou nackt vor dem Alten, und, das war doch nicht möglich, aber natürlich ist das möglich, Kleine, man kommt hierher, damit so etwas möglich wird, Doudou reißt sich ein Schamhaar aus und bläst es dem Alten zu wie einen Abschiedskuß, und der Alte springt auf und fängt es in der Luft, steckt es in den Mund, schluckt es herunter, die Leute springen vor Lachen von den Stühlen, Doudou vulgär, führt die Hände an ihr Geschlechtsteil und bietet es dem Alten, der plötzlich auf den Stuhl gefallen war und sich wie unter der Dusche schüttelte, spöttischer Applaus, der blaue Vorhang, gehen wir, Andrés, bitte, jetzt gleich, da siehst du, Kleinchen, du solltest hin und wieder daran denken, daß genau zwanzig Blocks von deiner Wohnung entfernt, von deinen systematischen Katalogen, deinen Abonnements von *Les Temps Modernes* solche Dinge geschehen, aber dieser Alte wird doch von dem Laden bezahlt, das gibt es doch nicht, daß.

Natürlich, Kleine, wenn dich diese Version beruhigt, bestimmt ist er bezahlt, sehen, um nicht zu glauben, wie mein privates Sprichwörterbuch sagt, komm, gehen wir, wir haben Durst, bestimmt verpassen wir das hübscheste Mädchen. Bring mich zu einem Taxi und geh zurück. Ich hätte es verdient, Kleines, aber nein, diese Nacht verbringen wir zusammen, zwei perfekte Maschinen zur Herstellung verbaler Kacke, was willst du mehr, und wenn ich bedenke, daß ich vielleicht eine Mission zu erfüllen hätte, aber du siehst, Mademoiselle Antinéa und jetzt die züchtige Doudou. Was für eine Mission? fragte Francine. Scht, sagte Andrés, sie kündigen die Perle Boliviens an, la Señorita Lola, ich habe diese Quena schon gehört, sie wurde in Montparnasse von einem polnischen Juden aufgenommen, ich kenne die Platte, ich glaube, der Typ heißt Brinsky, autochthoner kannst du es wirklich nicht verlangen, was meinst du.

Auf seine phlegmatische Art hatte Marcos die Fabrikation des Albums für Manuel ziemlich genau verfolgt. Zwischen Maria Montessori und ihm bestanden spürbare Meinungsverschiedenheiten, was ihn nicht daran hinderte, der entsetzten Susana die blauen Blätter eines Telex mitzubringen, die ihm ein Genosse von *Prensa Latina* gegeben hatte und die, laut Marcos, unverändert ins Album geklebt werden mußten, denn die typografischen Phantasien, die Fehler und die Unordnung, das peinliche Aussehen des Kaligramms würden dazu beitragen, der Information ihre tiefste Wahrheit zu verleihen, das, was aus allen Unannehmlichkeiten und Reinfällen und Rückfällen und Ungeschicklichkeiten der Unterentwicklung erwuchs, Blümchen mitten im Beton, Kätzchen, das zwischen elektrischen Kabeln spielt, he, bremste ihn Patricio, du, wenn du lyrisch wirst, übertriffst du den kleinen Rabbi. Hurensohn, sagte Marcos sauer, klebe das Telex ein, damit der Junge mal etwas davon hat, und Susana griff eingeschüchtert wieder zum Uhu und daher

ACHTUNG P

ELA PARIS 'R'R'R'R'R'R'

BITTE DAS ORTEGAMATERIAL WIEDERHOLEN AB: 1950, DER LIBANON FÜHRT SAUDIARABISCHES ÖL ZU EINEM GEGENWERT VON 10 MILLIONEN .....
ETC ETC ETC .....

DANKE ER 'R'R'R'R'R

PL-4
VON LOUIS MARTIRENA
LA HABANA, 27. MÄRZ (PL) -. BEI SEINER ANKUNFT IN CUBA KANN SICH DER BESUCHER, VOR ALLEM WENN ER AUS EINEM LAND WIE URUGUAY KOMMT, WO DIE REGIERENDEN HINTER BARRIKADEN LEBEN, KANN SICH NICHT GENUG WUNDERN UND ERLEBT WIE EINE UNVERWECHSELBARE ERFAHRUNG
SSSSSSSSSSSSSSSSSSSSSSSSSSSSSSSSSSSSSSSSSSSSSSSSSSSSSSSSSSSSSSSSSSSSSSSS
SSSSSSSSSSSSSSSSSSSSSSSSSSSSSSSSSSSSSSSSSSSSSSSSSSSSSSSSSSSSSSSSSSSSSSSS
EGENHEIT
IE AN EINIDERÜBLICHEN
PL-4
VON LOUIS MARTIRENA
LA HABANA, 27. MÄRZ (PL) .- BEI SEINER ANKUNFT IN CUBA KANN SICH DER BESUCHER, VOR ALLEM WENN ER AUS EINEM LAND WIE URUGUAY KOMMT, WO DIE REGIERENDEN HINTER MAUERN LEBEN, KANN SICH NICHT GENUG EGENHEIT AN EINEM DER ÜBLICHEN GESPRÄCHE ZWISCHEN FIDEL CASTRO UND SEINEM VOLK TEILNEHMEN ZU KÖNNEN. WUNDERN UND WIE EINE UNVERWECHSELBARE ERFAHRUNG ERLEBEN.
WIE ES SEINE GEWOHNHEIT IST UND SO WIE ER ES HÄUFIG TUT. DER PREMIERMINISTER TRAF AM MITTWOCH ZIEMLICH ÜBERRASCHEND IN DER UNIVERSITÄT VON HABANA EIN. LANGES GESPRÄCH MIT STUDENTEN UND PROFESSOREN MIT DENEN ER PROBLEME DER WIRKLICHKEIT DES REVOLUTIONÄREN FORTSCHRITTS ERÖRTERT.
NACH DEM BEGRÜßUNGSAKT DER BEIFALL CUBANISCHER JUGEND DIE ÜBER EINEN MONAT FREIWILLIGEN ARBEITSDIENST IN CHILE GELEISTET HATTEN UND DIE LEUTE AUFBRECHEN WOLLTEN, RIEF JEMAND: " DA KOMMT ER" ZWEI KLEINE EUROPÄISCHE WAGEN, IN DENEN DER PREMIER UND EINIGE ANDERE MITGLIEDER

DER REGIERUNG ANKAMEN.
DIE WAGEN HIELTEN VOR DER TREPPE DES REKTORATS AM ANDEREN ENDE DES UNIVERSITÄTSPLATZES, DEMSELBEN, WO SEINERZEIT FIEDEL CASTRO ZU SEINEN STUDENTISCHEN KAMPFGENOSSEN GESPROCHEN HATTE.
DIE JUNGEN LAUFEN VON ALLEN SEITEN AUF IHN ZU UND UMRINGEN SCHNELL DEN PREMIERMINISTER DER NEBEN EINEM DER WAGEN STEHEN GEBLIEBEN IST. EINIGE MUßTEN UM SCHNELLER HINZUKOMMEN EINEM TANK AUSWEICHEN DER IN DEN ERSTEN STUNDEN VON 1959 DER BATISTA-ARMEE ABGENOMMEN WORDEN WAR UND ALS LEBENDIGES MONUMENT DORT NOCH STEHT.
FORTS./MP 10. 25 GM P

PL-5
ERSTE FORTSETZUNG ZU PL-4 (MIT FIDEL CASTRO).

SCHNELL ENTSPINNT SICH EIN SPONTANES UND NATÜRLICHES GESPRÄCH. FIDEL CASTRO BEFRAGT DIE BRIGADISTEN EINZELN ÜBER IHRE CHILENISCHEN ERFAHRUNGEN. WO HABEN SIE GEARBEITET? WAS HABEN SIE GETAN? DIE JUNGEN UND MÄDCHEN ANTWORTEN UND BERICHTEN KURZ EINIGE ERLEBNISSE UND ES WIEDERHOLT SICH IN DER BERICHTEN DIE HERZLICHKEIT MIT DER SIE VOM VOLK UND DEN REGIERENDEN IN CHILE AUFGENOMMEN UND BEHANDELT WORDEN SIND.

UM DEN CUBANISCHEN REGIERUNGSCHEF HAT SICH EINE DICHTE MENSCHENMENGE ANGESAMMELT, DIE SOWOHL DIE STUFEN ALS AUCH DEN VORPLATZ GANZ UND GAR FÜLLEN, AUF DEM ER SICH BEFINDET. DAS GESPRÄCH BEGINNT IN ANDERE RICHTUNGEN ZU VERLAUFEN. DIEJENIGEN, DIE ZUHÖREN ODER FRAGEN STELLEN SIND IN BEINAH ALLEN FÄLLEN SEHR JUNG UND HABEN BEREITS DIE HÄLFTE IHRES LEBENS INNERHALB DES REVOLUTIONÄREN PROZESSES GELEBT. IHRE HAUPTINTERESSEN SIND ANDERS ALS DIE WELCHE DIE STUDENTISCHEN ZEITGENOSSEN DES PREMIERS BEWEGTEN. SIE BEZIEHEN SICH AUF DIE INTEGRIERUNG DER JUGEND IN DIE NEUE GESELLSCHAFT. AUF PROBLEME DER ENTWICKLUNG EINES BELAGERTEN LANDES AUF WIRTSCHAFTLICHE UND SOZIALE PROBLEME DIE SICH IN DER LETZTEN ZEIT ZU LÖSEN BEGINNEN.
FORTS./TLM/MP 10. 30 GMT

PL-6

ZWEITE FORTSETZUNG ZU PL-4 (MIT FIDEL CASTRO.....

DIESES JAHR WERDEN WIR DIE ZUCKERERNTE MIT ZEHNTAUSEND PFLÜCKERN WENIGER ALS IM LETZTEN JAHR EINBRINGEN ERKLÄRT DER PREMIERMINISTER VON CUBA AUF EINE FRAGE. IM NÄCHSTEN JAHR WERDEN WIR FÜR DIE GANZE ERNTE HUNDERTTAUSEND PERSONEN WENIGER BRAUCHEN ALS 1970.+

SPÄTER KOMMT ER AUF DIE GESCHICHTE DES ROHRSCHNITTES IN CUBA ZU SPRECHEN DIESER AUFGABE DIE IMMER MEHR MIT MASCHINEN DURCHGEFÜHRT WIRD DIE DEN MENSCHEN VON EINER BRUTALEN LAST BEFREIEN.

HIER WURDE DAS PROBLEM DES ANBAUS ZUERST DURCH DIE SKLAVEREI GELÖST, SPÄTER DURCH EINWANDERUNG NOCH SPÄTER DURCH DIE FÜNFHUNDERTTAUSEND ARBEITSLOSEN DIE ACHTZEHN STUNDEN TÄGLICH ARBEITETEN UND SO DAS PROBLEM DER ERNTE LÖSTEN. HEUTE KANN DAS NICHT MEHR SO SEIN.

DIE MENSCHEN MÜSSEN EINEN VERNÜNFTIGEN ARBEITSTAG HABEN. AUßERDEM DIE ERNÄHRUNG UND DIE VERSORGUNG, WAS FRÜHER ALLES FEHLTE.

DIE ERKLÄRUNG IST FLÜSSIG DIDAKTISCH UND ZEIGT EINE GLOBALE SICHT DER PROBLEME UND PERSPEKTIVEN DER REVOLUTION.

CHILE ERHÄLT MEHR DEVISEN ALS WIR MIT DER ARBEIT VON DREIßIGTAUSEND BERGLEUTEN IN DEN KUPFERMINEN, WÄHREND WIR HUNDERTTAUSENDE FÜR DAS ZUCKERROHR BRAUCHEN. NUR IN DER MECHANISIERUNG DES SCHNITTS KANN DIE LÖSUNG DIESES PROBLEMS LIEGEN.+!

IN EINER ANDEREN ANTWORT ERINNERT ER AN EINEN SATZ VON MARX IN DEM SINNE DASS DER AUFBAU DES SOZIALISMUS NUR DIE VORGESCHICHTE DER MENSCHHEIT IST. DIE GANZE GESCHICHTE MUSS NOCH GESCHRIEBEN WERDEN SICHER WIRD ES AUCH DANN NOCH PROBLEME GEBEN.

ABER ES WERDEN ANDERE PROBLEME SEIN.

KANN MAN SICH EINE GESELLSCHAFT OHNE PROBLEME VORSTELLEN? FRAGTE FIDEL CASTRO LÄCHELND.

FORTS./MTLM/MP 10. 35GMT

LERNT ZU UNTERSCHEIDEN, WÄHLT IMMER DIE BESTEN, DIE KEINE POSTEN WOLLEN, DIE NICHT AN SICH SELBST DENKEN UND BEREITS SIND, ALLES FÜR DIE ANDEREN ZU TUN.

WENIGE AUGENBLICKE SPÄTER, NACH DREI STUNDEN DES GESPRÄCHS UND DUTZENDEN VON FRAGEN STIEG ER WIEDER IN SEIN KLEINES AUTO UND ENTFERNTE SICH SO SCHNELL WIE ER GEKOMMEN WAR. ER LUD EINIGE STUDENTENFÜHRER ZUR FORTSETZUNG DES GESPRÄCHS EIN. "ICH BESCHLAGNAHME SIE NICHT. ICH GEBE SIE EUCH BALD ZURÜCK". MEINTE ABSCHLIESSEND DER BESUCHER.

TLM/MP 10.556 MT

EEEEEEEEEEEEEEEEEEEEEEEEE

PL-7

3. FORTSETZUNG ZU PL-4 (MIT FIDEL CASTRO.

EIN JUNGER MANN STELLT EINE FRAGE, DIE VON DEM AUGENBLICK SPRICHT IN DEM ALLE MATERIELLEN BEDÜRFNISSE GELÖST SEIN WERDEN, WOBEI ER DURCH DEN PREMIERMINISTER UNTERBROCHEN WIRD: WO WÜRDEST DU DENN DIE GRENZEN DER MATERIELLEN BEDÜRFNISSE ANSETZEN? WIEVIELE ANZÜGE, WIEVIELE LITER MILCH, WIEVIELE KRANKENHÄUSER, WIEVIELE LABORATORIEN, WIEVIELE AUTOBUSSE, WIEVIELE SCHULEN, WIEVIELE UNIVERSITÄTEN, WIEVIELE WISSENSCHAFTLICHE AKADEMIEN? WIEVIELE MUSEEN, WIEVIELE HOTELS, WIEVIELE KÜHLSCHRÄNKE? UND DAS IN EINER GESELLSCHAFT WIE DER UNSEREN IN DER BEDÜRFNISSE WEDER UNTERSTÜTZT NOCH FÜR DIE LEUTE ERFUNDEN WERDEN, UM PRODUKTIONSPROBLEME ZU LÖSEN.

DIE PRODUKTIVITÄT, WIE KANN MAN DIESES PROBLEM LÖSEN? DIE ANNAHME DES LANDSTREICHERGESETZES DURCH DAS VOLK SAGT DER CUBANISCHE REGIERUNGSCHEF GESETZGEBUNG DIE ES BEREITS AL DELIKT ANSIEHT KEINEN FESTEN ARBEITSPLATZ ZU HABEN WAS WAR EIN GEWALTIGER POLITISCHER SCHRITT NACH VORN FÜR DAS VOLK. ABER DIESE SELBEN ARBEITER, DIE DAS PARASITENTUM ALS DELIKT BEGRIFFEN HABEN HABEN DIE PRODUKTIVITÄT DER ARBEIT DIE EFFEKTIVE AUSNUTZUNG DES ARBEITSTAGES NOCH NICHT GANZ VERSTANDEN.

FORTS./ TLM/MP 10. 422. GMT

PL-8

4. FORTSETZUNG ZU PL-4 (MIT FIDEL CASTRO.

UND HIER EINE GEWISSENSFRAGE AN DIE ZUNÄCHST STEHENDEN STUDENTEN: UND IHR, WIEVIEL STUDENTEN VERSTEHEN TATSÄCHLICH, DASS IHR DAS ÄUßERSTE AUS EUREM STUDIUM HERAUSHOLEN MÜßt. WIE EINE MISSION, DIE EUCH DIE REVOLUTION AUFGETRAGEN HAT?+

BRINGT DIE FRAGE IRGENDWELCHE ZUSTIMMENDEN ANTWORTEN? ABER SIE IST NICHT VERHEIRATET UND DARUM HAT SIE ANDERE PROBLEME ZUSTIMMENDE ABER NICHT SEHR ENTSCHIEDENE. EIN MÄDCHEN BITTET UM DAS WORT. SIE ERKLÄRT, SIE SEI VERHEIRATET UND HÄTTE DARUM ANDERE PROBLEME ZU LÖSEN UND EINIGE SCHWIERIGKEITEN MIT DEM STUDIUM. WARUM LÄßT DU NICHT

AUCH DEINEN MANN KOCHEN? WAR DIE ANTWORT DES PREMIERMINISTERS. WIR TEILEN ZIEMLICH VIEL, MEINTE DAS MÄDCHEN TROTZDEM HABEN WIR NOCH PROBLEME BEI DER MAXIMALEN AUSNUTZUNG DES STUDIUMS.

DARAUF PRÄZISIERTE FIDEL CASTRO ETWAS MEHR: WENN IHR EUCH MIT DEN VIETNAMESISCHEN STUDENTEN VERGLEICHT, DIE IN CUBA SIND, WIE WÜRDET IHR EURE EIGENE LEISTUNG BEURTEILEN? LERNT IHR MEHR ODER WENIGER ALS DIE VIETNAMESEN?.+

NACH EINIGEM HIN UND HER KAM DIE RIESIGE GRUPPE ZU DEM ERGEBNIS, DASS SIE TATSÄCHLICH ETWAS WENIGER LERNTEN ALS DIE VIETNAMESEN, DIE AUCH HIER BEI DER AUFGABE, DIE MAN IHNEN AUFGETRAGEN HATTE VON BEISPIELHAFTER OPFERBEREITSCHAFT UND KONZENTRATION BEI DER ARBEIT SIND.

DER PREMIERMINISTER FRAGTE DARAUFHIN, OB ES NICHT NOTWENDIG SEI, DASS DIE CUBANISCHEN STUDENTEN SICH DIE HÖCHSTE LEISTUNG IM STUDIUM DAS IHNEN DAS VOLK BEZAHLT UND DAS DIE BEVÖLKERUNG VIELE OPFER KOSTETE ALS POLITISCHE AUFGABE VON HÖCHSTER WICHTIGKEIT VORNEHMEN.

FORTS./MP 10. 50 GMT

PL-

FÜNFTE UND LETZTE FORTSETZUNG ZU PL-4 (MIT FIDEL CASTRO.

FIDEL CASTRO ERKLÄRT SODANN WELCHE MITTEL DIE REVOLUTION AUF DEM GEBIET DER BILDUNG, DES GESUNDHEITSWESENS UND DER PFLEGE DER ALTEN INVESTIERT HAT+. MANCHMAL GRÖSSERE SUMMEN ALS WIR TATSÄCHLICH KÖNNEN DIE ABER UNBEDINGT NOTWENDIG WAREN, WEIL ES DINGE SIND, AUF DIE NIEMAND VERZICHTEN KANN+.!

SCHLIESSLICH FORDERTE ER VON DEN STUDENTEN BEI DER IDEOLOGISCHEN STÄRKUNG DER UNIVERSITÄT MITZUWIRKEN. ER RIET AUCH BEI DER WAHL DER VERTRETER ZU STUDENTENVERTRETUNG UND DER KOMMUNISTISCHEN JUGENDORGANISATION SORGFÄLTIG VORZUGEHEN. HÜTET EUCH VOR DEN ARRIVISTEN. DEN OPPORTUNISTEN DIE SICH MANCHMAL ALS REVOLUTIONÄRE AUFSPIELEN,

LERNT ZU UNTERSCHEIDEN, WÄHLT IMMER DIE BESTEN, DIE KEINE POSTEN WOLLEN, DIE NICHT AN SICH SELBST DENKEN UND BEREITS SIND, ALLES FÜR DIB ANDEREN ZU TUN.

WENIGE AUGENBLICKE SPÄTER, NACH DREI STUNDEN DES GESPRÄCHS UND DUTZENDEN VON FRAGEN STIEG ER WIEDER IN SEIN KLEINES AUTO UND ENTFERNTE SICH SO SCHNELL WIE ER GEKOMMEN WAR. ER LUD EINIGE STUDENTENFÜHRER ZUR FORTSETZUNG DES GESPRÄCHS EIN. "ICH BESCHLAGNAHME SIE NICHT. ICH GEBE SIE EUCH BALD ZURÜCK". MEINTE ABSCHLIESSEND DER BESUCHER.

TLM/MP 10.556 MT

Warum erniedrigst du mich? hatte Francine gefragt, als wir in der Mitternachtsbrandung über den Boulevard zurückgingen, zwischen Menschentrauben, Gruppen an den Straßenecken, algerischen und spanischen Gammlern, den Schwulen des Viertels, Angeboten aus dem Schatten eines Hauseingangs, *cochon*-Kino, Wahrsagen, Geruch nach Pommes frites, so ranzig wie die Musik aus den Bars, ach Kleine, wie soll ich dir erklären, daß es so nicht ist, daß es das nicht ist, obwohl du recht hast, denn das hast du, hierin kommt die Logik der Sache nicht bei, sondern vielmehr, wer sagt dir, daß bei zwei antagonistischen Möglichkeiten recht zu haben, der Funke nicht überspringt, sieh dir die Alte an, die Zigarettenstummel sammelt und dabei wer weiß welche uralten Verwünschungen des Elends murmelt, eine Art Bilanz des Weltuntergangs in Gegenwart dieser bevorzugten Zeugen, mit denen natürlich wir gemeint sind, du und ich, denn es werden weder Lanza del Vasto noch Frau Puchulu Gándara sein, die dort stehen und zusehen, wie diese dreckige Hand, die Zigarettenstummel sammelt, um sich den morgendlichen Glimmstengel drehen zu können, die beste okzidentale Zusammenfassung des Jahres Siebzig ist.
»Das weiß ich alles«, sagte Francine, »das kenne ich alles nur zu gut, man braucht nicht wie ein billiger Heiliger Thomas daherzukommen, um so viel unvermeidlichen Schmutz festzustellen.«
»Du sagst es, Kleine, alles war gut an deinem Vortrag, nur ein Wort war da, dieses, für deine Weltanschauung ebenfalls unvermeidliche Wörtchen, für deine Welt und für meine sind diese Dinge immer unvermeidlich, natürlich, aber wir irren uns, paß auf bei dem Neger da, der kotzt bestimmt gleich auf die Straße und siehst du, darum brauche ich dich heute nacht, dich, die an meiner Seite geht, die mir ins Gesicht spuckt, ohne es zu wissen, ohne es zu wollen. Sieh doch, wenn mir auch nur eine Spur von Anstand bliebe, müßte ich hierhergehen, damit dieser besoffene Neger mich ankotzt, aber wenn man sämtliche Themen der Mozart-Quintette auswendig kennt, ist das unmöglich, das begreifst du wohl, Schweinerei, and yet and yet and yet.«

»Du bist auch betrunken, wir sind es beide«, sagte Francine. »Gehen wir doch nach Hause, Andrés. Ich weiß, du wirst mich von der Seite ansehen, du wirst sagen, aber natürlich und du machst mir einen Kräutertee und deckst mich gut zu. Ich verspreche dir, ich tu es nicht, aber gehen wir weg von hier, ich kann nicht mehr.«

Es war eine Bar wie viele andere, Whisky mit Kerosingeschmack, Nutten an der Theke und allen geht es gut in dieser Klammer aus Schnaps und gedämpftem Licht, schon als wir, um die Taille gefaßt, die Rue des Abbesses hinaufgingen, hatte Francine nach der Mission gefragt, zweimal hatte sie den Schritt verlangsamt, um zu fragen: »Was für eine Mission?« und ich hätte es ihr gern erklärt, einfach stehenbleiben und es ihr erklären, sieh mal, das ist so, ich muß oder ich soll oder von diesem Augenblick an oder von einem anderen Augenblick an werde ich anfangen, aber schließlich war da die Bar, und wir schwiegen, als warteten wir, obwohl es nichts zu erwarten gab. Unmöglich, ihr nichts von dem zu sagen, was wie ein Drahtzaun war in der Nacht, eine Mauer, die über den Aktionsradius von zwei ausgestreckten Händen hinauswuchs, der schwarze Block, der Hemmschuh mit seinen Scheibenbremsen an allen vier Rädern, ihr bloß den Traum in allen Einzelheiten erzählen, das Kino mit seinen im rechten Winkel stehenden Leinwänden, das Absurde von soviel Klarheit vorher und nachher, wie um das schwarze Nichts in der Mitte besser abzugrenzen, das, was geschehen war, nachdem der Kellner mich abgeholt hatte und bevor ich in den Saal zurückkehrte und etwas wußte, was gerade ich nicht mehr wußte, das Unfaßbare, siehst du Kleines, ich war in einem Kino, das ist sicher, aber in was für einem Kino, Mädchen, jetzt paß gut auf, ein Kino ist etwas sehr Wichtiges beim Weltuntergang, wie viele Dinge beginnen für uns in einem Kino oder einem Autobus, die Dinge, die Dante in einer Klosterzelle oder am Ufer des Arno einfielen, haben den Ort gewechselt, Epiphanien geschehen heute anders, du bist im Schnellzug nach Bratislava und genau da, durch den Kopf, die mantischen Öffnungen neuen Stils, die Juke-Box-Orakel, die Halluzinationen am Rande des TV, wer weiß, ob die Kinos, genau besehen, bedenke die visuelle Ermüdung macht uns rezeptiver, obwohl ich in diesem Fall nur träumte, aber wer weiß, ob wir uns schlafend nicht genauso verbrennen wie wachend, warte, rühr dich nicht, Kleines, es sieht so aus, als sei dir eine Fliege in den Whisky gefallen.«

»Wie seltsam, eine Fliege um diese Zeit.«

»Du hast recht, es ist beinah unbegreiflich, denn selbst die Fliegen haben einen Stundenplan, das muß eine poetische Fliege sein.«

»Hol sie raus«, bat Francine.

»Ich bestell dir lieber einen neuen Whisky, mein Finger ist nicht viel sauberer als diese Fliege trotz allem, was unsere aufopferungsvollen Lehrerinnen uns über die außerordentliche Schmutzigkeit dieser Insekten erzählt haben. Nun gut, versuche ihn, vielleicht schmeckt er jetzt besser als vorher, es ist alles eine Frage der Proportion; Lonstein hat mir einmal gesagt, in einigen Theatern seines Viertels stänke es derart, daß man nur auf eine einzige Art und Weise die einen umgebende Luft purifizieren könne, nämlich, indem man einen gewaltigen Furz losließe.«

»Ja, er ist besser als vorher«, sagte Francine. »Und es geschieht mir recht, daß mir eine Fliege ins Glas fällt, es lohnt sich nicht ein neues zu bestellen, alles ist sehr gut so wie es ist.«

»Oh, nein, das nicht, Kleines, zwing mich nicht zu therapeutischen Ohrfeigen, um den hysterischen Pol umzukehren. So, so ist es besser, du lächelst unter Tränen wie Andromache, nur daß ich nichts von Hektor habe, verflucht noch eins.«

Da, in dem Augenblick, genau an diesem Punkt hätte Ludmilla blubb gesagt. Aber jedem sein System, Francine senkte den Kopf und fuhr sich rasch mit den Fingern über die Augenlider. Andrés legte die Fliege auf den Rand des Aschenbechers, sie schleppte sich wie eine expressionistische Tänzerin und produzierte ein Summen, das ihre Volltrunkenheit oder den bevorstehenden Flug ankündigte; sie betrachteten sie schweigend, bis das Tier seine Turboreaktoren ausreichend aufgewärmt hatte, um sich aufzumachen und auf den Nacken eines schwulen Mulatten umzuziehen, der sich mit einem Herrn von gelehrtem Aussehen hinten im Lokal küßte. Rauchend, Francine wieder in die Augen sehend, begann Andrés ihr den Traum genau zu erzählen. Fritz Lang kam mit seinem teutonischen Bauch in die Bar, der Kellner und der Kubaner und der nicht identifizierbare Freund setzten sich zu ihnen bis zur letzten Spule wie im Kino und leisteten ihnen Gesellschaft von weitem und aus der Nähe mit diesem Dasein und Nichtdasein aller Bilder, du siehst also, ich hatte recht, Epiphanien geschehen heute zwischen Fliegen und Katzenjammer und schlecht ausgedrückten Kippen, in dieser Nacht erreicht jeden Sankt Martin seine Gans. Sieh mich nicht so an, ich werde es dir kartesianisch erklären, man kann nicht erwarten, daß deine Diplome für alles reichen, mein Kleines.«

»Wo ist die Milchflasche?« wollte Ludmilla morgendlich wissen. »Was magst du lieber, Toast oder Spiegeleier?«
»Du bist völlig auf dem Holzweg«, sagte Marcos und sah sie verwundert an. »Frühstück? Milchflasche? Du hast hörbare und milchige Halluzinationen, Mädchen, hier hat noch nie einer eine Milchflasche stehenlassen.«
»Vorhin klang es so wie eine Milchflasche an der Tür, ein sehr erfrischendes Geräusch, das nennt man in Krakau revilo gnik. Du erwartest doch nicht, daß ich mit bitterem Mate frühstücke, diesen Krieg habe ich vor langer Zeit gewonnen, er hat mich alle Legionen des Varus gekostet, ich gedenke nicht, noch einmal damit anzufangen.«
»Hier, Polinchen, frühstückt man mit pechschwarzem und reichlichem Kaffee, mehreren Tassen davon, und Zigaretten. Wenn du Milch willst, an der Ecke ist ein Laden, in Dosen ist sie nicht ekelhafter als frisch. Dagegen muß irgendwo ein Paket Kekse sein, ich suche es dir.«
Die ersten Sonnenstrahlen glitten zum Bett hin und begannen, ihnen über die Füße zu klettern. Ludmilla warf die Decke und das Laken zurück – es war im Morgengrauen beinahe kalt gewesen, sie kamen faul aus einem langen Knäuel aus Wärme und Traum –, um den Magen und die Schenkel von Marcos näher zu betrachten; der Abdruck des Fußtrittes verdiente die Signatur von Bonnard, ganz in Altgold, perversem Rot, Papageienblau. Das muß dir sehr weh tun, so etwas bekommt man nicht gratis/Wenn ich heute Nacht nicht gestorben bin, dann nur, weil ich unsterblich bin, Polinchen/Blubb/Und du, da wir schon einmal dabei sind, erkläre mir diesen blauen Fleck hier/lege deine Hand drauf, nicht so, offener, jetzt schließe sie ein bißchen/Oh/Siehst du/Aber es tut dir nicht weh/Das Gewissen plagt dich, was/Nein, aber wenn wir so weitermachen, wird Lonstein bestimmt Arbeit bekommen/Warum hast du dich beschneiden lassen, wenn du gar kein Jude bist?/Weil es mir weh tat, Polinchen, und obwohl das, gewissen Leuten zufolge, dazu führt, daß man an Gefühl verliert/Hast du einen Unterschied bemerkt?/Zu Anfang ja, aber wahrscheinlich, weil

es noch nicht richtig verheilt war, habe ich Sterne gesehen/ Wie komisch ein männliches Geschlechtsteil ist, ich kann mich nicht daran gewöhnen, wenn ihr durchs Zimmer geht und alles schlenkert da herum, habe ich den Eindruck, das muß ziemlich lästig sein, so unbequem/Du stirbst fast vor Neid, das hat schon Freud gesagt und noch etwas, Polinchen, das mit dem Wort Geschlecht ist ein ziemlicher Blödsinn, jeder muß denken, du hast Spanisch durch Korrespondenz gelernt/Es war tatsächlich so, aber sehr persönliche Korrespondenz/Ah, von Mund zu Mund, wie man die Ertrunkenen rettet, aber das mit dem Geschlechtsteil und dem Liebesakt, tu mir den Gefallen und bewahr dir das auf für den Tee bei den frommen Schwestern/Ist dir das so wichtig?/Ja, weil diese Art Vokabular uns an den Vip bindet/Versteh ich nicht/Du wirst schon noch verstehen, Polinchen, du bist wie der Besagte, der noch nicht auf einen Vortrag über Onanie reagiert hat, den ihm Lonstein aufgehalst hat/Und du, warum sprichts du von Onanie, wenn wir schon davon reden, blubb?/Zack, ins Schwarze, sagte Marcos lachend, da siehst du, wie der Vip über uns wacht, es ist schwer, ihm zu entkommen, aber man muß es, Polinchen, wir erreichen überhaupt nichts, wenn wir uns vor diesen und vielen anderen Dingen fürchten/Man sieht, daß du zur Generation der Fünfunddreißigjährigen gehörst, denn die Jungen von heute scheren sich den Teufel um solche Sachen, sie sehen sich untereinander an, ohne all dieses lähmende Vokabular, sie lachen sich tot über solche Probleme/Das wissen wir, Polinchen, aber es ist auch so, daß nicht sie solche Sachen wie das Motzen machen, sie sind zu sehr von Festivals und Hippie- oder Jippyleben oder der Landkarte, um nach Katmandu zu kommen, absorbiert, sie werden die Erben sein, wenn es Leuten wie uns gelingt, den Spieß umzudrehen, das Problem ist unausweichlich und ewig, es sind die Alten wie wir, die den gepanzerten Zug knacken oder sich im Urwald von Bolivien oder Brasilien umbringen lassen, jedenfalls, was die Richtung betrifft, das Problem bleibt somit unser Problem, es macht nichts, daß die Jungen vor Lachen pissen, wenn sie hören, was ich dir sage und was mich beunruhigt, wir müssen uns befreien, um ihnen nicht den Eintopf zu versauen, wenn es an uns ist, die zehn Gebote zu schreiben/*Concha peluda y pija colorada,* sagte Ludmilla/

Diesen Satz sagst du dauernd, aber ich weiß nicht, ob du merkst, daß er ziemlich grob ist/Andrés und Patricio sagten, er mache sich recht gut/Bewahre ihn dir auf für die großen Gelegenheiten, aber da hast du es, Piesel ist besser als Geschlechtsteil, wenn man so zusammen ist wie wir jetzt, zwar ist es durchaus nicht nötig, diese Wörter zu häufig zu benutzen, aber wenn es so weit ist, werde nicht weich, Polinchen, denn außerdem ist Piesel ein hübsches Wort, viel persönlicher als Penis zum Beispiel, was nach Lehrbuch der Anatomie klingt oder männliches Glied, was mich immer an römische Geschichte denken ließ, wahrscheinlich wegen der Toga/Ja, Piesel, *pija*/hört sich gut an auf Argentinisch, es gefällt mir besser als das spanische *polla*/ Das ist Geschmackssache, weißt du, ich glaube das galizische *picha* und das kubanische *pinga* sind auch nicht schlecht und der chilenische *pico* auch nicht, der nebenbei gesagt der seltene Fall des masculinum ist, sämtliche argentinischen und lateinamerikanischen Varianten sind immer feminina. Jetzt paß auf, wenn ich irgendwo recht habe, dann darin, solche Wörter zu benutzen, ich will dir die Muschel küssen, nicht die Vagina, das geht dem anderen mit Fußtritten ein, den Vip meine ich, denn auch in der Sprache gibt es Ameisen, Polinchen, es nützt nichts, dem Vip die Rübe schlapp zu machen, wenn wir Gefangene des Systems bleiben, daher liest du zum Beispiel in dem Thema nach scheinbar sehr revolutionären Romanen aus Uruguay, Peru oder Buenos Aires, daß ein Mädchen eine behaarte Vulva hat, als ob man das aussprechen oder auch nur denken könnte, ohne gleichzeitig von innen her das System zu akzeptieren, du wirst feststellen, daß der Besagte am Ende sehr froh sein wird über Lonstein, ich glaube, er hat etwas ans Licht gebracht und außerdem, ich weiß nicht, wie ich es dir sagen soll, aber du mußt das alles verstehen, ohne in der Sache steckenzubleiben/ Blubb, machte Ludmilla, eigentlich gebrauchen nur Jungens ständig sexuelle Ausdrücke, wir haben sie gar nicht nötig/ Natürlich nicht, Polinchen, aber gesetzt den Fall, dann nenne das hier Sack oder Eier und fertig, das ist nicht besser und nicht schlechter als Testikel, genauso wie Muschel ein wunderschönes Wort ist, die Essenz des Botticelligemäldes und aller sinnlicher und ästhetischer Assoziationen, die du willst, und wir ficken zusammen, du und ich wir ficken, wenn ich lese, daß die Leute sich paaren oder kopulieren, frage ich mich, ob das die gleichen Leute sind wie wir, oder ob sie besondere Privilegien haben/Nun, ich nenne das lieben, es gefällt mir besser, es geht in so vielen Sprachen und ist wie ein Wunder, denn eigentlich tun wir es als Herausforderung an den Tod oder so, um ihm zu sagen, daß er ein stinkendes Beuteltier ist, und jetzt reicht es, ich will Kaffee, auch wenn es keine Milch gibt und du suchst mir die Kekse.

»In unserer Sprache, nicht nur am Rio de La Plata, ist das große Problem der Arsch«, meditierte Marcos laut und sah dabei den von Ludmilla an, die ihrerseits aus dem Fenster sah und mit größter Begeisterung gegenüber eine Eisenwarenhandlung entdeckt hatte. »Ich weiß nicht, wie man das in deinem Land macht, Polinchen, aber bei uns ist das ein ziemliches Durcheinander, Arsch ist der generische Ausdruck, er gilt vor allem als populär und sehr urwüchsige Verbesserung von Hinterbacken, was sich bei uns immer etwas nach Schlachterei anhört, aber das Problem ist der Anus, ein scheußlicher Terminus/Du hast einmal After gesagt, meinte Ludmilla und dachte dabei an eine bestimmte Situation und rümpfte leicht die Nase/Ja, aber das geht nicht, da ist etwas, das mag ich nicht, obwohl es vielleicht viele ohne zu zögern benutzen. Die große Glanzleistung der Engländer und Yankees ist das asshole, was ins Spanische übersetzt düster klingt und viel zu topographisch und beschreibend, aber ich nehme an, bei ihnen macht die direkte Bedeutung einem brauchbareren und wandelbareren Bild der Sache Platz. Ich weiß wirklich nicht, wie ich es nennen soll, Ritz ist schülerhaft, Rektum mag ich lieber, aber auch nicht ganz, Kern bedeutet nichts. Brünnchen, vielleicht, das fehlte mir gerade noch, Ausdrücke zu erfinden, aber es ist gut, nicht wahr. Laß den kleinen Brunnen sehen, gib mir diesen kleinen Brunnen, du, aber schließlich bin ich kopfüber in das asshole gefallen, denn das bedeutet dasselbe nur etwas poetischer, Brunnen ist hübscher als Loch, die Yankees könnten es genausogut asswell nennen, das wäre sogar sehr geeignet für Wortspiele.«

»Gegenüber ist eine Eisenwarenhandlung«, teilte Ludmilla mit.

»Du machst mich sprachlos«, sagte Marcos.

Sie konnte nicht viel begreifen, um diese Stunde und nach so vielen Gläsern, die Müdigkeit zwang sie, sich immer mehr an mich zu hängen, ich ging über die Brücke und sprach von Fritz Lang und von Mademoiselle Antinéa und fragte mich, ob man uns ein Zimmer im Hotel Terrass geben würde, unser Problem ist, daß wir kein Gepäck haben, das Eindeutpaar, wie der kleine Rabbi gesagt hätte, aber als der Alte den Schwanz der Fünfzig-Francs-Note sah, das Beste und mit Bad, selbstverständlich, im obersten Stockwerk, mit Balkon, aber dann kennt der Herr das Hotel, na, selbstverständlich kenne ich es, und ich habe eine Menge Freunde hierhergeschickt, machen Sie sich keine Sorgen, wir gehen vor dem Frühstück und bevor Sie abgelöst werden, der Rest ist für Sie, außer den fünfzig Francs, aber geben Sie mir das beste Zimmer und vergessen Sie nicht den Balkon und das Mineralwasser, ach ja, die Seife, der französische Geiz kennt in solchen Fällen keine Grenzen, Seife und Handtücher, doppelt, bitte schön.
Warum, hatte Francine mit schwacher Stimme gefragt, am besten nehmen wir ein Taxi und du kommst zu mir, also mußte ich es ihr erklären, wir gingen über das letzte Stück der Brücke, und ich sah zu den Balkonen des Hotels und wußte, daß Francine nicht ahnen konnte, daß wir dorthin gingen, daß ich sie in ein Zimmer mit Balkon über einer gewissen Stadt brachte, die ich ihr zeigen wollte, es ist besser so, Kleines, manchmal ist ein Hotelzimmer eine Minitherapie, unbekannte Möbel, keine Verantwortung, die umwerfende Tatsache, daß man morgens alles zerwühlt zurücklassen kann, stell dir vor, welche absurde Metaphysik, alles durcheinander zurücklassen, und keiner wird dir etwas tun, niemand wird kommen und sagen, Sie sind aber schlecht erzogen, man verläßt ein anständiges Haus nicht und läßt die Seife auf dem Nachttisch liegen und das Handtuch am Fensterhaken, versteh doch, wenn ich bei dir schlafe, muß ich furchtbar aufpassen, daß ich den Spiegel nicht bespritze, wenn ich dusche, ich hänge alles an seinen Haken und trotzdem, ich erinnere mich sehr gut, hast du mir eines morgens liebenswürdig vorgeworfen, ich hätte mich in der Zahnbürste geirrt, das muß dir unerträglich gewesen sein.«

»Nein, ich dachte nur, ich müßte es dir sagen, weiter nichts, wenn ich dir eine Zahnbürste und ein Handtuch hinlege, dann, damit du sie auch benutzt, also gut, gehen wir ins Hotel, ich hoffe nur, es ist nicht mehr sehr weit.«
»Wir stehen davor, Kleines, jetzt ist da nur noch das Problem, ohne Gepäck hineinzukommen, denn das hier ist ein Hotel komilfo, nicht zu sagen wie, der Besitzer garantiert einen Haufen jüdischchristlicher Werte, darum Paare für ein paar Stunden oder eine Nacht absolut verboten, aber jetzt wirst du sehen, wie die in Frage stehenden Werte an Boden verlieren vor diesen anderen mit einer Zahl und einem Porträt mit Perücke, Voltaire oder Richelieu oder Molière, beobachte du die Wirkung vom Sofa aus, die jungen Damen bleiben bei solchen Geschäften immer im Hintergrund und blicken am besten zu Boden.«
»Wenigstens werden wir schlafen«, sagte Francine, »um diese Zeit ist es mir schon gleich ob hier oder anderswo.«
Ich setzte sie auf ein Sofa, bevor ich mich dem Nachtportier näherte, der in seinem düsteren Gelaß saß, ich versprach ihm einen langen reinigenden Schlaf und die morgendlichen Hörnchen und darum nach den Anweisungen, die Handtücher und das Minerealwasser betreffend, regelte ich auch noch das mit der Flasche Cognac und den Eiswürfeln und sogar mit diesem Frühstück, das zu einer anderen Welt gehörte, denn die Nacht war noch nicht zu Ende und auf dieser Seite waren Cognac und Balkone über dem Friedhof vom Montmartre, den Francine nicht sofort sehen würde, denn mein erstes war, die schweren, braunen Vorhänge zuzuziehen, die der Besitzer aufgehängt hatte, als schäme er sich im Grunde dessen, was die Reisenden unter dem Balkon erwartete. Man bemerkte bei dem Nachtportier die Neigung, mir den Krieg von 14/18 zu erzählen, und nachdem er die Lebensmittel und die hygienischen Einrichtungen gezeigt hatte (Francine prüfte mit beiden Händen die Matratze, sie beugte sich vor und wippte kräftig, um sicherzugehen, daß die Dunlopillo nicht voller Klümpchen war), schob ich ihn auf den Flur hinaus und tat diese, für viele so mechanische Geste des Türabschließens mit doppeltem Riegel, die für mich jetzt nichts Mechanisches hatte, da es Raum, Zimmer, abgeschlossene Zone und mitten darin Francine und mich gab, genau dort, wo ich in dieser Nacht mit ihr sein wollte, nach der

Fliege im Whisky und dem schwarzen Fleck, dort, wo Fritz Lang gewesen war (ohne von dem Fleck Ludmilla zu sprechen, dem kalten Stein im Magen). Nicht schlecht, sagte Francine, jedenfalls hat es eine angenehme Beleuchtung und das Bett ist hervorragend, gehen wir schlafen, ich kann nicht mehr.«

Er betrachtete noch immer das Schloß und den Schlüssel in der Tür, sah sich im Zimmer um, als er mich hörte, machte er eine unbestimmte Bewegung, kam lächelnd zu mir und setzte mich auf den Bettrand, er kniete sich vor mir hin und sah mich mit der gleichen Aufmerksamkeit an, mit der er das Zimmer betrachtet hatte und begann, mir die Schuhe auszuziehen, mir die Knöchel zu streicheln. Du frierst, Kleines, du brauchst noch einen Schluck, komm, wir rauchen im Bett und reden über all das, wovon man spricht, wenn die Müdigkeit ihre Tierchen freiläßt und Antworten auf die Rätsel vorschlägt.

»Andrés, Andrés«, ihn sprechen lassen, als spräche er von weit her, mich von ihm zeremoniell entkleiden lassen, »Andrés, was mir jenseits aller Vergeltungsmaßnahmen nur noch zu tun bleibt, ist, dich nicht wiederzusehen, dich durch skandinavische Romane oder Skiausflüge zu ersetzen.«

»Aber sicher«, sagte Andrés wie überrascht, die Hände am Verschluß des Büstenhalters, »das weiß ich doch, ich weiß doch, daß ich selbst etwas anderes werden muß, auf jeden Fall kein Ski, aber etwas anderes, und genau darüber müssen wir reden, das heißt, muß ich reden, mit einem Teil dieser Flasche Cognac als Enthemmer und als Riesenfußtritt gegen das geistige Spundloch, wenn er das kann. Warum hast du einen so süßen flaumigen Bauch, du rührst mich, und ich will das nicht, heute nacht will ich keine Zärtlichkeit, Kleines, ich weiß nicht, was ich brauche, aber auf keinen Fall Zärtlichkeit, ich bitte nicht darum und suche sie nicht, und in diesem Sinne ist es gut, daß Ludmilla mich sitzengelassen hat, verteufelt gut sogar, denn es konnte nicht ewig so weitergehen mit uns dreien, du und sie, ihr wart Schuld, weil ihr die Einrichtung nicht wechseln könnt und ich, weil ich plötzlich dieser Idiot bin, der ich weiß nicht welche Klarheit sucht, um diesen schwarzen Fleck wegzuwischen, der wissen will, was dieser Typ im Kino zu mir gesagt hat.«

»Decke mich zu«, bat ich ihn und versuchte meine Beine aus seinen zu befreien, und Andrés, immer noch kniend, sah mich überrascht an und begann zu lachen, du Ärmste, nackt wie ein glatter Maiskolben ohne Blätter, und ich öde dich an, natürlich bringe ich sie ins Bett, die Kleine, ich decke sie sogar mit zwei Decken zu, damit die vasomotorischen Mechanismen oder sonstwas ihre informativen Kreise ziehen und die thermische Antwort erarbeiten, ganz zu schweigen von diesem Schlückchen, das wir jetzt sofort zu uns nehmen werden, der Alte hat nichts Geringeres als einen Martell mit fünf Sternen heraufgebracht und hat sie auch noch geöffnet, ein kluger Kopf, glaube mir, ah, à propos schwarze Flecke

Er zog sich aus und sprach, sah mich dabei an, knöpfte sich sehr, sehr langsam die Hose auf, ließ die Finger bei jedem Knopf verweilen, die Hände gingen von selbst, während er

weißt du zufällig, wo ein Ort namens Verrières liegt. Ja, natürlich, auf der Strecke von Sceaux, man nimmt am Luxemburg die Metro, das muß etwa zwanzig Kilometer von Paris, Richtung Süden sein

zog sich langsam das Hemd aus der Hose, ohne sie ganz aufgeknöpft zu haben und begann die Knöpfe des Hemdes zu öffnen

und einen recht hübschen Wald haben, Andrés. Ah, dann ist es dort. Was dort? Das, was Ludmilla mir heute morgen in der Stunde der Götterdämmerung erklärte. Götter? Natürlich, Kleines, also während Wotan, das war ich, dem Untergang seines Reiches zusah, bereitete sich Ludmilla, eine Art verrückt gewordene Brunhilde, auf den Eintritt in eine andere Welt vor, die sie in Ermangelung eines besseren Namens die Motzer nennen. Du hast mir schon einmal davon erzählt, ich erinnere mich nicht mehr genau. Warte, Kleines, ein Schritt weiter und du wirst es in den Zeitungen lesen und wirst schweigen wie ein Grab, of course, denn die Kartoffeln werden anbrennen, weißt du.

Er zog sich die Schuhe aus, besah sie einen nach dem anderen, verloren in wer weiß wie vielen gleichzeitigen Vorhaben, mit mir sprechen, sich ausziehen, das Zimmer betrachten, als wäre es ein außergewöhnlicher Ort, den Schuh untersuchen, ihn auf die Erde stellen, sich

Selbstverständlich, Andrés, am besten sagst du mir gar nichts, ich muß das nicht wissen

nach und nach das Hemd und die Hose ausziehen, sie wie trockene Blätter auf den Teppich fallen lassen, sie vollkommen vergessen, die Daumen in das Gummiband des Slips schieben,

Bah, Kleines, ich weiß auch nicht viel, aber es sieht so aus, als hätten diese Burschen Vertrauen zu uns, wer weiß warum, Marcos ist ein unglaublich irrer Typ, und jetzt Verrières, nun ja, alles in allem sage ich dir, ist etwas Tolles im Gange, kaufe dir morgen eine Zeitung

»Leg dich hin«, sagte Francine, »du hast Gänsehaut.«

»Und was für eine«, sagte Andrés und ließ langsam vor Francine den Slip hinunterrutschen, ließ ihn mit den anderen Sachen auf dem Boden liegen, »vielleicht ist das der schwarze Fleck, Kleines, ein Stück Gänsehaut, das gerade das Wichtigste bedeckt, ein blackout, neben dem Freud und Jung and Co verblassen. Diese Gläser sind nicht schlecht für den Martell, warte, ich stelle die Lampe auf die Erde, dann können wir in dem besonderen Reiz des Halbdunkels reden.«

»Reden«, sagte Francine, »ja, wieder einmal reden, das heißt, du sprichst und ich werde dir wie immer als Wand dienen, damit der Ball zurückprallt, du ihn wieder aufnimmst und von neuem wirfst, du suchst dich im Echo, in meinen unnützen Antworten. Wie wenn wir uns lieben, die andere Wand, diese andere Suche, in der ich keine Rolle spiele, ich weiß es schon lange, und es macht mir nicht mehr viel aus, aber ich weiß es schon lange, Andrés, es ist wie dieses Hotel und dieses Zimmer, die Trunkenheit, die Müdigkeit, die falschen Brücken, die falschen Dialoge. Komm, Liebster, du wirst ganz kalt.«

Zwei Kissen fünf Sterne zwei Decken zwei Gläser die Lampe auf dem Boden das Licht wie aus Mandel und das Schweigen, Andrés schmiegte sich an Francine, sie deckten sich bis zur Taille zu, perfekter etruskischer Sarkophag, das Paar, das sich ansieht und lächelt in einer Zeit außerhalb der Zeit, so nah den echten Gräbern dort unten, die Francine noch nie gesehen hatte, die hinter den Vorhängen zu warten schienen, tief unter dem Balkon auf die Nacht hinaus. Kleines, nichts davon wird für dich wirklich sein, wenn du erwachst und wir fortgehen, ein anderer Tag, Madame Franck, die dir die Neuigkeiten der Buchhandlung erklärt, du kaufst dir eine neue Bluse, Kompensationen dieser Art, aber begreife doch, Kleines, begreife doch, daß ich dich nicht aus Bosheit demütige, auch ich werde in das hinein müssen, was man Morgen nennt, vor allem in das, was Freitag heißt, aber vorher mußte ich so etwas tun, nimm an, aus Feigheit oder Sadismus, aber das ist nicht richtig, sag lieber Bilanz und Inventur, so etwas mußt du als Buchhändlerin doch kennen, Bilanz des Weltuntergangs, verstehst du, irgend etwas mußte nach Fritz Lang kommen, darum müssen wir heute nacht da hindurch und wissen, ob wir überleben oder nicht, ob das, was ich dir morgen zeigen werde, Zahl oder Kreuz ist, wie man in meinem Land sagt, und wenn ich Kreuz sage, weiß ich, was ich sage, glaube mir.«

»Das ist ein Abschied, nicht wahr?« sagte Francine. »Auf deine Weise, mit deinen Riten, mit deinem Licht auf dem Boden, deinem Glas in der Hand.«

»Ich weiß nicht, Kleines, wie soll ich es schon wissen, da ist noch der schwarze Fleck, ich komme immer bis zur Schwelle dieses Zimmers aus dem Traum und kann nicht mehr sehen und weiß nichts mehr, ich trete in den schwarzen Fleck, komme verändert wieder heraus, weiß aber nicht warum und wozu.«

»Aber wie soll ich dir helfen, Andrés, was kann ich tun, damit du es findest, damit du dich erinnerst.«

»So kannst du es, so wie du mich ansiehst, mit allem, was du mir diese Nacht geben wirst, deine Hände, deinen Mund und jedes Stückchen deines Körpers und deine Intelligenz, die auf der Waagschale wiegen, so wirst du mir helfen zu erfahren, ob wir Fritz Lang überleben werden, ich spreche von mir, aber auch du bist ein Teil der Welt, selbst wenn du auf dieser Seite bleibst, wir werden sehen, ob ich allein gehen muß, ob mir noch etwas zu tun bleibt, oder ob wir uns weiter so sehen werden wie heute nacht und so viele andere Nächte, uns auf der Basis der Gewohnheit und der Worte akzeptierend, ob der tägliche treue Hund weiter auf mich warten und mit dem Schwanz wedeln wird, die Schallplatten und die Bücher und meine kleine von Maple eingerichtete Wohnung, bis zum ersten Infarkt oder dem Karzinom à la Mode und der selfpitti natürlich, der selfpitti.«

»Du wirst gehen, Andrés, du wirst gehen«, wiederholte Francine, küßte mich und ihr jetzt warmer Körper glitt unter die

Decke. Ich ließ sie bis zur letzten Zärtlichkeit kommen, wobei ich die Hände in ihr Haar grub und sie leitete und fast zwang tiefer zu gehen und sagte ihr die ersten Zahlen der Inventur ins Ohr, wer konnte wissen, was sich bewahrheiten würde, ob wir im Morgengrauen aufwachten, für immer allein, oder ob wir zu denselben Hörnchen hinausgingen, zum selben Taxi, um das sanfte Spiel neu zu beginnen, Anrufe, Verabredungen und das verständnisvolle Lächeln von Madame Franck, wenn wir, wie sooft, in die Wohnung hinaufgehen würden. Ich ließ sie nicht weitermachen, obwohl sie stöhnte und mich suchte, ich zog ihr Gesicht fort und zwang sie, sich wieder aufzurichten, Cognac zu trinken, daß ihr die Tränen in die Augen traten. Du wirst gehen, wiederholte Francine, du wirst gehen, du wirst gehen, Andrés. Wer weiß, sagte er, das genau ist der Zweck der Zeremonie, Zahl oder Kreuz, Kleines, der Verstand taugt mir zu nichts mehr, ich muß mit dir diese Stufen aus Cognac hinuntersteigen und sehen, ob es im Keller eine Antwort gibt, ob du mir helfen kannst, aus dem schwarzen Fleck herauszukommen, ob du dem alten Lang kräftig genug auf dem Bauch trampelst, damit der die Kombination für den Safe herausrückt. Komm, es ist soweit, komm und sieh dir das an, ehe wir hinabsteigen.«
Ich zerrte sie aus dem Bett, denn sie begriff nicht, und schleppte sie an das Fenster, vielleicht weinte sie, ich fühlte, wie sie sich wehrte, nicht verstand, warum ich jäh die Gardine aufzog und die Tür zum Balkon öffnete. Ich hielt ihr den Mund zu, damit sie nicht schrie, nackt traten wir auf den Balkon, ich zwang sie, bis zum Geländer zu gehen, unter dem bläulichen Licht des Himmels von Montmartre sah sie die Kreuze und Steine, die koagulierte Geometrie der Gräber. Sie schrie, glaube ich, ich hielt ihr wieder den Mund zu, ich fühlte, wie sie sich in meinen Armen gleichsam auflöste, ich hielt sie über dem Geländer fest, über dem Friedhof hängend, jedes Kreuz, jedes geschmiedete Eisen aufsaugend, die ganze dämliche Verewigung des Urelends. Ich weiß nicht, ob ich da begriff, ich glaube nicht, es muß später gewesen sein, als ich sie wieder ins Bett gebracht und sie zugedeckt und sie gezwungen hatte, noch ein Glas Cognac zu trinken, indem ich ihr den zusammengepreßten Mund öffnete, ihr ins Gesicht blies, mit einer Liebkosung meines ganzen Körpers über sie fiel, damit die Wärme wieder in

ihre Brüste und ihre Schenkel zurückkehrte, jetzt konnte die Inventur weitergehen, die Nacht war lang, Zeit genug, um dem Tod eines Kleinbürgers oder seiner Konfirmation beizuwohnen, um zu erfahren, ob der Abstieg auf die andere Seite des schwarzen Flecks führte oder ihn in Wohlgefallen und Nostalgie einhüllte. Komödiant, sollte Francine mir einmal sagen, du wirst dich nie ändern, du wirst immer deine Spiele spielen mit Gräbern und Frauen, Komödiant. Aber vielleicht auf dem Balkon dort, wo sie nichts als ihr Entsetzen kannte (denn später sagte sie mir zwischen zwei Zärtlichkeiten, sie hätte einen Moment gefürchtet, ich wollte sie auf den Friedhof hinunterwerfen) vielleicht, während ich sie zwang zu schauen, dieses Paris zu erkennen, das sie und ich durch Lügen und Routine und den blinden Hohn aller Tage negiert hatten, ja, vielleicht war es da, daß der schwarze Fleck sich für einen unfaßbaren Augenblick verzog, er verzog sich und sprang mir wieder mit all seinen Spinnenbeinen über das Gesicht, aber etwas in mir hatte die andere Seite gesehen, es gab da so etwas wie eine Endziffer der Inventur, eine abgeschlossene Bilanz, ohne Worte noch zu befolgende Anweisung: eine brüske Vollendung, ein Abbrechen von Ästen. Jetzt konnten wir weiter Cognac trinken, beginnen, uns gemessen zu streicheln, den Balkon zu vergessen.

Wie gern hätte der Besagte über die Angst des Vip und sein zitterndes Doppelkinn in Rolands Auto erzählt, über das Gesicht der Vipin, als man sie in einer Allee in der Gegend von Pantoise aussetzte, einer, wenn man vom Parc Monceau nach Verrières will, absurden Stelle, die Lucien Verneuil, Copilot und Pistole im schwabbeligen Bauch des Vip, jedoch für recht günstig hielt, um die Polizei irrezuführen, die bereits eine allgemeine, wenn auch im Augenblick noch unzusammenhängende Suche veranstaltete. Schade, aber es ging nicht, als er, das Wort in der Hand, die Ereignisse, wie es die gute alte Erzählkunst gebietet, übernehmen wollte, gelang dem Besagten wegen so viel: steig ein oder ich lege dich um, wegen der Grimasse, die das Make-up Dorothy Gray Nr. 8 der Vipin nach links verschob, wegen Roland, der fangiokühl einen Millimeter vor roten Lichtern steuerte und schon ein Pfiff, der ihnen die Wirbelsäule bis ins Steißbein hinunterlief und wenn du nicht aufpaßt noch ein bißchen tiefer, wegen alledem gelang dem Besagten nur ein allgemeiner Eindruck der Verwirrung ober- oder unterhalb der Absurdität der minutiös synchronisierten Dinge, diese ungehörige Freude an der Improvisation, die ein anderer vielleicht Geschichte, Lonstein Freudenhausmorphismus und Ludmilla, die Klügste von allen, blubb genannt hätte. Also, reifenquietschend, mit achtzig um die Kurve, das können Sie doch nicht mit mir machen, Patricio, die Vipin genauer betrachtend, als handelte es sich um eine von Linné ganz übersehene Froschart, erschrecken Sie nicht, gnädige Frau, reichen Sie mir Ihre Handtasche, Dinge, die der Besagte nicht sehr erzählenswert fand, regen Sie sich nicht auf, wir werden Ihnen schon nicht Ihre Wimperntusche klauen, wir wollen nur diese Umschläge hineintun, die Sie, sobald die Postämter öffnen, richtig aufgeben werden, ach Beto, was geschieht hier, oh mein Gott, und andere topische und typische Sätze, Langeweile des Besagten, bis zur Ankunft im Châlet, wo das Umsteigen sich unter duftenden Pinien und dem Gesang einer Nachtigallenart in dem angrenzenden Wald vollzog, Dinge, die ausschließlich für den keuchenden und schwitzenden Vip reserviert waren, denn die Vipin ging bereits einsam und allein durch eine Allee ohne Geschäfte und andere beleuchtete Stellen, wo man Hilfe finden könnte, sie lief, so schnell es ihre hohen Absätze erlaubten, bis sie röchelnd gegen die Uniform eines Polizisten rannte, der sie logischerweise sofort für eine Dirne hielt, die vor ihrem Mac davonrannte, dann für eine Fremde, die unfähig war, zwei aufeinanderfolgende Gedanken in der einzigen Sprache, die diesen Namen verdient, zu formulieren und schließlich großes Pfeifen und automatischer Alarm, eine halbe Stunde später die Präfektur auf allen vieren (der Besagte kontrollierte den Zettelkasten nicht mehr, soll doch dabei herauskommen, was will, verdammt), beruhigen Sie sich, Madame, und erzählen Sie, was geschehen ist, nom de Dieu, holt doch mal einen Dolmetscher, die Alte ist wahrscheinlich aus irgendeiner Botschaft, das blitzsaubere Zimmer im ersten Stock des Châlets, Marcos gibt dem Vip eine Zigarette, bring ihm ein Glas Cognac, du, er ist wie ein Auflauf zusammengefallen, das können Sie nicht mit mir machen und Patricio senkt die Pistole und sieht ihn langsam an wie in einem Roman von Raymond Chandler und sagt, verdammter Hurensohn, du hast Glück, daß du und wir uns nicht ähnlich sind, wir haben hier keinen Marterpfahl, Marcos unterbricht das Psychodrama und erklärt dem Vip in drei Worten den Austausch und die Alternativen, der Vip, Cognac, Gluck, und denkt, verfluchter Higinio, ist das deine Leibwache, verdammter Hurensohn, unbegründete Beleidigungen, meint der Besagte, denn die Oberameise kümmerte sich bereits mit einem Krisentrupp um die Sache, das war nur eine Frage der Zeit für jemanden wie Higinio, der für solche Abenteuer wie geschaffen war und seine Drähte überallhin hatte.

»Sie waren grauenvoll, schrecklich«, klagte die Vipin, »sie schleiften uns zum Auto, es waren vier, Beto konnte nichts tun, und der Chauffeur war wie eingeschlafen, bestimmt haben sie ihn gedopt mit einem Kurarepfeil oder so, ich habe einmal gelesen, daß sie das machen, ja, warten Sie, lassen Sie mich doch erklären, ich habe hier was im Magen, ich schwöre Ihnen, es waren vier, und der Leibwächter von Beto wollte den Revolver ziehen, und was soll ich Ihnen sagen, der Magerste von ihnen hält ihm das Rohr an den Kopf, Sie werden sich doch nicht für tausend Franc im Monat töten lassen, nicht wahr, aber warten

Sie doch, bis ich es Ihnen erklärt habe, eine Unverschämtheit, Beto haben sie fast das Jackett vom Leib gerissen, drinnen waren noch zwei, und ehe wir uns versahen, ich und Beto, waren wir schon drin und diese Ausländer einfach obendrauf, ich schwöre es Ihnen und diese Kurven, die einem ihre Ellenbogen und Knie in den Leib stießen, eine bodenlose Frechheit und das in Paris, mein Herr, und die Krokotasche haben sie mir durchsucht, wer weiß, ob sie mir nicht das Parfümflacon gestohlen haben, ich hatte es bestimmt noch, als wir essen gingen, und mich einfach allein zu lassen in diesem Viertel, das niemand kennt, stellen Sie sich vor, was einer schutzlosen Frau alles passieren kann bei diesem Gesindel, das immer nur daran denkt, wenn man mich wenigstens bei Beto gelassen hätte, heilige Jungfrau, ich lief und lief, denken Sie doch, mit diesen Abendschuhen, dieser unverschämte Polizist, der mir nicht glauben wollte, Sie müßten ihn bestrafen, warten Sie, es waren nur drei Umschläge, ich sah sie, als sie sie mir in die Handtasche steckten, damit ich sie einwerfe, aber ich verlange, daß

»Es waren nur diese drei Umschläge«, beschränkte sich der Dolmetscher zum besonderen Vergnügen des Kommissars zu übersetzen. Was die Briefe anging, so waren sie in perfektem Französisch abgefaßt, und am Quai d'Orsay war bereits alles in höchster Aufregung, ganz zu schweigen davon, was in drei oder vier mittel- und südamerikanischen Botschaften los war, denn das, nicht einmal Dante in fünf Bänden.

»Ich möchte lieber, daß du nicht mitkommst«, hatte Marcos gesagt und Ludmilla wußte, daß er wußte, daß es sinnlos war, ihr das zu sagen, Verrières mit diesem hübschen Wald, wo sie einmal mit Andrés gewandert war, Verrières forever, blubb, ich komme mit, Marcos/Gut, ich kann es dir nicht verbieten, denn die anderen Verrückten werden, wenn ich sie richtig kenne, wie ein einziger Mann antanzen/Wir machen auch das Essen und werden für Hygiene und gute Sitte sorgen/Ich glaube nicht, daß ihr dazu Zeit haben werdet, Mädchen, das ziehen wir in genau vierundzwanzig Stunden durch, von dem Augenblick gerechnet, in dem wir den Vip schnappen, ihr werdet knapp Zeit haben, ein paar Sandwiches zu machen/ Welche magst du lieber, die mit Mortadella oder mit Leberwurst/Egal, wenn Lucien nur daran gedacht hat, ein paar Flaschen zu verstauen/Marcos, du hast dich noch nicht ganz von dem Tritt erholt/Polinchen, nun schiebe nicht alles auf den Fußtritt, nach alledem was du mir angetan hast/Oh/Wie ich dir sage/Und ich? Diese Krämpfe im Oberarm und diese blauen Flecken, ganz zu schweigen von den Ringen unter den Augen?/

»Canal«, sagte Gómez, der per Telefon ein
Pseudonym benutzte, als beschützte ihn sein
Nachname nicht genausogut.
»Was ist?«
»Sie haben Lamarca umgebracht.«

Die Villa gehörte der Mutter von Lucien, einer Dame, die gerade ihre Halbjahreskur in Royan machte; Lucien hatte genügend Zeit gehabt, das Nötigste vorzubereiten, Marcos hatte nachts das Terrain sondiert, und Patricio war herumgestrichen, um die Parameter festzulegen, wie die Eingeweihten sagten. Die nächsten Nachbarn litten zweihundert Meter entfernt, mit Zedern dazwischen, an endgültigem Ruhestand, von der Landstraße aus Paris fuhr man auf einer Nebenstrecke ins Dorf, dann kleine Straßen auf und ab, um nicht in den Wald zu geraten, ein Weg, in den gerade ein Wagen paßte, Kurve nach rechts und die Villa zwischen Pinien mit einem Zaun aus Holz und nur zwei Türen. Die Idee war zunächst gewesen, die Anzahl der Beteiligten soweit wie möglich zu begrenzen, because of möglicher aus Langeweile schaulustiger Rentner, aber bald sah man, daß die Mänaden das Recht mitzukommen forderten, was weder Oscar noch Gómez noch Patricio noch jetzt Marcos, der langsam den Hörer einhängte und Ludmilla ansah, ablehnen oder gar verhindern konnten, bei den Motzern gab es keine Diskriminierung, warum sollten die Mänaden nicht dabei sein und Sandwiches machen, obwohl die Ledigen, die nicht von ungefähr Franzosen waren, ablehnten, was mit allgemeiner Gleichgültigkeit aufgenommen wurde. Sollen sie also kommen, hatte Roland schließlich gesagt, das wird aussehen wie ein Stadion am Sonntag. Und jetzt du, natürlich, sagte Marcos, und suchte eine neue Zigarette, als machte es ihm Mühe fortzufahren, jetzt du, Polinchen.

»Was ist passiert? Du machst ein Gesicht.«

»Das habe ich ein paarmal während der letzten zwei Jahre gemacht, Liebes, und werde es wohl noch einige Male machen.«

»Sag doch«, bat Ludmilla. Genau wie Oscar und Heredia, die in Verrières Kleinigkeiten erledigten und Susana ansahen, der *Le Monde* aus der Hand hing, so schlaff wie sie selbst, ein trauriger Lappen

Brésil

Le dernier grand dirigeant de la guérilla est tué par la police dans l'État de Bahia

Les autorités brésiliennes ont annoncé officiellement la mort du dirigeant révolutionnaire Carlos Lamarca, tué le vendredi 17 septembre au cours d'une fusillade avec les forces de l'ordre à Pintada, à 450 kilomètres de Salvador, dans l'Etat de Bahia.

Traqué depuis quarante et un jours par les services brésiliens de sécurité, Carlos Lamarca se reposait sous un arbre, en compagnie de son lieutenant, José Campos Barretas, et de sa compagne, Iara Iavelberg, lorsqu'il fut entouré par une vingtaine d'agents du centre d'opérations de la défense intérieure.

Selon la version officielle, José Campos a fait feu le premier, mais a été fauché par une rafale de mitraillette. Carlos Lamarca a été tué aussitôt après. Toujours selon les autorités, Iara Iavelberg, se voyant dans l'impossibilité de fuir, s'est suicidée.

Le corps de Lamarca a été transporté samedi à l'aérodrome militaire d'Ipitanga, où il a été identifié grâce à ses empreintes digitales Pour éviter d'être reconnu. le chef guérillero avait subi une operation de chirurgie faciale.

»Sie haben Lamarca umgebracht«, sagte Susana, zum ersten Mal bereit zu übersetzen, ohne sich zu beklagen, »die brasilianischen Behörden geben den Tod des revolutionären Führers offiziell bekannt.«
»Entschuldige, aber ich weiß nicht, wer das war«, sagte Ludmilla, »aber ich lese es in deinem Gesicht. Entschuldige bitte, Liebster. Hast du ihn gekannt?«
»Das kann nicht sein, ich scheiße auf die verfluchte Hurensau«, sagte Heredia und riß Susana die Zeitung weg, gab sie ihr aber sofort zurück. »Lies weiter, das darf nicht wahr sein, aber lies weiter.«
»Er ruhte sich in Gesellschaft seines Hauptmanns José Campos Barretas und seiner Genossin Iara Iavelberg unter einem Baum aus, als er von zwanzig Staatssicherheitsbeamten gestellt wurde.«
»Staatssicherheit«, sagte Heredia, drehte sich um und besah durch die Vorhänge den Garten und die Zedern.
»Ah«, sagte Ludmilla und suchte tastend die zwischen Papier und Kissen verborgene Flasche. »Entschuldige, Marcos.«
»Nach offizieller Darstellung eröffnete José Campos das Feuer, wurde jedoch von einer Maschinengewehrgarbe niedergemäht, Carlos Lamarca wurde gleich danach getötet. Nach dieser Darstellung beging Iara Iavelberg Selbstmord, da sie keine Möglichkeit zur Flucht sah.«
»So schön klar, so perfekt«, sagte Oscar. »Es fehlt nichts, wirklich.«
»Wie sollte ich ihn kennen«, sagte Marcos, Brasilien ist sehr weit von Córdoba entfernt, Polinchen.«
Heredia sah in den Garten, mit dem Rücken zu ihnen, und Oscar dachte an die Nacht, die sehr lang werden würde, Susana schnitt die Meldung aus und steckte sie in die Handtasche. Aber die Nacht wurde nicht lang, zuerst das Gesicht von Lucien Verneuil, als er Ludmilla hereinkommen sah, Gladis bestürzt über das unentschuldbare Fehlen von Tee in einem französischen Vorstadthaus, das gibt's doch wohl nicht, Ludmilla wartete, bis Gómez Lucien Verneuil Marcos' Anordnungen erklärt hatte, Schachpartie zwischen Oscar und Heredia, zwischen Heredia und Gómez, zwischen Gómez und Monique, die Mänaden in der Küche bevor es dunkel wurde, denn später: ab-

solute Verdunkelung, damit nicht etwa die Rentner, schweigende Aufgaben- und Platzverteilung, Heredia matt in achtzehn Zügen, trinkt ihn doch nicht gleich in einem Zug aus, ihr südamerikanischen Wilden, den hat meine Großmutter meiner Mutter zum Geburtstag geschenkt, den genießt man Schluck für Schluck, nom de Dieu, Gómez und Monique schachmatt. Ein Auto kam über den Weg, es gab ein Sich-flach-auf-den-Boden-Legen, völlig unnötig, denn niemand konnte sie sehen, diese Sekunde, in der man sich fragt, ob die Ameisen ihnen zuvorgekommen sind, ob die Polizei sie nicht seit dem türkisfarbenen Pinguin oder nach den Reden in Orly verfolgte, Lucien Verneuil, der erklärt, daß der Wagen einem der Rentner gehört, die erste Sandwiches-Runde um acht und mit Wein, dieser Burgunder hat fünf Jahre im Keller gelegen, laßt euch die Hand nicht ausrutschen, der läßt euch doppelt sehen/Schon gut, beruhige dich, hier ist alles aus der Zeit von Pipin dem Kleinen, laß mal sehen, ob die Salami durch den Schreck von Waterloo den Geschmack verloren hat/Eine gute Salami, sie hat Geschmack in ihrem Duft, muß allerdings einen hohen Grad der Zivilisation erreicht haben, um das mitzukriegen/Da hast du ihn, der leibhaftige Larousse/Ich sollte es nicht sagen, aber wenn du nicht auf diesen Läufer aufpaßt, gehst du baden, Liebster/Du kümmere dich um deine Sachen und laß mich allein verlieren/Einverstanden, was machst du denn jetzt/Ei, verdammt/Die Zigaretten nicht direkt am Fenster anzünden, ich traue weder den Jalousien noch sonst etwas/Der hat alle James-Bond-Filme gesehen/Komm, sagte Susana zu Ludmilla, komm in die Küche.

Gladis und Monique wollten ihnen automatisch folgen, wie es die Art der Mänaden war, aber etwas riet ihnen, sie allein zu lassen. Oscar sah sie hinausgehen, steckte sich weit vom Fenster entfernt, aber in der Nähe von Lucien eine Zigarette an, um seine Disziplin zu demonstrieren, und Gladis setzte sich an ihn gelehnt auf den Teppich und nahm eine Zigarette von ihm an, sie sprachen und sahen, wie es durch die hundertsiebenundvierzig Ritzen der Jalousie Nacht wurde, sie sprachen vor allem von sich, das heißt vom folgenden Tag, von Gómez' Freund, der sie nach Belgien bringen würde, wenn etwas schiefging und dann Max, den sie nicht kannten, aber das machte nichts, eine andere

Zwischenstation oder irgendein Schiff, Entscheidungen von Marcos und den Franzosen, russische Puppen, die man nacheinander aufmachen muß, bis man vielleicht plötzlich die Lichter von Ezeiza sieht, oder den Hafen und dann mehr denn je der totale Untergrund, wenn es wenigstens etwas ganz anderes wäre, aber immer russische Puppen, Flucht, Versteck, falsche Papiere, vielleicht Trennung und auf jeden Fall immer das Risiko und Wachsamkeit, die Mauern, die überstiegen werden müssen, als sie keine Möglichkeit zur Flucht sah, tötete Iara Iavelberg sich selbst, die andere, unvorhersehbare Seite der Mauern, die von den Flaschenscherben zerschundenen Hände, José Campos eröffnete das Feuer und Heredia, der Lamarca gut gekannt hatte, hatte ihnen eine lange Weile den Rücken zugekehrt, Heredia, der jetzt gegen Gómez verlor, nach dreiunddreißig Zügen und Lucien kommend und gehend, die samtpfotige wachsame Katze des Hauses, die Nacht und die Taschenlampe auf dem Boden zwischen den Sesseln, Leuchtturm am Ende der Welt, damit man sich den Kopf nicht zu sehr an all den Stufen und den von Urgroßeltern geerbten Möbeln stößt, plötzlich fragte sich Oscar, warum Gladis? Wie war das möglich, daß Gladis schließlich hier war, bei ihnen, beim Endmotzen, nicht einen Augenblick hatte er sich gefragt, ob er das Recht hätte, sie zu den Motzern zu bringen und Gladis, so selbstsicher, als sei sie zu einer unter Zedern auf dem Lande stattfindenden Party gegangen, diese ruhige Entschlossenheit von Gladis, die wußte, daß man sie bei Aerolinéas rausschmeißen würde, daß alles zum Teufel ging, ein Sprung und oben ist man, auch wenn die Hände ein bißchen bluten, und er hatte zu ihr gesagt, du bist großartig, du bist wunderbar, und sie hatte nur gelacht, als wäre Paris tatsächlich ein Fest mit Gertrude Stein und so, als zerschnitten ihr die zerbrochenen Flaschen nicht die Handgelenke vor dem Galopp der Bullen und den ersten Peitschenhieben. Er fragte sie sehr leise danach und küßte sie aufs Haar, und Gladis schmiegte sich an ihn und, erst nach einer Weile, nach vier meisterhaften Zügen Heredias gegen Gómez, sagte sie ihm, sie wüßte nicht, sie fühlte sich wohl so, sie hätte Angst, es würde langsam kalt, sie liebte ihn so sehr. Und außerdem war es gut, daß sie den beiden anderen Mänaden nicht gefolgt war, denn in der Küche sprach man von anderen Dingen

auf der Ebene des Fußbodens und unbestimmten Bissen in ein und dasselbe Sandwich, Susana folgte ihrem Instinkt und stellte keine Fragen, erklärte vielmehr, daß Lonstein auf Manuel aufpaßte und ihn hoffentlich nicht an den Pilz heranließ, dieser Schweinkram ist bestimmt giftig, das Schlimmste was passieren konnte war, daß der Besagte oder Andrés zum kleinen Rabbi hinaufgestiegen kam, allgemeine Ablenkung und Manuel benutzt todsicher die Gelegenheit, wie ein Leopard den Pilz zu verschlingen oder den Kleiderschrank in Brand zu setzen, sie biß noch einmal in das schon stark angegessene Sandwich und reichte den Rest Ludmilla mit einem Seufzer, die es aufaß, bevor man es zurückfordern konnte. Aber der Besagte dachte nicht daran, beim Babysitting Gesellschaft zu leisten, ich dagegen ja, weil Lonstein der einzige war, der mir schließlich am Ende des Tages noch blieb, und irgendwann würde ich zu ihm hinaufgehen, um ihn ein paar Dinge zu fragen.
»Ich liebe ihn«, sagte Ludmilla und pickte tastend einen Krümel auf, »die Dinge sind unheimlich schnell gelaufen, wegen dieses Fußtritts und der Grappaumschläge, aber glaube nur nicht, es sei automatisch geschehen, Susana.«
»Ich kenne euch beide ein bißchen, du«, sagte Susana, »als ob ihr, du oder er, irgend etwas automatisch tun könntet.«
»Und ich glaube, er liebt mich, und ich habe Angst«, sagte Ludmilla, so daß bereits zwei im Hause waren, die Angst hatten, mit Susana drei, denn Patricio wartete fünfhundert Meter von dem Ort entfernt, an dem der Vip zu Abend aß, und Susana wußte es und dachte an die Ameisen und an Manuel und an den nächsten Tag, an Patricio fünfhundert Meter vor dem Restaurant, und es war schon Viertel nach sieben und in weniger als drei Stunden würden Patricio, Marcos und Roland ihren Plan ausgeführt haben, mit dem Vip herkommen oder er wäre ihnen mißlungen, weil Ameisen oder Bullen ihnen dazwischenkamen und dann, wozu denken und noch mehr Angst haben. Lieber mit Ludmilla reden, die ihr alles so gesagt hatte, als bisse sie von dem Sandwich ab, weißt du, ich wollte ihm die Verletzung verbinden und als ich alles blau und grün sah, der Ärmste, blubb. Marcos hat das natürlich ausgenutzt, sagte Susanna und krümmte sich vor Lachen. Bestimmt, sagte Ludmilla, das hat er gut gemacht. Nun ja, jetzt verstehe ich, weshalb du hier bist,

sagte Susana, die es eigentlich schon von Anfang an verstanden hatte, du bist eine von denen, die für ihren Mann durchs Feuer gehen, wenn es sein muß, ach Mädchen.«

»Ich will da sein, wo er ist und außerdem ist heute keine Vorstellung im Theater.«

»Die Motzer machen ihre Sache gut. Also, ich freue mich. Natürlich, wenn es schiefgeht . . . schön, erzähle mir etwas, ich habe eine Berufung zum Beichtvater, und es dauert noch so lange, bis sie mit dem Vip kommen, warte, ich mache uns einen Nescafé und du erzählst.«

»Blubb«, sagte Ludmilla und hockte sich auf eine Art Lappen auf die Erde. »Susana, erzähle mir von Lamarca, ich schäme mich, heute morgen, als man Marcos benachrichtigte . . . Ich muß noch soviel lernen, ich versteh überhaupt noch nichts. Wenn ich bedenke, daß alles mit abgebrannten Streichhölzern und einem Pinguin begann, sag mir, sieht es nicht aus wie ein happening.«

Ein Guerrillakommando stahl im Hafen über 9000 Perücken

Fünf Personen, die erklärten, einem Kommando des Ejercito Revolucionario del Pueblo (ERP) anzugehören, überfielen einen Lastwagen einer Handelsfirma und stahlen neuntausenddreihundertsechsundzwanzig Perücken im Werte von fünfzig Millionen Pesos. Der Überfall ereignete sich gestern um fünfzehn Uhr dreißig an der Kreuzung San Martín und Eduardo Madero im Hafengebiet dieser Stadt.

Um diese Zeit wurde ein Lastwagen der Firma Refiart mit dem Fahrer Angel Sperati von fünf Unbekannten überfallen, die einen Privatwagen fuhren. Nachdem sie den Fahrer gezwungen hatten, herauszukommen und in das Auto zu steigen, übernahmen zwei der

»Sie machen tatsächlich den Eindruck, als wüßten sie, wie man die Figuren bewegt«, sagte Oscar genau in dem Augenblick, in dem Heredia seinen König umwarf und stirnrunzelnd dem wellingtonschen Lächeln von Gómez zusah. Es war fast dunkel, und sie spielten im Licht eines Kerzenstummels, der von einer Nummer von *La Opinion* geschützt wurde, die Susana im Auftrag von Patricio mitgebracht hatte, damit sie sich amüsierten.

»Hast du das gehört, die

Guerilleros den Lastwagen und flohen mit der Ladung.
Der Lastwagen wurde kurz darauf an der Ecke Libertador und Dorrego gefunden, leer.

haben neuntausend Perücken geklaut«, sagte Oscar, der versuchte, die Geschichte in das Schachspiel einzubauen. »Erklärt das mal Lucien, vielleicht hört er dann auf, wie ein Bernhardiner herumzulaufen, den Franzosen muß man eine echt rioplatensische Vision vermitteln, solche Sachen passieren im müden Europa nicht.«
Wie zu erwarten war, kam Lucien die Geschichte mit den Perücken völlig unverständlich vor, er war besorgter über die Geräusche draußen, als über die Aktivitäten der ERP in Buenos Aires, einer an diesem Ort, in diesem Augenblick für ihn so abstrakten Stadt, aber Gómez und Heredia waren mit Oscar einer Meinung darüber, daß das Schicksal der neuntausend Perücken ziemlich ungewiß sei, außer, sie hätten schon einen japanischen Käufer gefunden, Export zu zweifelhaften Zwecken und nach unaussprechlichen Häfen, in thailändische Bordelle oder jemenitische Serails. Die Verteilung neuer Sandwiches und kochenden Nescafés brachte sie in einem Winkel der Wohnung zusammen, in dem die Kerze brennen konnte, ohne daß Lucien schnaubte; es schlug neun, etwas wie ein umgekehrter countdown begann langsam seine Chiffren in ihre Nerven zu tropfen, dann der letzte Kampf von Nicolino Locche, die neuntausend Perücken, das Treffen zwischen Pompidou und Nixon auf den Azoren, die Filme von Glauber Rocha, der Schatten von Lucien Verneuil von Fenster zu Fenster wandernd, Ludmilla, halbtot vor Müdigkeit, ließ sich von dem Gemurmel der anderen forttragen, Susana, blaß und gespannt, machte die besten Witze, sah manchmal zu den Jalousien, diese Neigung der Paare, sich zusammenzufinden, Monique, die sich an Gómez lehnte, Oscar, eine Hand in Gladis' Haar verloren, Vögel der letzten Stunde in den Zedern, Hunde in der Ferne, lange rauchen und um neuen Kaffee bitten, seit ungefähr einundvierzig Tagen vom brasilianischen Staatssicherheitsdienst gehetzt, ruhte Carlos Lamarca unter einem Baum in Gesellschaft von neuntausend Perücken
Oscars Hand strich durch Gladis' echtes Haar, neuntausend Perücken, Jesusmariaundjoseph, und Monique wollte Einzelheiten wissen, stell dir vor, ein Lastwagen mit neuntausend

CAP
argentina
en carne
y alma

La Opi

DIAR

Reconquista 586 - 3er. piso - Teléfono: 31-4726 - 4767. Telex
en Capital: Distribuidora Rubbo. Distribución en interior: Sa
Aires. Registro de la propiedad intelectual: Nº 1.095.925. Hec
trámite la afiliación al Instituto Verificado
CORREO ARGENTINO. Tar. red. Conc. Nº 68 (Central) B y S

BUENOS AIRES, Mittwoch, 8. Dezember

Starke Zusammenrottungen bei der Beerdigung der ermordeten Studentin

Marplatensische Studenten organisierten heftige Demonstrationen im Zentrum der Stadt

MAR DEL PLATA 7. – Kurz nach neunzehn Uhr, nachdem eine Studentenversammlung der hiesigen Hochschule für Architektur zu Ende gegangen war – in der man agitatorische Maßnahmen als Protest gegen den Tod der Studentin Silvia Ester Filler beschlossen hatte –, kam es zu heftigen Demonstrationen im Zentrum der Stadt.

Perücken, der Lastwagen ist nichts, meinte Oscar, das Problem ist die Überführung, ohne daß man es merkt, bah, sie haben neuntausend Glatzköpfe gemietet, die im Gänsemarsch aufmarschierten, in Mar del Plata veranstalteten Studenten heftige Demonstrationen im Zentrum der Stadt, übersetze das doch den messieurs dames, Susana, ich habe keine Lust, nun mach schon, sei lieb, zwei Kugeln im Kopf von Silvia Filler, Pistole Kaliber 45, Architekturstudentin, 18 Jahre. Komisch, eure Zeitung, sagte Lucien Verneuil, doch, ja, Junge, bei solchen Sachen, Perücken und Kugeln für ein achtzehnjähriges Mädchen sind wir in unserem Land Superklasse. Sprecht leiser, merde, sagte Lucien Verneuil, Rentner haben überschallempfindliche Ohren, ich traue nicht einmal dem Kanarienvogel meiner Alten. Deshalb habe ich ihn halb erstickt gefunden, sagte Monique, du hattest ihm eine Bettdecke über den Käfig gehängt, du Rohling. Silvia, dachte Oscar und hätte es gern zu Gladis gesagt, aber lieber nicht, Gladis schnurrte verschlafen unter den Fingern, die langsam ihr Haar streichelten, Silvia, ein Name wie viele andere, achtzehn Jahre, zwei Kugeln in den Kopf, auch unter den vom Vollmond und Karnevalstanz toll gewordenen Mädchen wird es eine Silvia gegeben haben, statistisch mehr als wahrscheinlich bei hundertfünfzig Mädchen, die über die Mauer klettern, warte auf mich, Silvia, gib mir die Hand, Silvia, laß mich nicht allein, und die Flaschenscherben, die die Fäuste aufreißen, der Galopp immer näher, Silvia, Silvia, wie alles dazu neigt, das gleiche zu werden, Motzer zu sein, in der Nähe oder in der Ferne, in Verrières oder La Plata, Gladis oder Silvia, die Augen geschlossen, die Finger durch das warme Haar streichend, für Oscar war alles Argentinien, neuntausend Perücken geklaut, Iara Iavelberg brachte sich um, eine Pistole vom Kaliber 45, heftige Demonstrationen im Zentrum der Stadt, MARDELPLATALAPLATAMARDELRIODELAPLATA, he, schimpfte Oscar, sich brüsk aufrichtend, wenn ich jetzt einschlafe, verpasse ich noch den Hauptkampf, halb zehn vorbei, du. Aber bevor man ging, um neuen Nescafé zu machen, konnte man noch diese Mischung annehmen, beinahe begreifen, in der immer mehr Einheit zu erkennen war, Silvia und Gladis und Iara, Aufstand der Minderjährigen und die so weit davon entfernten Motzer, plötzlich hatte sogar der Pilz seinen Sinn, das total Absurde des kleinen Rabbis, der Respekt forderte vor etwas, was Lucien Verneuil niemals begreifen würde, aber Lucien konnte seinerseits in einem System stecken, das niemand kannte, vielleicht nicht einmal er selbst, dunklen Gehorsam dem zollend, was er für die reine und praktische und dialektische Vernunft hielt, neuntausend Glatzköpfe marschierten langsam vorbei und kamen, die Perücken auf dem Kopf, zurück, verdammt, jetzt reicht es aber, wenn ich wirklich einschlafe, ist alles im Eimer, ist das eine Art auf den Vip zu warten. Von dieser plötzlichen Entschlossenheit aufgerüttelt, sah Gladis ihn an wie eine gekränkte Katze, hast du mich erschreckt, das ist keine Art, jemanden zu wecken, erst streicheln, dann stoßen. Sie sind alle gleich, sagte Susana, die mit einem Teller voller Sandwiches offenbar zu ihnen gekrochen kam. Haltet den Mund, befahl Lucien Verneuil. Das beste ist, man hält ihn voll, meinte Susana, da kommt Ludmilla mit Strömen von Nescafé, noch nie hat man ein solches Fest gesehen in diesem strengen und traurigen Land.

Beklagenswerte Unordnung in Manuels Album, jeder bringt Susana Ausschnitte, die sie mit einem von dem methodischen Besagten wenig geschätzten Fleiß einklebt, und trotzdem müssen Gómez, Marcos und selbst der Besagte schließlich anerkennen, daß in dieser Ansammlung aufs Geratewohl genügend Klarheit steckt, und Manuel sie konsultieren kann, wenn er einmal in der Lage sein wird, seinen Sehapparat komilfo zu benutzen. Du, klebe ihm die Nachrichten ein, wie sie kommen, brummt Heredia, am Ende wird der Junge schon lernen, zwei und zwei zusammenzuzählen, man darf ihm auch nicht alles wie auf einem Tablett servieren, verdammte Scheiße. Weswegen Susana grimmig auf die Uhu-Tube drückt, und da passiert es, daß

Er hinterließ einen Brief an Gott, bevor er Hungers starb

BOLIVIEN, LA PAZ (REUTER). – Die beiden letzten Briefe, die ein Guerrillero in den Bergen schrieb, einige Tage bevor er verhungerte, waren an Gott und an seine junge Frau gerichtet, die ihn in La Paz erwartete.

El Diario veröffentlichte in seiner gestrigen Ausgabe den Wortlaut beider Schreiben, enthalten im Tagebuch von Néstor Paz Zamora, Deckname „Francisco", dessen sterbliche Reste der Familie übergeben worden sind.

„Omar", Jorge Gustavo Ruiz Paz, Chef der Gruppe von sechs Mann, die aus dem Urwald gerettet worden waren und sich jetzt in Chile aufhalten, hatte dieses Dokument und anderes Eigentum den Verwandten von Néstor Paz übergeben, als es ihnen gelungen war, ihn im Sitz der apostolischen Nuntiatur zu sehen.

„Francisco", der als der Theoretiker der gescheiterten Guerrilla von Teoponte galt, starb am achten Oktober an Entkräftung, und sein Körper wurde drei Tage lang von seinen erschöpften Genossen getragen, die ihn schließlich am Ufer eines Flusses liegen ließen.

Paz, 24 Jahre alt und Exseminarist der Jesuiten, hatte sich die Zuneigung der sechs Überlebenden gewonnen, da er es war, der – trotz eines vorangegangenen Zwangsfastens von einem Monat – auf die geringste Mahlzeit zugunsten seiner bedürftigsten Genossen verzichtete.

Nachdem er fünfunddreißig Tage nahezu nichts gegessen hatte, starb „Francisco" in den Armen seiner verzweifelten Kampfgenossen.

„Herr: heute fühle ich, daß ich dich und deine Gegenwart wirklich brauche, vielleicht ist es die Nähe des Todes oder das relative Scheitern des Kampfes", sagte er in seinem „Brief an Gott", datiert den 12. September. „Ich habe alles, was ich hatte, verlassen und bin gekommen. Heute ist vielleicht mein Gründonnerstag und diese Nacht wird mein Karfreitag sein. Auf bald, Herr, vielleicht im Himmel, dieser neuen Erde, nach der wir uns sehnen."

In dem anderen Brief wendet Paz sich an seine junge Frau Cecilia und sieht darin seinen Tod voraus, obgleich er noch die Hoffnung hat, zu ihr zurückzukehren und „lange zu sprechen und uns in die Augen zu sehen".

„Francisco", Sohn eines pensionierten Generals, hatte die Jesuitenschule absolviert und die Studien des Seminaristen betrieben, bis er sich zur Ehe entschloß.

Von seiner Anwesenheit in der Guerrilla von Teoponte erfuhr man kürzlich, am selben Tag – 19. Juli –, an dem die Existenz einer Gruppe von Rebellen bekannt wurde, die von „Chato" Peredo kommandiert, die Einrichtungen einer Bergbaufirma in Teoponte eingenommen hatte, um sich darauf mit zwei Geiseln deutscher Nationalität in den Urwald zurückzuziehen.

»Das stimmt nicht«, hatte Francine geantwortet,
(los, erinnere dich, wann, zu Anfang bestimmt, in ihrer Wohnung, das erste oder das zweite Mal,
oder in Milly-la-Forêt, abends, an einem Sonntag mit trockenen Blättern, Meeresfrüchten und Küssen, in einer Herberge mit Kamin und *irish coffee*)

es ist nicht darum, Andrés, es gibt da etwas anderes,
(oder war es schließlich vor den Gräbern, wieder einmal am Ende so vieler Verneinungen, nach Szenen, die uns durch Worte, durch die Unmöglichkeit der Begegnung beschmutzt zurückließen?)

es ist nicht darum, Liebster, ich weiß nicht, ich will nicht
oder ich kann nicht, aber glaube nicht, es sei aus Prinzip
(und sie sagte die Wahrheit, natürlich, eine Wahrheit, die im Nährboden ererbter Lügen wuchs, langsame Einträufelungen aus der Kindheit und der Pubertät, dunkle Familienkommentare, polizeiliche Nachrichten, die bestürzenden Entdeckungen – fünfzehn Jahre, Zöpfe, Lyzeum, Flüstern zwischen den Bänken, aber dann können sie auch einem Jungen, du siehst doch, zu Hause sprechen sie von, ein Landstreicher unter den Brükken, alles das, Lucienne lacht, während sie es erzählt, Tante Jenny flüstert Mama ins Ohr, die Guillotine ist nicht genug, in was für Zeiten leben wir! der Ärmste, der Neffe von Madame Fleurquin, dreizehn Jahre)

es ist nicht darum, Andrés, ich will ganz einfach nicht, weil
(es ist vielleicht die Art durchs Leben zu gehen, zu wählen, den Beruf auszusuchen, Kopfschmerzen, Neigungen und Abneigungen, das ist es vielleicht, was aus einem macht, was man ist)

und ich konnte keine Stunde länger diese Intoleranz tolerieren.
(aber ich, intolerant gegenüber der Intoleranz, welches Maß an Wahrheit und Ehrenhaftigkeit lag in dieser Entscheidung, darüber hinaus zu gehen, mich zu weigern, das anzunehmen, was sooft bei Francine zu Hause, in Milly-la-Forêt und jetzt am Rande der Gräber?)

Es ist nicht darum, glaube mir, es ist nicht darum,
(und ohne jeden Anspruch auf Ehrenhaftigkeit, ohne den Vorwand, ihr gegen sich selbst zu helfen, mit einer Zone der Verweigerung aufzuräumen, sondern, weil diese Nacht das wiederholte Sich-Entziehen, das Es-ist-nicht-deswegen-Liebster, mir ins Gesicht sprang wie ein Teil des Nichts von Fritz Lang, des schwarzen Flecks, in dem irgend etwas sich preisgegeben hatte, um sich dann wieder in einem verlogenen Vergessen zu verstecken, ekelhafte Zensur, die man mit Migräne und Schlaflosigkeit und gutem Gewissen bezahlte und wegen all dem plötzlich ein einziger totaler Antagonismus, der Drahtverhau zwischen der möglichen Realität und mir, zwischen der möglichen Realität und Francine, Konkretisierung so vieler Negativa, Ludmilla, die meinetwegen geht, es ist nicht deswegen, Liebster, da will jemand mit Ihnen sprechen, soviele andere Dinge im Laufe der Jahre, kleiner täglicher Verrat, die schief angesehenen Motzer, das Gefühl, bis an die Grenze gekommen zu sein, gerade als Francine sich weigert, sich wieder zusammenrollt, sich zitternd aufbäumt, das nicht, du weißt genau, das nicht, den Mund zusammengepreßt, der Wille, nicht nachzugeben)
es ist nicht deswegen, Andrés, es ist nicht deswegen, aber

Zwei Leinwände im rechten Winkel zueinander, zwei Filme, da ist jemand, der mit Ihnen sprechen will, die Metamorphosen eines Körpers, um zum wahren Inhalt zu gelangen,

Metamorphosen aller Dinge, unmöglich, in dem zu verharren, was sein wollte, was es immer gewesen war, in dem, was dreist beschloß, sich als dies oder das zu geben, während jemand eine Botschaft überbracht hatte (und wenige Stunden später in Verrières, wie sollte ich nicht daran denken, daß Ludmilla ihre eigene Metamorphose durchspielte, Motzmetamorphose, die Leben an anderem Ufer sein konnte, reinigende Explosion, Motzen, Feuerblume, die sich schillernd, unbedeutend öffnet, der Samen, der über den Atlantik sprang, und ein Nichts fast, ein kleines Stückchen bei dem half, was bei uns zu Hause geschah, und zu wissen, daß man auf der Schwelle stand, daß man noch rechtzeitig hineinkommen, die unbekannte

Botschaft überbringen konnte, wenn sich auch ihre Blüte mitten im Magen öffnete und mit Zähnen aus Worten biß)

ich stieß das Laken fort und zwang sie, sich langsam auf die Seite zu legen, ich küßte ihr die Brüste, suchte ihren Mund, der einzelne Worte und verschlafene Seufzer murmelte, die Zunge so tief wie möglich, den Speichel mischend, in dem der Cognac einen fernen Geschmack zurückgelassen hatte, ein Duft, der auch aus ihrem Haar kam, in dem sich meine Hände vergruben, als sie ihren rothaarigen Kopf nach hinten zerrten, sie meine Kraft spüren ließen, und als sie still lag, als gäbe sie auf, legte ich mich gegen sie und rollte sie wieder auf den Bauch, ich streichelte ihren schneeweißen Rücken, den kleinen, harten Popo, die zusammengepreßten Schenkel, die Knöchel mit ihrer Rauheit von soviel Schuhen, ich wanderte über ihre Schultern und ihre Achseln in einer langsamen Forschungsreise der Zunge und der Lippen, während meine Finger ihre Brüste umschlossen, sie formten und weckten, ich hörte sie eine Klage murmeln, in der kein Schmerz war, aber wieder Scham und Furcht, denn sie mußte ahnen, was ich mit ihr machen wollte, mein Mund glitt ihren Rücken hinunter, bahnte sich den Weg zwischen der weichen und geheimen doppelten Haut hindurch, meine Zunge glitt bis in die Tiefe, die sich meinem Wunsch entziehend zurückzog und zusammenpreßte. Oh, nein, nicht, so nicht, hörte ich sie wiederholen, so will ich nicht, bitte, bitte, als sie meine Beine fühlte, die ihr die Schenkel umspannten, festhielten und so die Hände freimachten, damit sie die Hinterbakken auseinanderdrücken konnten, damit ich den dunklen Weizen sehen konnte, den winzigen, vergoldeten Knopf, der sich zusammenkniff, und gewaltsam die sich weigernden Muskeln besiegte. Ihr Nécessaire lag auf dem Nachttisch, ich suchte tastend die Tube mit der Gesichtscreme, und sie hörte es, und wieder wehrte sie sich und versuchte, die Beine zu befreien, sie bäumte sich kindlich auf, als sie die Tube im After spürte, sie zog sich zusammen, wobei sie immer wieder sagte, nein, nicht, so nicht, bitte, nicht so, kindlich, nicht so, ich will nicht, daß du das mit mir machst, das tut mir weh, ich will nicht, ich will nicht, während ich ihr wieder mit den freien Händen die Hinterbacken auseinanderdrückte und mich über ihr aufrichtete, ich fühlte gleichzeitig ihr Stöhnen und die Wärme ihrer Haut an meinem Glied, den glatten und schwachen Widerstand dieses kleinen Popos, in den einzudringen niemand mich mehr hindern würde, ich öffnete die Beine, um sie besser festhalten zu können, stützte die Hände auf ihren Rücken, bog mich langsam über sie, die stöhnte und sich wand, ohne sich von meinem Gewicht befreien zu können, und ihre eigenen konvulsivischen Bewegungen drückten mich hinein, den ersten Widerstand zu überwinden, den Rand des seidigen und brennenden Handschuhs öffnend, in dem jedes Vordringen eine neue Marter war, denn jetzt wichen die Scheinklagen dem echten und flüchtigen Schmerz, der kein Mitleid verdiente, und das Zusammenziehen erhöhte meinen Willen nicht nachzugeben, nicht abzuschwören, jedem hilfreichen Schütteln mit einem neuen Vorstoß zu antworten (denn ich glaube, sie wußte es genau) bis ich fühlte, daß ich ans Ende gelangte, wie auch ihr Schmerz und ihre Scham ihr Ende erreichten, und etwas Neues in ihrem Weinen erstand, die Entdeckung, daß es nicht unerträglich war, daß ich sie nicht vergewaltigte, obgleich sie sich weigerte und flehte, daß meine Lust ihre Grenze dort hatte, wo ihre begann, und genau deswegen die Hartnäckigkeit ihrer Weigerung, des wütenden sich Entziehens und Abstreitens dessen, was sie fühlte, die Sünde, Mama, die vielen Hostien, die ganze Orthodoxie. Ich fiel auf sie und lastete mit meinem ganzen Gewicht auf ihr, damit sie mich bis ins Tiefste hineinfühlte, ich verschränkte meine Hände wieder um ihre Brüste, biß ihr in den Nacken, um sie zu zwingen, unbeweglich liegenzubleiben, obgleich ihr Rücken und ihr Kreuz zitterten, mich gegen ihren Willen streichelten und sich unter einem brennenden Schmerz regten, der zur Wiederholung des bereits mit Zustimmung gemischten Stöhnens wurde und am Ende, als ich begann, mich zurückzuziehen und wieder einzudringen, mich kaum entfernte, um wieder einzutauchen, sie mehr und mehr besitzend, während ich sie sagen hörte, du tust mir weh, du vergewaltigst mich, du zerreißt mich, ich kann nicht, geh raus, bitte, nimm ihn raus, bitte, ein bißchen, nur einen Augenblick, es tut so weh, bitte, es brennt so, es ist entsetzlich, ich kann nicht mehr, du tust mir so weh, bitte, Liebster, bitte, jetzt, jetzt, bis ich mich daran gewöhne,

Liebster, bitte, ein bißchen, zieh ihn raus, ich bitte dich, es tut mir so weh, und ihr Stöhnen war ganz anders, als sie fühlte, wie ich mich in sie entleerte, ein unanhaltbares Lustgefühl, ein Erzittern, in dem sie ganz und gar, Vagina, Mund und Beine den Krampf verdoppelten, mit dem ich sie durchdrang und sie bis an die Grenze des Möglichen aufspießte, ihre Hinterbacken an meine Leisten gepreßt, so mit ihr verbunden, daß ihre ganze Haut meine Haut war, ein einziges Stürzen in das grüne Feuer der geschlossenen Augen, zerwühltes Haar und ineinander verklammerte Beine und aus dem Schatten kommen, gleitend wie unsere Körper glitten, in einem wirren Knäuel aus Liebkosungen und Klagen, jedes Wort im Geflüster dieser Ablösung aufgehoben, die uns befreite und dem Individuum zurückgab, dem Begreifen, daß diese Hand ihre Hand war und daß mein Mund den ihren suchte, um sie zur Versöhnung zu rufen, zu einer salzigen Zone stammelnden Sich-Findens, gemeinsamen Schlafes.

Die sind wirklich unverbesserlich, diese Jungens, nachdem sie die arme Susana gehörig aufgezogen haben, überkommt sie jedes Mal, wenn sie sie Ausschnitte in Manuels Album einkleben sehen, plötzlich ein Anfall von Solidarität, und es gibt wahre Feldschlachten um die einzige Schere und die Klebstofftube. Unglaublich, denkt Ludmilla in einem Winkel in der Nähe des Kerzenstummels zusammengerollt, was diese Südamerikaner alles in ihren Brief- und Hosentaschen anhäufen können; jetzt, da der Vip das obere Zimmer mustert, wo Heredia das Rohr der Parabellum nicht vor ihm verbirgt, und da Marcos, Patricio und Roland von der Mühe ausruhen, Sandwiches essen und den Roten von Madame Verneuil trinken, sieht es so aus, als verlängerten sie den Abend eigens für Manuel, plötzlich sind alle bereit, als Coautoren des Buches mitzuwirken und Susana, überrascht und überglücklich über die Mitarbeit, sieht Patricio an, gesund und heil und noch etwas blaß, aber der Wein baut ihn intravenös wieder auf zu einem Lächeln, würdig des Räkelns auf dem Teppich, das er sich erlaubt, natürlich ohne das Sandwich und das Glas aus der Hand zu geben, denn mit Roland in der Nähe, weiß man nie.
Den Besagten rührt es ein bißchen, die kleinen Gesichter von Ludmilla und Susana zu sehen, jetzt da ihre beiden Jungs da sind, in Reichweite zum Drücken und Küssen, obgleich es kaum dazu kommt, denn Patricio zieht im Augenblick den regenerierenden Teppich und das Glas Rotwein vor, Marcos hat zu viel mit Lucien Verneuil und Heredia zu besprechen, das Telefon geht alle drei Minuten, es ist mit einem feuchten Handtuch um die Klingel versehen, damit Mißtrauen der benachbarten Rentner nicht erwacht, Bestätigung, daß Vipin am Quai des Orfèvres (»das Polizeipräsidium«, Gladis zu Oscar) und die Nachrichten sind folglich in den Händen hilfloser und wutschäumender Botschafter, Roland dreht an einem Transistor mit Kurzwellensender, der ein seltsames Kollern ausstößt, bis gegen ein Uhr dreißig die ersten Reaktionen auftauchen, die absolute Flaute, und die Nachrichtenagenturen füllen die Löcher mit Hypothesen: Telegramme aus Rio de Janeiro, nicht be-

stätigt, autorisierte Quellen ließen aus Lima wissen, daß man eine offzielle Stellungnahme der argentinischen Staatskanzlei erwarte, größte Überraschung rief in Quito die Nachricht hervor, daß. Noch fünf bis sechs Stunden vor dem endgültigen Augenblick, Oscar löst Heredia im oberen Stockwerk ab, die Mänaden bringen sich fast um mit dem Zubereiten von Nescafé, Lucien Verneuil meldet sich für eine Stunde Schlaf ab, während Roland im Châlet Wache hält, unglaublich, wie die beiden der lateinamerikanischen Seriosität mißtrauen, Marcos betrachtet sie gerührt, ironisch, man muß sie spielen lassen, wie sie es in ihrer Equipe gewohnt sind, müde und bekümmert streckt er sich aus und sucht ein Kissen für den Kopf, Ludmilla lehnt sich seitlich gegen ihn und es gelingt ihr, sich wie eine perfekte Schöpfung von Knolle oder Alvar Aalto zusammenzurollen, ein würdiges Ruhekissen für den Krieger, Streicheln des Haares. Ich habe ihnen gesagt, daß ich dich liebe, flüstert Ludmilla, ich habe es herausgeschrien, ich meine, zu Susana in der Küche, und dann. Ah, sagt Marcos. Es stimmt nicht, ich habe es nicht herausgeschrien, denn Lucien hätte mich sonst ermordet, aber es kommt auf dasselbe heraus, ich hatte solche Angst, ich mußte es sagen. Natürlich, Polinchen. Blubb, Marcos, blubb. Und Patricio gähnt, als er sein vierstöckiges Sandwich beendet, er sieht Susana an, die das während der letzten halben Stunde spontan angebotene Material einer strengen Prüfung unterzieht, denn es geht nicht darum, allen möglichen Blödsinn in das Album für Manuel einzukleben, erster Preis für den Ausschnitt von Marcos, der bringt Glück und der Zufall macht seine Sache gut und außerdem hat er zwei Anhängsel, die Manuel eines Tages schätzen wird, wenn er nicht inzwischen in Ermangelung von etwas Besserem den Pilz aufgegessen hat und jetzt, denkt Susana mit gekrauster Stirn, ganz grün wird, und die erste tödliche Diarrhöe auf das Sofa des kleinen Rabbi deponiert.

Guerrilleros ließen in Mexico einen Führer des PRI frei

MEXICO-CITY 1. – Das Drama der zweiten politischen Geiselnahme innerhalb von zwei Monaten gipfelte heute in der Freilassung des Opfers. Aber die Regierung bleibt tief beunruhigt wegen der Wirkung, die diese Vorkommnisse auf das Image des Landes im Ausland haben werden.

Jaime Castrejón Díaz, Rektor der Universität des Landes Guerrero und hoher Funktionär des Machthabenden Partido Revolucionario Institucional (PRI), kehrte nach zwölf Tagen Gefangenschaft heute morgen in die Stadt Taxco, in den Kreis seiner Familie, zurück.

Im Austausch gegen den Rektor verlangten die Geiselnehmer die Freilassung von neun linken Gegnern der Regierung, die am Sonntag auf dem Luftwege nach Cuba gebracht worden waren und 2,5 Millionen Pesos (etwa zweihunderttausend Dollar), die die Familie, eine der reichsten in ganz Guerrero, bezahlte.

EJECUTIVOS...
FIN DE SEMANA
INOLVIDABLE.
Con el nuevo buque de
lujo "DON LUIS" y alo-

»Merkwürdig«, sagt Patricio zu Marcos, »diese Nacht ist ganz anders, als ich es mir vorgestellt habe, nicht einmal die Art und Weise, wie wir den Vip kassiert haben. Es kommt immer alles ganz anders.«

»Du bist ein Romantiker«, sagt Heredia, »aber, ehrlich gesagt, mir geht es genauso, ich hatte mir das wie in einem Spionagefilm vorgestellt, Gewaltakte in Technicolor, und nun sind wir, wie du siehst, alle damit beschäftigt, im Kerzenschein Bildchen auszuschneiden, allerdings ist der Film noch nicht zu Ende. Inzwischen und auf daß Manuel etwas Wichtigeres erhalte, überreiche ich dir folgendes:

URUGUAY

Le prix d'un révolutionnaire et celui d'un ambassadeur

Les Tupamaros ont tenu leurs promesses. Sitôt rétablies les garanties individuelles, suspendues le 8 janvier après le rapt de l'ambassadeur britannique, ils ont relâché un de leurs trois diplomates-otages : Dias Gomide, consul brésilien enlevé le 31 juillet, quelques jours avant Claude Fly, agronome américain, et Dan Mitrione, expert en répression affilié à la C.I.A., qui devait être exécuté par ses ravisseurs, au mois d'août.

A diverses reprises, Maria Aparacida Gomide, épouse du consul brésilien, s'était adressée aux Tupamaros par lettre, radio et télévision, pour les supplier de libérer son mari. Ces appels avaient, à chaque fois, déchaîné le concert éploré des « humanistes » qui s'indignaient que des organisations politiques recourent au rapt pour obtenir la libération des détenus politiques. Nous publions ici une lettre inédite adressée à Mme Gomide, par Mme Borges Vieira Alves, épouse du journaliste Mario Alves de Souza Vieira, dirigeant du parti communiste brésilien révolutionnaire, mort sous la torture au début de 1970. Ce document permettra, pensons-nous, de remettre les choses à leur juste place.

»Aber das sind zwei breite Spaltten«, beschwerte sich Susana, »und bei diesem scheußlichen Licht, na schön, Befreiung des von Tupamaros entführten brasilianischen Konsuls, radikale Forderungen und Fernsehansprachen seiner Frau und tröstlicher Chor humanistischer Frösche, die entrüstet darüber sind, daß politische Organisationen zur Entführung greifen, um die Freiheit für politische Gefangene durchzusetzen«, sagte Susana mit der stählernen Stimme der Lehrerin, die an die haarigste Stelle des Theorems kommt, »es ist der Brief, den die Frau des brasilianischen Konsuls erhielt, bevor die Tupas ihr den Mann zurückschickten. Und der lautet: Frau Aparecida Gomide, alle Welt kennt Ihren Schmerz und Ihr Leid. Die mündliche und schriftliche Presse erinnert täglich an Ihr Drama: Ihr Mann, diplomatischer Beamter im Auswärtigen Dienst, ist entführt worden und dadurch in politische Vorgänge verwickelt worden. Gnädige Frau, Sie weinen nicht allein. Aber niemand spricht von meinem Leid und meinem Schmerz. Ich weine allein. Ich habe nicht Ihre Möglichkeiten, mir Gehör zu verschaffen, meinerseits zu sagen ›mein Herz ist zerrissen‹ und ›ich möchte meinen Mann wiedersehen‹. Ihr Mann lebt und wird gut behandelt. Er wird zu Ihnen zurückkehren. Meiner kam in der Folter um, ermordet durch den Primer Ejecito. Er wurde ohne Prozeß und ohne Urteilsspruch hingerichtet. Ich habe seine Leiche gefordert. Niemand hat mich angehört, nicht einmal die Menschenrechtskommission. Ich weiß weder, was man mit ihm gemacht hat, noch wohin man ihn geworfen hat. Er hieß Mario Alvez de Souza Vieira, er war Journalist. Er wurde von der Polizei des Primer Ejército am 16. Januar dieses Jahres in Rio de Janeiro verhaftet. Man brachte ihn in die Kaserne der Militärpolizei, wo man ihn die ganze Nacht hindurch grausam prügelte, man spießte ihn mit einem Stock, der in der Art einer Säge geschnitten war, riß ihm am ganzen Körper die Haut mit einer Drahtbürste ab, weil er sich weigerte, die von den Folterern des Primer Ejército und des DOPS geforderten Informationen zu geben. Die in die Folterkammer gebrachten Gefangenen, die den mit Blut und Exkrementen bedeckten Fußboden säubern sollten, sahen meinen Mann sterben, aus Mund und Nase blu-

Le 27 septembre 1970.

Madame Aparacida Gomide,

Tout le monde connait votre souffrance et votre angoisse. La presse parlée et écrite rappelle tous les jours votre drame : votre mari, fonctionnaire en service à l'extérieur, a été enlevé et mêlé de cette manière à des événements de nature politique. Madame, vous ne pleurez pas toute seule.

Mais personne ne parle de ma souffrance et de mon angoisse. Je pleure toute seule. Je n'ai pas vos possibilités pour me faire entendre, pour dire, moi aussi, que « j'ai le cœur brisé » et que « je veux revoir mon mari ». Votre mari est vivant, bien traité. Il va revenir. Le mien est mort sous la torture, assassiné par la Première Armée. Il a été exécuté sans procès, sans jugement. Je réclame son corps. Personne ne m'a donné satisfaction, pas même la Commission des Droits de la personne humaine. Je ne sais pas ce qu'ils ont fait de lui ni où ils l'on jeté.

Il s'appelait Mario Alves de Souza Vieira, journaliste. Il a été arrêté par la police de la Première Armée le 16 janvier de cette année, à Rio de Janeiro. Il a été emmené à la caserne de la police militaire, sauvagement frappé la nuit durant, empalé sur un bâton taillé en dents de scie, la peau de son corps entièrement arrachée avec une brosse métallique, parce qu'il refusait de donner les informations réclamées par les tortionnaires de la Première Armée et du DOPS. Des prisonniers amenés à la salle de torture pour nettoyer le sol couvert de sang et d'excréments, ont vu mon mari agonisant, du sang coulant par la bouche et par le nez, nu, jeté par terre, oppressé, demandant à boire. En riant, les militaires tortionnaires n'ont pas permis qu'on lui prête le moindre secours.

Je sais, Madame, que vous n'êtes pas en état de comprendre ma souffrance, car la douleur de chacun est toujours plus grande que celle des autres. Mais j'espère que vous comprendrez que les conditions ayant amené à l'enlèvement de votre mari et à la torture du mien jusqu'à en mourir, sont toujours les mêmes ; qu'il est important de savoir que la violence-famine, la violence-misère, la violence-oppression, la violence-sous-développement, la violence-torture mènent à la violence-enlèvement, à la violence-terrorisme, à la violence-guérilla ; qu'il est très important de savoir qui met la violence en pratique : ceux qui provoquent la misère ou ceux qui luttent contre elle ?

Votre désespoir et votre souffrance montrent que votre mari était un bon chef de famille, qu'il vous manque et que sa vie est très importante. Mario Alves, lui aussi, a été un bon chef de famille ; il me manque ; il avait une fille qu'il adorait. Il était intelligent, cultivé, bon ; personnellement, il n'a jamais blessé personne. Il est mort par amour pour les opprimés, les victimes de l'injustice, les sans-voix et les sans-espérance. Il a lutté pour que les immenses ressources matérielles et humaines de notre patrie soient utilisées au bénéfice de tous.

Je souhaite très vivement une solution heureuse pour vous, Madame, et pour les Tupamaros.

Dilma BORGES VIEIRA.

tend, nackt auf der Erde, erstickend, um etwas zu trinken bittend. Unter Gelächter untersagten die militärischen Folterer auch nur die geringste Hilfeleistung.«
»Wir kennen das schon«, sagte Roland, »ça va comme ça.«
»Ach, nein, jetzt lese ich bis zu Ende«, sagte Susana und sah ihn wütend an. »Ich weiß, gnädige Frau, daß Sie nicht in der Lage sind, meinen Schmerz zu verstehen, denn der eigene Schmerz ist immer größer als der der anderen. Aber begreifen Sie, daß die Umstände, die zur Entführung Ihres Mannes und zur tödlichen Folterung meines Mannes führten, immer die gleichen sind: Es ist wichtig zu erkennen, daß die Gewalttat-Hunger, die Gewalttat-Elend, die Gewalttat-Unterdrückung, die Gewalttat-Unterentwicklung, die Gewalttat-Folter zur Gewalttat-Entführung, zur Gewalttat-Terrorismus, zur Gewalttat-Guerrilla führen, und es ist sehr wichtig zu begreifen, wer mit der Gewalttätigkeit beginnt: Ob es die sind, die das Elend heraufbeschöwren oder die, die dagegen kämpfen. Ihre Verzweiflung und Ihr Schmerz zeigen, daß Ihr Mann ein guter Familienvater war, daß Sie seine Abwesenheit beklagen und daß sein Leben sehr wichtig ist. Auch Mario Alves war ein guter Familienvater, auch er fehlt mir jetzt. Er hatte eine Tochter, die er sehr liebte, er war intelligent, gebildet, gut, niemals verletzte er jemanden persönlich. Er starb aus Liebe zu den Unterdrückten, zu den Opfern der Ungerechtigkeit, zu denen, die keine Stimme haben und keine Hoffnung. Er kämpfte dafür, daß die riesigen Reichtümer dieses Landes an Gütern und Menschen zum Wohle aller eingesetzt werden. Ich wünsche sehnlichst, daß man zu einer glücklichen Lösung gelangen möge, für Sie und für die Tupamaros.
Unterschrieben; Dilma Borges Vieira.«
»Es wird schon Tag«, sagte Heredia. »Nimm die Klebe und die Schere weg, meine Hübsche, ich werde euch den Nescafé der Morgendämmerung servieren, das ist immer der köstlichste, besonders, wenn ihn ein Carioca kocht.«
Er redete in seltsamem Tonfall, es klang nicht wie die Stimme von Heredia, war auch nicht seine Art zu gehen, als er sich umdrehte und beinahe in die Küche rannte.

Jetzt muß man über die Brücke; das ist nicht schwer, ein paar Meter vom Hotel aus, die Stadt, die ihre morgendliche Ohrfeige austeilt, mit gleicher Hinterlist wie immer, der tiefe, graue und regnerische Himmel, der Geruch von verbranntem Öl, Plakate, die die Augen vergewaltigen mit ihrem jede Woche wechselnden Zirkus, ein Programm aus Elektroküchen, Möbel auf Raten, Renault, Philips, Immobilienfirmen, die verwitterten Ladenschilder, die alten Lettern MANUFACTURE D'INSTRUMENTS DE CHIRURGIE EN CAOUTCHOUC ET PLASTIQUE, das Schild des Hotels Terrass, die Brücke, die auf die Place Clichy führt, auf die andere Seite, es ist schließlich keine große Sache, über die Brücke zu gehen, zwei Bürgersteige mit Geländer für Fußgänger, die vor dem Tod auf vier Rädern durch städtische Gesetze und Strafen geschützt sind, man muß nur hinübergehen und auf das rote und grüne Licht achten, irgendwie ist es, als bliebe das Schlimmste zurück, zusammengefaßt in der Rechnung und diesem Trinkgeld am Rande eines schäbigen Tresens, tatsächlich wäre es übertrieben zu sagen, daß das Überqueren der Brücke auf dem Rückweg Probleme aufwerfe.

Wir waren um neun Uhr dreißig aufgewacht, die Vorhänge schützten uns vor dem Morgen und den Geräuschen, weder Francine noch mir brummte der Kopf, obgleich die Martell-Flasche mit ihren fünf Sternen, den Bauch nach oben, leer auf dem Teppich lag; Müdigkeit, Francine strich mir mit den Händen über den Hals und rollte sich zusammen und sagte, sie habe Hunger und Durst, Telefon und Tablett, langes Duschen, alles wieder gleich, Anfang eines neuen, normalen, vorhersehbaren Tags des Lebens. Ich muß Madame Franck bis um ein Uhr ablösen, wir müssen uns beeilen, ich hoffe, es gibt ein Taxi in der Nähe. Aber ja, Kleines, du kommst schon noch rechtzeitig, nichts hat sich geändert im Zeitablauf des Buchhandels, ich stelle dich wie eine Blume an die Tür, du wirst sehr viele preisgekrönte Romane verkaufen und zwei oder drei Wörterbücher, bestimmt. Ich suchte ihre Augen; nackt und sauber am Fußende des Bettes, war sie wieder die perfekte gute Freundin, diese tadellose Distanz zwischen der Nacht und dem Morgen; ich suchte ihre Augen, denn dort, vielleicht, konnte mir irgend etwas die Richtung weisen, Bojen in Zeiten von hoher See und der Abschweifung, mögliches Alibi, wenn es irgendwann einmal nötig war zu erklären, warum ich die Brücke nicht überquert hatte, warum ich García nicht die Botschaft gebracht hatte. Und du, Andrés? fragte ich ihn, denn ich mußte es ihn fragen, denn in dieser Art, meine Augen zu suchen, lag bereits so etwas wie eine verhohlene Antwort. Ich, nun, ich verkaufe keine Bücher, sagte er zu mir und richtete sich im Bett auf, um die Zigaretten zu suchen, ich muß nur die Inventur dieser letzten Stunden machen, die ich dir verdanke und die helfen werden, ich weiß nicht, ob etwas zu verstehen, jedenfalls aber dazu, etwas in Gang zu setzen, zu dem das Übrige nach und nach dazukommt, wie die göttliche Proportion es bestimmt. Ich möchte nicht, daß du so gehst, sagte ich, du hast mir genug erzählt, um mich befürchten zu lassen, daß du eine Dummheit machen wirst. Du, ich weiß nicht, was ich tun werde, Kleines, wahrscheinlich liegt eben darin die Dummheit. Immerhin weiß ich eines und das ist dieses.

Francine antwortete nicht sofort, nackt auf dem Bettrand sitzend waren wir, abgesehen von dem Bett, Adam und Eva in der Stunde der Vertreibung, ein Augenblick voller Schatten und Vergangenheit, das Gesicht in den Händen verborgen, damit wir den Tag nicht sahen über den Gräbern dort unten.

»Ich bitte dich nicht um Verzeihung für so vieles, Kleines, obgleich das eine Art ist, dich darum zu bitten, und streite es nicht ab, indem du deinen roten Schopf schüttelst, denn er kitzelt mich, und ich muß lachen, das wäre unwürdig unter diesen Umständen. Gestern nacht fragtest du mich, warum ich dich erniedrigen wollte und jetzt, nach dieser Flasche da, deinem wunden kleinen Popo und anderen Sachen, an die du dich erinnern wirst, kommst du dir vielleicht wie der Lappen auf dem Bidet vor. Laß mich dir sagen, daß niemals jemand so viel für mich getan hat, in einem Sinne, den ich kaum begreife und der dir wie der allergrößte Blödsinn vorkommen muß. Und schlimmer noch, ich weiß nicht, ob es ein Gegenspiel gibt, ich weiß nicht, was ich dir habe geben können, seit wir uns gestern abend in dem Café trafen, seit Madame Antinéa, weißt du noch, alles was ich zu dir sagte, alles, was ich niemandem, Kleines, niemandem gesagt habe wie dir, denn da war außerdem noch das andere, deine Haut und dein Speichel, laß mich nur das sagen, Kleines, ich habe dich nicht erniedrigt, als ich dich diesen Cognac trinken ließ und dich vergewaltigte, ich habe dich nicht erniedrigt, alles ist fortgespült mit der Dusche, denn es stimmt schon, ich vergewaltigte dich, Kleines, und es stimmt auch, daß du weintest und daß du, nachdem du eine Stunde geschlafen hattest, aufwachtest und mich beschimpftest, Kanaille, Sadist, aber dich dabei zusammenrolltest und aufrolltest wie eine kleine Raupe, so daß alles von vorn beginnen mußte, und es war so ganz anders, weißt du eigentlich, daß es ganz anders war, bis wir einschliefen wie die Gerechten, und wir hatten keine Alpträume und da siehst du es, da siehst du, was davon in deinen Augen ist, sieh dich nur im Spiegel an und sag es mir, Kleines.«

»Nein, du hast mich nicht erniedrigt«, sagte Francine fast stimmlos, »aber du, Andrés, was ist mit dir?«

»Nun, ich sagte dir schon, daß ich nichts begreife, dieser schwarze Fleck ist immer noch da, wie diese Vorhänge, aber diese Vorhänge werden wir jetzt aufziehen, sobald du dir diese kleinen Brüste bedeckt hast, denn diesen herrlichen Friedhof im Panoramablick darf man sich nicht entgehen lassen, was meinst du? Möglicherweise kann es geschehen, daß plötzlich dieser schwarze Fleck sich wie diese Vorhänge zur Seite zieht, und daß dahinter etwas ganz anderes ist als ein Friedhof, da ist, ich weiß nicht was, verflucht, aber jedenfalls irgend etwas, das ist es, was ich dir schulde, dir und Madame Antinéa, natürlich, halte dich nur nicht für die einzige Erlöserin.«

»Blödian, warum lachst du, wenn du in Wirklichkeit . . . Nein Andrés, ich sage es nicht, Liebster, werde nicht böse, laß mich nur mit diesem Tuch, so.«

Darauf sprachen wir nicht mehr viel, ich sah sie sich anziehen; ich zog mich an und dachte dabei an Gardel und daran, daß ein richtiger Mann nicht etc. Sie weigerte sich nicht, auf den Balkon zu treten, wir betrachteten die dummen Gräber, die schändliche Verlängerung des großen Skandals. Ich muß gehen, sagte Francine beinahe unmittelbar darauf, Madame Franck wartet auf mich. Natürlich, für sie gab es nicht Zahl oder

Kreuz, ein neuer Werktag begann. Werktag, sagte ich zu ihr, und küßte sie, wie ich sie nie zuvor geküßt hatte, was für ein Wort, Kleines. Und Francine stieg traurig und schweigend in den Fahrstuhl, als brächte er sie direkt vertikal auf den Friedhof gegenüber. Ich weiß schon, du wirst dich deprimiert fühlen, wirst weinen, sagte ich zu ihr und streichelte ihr das Haar, du wirst nicht aus dir herausgehen und nicht aus mir, es beginnt ein neuer Werktag, du wirst ganz und gar, intakt in dieser milchweißen Haut bleiben, in dieser Traurigkeit, nur in ihr, du wirst die Tiefe dieser Nacht nicht verstehen wollen, selah, amen.«
»Und du, und du?«
»Wahrscheinlich ebenso, auf der anderen Seite der Brücke werden wir, du und ich, sein wie immer, mir bleibt noch genügend Ehrenhaftigkeit, um zu vermuten, daß der Komödiant den Tod des Kleinbürgers erfindet, sich vorstellt, daß er jenseits der Brücke ein anderes Territorium betreten wird.«
»Wirst du hingehen?«
»Hör mal, als erstes werde ich dich nach Hause bringen, because of Madame Franck, du siehst, ich habe es nicht vergessen, und dann werde ich zu Lonstein laufen, um die Neuigkeiten zu erfahren, außerdem werden wir an diesem Kiosk eine Zeitung kaufen, die ersten Strampler müßten schon drinstehen.«
»Aber danach?«
»Danach, ich weiß nicht, Kleines, wahrscheinlich rufe ich dich an, damit wir ins Kino gehen, jedenfalls denke ich im Augenblick nicht daran, nach Hause zu gehen, da ist es bestimmt öde und trist, überall wird Lauch herumliegen und die Wäsche von Ludmilla auf der Erde, ich bin ein Ästhet, Kleines, der Kleinbürger macht Anstrengungen zu sterben, aber du siehst ja, auf der anderen Seite der Brücke bemerkt man keinen großen Unterschied. Also, ich rufe dich irgendwann an, es sei denn, du gehst zum Tennisspielen.«
»Du wirst mich nicht anrufen, ich werde nicht zum Tennis gehen, aber du wirst mich nicht anrufen.«
Sie sah mich an, als erkenne sie mich plötzlich nicht wieder; ich sah, wie er an den Zeitungsstand ging, als er zurückkam, hatte er eine Zigarette im Mund und die Zeitung auf Seite zwei aufgeschlagen, er zeigte mir die Meldung und rief ein Taxi. Erst da

dachte ich, was ich mich im Grunde immer geweigert hatte zu glauben, daß es stimmte, und jetzt liefen die Schlagzeilen über das zerknitterte Blatt wie die Fliege, die sich in dem Café über den Tisch schleppte. Er stieg nicht einmal aus, um mir auf Wiedersehen zu sagen, ich fühlte seine Hand, die mir über das Haar strich, aber er behielt die Zigarette im Mund. Wenn er sie, wie immer, im letzten Moment herausriß, würde er sich ein Stück Haut abreißen und bluten und fluchen.

»Rue Cambronne, Ecke Rue Mademoiselle«, sagte Andrés und warf die Zeitung auf den Boden des Taxis. Zu Lonstein zu gehen, konnte verkehrt sein, natürlich, aber außer Rauchen und Trinken sah er nichts, was er sonst tun konnte. Er stieg an der Ecke aus, ging zu Fuß weiter und ging einmal um den Block, um diejenigen zu täuschen, die möglicherweise die Besucher des kleinen Rabbi notierten, er ging in eine Bar in der Rue du Commerce, gerade als die Kundschaft die Nachrichten hörte mit der überraschenden Entführung des Beauftragten für die Koordinierung der lateinamerikanischen Angelegenheiten in Europa, wie ihn der Sprecher titulierte, zur absoluten Gleichgültigkeit der Hörer, die Nachrichten über das Wetter und das Halbfinale und ähnlich wichtige Dinge erwarteten. Ich fragte mich, ob Ludmilla zu Hause sei, es kostete nichts, sie anzurufen, aber Ludmilla würde nicht zu Hause sein, nur der Lauch und die Platte von Xenakis und die von Joni Mitchell, die zu hören ich noch keine Zeit gehabt hatte, Kaffee und Xenakis und Joni Mitchell. Und das Bett, die Versuchung, dort ein paar Blocks weiter und vielleicht auch Ludmilla, denn Marcos konnte nicht so unvernünftig sein und sie in etwas hineinziehen, was die Seite zwei des *Figaro* füllte, aber Ludmilla würde nicht zu Hause sein, das hing nicht von Marcos ab, das beste war wirklich, zu dem kleinen Rabbi hinaufzugehen und Nachrichten zu hören, natürlich bewegte ich mich nicht von der Stelle und noch ein Kaffee, denn die fünf Sterne des Martell machten sich in der Gegend des Zwölffingerdarms bemerkbar, vielleicht schlief ich sogar ein bißchen, hier in dieser Ecke, wo nur ein Hund und zwei Rentner herumlungerten, der Tag war noch lang und werktägig, die Regierungen, denen das Ultimatum der Entführer gestellt worden war, werden ihre Entscheidungen in den ersten Abendstunden veröffentlichen, französische Zeit; dann hieß es Zahl oder Kreuz für die Motzer, Zahl und nochmal Zahl, unglaublich, dachte Andrés und räkelte sich und suchte Zigaretten, plötzlich merkst du, daß es gar nicht so komisch ist, es ist sogar modern, das kommt in jedem Land vor, ganz zu schweigen von den Luftpiraten, ich verstehe nicht, wie-

so das immer noch so wirksam sein kann, natürlich, der Koordinator für lateinamerikanische Angelegenheiten ist keine Kleinigkeit, aber ich wette, die akzeptieren den Austausch nicht, ich wette, der Augenblick kommt noch und dann. Ludmilla muß zu Hause sein, es kann nicht sein, daß. Also Marcos oder Heredia, die werden es machen, oder Roland. Ja, aber danach, und in diesem Land. Ludmilla. Bestimmt schläft sie zu Hause, ich muß. Obwohl sie, so wie ich sie kenne, das Telefon klingelt im leeren Hause, dieser unheilvolle nicht enden wollende Klang, dieser Krampf. Und wenn ich nach Verrières fahre, aber das ist absurd, wahrscheinlich bringe ich sie dadurch in noch größere Schwierigkeiten, und Ludmilla kann ebenso gut zu Hause oder bei Lonstein sein und mit Manuel spielen, das einzig Vernünftige ist, zu dem kleinen Rabbi zu gehen, komisch, daß ich gar nicht fühle, daß ich geduscht habe, zweifellos die Schmiere des Werktags, aber man muß schon schwachsinnig sein, sich einzubilden, es gäbe eine Inventur, es gäbe Zahl oder Kreuz, nichts ändert sich, mein Alter, der schwarze Fleck ist da, trotz der armen Kleinen, die arme Kleine, wie sie über den Friedhof gebeugt, du bist ein Hurensohn, Andrés Fava, so oft Zahl oder Kreuz und dann zurück über die Brücke, mit ihr am Arm und da sind wir, ein Werktag für beide, auch wenn du nicht willst, wozu so viel Schmutz, so viel Bett, wo ist also das Testament der Nacht, warum klebt diese Schmiere des schwarzen Flecks dich an diesen wackligen Hocker, an den nächsten Kaffee mit Cognac, den du sofort bestellen wirst.
»Einen Kaffee und einen Cognac«, bestellte Andrés augenblicklich.

Es war vorauszusehen, daß Lonstein Manuel immer wieder vergaß, und Manuel lutschte melancholisch an den Fransen der Gardine, die seit 1897 nicht mehr von Menschenhand gewaschen worden war, dem Jahr nämlich, in dem Madame Lavoisier, die Besitzerin des Appartements, diese lobenswerte Zutat aufgehängt hatte, um die Augen vor einer Sonne zu schützen, die sich nach Meinung des kleinen Rabbi niemals in diesem beschissenen Leben in der fälschlich so benannten Stadt des Lichtes sehen ließ. Andrés warf sich in einen Sessel und entdeckte im gleichen Augenblick die Beinchen von Manuel, der unentwirrbar in die Gardine verwickelt und im Zustand saugender Ekstase war. Unter geduldigen Anstrengungen gelang es Andrés schließlich, ihn aus dem Malstrom aus Kordeln und Fransen herauszuziehen, jedoch nicht ohne heftigen Kampf, denn Manuel wehrte sich wie ein ganzer Mann, da ihm noch ganze dreißig Zentimeter Fransen zum Lutschen blieben, und als Andrés ihn auf den Knien hatte und Manuel ihm verschiedene Sachen sagte, wie ifktingpe, fenude und ähnliche Aufstößer, fragte Andrés Lonstein, ob er ihm wenigstens etwas Milch gegeben hätte und anderes absurdes Zeug, das man den Kindern einflößte.

»Viel habe ich ihm nicht gegeben«, gestand der kleine Rabbi beschämt, »dabei hat Susana mir über drei Liter dagelassen, du weißt ja, die Nachrichten im Radio und die patriotische Begeisterung, die mir diese Meldungen bereitet, da kann man nicht mehr an Milchdiäten denken, ganz zu schweigen davon, daß der Pilz sich nach rechts zu neigen beginnt, und das kommt mir wie ein düsteres Zeichen vor. Also, wenn ich daran denke, was meine gute Alte in ihrem Häuschen in Rio Cuarto ein Stück Fleisch kostet und diese Deppen werfen neunundvierzig Millionen Dollar aus dem Fenster, stell dir vor, neunundvierzig Mil-

Argentine

LE GOUVERNEMENT ARGENTIN S'APPRÊTE A ACHETER 14 MIRAGE FRANÇAIS

Buenos-Aires *(A.P.)*. — Le gouvernement argentin est sur le point d'approuver le contrat d'achat de quatorze chasseurs Mirage-III conclu avec la société Dassault et qui porte sur un total de 49 millions de dollars (269.5 millions de francs).

Un porte-parole officiel a indiqué qu'un décret à cet effet attend la signature du président de la République.

lionen Dollar bloß für Flugzeuge, um den Brasilianern Angst zu machen.«

»Komm, mein Alter«, sagte Andrés zu Manuel, der zu merken begann, daß die Dinge sich im Environment besserten, »komm, solange dieser seelenlose Mensch mir die Nachrichten zusammenfaßt.«

»Fiata, fica, fiva, figo«, sagte Manuel nur zu bereit.

»Er hat ein fabelhaftes Gedächtnis«, staunte Lonstein, »gestern abend hat er gehört, wie ich die Abkürzungen auf einer Liste internationaler Organisationen herunterbetete, die mir Rasmussen geschickt hat, ein Kumpel, der in der Unesco herumschreibmaschiniert, nebenbei bemerkt, U Thant hat die Gelegenheit seines Lebens verpaßt, die internationalen Probleme zu lösen, sieh dir die Liste an und sage selbst.«

»Die Nachrichten«, wiederholte Andrés.

»Bah, Krimskrams, immer die gleiche Leier, was glaubst du denn, Ultimatum läuft am Mittag ab, Regierungen äußerst verärgert, französische Polizei auf der Fährte, sniff, sniff, in dem Stil. Beidewey, hat jemand dich hereinkommen sehen?«

»Ich glaube nicht.«

»Nun ja, jedenfalls werdet ihr mich noch fertigmachen, die Nacht, die mir dieses Kind hier bereitet hat, du kannst dir nicht vorstellen, wie oft er Pipi machen oder essen wollte.«

»Du läßt ihn verhungern«, sagte Andrés, während er Manuel Milch aus der Flasche einflößte, »sieh dir das an, wie der Ärmste schon einschläft, schämst du dich nicht, das werde ich der Fao und der Unicef melden, da wir schon bei den Abkürzungen sind.«

Darauf legten sie Manuel mit größerer Sorgfalt, als man von ihnen hätte erwarten können, schlafen und dann kochte das Wasser für den Nescafé, und der kleine Rabbi hatte es wieder mit den Abkürzungen, bis Andrés ihn beim zweiten Grappa ansah (*wir erwarten Neuigkeiten über die spektakuläre Entführung . . . inzwischen singt Mireille Mathieu den großen Hit von)* und ihn heiser fragte, was zum Teufel die Abkürzungen bei diesem Stand der Dinge zu suchen hätten, als ob Lonstein darauf bestände, nicht von den Motzern zu sprechen, obgleich er den Transistor laufen ließ, trotz der *Diarrhöe* aus bossa nova und Mireille Mathieu, und wieder zurück zum internationalen Synkretismus und den Abkürzungen, denn alles schien in diese Reihe haariger Monster zu münden, die auf dem mimeographierten Papier wimmelten, das mir der kleine Rabbi voller Verachtung zugeworfen hatte.

»Ich habe meine Gründe«, sagte Lonstein, »und außerdem wüßte ich gern, warum du so leichenblaß bist, du.«

»Ich habe schlecht geschlafen und noch einiges andere, und außerdem gehe ich jetzt sofort, also, gib mir die genaue Adresse.«

»Ah, Alter, das . . «

»Gib sie mir«, wiederholte Andrés.

»Du willst also nicht wissen, was die CNUURC oder der SACLANT ist? Die UMOSEA und die AEJI sagen dir wohl gar nichts?«

»Bitte, Bruder.«

»Ah, immer dasselbe: bitte, bitte. Zuerst werde ich dir einmal erklären, daß diese Phoneme nichts geringeres bedeuten als die Kommission der Vereinten Nationen zur Wiedervereinigung und Wiederherstellung Koreas, und Oberbefehlshaber der Natostreitkräfte und Weltvereinigung der Kinderhilfswerke, und halt dich gut fest, Vereinigung der Europäischen Juteindustrie.«

»Das heißt, du willst mir die Adresse nicht geben.«

»Das ist es nicht eigentlich. Ich habe dir eine Frage gestellt, du hast mir mit einem sidestep geantwortet, also.«

»Ich will hingehen, Lonstein.«

»Ah, der Herr will hingehen. Das ist eine Vorsatzerklärung, aber mir ist das, verstehst du.«

»Es ist schwer zu erklären«, sagte ich zu ihm, »es ist so schwer, Lonstein, ich selbst verstehe es nicht, oder ich verstehe, doch wer weiß was. Da ist eine alte Frage, etwas, was mir im Schlaf passiert ist, und da ist Ludmilla und sind die Motzer und eine Art Müdigkeit.«

»Wenn jemand angeschlagen ist, so jedenfalls du«, sagte der kleine Rabbi, »aber alle diese Gründe können mich, ich sage es dir noch einmal. Es ist leicht anzutreten, nachdem es bereits geläutet hat, Junge, auf jeden Fall von all den vielen Worten, die du gemacht hast, ist das, was wahr klingt, Ludmilla, das heißt, wieder einmal Datoldblackmagicoldlov, wie Judy Garland sang illo tempore.«

»Aber natürlich, nur daß da auch das andere ist, Ludmilla ist nicht für nichts und wider nichts mit Marcos gegangen, auf die Gefahr hin, dort umgebracht zu werden.«

»Vorauszusehen, in allen von euch steckt ein binarisches Funktionieren, selbst Pawlow hätte gestaunt, hätte er gesehen, wie ihr zwischen Motzen und Sex oszilliert, das darf doch nicht wahr sein, ich dagegen muß ständig die Katze gegen den Strich streicheln, da müßt ihr schon zulassen, daß ich mich ein bißchen amüsiere, aber wenn ich euch den Pilz zeige, macht ihr euch dünne und wenn ich dem Besagten mal die Wahrheit sage, na ja, ehrlicherweise muß ich zugeben, daß er sich nicht schlecht gehalten hat, wenn man bedenkt, daß die Sache ganz schön haarig war.

Andrés verstand kein einziges Wort von dem, was der kleine Rabbi heftig deklamierte. Er trank noch einen Grappa, die Dinge drehten sich langsam um ihn herum, das Fenster war nicht mehr genau dort, wo Manuel an den Fransen gelutscht hatte, alles glitt weich vom Magen her und zum Magen hin, wenn ein Pudding Bewußtsein hätte, dachte ich, würde er so seine Memoiren schreiben. Vielleicht würde Lonstein mir schließlich die Adresse geben, jetzt war er noch zornig und bitter, am besten wartete ich und besah mir das berühmte mimeographierte Stück Papier, ermunterte ihn, sein Herz auszuschütten und gab ihm noch etwas Grappa, die Augen schließen, zuhören, schließlich hatte der kleine Rabbi ja so recht, nur Ludmilla in diesem widerlichen Verrières, dieses Verlangen hinzugehen, sie zu sehen, dort zu sein, die Motzer, ja, natürlich auch die Motzer, denn auch Fritz Lang, ungerecht mir zu sagen, daß nur Ludmilla und trotzdem, natürlich, so selbstverständlich jetzt, da ich den kleinen Rabbi disputieren höre, wie recht du hattest, Francine, wie verschieden ist ein Dreieck vom anderen, um das alte Bild zu benutzen, wo war meine leichte,

ACI Internationaler Genossenschaftsverband (IGB)
AEJI Verband der Europäischen Jute-Industrie
AFIA American Foreign Insurance Association
AIDA Internationale Vereinigung zur Prüfung und Entwicklung des Marketing und der Vermittlung von Lebensmitteln und Gebrauchsgütern

AIGA Internationaler Verband für Erdvermessungen
ARPA Verband zur Erforschung der Parodontopathie
ARO Regionalbüro für Asien
BEEP Europäisches Büro für Erwachsenenbildung
BIS Bank für Internationalen Zahlungsausgleich (BIZ)
CAC Koordinationskomitee
CAT Komitee für technische Hilfe
CECA Europäische Gemeinschaft für Kohle und Stahl (EGKS)
CEFEA Zentrum der Arabischen Staaten für Grundschulausbildung
CIAO Internationale Konferenz der Westafrikanisten
CLINMAR International Center for Agricultural Machinery Distributors and Maintenance (CLIMMAR)
CNUURC United Nations Commission for Unification and Rehabilization of Corea (UNCURK)
CORSO Kooperation für Produktionsförderung
ECO Studienausschuß des Westeuropäischen Kohlebergbaus (CEPCEO)
EMA Europäische Währungsunion (EWU)
EPA European Productivity Agency
ESA Büro für den östlichen Teil Südamerikas

billige, ach so männliche, argentinische Theorie vom Dreieck geblieben, ich als Scheitel und sie beide die Figur schließend, jetzt, da Ludmilla mit Marcos, zeichnete die Zukunft ein Dreieck aus zwei Männern und einer Frau, die theoretisch so oft angenommene Hypothese und jetzt, jetzt, jetzt Ludlud, jetzt. »Meine Methode ist außerordentlich rational«, sagte Lonstein, ohne mich aus den Augen zu lassen, »die echte Koordination und Nutzung dieser Organisationen muß aus den Abkürzungen erwachsen, aus rein semantischen Gründen, ein Wort, in dem, wie du bemerken wirst, Mantik enthalten ist, und genau auf die kommt es an, obwohl U Thant, dieser Blödian, das nicht kapiert hat.«

»Ist schon gut, Lonstein, entschuldige, daß ich dich drängen wollte, aber ich bin am Rande von ich weiß nicht was, aber am Rande, und darum.«

»Sie kommen nicht darauf, daß die echte Transfo in dieser Kombination liegt, die dir der Hüaus der Abkürzungen liefert, und daß man als erstes vergessen muß, daß sie so absurde Dinge bedeuten wie Spezialkonto für tropische Medizin und Malaria, hör dir

ETC European Touristic Center
FAMA Internationale Vereinigung für gegenseitige Hilfeleistung der südlich der Sahara gelegenen Länder Afrikas
FEA Internationale Föderation für Kunsterziehung
FENUDE United Nations Development Program (UNDP)
FIATA Internationale Föderation der Transportorganisationen
FICA Internationaler Eisenbahn Alkoholgegner Verband (IEAV)
FIFA International Federation of Films on Art
FIGO Internationale Föderation für Gynäkologie und Geburtshilfe
IFCTUGPI Internationale Föderation der Gewerkschaften der Graphischen- und Papierindustrie
IUFO Internationale Union der Familienverbände
JULEP Erziehungsprogramm der UNESCO in Liberia
LIDIA International Liaison for the Food Industries
LILA International Ligue of Antiquarian Booksellers
MESA Konto für tropische Medizin und Malaria (ICTMM)
METO Middle East Treaty Organization (heute CENTO)

das an, oder Pazifischer Fremdenverkehrsverband.«

»Ja, mein Alter, selbstverständlich.«

»Wenn du bedenkst, daß zum Beispiel die Abkürzung für dieses Konto *Mesa,* also Tisch, ist und die dieses Verbandes *Pata,* also Bein, brauchst du nur noch vom Tischbein auszugehen, und schon baut sich die Transfo auf wie die Diplodocos aus einem Knöchelchen, das dir schließlich das ganze Skelett liefert.«

»Ich wollte dich nicht beleidigen, Lonstein, ich hätte dir nur so viel erklären müssen, diesen Balkon, eine Menge Dinge.«

»Es kommt nur darauf an, die katalysierenden Konjunktionen zu finden und den Blick und das Talent auf die Rasmussche Pastete fallen zu lassen, plötzlich sind da die Botschaften wie grüne Adler, Hüaus! Hüaus! Im Augenblick, gebe ich zu, komme ich nicht weiter, aber ich verzweifle nicht, die Totalwelt der Schöpfgründung zu artikulieren und eine neue Strukkultur zu protoplasmieren, die wir sofort der Unesco übermitteln werden und sei es nur, um vor Lachen zu weinen, wenn sie Rasmussen feuern.«

»Um wieviel Uhr gibt es die

OCAS Organization of Central American States
ORCA Europäische Arbeitsgemeinschaft für Kariesforschung
PATA Pazifischer Fremdenverkehrsverband
PUAS Postal Union of the Americas and Spain
TAO Technische Hilfsoperationen
UMOSEA Weltvereinigung der Kinderhilfswerke
UNPOC Kommission zur Friedensforschung
UNTA Technische Hilfe der Vereinten Nationen (oder: Kommission für technische Hilfe des Wirtschafts- und Sozialrats (ECOSOC)
WCC Weltkirchenrat

nächsten Nachrichten?«

»Jetzt fängt er schon wieder an. Um fünf vor eins. Da, sieh es dir an und sage mir, ob man nicht direkt spürt, daß EMA, AIDA, LIDIA und LILA wie geschaffen sind für einen neuen Stundentanz oder die Geburt der Venus, und daß man sie nur zusammenstellen muß, auch wenn die Exekutivversammlungen sich dann von den Dachterrassen herunterstürzen, die solche Organisationen immer haben. Stelle dir vor, man verfüge bei dem Tanz der wirklichen Entente Cordiale und Kooperation über so entzückende Dinge wie die ARPA, die Harfe, das ECO, das Echo, die FICA, das Spiel und die FIGO, die Feige. Natürlich, wenn du untersuchst, was diese melodiösen Bezeichnungen bedeuten«, murmelte der kleine Rabbi etwas verwirrt, »merkst du, daß die Entfernungen galaktisch sind. Wenn du gut hinsiehst, außer der internationalen Liga der Antiquariatsbuchhandlungen, deren Bedeutung nicht ganz verständlich ist, arme LILA, hat alles seine Bezugspunkte, du, zuerst die Kohlen der Währungskommission, die die Sonne und alle anderen Sterne bewegen, dann die Treibstoffe, Fressalien und Getränke, letztere mit all ihren ungesunden Folgen, obwohl, wer weiß schon was Parodontopathie ist. Ah, es ist ein Wunder«, rief der kleine Rabbi wieder hoffnungsvoll, »jetzt sehe ich die Klimax und den Geiser der Konjunktion, warum soll man nicht, wenn man mit vier reichen Damen wie Aida, Lila und den anderen beginnt, mit der Gynäkologie und Geburtshilfe enden. Es gibt ein Nachher, das Große Werk läuft, das Ei, das Ei!«

»Es ist Zeit für die Nachrichten, glaube ich. Ich habe mich schon entschuldigt, mein Alter.«

»Was interessieren mich deine Entschuldigungen dieser fast übernatürlichen Tatsache gegenüber, daß FEA, also häßlich, die Abkürzung für nichts Geringeres als die internationale Föderation für Kunsterziehung ist und daß WCC Weltkirchenrat bedeutet, ich gelange auf diesem Wege zu einer Erleuchtung, die Wittgenstein weit hinter mir läßt.«

»Hör zu«, sagte Andrés und drehte das Radio lauter, »drei Regierungen stimmen der Freilassung der von den Motzern geforderten Gefangenen zu.«

»Natürlich«, sagte der kleine Rabbi, der nicht leicht nachgab, »es bleibt ihnen nichts anderes als durch den ARO, den Reifen, zu gehen und den CORSO zu halten, ich werde das verfolgen, bis ich die letzten Konsequenzen dechiffriert und decodiert habe, und glaube mir, das wird der TAO sein. Was dich betrifft, warum bleibst du nicht ruhig hier? Du bist der perfekte Babysitter, mich ignoriert Manuel jetzt vollkommen.«

»Gib mir die Adresse, Lonstein. Ich weiß nicht, was ich dir sagen soll, ich muß hin, das ist alles. Gib sie mir, Bruder.«

»Ich sollte eigentlich nicht«, brummte der kleine Rabbi. »Erstens weiß ich sie nicht, und zweitens hattest du nie viel mit den Motzern zu tun. Ich weiß schon, Ludmilla und so, aber du weißt nicht einmal, ob sie bei Marcos ist.«

»Oh doch, das weiß ich«, sagte Andrés und strich sich mit den Händen über das Gesicht, »ich brauche gar nicht zu Hause anzurufen, sie mußte das tun, alles aufs Spiel setzen.«

»Als Begründung scheint mir das nicht auszureichen, am besten wartest du, bis sie zurückkommen, dann leistest du dir einen netten kleinen Dostojewski, wozu willst du mit einer so langweiligen Vorstadtbahn fahren.

»Da siehst du es«, sagte ich ihm und versuchte den Worten noch einen gewissen Sinn zu geben, in diesem Nebel, in dem Lonstein seine Clinmar, seine Orca, seine Umusea und seine etc. fallenließ, »am Ende bist du kaum anders als wir, du erwartest von mir Kohärenz und Kohäsion, genau das, was Leute wie Roland und Gómez von mir erwarten würden, wären sie hier. Plötzlich stehst du auf ihrer Seite, die Logik und die guten Gründe, für dich zählt die Nacht nicht, die ich durchgemacht habe, der unglaubliche Haufen Dummheiten, die ich beging, nur um zu erfahren, ob Zahl oder Kreuz, Dummheiten, die ich

dir nicht erzähle, weil diese Art Mitteilsamkeit nicht meine Art ist, also sieh mich an und entschließe dich.«
Was das Ansehen angeht: Lonstein sah ihn an.
»Wie wäre es, wenn wir mit den Prolegomena und anderen Spinnereien aufhörten«, sagte er.
Manuel kam herangekrabbelt und hängte sich an Andrés linkes Hosenbein, dann an das rechte und mit Hilfe beider zog er sich resolut in die Höhe, wobei er Sachen wie biep, ifctugpi, igo, afia und aeji ausstieß.
»Dieses Kind ist total eingepinkelt«, sagte Andrés, »ich frage mich, was du eigentlich für ein Kindermädchen bist.«
»Susana hat mir Berge von Watte und Windeln ins Schlafzimmer gelegt, Salbe und Puder und anderen Schweinkram, aber du mußt doch verstehen, daß ich mit dem Pilz und den Nachrichten, nebenbei achte auf die Imitationsfähigkeiten dieses Knaben, er sagt ganz deutlich afia und ifctugpi, was nicht gerade einfach ist.«
»Und dann redest du davon, die Prolegomena zu unterlassen. Komm, tun wir wenigstens etwas, damit Susana uns nicht in einem Haufen aus dem Fenster schmeißt.«
Der kleine Rabbi schien zu verstehen und folgte Andrés zu seinem Bett, wo sie gemeinsam Manuel auspackten, der verschiedene Landkarten von der Taille abwärts auf den Leib gezeichnet hatte und einen Duft ausströmte, der kaum Ähnlichkeit mit Chanel hatte. Ängstlich und ungeschickt, überzeugt davon, daß sie ihm die Beinchen, wenn sie sie festhielten, zerbrechen würden, und daß, ihm die am stärksten angegriffenen Stellen mit Watte abzuwischen, ein Unterfangen wäre, das zu den schlimmsten Katastrophen führen mußte, hörten sie nicht einmal die Nachrichten, nämlich, daß die letzte der in Frage kommenden südamerikanischen Regierungen die Ausreise der fünf von den Motzern geforderten Guerrilleros zugestanden hatte. Die Operation des Händewaschens und in Lonsteins Fall noch des Waschens der linken Wange und eines Ellenbogens, dauerte so lange wie das Wickeln von Manuel, aber schließlich kehrten die drei in das Wohnzimmer zurück mit dem großartigen Gefühl der Verbrüderung und des guten Gewissens. Der Besagte notierte später, daß dieses etwas koprologische und urinäre Intervall von einer gewissen Bedeutung

war, denn Lonstein gab Andrés ein Glas Grappa und ernst, beinah feierlich fragte er ihn, was zum Teufel er mit den Angaben über Verrières eigentlich bezweckte, denn Freundschaft ist eine Sache, ein gewisses, fernliegendes aber durchaus wirksames Pflichtgefühl eine andere. Welche Art von Pflicht, sagte Andrés. Ich habe keine Ahnung, sagte Lonstein, aber aus irgendeinem Grund werden sie mir den Jungen schon anvertraut haben, um loszugehen und ein Ding zu drehen, das uns allen noch teuer zu stehen kommt, verdammte Hurensöhne.«

»Ifctugpi«, sagte Manuel und lutschte an den Fransen, die ihm noch gefehlt hatten.

»Ich habe auch keine genaue Vorstellung von dem Warum, mein Alter. Ich weiß nur, daß Ludmilla mit Marcos geschlafen hat, was ihr niemand, bei mir angefangen, übelnehmen kann. Das Schlimme ist nur, daß immer der Moment kommt, in dem du aufstehst und dich wieder anziehst, plötzlich findest du dich fünfzig Meter über einem Friedhof oder in einem Landhaus, wo ein von den Motzern entführter Hurensohn eine dieser francosüdamerikanischen Repressionen in Gang setzen wird, die, ach wozu erzähle ich dir das.«

»Ah, also Ludmilla ist bei ihnen«, sagte der kleine Rabbi überhaupt nicht überrascht. »Glaube nur nicht, daß mich das vom Stuhl reißt, schon seit einiger Zeit war deine bessere Hälfte am Rande des rioplatensischen Erwachens. Aber sie ist eine Sache, eine andere bist du, Brüderchen.«

»Ach, ich. Natürlich.«

»Und daß du hier mit der schlecht verhohlenen Wut eines Pampamännchens ankommst, verstehe ich noch, wir haben alle ein Herz, Scheiße, aber von da bis zu dem, worum du mich bittest, liegen einige Werst.«

»Einverstanden«, sagte Andrés, leerte das Glas in einem Zug und füllte es wieder mit der gleichen Gewandtheit, »aber das Schlimme ist, daß du auch ein jüdischer Gaucho bist, und wenn es darum geht, bestimmte Dinge zu verstehen, kommen zuerst die Fangkugeln und dann erst der Talmud. Du Unglücksrabe, was siehst du mich nicht richtig an, bemühst dich nicht, mich zu verstehen.«

»Fenude!« schrie Manuel, der ein besonders schäbiges Ende Fransen erwischt hatte, an dem er begierig lutschte.

»Merkst du was«, sagte der kleine Rabbi begeistert, »das ist ausgerechnet der Spezialfonds der Vereinten Nationen für Wirtschaftliche Entwicklung.«
»Scheiße«, sagte Andrés, »man fragt sich, warum alle Welt sich ein Bein ausreißt für dieses Zukunftsalbum, wenn er bereits eine solche Weltanschung hat.«
»Schön, entschuldige auf jeden Fall die Unterbrechung«, sagte Lonstein und reichte ihm die Zigaretten, »aber was willst du, bei uns geht alles wie im Tango, alles dreht sich nur um Sack und Hörner, so ist es eben. Die Weisheit meiner Rasse sagt mir, daß es dieses Mal noch etwas anderes gibt, aber wahrscheinlich wäre es gut, du erklärtest mir das, dieses Ding von Fritz Lang und die anderen Rätsel, die du suggerierst, als ein prima Exemplar der sterbenden Oligarchie.«
»Es ist ganz einfach«, sagte Andrés und lächelte zum ersten Mal an diesem Morgen, »ich möchte bei Ludmilla sein, im Guten wie im Bösen, ich weiß nicht, ob dir das sehr oligarchisch vorkommt, aber ich fürchte, es wird im Bösen sein, denn das Gute hat sie gestern nacht gefunden, und ich bin der letzte, der ihr das streitig macht, du weißt, wir französisierten Argentinier verlieren jedes Gefühl für Männlichkeit, und nach Meinung der argentinischen Öffentlichkeit sind wir die reinen Schwulen. Das ist also klar, hoffe ich.«
»Nun ja«, sagte Lonstein, »nachdem dieser männliche Aspekt des Problems einmal erläutert ist, erlaube ich mir, dir vorzuhalten, daß da noch ein anderes, ebenso haariges ist, ich verstehe nämlich nicht, wieso du dich so plötzlich in eine Affäre einmischen willst, die, so sicher wie ich dich hier sehe, schlecht ausgehen wird. Ich weiß, im Bösen, ich habe es gehört. Aber bedenke, daß die Motzer nicht mehr nur Ludmilla sind, es sind inzwischen mehrere Millionen Typen in diesem Jerk verzwickt. Was gibst du für die Information?«
»Nichts«, sagte Andrés, »wie singt Caetano Veloso so schön auf der Platte, die Heredia uns vorgespielt hat: *Ich habe nichts, ich bin nicht von hier*. Ich kann dir nicht einmal die Irene geben, wie in dem Lied.«
»Der Herr will etwas, verzichtet jedoch auf nichts.«
»Nein, ich verzichte auf nichts, mein Alter.«
»Nicht auf ein ganz kleines bißchen, sagen wir, auf einen

exquisiten Autor, einen japanischen Dichter, den nur er kennt?«
»Nicht einmal das.«
»Auf seinen Xenakis, seine aleatorische Musik, seinen free jazz, seine Joni Mitchell, seine abstrakten Lithographien?«
»Nein, Bruder. Auf nichts. Ich nehme alles mit, wohin auch immer es sei.«
»Wir sind, wie wir sein wollen«, sagte Lonstein. »Mit Frau Gräfin steht alles zum besten.«
»Jawohl«, sagte Andrés, »denn mir ist nichts Tiefgreifendes passiert, du sprichst vom rioplatensischen Erwachen Ludmillas, und vielleicht stimmt es, daß Ludmilla nichts mehr mit der Frau gemein hat, die ich kannte, aber das einzige, was mir passiert ist, sieht eher wie eine Ahnung aus, ein Wunsch, es möge mir etwas passieren, mein Alter, und damit du mich verstehst, müßte ich dir von Fritz Lang erzählen und irgendwann von einer Fliege oder von einem schwarzen Fleck, alles Dinge, die kaum faßbar sind, wie du siehst.«
»Wahrscheinlich verstehe ich keinen Deut«, sagte der kleine Rabbi, »aber daß die Fliege oder der Flecken dich knockout geschlagen hat, steht außer Frage, und ich weiß, was ich sage, da ich jede Nacht einigen Typen solcher Art die Toilette mache, ärgerlicher Vergleich.«
»Bah, ich habe bloß ein paar Stunden lang versucht, einen Haufen Türen zu öffnen und wahrscheinlich ebenso viele zu schließen, nur um klarzusehen, in dem Fleck und in der Fliege, und schließlich ist alles so ziemlich beim alten geblieben, außer, daß irgendwo in Marais ein Mädchen weint. Du kennst das, die Bienenkörbe zerschlagen, Millionen von historischen Hexagons, angehäuft seit den Zeiten von Ur, seit Lagash, seit Agrigent, seit Karthago, von jedem Fitzelchen Geschichte an, die hexagonalen Chromosomen in jedem von uns, schlag das kaputt, Lonstein, Selbstmord ist nichts gegen diese Selbstzerstörung, und du denkst und glaubst es, du fühlst es, und vor allem stellst du dir alles vor, wie du es erleben wirst, du streckst die Hand nach dem ersten Hexagon aus, das ich, nebenbei gesagt, aus funktionalen Gründen, Dreieck nenne, und da ist schon der Gegenschlag, von dir selbst ausgehend, der Autooutknocker, der dir die Leber mit einem dieser Knaller zerdrückt, die an Jack

Dempsey erinnern, frage einmal die Argentinier, die eine solche Sache durch eine Mittelsperson, unseren großen Firpo vorkommendenfalls, einkassiert haben.«

»Mann, Junge«, sagte der kleine Rabbi mit echter Bewunderung, »ich wußte gar nichts von deinen populistischen Entgleisungen, du mit deinem Xenakis und deiner Sofakultur mit Lampe links. Im Grunde bist du ein bißchen wie der Besagte und wie ich, wir drei sind vollkommen angeschissen, sobald wir uns historisch extrapolieren, frage mal Chou En-lai.«

»Das ist nicht wichtig«, sagte ich plötzlich müde, »gib mir die Adresse und ich gehe.«

»Jede Transfo ist wünschenswert und wichtig«, sagte Lonstein, »möglicherweise geht dein Pampadreieck über Ludmilla und Marcos und dich hinaus, wichtig wäre zu wissen, ob du oder wir eines Tages zur Transfo fähig sind. Jedenfalls ist es gut, daß du gemerkt hast, daß die geistige Welt der Argentinier nicht die ganze Welt ist und daß die ganze Welt nicht ein Privileg der Männer ist, jeder kann eine Geometrie planen, du dachtest, dein Schema wäre annehmbar und jetzt entdeckst du, daß die Frauen auch ihr kleines Dreieck zu sagen haben. Also gut, du nimmst die Metro an der Station Luxembourg, ich schreibe es dir auf, Marcos bringt mich um, bestimmt, wenn sie ihn nicht zuerst umbringen, denn die Ameisen, das kannst du dir ja vorstellen, und reden wir gar nicht erst von der einheimischen Polente.«

»Ich gehe nachts hin«, sagte Andrés, »und werde vorsichtig sein.«

»Wenn du hinkommst«, sagte Lonstein.

Ihre Papiere geraten durcheinander wie im Leben, wie damals, als du in den Bazar Dos Mundos gegangen bist, wenn er noch existiert, und nachdem du zwei Schraubenzieher, Deodorant und verschiedene Sorten Nägel für die Weekend-Arbeiten gekauft hast, geschieht es, daß in dem Augenblick, in dem du bezahlen willst, die Dame an der Kasse die herrlichen Tasten ihrer elektronischen Maschine drückt und schließlich ein Papierband von beträchtlicher Länge herauskommt, an dessen Ende man deutlich die Zahl 389,45 Pesos lesen kann, der gegenüber du die Haltung einer Schildkröte annimmst, die brüsk aus ihrem Panzer gerissen wurde, und du erklärst, das ist ganz unmöglich, kommen Sie mir nicht und sagen, daß zwei Schraubenzieher und sieben Nägel soviel kosten können. Prinzipiell neigen diese Damen dazu zu behaupten, diese Zahl sei exakt und die Maschinen lögen nicht, aber nach eigenhändiger und visueller Überprüfung durch den Inspektor, der in solchen Fällen immer in der Nähe ist, gelangt man zu dem Ergebnis, daß selbst die Mondraketen falsch funktionieren können und das, obgleich sie so viele Dollars kosten, glauben Sie mir, worauf, da die professionelle Ehre gerettet ist, die Dame ein zweites Mal auf dem Piano spielt, und es kommt eine kleine Rechnung von 38 Peso 94 heraus, die du während wiederholtem entschuldigen Sie, mein Herr, das kann jedem einmal passieren, ohne weiteres bezahlst, aber natürlich, meine Dame, selbstverständlich. So, wie jetzt der Besagte, der nicht mit absoluter Genauigkeit den Augenblick bestimmen konnte, in dem Higinio mit der Vipin sprach, die Instruktionen von Kommissar Pillaudin an die Brigade 56-C, die in Bourg-la-Reine stationiert ist und die geröchelten nächtlichen Erinnerungen der Vipin, abgesehen von der mehr als bekannten Tatsache, daß das menschliche Gedächtnis seine Grenzen hat und daß niemand verpflichtet ist noch zu wissen, wer dieser Higinio war, außer der Vipin, die am Telefon hing, so daß der Besagte sich einer verständlichen Müdigkeit überließ und nachdem er stirnrunzelnd das zur Verfügung stehende Material verglichen hatte, ließ er es pêle-mêle fallen und wer nachher kommt, soll selber sehen. Ja, aber was konnte dann geschehen: Nach dem, für den interrogativen Hiatos notwendigen Doppelpunkt, zuckte der Besagte die Schultern und sah sich entmutigt um, legte ein Zettelchen hier hin und ein anderes dort, auf der einen Seite Lucien Verneuil, der Marcos informiert, das Ziel erreicht (Radio Monte Carlo, Nachrichten von siebzehn Uhr dreißig, Regierungen nehmen das Ultimatum an, man erwartet die Bestätigung der Ausreise), in einem anderen Absatz ließen Roland und Patricio wissen, daß die sternklare Nacht bisher nicht das geringste beunruhigende Element aufweise, und daß unter diesen absolut glücklichen Umständen der Moment gekommen sei, in dem die Mänaden sich eine besondere Stärkung erlauben könnten mit einer doppelten Portion Salami oder Schinken in den bis jetzt recht spartanischen Sandwiches, und am Rande, aber mit deutlicher Neigung, zum Ort der Handlung vorzustoßen, kam Andrés Fava aus einer Vorortstation der Metro und durchlief kapriziöse Kreise, was recht unrealistisch war, da die Ameisen mit Higinio an der Spitze, ihn von Anfang an beschattet hatten, und da Kommissar Pillaudin gerade die notwendigen Anweisungen an die Brigade 56-C gegeben hatte, die keinen Grund hatte, sich in irgendeiner Weise zu beeilen, ganz im Gegenteil, da eines der Grundprinzipien in der Sache vorsah, daß man die Feinde sich unter sich fertigmachen ließ, bevor man im Namen der Freiheit, Gleichheit und Brüderlichkeit eingriff. Ah, seufzte der Besagte, von Unsicherheiten, Abläufen und Alternativen umgeben, das ist nicht seriös, Bruder, wer soll dir eines Tages glauben, wenn es eines Tages geben wird, denn zu dieser Stunde der Nacht bewegt Bobby Fischer den schicksalhaften Läufer und bitterer Mate, wie es sich für Argentinier gehört, selbstverständlich, die geistreiche Metapher oder Metonymie (dieser Dummkopf hat nie den Unterschied begriffen) war die direkte Resultante von Higinios longdistenzcol und eine kehlige Stimme aus Los Angeles (of all names), billigt die Nachrichten der Oberameise und versicherte alles O.K., dank der C.onection I.nteligencia A.borigen, mit anderen Worten der Verbindungsbeamte mit den Franzmännern, also, ran mit den Scheinwerfern, buddy, aber macht nicht mehr Putz als notwendig, denn nach der Sache mit Ben Barka things aint what they used to be, so daß der Besagte sich ohne weiteres den kühnen Vergleich mit dem Schach und dem Mate erlauben konnte, meinst du nicht.

»Gut«, sagte Oscar, der vor Hunger und Langeweile starb, »du liebelst mich ab und das machst du gut, aber jetzt sind wir hier schon einen ganzen Tag und es fehlt an Futter komilfo.«

»Wir sind die Damen von Mendoza«, sagte Gladis beleidigt, »die stundenlang und in prächtiger, nie dagewesener Weise den Inhalt von vier Konservendosen kombinieren, die es in der Küche gibt. Sieh dir das an, was Susana in der Zeitung gefunden hat, Monique und Ludmilla machen heldenhafte Anstrengungen, um es in die Praxis umzusetzen, aber ihr meckert wie immer.«

»Bis jetzt hat man noch nicht viel von der Sandwiches-Lösung gesehen«, sagte Heredia.

»Weil es weder Fleisch noch Huhn gibt«, schnaubte Susana, »und in so einem Fall sagt mir gefälligst, was zum Teufel man da braten soll, das ist Luciens Schuld und vor allem die seiner Mutter, die noch schäbiger sein muß als er, im Fridge war eine halbe Dose Milch und ein vergammeltes Würstchen.«

»Wetten, daß sie dem Vip doppelte Portionen bringen, damit er sich nachher nicht über moralische Folterungen beklagen kann«, sagte Oscar, »glaube nur nicht, ich hätte nicht gesehen, wie sie mit den Tellern rauf sind, hier gibt es Kinder und Stiefkinder, du.«

Gebratene Sandwiches für ein Wochenende der Ruhe

Die Sandwiches-Lösung für Ausflüge und ruhige Wochenenden bietet unendlich viele Kombinationen an, die die Abwechslung in der Ernährung nicht außer acht lassen. Die handlichen Frischhaltebeutel erlauben es, sie frisch, und ohne daß sich ihr Geschmack verändert oder gar verliert, zu transportieren.
Folgende äußerst nahrhafte Rezepte stellen eine wenig gebräuchliche Variation dar: *Gebratene Sandwiches. Erstens mit Fleisch:* Man mischt gekochtes Hackfleisch und weiße Soße zu gleichen Teilen und würzt je nach Geschmack mit Salz und Pfeffer. Man formt Sandwiches, indem man die Masse auf Toastbrotscheiben legt und sie leicht von beiden Seiten in etwas heißem Oel oder Butter bräunt. *Zweitens mit Huhn:* In einen passenden Topf wird eine Dose Hühnerpaste getan, eine halbe Zwiebel geschnitten, dazu ein Teelöffel

Marcos, der vom Telefon zurückkam, machte Patricio und Oscar ein Zeichen und die gebratenen Sandwiches schwanden angesichts der Umstände dahin: Von irgendwoher im Quartier Latin kam die vorauszusehende Nachricht, Higinio persönlich mit Kommissar Pillaudin nicht minder persönlich, das ist der Gipfel.

»Sie wissen Bescheid, das ist klar«, sagte Patricio. »Sie können jeden Augenblick hiersein, mein Alter.«

»Aber was werden die Franzosen tun?« fragte Oscar, der keine Veranlassung hatte, das zu wissen.

»Die kommen zuerst«, sagte Heredia, der eine francophile Ader hatte.

»Eins von beiden«, sagte Marcos, »entweder lassen sie die Ameisen sich allein verbrennen und kommen dann, um die Verluste zu zählen, oder sie treffen sich auf dem Wege und stellen das dann dar als Triumph der Ordnung über die Wildheit unterentwickelter Stämme, die versuchen, französischen Boden in ein Feld zu verwandeln, auf dem man sich die Ärsche eintritt.«

»Das erstere«, sagte Roland.

»Ganz gewiß«, bestätigte Lucien Verneuil.

»Das glaube ich auch«, sagte Marcos, »und in dem Fall atenti an den Fenstern. So stehen die Dinge, jetzt muß der Vip wie eine Braut gehütet werden, mein Alter, das gefällt mir überhaupt nicht. Rufe René an, der Wagen müßte lange hier sein, um ihn abzuholen.«

»Um Viertel nach acht«, sagte Roland und sah auf die Uhr, »es ist fünf nach acht.«

»Das Bräutlein weiß schon Bescheid«, sagte Lucien Verneuil, »er hat die Nachricht mit äußerster Begeisterung aufgenommen. Er hat sich die Jacke angezogen und gesagt, er könne sich trotz allem nicht beklagen, es sei denn, wir verlören noch zum Schluß den Kopf.«

»Es fällt ihm schwer, sich etwas anderes vorzustellen, als was er gewohnt ist«, sagte Marcos, »das Problem wird für René sein, bis hierhin zu kommen, bestimmt sind überall Ameisen, nach dem pow-pow der Oberameise und Pillaudins.«

»Es ist noch nicht gesagt, daß die Oberameise weiß, wo wir sind.«

»Diese Jugend, diese Jugend«, flüsterte Heredia und sah Oscar zärtlich und bedauernd an. Es war eine dieser recht unnützen Brücken, die der Besagte immer benutzte, um abzubiegen, verwirrt und ungern, denn auch er liebte es, an idiotischen Dialogen teilzunehmen. Aber was willst du, unter anderem war da zum Beispiel noch ich, nach einer durchaus nicht bequemen Reise unter in die Metro gezwängten Büroangestellten, die symbolisch von einem Alten repräsentiert wurden, der mir ab Luxembourg den Griff seines Regenschirms in die Rippen gedrückt hielt, und wer soll sich beklagen in dieser Menschenmasseumhalbsieben, die an der Station Antony schließlich ohne die geringste Lust mit hunderten anderer Spermatozoiden ejakuliert wird, die sich beeilen, um das tägliche Ei des Ausgangstunnels zu befruchten und in einer vom großen Paris ungekannten Gegend herauskommen, ich, müde und ziemlich betrunken, eine Art Gedicht drehend und wendend, das der Rhythmus des Wagens als sein Eigentum erklären konnte, fühlte mich außerordentlich bescheuert, jetzt, da ich dem näherkam, was sich als eine Definition oder ein neuer schwarzer Fleck, vielleicht als eine unauslöschliche Schuld herausstellen konnte, wenn es nicht günstig war für die Motzer, daß ich zu jenem Haus kam. Dann mehr oder weniger das: Die Hoffnung, mich besser zu fühlen, schon beim Hinuntersteigen der Treppe bei Lonstein, das Gefühl einer dringenden Verabredung und gleichzeitig noch Francine, sie mir in ihrem Apartment vorstellen, wie sie sich im Spiegel im Schlafzimmer betrachtet, nackt oder im Slip, sich ohne bestimmten Grund betrachtet, sich fragt, ob Andrés sie anrufen wird, ob er sich wirklich entschlossen hat, nach Verrières zu fahren, der Transistor auf dem Nachttisch, Popmusik, und hin und wieder Nachrichten über die Entführung des Koordinators der lateinamerikanischen Angelegenheiten und die Annahme des Ultimatums. Er wird gehen, natürlich wird er gehen, wenn er fähig war, mir von dem Ort zu erzählen, wenn er so mit dem Feuer spielt, wird er gehen, denn er liebt sie und schickt sich nicht einfach darein, sie zu verlieren, auch wenn er glaubt, er ginge wegen der anderen, das schlechte Gewissen ist nicht stärker als Eifersucht, er wird gehen, weil er sie wiedersehen will und weil er sich wie ein Lappen fühlt, weit fort und allein, während Ludmilla in Gefahr ist und es stimmt, verdammt noch mal, daß ich darum hinging, wenn auch nicht nur darum, Kleines, du vergißt Fritz Lang, der mir immer mehr wie eine haarige Kugel im Magen saß, da ist jemand, der mit Ihnen sprechen will, jemand dort im Zimmer, und ich gehe nicht nur deinetwegen, Polinchen, da ist Fritz Lang und der Kleinbürger mit seinem Krampf im Magen, da ist der, der über die Herausforderung in Kinos und Cafés und über die abgebrannten Streichhölzer gelacht hat, und plötzlich ist alles Ludmilla und noch viel mehr, so als ob der schwarze Fleck, stell dir vor, nur daß es niemals etwas geben wird, was mich herausreißen wird aus dem, der ich bin, dem, der gern *free jazz* hört und mit Francine schläft, mit ihr Rituale vollzieht, die die jungen Maoisten nicht gutheißen, Liebe wegen des Ritus, Lust durch Blutdruck, Egoismus jeder perfekten Statue, Zeichnung, die sich am Ende ihres letzten Schnörkels schließt, Kleinbürger gegen die Gómez und die Lucien Verneuils, die die Revolution machen wollen, um die Proletarier und die Bauern und die Kolonisierten und die Asozialen zu retten vor dem, was sie mit vollem Recht Imperialismus nennen, aber danach, danach, denn es gibt schon Länder, in denen sie schon beim Danach sind, wo sie zum Mond reisen, zum Mars und zur Venus of all places, sie haben wie verrückt gearbeitet, um die Revolution zu machen und zu konsolidieren und sind jetzt im Danach, fünfzig Jahre Danach, trotzdem hat der kleine Rabbi erst heute morgen mich mit der Ironie angesehen, die ihm vom Pentateuch und der Diaspora und vierhundert Pogromen kommt, hat mich angesehen, während ENDE DES PROZESSES GEGEN BUKOWSKY SIEBEN JAHRE HAFT WEGEN VERBREITUNG DEM SOWJETISCHEN REGIME ABTRÄGLICHER INFORMATIONEN und Solschenizyn murmelt am Grabe von Tarnovsky Sätze, die der Mumie von Lenin Trä-

BULLETIN DE L'ÉTRANGER

La condamnation de Boukovski

Le tribunal de Moscou a la main lourde. Vladimir Boukovski, accusé d'« avoir commis des actes visant à affaiblir le pouvoir soviétique », a été condamné, le 5 janvier, au maximum de la peine prévue pour les opposants : sept ans de privation de liberté, dont deux ans en prison et cinq ans dans un camp à régime sévère. Ensuite il sera assigné à résidence, pendant cinq ans, en dehors de la capitale. L'inculpé, indique l'agence Tass, a reconnu les faits qui lui ont été reprochés.

nen entlocken würden, wenn es nicht hieße, DIE SOWJETISCHE MUMIE WEINT NIE (weil sie sowjetisch ist, natürlich), und Marcos, der phlegmatische Cordobese, der mich daraufhin wie von weitem her ansah und sagte, aber ja, Bruderherz, darum muß man wieder von vorn anfangen, die Geschichte wiederholt sich nicht, oder sagen wir, wir werden auf keinen Fall zulassen, daß sie sich wiederholt, Patricio zustimmend und Gómez überzeugt, aber natürlich, selbstverständlich, nur daß Gómez, ausgerechnet Gómez und Roland und Lucien Verneuil genau diejenigen sind, die die Geschichte wiederholen, ich sehe sie vor mir, sie setzen ihre eigene Haut ein für die Revolution, sie werden alles hingeben, aber wenn das Danach kommt, werden sie die gleichen Irrtümer wiederholen, die bei den sieben Jahren Haft für Bukowsky enden, der dann Sánchez oder Pereyra heißt, sie werden die wichtigste Freiheit ablehnen, die, die ich bürgerlicherweise Individualität nenne, und mea culpa natürlich, aber im Grunde ist es dasselbe, das Recht *free jazz* zu hören, wenn ich Lust dazu habe und niemandem damit schade, aus ähnlichen Gründen die Freiheit, mit Francine zu schlafen, und ich fürchte mich, die Gómez und Lucien Verneuil machen mir Angst, sie sind die Ameisen der guten Seite, die Faschisten der Revolution (he, du hast ja Schlagseite, der Grappa von Lonstein muß Pentatol enthalten), das muß die Straße sein, die nach Verrières führt, wenn die Zeichnung des kleinen Rabbi nicht zu phantasievoll ist, er hat mir verboten, jemanden zu fragen, um keine ungesunde Neugier zu wecken, und er hat recht, also gehen wir jetzt rechts herum, denn auch wenn es bereits dunkel ist, wie der andere sagte, gelangen wir vielleicht in einen guten Hafen, zu blöde, daß hier zwei Straßen abgehen und der kleine Rabbi nur eine eingezeichnet hat, der Kreuzweg des Ödipus, die große Entscheidung, links oder rechts, natürlich links, da die Natur die Kunst imitiert, und bestimmt komme ich hier in den ominösen Wald, wo Verschwörer ihr Opfer verbergen, das hat etwas von einer Initiationsreise, du mußt dich entscheiden, Siegfried, in dir ist der Weg des Lebens oder des Todes, Ludmilla oder der Drache und wozu eigentlich das alles, und doch, alles für Ludmilla und auch für Marcos, auch wenn mir alles Taille abwärts weh tut, alles für diesen Verrückten und diese Verrückte, verloren in einen Traum, der den Fritz-Lang-Traum weit hinter sich läßt, einen Tagtraum, der mit Revolverschüssen enden wird, Bruder, aber das könnte auch von Fritz Lang sein, denn dieser andere Idiot nimmt die Metro, kommt und steckt die Nase ausgerechnet dort hinein, wo niemand ihn gerufen hat, und das kommt teuer zu stehen; jedenfalls nicht wegen der Gómez' und der Rolands und der Lucien Verneuils, ganz einfach, weil das Testament geschrieben und unterschrieben ist, und weil der Kleinbürger auf seine scheißfühlige und diarrhöeartige Weise, wie der kleine Rabbi sagen würde, seinen Abgang sucht, der auch sein Auftritt ist, und alles ohne Gómez nachzugeben, armer verfluchter Panamese, wenn der wüßte, daß ich ihn mit denen assoziiere, die ich am meisten hasse, denjenigen, die mitten in einem Mozartquintett klingeln, die mich nicht in Ruhe das Tagebuch von Anaïs Nin lesen oder Joni Mitchell hören lassen, armer Gómez, ein so guter Kerl, der aber der Gómez Robespierre von morgen sein wird, wenn die Motzer ihre Ziele im Großen erreichen, wenn sie ihre notwendige und unaufschiebbare Revolution machen, na ja, gehen wir also nach links, auch wenn es Nacht ist, mein lieber Juan de la Cruz, lieblicher Dichter meiner lieblichen Sofastunden, gehen wir unverzüglich, auch wenn es Nacht ist und die Ameisen ihre Wunderkerzen vorbereiten, alter Tango aus der Kindheit, der Taita aus der Vorstadt, *die Feuer flammten auf und der arme Taita fiel,* wer weiß, ob sich noch jemand an diesen Tango erinnert, der mich als Kind immer zum Weinen brachte, an die Trichter aus grünem Blech geklebt, ach, du langes Leben voller Schönheit und Fäulnis, Leben eines Argentiniers, der dazu verurteilt ist zu begreifen, zu begreifen, bis auf den schwarzen Fleck, noch immer, denn den hat weder Madame Antinéa noch die Fliege im Whisky noch Francines Weinen, ach, verdammt, warum läßt du mich nicht den Sinn dieses Blödsinns verstehen, diesen Typ, der seinen Weg unter Flüchen sucht und zittert, nur um das zu sein, was er sein sollte, außer glücklich, denn das soll er nicht, wetten, ich werde ein Toter mehr sein, oder ich komme zu spät, oder sie nehmen mich auf den Arm, oder Marcos sieht mich an, als wollte er mich fragen, wozu, du neunmal verfluchter Idiot, kommst du hierher und ödest uns an, keiner hat dich gerufen, alles, nur nicht das Glück, das in der Rue de l'Ouest geblieben ist, in einem Sessel mit einer Flasche Whisky in Reichweite, mit dieser Platte von Xenakis, die man hören und den Büchern, die man lesen kann, alles mögliche, nur nicht das Glück, da sind die Motzer mit den voraussehbaren Folgen, aber nicht das Glück von Heredia und von Ludmilla und Monique, die bis ans Ende gehen und nach vorn blicken, die Söhne des Che wie ich weiß nicht wer gesagt hat, es wird Scheiße geben oder Blumensträuße aber kein Glück für den Kleinbürger, der nicht will, der nicht verzichten will auf das, was die Maos und Gómez auskehren wollen und der trotzdem, wer weiß warum, verdammt, aus welchem Irrsinn heraus, wegen welches schwarzen Fleckes dieser neunmal verfluchten Hurenscheiße, diesen Weg weitergeht, der ihn zu einem Wald bringt, zu diesem anderen schwarzen Fleck, der immer näher kommt, und das Problem ist nur, jetzt die Zeichnung von Lonstein zu verstehen, zuerst eine Biegung, dann eine Kreuzung, du gehst rechts und zwischen den Bäumen hindurch, ein Haus zwischen Zedern verloren, bestimmt idyllisch, duftend von Nacht, von Ludmilla, und unsinniger Schönheit. Ich hätte solche Lust, mich in die Falle zu werfen, den Kater auszuschlafen bis morgen, aufzuschreiben, was mir einfiel, während ich den Regenschirm des Alten in der Metro ertrug.

Wenn die Schnecken, die vorbeiziehen,
um auf dem Salat die Spur zu hinterlassen
die seinen Geschmack bestimmt
ihren Speichel voll Genuß vertauschend
gegen den Duft des Vollmondes

Bin ich es, der in Paris
Joni Mitchell singen hört

derselbe, der zwischen zwei Zigaretten
die Zeit vergehen hörte
durch Pichuco und Roberto Firpo

Großmutter lehrte mich in einem Garten in Banfield,
verschlafener Vorort von Buenos Aires
– *Schnecke, Schnecke, komm heraus*
strecke deine Fühler aus

deshalb vielleicht, in dieser Vorortnacht
sind Schnecken, Joni Mitchell, Mädchen aus Amerika

Sie singt zwischen zwei Gläsern
zwischen einem Falu und einem Pedro Maffia
(Ich habe keine Zeit mehr, mich kümmert keine Mode
Ich mische Jelly Roll Morton
mit Gardel und Stockhausen, gelobet sei das Lamm)

Seltsam ist es
Argentinier zu sein in dieser Nacht
zu wissen, ich gehe zu einer Verabredung
mit niemandem, mit einer Frau, die einem andren gehört,
mit jemandem, der zu mir sprach im Schatten,
gleich werde ich dort sein
wozu

Seltsam ist es
Argentinier zu sein in dieser Nacht
die Stimme von Joni Mitchell
zwischen einem Falu und einem Pedro Maffia,
kleiner Kumpel der Erinnerungen, *seltsame Mischung aus Musette und Mimi*
Salut, Delphino, Freund meiner Kindheit
Argentinier zu sein in einem Vorort von Paris
– Schnecke, Schnecke komm heraus –
strecke deine Fühler aus
Schlagzeug von Pichuco, Joni Mitchell,
Maurice Fanon, Kleines, *me souvenir de toi,*
de ta loi sur mon corps,
Argentinier zu sein, zu gehen
zur Verabredung mit wem und wozu
seltsam ist es,
nicht zu verzichten auf Joni Mitchell,
Argentinier zu sein in diesem schwarzen Fleck
Fritz Lang, ich bin's, Andrés, gib Antwort,
dieses Haus hinter den Bäumen,
dort, bestimmt, die Zedern, das Schweigen,
alles trifft zusammen, aber dann,

alles beginnt von neuem nichts zu sein,
wissen, ich gehe zu einer Verabredung
mit der Frau, die einem anderen gehört,
seltsam ist es,

(»Jemand will Sie sprechen«, ein Kellner
in weißer Jacke, er weist mit der Hand,
das Zimmer im Dunkeln) –
ich komme, mein Freund,
warte, bis Joni Mitchell zu Ende ist,
bis Atahualpa schweigt, ich komme ja schon,
mach auf, Ludmilla, man erwartet mich.
In einem Zimmer, im Dunkeln,
es ist ein Kubaner, sagte der Kellner,
er hat Ihnen etwas zu sagen.

Ich habe das alles geträumt, und plötzlich, gerade als ich hier ankomme, verzieht sich der schwarze Fleck,
ich sehe ein Gesicht, höre eine Stimme, alles was ich träumte, erinnere ich jetzt, wie ein Laken, das in der Mitte durchreißt beim Eintritt in diesen Zederngarten, ohne Überraschung erinnere ich, überraschend ist eher, daß ich mich nicht von Anfang an erinnern konnte, als ich erwachte, so klar und selbstverständlich und sogar schön, mich zu erinnern, während ich auf die Tür des Hauses zugehe und die Hand hebe, damit sie mich nicht töten, ohne wenigstens zu wissen, wer ich bin, daß ich nicht komme, um sie zu verkaufen, wie seltsam, ein Argentinier zu sein in diesem Garten, um diese Zeit, in diese Unsinnigkeit verwickelt zu sein und an Ludmilla zu denken und Francine und Joni Mitchell, an ihre Macht über meinen Körper, Frauen und Stimmen und Körper und Bücher, während ich die Arme hebe, damit sie mich gut erkennen können, Gómez oder Lucien Verneuil oder vielleicht Marcos, hinter die Fenster gekauert, sie werden mich fluchend zerfetzen, wenn sie mich erkennen, falls sie mich erkennen, denn was zum Teufel tue ich hier, um diese Zeit und mitten im Motzen, das sage mir mal, Pichuco, erkläre mir mal, Falu, es sei denn, sie knallen mich mit einem Schuß ab, und der arme Taita fiel, Taita, Heidegger lesender Taita, sage mir, ob das nicht dazu angetan ist, um am Fuß dieser majestätischen Zedern zu pissen, denn das ist

wahr, diese Zedern sind wunderschön in der Nacht, lebendige und grüne Dinge in dem großen schwarzen Fleck, mit irgend etwas, das da oben singt, wahrscheinlich die legendäre Nachtigall, ich habe noch nie eine Nachtigall gehört, ich, der ich in Banfield mit Lumpen und häßlichem Viehzeug aufgewachsen bin, öffne mir, Ludmilla, laß mich hinein, ich muß dir erzählen, Mädchen, komm, Süße, hör mich an, komm, ich bin's, Andrés, laß mich erzählen, wenn diese Dussel mir noch Zeit lassen dazu, denn bestimmt erledigen sie mich mit einem Schuß in den Bauch, hört mal, seid nicht dämlich, laßt mich hinein, jetzt, da alles klar ist, da es keinen schwarzen Fleck mehr gibt, denn so ist es, genau hier und jetzt, mein Alter, gerade als ich hier ans Häuschen der bösen Buben kam, entdeckte ich die Antenne, wie meine Tante immer sagte, plaff, da ist es, das Zimmer mit den Korbstühlen, der Kubaner, der sich in dem obligatorischen rocking-chair schaukelt, es kann nicht sein, daß jetzt alles so klar ist, so deutlich, was wochenlang ein schwarzer Fleck war und Fritz Lang und plötzlich, als gerade alles dunkel, Zedern und Haus, da, zass, entdecke ich die Antenne, und ich rekonstruiere die Folge, ich sehe den Mann, der mich betrachtet, sich langsam in seinem Stuhl schaukelt, ich sehe meinen Traum, als träumte ich ihn endlich richtig, und alles ist so einfach, so blödsinnig, so klar, so offensichtlich, es war so absolut voraussehbar, daß ich mich in dieser Nacht und hier plötzlich erinnern muß, daß der Traum nichts anderes enthielt, als das: Der Kubaner sah mich an und sagte nur ein Wort zu mir: *Wach auf.*

Ja, denkt wütend der Besagte, bleib mir vom Halse mit deinem Aufwachen, du, zu all der Arbeit, die mir die anderen machen, fehlte es nur noch, daß du mit diesem inneren Drama und tutti quanti erscheinst, ich weiß wirklich nicht, wie das noch enden soll.
Das war genau das, was Lonstein ihn damals gefragt hatte, als der Besagte anfing, Zettel zu sammeln und Susana mit dem Album auftauchte, die zwei sind vollkommen übergeschnappt, hatte der kleine Rabbi erklärt, nun ja, sie ist eine Mutter und man kennt das schon, aber du, das sage mir mal.
»Ich habe keine Ahnung«, hatte der Besagte ehrlich zugegeben.
»Das ist wie Halsstarre, etwas Unerklärliches, aber es kommt vor, was soll man da machen, ich war da, sah, wie sie lebten, und nach und nach setzte ich sie in écriture um, wie die gebildeten Burschen heute sagen, bis plötzlich, sieh dir das an.«
»Was du mir bisher gezeigt hast, kommt mir nicht übermäßig charismatisch vor«, hatte Lonstein gesagt. »Mir für meinen Teil ist das Motzen scheißegal, aber es hat so sein Pathos, doch, während dein Pathos eigentlich mehr lächerlich ist.«
Was der Besagte gerade in dem Moment zugeben mußte, als er Andrés' Hereinkommen beiwohnte, halb hart, halb sanft, von Marcos katapultiert, die Tür schloß sich sofort wieder hinter ihm, und Lucien Verneuil schob sämtliche Riegel gleichzeitig vor, die Linealität zerbrach an einer Serie von Gleichzeitigkeiten, die den Besagten nicht wenig verdrossen, die anderen Anwesenden jedoch nicht so sehr, die sich sorgfältig beeilten, ein ziemlich düsteres Durcheinander zu dechiffrieren und dann:
»Wach auf!«
»Du«, schimpfte Patricio, »du bist ein richtiges Rindvieh, mich so aus dem Schlaf zu holen, ich hab gerade fünf Minuten auf diesem miesen Teppich geschlafen.«
»Schscht«, flüsterte Oscar, »komm schnell.«
So schnell er auch kam, erlebte Patricio doch kaum das Ende von allem, das darin bestand, daß Lucien Verneuil sämtliche Riegel gleichzeitig vorschob, während Marcos den in diesem dunklen Heim etwas verlorenen Andrés ins Wohnzimmer

schob, wo die verdutzten Mänaden, zumal gleichzeitig Roland auf allen vieren die Treppe herunterkam, um zu sagen, daß Schatten hinter dem Haus beim Holzschuppen waren und die Pistole auf den dank des Kerzenstummels gerade noch sichtbaren Andrés hielt, eine Geste von Marcos, die Roland bedeutete, nicht mit Feuerwaffen zu spielen, und wem verdanken wir die Ehre deines Besuches. Was weiß ich, mein Alter, ich dachte, ich müßte kommen. Natürlich, und die Ameisen hinter dir her, Vollidiot, sagte Patricio noch immer wütend über die Art, wie Oscar ihn geweckt hatte, Heredia gab bekannt, daß die Schatten sich hinter den Bäumen verloren, eine Art Pause, in der Ludmilla Andrés zu einem Sofa führte und ihm tastend ein Glas Wein reichte, Marcos als ob er auf etwas wartete und Andrés, ich weiß nicht, entschuldige, wenn ich was falsch gemacht habe, ich habe nicht daran gedacht, daß sie mir folgen könnten, wer hier etwas falsch gemacht hat, das war ich, sagte Marcos, mit Typen wie Lonstein und dir muß alles schiefgehen, Monique zündete den Kerzenstummel wieder an und Roland von der Treppe her, sie haben sich hinter den Bäumen versteckt und warten auf etwas, es sind acht oder neun, Patricio die Pistole auf den Knien, die Partie steht ziemlich gleich, aber was machen wir mit dem Vip, wenn René mit dem Wagen nicht herkommen kann. Wir haben unser Wort gegeben, sagte Heredia, was auch immer geschieht, wir müssen ihn in gut erhaltenem Zustand freilassen, wenn René nicht rechtzeitig kommt, bringe ich ihn an die Tür, und er muß allein zu den Ameisen oder zur Polente gehen, er ist gewaschen und angezogen und gut gefüttert, verdammte Scheiße, niemand kann sagen, wir hätten unser Wort nicht gehalten. Ja, sagte Marcos, aber wer weiß, ob sie daran interessiert sind, das Paket heil entgegenzunehmen, oder mehr daran, sagen zu können, es sei total kaputt angekommen. Das stimmt, sagte Heredia, darauf bin ich gar nicht gekommen. Verdammt, wir müssen ihn tatsächlich wie eine Braut hüten, sagte Oscar. Marcos hat recht, sagte Heredia, es kommt auf den äußeren Eindruck an, Alter, bestimmt versuchen sie, ihn zu verfälschen, Roland schob den Vip vor sich her nach unten, der hob die Hände, als bedrohe ihn jemand, Patricio befahl ihm, sich auf den Teppich zu setzen und sie formten um ihn einen Ring von Rothäuten im schwankenden

Licht des Kerzenstummels, Lucien Verneuil sagte, das sind die Ameisen, die Polizei hätte längst angegriffen, aber dann, sagte Marcos, wette ich, sind sie deshalb als erste gekommen, sie wollen ihn fertigmachen und uns nachher den Braten aufladen. Der größte Witz wäre, die Polizei übers Telefon zu benachrichtigen, sagte Oscar, meine Herren, meine Herren, sagte der Vip vom Boden her, ich möchte wirklich sagen, daß, er sah die Pistole von Roland und hob wieder die Hände, als bete er in einer Moschee. Bringt ihn aufs Klo, das ist der sicherste Platz, sagte Marcos zu Roland, und ihr paßt auf die Fenster auf, du Polinchen, geh und paß oben auf und halte mich auf dem laufenden. Laß mich hier, sagte Ludmilla, und hatte es noch nicht ausgesprochen, als sie schon aufgestanden war und nach oben lief, verdammte dumme Gans, jetzt mit Marcos zu diskutieren, und als sie oben war, Panoramablick über die Gruppe, die sich auflöste, Roland schob den Vip, Heredia und Patricio an den Wohnzimmerfenstern, Lucien Verneuil bewachte die Tür. Sie drückte sich an ein Fenster, duckte sich und entdeckte, daß es im Sitzen bequemer war und sie auch das bißchen sah, was es im Zederngarten zu sehen gab, von unten klang das Geräusch der Vorbereitungen herauf, der Schlag der Toilettentür, sie stellte sich den Vip vor, wie er sich auf den einzigen Platz setzte, der würdig war, ihn aufzunehmen, sie hatte keine Zeit gehabt, an Andrés zu denken, es hatte sie nicht überrascht, ihn zu sehen, es war eher das Gefühl von etwas Unnützem und von vorneherein zum Scheitern Verdammten, einer späten Hartnäkkigkeit, die sie jetzt alle teuer bezahlen mußten und gleichzeitig wie eine Freude, daß Andrés gekommen war, und noch vieles andere. Blubb, Scheiße, sie haben sich hinter den Baumstämmen versteckt, sie durfte sich keine Sekunde ablenken lassen, aber sie konnte gleichzeitig denken, als wäre sie noch unten im Salon, Marcos kam und ging, Ludmilla sah Andrés nicht mehr, dachte nicht mehr an Andrés, sie hatte ihm das Glas Wein gegeben und alles andere war nur noch Marcos, Polinchen als Wachtposten der Zedern und Marcos, von Andrés bleib nur noch die Geste in der Dunkelheit, als er das Glas nahm und sie ein wenig lächelnd angesehen hatte, vom anderen Ufer eines unpassierbaren Flusses aus, als wollte er ihr verständlich machen, warum er gekommen war, und alles andere war Marcos, und das War-

ten, Angst im Magen und verkrampfte Zehen in den Schuhen, ein Schweigen der Zedern im Garten und Marcos.
Der Besagte, seinerseits und vergeblich versuchend, etwas Ordnung in sich selbst und vielleicht auch die anderen zu bringen, hatte beschlossen, daß es im Augenblick das beste sei, sich neben Andrés zu setzen, in Reichweite von Monique und Gladis, ein ritterliches Beschützergefühl, das in dieser Lage zu überhaupt nichts nützte, aber wenn Susana dann Patricio in Ruhe ließ und zu ihnen kam, konnte man warten und dabei von etwas anderem sprechen, ganz zu schweigen davon, daß nichts sicher war, und die Motzer sich möglicherweise von optischen Täuschungen hinreißen ließen. Als der erste Schuß fiel, war es, als bewege sich das ganze Haus zwei Meter rückwärts oder vorwärts, die Pistole von Roland mußte eine Art Kanone sein, Ludmillas Stimme oben an der Treppe, sie kommen, Marcos, acht oder neun, ein neuer Schuß von Patricio, draußen ein Schrei, der fürchterliche Schlag gegen die Tür, Lucien Verneuil langsam einen halben Meter zurückweichend und in Brusthöhe dessen, der hereinkäme, zielend. Gut, sie haben es so gewollt, sagte Marcos, die Pistole in der Hand, ruf die Polizeistation von Verrières an, ob es ihnen nun paßt oder nicht, wir werden ihn quicklebendig übergeben und zwar mit Hilfe der Franzosen. Du verstehst schon, sagte Higinio, wenn du kannst, benutze eine von ihren Pistolen. Aber natürlich, Chef, sagte die Großameise, überlassen Sie das nur ihrem ergebenen Diener, sobald sie mir eine Chance geben, und dann spricht keiner mehr darüber, inzwischen möchte ich Ihnen nur noch sagen, je mehr ich sie mir vornehme, desto leichter wird es für Ihren Freund sein. Also los, sagte die Oberameise, alle zur gleichen Zeit. Und so, rekapitulierte der Besagte, wie die geflügelten Scharen der Enten, Kraniche und Schwäne mit schlanken Hälsen über die Wiesen Asiens fliegen und die Luft von ihren Schreien erzittern lassen, rannten die unzähligen Stämme der Groß-, Klein-, Dick- und Büroameisen wie ein Sturzbach in der Ebene, die der Skamander durchströmt, und unter ihren Sohlen schwankte die Erde fürchterlich. Und die große Oberameise erhob sich inmitten aller, an Augen und Gesicht Zeus gleich, der den Blitz schleudert, Ares gleich an Statur und an der Breite des Brustkorbs gleich Ronald Reagan.

Hinter das Sofa, sagte Andrés, packte Monique am Nacken und zog sie ohne weitere Erklärungen an den genannten Ort. Hierher (Wiederholung der Prozedur mit Gladis und Susana), bleibt mir schön still sitzen und du, Guerrillera, sagst mir, wo ich eine Pistole finde, denn ich bin zwar betrunken, aber zu meiner Zeit habe ich alle Bedingungen beim Bundesschießen erfüllt. Frage Marcos, sagte Susana, die ihre Befugnisse nicht überschreiten wollte. Da, sagte Marcos, der, wer weiß wie, zugehört hatte, und in Andrés' Hand lag ein kaltes und herrliches Ding, das sich gut drücken ließ, während es sich langsam erwärmte. Von sehr weit her war ein Sirenenton zu hören, es lohnte sich nicht mehr, bei dem Granatenfeuer die Ortspolizei anzurufen, Kommissar Pillaudin war nicht Beethoven, und die drei Zellenwagen und andere prächtige Vorrichtungen ordneten sich in zweihundert Meter Entfernung gerade in dem Augenblick, in dem die kühnen Lauschameisen, die Euböa und Chalkidike und Eritrea und das an Trauben reiche Histea und das seefahrende Korinth und die hohe Festung Dios bewohnten, vor Verlanggen glühten, die feindlichen Rüstungen mit ihren ehernen Lanzen zu durchbohren. Und mit ihnen rückten die Heerscharen der Breit- und Kleinstameisen vor, zusammen mit den Fremdameisen, die Aspledon und Orcomeno de Minia bewohnen, angeführt von dem Linkshänder Malerba und seinem ambidextren Bruder, den Söhnen von Nemesio Yañez, der eines Tages die unschuldige Jungfrau Astoika Aceida überraschte, die ihnen in der Wohnung des Actor das Leben schenkte und in diesem Stil eine kleine Weile. Abwarten, sagte Pillaudin, im Augenblick sind drei Schüsse noch nicht viel, ich will den Braten gut gekocht, Weisung von oben. Da Lucien Verneuil in dem Augenblick, als die Tür aufging, genau in Brusthöhe zielte, Büroameise auf der Erde, als Fußmatte für die beiden Dickameisen, die ihn niedertrampelten, letzte Sinnesempfindung auf dieser Welt für ihn und auch für sie, denn Lucien Verneuil, paff, paff, die zweite Dickameise noch im Fallen, paff, und Lucien Verneuil langsam zusammenfallend, während Marcos und Heredia beinahe gleichzeitig, paff, Heredia und Marcos schließen die Tür und sehen Lucien Verneuil auf der Erde, beschissene Tür, sagte Lucien Verneuil, stellt doch einen Schrank davor, Monique sucht etwas, es ist nichts, kümmere dich um die anderen, das Blut rinnt durch die Finger von Monique, während Andrés und Susana ihr helfen Lucien aufzuheben und auf das Sofa zu legen, Gladis, das Taschentuch nützt nichts, Schluckauf, zwei aufeinanderfolgende Schüsse in der Nähe des Nordfensters, Heredia geduckt, paff, paff, paff, paff und im gleichen Augenblick von hinter den Zedern jene, die die Gegend von Egion und der großen Helike und die ganze Küste bewohnen, angeführt von der Oberameise, in prachtvolle Bronze gekleidet und nicht minder prachtvollen Mut, ein gleichzeitiger rush an die Fenster, Patricio fällt den ersten Angreifer, eine Knotenameise mit kahlem Kopf, der unwiderstehliche Stoß gegen die Tür, Nahkampf von Marcos und der Oberameise himself, zu viel infighting, um sich gegenseitig Blei zu verpassen, während Gómez, das Magazin leer, ein Loch suchte, um ihm einen Tritt in den Arsch zu verpassen und Andrés, der sich zwischen Marcos und die Oberameise stellt, vom letzten der Genannten einen Fußtritt mitten hinein abbekommt, der ihn praktisch an den Ursprung aller Lebewesen zurückversetzt, die Sirene und die Pfiffe im Garten, Higinio, die Pistole in der Hand zurückweichend, sagt zu Marcos, übergebt ihn mir sofort, oder ich lege dich um, und Marcos, der seine eigene Pistole in den Händen der Bürameise sah, die dicht hinter Higinio stand, begriff sofort, blieb ganz ruhig und schlaff, wie einer, der träumt, vor der Tür voller Ameisen stehend, steckte langsam die Hände in die Taschen und sagte, kommt rein und holt ihn, wenn ihr euch traut, er sah die Pistole von Higinio in Augenhöhe und dachte, wenn Ludmilla nur so lange oben bleibt, bis die Polizei kommt oder ob sie, verrückt wie immer, sich hier mitten in die Patsche setzt, Polinchen, eine Pause wie bei einem Riß im Film, erschießen Sie ihn nicht, Don Higinio, man kann Sie sehen, ein Schuß, die Scheinwerfer im Garten und die völlig überflüssige Tränengasgranate, die Patricio vor den Füßen zerplatzt, alles Hände hoch. Unmöglich, sich noch illustrer Beschreibungen zu erinnern, dachte der Besagte auf halber Treppe, das kann nicht wahr sein, das ist nie passiert, jedenfalls ist das nie passiert, und passiert auch nicht so, zu leicht, sich an klassische Größen anzulehnen, warum soll man versuchen, etwas zu sagen, was unmöglich geschehen sein kann, zu sagen, wie unmöglich es war, daß es immer noch geschah, so unwahrscheinlich, daß er nicht aufhören konnte zu denken, daß diese Unterbrechung wie im Film (die von einer Sekunde zur anderen Pfiffe im Parkett hervorgerufen hätte), diese Pause der drei Heere vor dem Ende ebenso seine eigene Pause auf der Treppe sein konnte, seine notorische Unfähigkeit zur Gleichzeitigkeit und selbst zur Zeitenfolge, wenn alles zu schnell ablief, zum Beispiel der Kern Marcos-Oberameise-Gómez-Andrés, wo war das vorher, wo das jetzt, Higinio, die Pistole in der Hand, zieht sich zurück und sagt Marcos, übergebt ihn mir sofort oder ich lege dich um und gleichzeitig Susana, der diagonale Schatten von Susana, der zu Patricio hinübergleitet, der in den Rauch der Bombe gehüllt ist, ihn bei den Schultern packt, man mußte sich für irgend etwas entscheiden, für Lucien Verneuil, der auf dem Sofa lag und dem Monique eine Schulter verband (aber wie, mitten im Feuer und in einem beinahe inexistenten Augenblick war da ein Verband erschienen, der eigentlich ein Handtuch war, aber das ist dasselbe?). Ah, nein, verdammt, dachte der Besagte, auf halber Treppe, das kann so nicht vor sich gehen, nicht hier und heute nacht und in diesem Land und mit diesen Leuten, es ist aus, du. Und Oscar, wo sind Oscar und Gladis? Groß und energisch, beinahe lächelnd, ein französischer Kommissar in der Tür, der hat gut lächeln, zwei Maschinengewehre schützen ihn, keine Bewegung! eine für Andrés nicht zu verlierende Gelegenheit, sich in dem, was noch an Dunkelheit blieb, zu verdrücken, denn die Scheinwerfer drangen wie Ströme überall hin, und zu dem Besagten zu rutschen, der immer noch halb umgesunken mitten auf der Treppe war, über ihn hinwegzukriechen, um zu dem Absatz zu gelangen, von dem aus Ludmilla, nachdem ihre Mission erfüllt war, nach unten rennen wollte, er packte sie im Fluge und zog sie mit sich ans Fenster, rühr dich nicht, Ludlud, es lohnt sich nicht mehr, sie kommen gleich und suchen uns auf eigene Rechnung. Marcos, sagte Ludmilla. Er ist unten, sagte Andrés, aber ich habe keinen genauen Begriff von seinem Standort und Zustand. Laß mich runter, ich will zu Marcos. Warte, Lud. Laß mich runter, *laß mich runter*, aber es war im Augenblick besser, sie nicht zu lassen, sie im Arm zu halten, auch wenn sie sich wehrte und schrie, ich konnte selbst nicht sicher sein, was Ludmilla unten an der Treppe finden würde, in diesem Durcheinander und den blendenden

Scheinwerfern, die Polizei im unteren Stockwerk, die schon heraufkam, den Besagten mitten auf der Treppe anrempelte, da siehst du es Lud, sie sparen dir die Arbeit, sie sind von ausgesuchter Freundlichkeit, jetzt ja, meine Liebste, jetzt müssen wir hinunter.

MISSIONEN DER MILITÄRHILFE DER USA

Zugelassene Mannschaftsstärke der Beratergruppen der Militärhilfe der USA, Militärmissionen und militärische Gruppen, am 30. Juli 1970*

Kommando Süd (Southcom)

Land	US-Personal	Ausländisches Personal	Total
Argentinien	33	6	39
Bolivien	40	7	47
Brasilien	69	33	102
Chile	32	5	37
Columbien	48	5	53
Costa Rica	4	1	5
Dominikanische Republik	39	2	41
Ecuador	39	5	44
El Salvador	15	2	17
Guatemala	26	3	29
Honduras	14	2	16
Nicaragua	15	2	17
Panama	5	1	6
Paraguay	17	3	20
Peru	38	4	42
Uruguay	20	5	25
Venezuela	51	2	53
Kommando Süd	505	88	593

* Quelle: Verteidigungsministerium (Schaubild von Senator Ellender dem Congressional Record beigefügt am 1. April 1969).

Bei Gelegenheit stimmte Andrés zu, daß alles, was dem Eindringen der Ameisen in das Haus voranging und folgte, von höchster Verwirrung war, nicht so sehr wegen des Situationen solcher Art eigentümlichen Magmas, sondern weil er als wenig qualifizierter Beobachter zu allem Übel mit der Aufgabe betraut worden war, das Material des Besagten zu sichten, welches dieser Kartei genannt hatte und was alles mögliche enthielt, angefangen bei abgebrannten Streichhölzern bis zu Imitationen der Ilias und wirren Auseinandersetzungen beim Licht eines Kerzenstummels, so daß er kaum Sinn in die Sache bringen konnte. Leute wie Gómez oder Heredia zum Beispiel wären dort sicher wie auf erobertem Gebiet aufgetreten und ohne viel Federlesens zu machen, was schon die Tatsache beweist, daß sie sich mit einem motzenden und zufriedenen Blick ansahen, dort, wo sie sein mochten, denn weder Andrés noch Lonstein hatten davon die geringste Ahnung, und es war ihnen auch nicht besonders wichtig, Gómez und Heredia sahen sich also an, und Heredia reichte Gómez seine Zigarette, der mit Lust daran zog und sie ihm zurückgab, beide lagen rücklings auf einem Zementfußboden und teilten sich die einzige Zigarette, unter einem schmutzigen kleinen Fenster, in dem der Morgen heraufzog und die Form eines Eisenkreuzes voller Spinnweben, jedenfalls haben wir es ihnen gegeben, sagte Gómez zwischen zwei Zügen, und Heredia krümmte sich leicht, als täte ihm etwas weh, und er strich ihm mit den Fingern über die Schultern, natürlich, wir haben es ihnen gegeben, das war das große Motzen, mein Alter. Wenn man bedenkt, daß sie ihn selbst umbringen wollten, sagte Gómez amüsiert, in dem Fall hätten sie uns wirklich fertiggemacht. Der äußere Eindruck, sagte Heredia, erkläre du mal denen in Guatemala oder in Argentinien, daß nicht wir es waren, daß wir Wort gehalten haben. Und irgendwo anders wird es nicht an denen fehlen, die sich noch an das Gesicht des Vip erinnern, wie er aus dem Klo kam und sich in die Arme der Oberameise stürzte, danke, Bruder, danke, während Kommissar Pillaudin sie mit unterdrücktem Spott betrachtete, das war doch das mindeste, Don Gualberto, wenn wir nicht gleich voll rangegangen sind, dann nur, weil wir Sie schützen wollten, bedenken Sie, diese ruchlosen Kerle hätten es fertiggebracht, Sie kaltblütig umzulegen, Schulterklopfen und Umarmungen, und die Oberameise sieht über die Schulter des Vip hinweg, um sich zu vergewissern, daß die Großameise Marcos' Pistole fallengelassen hat, nicht daß der Vip noch Verdacht schöpfte, aber wie denn das, er war so bewegt, während Pillaudin die Pistole aufhob, womit die möglichen Fingerabdrücke, und gleichzeitig das ironische Lächeln von Pillaudin, alles ordnete sich auf die beste Art und Weise und auf jeden Fall, dachte die Oberameise, die ein Realist war, wir konnten zwar den Befehl nicht ausführen, aber man wird doch recht zufrieden sein, das nennt man diesen Schweinen das Nest ausheben, Don Gualberto, die werden keinen Stunk mehr machen. Und das wußten auch Gómez und Heredia, aber sie rauchten schweigend weiter, sie sahen, wie es Tag wurde, stellten sich die lateinamerikanischen Nachrichten vor, das war das große Motzen, mein Alter, und darauf kommt es an, das ist das einzige, was zählt bis zum nächsten Mal. Bestimmt, sagte Heredia, Marcos hätte dasselbe gedacht, glaubst du nicht.

Man könnte glauben, der türkisblaue Pinguin hätte ihnen Glück gebracht, weder Gladis noch Oscar hätten erklären können, warum sie so oft an den türkisblauen Pinguin dachten und fast nie an die Gürteltiere, denn woran war schließlich zu erkennen, wer von ihnen das Maskottchen gewesen war, ständig dachten sie an den Pinguin und liebten ihn von weitem, in sechstausend Meter Höhe, zwischen Dakar und Rio liebten sie ihn und dachten an ihn, fragten sich, was aus ihm geworden war, vertrauten auf geeignete zoologische Gärten, auf wohltätige Damen mit Schwimmbad und viel Schellfisch, irgendeinen internationalen Zirkus, der Eintritt kassiert, um den Pinguin zu sehen, alles das, um nicht zu sehr an den leicht chinesischen Typ zu denken, der auf dem Nebensitz saß; sehr liebenswürdig, dieser chinesische Typ, er liest Gladis die Wünsche von den Augen ab oder reicht Oscar die Zigaretten, um ihm die Reise zu verkürzen. Du wirst schon sehen, meine Kleine, kaum erreichen wir heimatlichen Boden, und sein Benehmen ändert sich schlagartig. Bah, sagte Gladis, ich habe eine Schwester, die mit einem Richter verheiratet ist. Es gibt Richter, die heiraten? fragte Oscar verwundert. Das kann nützlich sein, meinst du nicht. Bestimmt, sagte Oscar, es kommt nur darauf an, ob deine Schwester ihn von der Nützlichkeit des Exports von Pinguinen nach Europa überzeugen kann. Nun ja, über irgend etwas muß man ja reden, sagte Gladis, das Reisen ist furchtbar langweilig, wenn man keine Arbeit hat, ich beneide diese Mädchen mit den Tabletts. Ich auch, sagte Oscar, vor allem die Rothaarige, die genau für das geschaffen zu sein scheint, was Cejas immer sagt. Was sagt Cejas? Antwort von der Zensur gestrichen. Und immer noch zwei Stunden bis Rio, vier bis Buenos Aires, bestellen wir uns noch einen Whisky, sagte der chinesisch aussehende Landsmann, gleich wird ein Farbfilm gezeigt, mit action, hoffe ich, sagte Oscar. Bestimmt, sagte der Landsmann, die *marines* bringen Kommunisten um, oder so etwas, verfluchter alter John Wayne.

»Er nennt sie nicht, unter anderem natürlich, weil er keine Ahnung hat, wo sie sind«, lärmte der kleine Rabbi und sah mich an, als wäre ich schuld an dem Durcheinander. »Viel einleitende Organisation, sie machen dich fertig mit Pseudonymen Kodizes, Versammlungen um drei Uhr früh, und dann machen sie plötzlich Brei aus dir.«

»Du redest, nur um zu reden«, sagte Andrés und legte einen Zettel neben den anderen, sah sie beide an, ordnete sie in entgegengesetzter Reihenfolge, besah sie sich, warf sie in eine Ecke und packte andere, reihte sie auf, besah sie, zuckte die Achseln, erkannte dunkel, daß Lonstein recht hatte, und daß keinerlei Folge als Leitspur dienen konnte, »du redest, nur um zu reden und weil du einer aus dem Westen bist, der für alles Richtungspfeile braucht.«

»Du übernimmst tatsächlich die Erbschaft«, schnaubte der kleine Rabbi, »alle frisch Bekehrten sind doch gleich, du wirst mich bis ans Ende meiner Tage mit deinem glühenden Fanatismus anöden.«

»Nein, mein Alter«, sagte Andrés und entschied sich für eine Reihe Zettel und Karteikarten, die ihm etwas weniger wirr als die anderen vorkamen, »nur, du siehst ja, das Spiel ist so gelaufen, denen ist dieses passiert und mir anderes, das nichts mit all dem zu tun hatte, zum Beispiel eine Fliege, aber am Ende war da doch eine Art Konvergenz, um dem Kind einen Namen zu geben, da ich nach Meinung nicht weniger anderer derjenige war, der die Krätze in den Stall getragen hat.«

»Blödsinn«, sagte Lonstein, »Patricio hat später erfahren, daß die Wühlameisen schon vier Stunden früher da waren als du, nur daß sie, als sie dich sahen, dachten, nun könnte man nicht länger warten, bestimmt haben die sich furchtbar geärgert, daß du so einfach da erschienst, als kämst du zu Kaffee und Kuchen.«

»Was bedeutet das jetzt«, sagte ich zu ihm, »wie unwichtig ist alles neben dem, was passiert ist.«

»Ich glaube, dir ist das alles nur zu wichtig, mein Lieber. Es ist sonst nicht einzusehen, woher dir plötzlich der kompilatorische Eifer kommt.«

»Ich würde sagen, wegen Manuel, Bruder.«
»Und was zum Teufel hat Manuel damit zu tun?«
»Alles, mein Alter. Es sieht so aus, als verplemperten wir die Zeit mit all dem Papierkram, aber irgend etwas rät mir, alles für Manuel aufzubewahren. Du regst dich auf, weil du mich etwas tun siehst, was dich als Versäumnis schmerzt, weil du die Sache nicht aus der Nähe verfolgt hast, aber ich beschuldige dich natürlich nicht, denn ich bin mehr oder weniger in der gleichen Lage, und dann, weil du das verdammte Gefühl hast, daß etwas Reales und Lebendiges dir zwischen den Fingern zergeht. Ich auch, mein Lieber, und trotzdem werde ich das hier zu Ende bringen, wenn auch nur, um zu Susana zu gehen und ihr zu geben, was ihr noch für das Album fehlt.«
»Ah, du möchtest also, daß diese Dinge auch dort eingehen, neben fünfzig Seiten Ausschnitten und sonstigem Eingeklebten.«
»Ja, mein Alter. Hier zum Beispiel, schau, was der Besagte in einer Jackentasche hatte, schließlich haben wir keinerlei Nachrichten über Roland oder sagen wir über Gómez an Manuel weiterzugeben. In einigen Jahren wird er sich an sie gar nicht mehr erinnern, dagegen wird es all das hier geben, was in etwa auf das gleiche herauskommt, und das ist es, was wir Manuel in sein Buch kleben müssen.

In einer Pressekonferenz des Forums für die Menschenrechte

Zeugenaussagen von politischen Gefangenen, in denen Fälle von Folterungen angezeigt werden

Die Berichte

Sowohl in den während der Pressekonferenz verlesenen wie in den verteilten schriftlichen Zeugenaussagen berichten die Häftlinge in der ersten Person von den Quälereien, denen sie ausgesetzt waren. Beinahe alle Berichte stimmen in Folgendem überein: Elektroschock, Faustschläge, Schläge mit Stoßwaffen, psychologischer Druck etc.

Auszug aus den Zeugenaussagen:

Norma Elisa Garelli: am 15. September 1971 in Rosario festgenommen. Ihre Aussagen wurden von einem ihrer Angehörigen auf der Pressekonferenz verlesen. Es muß dazu gesagt werden, daß Frau Garelli, obgleich der Innenminister Dr. Mor Roig kürzlich ihre Freilassung ankündigte, noch immer in Haft ist.

Die Lehren, die man aus den Ereignissen gezogen hatte, waren Gegenstand der Erklärungen von Veteranen des Vietnamkrieges an den nordamerikanischen Anwalt Mark Lane. In Schweden, wo viele von ihnen nach ihrer Desertion im Exil leben, aber auch in den Vereinigten Staaten, wo sie heute als Ehrenbürger leben, haben 32 ehemalige nordamerikanische Soldaten auf Tonband über Akte von Grausamkeit, denen sie beigewohnt oder die sie selbst in Vietnam verübt haben, ausgesagt. Lane, Autor einer bemerkenswerten Untersuchung über die Fehler, die bei der Aufklärung des Attentats auf John Fitzgerald Kennedy gemacht worden waren, hat seine »Gespräche mit Amerikanern« als Buch veröffentlicht, das kürzlich bei Simon und Schuster erschienen ist und aus dem wir einige Auszüge bringen.

Chuck Onan, aus Nebraska

LANE: Hat man Ihnen jemals Anweisungen gegeben, wie feindliche Gefangene zu verhören sind?

ONAN: Ja.

● : Wo?

— :In allen Militärbasen. Aber während des Monats vor der Abfahrt nach Vietnam war die Unterweisung intensiver. In Beaufort, Basis der Marineinfanterie (Süd-Carolina) bereitete man uns auf das Überleben im Dschungel vor. Und man zeigte uns, wie Gefangene gefoltert werden.

● : Wer gab Ihnen diese Anweisungen?

— : Im allgemeinen die Sergeanten, aber auch einige Offiziere, Leutnants und manchmal der Hauptmann.

Wie sie in ihrer Aussage erklärt, wurde sie, zusammen mit ihrem Mann, in ihrer Wohnung festgenommen, von drei oder vier Polizisten in Zivil, die sofort mit äußerster Gewalttätigkeit vorgingen. Offensichtlich brachten die Polizisten sie mit der Flucht von Guerilleros aus dem Gefängnis von Tucumán in Verbindung. Sie wurde von Anfang an schlecht behandelt und übel beschimpft. Dann wurde sie an einen Ort gebracht, den sie nicht genau angeben konnte. Man zog sie aus und legte ihr Elektroden am ganzen Körper an, besonders an den Brüsten, in der Vagina, an den Zähnen und im Mund. Gleichzeitig schlug man ihr ins Gesicht.
In einem Absatz ihres Berichts erzählt Frau Garelli, daß einer der Folterer — der „der Dicke" genannt wurde — sein Verhalten ihr gegenüber änderte und ihr sagte „er habe sich in sie verliebt". Da sie die Augen verbunden hatte, konnte sie sein Gesicht nicht sehen, aber sie berührte es und fühlte, daß er weinte. Ihrer Aussage nach verfügte der genannte Polizist über gewisse medizinische Kenntnisse und hatte ihr gesagt, daß ihm nur noch vier Examen fehlten, um sich als Anwalt niederzulassen.

Norma Morello: Festgenommen am 30. November von Militärs in der Ortschaft Goya und zum Kommando des Zweiten Armeecorps in Rosario überführt. Etwa einen Monat später konnten ihre Angehörigen sie sehen. Sowohl ihr Anwalt, Dr. Bellomo, als auch ihr Bruder Rubén Morello versichern, sie sei in den Räumen der Armee gefoltert worden. Dagegen sei sie gut behandelt

● : Was erklärte man Ihnen?
— : Wie man Gefangene foltert ...
● : Zum Beispiel?
— : Daß man dem Mann die Schuhe auszieht und ihn damit auf die Fußsohlen schlägt. Verglichen mit anderen Methoden war das ziemlich harmlos.
● : Welche anderen Methoden brachte man Ihnen bei? Können Sie mir irgendein Beispiel nennen?
— : Man sagte uns, wir sollten die Funkgeräte benutzen. Wir sollten die Elektroden an den Geschlechtsorganen anlegen.
● : Gab es praktische Demonstrationen oder hat man mit Ihnen nur darüber gesprochen?
— : Es gab Zeichnungen an der Tafel, die zeigten, wie man die Elektroden an den Hoden eines Mannes oder am Körper einer Frau anlegt ...
● : Hat ein Offizier diese Zeichnungen an der Tafel gemacht?
— : Nein. Es waren gedruckte Skizzen an die Tafel geheftet.
● : Was hat man Ihnen sonst noch beigebracht?
— : Wie man Nägel ausreißt.
● : Welche Instrumente empfahl man Ihnen dazu?
— : Radioklammern.
● : Wer erklärte diese Methode?
— : Ein Sergeant.
● : Welche anderen Methoden hat man Ihnen gezeigt?
— : Alles, was man mit Bambusstäbchen machen kann.
● : Zum Beispiel?
— : Unter die Nägel schieben oder in die Ohren.
● : Hat man Ihnen diese Techniken vorgeführt?
— : Ja. Einmal haben sie einen Kerl auf die Fußsohlen geschlagen. Er mußte sich auf die Erde legen und man schlug ihn mit dem Gewehr.
● : Hat man Ihnen besondere Anweisungen gegeben, wie Frauen verhört werden sollen?
— : Ja.
● : Was hat man Ihnen gesagt?

worden, seit sie sich im Gewahrsam der Polizei befindet.

Mirta Miguens de Molina: am 11. Dezember festgenommen. Ihre Aussage wurde bei der Pressekonferenz von ihrer Anwältin, Dr. Manuela Santuchó, vorgelesen. Von zwanzig Mann in Zivil festgenommen, wurde sie ausgezogen und mehreren Elektroschockbehandlungen unterzogen. Drei Mann vergewaltigten sie und man führte ihr einen Besenstiel in den After ein.
Sie wurde auch psychologischen Folterungen unterworfen: mehrmals sagte man ihr, ihr Mann, der in einem benachbarten Raum gefoltert wurde, sei gestorben. Sie gibt an, ihn in beklagenswertem Zustand gesehen zu haben, die Hoden und den Mund von Säure verbrannt.
Mirta Cortese de All: festgenommen am 1. Juli in Rosario. In ihrer schriftlichen Aussage berichtet sie, wie sie festgenommen und in eine Zelle der regionalen Abteilung der Bundespolizei überführt wurde. Sie wurde dort mit Elektroden an den empfindlichsten Körperstellen gefoltert. Man beschimpfte sie und drohte, sie zu töten, während einer der Polizisten sagte, „es schmerze ihn sehr, mich in dieser Lage zu sehen". Weiter ist zu lesen: „Sie gingen zu anderen, unbekannten Methoden über. Sie legten mir Kabel, mit Papier bedeckt, an die Augen, und um den Kopf Kabel, die mir den Schädel stark zusammendrückten. Diese Kabel brachten mir Verbrennungen bei, ich fühlte einen scharfen Schmerz. Mein Körper hielt immer weniger aus; ich bekam Blutergüsse

— : Sie waren ziemlich sadistisch. Ich möchte nicht darüber sprechen. Wozu darüber reden. Ich möchte vergessen, mich von all dem befreien.

● : Ich möchte so ausführlich wie möglich über alles berichten, was Sie mir erzählen. Sie werden gehört haben, daß Nixon erklärt hat, My Lai sei ein Einzelfall, amerikanische Soldaten seien großmütig und menschlich. Wenn die Marine im Foltern ausgebildet wird, glauben Sie nicht, daß man das erfahren muß?

— : Natürlich hat man uns im Foltern ausgebildet, aber die Leute wollen nichts davon wissen oder es nicht glauben. Aber wenn auch nur eine geringe Chance besteht, daß es etwas nützt, erzähle ich Ihnen alles.

● : Was hat man Ihnen beigebracht, um weibliche Gefangene zu foltern?

— : Wir mußten sie ausziehen, ihnen die Beine auseinander machen und ihnen spitze Stöcke oder Bajonette in die Vagina schieben. Man sagte uns auch, daß wir alle Frauen vergewaltigen könnten.

● : Was noch?

— : Man erklärte uns, wie man Phosphorbomben aufmacht, ohne daß sie explodieren, um den Phosphor an die Körperstellen zu bringen, wo er wirklich schmerzt.

● : Welche waren diese Körperstellen?

— : Die Augen ... auch die Vagina.

● : Hat man Ihnen zu noch anderen Chemikalien geraten?

— : Ja, Zäsium.

● : Wie benutzten Sie es? Ist es ein Pulver?

— : Bis zur Explosion ist es Pulver. Man zeigte uns, wie man die Behälter öffnet und es als Gift benutzt. Die Gefangenen mußten es essen.

● : Hat man Ihnen auch gezeigt, wie man Hubschrauber benutzt?

— : Ja. Sie erzählten uns wie einen guten Witz, daß man einmal einen

von den Schlägen und Elektroschocks." Weiter sagte sie, wenn sie ohnmächtig wurde, „griffen sie zu Drogen in Zigaretten, Ampullen, Kompressen und Pillen, die mich wiederbelebten, damit ich diese Art Verhör weiter durchstehen konnte. Sie fuhren mir mit einer kleinen Scheibe, die Wärme ausstrahlte, über die Haut, an einigen Stellen habe ich davon Brandwunden." „Bei weiteren Verhören hat man mich mit Infrarotstrahlen behandelt", die „mir zwei große Brandwunden am Gesäß verursachten." Dann gibt sie an, daß sieben Tage nach ihrer Festnahme ihr Körper „eine formlose, violette Masse war, die Haut fiel ab und ich litt unter einem ständigen Zittern. Meine Hände und meine Beine waren gelähmt. Man sagte mir, ich sei in Uruguay und alle Folterungen seien von einer extremistischen Organisation vorgenommen worden."

Später wurde sie zur Delegation der Bundespolizei in Mercedes überführt, wo die Quälereien aufhörten. Dann nach La Plata und zum DIPA, wo sie dem Richter vorgeführt wurde. „Man mußte mich tragen, denn meine Beine waren noch gelähmt. Man hat mir ein Mitglied meiner Familie vorgestellt, das ich nicht wiedererkannte. Daraufhin rief man die Gefängnisärzte. Der Richter beantragte meine Internierung in eine Neuropsychiatrische Klinik, wo ich zehn Tage verbrachte."

Guillermo Oscar Garamona: festgenommen am 21. November 1971, zusammen mit Adriana Mónica Arias und Néstor Pot, in Rosario. Seiner Aussage nach wurden sie zur Komman-

Mann in Vietnam an Armen und Beinen an verschiedenen Hubschraubern befestigt hat. Dann stiegen sie auf und zerfetzten ihn.

● : Wer hat Ihnen das erzählt?

—: Einer meiner Ausbilder, ein Sergeant.

● : War er selbst dabei gewesen?

— : Er sagte, er hätte es selbst getan.

● : Hat man Sie besonders in der Verwendung von Hubschraubern ausgebildet?

— : Uns haben viele Hubschrauberexperten ausgebildet. Und man hat uns eine ganze Reihe von Foltermethoden mit diesen Maschinen erklärt. Außen am Hubschrauber ist ein Seil, das automatisch ausgefahren und eingezogen werden kann. Damit rettet man zum Beispiel Menschen aus dem Wasser. Dazu ist es da. Aber man zeigte uns, wie man einen Gefangenen daran festmacht, wobei man ihm ein kleineres Seil, das zur Rettung dient, um den Hals legt. Wenn man es abseilt, fühlt das Opfer, wie die Schnur sich immer enger um seinen Hals zusammenzieht, bis es stirbt. Das ist eine Möglichkeit, den Hubschrauber als Folterinstrument zu benutzen. Man kann die Gefangenen auch unten an den Hubschrauber hängen und dann über die Baumkronen fliegen. Sie sehen nachher wirklich übel aus.

● : Wie lange dauerte diese Ausbildung für Folter und Verhöre?

— : Über sechs Monate; im Durchschnitt mindestens fünf Stunden pro Woche.

● : Das ist eine intensivere Ausbildung als die für ein Hauptfach an der Universität. Die juristische Fakultät, wo ich studiert habe, gab pro Woche nur zwei Stunden Strafrecht, mein Hauptfach, fünf Monate hindurch.

— : Ja, man hat uns gründlich für die Folterungen ausgebildet. Und das war nur der offizielle Teil. Tatsächlich gab es viel mehr. Unsere Ausbilder, die Sergeanten, lebten mit

dantur der Polizei gebracht und von mehreren Polizisten verprügelt. Man hat sie ebenfalls mit Elektroschocks behandelt. Er wurde vierundzwanzig Stunden lang gefoltert – mit kurzen Unterbrechungen – und er gibt an: „Zu dem Zeitpunkt war ich bereits überall von den Elektroden verbrannt und von den Schlägen aufgerissen."

Weiter berichtet er: „Sie warfen sich wie wilde Tiere auf mich. Als ich aus der Nase zu bluten begann, wurden sie noch wütender und schlugen noch heftiger zu. Sie zeigten mir ein neues Folterinstrument und sagten, die ‚Yankees' stellten es her und benutzten es dazu, diejenigen zu liquidieren, die die Sicherheitsdienste besch... Es bestand aus einer Plastikkugel mit einer Feder und einer Plakette. Man setzte diese im Mund ein, zog die Kugel etwa fünfzehn bis zwanzig Zentimeter aus, ließ sie los, und sie sauste mit unglaublicher Gewalt zurück."

Später brachten sie eine Frau, „zogen sie aus und legten sie auf mich drauf. Sie behandelten uns beide gleichzeitig mit den Elektroden. Sie sagten ihr, daß sie ihr die Vagina so zerreißen würden, daß sie niemals Kinder bekommen könnte." „Mir sagten sie, daß sie mich, wenn ich umkäme, aus dem zweiten Stock aus dem Fenster werfen und sagen würden, ich hätte Selbstmord begangen." „Es war unerträglich. Ich bat sie, mich zu töten, und sie sagten, das täten sie schon, nur eben langsam."

Hugo Marcos Ducca: festgenommen am 7. September 1971 in Tucumán. Im Augenblick befindet er sich im Pavillon 37 uns zusammen, wir aßen und schliefen im selben Raum, und sie sprachen ständig von ihren Erfahrungen in Vietnam.

● : Wovon sprachen sie?

— : Sie sprachen von Morden und von Gefangenenfolterungen, von Vergewaltigungen. Sie hatten auch Fotos von den scheußlichsten Sachen, die sie gemacht hatten.

● : Wie war die Reaktion der neuen Rekruten?

— : Positiv. Es gefiel ihnen. Die Marineinfanteristen waren in der Mehrzahl Freiwillige. Sie träumten nur davon, endlich nach Vietnam zu kommen, um all das anzuwenden, was sie gelernt hatten.

Richard Dow, aus Idaho

LANE : Haben Sie irgendeiner Operation beigewohnt, bei der Unschuldige getötet wurden?

DOW: Ja. Das war in einem Dorf nördlich unserer Position. Wir erfuhren, daß Vietkong in der Gegend waren; wir sollten die Dorfbewohner verhören. Wir gingen und verhörten den Bürgermeister. Der Mann sympathisierte mit den Vietkong und befahl uns, das Dorf zu verlassen. Wir zogen uns zurück. Aber wir kamen mit Verstärkung wieder und machten das Dorf buchstäblich dem Erdboden gleich.

● : Wie?

— : Napalm, Mörserbeschuß, schwere Artillerie, Panzer ... Ein Angriff großen Stils gegen ein läppisches, kleines Dorf.

● : Wie viele Menschen lebten dort vor dem Angriff?

— : Ungefähr vierhundert.

● : Wie viele haben überlebt?

— : Einer.

● : Wen töteten Sie?

— : Alle. Frauen, Kinder, Büffel, Hühner, Ziegen. Alles.

von Villa Devoto. Er war zum Hauptquartier der Polizei gebracht worden, wo man ihn schlug; dann in Räume des Nachrichtendienstes, „wo der Offizier Quinteros und zwei Folterer mich unentwegt ins Gesicht schlugen, mir Nadeln unter die Fingernägel trieben und mit ihren Stiefeln über die Zehen traten." „Man belügt mich die ganze Zeit über meine Frau und meine Kinder."

Tirso Yañez: festgenommen in Tucumán am selben Tag wie Ducca und auch er in Verbindung mit der Flucht von Guerilleros des ERP. Auch er wurde jeder Art Quälerei ausgesetzt. „Man bot mir an, mir das Leben zu retten, wenn ich Kameraden preisgäbe, und man sagte mir, Santillán und Martinez wären schon erschossen worden.

Roberto Santucho: in Córdoba festgenommen am 2. September.
Er wurde zur Kommandantur der Polizei gebracht und gefoltert: „Schläge mit harten Gegenständen, wahrscheinlich Holz, auf die Fußsohlen; Schläge in den Magen, auf den Kopf, die Ohren, die Arme und Elektroschocks am ganzen Körper, vor allem an den Geschlechtsorganen."
Er wurde mehrmals solchen Folterungen unterworfen. Die Quälereien hörten auf, als die Nachricht von seiner Festnahme in den Zeitungen erschien.

Ubaldo González: verhaftet am 13. Oktober 1970 in Mendoza, durch die Provinzpolizei. Er wurde in den Räumen der dortigen Polizei gefoltert. „Ich kann nicht genau angeben wie

● : War das eine ungewöhnliche Operation?

— : Nein. Wir hatten schon an ähnlichen Operationen teilgenommen, wo man uns befahl, ein Dorf niederzubrennen, aber nicht, jeden zu töten. Aber es gab andere Fälle, in denen wir die Leute töteten.

● : Wie hieß das Dorf?

— : Bau Tri.

● : Wo ist das? Oder besser, wo war das?

— : Etwa zweihundertvierzig Kilometer nordöstlich von Saigon.

● : Hat man Ihnen jemals den Befehl gegeben, keine Gefangenen zu machen?

— : Ja.

● : Wer?

— : Der Leutnant, der Leiter der Abteilung.

● : Mehr als einmal?

— : Ja.

● : Was geschah dann?

— : Wir machten keine Gefangene.

● : Was heißt das?

— : Wir töteten alle, die wir fingen.

● : Die Verletzten?

— : Auch die Verletzten.

● : Sie haben Verwundete getötet?

— : Ja.

● : Wie haben Sie sie getötet?

— : Mit Pistolen, Gewehren, Maschinengewehren, Bajonetten.

● : Auch die am Boden liegenden Verwundeten?

— : Ja, die nicht mehr in der Lage waren, sich zu wehren. Sie waren ungefährlich. Sie konnten nichts mehr tun.

● : Waren Sie Zeuge solcher Vorkommnisse?

— : Ich habe daran teilgenommen.

● : Warum?

— : Nach einer gewissen Zeit wird man zum wilden Tier ... man tut es instinktiv, man ist sich dessen nicht mehr bewußt.

● : Wie viele Gefangene oder Verwundete haben Sie getötet? Können Sie uns eine ungefähre Zahl nennen?

— : Ich würde sagen ... vielleicht

lange", aber „als sie mit den Schocks aufhörten, setzten sie mich auf einen Stuhl und legten mir einen Gurt oder ein Seil um den Kopf, und mit einem Ding, ich glaube es war ein Stock, machten sie eine Schraube, die begann, mir den Schädel zusammenzupressen." „Einmal, als ich auf dem Boden liege, lassen sie mich mich hinsetzen, und ich fühle, wie sie mir langsam auf die Hoden treten, wobei sie lachen und mir voraussagen, ich würde steril werden." „... Sie nehmen mir die Handschellen ab und binden mir Hände und Füße mit Seilen oder Riemen, dann ziehen mehrere von ihnen die Seile hoch, und sie schieben mir die Elektroden in den After und über die Hoden." Er berichtet, daß er das Bewußtsein verliert, und als er wieder zu sich kommt, „ist man dabei, mir das Herz zu massieren und mich mit etwas, das ich für ein Stethoskop halte, abzuhorchen. Ich höre sie von Herzstillstand sprechen, und einer, zu dem sie Doktor sagen, antwortet: „Es besteht keine Gefahr, er kommt durch." Dann höre ich sie sagen: „Das geht nicht mehr, steckt ihn in eine Zelle, wir müssen sehen, daß wir ihn bald loswerden."

Jorge Agrest: verhaftet in Mendoza, am 13. Oktober 1970. Seiner Aussage nach wurde er zuerst von der Provinzpolizei gefoltert, später in den Räumen der Bundespolizei. Man behandelte ihn mit Elektroschocks, und er sagt: „Als ich anfing zu schreien, drückte man mir mit einem Finger die Luftröhre zu, bis ich keine Luft mehr bekam."

zweihundertfünfzig.

● : Die Sie selbst getötet haben?

— : Ja.

● : Und wie viele haben Sie gesehen, die getötet wurden?

— : Vielleicht zwei- bis dreitausend.

● : Verletzte, die umgebracht wurden?

— : Natürlich, Verwundete und Zivilisten, die ohne Grund umgebracht wurden. Männer, Frauen, Kinder, alle.

● : Waren Sie jemals bei Verhören dabei?

— : Ja, mehrmals bei Gefangenen, die ich selbst gebracht hatte. Ich war Zeuge bei fündundzwanzig bis dreißig Verhören.

● : Können Sie sie uns beschreiben?

— : Ich hatte einen Burschen gefangen von vielleicht siebzehn Jahren, ich hatte ihm ins Bein geschossen. Er war zu Boden gefallen. Er war bewaffnet. Ich entwaffnete ihn und leistete ihm erste Hilfe. Ich rief nach einem Hubschrauber und brachte ihn zu unserem Kommandoposten. Man hat ihn dort ärztlich versorgt und dann verhört.

● : Waren Sie bei diesem Verhör anwesend?

— : Ja, ich war dabei. Der südvietnamesische Spezialist für Verhöre begann mit seiner Arbeit. Der Junge war am Oberschenkel verletzt, man hatte ihn genäht und eine Bluttransfusion vorgenommen. Während des Verhörs sah ich, wie der Vietnamese ihm den Verband abriß und ihm mit dem Gewehrkolben auf die Wunde schlug, so daß sie wieder zu bluten begann. Der Junge verlor sehr viel Blut. Er sagte zu ihm, er würde ihn wieder verbinden lassen, wenn er spräche. Der Junge schwieg. Daraufhin riß der Vietnamese die Wunde mit dem Bajonett noch weiter auf. Ohne Erfolg: so ging es weiter, schließlich töteten sie ihn.

● : Wie?

— : Durch die Folter.

Emilio Brigante: festgenommen am selben Tag in Mendoza. Man drohte ihm, ihn zu töten und dann, so sagt er, „ließ man mich durch das Zimmer rennen, während man mir Stromstöße verpaßte.“ Er gibt in seiner Aussage an, daß die Folterer an diese Art der Gefangenenbehandlung gewöhnt zu sein schienen, ihren Bemerkungen und der Art wie sie schlugen nach zu urteilen. „Zum nächsten Verhör brachten sie mich in ein anderes Zimmer, zogen mich aus, fesselten mir Hände und Füße und schickten Stromstöße durch verschiedene Körperteile, vor allem durch die Hoden. Die Elektroschocks wurden von Drohungen begleitet. Sie sagten mir, mein Leben hinge ganz allein von ihnen ab, sie würden mich dem Richter vorführen, wenn sie es für richtig hielten, oder auch nicht, wenn sie beschlössen mich umzubringen, und daß ich niemals wieder Geschlechtsverkehr mit einer Frau ausüben könnte.“

„Ich wurde wieder zu einem Verhör geführt, wo man mich fürchterlich schlug, bis ich auf dem Boden liegen blieb“, und „unter übelsten Beschimpfungen schob man mir einen Füllfederhalter in den After.“ „Die Nächte verbrachte ich an einen Stuhl gefesselt, und jeden Augenblick kamen sie und weckten mich, sie sagten, ich müßte zum Verhör und schlugen mich, damit ich nicht einschlief.“

Alvaro Centurión: ebenfalls am gleichen Tag in Mendoza festgenommen. Er gibt in seiner Aussage an: „Ihre bestialischen Einfälle amüsierten sie sehr. Sie verbrannten mir die Finger mit der Glut einer Zi-

●: Welche Folter?

—: Man schnitt ihm die Finger ab ... Glied für Glied. Man brachte ihm so tiefe Messerstiche bei, daß das Blut nur so herausschoß.

●: Wie lange dauerte das Ganze?

—: Etwa drei Stunden. Schließlich wurde der Junge ohnmächtig. Sie konnten ihn nicht wieder ins Bewußtsein zurückrufen. Der Vietnamese zog die Pistole und schoß ihm eine Kugel in den Kopf. Als er tot war, schnitten sie ihm die Geschlechtsorgane ab — sie kastrierten ihn — und stopften sie ihm in den Mund. Dann legten sie ihn mitten ins Dorf mit einem Schild, auf dem stand, daß jeder, der ihn anfaßte, in gleicher Weise behandelt würde. Niemand berührte ihn. Die Frauen wurden genauso behandelt.

●: Haben Sie das auch selbst gesehen?

—: Ja. Wir waren in eine Bar in Saigon gegangen. Einer von den Jungs war mit einer Prostituierten oben. Wir hörten ihn schreien. Das Mädchen hatte ihn mit einem Rasiermesser angegriffen. Wir holten einen Militärpolizisten, der ihn ins Lazarett bringen sollte. Das Mädchen nahmen wir mit zum nächstgelegenen Militärcamp. Man fesselte sie und zerteilte sie, von der Vagina bis zur Kehle hinauf, in zwei Teile. Sie war sofort tot.

●: Sie haben das selbst gesehen?

—: Ja.

●: Waren Sie bei anderen Grausamkeiten, die an Frauen begangen wurden, dabei?

—: Ich habe eine junge vietnamesische Gefangene gesehen. Man sagte, sie sympathisiere mit den Vietkong. Die Koreaner hatten sie gefangengenommen. Während des Verhörs weigerte sie sich zu sprechen. Man zog sie aus und fesselte sie. Dann vergewaltigten sie sämtliche Soldaten der Einheit. Schließlich sagte sie, sie hielte das nicht mehr aus und würde sprechen. Daraufhin vernähte man ihr die Va-

garette und drohten, mich umzubringen, indem sie mich von einem Felsen stürzen und dafür sorgen würden, daß ich vollkommen unkenntlich gemacht würde."

Carlos Guido Stecanella: während derselben Operation festgenommen, wurde von der Provinzpolizei gefoltert und dann zur Bundespolizei überführt. Die Bundespolizisten zogen ihn aus und fesselten ihn an ein Bett. „Nachdem sie mir Hand- und Fußgelenke mit Federn umwickelt hatten, damit es keine Striemen gäbe, begann das Verhör, und man fragte mich, ob die Leute in Mendoza mich geprügelt hätten. Ich sagte ja, sie lachten und sagten, ‚das sind Rohlinge; wir machen das viel besser, wir sind Wissenschaftler.'" Weiter sagt er: „Sie gaben mir Stromstöße durch die Hoden, die Achselhöhlen und auch in den After und erklärten dabei, sie wollten mir die Hämorrhoiden heilen." „Damit man meine Schreie nicht hörte, ließen sie einen Plattenspieler laufen, preßten mir den Mund kräftig mit ihren Händen zu und sogar die Nase, ich war so verzweifelt, daß ich die Fesseln sprengte." „Während dieser Folterperiode, die fünf Tage dauerte, habe ich nichts gegessen."

Roberto Lehn: festgenommen am 4. November 1970, berichtet: „sie fangen das Verhör mit Drohungen und Beschimpfüngen an, dann fesseln sie mir einzeln Arme und Beine weit auseinander. Das Verhör beginnt mit Anspielungen auf die negative Rolle der Justizgewalt und der Behauptung, mein Schicksal läge in ihren Händen." Daraufhin wurde er mit

gina mit gewöhnlichem Draht. Man durchlöcherte ihr den Kopf mit einer Blechstange und erhängte sie. Der Chef der Einheit, ein Leutnant, köpfte sie mit einem langen Säbel. Ich habe auch eine Frau gesehen, der man ein glühendes Bajonett in die Vagina geschoben hat.

● : Wer hat das getan?

— : Wir.

● : Amerikanische Soldaten?

— : Ja.

● : Wie viele amerikanische Soldaten waren daran beteiligt?

— : Sieben.

● : Wer war das Mädchen?

— : Die Tochter des Bürgermeisters eines vietnamesischen Dorfes ... der mit den Vietkong sympathisierte. Wir zogen sie aus, fesselten sie, machten das Bajonett im Feuer rotglühend, strichen ihr damit über die Brust und schoben es ihr in die Vagina.

● : Ist sie gestorben?

— : Nicht sofort. Wir hatten einen Kerl bei uns, der ein Lederband aus seinem Stiefel zog, es naß machte und dem Mädchen um den Hals band. So hat man sie in die Sonne gehängt. Das Leder zog sich beim Trocknen zusammen. Sie starb langsam, erstickte ...

● : Haben Sie irgendeine Ehrung oder Auszeichnung für Ihre Führung in Vietnam erhalten?

— : Den »Bronce-Stern« ... die Ehrenzeichen der Armee, die Tapferkeitsmedaille der vietnamesischen Regierung, eine besondere Ehrung durch den Präsidenten für die ganze Einheit, mehrere vietnamesische Auszeichnungen und einige *Purple Hearts*.

Elektroschocks behandelt.

Manuel Alberto González: festgenommen am 6. September 1971 nach seiner Flucht aus dem Gefängnis von Villa Urquiza in Tucumán. Er wurde in die Kommandantur der Provinzpolizei gebracht, wo man ihn zwang, zwischen zwei Reihen von Polizisten hindurchzulaufen, die ihn fürchterlich prügelten. Er wurde mehrfach geschlagen, und jede Nahrung wurde ihm verweigert. Er gibt an: „nach langer Zeit hat man mir vor kurzem die Handschellen und die Bandagen abgenommen und erst jetzt gibt man mir zu essen und Mate. Ich habe einmal bemerkt, daß die Soldaten Urin in den Mate gegossen haben."

Athos Mariani: berichtet, daß er ausgezogen und an ein Bett gefesselt wurde. „Man brachte mir einen Ring am großen Zeh an und fuhr mir mit etwas, das aussah wie eine Harke oder Drahtbürste, über den Körper, vor allem über den Bauch, die Geschlechtsteile und den Mund." „Einen Augenblick lang glaubte ich zu ersticken. Danach gab man mir weiße Pillen, die sie aus einer braunen Flasche mit Aluminiumdeckel, etwa fünf Zentimeter hoch, nahmen. Ich nehme an, um die Elektrolyse zu verhindern, die die Elektroschockbehandlung bei späteren Untersuchungen hätte verraten können."

Carlos Della Nave: er wurde festgenommen am 16. März 1970 und beschuldigt, an der Entführung des paraguayischen Konsuls, Waldemar Sánchez, beteiligt gewesen zu sein. Sofort nachdem er von acht Männern gefangen worden war, die ihn in einem Schuppen in Luján entdeckt hatten, wurden ihm Handschellen angelegt und Stromstöße aus den Autobatterien durch den Körper geschickt. In eben demselben Wagen mußte er sich auf den Boden legen, neben eine andere Person, Francisco Páez, einen Maurer, der Reparaturarbeiten in dem Schuppen ausführte.

„Nach einer Fahrt, die etwa eine Stunde dauerte", erklärt er in seiner Aussage, „kamen wir in einen ziemlich großen Raum, der in kleinere Zellen aufgeteilt war. Wenige Minuten später führte man mich in ein stark erleuchtetes Zimmer, wo man mich auszog und an ein Bett fesselte."

„Dort mußte ich wieder die elektrischen Stöße erleiden, während ein Individuum mit ruhiger Stimme mir sagte, es wäre besser, wenn ich spräche, denn am Ende täten sie es doch alle. Ich glaube, das dauerte etwa eine Stunde lang. Dann brachte man mich in eine Gefängniszelle, wo ich spürte, daß mein linker Arm gelähmt war. Ich begann zu rufen und forderte, jemand solle zu mir kommen. Niemand antwortete, aber nach einiger Zeit öffneten sie die Tür und brachten mich wieder auf das Bett."

„Als ich ihnen sagte, ich könne den Arm nicht mehr bewegen", so heißt es weiter in dem Bericht von Della Nave, „ließen sie den Strom mit geringerer Spannung durchlaufen, und ich erlitt nicht wieder diese Krämpfe, wie das erste Mal, als sie ihn mir in voller Stärke gaben."

Nach einer neuerlichen Fahrt im Auto mit Páez wurde er in eine Zelle gebracht, deren Boden mit Sägespänen bedeckt war. Della Nave gibt an: „Kurz nach meiner Ankunft wurde ich auf einen Tisch gelegt, an den man mich mit Händen und Füßen fesselte, und nachdem man mich mit Wasser bespritzt hatte, ließ man eine Maschine anlaufen, die ein Geräusch wie eine Tischlersäge machte."

„Da ich mich weigerte zu sprechen, schlugen sie mir auf die Ohren und intensivierten die Stromstöße, die sehr viel stärker waren, als ich sie bisher hatte aushalten müssen.

Am Ende dieser Folterung warfen sie mich auf den Boden, nachdem sie mich mit Wasser begossen hatten und ließen mich fünfzehn Minuten in Ruhe. Dann fesselten sie mich wieder an den Tisch und wiederholten die Prozedur, dann ließen sie mich allein — gefesselt — mehrere Stunden lang. Danach kamen sie alle fünfzehn bis zwanzig Minuten, um mir Fragen zu stellen."

Nach mehreren Fahrten und mehreren „Behandlungen" dieser Art, berichtet Della Nave, sei er an einen Ort gebracht worden, der wie verlassen aussah, mit einer Hütte aus Holz, die auf einer Art Kap errichtet worden war.

„Kurz darauf befahlen sie mir, mich auszuziehen und holten mich heraus, um mich an Händen und Füßen zu fesseln, wobei sie mit dem Verhör fortfuhren. Da ich mich weigerte zu antworten, unterzogen sie mich wieder der Behandlung mit Elektroschock. Aber dieses Mal auf wissenschaftlichere Art und Weise, denn ich fühlte, wie hin und wieder jemand mich mit dem Stethoskop abhorchte und befahl, mit der Folter fortzufahren oder sie zu unterbrechen.

Einmal bat ich um ein Glas Wasser, da ich drei Tage lang keine Flüssigkeit mehr zu mir genommen hatte. Man reichte mir ein Glas mit einer warmen Flüssigkeit. Als ich es in einem Zug austrank, merkte ich, daß es Urin mit Mate war. Während der Nacht kamen sie immer wieder und schlugen mir mit den Handflächen auf die Ohren, begossen mich mit kaltem Wasser und bombardierten mich mit Fragen. Am Morgen (ich konnte das Tageslicht durch die Binde, die sie mir nicht von den Augen nahmen, spüren) holten sie mich aus der Hütte und hängten mich an einen Balken, der wahrscheinlich aus dem Dach herausragte.

Später banden sie mich an einen Baum, um eine Scheinexekution vorzunehmen. Ich hörte sie mehrere Schüsse abgeben. Dann banden sie mich los und ließen mich ausruhen.

Am Abend begannen wieder die Elektroschocks, ich atmete nur mühsam und fühlte, daß ich ohnmächtig wurde. Als ich wieder zu mir kam, merkte ich, daß ich über Nase und Mund eine Maske trug, ich nehme an, es war eine Sauerstoffmaske."

Der Bericht von Della Nave endet mit seiner Überführung zur Abteilung der Bundespolizei von San Martín. „Dort ließ man mich einfach auf dem Bürgersteig liegen", sagt er, „und nach einigen Minuten wurde ich von Beamten dieser Abteilung abgeholt."

Homar Valderrama: festgenommen am 1. Mai 1971. Er gibt an, um 19.30 Uhr zur Abteilung der Bundespolizei von San Martín überführt worden zu sein. Da er Asthmatiker ist, bat er um das Medikament, das er bei seiner Verhaftung bei sich trug und das man ihm abgenommen hatte. Man weigerte sich, es ihm zu geben und gab ihm auch kein anderes. Man brachte ihn in eine Zelle, in die durch das Fenster und durch Ritzen Wasser eindrang. Trotz der schneidenden Kälte gab man ihm weder Decken noch Laken. Am Morgen des 2., um 3 Uhr, zwang man ihn, eine bestimmte Anzahl von Gegenständen und Papieren als sein Eigentum wiederzuerkennen. Er gibt an, dies auch getan zu haben, damit man ihn in Ruhe lasse, „und um Zeit zu gewinnen, so daß irgend jemand gegen meine Festnahme protestieren könnte".

Noch am selben Morgen wurde er ins Hauptgebäude des Bundesnachrichtendienstes (jetzt Staatssicherheit) gebracht. Dort wurde er an eine Metallpritsche gefesselt. Um 18.10 Uhr (seit seiner Festnahme hatte er weder gegessen noch getrunken) brachte ihn ein fünfundzwanzig- oder dreißigjähriger Mann in die achte Etage. Im Büro der „Abteilung Delegationen, Disziplinarverfahren", in das man ihn geführt hatte, waren drei Männer. Einer von ihnen, „der Chef", sah lachend zu, wie die anderen ihn schlugen. Man zog ihn aus („um meine Kleidung nicht zu beschädigen") und schlug ihn aufs neue. Als sie aufhörten, begann „der Chef" ihm Fragen zu stellen und drohte ihm mit der „Maschine". Da er nicht antwortete, begann „der Chef" ihn mit einem in einen Schlauch eingeführten Gegenstand auf die Geschlechtsteile zu schlagen. Als er damit nichts erreichte, schlug er ihn in den Magen. Dann wurde Valderrama mit verbundenen Augen nach draußen gestoßen. Als man ihn wieder ins Büro brachte, verkündete ihm „der Chef", daß die „Maschine" auf ihn warte, da er nicht gesprochen habe.

Um 19.15 Uhr wurde er wieder in seine Zelle gebracht. Zwanzig Minuten später brachte man ihn in die zweite Etage und in ein Büro „von etwa sechs mal vier Metern am Ende des Flurs, der zum Fahrstuhl führt, und rechts von diesem. An der der Tür gegenüberliegenden Wand und auch links stehen Schränke, Ledersessel, Stühle und ein zwei mal ein Meter großer Tisch an der rechten Wand, immer von der Tür aus gesehen."

Es waren zwei Männer in dem Büro; mit dem „Chef" und dem Mann, der ihn geführt hatte, waren es vier. Einer von ihnen legte eine Decke über den Tisch. Daneben stand „ein Holzkasten, etwa fünfzig mal dreißig Zentimeter groß, der zylindrische Gegenstände enthielt, fünfzehn Zentimeter hoch und mit einem Durchmesser von sieben Zentimetern": die „Maschine".

Valderrama berichtet, er sei ausgezogen worden, auf den Rücken gelegt und gefesselt worden. Man legte ihm Watte auf die Augen, die mit einem Gummiband festgehalten wurde. „Der Chef" stellte ihm unter Beschimpfungen Fragen, während ein anderer ihm mit einem Pinsel eine Flüssigkeit auf verschiedene Körperteile strich. Wenn er das Verhör unterbrach, behandelte man ihm die befeuchteten Stellen und die Lippen mit einer Art „elektrisierter Bürste".

„Man hat das Gefühl, als rissen sie einem das Fleisch vom

Leibe, und als sie mir die Bürste abnahmen, merkte ich, daß ich völlig verkrampft war, denn ich begann Arme und Beine langsam wieder auszustrecken." Die Folter war um 20.30 Uhr beendet, und man brachte ihn in eine Zelle in der dritten Etage. Dort hörte man, wie andere Gefangene aus ihren Zellen geholt wurden und zehn Minuten später hörte man Schreie und Strampeln aus der zweiten Etage.
Am Sonntag, dem 3., wurde er wieder der Folter ausgesetzt. Er hatte noch immer weder gegessen noch getrunken. Am Montag, dem 4., wurde er in die achte Etage gebracht, wo „der Chef" ihm Gegenstände zeigte, die er als sein Eigentum anerkennen mußte, wenn die Folterungen aufhören sollten. In der zweiten Etage unterschrieb er eine „freiwillige Erklärung". Dann wurde er wieder nach San Martín gebracht und erst am 17. verschwanden die Spuren der Schläge und Elektroden. Valderrama gibt an, daß von den Dingen, die er als sein Eigentum angegeben hatte, nur einige wenige tatsächlich ihm gehörten.

Wenn man Patricio und Susana zuhörte, hätte man glauben können, daß etwas anderes vorgefallen wäre, und dieser Umstand machte den kleinen Rabbi wütend, wenn auch Andrés ihn ansah, als wollte er ihm erklären, daß niemand die Schuld daran hätte, wenn jeder auf seine Art an dem Knäuel herumzerrte. Einverstanden, sagte der kleine Rabbi, aber erzähle mir doch mal, welchen Sinn es hat, daß Susana wie ein frischgeschnittener Salat um elf Uhr morgens bei mir ankommt, gerade während ich die Nachrichten höre und du weißt, was mich das für ein Opfer kostet, vom Pilz, der mir dahinsiecht, ganz zu schweigen, und Manuel, der sich über den Boden schleift, lediglich, um eine Spur in Form des Bustrophedon zu hinterlassen, wenn du weißt, worauf ich anspiele. Ich weiß, sagte ich bescheiden, aber ich an deiner Stelle hätte mich über diese Ankunft aus vielen Gründen gefreut, und wenn auch nur darum, daß sie Manuel abholten. Sieh mal, sagte Lonstein, ich streite ja gar nicht meine Befriedigung über die Tatsache an sich ab, aber daß zuerst Susana und eine halbe Stunde später Patricio so dreist um Kaffee baten und sich mit Manuel auf dem Teppich wälzten, und ich hätte denn doch irgend etwas erfahren wollen, denn schließlich und endlich hatte ich als Babysitter gewürkt, und das ist unbezahlbar, Bruder, und was soll ich dir sagen, die beiden bemächtigen sich ihres Sohnes, sammeln die Windeln und Milchflaschen ein und machen sich mir nichts, dir nichts davon, nachdem sie mir gesagt haben, das beste sei, nicht zu viel darüber zu sprechen und vielen Dank für die nursery. Sie hatten keine Lust zu reden, sagte Andrés, mir geht es genauso, aber du siehst ja, wir müssen uns um das kümmern, was fehlt, auch wenn man keine Ahnung hat, was zum Teufel das sein könnte. Was fehlt, sagte Lonstein und schloß die Augen, ja, was fehlt, natürlich, jetzt gibt es Dinge, die fehlen, mein Alter, wem sagst du das.

AUSBILDUNG AUSLÄNDISCHER SOLDATEN

Übersicht über die Studenten des MAP*

Land	Zeitraum 50–63	Zeitraum 64–68	Total
Argentinien	1 190	1 216	2 406
Bolivien	764	1 432	2 196
Brasilien	3 416	2 255	5 671
Chile	2 219	1 448	3 667
Columbien	2 516	1 378	3 894
Costa Rica	208	321	529
Cuba	521	–	521
Dominikanische Republik	955	1 419	2 374
Ecuador	2 246	1 549	3 795
El Salvador	304	528	832
Guatemala	903	1 117	2020
Haiti	504	–	504
Honduras	746	602	1 348
Mexico	240	306	546
Nicaragua	2 366	1 204	3 570
Panama	768	2 106	2 874
Paraguay	204	564	768
Peru	2 820	1 624	4 444
Uruguay	807	607	1 414
Venezuela	724	2 382	3 106
Lateinamerika Total	24421	22058	46479

* Military Assistance Program.

Quelle: Büro des dem Verteidigungsministerium zugeordneten Sekretärs (Internationale Sicherheit), Military Assistance Facts (Washington, D. C.; US-Verteidigungsministerium, 1969) Seite 21.

»Hast du Nachrichten?« fragte Susana.
»Nein«, sagte Monique.
»Ich kenne das System«, sagte Patricio. »Frankreich will keine Scherereien mit Ausländern, das hat man ja gesehen. Sie werden sie über irgendeine Grenze bringen, und demnächst wirst du eine Postkarte bekommen und brauchst nur noch den Zug zu nehmen, Mädchen.«
»Ja, theoretisch ist es so«, sagte Monique. »Geht ins Kino, ich bleibe bei Manuel.«
»Ich auch«, sagte Ludmilla.
»Du, komm doch mit uns«, sagte Susana. »Wir gehen ein Stück, es ist warm.«
»Nein«, sagte Ludmilla, »laß mich bei Manuel bleiben.«

»Armes Kind«, sagte Lonstein, »du redest, als ob das eine Art sei, ihn für die Zukunft auszurüsten, mit dreizehn Jahren wird er bereits vollkommen neurotisch sein.«
»Das kommt darauf an«, sagte Andrés und reichte die Schere Susana, die die Ausschnitte mit höchst wissenschaftlicher Miene einklebte, »wenn du einmal einen Blick ins Album wirfst, wirst du sehen, daß nicht alles von gleicher Art ist, ich habe zum Beispiel, als die hier nicht aufpaßte, eine Menge komischer Zeichnungen eingeklebt und zu wenig ernsthafte Nachrichten, um den Konsensus der Monoblöcke zu erhalten, wenn du mir folgen kannst.«
»Augenblick«, sagte Patricio alarmiert, »hast du mir etwa die ganze Sammlung mit einer Abenteuerserie von Tom und Jerry oder so vertauscht.«
»Nein, mein Alter, das ganze ist noch genau das, was wir kennen, auch das kleine Stückchen Leben, das uns zufiel.«
»Besser so«, sagte Patricio, »denn bei deinen raffinierten Mischungen wird sonst niemand die Bohne verstehen, wenn ihm das Album in die Hände fällt.«
»Manuel wird schon verstehen«, sagte ich, »Manuel wird eines Tages verstehen. Und jetzt gehe ich, denn es ist spät, ich muß eine Platte von Joni Mitchell abholen, die man mir versprochen hat und weiter ordnen, was uns der Besagte zurückgelassen hat.«
»In dieser Reihenfolge?« sagte Patricio und sah ihm in die Augen. »Deine Joni soundso und dann das andere?«
»Ich weiß nicht«, sagte Andrés, »vielleicht so oder umgekehrt; es wird immer beides sein. Jedenfalls kann ich dir, bevor ich gehe, noch etwas geben, das du für Manuel hinzufügen kannst, es beginnt mit einer Kanne Wasser.«

Lonstein füllte langsam die Kanne mit Wasser und stellte sie auf einen der leeren Tische, er war allein in Saal drei, der lahme Tergov würde nicht vor elf Uhr nachts kommen, um ihm zu helfen. Ohne sich den Zigarettenstummel aus dem Mund zu nehmen, ging er auf den Toten zu, der auf Tisch fünf lag und hob das Laken. Er war so daran gewöhnt, sie zu entkleiden, daß er keine Schwierigkeiten hatte, ihm das verklebte Jackett auszuziehen, die Hosen herunterzustreifen, ihn in einen Körper zu verwandeln, den der Schwamm und die Seife waschen würden, bis er weiß und rein war, jede Spur der Geschichte ausgelöscht, jeder schwärzliche Fleck unterdrückt, aller Speichel fortgespült. So als bereitete es ihm ein ironisches Vergnügen, den kleinen Rabbi arbeiten zu sehen, drangen zwei Lichtstrahlen zwischen die Augenlider, der Kopf auf dem Gummikissen machte den Eindruck, als höbe er sich ganz leicht, um ihn besser sehen zu können, um ihn ganz langsam zu verspotten. Verarsche mich nur, dachte Lonstein, du bist doch immer der gleiche, Brüderchen. Auf jeden Fall werde nicht ich es sein, der dir die Augen schließt, soll das doch der tun, der dich in den Kasten legt, bleib ganz ruhig, wir haben Zeit. Daß wir uns ausgerechnet hier treffen würden, niemand wird uns das glauben, niemand wird irgend etwas von der ganzen Geschichte glauben. Das konnte nur uns passieren, du da und ich mit diesem Schwamm, du hast so recht, man wird meinen, wir hätten uns das ausgedacht.

Paris, Saignon 1969/1972

Alphabetisches Gesamtverzeichnis der suhrkamp taschenbücher